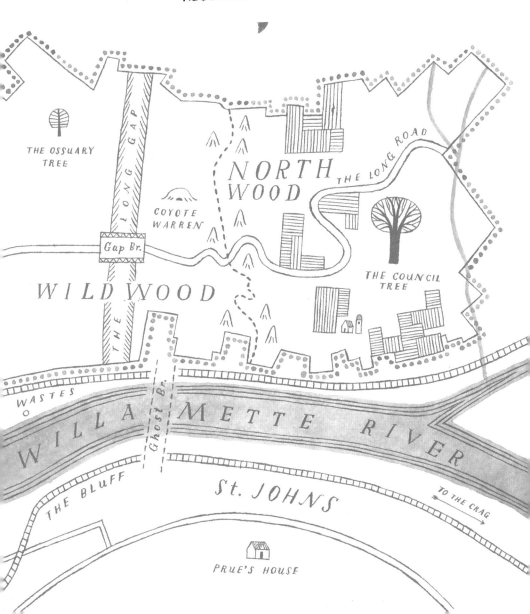

와일드우드 임페리움

WILDWOOD IMPERIUM : The Wildwood Chronicles, BOOK III

by Colin Meloy, illustrated by Carson Ellis

Copyright © 2013 by Unadoptable Books, LLC

All rights reserved.

This Korean edition was published by Taurus Books in 2014 by arrangement with Unadoptable Books, LLC c/o Writers House LLC through KCC(Korea Copyright Center Inc.), Seoul.

와일드우드 임페리움

와일드우드 연대기, BOOK III

콜린 멜로이 지음 | 카슨 엘리스 그림 | 이은정 옮김

황소자리

CONTENTS

PART ONE

PART TWO

PART THREE

컬러 그림 설명

1. 그들은 커다란 식탁 한 쪽 대부분을 차지한 손님만 뚫어지게 바라보고 있었다.
2. "샤포 느와르는 산업폐기물장을 깨끗하게 해체시키는 게 목표란다. 우리가 끝내 이곳의 압제자와 약탈자를 쓸어버리게 될 거야."
3. 아들이 커튼처럼 드리워진 그늘 속에서 나타났다. 열네 번의 겨울을 지나고 열다섯 번째 여름을 맞은 소년.
4. 지타는 주머니에 손을 넣어 여기까지 가져온 세 가지 물건을 꺼냈다. 독수리 깃털, 진주색 조약돌, 소년의 이빨.
5. 배는 파도에 출렁거리며 바위섬에서 유일한 선착장으로 점점 더 가까워졌다. 파도에 무척이나 시달린 듯한 나무 선착장이었다.
6. 마치 섀기 코트를 입은 듯한 담쟁이덩굴은, 얼굴 없는 머리에서 길게 늘어져 털을 깎지 않은 개처럼 보였다.
7. 알렉산드라가 두 팔을 내밀었다. 아들은 엄마의 품으로 다가가 가만히 머리를 기댔다.

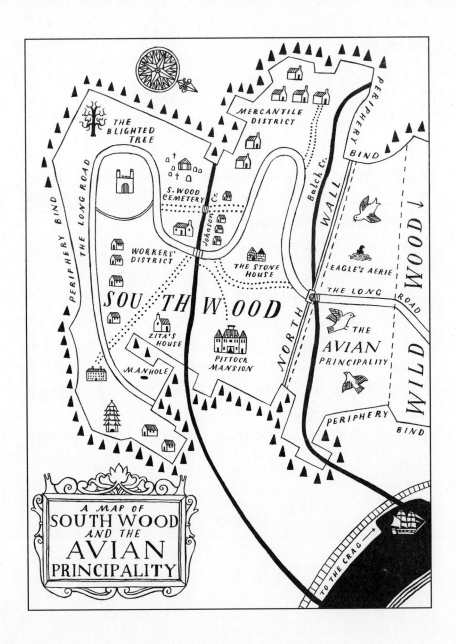

PART ONE

CHAPTER 1

오월의 여왕

먼 저 생명이 분출했다. 그러고 나서 축하와 찬미가 뒤따랐다.

이러한 일은 세대가 지나고 세월이 흐르는 동안 계속되었다. 노인들 중 가장 나이 많은 노인이 기억하고, 오랜 세월을 거쳐 전해진 기록에 의하면 그랬다. 흙에서 연둣빛 새싹이 돋아날 무렵이면 광장은 깨끗이 치워지고 관저 지하실에 유배되어 있던 오월의 기둥(메이폴)은 밖으로 끌려나왔다. 이사회가 소집되고 오월의 여왕이 정해졌다. 그러고 나면 5월을 기다리는 일만 남았다.

그날이 왔을 때 그녀는 새하얀 드레스를 입고 등장했다. 오월의 여왕 말이다. 그녀는 전통에 따라 눈부시게 흰 드레스 차림에, 머리에는 화환을 쓰고 말을 타고 나타났다. 그녀의 이름은 지타, 단상에 서서 뿌듯한 웃음을 짓고 있는 궁중 속기사의 딸이었다. 궁중 속기사는 과도정부 섭정총독 당선자와 뚱뚱하고 혈색 좋은 그의 아내, 그리고 결혼식에만 입는 꼭 끼는 정장 차림으로 따분하고 어리벙벙한 표정을 짓는 세 아이와 귀빈석에 서 있었다.

길게 땋은 갈색 머리와 새하얀 드레스 차림의 여왕은 아름답게 빛났다. 마을 사람들은 그녀와 그녀를 뒤따르는 행렬을 구경하려고 일제히 모여들었다. 광장 가운데에서 '감옥의 급습'을 연주하며 권력자의 기분을 돋우던 관악대가, 음탕한 몸짓으로 청중을 사로잡는 콧수염 테너의 율동에 맞춰 이 행사에 으레 등장하는 익숙한 곡들을 연주하기 시작했다. 어린 아이들이 전통춤을 추는 동안 어른들은 감탄사를 연발하며 자신들의 빛나는 시절에 대한 향수에 젖어들었다. 그 나이 때 그들도 똑같은 줄무늬 바지를 입고 오월제 춤을 추었다.

오월의 여왕은 꽃으로 치장한 단상에서 내려다보며 줄곧 미소를 지었다. 그녀는 겨우 열다섯 살이었다.

모든 소년들이 그녀와 눈을 마주치며 얼굴을 붉혔다. 자전거 혁명의 강경파인 스포크Spokes(바큇살이라는 뜻) 당원들조차 뻣뻣하던 몸짓을 버리고 편안하게 걷는 듯했다. 오늘만은 거친 말도 오가지 않았을 뿐 아니라 군중도 그들의 열성에 별로 의문을 품지 않았다. 시노드가 거친 목소리로 그날의 축도를 행하려고 도착했을 때에도 군중은 묵묵히 그들을 맞았다. 오월제가 황폐한 나무를 섬기는 이 종파보다 훨씬 전에 생겨났다는 점을 감안하면, 이런 기도의식을 고집하는 것은 의아했다. 실제로 오월제는, 이상한 기생생물 탓에 거의 고사 상태가 되어버린 나무에 지금과 같은 이름이 붙여지기 전, 그러니까 나뭇가지에 초록빛 싹이 가득 돋았던 시절부터 오래 이어 내려오는 전통이었다. 하지만 설령 훼방꾼일지라도 나름대로 평화를 누리게 해주는 것이야말로 이 날의 정신이었다.

이윽고 축제 행사가 벌어졌다. 끈 달린 오월의 기둥이 축이 되어 에워싼 사람들을 향해 나선형으로 빙글빙글 돌아갔다. 햇빛이 흐려지자 남자들은 양귀비 맥주통으로 모여들고, 여자들은 얌전히 블랙베리 와인을 홀짝거렸다. 그리고 댄스파티가 본격적으로 시작되었다. 그 시간 오월의 여왕은 동네 남자 아이들의 어깨에 들려 팡파르와 함께 집에 돌아와 있었다. 얼근하게 취한 아빠는 딸이 구겨진 흰색 드레스에 헝클어진 머리 그대로 꽃이 어지럽게 흩어져 있는 베개를 베고 곤히 잠들었을 거라고 생각했다.

하지만 이번에는 그렇지 않았다.

흰색 드레스를 입은 오월의 여왕 지타는 땋은 머리에 화관을 쓴 채로 2층 방에서 격자 울타리를 타고 내려왔다. 땅에 닿을 때 호박단 드레스 자락이 넝쿨장미 가시에 살짝 긁혔다. 지타는 잠깐 동작을 멈추고 주변을 둘러보았다. 멀리 마을 광장에서 벌어지고 있는 축하행사 소리가 희미하게 들려왔다. 축제에 참가했다 집으로 돌아가는 몇몇 아이들은 거리에서 농담을 던지며 낄낄거렸다. 지타가 휘파람을 두 번 불었다.

대답이 없었다.

다시 입술을 내밀어 날카롭게 휘파람을 두 번 불었다. 노간주나무 근처에서 바스락 소리가 났다. 지타의 몸이 굳어졌다.

"앨리스? 너니?" 그녀가 어둠을 향해 소리쳤다.

별안간 나무덤불이 양쪽으로 갈라지며 검은 외투 차림의 여자애가 나타났다. 소녀의 짧은 금발이 노간주나무 가지에 걸렸다. 지타가 미간을 찌푸렸다.

"이런 식으로 나타나면 어떡해." 지타가 책망하듯 말했다.

앨리스는 고개를 돌려 자신이 낸 길을 보았다. 나무덤불 사이로 구멍이 나 있었다. "네가 몰래 오라고 해서."

그때 다른 소리가 들렸다. 이번에는 거리 옆이었다. 짧게 자른 머리에 강단 있어 보이는 켄드라였다. 손에는 뭔가 쥐고 있었다.

"잘했어." 지타가 친구를 보며 말했다. "향로를 가져왔구나."

켄드라가 손에 든 물건을 내밀며 고개를 끄덕였다. 구리로 된 그 물건은 수십 년쯤 사용한 듯 낡아보였다. 눈물처럼 생긴 구멍이 점점이 나있고, 옆면에는 머리카락같은 금색 사슬이 늘어져 있었다.

"오늘밤 다시 가져가야 해." 켄드라가 말했다. "정말이야. 만약 없어진 걸 아시면……. 내일 괴상한 일을 할 때 필요해."

켄드라의 아빠는 최근 황폐한 나무를 숭배하는 시노드 조직의 일원이 되었는데, 그녀는 아빠의 새 종교가 달갑지 않은 게 분명했다.

지타가 고개를 끄덕였다. 이윽고 지타는 옷에 붙은 바늘잎을 털어내느라 바쁜 앨리스를 돌아다보았다. "넌 샐비어잎 가져왔어?"

앨리스가 진지하게 고개를 끄덕이며 어깨에 멘 가방에서 노끈으로 동여맨 초록 잎사귀를 한 움큼 내밀었다. 허브의 흙냄새가 대기에 진동했다.

"좋았어." 지타가 말했다.

"이것만 있으면 돼?" 앨리스가 허브 뭉치를 도로 가방에 넣으며 물었다.

지타는 고개를 젓고 나서 작은 푸른색 병을 내밀었다. 두 소녀는 그 안에 무엇이 들었는지 보려고 어슴푸레한 빛 속에서 눈을 가늘게 떴다.

"그건 뭐야?" 켄드라가 물었다.

"나도 몰라. 하지만 이게 필요해." 지타가 대답했다.

"거울과 관련이 있는 거야?" 켄드라가 다시 물었다.

지타는 거울을 갖고 있었다. 큰 책만한 거울이었다. 금테로 장식한 거울.

"네가 지금 뭘 하고 있는지 알아?" 너무 큰 외투가 불편한 듯 앨리스가 몸을 꼼지락거리며 물었다.

지타가 방긋 웃었다. "몰라. 하지만 재밌을 것 같아, 그렇지 않니?" 그녀는 병을 주머니에 도로 넣고 거울은 발밑에 내려놓은 배낭에 넣으며 재촉했다. "자, 어서. 시간이 별로 없어."

세 아이는 귀가하는 축제 인파를 피해 마을 어귀를 조용히 빠져나갔다. 붉은 벽돌집과 건물들이 차츰 나지막한 목조 가축우리로 바뀌었다. 아이들은 멀리 관악대의 마지막 연주를 들으며 언덕을 올라갔다. 여기부터는 나무 사이로 오솔길이 뱀처럼 구불구불 나있었다. 그들은 쓰러진 삼나무 옆에서 걸음을 멈추고 뒤를 돌아다보았다. 빽빽한 나무 사이로 총독 관저의 불 켜진 창문들이 작은 별처럼 깜빡거렸다. 지타는 들고 있던 빨간색 등유 램프에 성냥으로 불을 밝혔다. 다시 길을 가려는데 무슨 소리가 났다. 덤불 아래에서 발걸음 소리가 들렸다.

"거기 누구예요?" 지타가 소리 나는 쪽으로 램프를 휘두르며 물었다.

어린 소녀가 플란넬 잠옷 위에 급히 걸친 외투 차림으로 나타났다.

"베카!" 앨리스가 소리를 질렀다. "놀랐잖아, 너 죽을래!"

어린 소녀가 미안한 표정을 지었다. 뺨은 빨갛게 달아오르고 시선을 내리깔았다. "미안해." 아이가 중얼거렸다.

지타가 앨리스를 노려보며 물었다. "쟤, 여기 왜 온 거야?"

"나도 똑같이 물어보려고 했어." 앨리스가 어린 소녀한테서 시선을 떼지 않은 채 대꾸했다.

"난 언니가 *뭘 하려는지* 알아." 어린 소녀가 말했다.

"뭔데?" 지타가 물었다.

"베카, 어서 집으로 돌아가." 앨리스가 달랬다. "엄마 아빠가 너 없어진 거 아셔?"

어린 소녀는 언니의 질문을 못 들은 체했다. "언니, 여제를 불러내려는 거지."

지타가 앨리스를 노려보았다. "너 동생한테 뭐라고 한 거야?"

"아, 아냐. 아무 말도 안 했어." 앨리스가 더듬거리며 구원요청을 하려는 듯 친구들을 둘러보다가 마침내 찡그린 얼굴로 말했다. "지난 밤에 우리가 하는 말을 엿들었나봐. 자기한테 말하지 않으면 엄마 아빠한테 이른다고 해서."

"나도 갈래. 나도 언니네들이 하는 걸 보고 싶어. 어떤 일이 일어나는지 보고 싶어." 베카가 지타를 보며 애원했다.

"넌 너무 어려." 지타가 단호하게 대꾸했다.

"누가 그래?" 베카가 되물었다.

"내가. 난 오월의 여왕이야."

베카는 이 말에 말문이 막혔다.

"어서 집으로 돌아가, 베카. 게다가 난 네가 태어난 것을 후회하게 만들고 싶지 않아." 앨리스가 다그쳤다.

베카가 언니를 돌아다봤다. "아빠 엄마한테 다 이를 거야. 나무를 걸고 맹세해. 진짜 다 말할 거야. 그럼 언니는 일주일 동안 외출금지 당하고 학교에서 하는 가장행렬에도 못 나가게 될걸."

앨리스는 '*내 동생을 어쩌면 좋겠니?*'라는 듯 절박한 눈으로 지타를 바라보앉다. 오월의 여왕은 체념한 듯 베카에게 물었다. "너 어디까지 아는 거야?"

어린 소녀가 심호흡을 한 뒤 말했다. "예전에 말은 들었는데, 누구한테 들었는지는 모르겠어. 매클리 도로에서 벗어난 오래된 석조건물 말이야, 그 여자가 거기에서 죽었다며?" 베카는 자신의 말이 맞는지 확인하려는 듯 침묵하는 언니들을 차례로 바라보았다. "언니네 그거 할 거야? 주문 외우는 것? 그 집 한가운데에서 말이야. 그런 다음 세 번 빙빙 돌고. 그 여자를 깨우려고. 그 여자의 혼령 말이야."

지타는 묵묵히 베카의 말을 들었다. 그리고 베카가 이야기를 끝내자 고개를 끄덕였다. "좋아. 너도 와. 하지만 네가 본 걸 아무한테도 말하지 않겠다고 맹세해야 해. 맹세할 거야?"

"맹세해."

"그럼 따라와." 지타는 이렇게 말하고 계속 걷기 시작했다. 앨리스가 동생의 머리를 툭 쳐서 행렬의 맨 뒤로 보냈다.

멀리 어디에선가 30분을 가리키는 시계 종이 한 번 울렸다. 지타가 걸음을 재촉하며 말했다. "얼마 안 남았어."

"왜 서두르는 거야?" 켄드라가 물었다.

"자정이 지나면 안 돼. 정각이 되기 전에 시작해야 해. 5월 첫째 날, 너무 일러도 너무 늦어도 안 돼."

켄드라는 설명을 원하는 듯 앨리스를 흘긋거렸지만 앨리스는 어깨만 으쓱했다. 아이들이 아는 한 지타에게는 오래 전부터 신비한 힘이 있었다. 어릴 때부터 지타에겐 자석처럼 사람을 끌어당기는 특이한 면이 있었다. 이상한 그림과 시, 초자연적인 매력으로 친구들을 사로잡는 상상력이 풍부한 아이였다.

점점 더 우거진 야생의 숲이 이어졌다. 아이들은 사우스우드의 번화한 지역을 벗어나 아비앙 공국과의 경계인 관목 덤불숲으로 들어가고 있었다. 얼마쯤 갔을 때 어떤 집, 아니 집의 잔해가 나왔다.

비바람에 허물어진 석조 벽을 담쟁이덩굴이 두꺼운 담요처럼 뒤덮어서 폐허나 다름없었다. 지붕이 있던 자리는 나뭇가지들이 침범했고 돌 틈에는 군데군데 두터운 이끼 조각들이 붙어있었다. 네 소녀는 살금살금 집 안으로 들어갔다. 집 안 바닥은 오래 전에 녹색 이파리에 점령당했다. 담쟁이덩굴이 울타리 안 작은 영역을 서로 차지하려고 다투고 있었다. 예전에 여기에 누가 살았든 그것은 별로 중요하지 않았다. 저택은 한 칸짜리 조그만 방이 되어버렸다. 석조 벽에 난 두 개의 구멍은 창문인 듯했다. 오래 전에 열쇠 구멍이 달아나버린 문으로 들어가자 곧장 어두컴컴하고 텅 빈 공터가 나왔다. 그렇다고 해서 최근 몇 년 동안 이 집에 아무도 살지 않았다고 말할 수는 없었다. 햇빛에 바래 상표를 알 수 없는 빈 식품 깡통이 집 안 여기저기 흩어져있고, 과거 이곳을 탐험한 이들의 이름과 위업이 벽 안쪽에 일기처럼 적혀있었다. 빅 레드 이곳에서 며칠 묵다. 트라비스는 이사벨을 사랑한다. 지금이 아니면 더 이상 없다. 여제여, 만수무강하길! 이런 글귀가 분필과 페인트로 휘갈겨 씌어졌거나 끌로 새겨져 있었다.

지타는 손목시계를 보았다. 그녀가 친구들을 향해 고개를 끄덕였다. "이제 시작하자." 그녀가 말했다.

같은 반 나이 많은 여자애들로부터 그 이야기를 들었을 때(그애들은 작은 교실 뒤편에서 지타를 에워싸고 속삭여 말했다. 학교 운동장에서 몰래 담배를 피우다가 지타가 다가가자 비웃던 아이들이었다) 지타는 비로소 자신이 나이가 들었음을 실감했다. 초록 여제는 이 집에 기거하는 유령으로, 수 세기 전 우드가 제국이었을 때 이 집에 살았다. 그녀는 구 정부와 마찰을 일으켰는데, 어느 날 정부에서 최후의 복수를 하기 위해 그녀에게 암살자를 보냈다. 하지만 암살자들은 그녀의 목숨을 빼앗는 대신 더 귀중한 것을 요구했다. 그녀의 아들이었다. 어느 날 오후, 암살자들은 그녀의 정원으로 몰래 숨어들어 어머니가 보는 앞에서 아이를 죽였다. 그리고 어머니를 살려둠으로써 감당할 수 없는 고통을 당하게 했다. 전하는 말에 의하면 여제는 정신이 나가 아들이 죽은 사실을 믿지 못한 채 평생 아들을 찾아 우드를 헤맸다. 그러다 제정신이 아닌 원한에 사무친 노파가 되어 심장 파열로 죽었다. 그런데 그렇게 아들을 찾아헤매는 동안 잿빛 머리카락이 나뭇잎과 나뭇가지로 뒤덮여버려서 마을 사람들은 그녀에게 초록 여제라는 별명을 붙여주었다. 그녀가 점점 숲의 일부가 되어가는 것처럼 보였기 때문이다. 그녀의 시신은 발견되지 않았다. 아마도 부패하여 이 집의 흙이 되었으리라. 그리고 세월이 흐르는 동안 적어도 마을 10대들 사이에서는 시신을 제대로 매장하지 않으면 그 영혼이 저주를 받아 산 자들의 세상을 헤매고 다닌다는 믿음이 통용되었다.

이 이야기를 듣는 것은 사우스우드의 10대들에게는 성년이 되어간다는 의미였다. 성인이라면 누구나 그 이야기를 알았다. 그럼에도 그 이야기의 실체, 그 어두운 결말을 확인해보려는 사람들은 많지 않았다. 한 달 중 적절한 때, 그러니까 보름달이 뜨고 밤하늘이 별들로 총총할 때 제대로 주문을 외우면 여제의 영혼을 끔찍한 연옥에서 불러내어 육안으로 볼 수 있다는 것이다. 하지만 그녀가 불려나왔을 때 그녀가 무엇을 할지 알려주는 정보는 거의 없었다. 누군가는 그녀가 이레 동안 소원을 들어준다고 했다. 또 누군가는 그녀에게 말하면 대신 복수를 해준다고도 주장했다. 그녀의 그림자가 나타나서 자신의 죽은 아들을 부르며 밴시(아일랜드 민화에 나오는, 구슬픈 울음소리로 가족 중 누군가가 곧 죽게 될 것임을 알려준다는 여자 유령. ─옮긴이)처럼 흐느낀다고 말하는 이들도 있었다. 어느 경우든 지타의 섬뜩한 판타지를 자극하기에 충분했다. 지타는 영계에서 여제의 영혼을 불러내기로 마음먹었다.

세 아이는 지타의 지시로 건물 한가운데 간격을 좁혀 동그랗게 모여앉았다. 지타가 자기 발아래에 거울을 놓았다. 그런 다음 켄드라에게서 향로를 건네받아 뚜껑을 열었다. 향 냄새와 앨리스가 가져온 샐비어잎 향기가 방 안을 가득 채웠다. 소녀들은 근엄한 목사님 앞에 선 신자처럼 묵묵히 친구만 쳐다보았다. 이윽고 지타가 주머니에서 푸른색 병을 꺼내 내용물을 향로에 쏟았다. 켄드라가 들고 있는 램프 불빛에 비친 그 내용물은 잿빛 가루처럼 보였다.

"성냥." 지타가 말했다.

앨리스는 말과 암사슴 선술집이라는 상표가 붙은 작은 상자를 꺼냈다. 성냥개비를 상자 옆면에 긋자 불이 붙어 깜빡거렸다. 지타는 앨리스에게서 성냥을 건네받아 향로에 불을 붙였다.

향로에서 불꽃이 터졌다.

켄드라가 비명을 질렀다. 앨리스는 손으로 얼굴을 가렸다. 오직 지타와 어린 베카만 침착했다. 향로의 구멍에서 으스스한 빛이 새어나와 조명을 비춘 것처럼 폐허가 된 집에 흘러넘쳤다. 샐비어 향이 대기에 가득했다. 하지만 샐비어 향 말고 다른 냄새가 무엇인지 정확히 구분하는 사람은 없었다. 물 냄새 같기도 하고 오래 잠가둔 다락방에서 나는 냄새 같기도 했다.

"좋아. 모두 손을 잡아." 지타가 침착하게 말했다.

아이들은 지시를 따랐다. 지타는 활활 타오르는 향로를 들고 가운데 섰다.

구리 향로의 눈물방울처럼 생긴 구멍으로 짙은 연기가 덩굴손처럼 새어나왔다. 지타는 심호흡을 한 뒤 주문을 외우기 시작했다.

> 너무 이르지도 너무 늦지도 않게
>
> 5월 첫째 날
>
> 너무 이르지도 너무 늦지도 않게
>
> 어둠이 낮에 굴복하기 전
>
> 참새들이 올 때
>
> 너무 이르지도 너무 늦지도 않게
>
> 초록 여제를 부릅니다.

지타가 주위에 둘러앉은 친구들을 바라보았다. 그들은 눈을 꼭 감고 있었다. 어린 베카는 이마에 잔뜩 주름이 잡힌 채 집중하고 있었다. "이제 모두 내 말을 따라해." 지타가 말했다.

아이들이 따라했다.

우리는 당신을 부릅니다

초록 여제님

우리는 당신을 부릅니다

초록 여제님

초록 여제님

초록 여제님

그 다음 지타가 말했다. "이제 숫자를 세. 난 돌기 시작할 거야."

아이들이 웅얼웅얼 숫자를 세고, 지타는 중앙에서 천천히 한 발로 돌기 시작했다.

하나

둘

셋

그 순간 촛불을 끌 때처럼 갑자기 향로 불이 꺼졌다.

바람도 불지 않는데 발밑에서 담쟁이덩굴이 부스럭거렸다.

땅 밑에서, 멀리서 들려오는 듯한 여자의 흐느낌이 낮게 흘러나왔다.

켄드라가 비명을 지르며 뒤로 나자빠졌다. 앨리스는 베카를 부둥켜안더니 이내 공포에 질려 동생의 어깨를 끌어안고 문가로 비틀거리며 뛰어갔다. 눈 깜짝할 사이에 허겁지겁 집을 빠져나온 세 아이는 비명을 지르며 숲속을 달리기 시작했다. 오직 지타만 빙글빙글 돌아가는 불 꺼진 향로를 손에 든 채 꼼짝 못하고 서있었다.

　사방이 조용했다. 흐느낌이 그쳤다. 담쟁이덩굴도 꿈틀거림을 멈췄다. 지타
는 발아래 거울을 내려다보았다. 거울이 뿌옜다.

　천천히, 마치 손가락으로 쓰는 것처럼 거울에 단어가 씌어졌다.

　　애야.

　지타는 숨이 턱 막혔다.

　　내가 깨어났다.

CHAPTER 2

까다로운 손님

"**팬**케이크, 팬케이크, 팬케이크." 프루의 아빠는 쾌활하게 노래를 흥얼
거리다 부엌 문 밖으로 고개를 내밀고 말했다. "누구 팬케이크 더 먹
을 사람?"

프루는 정중히 거절했다. "고맙지만, 저는 됐어요."

프루는 이미 두 개나 먹었다. 엄마와 남동생 맥은 팬케이크 요리사의 말을
듣지 못한 듯 아무 대꾸도 하지 않았다. 그들은 커다란 식탁 한쪽 대부분을 차
지한 손님만 뚫어지게 바라보고 있었다.

"정 그렇다면 좀더 먹을게요." 손님이 말했다.

프루 엄마의 눈이 휘둥그레지고, 얼굴색이 변했다.

"내가 좋아하는 타입이군. 식욕 좋은 사내." 아빠는 엄마의 반응은 아랑곳하지 않고 대답했다. 그는 제목을 알 수 없는 팝송을 흥얼거리며 부엌으로 사라졌다.

"오렌지주스도 좀더 줄까요?" 엄마가 물었다.

손님은 식탁에 놓인 빈 주스잔 세 개를 발견하고는 갑자기 난감해했다. "아, 아니요. 됐어요, 매킬 부인. 배가 불러서 그만 마셔야 할 것 같아요."

그때 프루의 아빠가 다시 나타나 팬케이크 다섯 장을 손님 접시에 내려놓았다. 잘 익은 케이크 속 블루베리에서 김이 모락모락 피어올랐다. 프루의 계산이 맞는다면 이것까지 합해 손님은 서른일곱 장을 먹게 될 것이다.

"부디 더 먹고 싶어지지 않기를 바라요." 아빠가 웃으면서 말했다. "밀가루가 동났거든요. 우유도. 그리고 버터도."

손님은 감사의 미소를 지었다. "정말 감사합니다. 이걸로 충분해요." 그는 식탁 위의 시럽 그릇으로 손을 뻗었다가 손이 아닌 금색 갈고리로 손잡이를 잡아야 한다는 사실을 깨닫고 동작을 멈췄다.

"내가 도와줄게요. 얼마나 뿌릴까요?" 프루가 시럽 피처를 집어들고 손님의 팬케이크 위에 걸쭉한 갈색 액체를 따라주며 물었다.

"그만." 손님이 외쳤다.

"네 친구는 정말 식욕이 좋구나." 엄마가 말했다.

프루는 한숨을 내쉬고는 엄마에게 대꾸했다. "사람이 아니라 곰이잖아요, 엄마."

그 말은 맞았다. 매킬 씨네 아침식사 손님은 커다란 갈색 곰이었다. 그것도 앞발이 있어야 할 곳에 번쩍거리는 갈고리가 달린 곰이었다. 말도 할 줄 알았다. 하지만 매킬 씨네 식구들은 지금까지 겪은 해괴한 일들로 어느 정도 이골이 난 터였다.

지난 가을만 해도 집안에서 가장 어린, 한 살도 안 되는 맥이 까마귀 떼(프루의 표현을 빌리면 살인적인 까마귀)에 납치를 당했고 누나인 프루는 부모 몰래 동생을 찾으러 나섰다가 중대한 위험에 처해 목숨을 잃을 뻔했다. 그뿐인가. 프루와 함께 간 학교 친구 커티스 멜버그까지 위험에 처했다. 그런데다 까마귀 떼는 아기를 단순히 어딘가의 둥지로 납치해간 게 아니었다. 새들은 어린 맥을 오리건 주 포틀랜드 시 경계의 광활하게 펼쳐진 지날 수 없는 숲으로 데려갔다. 운이 없으면 들어갔다가 길을 잃고 영영 돌아오지 못한다는 소문이 무성한 금단의 영역이었다. 그게 다가 아니었다. 프루와 커티스는 그 숲 경계선 안에서 변화한 세상과 현명한 신비주의자들의 세상, 야만적인 산적들, 호전적인 두더지, 올빼미 왕자, 살아있는 담쟁이에 잡아먹힌 미망인 여왕도 만났다. 그것들은 그곳에서 일어난 모든 사건과 밀접한 관련이 있었고, 이제는 그 땅의 운명이 이들의 행동에 달린 것처럼 보였다.

보통의 집안에서라면 아이가 부모에게 이런 이야기를 들려주었을 때 즉시 정신과 진단을 받게 했을 것이다. 설령 남의 말을 잘 믿는 부모라고 해도 최소한 지역 경찰에 신고했을 것이다. 그러나 매킬 부부는 아들 맥이 집으로 돌아왔을 때 아무 조치도 취하지 않았다. 사실 부모로 인해 아무것도 모르는 아이들에게 그런 일들이 일어났다는 논란이 불거질 수 있기 때문이었다. 우리가 알다시피 부부는 둘째 아이 맥을 갖기 위해 지날 수 없는 숲에서 온 여인과 안개 자욱한 다리 위에서 거래를 했다. 따라서 그들에게는 숲속 세상에 관한 이야기가 아주 해괴하게 들리지 않았다. 그들은 다만 아이들이 무사히 집으로 돌아온 것을 감사히 여겼다.

그 후 상황은 더욱 기묘해졌다. 프루는 몇 달 전 동네 인도식 테이크아웃 식당에 난을 사러 가다 실종되었다. 그들 링컨과 앤 매킬 부부는 심부름을 나갔던 프루가 돌아오지 않자 본능적으로 오싹함을 느꼈지만 내심 더 이상한 일도 일어날 수 있음을 직감했다. 그날 저녁 늦게 왜가리가 집 현관 앞에 내려앉아 부리로 문을 두드렸을 때 그들은 예감이 맞았음을 알았다. 왜가리는 다소 무심하게 '따님의 안전이 우려되어 금단의 황무지(새는 구체적으로 지날 수 없는 숲에서도 와일드우드라고 말했다)로 데려갔다'고 알려주었다. 프루가 그 이상한 세상에서 중요한 인물이라서 적이 급파한 암살자에 의해 언제 어떻게 목숨을 잃을지 알 수 없다고 했다. 왜가리의 말을 믿은 부부는 즉시 딸이 다니는 중학교에 편지를 띄워 프루가 임파선염에 걸려 며칠 결석을 하게 될 것 같다고 알렸다. 다만 딸이 무사히 보호받으며 지낼 거라 믿고 참을성 있게 딸이 돌아오기만 기다렸다.

그리고 현재에 이르렀다. 몇 주일 전 프루는 한 팔에 붕대를 두른 채 말을 할 줄 아는 아주 커다란 갈색 곰의 부축을 받으며 비틀비틀 집으로 걸어 들어왔다. 그들은 손님을 접대하기 위해 최선을 다했다. 에스벤이라는 곰이 좋아하는 동굴 분위기를 최대한 내려고 프루의 방에 커다란 가족용 텐트를 쳤다. 그뿐만 아니라 먹성 좋은 곰을 위해 평소보다 식료품점에 자주 들러 밀가루도 대용량, 우유도 큰 통으로 구입했다. 자동차 뒷부분이 주저앉을 정도로 다진 소고기를 30파운드나 사서 나르는 모습을 호기심 많은 이웃들에게 들켰을 때 앤은 예수의 재림에 대비해서 사재기를 하는 거라고 귀띔해주었다(앤은 심지어 사람들 앞에서 남편을 가리키며 '제정신이 아니에요.'라고 말하듯 은밀히 눈을 깜빡이는 제스처를 쓰기도 했다. 또 링컨은 링컨대로 이웃사람들을 만날 때다마 그때그때 음모론을 지어내 슬쩍슬쩍 유포시켰다. 가령 "교통국에서 아보카도 기름을 연료로 쓰는 로켓 선박을 개발하면서 아보카도를 비축하고 있어요. 교통국 직원들만 달나라 뒤편 지구 사람들이 이용할 수 있게 만든 리조트 겸 테마파크로 태워갈 로켓이죠. 그곳에서 그들은 달에 거주하는 교통국 직원들의 유전적으로 변형된 자손들을 위해 10억 가까운 지구인들을 박멸하려고 수작을 부릴 거예요. 절대로 내가 지어낸 이야기가 아니에요."). 하지만 모험에 대한 신기함은 금세 시들해졌고, 가족은 곰이 언제 출발할까 궁금해하며 날짜만 세기에 이르렀다. 걱정거리라면 곰이 프루를 데려가려 할 경우 어떻게 할 것인가였다.

앞치마를 벗은 링컨 매킬이 스무디와 달걀 프라이를 가지고 식탁에 앉았다. 그는 빈약한 음식을 먹으며 웃어보였다.

"혹시 언제쯤……." 프루의 엄마가 어렵사리 말을 꺼냈다. 하지만 무례한 주인이 되고 싶지 않은데다 자신의 입장도 확고하지 않아서 말꼬리를 흐렸다.

"에스벤. 내 아내가 하려는 말은 말이죠," 링컨이 달걀노른자를 한가득 입에 넣으며 말했다. "우린 그냥 궁금할 뿐이에요. 당신도 알다시피…, 우린 밀가루도 떨어졌고, 버터도 떨어졌어요. 그리고 달걀도."

"그야, 우리가 얼마든지 밖에 나가서 구해오면 되지만," 앤이 끼어들었다. "알아두면 도움이 될 것 같아서…, 알아두면……."

프루는 더 이상 듣고 있을 수가 없었다. 프루가 말했다. "우린 내일 여기를 떠날 거예요."

"우리?" 부모님이 동시에 물었다.

"우리이이이!" 맥이 미늘창처럼 삐죽삐죽 솟은 머리카락 주위로 포크를 휘두르며 외쳤다. 그 바람에 포크에 꽂혀있던 반쯤 먹은 팬케이크 조각이 방을 가로질러 날아갔다. "우리이랑 고미미랑!"

"제가 계획을 말씀드렸잖아요." 프루가 호를 그리며 날아가는 팬케이크 발사체를 바라보며 말했다. "이것도 계획의 일부예요."

에스벤은 입 한가득 팬케이크를 넣은 채 동의한다는 듯 낮게 으르렁거렸다.

프루가 계속했다. "제 발목과 팔만 나으면 우린 곧바로 우드로 가야 해요. 우리가 필요해요. 낭비할 시간이 없어요. 찾아야 할 사람이 있거든요."

"또 한 명의 '제작자'?" 엄마가 프루의 말을 가로챘다. "그게 누군지는 모르지만, 내가 그럴 줄 알았어. 에스벤은 가도 돼. 혼자 하라고 해. 하지만 프루, 넌 학교를 많이 빠졌어. 난 네가 7학년을 다시 다니는 걸 원치 않아."

프루가 엄마를 빤히 쳐다봤다. 두 사람 사이에 침묵이 흘렀다. 마침내 프루가 입을 열었다. "전 상관없어요. 7학년을 다시 다니든 말든 관심 없어요. 전 거기, 우드 사람이에요. 그 사람들에겐 제가 필요해요."

에스벤이 음식을 씹다 말고 동의한다는 듯 음음 소리를 냈다. "정말이에요, 매킬 부인. 아주 중요한 일이에요. 프루가 꼭 필요해요."

"이것 봐요, *말하는 곰*." 앤 매킬이 발끈하며 화를 냈다. "내 교육방식에 대해 이러쿵 저러쿵 참견하지 말아요."

에스벤은 놀라서 팬케이크 찍은 포크로 하마터면 턱을 찌를 뻔 했다.

"여보." 링컨이 식탁을 가로질러 뻗은 손으로 아내의 손을 잡으며 말했다. "내 생각에 이 문제는 프루와 에스벤의 말을 듣는 게 좋겠어. 어쨌든 우리보다는 훨씬 몸집이 크잖아."

식탁에 정적이 내려앉았다. 각각의 사람들, 심지어 잔디를 입힌 듯한 머리

29

카락에 팬케이크 부스러기를 잔뜩 묻힌 어린 맥조차 마음을 진정시키려는 듯 조용히 숨을 쉬었다. 집 앞 도로를 달리는 차들의 부르릉 소리만 그들이 차마 말하지 못한 문장을 대신하고 있을 때, 매킬 부인이 울음을 터뜨렸다. 가장 먼저 반응을 보인 쪽은 곰 에스벤이었다.

"이런! 저기, 매킬 부인." 손님은 지극히 개인적이고 인간적인 상대방의 모습에 당황해서 이렇게 말했다.

해야 할 말이 그게 다였을까? 한동안 엄마의 울음소리가 식당을 가득 채웠다. 그러나 서서히 훌쩍거림은 잦아들고, 곰은 팬케이크를 마저 먹어치웠다. 그리고 모두가 접시를 싱크대로 가져간 뒤 식탁을 정리했다. 그들 앞에는 봄날이 펼쳐져 있었고, 아침의 드라마는 바로 잊혀졌다. 앤 매킬은 눈물을 삼켰다.

그날 밤, 집 안의 다른 곳이 잠들어있을 때 프루는 베개에 머리를 비스듬히 기댄 채 깨어있었다. 곰은 침대 옆 텐트 속에서 불규칙하게 코를 곯았다.

코골이가 잠깐 멈추었을 때 프루가 살며시 불렀다. "에스벤?"

"음?" 곰이 낮게 대답했다.

"잠이 오지 않아요."

"또?"

"당신은 어떻게 잠이 오죠? 생각해야 할 게 이렇게 많은데."

"생각하지 마, 프루."

프루는 입술을 오므리고 곰이 조언한 대로 해보려고 노력했다. 하지만 노력하면 할수록 그 노력이 더욱 소용없어졌다.

"에스벤?" 잠시 후 프루가 다시 불렀다.

"으음?"

"그는 어떻게 생각할까요? 자꾸 그 생각이 나서 괴로워요."

무언가 끄는 소리가 들렸다. 거대한 몸뚱이가 너무 작은 슬리핑백을 빠져나왔다. "무슨 생각?"

"알렉세이."

"그야, 정확히 알 순 없지."

"나무가 충분히 생각했겠죠, 그렇죠?"

"그럴 거야." 잠시 침묵이 흘렀다. "프루?"

"네?"

"잠 좀 자둬. 내일은 중요한 날이야."

놀랍게도 에스벤은 말을 마치자마자 다시 요란스럽게 곯아떨어졌다. 프루는 그런 모습을 놀라워하며 잠을 자려고 애썼다. 하지만 머릿속에서 여러 가지 생각이 뒤섞이며 충돌을 일으켰다. 알렉세이는 자신의 부활을 *어떻게* 생각할까? 회합 나무한테 지시를 받은 후 프루는 이런 질문이 한시도 머릿속에서 떠나지 않았다. 자동인형 왕자는 다시 살고 싶을까. 어머니에 의해 다시 만들어진 왕자가 그 후 다시 죽음을 택한 데 대해 그는 아무 책임이 없을까? 또다시 무분별하게 그를 살려놓는 것은 일종의 죄악이 아닐까? 그러나 그 지시를 내린 이는 우드의 영적 심장이라고 할 수 있는 회합 나무였다. *소년 왕자를 되살려놓아야만 평화를 얻을 수 있다.* 더 큰 선을 위해서라면 자신들이 저지르는 짓은 용서를 받지 않을까? 더 큰 선이란 무엇일까? 단지 영혼 하나를 저승에서 불러온다고 해서 없어질 상황이란 어떤 종류일까?

뾰족한 해답을 얻지도 못했는데 아침 햇살에 침실 창문이 환해졌다. 결국 한 숨도 못 잔 프루는 걱정만 가득 안고 담요 밖으로 나왔다.

프루는 여행 가방을 싸기 시작했다. 발목의 통증도 거의 사라졌고 팔은 팽팽히 당겼을 때만 아팠다. 에스벤은 거실에서 맥과 놀아주고 있었다. 두 살짜리 동생은 에스벤의 털투성이 등을 기어 올라갔다가 무릎으로 미끄럼을 탔다. 에스벤은 황금 갈고리로 프리스비를 동시에 두 개 돌리는 등 서커스단에 있을 때 배웠던 묘기를 보여주었고, 맥은 감탄 섞인 환호성을 질렀다. 프루가 가방을 어깨에 메고 계단 아래 나타났을 때 부모님은 거실 의자에 앉아있었다. 아빠는 책을 읽고 엄마는 뜨개질로 어떤 모양을 뜨려는 중이었다.

에스벤이 맥을 내려놓고 프루를 보며 물었다. "준비됐니?"

프루가 고개를 끄덕였다.

앤은 고개를 들기는커녕 뜨개감에 더욱 시선을 고정시켰다. 아빠 링컨은 자리에서 일어나 딸에게 다가가며 말했다. "좋아, 가자."

앤은 실과 드잡이하며 끝내 일어서지 않았다.

"안녕, 엄마." 프루가 인사를 해도 엄마는 고개를 들지 않았다. 프루는 중재를 바라며 아빠를 쳐다봤지만 아빠는 어깨만 으쓱거렸다. 프루는 아빠를 도와 에스벤의 거대한 덩치에 낡은 퀼트 이불을 덮고 앤이 떠준 커다란 뜨개 모자를 머리에 씌웠다. 곰은 그렇게 변장을 한 채 문을 빠져나갔고, 셋은 집 앞에 주차해둔 가족용 승용차로 걸어갔다.

그들은 뒷좌석에 에스벤을 웅크려 앉게 한 뒤 차를 달리기 시작했다. 뚜렷한 형태가 없는 담요 더미라서 언뜻 기부할 물건이라도 운반하는 것처럼 보였다. 마침 자동차 라디오에서는 모금을 독려하는 공영방송이 흘러나왔다.

그들은 커다란 식탁 한 쪽 대부분을 차지한
손님만 뚫어지게 바라보고 있었다.

"우리가 또 왜가리한테 네 소식을 듣게 되는 거니?" 아빠가 물었다.

딸이 미소를 지었다. "좋은 소식만 듣게 될 거예요, 약속해요."

"그럼 그 암살자…, 그것만 조심하면 되지?"

둔갑술을 쓰는 여우 달라 데니스를 떠올리자 프루는 잠깐 소름이 끼쳤다. 그녀의 죽음을 알리는 기분 나쁜 '탁!' 소리가 떠올랐다. "그 여우는 죽었어요. 비록 더한 게 기다리고 있을지 모르지만. 우리도 잘 몰라요. 사우스우드에 가기 전까지 왜 지하세계에 있어야 했는지도 그렇고."

"네가 영웅처럼 환영받을 거라는 게 정말이니? 네가 그렇게 말했잖아."

"네, 우리의 예감이 맞다면요."

"아무것도 바뀌지 않았다면." 에스벤이 딱 꼬집어 말했다.

"그건 그래요." 프루는 혹시 있을지 모를 어두운 면까지 생각하고 싶지 않았지만 순순히 동의했다. 프루는 차창을 따라 손가락을 놀리며, 창문에 닿는 햇살을 느꼈다. 빨간 신호등이 켜졌을 때 어느 세단 옆에 정차했는데, 뒷좌석에 앉은 아이가 고개를 빼고 밖을 내다보았다. 반짝거리는 아이의 눈을 보니 에스벤을 발견했음에 틀림없었다. 아이는 부모에게 이 이상한 광경을 보라는 듯 창문을 세게 두드리기 시작했다. 그때 신호등이 바뀌었고 세단의 어른들이 곰을 발견하기 전에 프루의 차는 우회전을 했다. 아마도 아이는 오후 내내 어른들로부터 핀잔만 들었으리라.

잠시 후 그들은 쓰레기장에 도착했다. 에스벤은 변장했던 물건들을 벗었다. 그곳에는 말하는 곰을 보고 놀라자빠져 도망칠 사람이 없었다. 에스벤은 안도의 한숨을 내쉬며 두툼한 팔을 하늘로 쭉 뻗었다.

"기분 상하게 할 마음은 없는데요." 곰이 링컨에게 말했다. "담요에서 고양이 침 냄새와 곰팡이 핀 카펫 냄새가 나네요."

"기분 상하기는." 링컨이 대꾸했다.

에스벤은 손뜨개 모자만은 벗지 않았다. 그 모자를 선물받았을 때 에스벤은 그렇지 않아도 머리에 꼭 맞는 모자가 필요했다며 좋아했다. 그는 모자를 작은 귀에 꼭 눌러쓴 뒤 쓰레기 더미 한 가운데 있는 허름한 함석 판잣집으로 걸어갔다. 헐거워진 경첩에 문짝이 덜렁덜렁 간신히 매달려 있었다. 누가 책임지고 있는지 모르지만 터널로 들어가는 입구를 전혀 보수하지 않은 게 분명했다. 판잣집 안에는 지하로 들어가는 콘크리트 도관이 있었다. 에스벤은 입구에서 걸음을 멈추고 매킬 부녀를 돌아다보았다. 그들은 아직 차 옆에 서있었다.

프루와 아빠는 긴 포옹을 나누었다. 비닐봉지들이 저승에서 돌아온 천사들처럼 두 사람 주위를 한바탕 날아다녔다.

"거기 가면 몸조심해라." 아빠가 당부했다.

"그럴게요, 약속해요." 딸이 대답했다.

프루는 쓰레기 더미를 지나 지하세계 입구에 서있는 곰에게로 걸어갔다.

CHAPTER 3
망각의 집

엘시는 폭발로 인한 불빛 혹은 굉음에(무엇 때문인지 잘 몰랐다) 깜짝 놀라 잠에서 깼다. 상황은 이랬다. 엘시는 자신이 잠든 줄도 몰랐다. 그저 눈을 감고 쉬어야겠다고 혼잣말을 했을 뿐이다. 그런데 세상에서 서서히 멀어져 새털처럼 가볍게 다른 세상 다른 곳으로 갔다가 폭발음 때문에 화들짝 현재의 상태로 돌아왔다.

엘시는 눈을 비비며 어두운 밤을 향해 눈을 가늘게 떴다. 어디에선가 걷잡을 수 없이 불길이 치솟고, 멀리 지평선에 빛이 깜빡거렸다. 몇 달 전만 해도 이런 소리를 들으면 심장이 덜컹 내려앉으며 질주했겠지만, 새로운 삶을 되찾은 지난 두 달 동안에는 깜빡 잊었던 임무를 깨닫는 정도가 되었다.

포개고 앉은 다리가 애원하듯 저려오자 엘시는 응답하듯 몸을 일으킨 다음 허물어진 벽을 두 손으로 짚고 한껏 기지개를 켰다. 여기에서 아래로 떨어지면 한참 걸리겠다는 생각이 들었다. 발로 바닥을 찼다. 튀어오른 돌 부스러기가 몇 초가 지나 바닥으로 떨어지는 소리가 들렸다.

다시 폭발음이 들리며 어둠 속에 빛이 번쩍했다. 이번에는 어디쯤에서 폭발 했는지 내다보았다. 몇 마일 떨어진 화학약품 저장고였다. 하늘로 분출한 불 꽃이 빛과 금속파편을 날리며 근처 건물로 폭포처럼 쏟아졌다. 연기를 내며 조금 타오르던 불길은 이내 가스 화염과 뒤섞여 산업폐기물장에 점점이 박혀 있는 노란 전구 불빛과 분간이 가지 않게 되었다. 참으로 이상한 폭발이었다. 산업폐기물장이 정상적으로 가동되고 있다면 절대 일어나서는 안 되는 일인데 도 불구하고 정기적으로 폭발이 일어났다. 나이 먹은 아이들은 전쟁이 벌어지 는 거라고 말했지만 누가 누구와 전쟁을 벌이고 있는지 설명하지 못했다. 그 들은 어느새 그런 소음(번쩍이는 불빛과 쿵하는 소리)에 익숙해져서 청소차가 도 로 경계석을 들이받거나 우편배달부가 현관문을 노크하는 소리처럼 취급했다.

엘시는 팔에 끼고 있는 인형의 음성상자 단추를 누르고 싶었지만(용감무쌍한 티나 인형에게는 다양한 상황에 맞춰 자신감을 심어주는 글귀가 입력되어 있었다) 꾹 참 았다. 자신들이 창고에 있다는 사실을 들키지 않도록 나이든 아이들이 금지했 기 때문이었다. 대신 엘시는 인형 얼굴을 제 얼굴 가까이 끌어당긴 다음 손가 락으로 어깨를 톡톡 쳤다.

"괜찮아, 티나. 여기는 폭발하지 않을 거야." 엘시가 말했다.

해돋이가 가까워졌음을 예고하듯 어둠이 서서히 푸른 빛을 띠기 시작했다. 엘시의 왼편 바로 아래쪽에서 불꽃이 깜빡거렸다. 그 쪽으로 눈길을 돌리자 낮게 속삭이는 소리가 들렸다. "엘시!"

"마이클?"

"5시야. 가서 자."

"알았어."

엘시가 발아래 양파나 감자를 담는 데 썼을 법한 마대를 벌려 밤새 사용한 물건을 쑤셔넣었다. 전등과 건포도 상자, 지진 발생 시 안전수칙이 적힌 노란 소책자(엘시의 유일한 읽을거리였다). 짐을 다 챙겼을 때 파수대로 올라오는 계단 꼭대기에 마이클이 나타났다. 그들은 벽돌로 쌓은 벽이 부서지는 바람에 오랫동안 감춰져 있던 창고의 좁은 계단통에 나란히 섰다.

"별 일 없었니?" 마이클이 물었다.

"응, 특별한 일은 없었어. 조금 전에 두 번 폭발이 일어났어. 한 번 폭발하고 나서 금세 또 한 번. 그밖에 다른 일은 없었어." 엘시가 잠시 멈췄다가 갑자기 생각난 듯 덧붙였다. "아, 그리고 그를 봤어."

"그 괴짜?"

"응, 하지만 괴짜는 아니었어."

소년은 몇 번 킁킁거리며 바깥풍경을 둘러보았다. 그들은 그를 괴짜라고 불렀다, 아니 적어도 몇 주 전 그를 처음 본 칼은 그렇게 불렀다. 담요인지 옷가지인지 모를 천으로 온몸을 꽁꽁 싸매어 도무지 남자인지 여자인지 분간이 가지 않은 몰골이었다. 아이들은 그 남자를(그가 누구이든) 보고 나서 금방 위험인물은 아닐 거라고 결론을 내렸다. 그들의 은신처 근처를 헤매는 일도 별로 없거니와 설령 그런다고 해도 길 잃은 불쌍한 개에게 돌을 던져 겁을 주듯 얼마든지 쫓아버릴 수 있을 것 같았다.

마이클은 대수롭지 않다는 표정으로 엘시에게 말했다. "산드라가 화로에 귀리를 올려놓았더라. 서두르면 첫 줄에 설 수 있을 거야."

"고마워." 엘시가 대답했다.

엘시는 벽돌더미 옆에 세워둔 녹슨 마체테(날이 넓고 무거운 칼. 무기로도 쓰임. ─옮긴이) 칼을 마이클에게 건넸다. 그는 고맙다고 하며 칼을 받았다. 입양부적격자 아이들이 지닌 유일한 무기였다. 산업폐기물장에 숨어지내기 시작한 지 일주일쯤 되었을 때 반쯤 뭉개진 검은 딸기나무 덤불에서 발견했다.

엘시는 훈련받은 대로 목조계단을 몇 계단 내려간 뒤에야 손전등을 밝혔다. 그것은 그들이 명심해야 할 많은 주의사항 중 하나였다. 눈에 띄지 않을수록 발각될 염려는 줄어든다. 아이들은 불 탄 창고와 건물들로 황량하기 짝이 없는 쓸쓸한 산업폐기물장에서도 가장 멀리 떨어진 이 보루, 입양부적격자 아이들이 망각의 집이라고 부르는 이곳에서조차 눈에 띄지 않도록 조심했다.

나선형 계단을 내려가자 점점 환해졌다. 부서진 벽돌과 유리창이 깨져버린 창틀 앞쪽으로 난 도로가 훤히 보였다. 버려진 창고 안으로 돌아가자 어두침침한 거대한 방 한가운데 놓인 드럼통 안에서 불길이 훨훨 타오르고 있었다. 비둘기 몇 마리가 처마 밑과 엘시의 머리 한참 위에 있는 서까래 사이를 획획 날아다녔다. 낡은 마룻바닥에 잠들어있는 다른 아이들의 모습이 마치 작은 파도가 치는 것 같았다.

시커먼 솥단지를 젓고 있던 산드라가 엘시를 발견하고 인사를 했다. "안녕."

"안녕. 근데 뭐 만드는 거야?" 엘시가 물었다.

"귀리죽, 내 계획은 그래." 요리사가 웃으면서 대답했다. 산드라는 솥 안에 든 것을 국자 한가득 퍼서 보여주었다. 꼭 가래침 같았다.

"맛있겠다. 나 귀리죽 좋아하는데." 엘시가 말했다.

"그 정신 좋았어." 산드라는 이렇게 말하면서 양철그릇에 끈적거리는 죽을 담아 엘시에게 내밀었다. "먹어."

그릇을 들고 식탁으로 가는 동안 뱃속에서 꼬르륵 소리가 났다. 함부로 사용한데다 오래되어 낡고 녹슨 식탁이었다. 그때 다른 아이들도 하나 둘 잠에서 깨어나 어딘가에서 주워온 담요 밖으로 기어나오기 시작했다. 낯익은 검은 머리도 담요를 걷어차고 일어나 머리카락을 털었다. 15일, 오늘 생일을 맞은 엘시의 언니 레이첼이었다. 마치 담요에 절여진 것처럼 자신의 이불 속에 들어앉은 레이첼은 이런 비참한 환경에서 생일을 맞은 현실이 슬픈 게 분명했다.

엘시는, 귀리죽을 한 숟가락 입에 넣자 따뜻함이 가슴을 타고 내려간 뒤 어깨와 팔까지 번지는 것을 느꼈다. 레이첼은 더 이상 이 상황을 받아들일 수 없는 듯 허공을 응시했다.

"언니!" 엘시가 소리쳤다. 레이첼이 고개를 돌렸다. 슬프고 아련한 눈길이었다. "생일 축하해, 언니." 엘시가 귀리죽을 저으며 말했다.

레이첼이 웃으면서 몸을 일으켰다. 다른 아이들은 그날 아침의 곤죽을 받으러 산드라의 솥단지로 걸어갔다.

레이첼도 죽을 받아 엘시 앞에 앉았다. "고마워, 엘시." 레이첼이 대답했다.

엘시가 입 안 가득 죽을 넣고 나서 말했다. "귀리죽 먹어봐. 맛있어. 산드라가 만든 거야."

레이첼은 엘시의 그릇을 들여다보고 희미하게 웃었다. "별로 배고프지 않아. 너 어젯밤 경비 섰지? 아무 일도 없었니?"

"괜찮았어. 근데 그 남자를 봤어. 괴짜."

"자세히 봤어?"

"아니, 가까이 오지 않았어. 마이클 말이 맞는 것 같아. 그냥 떠돌이 인부일 뿐이야."

"다른 건?"

"특별한 건 없었어. 폭발이 두 번이나 일어났어. 아주 멀리 떨어진 곳에서."

"그래?" 이렇게 대꾸한 것은 엘시 또래의 소년 칼 렌퀴스트였다. 그가 걸어와서 식탁에 앉았다. 칼의 죽 그릇에서 김이 올랐다. "어떤 종류야?"

"어떤 종류냐니, 무슨 뜻이야?"

"대폭발이었어? 아니면 작은 폭발? 뭐가 터진 거야?"

"나도 몰라. 그냥 건물들. 멀리 떨어져있는."

"꽤 담담하네." 칼이 말했다.

엘시는 어깨를 으쓱한 뒤 귀리죽을 한 숟갈 떠먹었다. "어쨌든 공장지대잖아, 안 그래? 공업용 원료…, 뭐 그런 게 터졌겠지."

"마이클이 그러는데 그런 폭발이 더 자주 일어나고 있대." 칼이 말했다.

"그래? 나한테는 그런 말 없었는데." 엘시가 대답했다.

"나도 어제 엿들었어. 마이클 말이 폭발이 더욱 자주 일어나고 있대. 그것도 점점 가까운 곳에서."

"아이들 말을 모두 믿지는 마." 레이첼이 끼어들었다.

칼이 죽을 크게 한 입 떠먹었다. "다음번에는 바로 여기에서 쿵!" 칼의 입에서 흰 귀리죽 파편이 발사됐다. 그가 효과를 극대화하려고 그랬는지, 아니면 그저 우연히 일어난 일인지 알 수 없었다. "이곳 전체가 날아가 버릴지도 몰라. 너희들과는 상관없는 일이지만. 너희들은 조금 있으면 여기에서 나가는 거 아니야? 부모님이 여행에서 금방 돌아온다고 말하지 않았어?"

자매는 아무 대꾸도 하지 않았다. 레이첼은 땋은 머리를 손으로 만지작거렸다. 엘시는 말없이 죽을 저었다.

칼은 자신이 지나쳤음을 깨달았다. "지금 돌아오고 *계신* 거 아냐?"

칼은 두 아이가, 지난 겨울 격렬한 봉기로 고아원이 불타버린 후 부모한테서 두 통의 엽서 외에 아무 소식도 받지 못했다는 사실을 알지 못했다. 첫 번째 엽서는 새 보금자리인 망각의 집, 이 버려진 창고를 발견한 직후 도착했다. 터키 이디르에서 보낸, 2월 29일자 소인이 찍힌 엽서였다. 부모님은 딸들이 잘 지내기를 바라며, 이스탄불의 슬럼가에서 커티스를 찾고 있지만 별 진척이 없다고 짧게 전해왔다. 다만 어떤 소년이 집시 서커스단을 따라 국경을 넘어 아르메니아로 갔다는 믿을 만한 정보를 얻었으며, 멜버그 집안의 친척 어른들이 두 아이가 고아원에 2주일(골칫거리들을 위한 조프리 언생크 고아원이 수취인인 수표가 지금 고아원 주소로 발송되었을 것이다) 정도 더 머무를 수 있게 조치를 취해놓았다고 알려왔다. 겨우 며칠 전에 받은 두 번째 엽서에서 용감무쌍한 부모님은 지금 러시아 대륙에서도 가장 멀리 떨어진 곳에 있다고 전해왔다. 두툼하고 깔쭉깔쭉한 얼음 속에 갇힌 흑백의 배 사진이 찍힌 엽서의 뒷면에는 엄마의 정갈한 손글씨로 이렇게 적혀있었다. '*아르한겔스크에서 안부를 전한다! 아르메니아 서커스단에 관한 이야기는 잊어주기 바란다. 그건 엉터리였어. 그런데 어떤 미국인 소년이 이 근처에서 발견되었다는 소식을 들었단다. 북해에서 조금 떨어진 섬이란다. 북극한계선 근처! 으윽, 여긴 너무 춥구나! 2주일 안에 돌아가마! 약속할게! 언생크 씨에게 우리가 어디쯤 여행하고 있는지 알려달라고 하렴. 늦어서 미안하다고 전해주고.*' 멜버그 씨네 자매 중 비공식적인 문서 담

41

당자 레이첼은 두 장의 엽서를 반듯하게 접어 점퍼 주머니에 넣었다.

엘시는 교묘히 화제를 돌렸다. "오늘 우리 언니 생일인 거 알지?"

"그래?" 칼의 눈이 반짝거렸다. "농담 아니지?"

레이첼이 그렇다는 듯 툴툴거렸다.

"아마 아홉 번째일걸." 엘시가 말했다. "아니 열아홉 번째던가……."

"아흔여덟 번째야." 레이첼이 마무리지었다. "맞아."

"그럼, 파티든 뭐든 해야겠네." 칼이 말했다.

"좋지." 레이첼이 맞장구쳤다.

"정말이야. 마이클이 오면 뭔가 하자. 특별하게." 칼이 계속해서 말했다.

"예를 들면?" 레이첼이 물었다. "귀리 비스킷 튀김? 쥐오줌 샴페인의 코르크도 따고?"

엘시가 언니를 흘겨보았다. "언니. 칼은 위로해주려고 그러잖아."

"싫으면 관둬, 으이구, 투덜이." 칼이 무심하게 내뱉었다. 그는 커다란 입에 귀리죽을 퍼부었다.

그랬다. 새로운 보금자리에서는 어떤 축하행사든 빈약할 수밖에 없었다. 이곳에 오고 나서 두 달 동안 치른 아이들의 생일은 친구들로부터 축하인사를 받고 저녁 식탁에서 빵을 더 받는 것 외에 별다를 것 없이 지나갔다. 그 이상은 사치였다. 그래서 대부분 아이들은 축하받을 일이 있어도 혼자 간직했다. 생일 축하를 받으려고 할수록 궁핍한 처지만 도드라지기 때문이었다. 아이들은 지금도 마서 송이 설명한 자신들의 미래 비전을 믿고 있었다. 지날 수 없는 숲 경계에 위치한 감옥인 변경지대는 물론이고 산업폐기물장 너머에 존재하는 어른들의 세상으로부터 자유로운 자신들만의 세상을 만드는 것, 아이들은 이곳에서 자유롭게 살았다. 다만 지금까지 '자유'는 충분히 누렸지만 나머지 절반인 '삶'은 결코 쉽지 않은 도전임이 증명되고 있었다.

무엇보다 식량이 부족했다. 수거반은 매일 폐기물장의 거주지역으로 출동해 쓰레기통에서 반쯤 먹다 버린 사과라든지 샌드위치 따위를 뒤졌다. 공장지대 화학약품 저장탑과 창고에서 일하는 빨간색 비니를 쓴 덩치 큰 인부들은 정오 사이렌이 울리면 공장 현관의 층층대와 계단에 모여 점심을 먹었다. 그들이 남기는 음식이 고아들의 사냥감이었다. 형편없긴 하지만 근근이 살아가기에는 충분했다.

안전은 또 다른 문제였다. 아이들은 가끔 하역인부 경비대를 저지해야 할 필요가 있었지만 언생크 고아원 봉기 때 당한 매질의 기억은 여전히 쓰라렸다. 또한 이곳에 서식한다고 알려진 들개 떼는 아이들을 먹잇감으로 삼지는 않더라도 생명을 위태롭게 할 수 있었다. 그래서 밤이 되면 아이들은 창고의 폭탄 맞은 계단통 위 횃대처럼 높은 파에서 교대로 불침번을 섰다. 경비를 위해 간단한 신호를 만들기도 했다. 휘파람을 한 번 불면 하역인부가 나타났다는 뜻이고 두 번 불면 들개를 발견했다는 신호였다.

아이들은 점점 더 조직적으로 생각하고 행동하기 시작했다. 가령 하역인부가 나타나면 바람잡이를 보내 창고에서 멀리 떨어진 곳으로 유인했다. 휘파람소리가 두 번 들리면 모든 문을 단단히 닫아걸고 약탈자 개들이 다른 공격 장소를 찾을 때까지 기다렸다. 아이들이 엑스칼리버로 부르는 녹슨 마체테 칼은 용맹스러움의 상징물일 뿐이었다. 마체테 칼을 지니고 있으면 대담해졌지만 실제로 사용하는 것은 겁을 냈다. 그래도 온갖 침범 소동을 겪으며 아이들은 단련되었고, 자신들이 지키는 보금자리에 대한 자부심은 커져갔다. 마서 송이

구상한, 그러나 마서 자신은 없는 보금자리.

엘시가 속상한 것이 바로 그 점이었다. 자신들이 아는 한 가족 중 두 명, 마서와 캐롤 크로드는 아직 하역인부들의 손아귀에 있었다. 고아원 봉기 때 하역인부들에게 붙잡혔다. 그들의 행방은 추측만 할 뿐이었다. 레이첼은 이런 사실에 특히 민감해서, 다른 아이들이 새로운 환경에 잘 적응해나간다고 느낄 때마다 그 점을 더욱 일깨워주고 싶었다.

그래서 그날 저녁 야간회의가 열렸을 때 레이첼은 대립할 각오를 했다. 마체테를 든 마이클이 아이들에게 조용히 하라고 당부했다. 8세부터 18세까지 다양한 연령의 73명이 장작불 타는 드럼통 주위에 둘러앉아 몸을 꼼지락거리며 주의를 기울였다.

"입양부적격자들. 이리 모여봐." 마이클이 말했다.

비록 대부분의 아이들은 입양부적격자가 아니었지만 조프리 언생크 때문에 변경에서 죽어갈 뻔했던 아이들과 연대의 표시로 그 호칭을 받아들였다.

"우선," 마이클이 입을 열었다. "우리 가족 중 한 명에게 생일 축하인사를 하자. 레이첼 멜버그, 오늘 15일이지?"

아이들은 일제히 축하인사를 중얼거렸다.

레이첼이 드디어 말할 기회를 잡았다. "모두들 고마워. 그런데 마서와 캐롤은 도대체 어떻게 할 거야?"

마이클이 피곤한 미소를 지어보였다. "그 문제도 해결해야지."

"언제?" 레이첼이 따져 물었다. "해결해야 한다고 말한 지 벌써 두 달째야."

"음, 시간이 걸릴……."

"시간은 충분해. 우린 지금까지 이 문제에 손을 놓고 있었어. 우리 친구, 아니 우리 식구가 그 돌대가리들한테 무슨 짓을 당할지 모르는데 말이야. 난 이 문제가 아주 간단하다고 봐. 그저……."

그때 마이클이 마체테 엑스칼리버를 휘두르며 말을 가로막았다. "검은 내가 갖고 있어. 그러니까 주제넘게 나서지 말라고."

"엄밀히 따지면 검이 아니지." 마이클의 발치에 앉은 소년이 말했다. "그건 마체테야."

"어쨌든. 이걸 가진 사람이 대표야." 마이클이 되받아쳤다. 그 말에 방 안이 조용해졌다. 마이클이 헛기침을 한 뒤 계속해서 말했다. "내 말을 믿어. 캐롤

45

과 마서는 나에게도 중요한 친구야. 특히 마서는 내가 언생크 고아원에서 처음 만난 특별하고 좋은 친구야." 이쯤에서 마이클은 레이첼을 돌아다보았다. "레이첼, 기억하겠지만 너를 캐롤에게 데려간 것도 나야. 게다가 내 말대로 했다면 우린 지금, 변경의 오두막에서 행복하고 안전했어."

"그리고 난 생일 축하도 못 받았겠지." 레이첼이 비아냥대자 아이들 몇 명이 동의한다는 듯 고개를 끄덕였다.

지날 수 없는 숲을 보호하는 변경지역에서는 말 그대로 시간이 멈췄고, 아이들은 그곳에 사는 동안은 나이를 먹지 않았다. 마서가 그곳을 떠나자고 설득한 이유 중에는 그 점도 포함되었다. 마서는 날카로운 통찰력으로 나이를 먹지 않아서 얻는 이점에 의구심을 표했다.

"우리는 지금 우리 힘으로 자립하려고 애쓰는 중이야." 레이첼의 반격을 무시하고 마이클이 말했다. "시간이 좀 걸릴 거야. 우리가 좀더 강해지면 그때 행동으로 옮길 거야."

"우리는 지금도 강해. 충분히 기다렸어." 레이첼이 반박했다.

마이클이 레이첼의 말을 가로막으며 마체테는 아직 자신에게 있다는 사실을 상기시켜주려고 했다. 그때 몇몇 아이들이 레이첼을 지지하며 함성을 지르기 시작했다. "레이첼한테·엑스칼리버를 넘겨." "마이클, 포기해!" "레이첼에게도 기회를 줘!" 마이클은 못마땅한 듯 얼굴을 찡그리며 레이첼에게 걸어갔다. 그리고 칼자루를 앞으로 돌려 마체테를 건넸다.

엘시는 언니가 칼날을 손으로 잡으며 무게를 가늠해본 뒤 군중 앞으로 걸어나가는 모습을 지켜보았다. 엘시는 아이들 사이에서 조금씩 변화가 일어나는 것을 눈치채고 있었다. 변경을 탈출할 때 멜버그 자매만 영향을 받지 않고 걸어서 통과했다는 사실이 알려지면서 레이첼은 새로운 지도자, 더 큰 영향력을 발휘하는 사람이 되어가고 있었다. 목이 늘어난 검정 티셔츠 차림에다 길게 늘어뜨린 머리로 얼굴을 감춘 채 팔짱만 끼고 있던 소녀는 이제 없었다. 오늘이 레이첼의 생일이라는 사실은 엘시가 눈치챌 수 없을 만큼 대변신 중인 언니를 새삼 확인하게 된 하나의 사건일 뿐이었다.

"잘 들어." 레이첼이 말했다. "우리는 이곳에서 나름대로 규율도 정하고 잘 적응하고 있어. 하지만 마서와 캐롤을 오래 기다리게 할수록 그들의 실망은 커질 거야. 하역인부들이 그들을 끌고 갔어. 그 자들이 당장 둘에게 무슨 짓을 할지 아무도 몰라. 우리는 깨어있는 동안에는 그들이 어디에 있는지 알아내고 구할 방법을 찾아 그들에게 진 신세를 갚아야 해. 우리가 여기에 온 지 두 달이나 지났어. 더 기다릴 여유가 없다고."

듣고 있던 여러 아이들이 고개를 끄덕거렸다. 마이클은 주머니에 손을 넣은 채 레이첼과 군중을 번갈아 쳐다보았다.

"우리 거수로 정하자. 지금 당장 수색대에 들어가고 싶은 사람 있어? 응? 더 이상 기다릴 수는 없어." 레이첼은 고개를 꼿꼿이 들고 마치 태어날 때부터 휘둘러본 사람처럼 마제테를 편안히 손에 쥔 채 말을 했다.

엘시가 찬성의 뜻으로 손을 들려는데(분위기를 봤을 때 이미 자신이 다수파에 속하리라는 것을 감지했다), 경보음이 들렸다. 창고 위쪽 파수대에서 들려오는 신시아 슈미트의 날카로운 외마디 휘파람이었다. 신시아는 휘파람을 능숙하게 불었다. 마치 굴뚝새의 노래소리 같았다. 갑자기 손에 만져질 듯한 두려움이 방 안에 엄습했다.

하역인부들이 오고 있었다.

CHAPTER 4

숲속의 소용돌이 모양; 거울 위의 손가락

그 들은 며칠째 아직 눈이 쌓여있는 산길을 지나 사람의 발길이 닿지 않은 바위투성이 험준한 골짜기를 걷고 있었다. 언덕 비탈을 지나고 대규모 농장도 지났다. 밭일하던 농부의 아이들은 그들을 보자마자 맞으러 달려나왔다. 여행자는 네 명이었다. 사람 두 명과 여우 한 마리, 코요테 한 마리였다. 두 명의 사람은 중년 여인과 열 살쯤 되어보이는 소년이었다. 그들은 노스우드의 신비주의자들이었다. 똑같이 마대자루 같은 긴 옷을 입고 와일드우드의 중심부로 들어가고 있었다.

소년은 연한 색깔의 작은 깃발을 손에 들고 있었다.

그들은 걷는 동안 말을 아끼는 대신 명상을 하며 여행길에서 만나는 갖가

48

지 풀과 나무들의 언어를 흡수했다. 소리없는 식물들과 소통하는 것은 그들만의 재능이었다. 그들은 믿을 수 없는 이 재능을 엄숙하게 사용했다. 무분별하게 마술을 부리기보다 신중하고 조심스럽게 다루었다. 주변 생태계와 완벽한 조화를 이루며 살아가는 점에 있어서 식물과 노스우드 신비주의자들의 관계는 숲의 다른 시민들에게도 귀감이 되었다. 노스우드의 주민들은 그들을 매우 존경했다.

산을 내려오는데 그들의 주변이 즉각 이동을 했다. 길가의 허름한 오두막과 농장, 여인숙들은 어디론가 사라져버렸다. 대신 굽어진 오솔길 가로 두껍고 거친 잎사귀들이 울퉁불퉁한 땅에서 패권을 다투듯 빽빽하게 자라나 있었다. 풀과 나무들의 언어조차 바뀌었다. 알아들을 수 없는 고함 같은 백색소음이 들쑥날쑥 산발적으로 터져나오며 신비주의자들의 고요한 마음에 집중 포화를 퍼부었다. 그들은 걸음을 멈추고 더 자주 쉬어야만 했다. 숲의 공격적인 소리가 온몸을 짓누르며 부담을 주었다.

그들은 새벽녘에 텐트를 걷고 하루 종일 걸었다. 여행 마지막 날 아침 해가 뜰 무렵, 소년은 벼락 맞아 쓰러진 솔송나무의 갈라진 그루터기에 걸터앉아 허공을 응시했다.

나이든 부인이 다가와 위로하듯 그의 어깨에 손을 얹었다. "이제 얼마 안 남았다. 조금만 가면 돼."

소년이 힘없이 웃었다. "저도 느끼고 있어요. 그런데 다른 것도…….'

부인이 궁금한 듯 소년을 응시했다. "그게 뭔데?"

"모르겠어요." 소년이 대답했다. 옆구리에 있던 소년의 손가락이 그루터기의 나이테를 따라 나선형으로 움직이기 시작했다. "꿈을 꾸었어요."

"나무 꿈?"

소년이 헛기침을 했다. 그의 손가락이 계속해서 나이테를 따라 움직였다. "아니요. 말로 하기 힘들어요. 잘 보이지도 않아요."

다른 신비주의자 둘도 일어나서 부지런히 텐트를 걷고 있었다. 이른 아침 햇살이 어지러운 나뭇잎 사이로 비쳤다. 아래 나뭇가지에는 안개가 끼어있었다. 나선형을 그리던 소년의 손가락이 마침내 중심에 이르러 동작을 멈추었다. 그는 마치 정교하게 친 거미줄 한가운데 꼼짝 않고 있는 거미를 감시하듯 손가락을 유심히 내려다보았다.

"그만 가요." 소년이 말했다.

다른 세 명의 신비주의자는 말없이 소년을 따랐다. 그들은 전례 없이 어린 소년이 원로 신비주의자로 선택되었지만 그의 리더십에 의심을 품어서는 안 된다는 것을 알았다. 다만 종파의 최고령자에게 주어지는 명칭이 암시하듯 소년의 역할은 일단 유보적이었다.

전임 원로 신비주의자인 이피게니아가 세상을 뜨고 난 뒤 회합 나무는 어린 소년을 이피게이나의 후임으로 낙점해 모두를 놀라게 했다. 역사가 기록되기 시작한 후로 사람들이 기억하는 한 최고령자가 아니면서 그런 최고위직에 선출된 예는 없었다. 때문에 종파의 현자나 지식인들 사이에서 얼마든지 논란이 일어날 수 있었다. 하지만 나무의 가르침에도 명백히 나와 있듯 모든 것은 끊임없이 변화했다. 정해지거나 영원한 것은 없었다. 삶에서 유일하게 확실한 것은 변화한다는 사실뿐이었다. 아마도 그들은 '원로'라는 단어가 신체적 나이 아닌 영적 나이를 뜻한다고 결론내렸을 것이다.

그렇게 소년은 시동에서 곧장 원로 신비주의자가 되었다. 소년은 자신이 선출된 것에 대해 놀라거나 우쭐해하지 않았다. 그는 중책에 어울려 보였다.

그리고 와일드우드 깊숙한 곳에 자리한 납골당 나무까지 순례하는 일은 그들의 첫 번째 임무였다. 사악한 동물들이 마음껏 설치고 산적들이 부주의한 여행객을 쉽사리 먹잇감으로 삼는 곳이었다. 그곳에 세상을 떠난 신비주의자 이피게니아를 추모하는 깃발들이 나뭇가지에 달려있었다. 납골당에 오는 일은 원로 신비주의자가 죽었을 때 한 번뿐이기 때문에 각 세대의 시종이나 신비주의자들은 조상의 기록과 나무들의 안내를 받으며 순례를 할 수밖에 없었다. 어느 지점까지는 롱로드를 따라서 걸으면 되지만 결국 길에서 벗어나 와일드우드를 횡단해야만 했다.

이곳은 도로도 없고 오솔길도 없었다. 이따금 사냥길이 나있었지만 그들은 나무와 풀의 안내를 받는 쪽을 택했다. 식물들이 내는 뒤죽박죽 소리 중에서 정보를 얻어 숲속의 미로를 요리조리 빠져나갔다.

순례 9일째 되는 날, 그들은 목적지에 도착했다. 울타리처럼 둘러쳐진 검은 딸기나무 덤불을 헤치고 들어가자 널찍하고 둥근 공터가 나왔다. 그 공터 한가운데 납골당 나무가 서있었다.

우드에 있는 세 나무 중 하나인 납골당 나무는 살아있는 것도 죽은 것도 아니었다. 그 중간 어디쯤에 속한 것 같았다. 나무껍질은 칙칙한 갈색에 나뭇잎도 달려있지 않지만 싱싱한 가지는 하늘을 향해 죽죽 뻗어있고, 근처의 다른 나무 몇 그루를 합친 것보다도 키가 컸다. 길쭉하고 들쑥날쑥한 나뭇가지에는 늘어지도록 형형색색의 작은 깃발이 달려있었다. 저마다 원로 신비주의자들의 생애를 추억하는 깃발이었다. 펄럭거리는 천조각 중 어떤 것은 수백 년이 지난 것도 있었다. 하나같이 세월의 비바람을 잘 견뎌서 처음 묶었을 때의 상태로 완벽히 보존되어 있었다. 이 깃발들은 사실상 납골당 나무의 이파리가 되어 생명이 흐르고 있었다.

신비주의자 네 명은 말없이 가방을 내려놓았다. 그리고 나무 밑동에 잠깐 앉아 그 높이를 가늠하고 성공적인 여행을 축하하며 마음에서 우러나는 악수를 나누었다. 태양이 밝게 빛났다. 계절이 다음 계절로 넘어가고 있음이 분명했다. 5월의 한낮은 싱그럽고 생기에 넘쳤다. 원로 신비주의자인 어린 소년은 손수 매듭을 묶어야 했는데, 이 역시 전례가 없는 일이었다. 고령에다 쇠약했던 이전의 원로 신비주의자들은 젊고 민첩한 젊은이에게 이 어려운 일을 맡기곤 했다. 소년은 아무 말 없이 사색에 잠긴 듯 묘한 표정으로 이피게니아를 위한 빨간색 깃발을 입에 물고 거대한 나무 몸통을 오르기 시작했다.

다른 신비주의자들은 거대한 나무 아래 서서 소년이 올라가는 모습을 지켜보았다. 노스우드의 주민들이 그렇듯 인간 외의 주변 자연환경과 깊은 관계를 맺고 있는 소년은 표범처럼 민첩하게 거친 나무껍질을 잘도 타고 올라갔다. 소년은 아래 있는 구경꾼들의 눈에서 금세 자취를 감추었다.

꺾일 듯 펄럭이는 깃발로 꾸며진 더 높은 가지에 올라가자 숨 막힐 듯한 풍경이 펼쳐졌다. 눈앞에 펼쳐진 세상은 초록과 갈색, 푸른색으로 수놓아진 카펫 같았다. 몽글몽글한 구름은 저 멀리 지평선을 가로질러 동쪽으로 천천히 움직였다. 그들이 며칠 전에 넘어온 봉우리 위로 눈이 쌓인 캐시드럴 마운틴은 그 자체가 땅의 거대한 관절처럼 보였다. 소년은 비어있는 나뭇가지를 발견하고는 입에 물었던 깃발을 빼 손가락 같은 잔가지에 매달았다. 세상을 떠난 원로 신비주의자 이피게니아를 추모하는 깃발이었다. 이 깃발은 나무에 매달린 다른 천조각과 함께 바람에 펄럭거렸다.

소년은 나무에서 내려가려고 자신의 발을 내려다보다 숲에 어떤 변화가 생겼음을 눈치챘다. 지상에 있을 때는 보지 못한 것이었다. 숲의 어느 한 군데 초록색에 뚜렷한 변화가 생긴 것 같았다. 자세히 보자 납골당 밑동부터 바깥쪽으로 완만한 곡선이 반복되는 형태를 띠고 있었다. 그 형태를 따라 바깥쪽으로 시선을 돌리니 익숙한 모습이 눈에 들어왔다.

소년은 모호한 미소를 지으며 사람들이 기다리는 땅으로 내려왔다. 그들은 아직도 소년에 대해 잘 알지 못했다. 소년은 말을 거의 하지 않았다. 간혹 말을 하더라도 표현이 부자연스럽고 이상했으며 절대로 시선을 맞추지 않았다. 성품이 좋은 신비주의자들에게도 그런 점은 불편했다. 그들은 지금도 소년의 말을 기다렸지만 끝내 입을 열지 않았다.

"올라가는 건 어땠니?" 중년 여인이 마침내 용기내어 물었다. 소년은 그녀의 어깨 너머 어딘가를 응시했다. "힘들지 않았어? 너무 높은 데 올라가서?" 여인은 의사소통을 하고 싶었다.

"저기," 소년이 말했다. "그냥 저기."

여인은 뒤를 돌아다보았다. 다른 두 명의 신비주의자도 소년의 손가락이 가리키는 곳을 바라보았다.

"뭔데?" 여인이 물었다. "거기 뭐가 있는데?"

소년은 여인의 질문을 무시한 채 고개 숙인 어린 나무를 타넘고 빽빽한 덤블을 향해 발걸음을 옮겼다. 다른 신비주의자들이 서둘러 뒤따라갔지만 소년이 워낙 빨리 움직였다. 그들이 나무 덤불을 빠져나오기도 전에 소년은 시야에서 사라져버렸다.

거울은 소녀의 서랍장 위 벽에 기대어있었다. 소녀는 맞은편에 팔짱을 낀 채 앉아 거울을 바라보았다. 침대에 허리를 쭉 펴고 앉아있었다. 침대 옆 탁자의 전등은 켜졌고, 창밖은 벌써 어두컴컴했다. 창문 밖 가로등도 깜빡거리다 불이 들어왔다. 소녀는 문득 시간이 얼마나 흘렀는지 깨닫고 눈을 깜빡거렸다. 얼마나 여기에 앉아 거울을 보고 있었지? 오래 전에 시간의 흐름을 잊어버린 것 같았다. 그때 복도에서 발을 끌며 침실로 걸어가는 아빠의 발소리가 들렸다. 돌풍 소리도 들었다. 새들의 노래소리는 들리지 않았다. 석탄 수레만 혼자서 외롭게 덜컹거리며 지나갔다.

서랍장 위 거울은 아직 말을 하지 않고 있었다. 소녀는 이 점이 고마웠다. 하지만 거실에 있는 키 큰 괘종시계가 자정을 알리면 거울에 글자가 나타날 것이다.

며칠째 그런 식이었다. 낡은 석조주택에서 교령회를 연 후 줄곧 그랬다.

처음에 본, 거울에 휘갈겨 씌어진 글자들은 묵살해버렸다. 꿈을 꾸었거나 무언가 보였으면 하는 간절한 마음과 과도한 상상력에서 헛것을 본 느낌이었다. 순전히 환각인 것 같았다. 그날 밤 거기에서, 똑같은 일을 겪은 친구들도 그렇게 여기는 듯했다. 심지어 그런 일이 없었다는 듯 행동했다. 아무도 그 일을 입에 올리지 않았다. 학교에서도 수업 전에 만나면 다른 정상적인 이야깃거리만 맴돌았다. 번쩍이는 후광과 분명한 신음소리, 땅속에서 들려오던 여자의 흐느낌에 대해선 아무도 말하지 않았다.

하지만 친구들은 글씨를 보지 못했다. 가느다란 손가락이 뿌연 거울을 가로질러 휘갈겨쓴 글씨. 그 글은 이랬다. *내가 깨어났다.*

게다가 그것이 마지막이 아니었다.

매일 밤 거실의 커다란 괘종시계가 울리고 난 직후 서랍장 위에 세워둔 평범한 거울에 이상하게도 안개가 끼었다. 마치 누군가 입김을 분 것처럼 거울이 뿌예지고 소리가 났다. 젖은 표면에 손가락으로 뭔가를 쓸 때처럼 뻑뻑 긁히는 소리가 난 뒤에는 글씨가 나타났다.

처음 그 일이 일어났을 때 지타는 *애야*라는 글자만 보고 놀라서 침대를 총알같이 튀어나갔다. 그리고 거울을 들어 요란하게 엎어놓았다. 초조하게 방 안을 여러 바퀴 돌고 나서 거울을 뒤집어보았다. 다행스럽게 아무 글자도 남아 있지 않았다. 거울 왼쪽 귀퉁이에 한 올의 머리카락 같은 금이 가 있었지만 글씨는 분명 없었다.

다음날 밤에도 그런 일이 또 일어났다. 지타는 어릴 때부터 불면증을 앓았다. 교령회 후 둘째 날 늦은 밤, 복도의 괘종시계가 자정을 알렸을 때였다. 거울에 금방 땋은 자신의 머리카락이 보이더니 이윽고 서랍장 위 등유 램프 불빛에 비친 얼굴이 나타났다. 그러고 나서 갑자기 어두워지며 거울이 안개가 낀 것처럼 뿌예졌다. 그리고 놀랍게도 그 글자가 다시 나타났다. *애야.*

지타는 너무 놀라 굳어진 손으로 자신의 땋은 머리를 마구 헝클어뜨렸다. 글자가 계속해서 나타났다. *나에게*라는 다음 글자가 보였다. 유령이 세 번째 글자를 쓰기 전에 지타는 거울을 다시 엎어놓고 덜덜 떨면서 침대로 달려갔다. 그날 밤은 한 숨도 자지 못했다. 서늘한 아침이 밝아왔을 때 오월의 여왕 지타는 새롭게 깨달았다. 지타는 말없이 시리얼을 먹으며 생각을 바꾸기로 했다.

그날 밤 지타는 침대에 누워 괘종시계가 울리기만 기다렸다. 자신에게 나타나는 유령의 말을 들어봐야겠다고 결심했다. 자신에게 나타나는 초자연적인 존재를 거부해도 소용이 없을 거라고 판단했다. 어쩌면 굴복하고 영계의 분노를 자극하지 않는 편이 나을 수도 있었다.

괘종시계가 자정을 가리키는 종을 쳤을 때 지타는 숨을 죽이며 지켜보았다. 육체에서 분리된 손가락이 뿌연 거울에 글자를 써내려갔다.

처음에는 *애야*라고 썼다.

그 다음 *나에게*라고 썼다. 그리고 거기에서 끝나지 않았다.

🌿

소년은 능숙하게 요리조리 숲을 빠져나갔다. 가는 동안 풀과 나무들에게 말을 걸어 머릿속으로 계속 대화를 나누며 산만하고 복잡하게 얽힌 목소리를 정리해 맥락을 파악했다. 미묘하게 다른 초록의 색깔과 목소리의 결을 확인하며 걷다보니 어떤 패턴을 따라 걷고 있었다. 마치 중심점과 연결된 듯 계속해서 빙글빙글 돌아 안으로 들어가고 있었다. 소년은 곧 자신이 나선형으로 걷고 있음을 깨달았다. 나무와 담쟁이덩굴, 하얀 꽃이 핀 트릴리움의 목소리에 겹겹이 둘러싸여 다른 신비주의자들의 목소리는 들리지 않았다.

나선형 중심으로 다가갈수록 의견일치를 본 듯 숲의 소리가 부드러워지는 게 분명히 느껴졌다. '쉿' 하는 소리가 호전적인 소리들을 제압하여 어느새 명상할 때 나오는 지속적인 '옴' 소리로 수렴되었다. 원은 이제 더욱 작아졌다. 마치 소용돌이 모양의 계단을 거꾸로 내려오다 그 정중앙, 사물의 핵심에 이른 듯한 느낌이었다.

자그만 자궁처럼 생긴 바로 그곳에 이끼처럼 짧은 털이 난 초록색 어린 나무가 한 그루 자라고 있었다. 똑같이 생긴 가지 세 개가 난 나무에는 오직 한 군데에만 잎이 돋아있었다.

막 태어나고 있는 새로운 '나무'

소년은 손을 뻗어 솜털로 뒤덮인 이파리를 만졌다. 그러자 발아래 땅이 갑자기 쩍 벌어지며 그를 집어삼켰다.

🌿

꿍음은 참기 힘들 정도였다. 손가락이 촉촉한 거울과 마찰을 일으킬 때 나는 소리가 천 배쯤 증폭되어 들렸다. 지타는 그 소리를 듣지 않으려고 손가락으로 귓구멍을 단단히 틀어막았다.

나에게 세 가지 물건을. 이렇게 적혀있었다. 꿍음은 계속됐다.

나에게 세 가지 물건을 갖다주렴.

나에게 세 가지 물건을 갖다주렴. 열흘 뒤 자정이 되기 전까지.

지타는 겁에 질려 숨이 막혔다. "뭘? 뭘 갖다 달라고요?"

두 단어 정도 더 쓸 수 있는 공간이 남아있었고, 거울 유리 맨 밑에서 끼적끼적 글씨가 나타났다.

독수리 깃털.

거울이 깨끗해졌다. 글자가 순식간에 사라졌다.

CHAPTER 5

우드로 돌아가다;
영역의 침입자

"우리는 우리가 가진 도구로 작업하고 있어요. 기술자들은 재건하는 데 몇 달이면 된다고 말하더군요. 그때가 되면 재건한 도시를 볼 수 있겠지요."

그 음색과 억양은 언더우드의 두더지들한테서만 나올 수 있었다. 프루는 그 목소리를 다시 듣게 되자 반가움을 누를 수 없었다. 압제자 데니스의 횡포가 사라지자 이곳은 더할 나위없이 평화롭고 정의로운 사회가 되었다. 프루 자신이 그 탄생을 도왔다고 해도 과언이 아니었다. 프루는 이 이상한 지하문명의 안녕이 자신의 손에 달려있다고 느꼈다.

그 말을 한 주인공은 지하세계의 실질적 여왕인 시빌 그웬돌린이었다. 그녀는 데니스를 권좌에서 축출한 포위작전 당시 돌무더기가 되어버린 잔해를 이용해 위대한 두더지 도시를 재건하는 사업에 대해 장황하게 설명했다. 성벽은 이미 재건되었고, 불화살 세례를 받은 집들은 옛 형태를 갖추는 중이었다. 그 웬돌린의 말에 따르면, 팽 요새는 시민공원이나 공공공간으로 용도를 바꿔 이 도시를 구한 3인의 이름을 따 프루티무스 요새라고 명명할 예정이었다.

"꼭대기에서 내려다보는 풍경이 기가 막히죠." 시빌이 냉소적인 미소를 지었다. 언더우드의 두더지들은, 당연히 앞이 보이지 않았다.

프루와 에스벤은 떠들썩하고 거창하게 환영을 받았다. 어쨌든 과거 저수지 가 비워지는 일곱 번의 전쟁(언더우드의 두더지들은 끊임없이 전쟁과 평화를 겪으며 살아왔음이 분명했다)으로 파괴된 거대한 지하도시를 재건한 주인공은 에스벤이 아니던가. 두더지들은 한 나라의 영웅에 걸맞은 온갖 방법을 동원해 곰의 귀 환을 환영했다. 실제로 그는 지금 복잡한 현수교의 재건을 돕고 있었다. 그 사 이에 그웬돌린은 비계로 연결된 도시공사 현장을 프루에게 구경시켜주었다.

"제막식 때 다시 오고 싶어요." 프루가 말했다. "멋진 파티를 열겠지요?"

"오, 그럼요." 그웬돌린이 대답했다. "적당한 범위 내에서. 우리에겐 거창하게 축하 행사를 벌일 여유가 없거든요." 그녀가 말을 멈추고 프루의 눈높이가 바로 아래, 자

신이 서있는 난간에서 어느 정도 떨어진 곳을 훑어보는 듯했다. "그보다도 당신에게는 더 큰 임무가 있어요."

"알아요."

"당신이 무엇을 해야 하는지 알 거라고 믿어요." 그웬돌린은 에스벤이 동료 기술자들보다 훨씬 위에서 다리의 현수 케이블을 붙들고 선 모습을 돌아다보았다. 두더지들은 그의 발밑에서 바쁘게 돌아다니며 철로를 지지할 쌍둥이 탑을 세우고 있었다.

"우리에게 다 계획이 있어요." 프루가 말했다.

겨우 하루 지나 에스벤과 프루는 이제부터 해야 할 복잡하고 중요한 계획이 있다고 양해를 구한 뒤 두더지들에게 작별인사를 했다. 그들은 그웬돌린의 안내로 두더지들이 위 세상이라고 부르는 곳으로 연결되는 길고 어두운 통로에 막 도착했다.

"다시는 그런 짓을 하고 싶지 않아." 에스벤이 자신의 폭력 혐오증에 대해 길고 장황하게 늘어놓은 뒤 이렇게 덧붙였다. 알고보니 달라를 공격한 일은 에스벤이 갈고리로 누군가를 해친 유일한 경험이었다. 그 갈고리는 주변 사람들을 해치는 게 아니라 도우라고 두더지들이 만들어준 것이었다.

"그래요." 프루가 멍하니 손바닥으로 터널 벽의 오래된 벽돌을 쓸어내리며 대답했다. "나도 당신이 또 그런 일을 겪는 것은 싫어요."

프루는 추방된 기술자 에스벤과 사우스우드를 돌아다닐 경우, 안전이 걱정되었다. 자신들의 이익을 위해 알렉세이를 되살리려는 부류가 아니더라도 미망인의 옛 동지들이 이 추방자에게 흔쾌히 자유를 돌려줄 리가 없었다.

"아마 변장을 해야 할 거예요." 그웬돌린이 말했다. 작은 두더지는 그들보다 몇 미터 앞서서 출근시간 못지않게 길을 가로막는 무수한 샛길과 교차로 중에서 길을 찾아 그들을 안내하고 있었다.

프루는 등 뒤에서 랜턴으로 길을 비춰주는 갈색곰 에스벤의 우뚝 솟은 모습을 흘끗 돌아다보았다. 에스벤이 턱수염을 기른 떠돌이 일꾼으로 변장한 모습을 상상해보았다. "글쎄요, 그런다고 도움이 될지 잘 모르겠네요."

"억양은 바꿀 수 있어." 곰이 말했다. "외국인처럼 말이야." 그러면서 그는 프루가 한 번도 들어본 적이 없는 요상하고 알아듣기 힘든 사투리로 말했다. 두 대륙에 양다리를 걸친 듯 독일어처럼 들리기도 하고 남부 사투리 같기도 했다. 프루는 그가 말을 마치기도 전에 웃음을 터뜨렸다.

"왜?" 에스벤 자신도 웃음을 참으면서 투덜댔다. "대서양 연안국가 말인데."

"대서양 연안국가가 뭐죠?" 두더지가 물었다.

"대서양이 뭔지는 아세요?" 프루가 에스벤에게 물었다.

"당연히." 에스벤이 짐짓 모욕을 당한 척 대꾸했다. "바깥세상에 있지. 어딘가에." 그가 지리를 그려보는 듯 말을 멈췄다. "배들이 그 위를 떠다니지."

"그걸로는 안 돼요." 프루가 말했다.

"하지만 이대로 밖으로 나가면 발각될 거예요." 그웬돌린도 걱정을 했다.

"그건 눈속임일 뿐이에요." 프루는 입술을 잘근잘근 씹으며 이야기했다. "나무가 말하기를, 자신의 계략을 위해 알렉세이를 되살리려는 사람들이 또 있을 거랬어요. 우린 그들로부터 에스벤을 안전하게 보호해야 해요."

"게다가 위 세상에 가서 어설프게 알짱거리다가는 집게손만 돋보일 거예요." 그웬돌린은 자신의 위 세상식 말 표현에 우쭐해서 고개를 돌려 프루에게 미소를 지어 보였다. 그녀는 여행을 통해 세상 경험을 많이 한 예언자 두더지였다.

"맞아요, 그웬돌린. 그 카드는 숨겨야 해요." 프루가 동의했다.

"캐롤을 찾을 때까지는." 에스벤이 끼어들었다.

"그래요." 프루가 대답했다.

"그럼 일단 숨어있기로 하지. 네가 사우스우드를 정찰하는 동안 숨어 지낼 곳을 찾겠어." 곰이 말했다.

프루는 잠깐 그 제안에 대해 생각한 뒤 물었다. "괜찮겠어요? 시간이 얼마나 걸릴지 정확히 몰라요. 일단 총독 관저에 가서 도움을 청해보려고 해요."

"괜찮냐고? 숲속에서 야영하는 거? 오, 프루, 내가 곰이라는 사실을 다시 한 번 일러줘야겠구나."

그렇게 해서 문제는 해결되었다. 에스벤은 자신들의 탐색을 방해할 사람들 눈에 띄지 않게 숲속에 숨어있고, 그 사이에 프루는 곰의 옛 동업자 행방을 찾기로 했다.

이 특이한 일행(두더지 한 마리, 사람 한 명, 그리고 곰. 각각은 옆에 선 상대보다 몸이 두 배쯤 컸다)은 여러 날 걸은 끝에 평범한 철제 사다리에 도착했다.

그웬돌린이 작은 앞발로 가리켰다. "다 왔어요. 이리로 가면 위 세상이 나와요."

프루와 에스벤은 임무를 완수하고 다시 방문하겠다고 약속한 뒤 그녀의 도시 재건에 행운이 있기를 기원하며 작별인사를 했다. 이윽고 에스벤과 프루는 맨홀 뚜껑으로 길게 이어지는 사다리를 오르기 시작했다. 약간 열려있는 맨홀 뚜껑 사이로 어두운 통로에 한 줄기 빛이 들어왔다.

사다리 꼭대기에 이르자 햇빛을 받은 프루의 눈이 가느다래졌다. 프루는 한 팔로 사다리를 껴안고 뚜껑을 밀어 은색 햇빛이 더 넓게 들어오게 했다. 신선한 공기 냄새가 훅 끼쳐왔다. 숨을 깊이 들이마시자 공기가 폐로 밀려 들어왔

다. 지하세계의 어두컴컴한 진공 속에서 퀴퀴한 공기만 마시다 얼마 만에 만나는 신선하고 상쾌한 공기인지 몰랐다. 프루 바로 밑에 있는 에스벤이 갈고리로 프루의 신발 바닥을 쿡 찌르며 물었다. "뭐가 보여?"

"빛이요." 프루가 대답했다. "아주 많아요." 프루는 강철로 된 원형 뚜껑을 다시 밀어보았지만 그 무게에 신음만 나왔다. "도저히 안 돼……."

"비켜봐. 내가 해볼게." 프루의 발밑에서 곰이 말했다.

열두 살 소녀는 1톤짜리 갈색 곰에게 자리를 바꿔주느라 사다리 한쪽 옆에서 곡예를 펼쳤다. 곰이 한 팔로 살짝 건드리자 맨홀 뚜껑이 옆으로 밀려나며 긴 통로 가득 빛과 공기가 쏟아져 들어왔다.

곰이 심호흡을 한 뒤 중얼거렸다. "그래, 바로 이거야."

"날씨가 맑아요?" 프루가 물었다.

곰이 맨홀 뚜껑 위로 주둥이를 조금 뺐다. "그런 것 같은데."

햇볕을 향해 좀더 올라간 뒤에야 그들은 햇빛이 어룽거리는 깊은 숲속에 들어와 있음을 알았다. 새싹들로 치장한 나뭇가지 사이로 봄 햇빛이 긴 끈을 내려뜨린 것처럼 비치고 있었다. 물론 지하세상의 회갈색 터널이나 굴에 비하면 태양 속으로 들어간 것 같았지만 그래도 사방이 온통 그림자였다.

"여기가 어딘지 아니?" 곰이 물었다. 빽빽한 숲속에 흙길만 하나 달랑 나있었다. 맨홀에서 기어나온 그들은 그 길옆에 서있었다.

"당신이 숲속에 살았잖아요. 나야 어디가 어딘지 모르죠." 프루가 대꾸했다.

그렇게 서있을 때 멀리에서 조그맣게 짤랑 소리가 났다.

"쉿. 뭐가 오는 것 같아." 에스벤이 말했다.

프루가 곰을 향해 미친 듯이 팔을 저었다. "숨든가, 어떻게 해봐요!"

에스벤이 어리둥절해하며 상록수 허클베리나무의 친절한 보호막 뒤로 뛰어들려고 할 때였다. 길모퉁이에서 오소리가 반짝이로 장식한 인력거를 끌고 나타났다. 오소리는 프루와 에스벤이 서있는 곳에 이르기도 전에 깜짝 놀라서 그들을 바라보았다. 빨간 플러시 천으로 만든 좌석 위에는 조그만 라디오가 놓여있고 광란의 시타르 연주곡이 흘러나왔다. 인력거 지붕 난간에 매달린 싸구려 자주색 보석은 그 곡에 맞춰 춤을 추는 듯 짤랑거렸다.

"그렇네요." 프루가 혼잣말을 했다.

오소리는 정체불명의 소녀와 털모자를 쓰고 손 대신 갈고리가 달린 곰을 어리둥절하게 바라보았다. 그런 다음 열려있는 맨홀을 내려다보았다.

"방금 저기에서 나온 거예요?" 그가 물었다.

"그래요." 프루가 웃으면서 말했다. "근데 여기가 어디에요?"

오소리는 놀라서 멍한 표정을 지었다. "사우스우드예요. 난 방금 노스월에다 손님을 내려주고 오는 길이죠." 그가 다시 맨홀을 흘끔거린 뒤 프루를 바라보았다. "당신을 어디선가 본 것 같은데?"

"아마 그럴 거예요. 날 시내까지 태워다주실래요?" 프루가 물었다.

오소리는 침을 꼴깍 삼키면서 곰의 갈고리 손을 흘끔거렸다. "당신요? 당신 친구 곰은요?"

"난 존재하지 않아요." 에스벤이 즉흥적으로 말했다.

오소리의 눈썹이 치켜 올라갔다.

"맞아요." 프루가 에스벤을 돌아다보며 이야기했다. "그만 여기에서 헤어져야겠어요. 이곳은 숨어있기에 아주 좋은 장소인 것 같아요. 가려지는 곳도 많고. 필요하면 재빨리 맨홀로 피할 수도 있고."

"알았어." 에스벤이 대답했다.

프루는 어깨에 멘 가방을 내려 에스벤에게 건넸다. "이거 가지고 있어요. 올 때 더 많이 가지고 올게요. 이 정도면 며칠 견딜 수 있을 거예요. 머리만 보이지 않게 하세요, 알았죠?"

"그럴게." 곰이 재빨리 대답하면서 오소리를 흘끗 보았다. "저 친구는 어쩌지? 나에 대해 말하지 않을까? 어떻게 해야 발설하지 못하게 하지?"

오소리는 무척 놀란 표정을 지었다. 흑백 털로 뒤덮인 얼굴에서 색깔이 몽땅 빠진 듯했다.

"나한테 맡겨요." 프루가 안심시키며 오소리에게 걸어와 두 발을 넓게 벌리고 엉덩이에 손을 얹은 채 섰다. 그러고는 오소리가 달고 있는 배지를 노려보았다. 하나짜리 자전거 기어였다. "멋진 톱니바퀴네요." 프루가 말했다.

"이래 봬도 애국자예요." 오소리는 여전히 불편한 기색으로 대꾸했다.

"그거 다행이네요. 이 곰에 대해 말하지 않을 거죠?" 프루가 물었다.

오소리는 요란스럽게 숨을 꼴깍 삼켰다. "아마 그럴 겁니다. 하지만 불법적인 일을 덮어두고 싶지는 않아요. 난 정직하게 벌어먹는 정직한 오소리니까."

"만약 그게 자전거 소녀의 지시라면 어떻게 하실래요?" 프루가 물었다.

오소리의 얼굴이 하얗게 질렸다. "당신이?"

프루가 고개를 끄덕이자 오소리의 손에서 인력거 손잡이가 뚝 떨어졌다. 오소리가 무릎을 꿇었다. "믿을 수가 없어요!" 그가 흥분해서 갈라진 목소리로 외쳤다. "안 그래도 당신인 줄 알았어요! 딱 본 순간, 알았다니까요!" 그의 눈에 눈물이 어렸다. "그런데 왜 다시 우드로 돌아온 거죠?"

"바로잡을 일이 있어서요." 프루는 투철한 목적이 있는 듯 확신에 찬 어조로 대답했다.

그녀에게서 권력자의 분위기가 흘러넘쳤다. 프루는 마음껏 드러냈다. 오랜 시간이 흐른 끝에 프루는 자신이 확고한 신념을 갖게 되었음을 자각했다. 이제 자신이 무엇을 해야 할지 알고 있었다.

🌿

그들은 어떻게 해야 하는지 알았다. 몇 주일째 훈련을 해왔다. 양철 드럼통의 불이 꺼졌다. 식품창고는 방수포로 뒤덮였다. 마이클은 말 없이 낡은 마룻바닥의 트랩도어에 서서 아이들을 어린 순서대로 사다리를 타고 어두컴컴한 지하 2층으로 내려보냈다. 레이첼은 뒤에서 낙오자들을 재촉해 구멍으로 들여

보내며 이따금 어깨 너머로 우르릉 소리가 나는 바깥을 흘끔거렸다.

그때까지 망을 보던 소년이 숨을 헐떡거리며 계단을 뛰어내려와 마이클에게 달려들었다. "큰일 났어." 그가 겁에 질려 말했다. "순식간에 어디에선가 튀어 나왔어. 엄청나게 많아. 그렇게 많은 사람들은 처음 봤어."

산업폐기물장의 비니를 쓴 돌격대 즉, 하역인부를 가리키는 말이었다. 그들은 5개 기업집단을 거느린 브래드 위그먼의 의지와 기분에 따라 산업제국 내에서 일어나는 봉기와 반란의 기미를 색출해 진압하는 임무를 맡고 있었다. 아이들은 지금까지 그들을 피해 이 외딴 은신처에서 쥐 죽은 듯 지내왔다.

"들어가!" 마이클이 낮게 소리치자 소년은 즉시 구멍 속으로 사라졌다.

마이클이 레이첼에게 고개를 끄덕였다. 레이첼이 사다리를 밟고 내려가려는데 어떤 소리가 들렸다. 누군가 지면과 바로 붙은 창문 한 곳의 격자무늬 철창을 발로 걷어찬 뒤 억지로 벌렸다. 이어서 그 틈으로 초췌한 얼굴의 남자가 필사적으로 기어 들어왔다. 하역인부는 아니었다. 그들의 제복이라고 할 수 있는 밤색 비니와 상하가 붙은 작업복 차림이 아니었다. 검정색 바지에 검정색 신발, 검정색 터틀넥 셔츠까지 온통 검정색 옷차림이었다. 머리에는 단정하게 검정색 베레모를 쓰고 있었다. 그는 열린 트랩도어 위에 얼어붙은 듯 서있는 두 아이를 보고 눈이 휘둥그레졌다.

"나 좀 도와줘!" 그가 숨을 헐떡이며 나지막이 말했다. 레이첼은 마이클을 쳐다보았다. 마이클은 어리둥절한 표정이었다. 남자는 괴로운지 얼굴을 찡그리며 그들을 향해 애원했다. "나 좀 숨겨줘! 놈들이 오고 있어!"

창고 밖에서 묵직한 부츠 소리가 무수히 들려왔다. 이윽고 지저분한 창문으로 마구 달려오는 덩치 큰 실루엣이 보였다. 물어보고 말고 할 시간이 없었다.

"들어와요." 마이클이 말했다.

레이첼이 서둘러 사다리를 내려가고 남자도 뒤따라서 내려갔다. 마지막으로 마이클이 사다리로 내려간 뒤 재빨리 트랩도어를 닫았다. 그와 거의 동시에 창고의 문들이 부서지고 (아마도 수십 개의) 발소리가 천둥소리를 내며 들이닥쳤다. 세 사람은 좁은 계단통에 꼼짝 않고 서있었다. 한 발이라도 움직이면 은신처가 발각될까봐 잔뜩 겁에 질려있었다. 누군가의 부츠가 묵직하게 트랩도어에 올라섰다. 한 바퀴 빙 돌며 방 안을 살피는 듯 발을 질질 끄는 소리가 들렸다. 사다리 맨 밑에 매달려있던 레이첼이 옹송그리며 모여있는 아이들을 뒤돌아보고는 무언극에서 놀란 표정을 짓듯 손가락을 들어 입술에 갖다댔다. *쉬이잇*.

"그 자는 어디로 간 거야?" 마루에서 어떤 외침이 들리고 더 많은 부츠 소리가 났다. 하역인부들이 사냥감을 찾아 창고를 샅샅이 뒤지며 돌아다녔다.

"몰라. 분명 여기로 기어 들어왔는데. 내 두 눈으로 똑똑히 봤다고."

"그렇다면 찾아내야지."

"그나저나 여긴 뭐하는 데야?"

"예전부터 있던 오래된 창고야. 6인조 시절 이후로 사용하지 않았지."

"그럼 숨기 좋은 곳이군."

"그래, 틀림없어."

"자, 계속 찾아보자고."

레이첼은 자신과 마이클 사이에 서있는 남자를 쳐다보았다. 그는 극도의 공포감에 사로잡혀 허공만 응시하고 있었다. 몸 옆으로 단단히 쥔 주먹이 부들부들 떨렸고 가슴은 조용하고 빠르게 들썩였다.

"여기 오래된 수프 깡통같은 것들이 있는데." 하역인부 하나가 말했다.

70

"떠돌이나 뭐 그런 사람들이 살고 있나?"

"아니, 아무도 살지 않아. 사람이 서성거리는 걸 본 적은 있어. 우리 앞에서 개까지 데리고 있었어."

멀리에서 어떤 목소리가 들렸다. 그 목소리를 듣기 위해 다른 목소리는 조용해졌다. "가보자. 놈은 여길 빠져나간 게 틀림없어. 다른 곳도 살펴보자."

트랩도어 바로 위에서 툴툴거리는 소리가 들렸다. "보스가 이 사실을 알면 가만히 있지 않을 텐데."

"개를 풀었다고 하지. 그런데도 찾지 못했다고."

"그래, 좋은 생각이야."

입양부적격자들의 머리 위에서 다시 발소리의 교향악이 울려퍼졌고, 방 안은 이내 예전처럼 조용해졌다. 곰팡내 나는 허름한 콘크리트 상자처럼 생긴 지하 2층 방에는 75명의 아이들이 겨우 들어갔다. 마이클이 경보해제 신호를 보내자 방 안에 환호성이 터지며 시끌벅적해졌다.

사다리 중간에 서서 머리 위에서 벌어지는 일에 촉각을 곤두세우고 있던 검은 베레모의 남자가 그제야 아이들의 목소리가 나는 곳으로 시선을 돌리더니 놀란 표정으로 물었다. "너희는… 너희들은 누구냐?"

"좋은 질문이군." 마이클이 말했다. "나도 똑같이 묻겠어."

남자가 자신을 빤히 쏘아보는 레이첼을 내려다보았다.

"여기에서 두 달째 살고 있는데, 이곳까지 하역인부가 쳐들어온 건 처음이에요." 레이첼은 사다리 계단을 딛고 있는 남자의 발을 몸으로 밀어붙이며 말했다. "한 번도 그런 적이 없었죠. 단 한 번도. 아, 열 내지 말아야지."

남자는 초조해서 안절부절 못했다. "그나저나 숨이 막히는구나. 이제 위험이 사라진 거지? 그럼 이곳에서 나갈 수 있겠니?"

"잠깐." 마이클이 나섰다. 그는 트랩도어를 밀어 재빨리 창고를 둘러본 뒤 기어 올라가 문을 열었다. 잠시 후 그가 밧줄더미를 가지고 돌아와 레이첼에게 던지며 말했다. "우선 밧줄로 그를 묶어. 우린 그 다음 밖으로 나올 거야."

입양부적격자들이 모두 창고 지하실을 빠져나가고 마지막 아이까지 금방이라도 부서질 것 같은 의자에 수퇘지처럼 묶인 침입자 앞을 걸어가는 호사를 누린 후에야 방 안이 조용해졌다. 이윽고 심문이 시작되었다. 어린 여자아이가 남자의 검은 베레모를 쓰고 일명 부츠댄스를 추며 사람들을 즐겁게 했다. 한 소년은 남자 옆에 앉아 마체테를 위협적으로 든 채 한껏 조롱을 했다. 마이클이 질문을 던지자 의자에 묶인 남자가 몹시 분한 표정을 지었다.

"넌 누구냐?" 소년이 물었다. "지금까지 밖에서 무슨 짓을 한 거지?"

"내 말 좀 들어봐." 남자가 말했다. "난 너희들을 해칠 생각이 없어. 난 너희들 편이라고!"

"조용히 해. 묻는 말에나 대답해라." 마이클이 다그쳤다.

남자가 심호흡을 한 뒤 말했다. "내 이름은 니코야. 니코 포숄스키." 그는 다음에 무슨 말을 해야 할지 저울질하듯 아이들을 흘끔거렸다. "샤포 느와르의 일원이지."

"*뭐라고요?*" 언니와 앞쪽에 서 있던 엘시가 물었다. 엘시가 옆 아이들을 흘끔거렸다. "뭐라고 하는 거야?"

"내 생각에 폴란드어 같아." 입양부적격자 중 한 명이 말했다.

"*프랑스어야.*" 중학교에서 일 년간 프랑스어를 배운 레이첼이 대답했다.

"아하!" 다른 아이들이 낮게 한숨을 내쉬었다.

"검은 빵이라는 뜻이지." 레이첼이 아는 체하며 웃었다.

"*모자야,* 검은 모자라는 뜻이지." 의자에 앉은 남자가 대꾸했다.

"뭐든 간에." 레이첼이 무시했다. "기묘한 이름인데 그게 뭐죠, 정확히?"

니코 포숄스키는 성가시지만 꾹 참고 설명했다. "우리는 급진적인 노동 무정부주의자 공동체야. 파괴활동가지. 우리의 유일한 목표는 산업주의자 국가의 굴레에서 프롤레타리아를 해방시키는 거야."

엘시가 미간을 찌푸리며 언니를 쳐다봤다. "프랑스어 하는 거야?"

"영어일 거야." 언니가 말했다.

집단에서 가장 나이 많은 마이클은 무슨 뜻인지 알겠다는 듯 고개를 끄덕였다. 그가 다른 아이들보다 남자가 쓰는 용어를 이해하는 능력이 나은지 아닌지 명확히 알 수는 없었다.

"좋아. 그런데 여기에서 뭘 하는 거지? 왜 하역인부들이 당신을 쫓는 거야?" 마이클이 물었다.

남자는 분개하며 침을 뱉었다. "어이없는 실수를 했어. 도청을 당했지. 제때 폭발했으면 내가 이렇게 멀리까지 도망오지 않아도 됐을 텐데. 놈들이 쫓아오면서 내 탈출 루트를 차단했어. 나를 한정에 빠뜨린 거지. 유인폭탄물 몇 개를 설치하려다 샤떼수리Chat et Souris 신세가 됐지 뭐야." 그는 방 안을 휘휘 둘러보고 나서 덧붙였다. "*고양이와 쥐*라는 뜻이야."

엘시가 목청을 높였다. "그 폭발이 당신이 짓이에요?"

"그래, 우리." 남자가 자랑스럽게 대답했다. "샤포 느와르. 우리는 세력을 확장해가고 있지. 조만간 5인조 모두의 발목의 잡을 거야."

그는 방 안을 둘러보며 아이들을 유심히 살폈다. 엘시는 갑자기 자신들의 비참한 환경이라든지 기름이 흐르는 머리카락, 꾀죄죄한 옷 따위가 의식되었다. 꼬박 두 달 만에 처음 보는 어른이었다. 남자의 시선이 부모 없이 사는 궁핍한 아이들을 보고 있었다. 엘시는 자신의 몰골이 얼마나 형편없는지 잘 알고 있었다.

"그래야 하지. 덩치 큰 거인을 상대할 땐 말이다. 재빨리 무릎을 꿇려야 한단다." 마이클은 말이 없었다. 결박당한 남자가 심호흡을 한 다음 말을 이어나갔다. "자, 내가 누구인지 말해줬으니 이제 너희들 소개를 해봐. 누구이고, 여기에서 뭘 하는지 말이야. 내가 도울 수 있을지도 모르니까."

"입양부적격자들이에요. 우린 여기 살아요." 마이클은 남자처럼 당당하게 말하려고 애썼다.

"입양부적격…," 니코는 말을 끝내기도 전에 눈치챘다. "그럼 너희들이 언생크 노예소굴의 고아들이냐? 불났을 때 도망친?"

마이클이 얼른 수정했다. "우리가 *불을* 냈죠."

그 말에 동의한다는 듯 방 안이 웅성거렸다.

"와, 정말 대단하구나. 내 손이 뒤로 묶이지만 않았다면 박수를 쳐주고 싶구나."

레이첼과 마이클이 서로 힐끗 쳐다보았다. 니코 옆에서 마체테를 쥐고 있는 소년은 지시를 기다리는 중이었다. 마침내 마이클이 말했다. "아직은 풀어줄 수 없어. 당신이 적이 아니라는 확신이 들 때까지는."

"우리는 화재가 사고인 줄 알았다. 조프리가 일을 과도하게 시켜서, 너희들에게 일을 너무 많이 시켜서 기계적인 사고가 일어난 줄로만 알았어. 모두들 그렇게 말했지. 그래서." 니코가 말했다.

"우리가 착취당한 것은 맞아요." 누군가 대꾸했다. 장시간 벨트 조작원으로 일했고, 언생크 고아원에서 5년 동안 단 1점의 벌점만 받아서 살아남은 안젤라 프라이였다. "하지만 기계적인 실수는 없었어요. 우린 저항을 한 거예요."

"아무튼 난 무척 감명을 받았단다. 우리가 몇 년간 노력해온 걸 너희들은 하루 저녁에 해냈어. 5개 부문 중 한 곳을 무너뜨렸지. 정말 대단한 일을 했다."

"당신들이 무슨 일을 하는지 알겠어요. 그렇다고 내가 당신을 어쩌지 못할 거라고 생각하지 말아요. 좋은 말을 한다고 우리가 당신한테 넘어가지는 않을 테니." 마이클이 단호하게 말했다.

엘시가 레이첼의 점퍼를 잡아당겼다. 방 안 아이들 눈은 온통 의자에 앉은 남자를 향하고 있었다. 방 안의 긴장이 점점 높아지는 것을 느낀 엘시는 어떻게든 긴장을 몰아내고 싶었다. 엘시는 긴장이 위험과 폭력을 초래한다는 것을 알았다. 별로 좋은 느낌이 아니었다.

그때 마이클이 입양부적격자들 사이에 앉아있는 또래 동료 신시아 슈미트를 바라보며 물었다. "어떻게 할까?"

"그를 처치해야 한다고 생각해." 신시아가 대답했다.

니코 포숄스키가 갑자기, 극적으로 창백해졌다. 엘시는 나이 많은 아이들의 행동을 이해할 수 없다는 듯 바라보았다.

마이클은 차갑게 남자를 노려보았다. "신시아는 당신을 죽여야 한다는데. 나도 같은 의견이지. 어떤 어른도 우리의 행방을 알아서는 안 돼. 이곳은 우리 영역이며 당신은 무단침입자라고. 무단침입자는 가혹하게 처리해야 해."

"마이클." 레이첼이 중재를 하려고 애썼다. "너무 성급하게 판단하지 마. 어쩌면 마서를 찾는 데 도움이 될지도……."

"가만히 있어. 이 자는 내가 알아서 할게." 마이클이 말을 가로막았다.

엘시가 레이첼의 옷단을 잡아당기며 속삭였다. "나 무서워."

레이첼은 동생의 손등을 쓸어주며 의자에 묶인 남자와 나이든 아이들 사이에 흐르는 냉담한 긴장에 꼼짝 하지 못했다. 엘시는 해결방법을 찾느라 어쩔 줄 몰라하다 최후의 방법을 쓰기로 했다. 용감무쌍한 티나의 등에 난 버튼을 누르는 것. 엘시는 이 인형에 입력된 메시지가 자신이 처한 상황과 별 상관이 없어도 그때그때 창의적으로 적용했다. 정적이 흐르는 방 안에 인형의 쾌활한 기계 목소리가 울려퍼졌다. "정글은 위험한 곳이야. 믿을 만한 파트너가 필요해!"

모두가 놀라서 입이 떡 벌어진 채 레이첼 옆에 서있는 엘시를 쳐다보았다. 티나의 조언 중에 이보다 적절한 것은 없었다.

의자의 남자는 이 기회를 놓치지 않았다. "애들아, 우리는 이 일에 있어서 파트너야. 너희도 하역인부를 증오하지? 우리도 하역인부를 증오해. 너희들도 5인조를 증오하지? 우리도 5인조를 증오해. 우리가 공동의 적을 겨냥하는 이상 그렇게 무자비한 폭력을 쓸 필요는 없지 않니?"

마이클의 마음도 다소 누그러진 듯했다. "내 말은……." 그가 입을 열었다.

"만약 우리가 친구가 될 수 없다면, 좋아, 파트너는 어때? 어쨌든 정글은 위험한 곳이야." 남자가 말했다.

엘시는 남자를 보며 싱긋 웃었다. 니코 포숄스키도 싱긋 웃었다.

CHAPTER 6

돌아온 자전거 소녀;
깃털을 위하여

프루는 스스로 일으킨 쿠데타가 성공한 뒤 한 번도 가보지 않은 우드의 남단을 방문하며 (그곳 사람들이 자신을 어떻게 맞아줄지 걱정스럽고 궁금한 동시에) 친구 커티스를 생각했다.

그들은 2월의 춥고 비오는 날 밤 헤어졌다. 두 기술자를 재회하게 하려던 목표는 희망 없이 내동댕이쳐진 듯 보였고, 비는 경멸하듯 세차게 쏟아졌다. 커티스는 화나고 부끄러워하는 프루는 내버려두고 떠났다. 프루가 요괴 달라 데니스의 공격을 받았을 때 곁에 있지 않았다. 만약 에스벤이 없었더라면 프루는 지금쯤 죽은 몸이었을 것이다(프루는 덜컹거리는 인력거의 플러시 벨벳 의자에 앉아 순간 공허함을 느꼈다. 만약 내가 암살당했다면 지금쯤 어떻게 되었을까? 프루는 그런 생각을 털어버리려고 고개를 저었다). 커티스를 탓하려는 것은 아니었다. 자신들의 임무는 허망하게 끝장난 듯 보였다. 게다가 커티스는 지하세계를 탈출한 후 줄곧 동료인 와일드우드의 산적들 안부를 궁금해했다. 알렉세이를 되살리라는 계시를 받은 당사자는 프루였다. 커티스는 단지 친구에 대한 의리 때문에 상관없는 일에 끼어들었다가 낭패를 본 것이다.

인력거 옆에 있는 작은 라디오에서 시간을 알려주는 노래가 흘러나왔다. 프루는 친구 커티스가 부디 원하는 결과를 얻었기를 기원하며 행운을 빌었다. 그래도 친구가 지금, 사우스우드로 돌아온 자신을 보면 얼마나 좋을까 하는 생각이 드는 것은 어쩔 수 없었다. 아무래도 마음속에 도사리고 있는 일말의 불안함 때문인 듯했다. 프루는 자신이 잊혀졌거나 아니면 예상만큼 안전하지 않을지 모른다는 걱정이 들었다.

인력거가 자갈 깔린 간선도로의 움푹 팬 곳에 부딪쳐 덜컹거렸다. 오소리가 사과했다. "뒤에 앉아있기 괜찮습니까?"

"괜찮아요. 고마워요." 프루가 대답했다.

나무들이 전봇대처럼 날아다녔다. 하늘은 침엽수 가지 위에서 불안하게 몸을 뒤척이는 듯했다. 나무 사이로 집들이 언뜻언뜻 보였다. 흙으로 된 지붕에 회칠을 한 벽들, 잘 가꾼 텃밭을 에워싸고 있는 층층나무를 엮은 울타리까지, 작은 오두막과 집들은 자연 그 자체로 만들어진 것 같았다. 프루의 자리에서 오소리의 뒤통수가 보였다. 오소리는 자꾸만 고개를 갸우뚱거리다 뒤를 흘끔거렸다. 프루는 인력거를 탄 후 오소리가 몇 번이나 그러는지 세다가 관두었다.

오소리가 말했다. "아내한테 말하면 믿지 않을 거예요. 내 허름한 인력거에 자전거 소녀를 태우다니!"

프루의 얼굴이 붉어졌다. "대단하지 않아요. 전 그냥 여자아이예요."

"여자아이라뇨?" 오소리가 못 믿겠다는 듯 소리쳤다. "당신은 스빅 정권을 혼자서 무너뜨린 영웅이에요. 우리 같은 서민을 악당과 악당의 패거리로부터 구해주었죠. 우리를 감옥에서 풀어주었어요!" 오소리가 프루의 말을 되풀이했다. "그냥 여자아이라니요! *허허!*"

"거기는 지금 어때요?" 프루는 앞으로 어떤 모습을 보게 될지 여전히 불안해서 물었다. "너무 오랜만에 오는 거라서요."

"많이 바뀐 모습을 보게 될 거예요. 저야 미천한 인력거꾼인걸요. 정치에는 무관심하려고 애쓰죠. 이 정도만 말씀드리죠. 라르스 스빅과 그 패거리 밑에서 살았을 때보다는 훨씬 좋아졌다고요." 오소리가 대답했다.

"기쁜 소식이네요. 그래도 불안하지만요. 너무 오래만에 오는 거라서요."

"그렇군요. 틀림없이 흡족하게 놀랄 거예요. 당신은 이곳에서 시민들의 영웅이에요. 아시겠지만 노래를 통해서 우리 마음속에 기억되고 있죠."

"노래요?" 프루가 호기심이 발동해서 물었다.

"한 번도 들어보지 못했나보군요. '감옥의 급습'이라는 노래죠."

"들어본 적 없어요."

"저도 혼자서 부르곤 하는데, 음정을 잘 맞추지 못해서요. 매 시간 라디오에서 흘러나오죠." 오소리가 말했다.

"마음이 좀 놓이네요."

오소리가 계속 이야기를 들려주었다. "아마 칼리프 빼고 모두 그 노래를 부를 걸요. 그 사람들은 한낱 향수로 취급하죠."

"칼리프요?"

"알아야 할 게 아주 많군요." 오소리가 말했다. "칼리프, 시노드의 일원으로 황폐한 나무를 섬기는 신비주의자들이죠. 스빅 정권 하에서는 별볼일 없었죠. 라르스는 삼촌인 그리고르의 통치 방식을 이어받아 사우스우드를 세속적으로 운영했거든요. 알다시피 종교적인 색채가 없었죠. 하지만 옛 것을 버리고 새 것을 취하자 시노드는 다시 호령을 하며 돌아왔어요. 자기 집에서 몰래 황폐한 나무를 숭배해오다 난데없이 나타난 거죠. 어쨌든 지금까지 본 바로는 사람들에게 전에 없었던 희망을 주는 것 같습니다. 사실 혹독한 겨울을 견디는 동안 사람들한테는 그게 필요했죠."

그들은 침묵에 빠져들었다. 프루는 솜털이 오른 나무들을 구경하고 오소리는 라디오에서 흘러나오는 노래를 점잖게 콧노래로 따라 불렀다. 노래가 끝나고 다음 곡을 알리는 트럼펫 팡파르가 흘러나오자 오소리가 반갑게 소리 질렀다. "이거예요! 아까 말한, 정각이 될 때마다 나오는 '감옥의 습격'."

프루는 하나뿐인 라디오 스피커에서 잡음 사이로 흘러나오는 가사에 귀를 기울였다.

오, 감옥의 습격.
그날 저녁
한 소녀가 자전거를 타고 왔을 때
우리는 그 얼간이들을 물리쳤다네.

우리 모두 소녀를 맞으러 왔네.
왜건과 아기와 함께

우리 모두 감옥까지 행진했다네.
가난뱅이들을 해방시켜 자유를 주려고

3절이 나오자 오소리가 따라 불렀다.

오, 감옥의 습격.
절망이 끝나고
새들에게 자유를 주었네
새들이 하늘로 날아올랐네

독재자들을 죽여 없애자.
모든 수행원의 요구다!
그 자식들이 부모의 고통 소리를 듣게 하자.
소녀의 준엄한 명령이다.

순교자의 피는 한 방울도
헛되이 버려지지 않으리.
감옥의 습격 때
우리 모두 다시 자유의 몸이 되리.

관현악단이 연주하는 위풍당당한 멜로디는 지루하도록 반복되다 서서히 잦아들었다. 오소리가 다시 프루를 보며 웃었다. "들었죠? 당신은 영웅이에요!"

프루는 아직까지 가사를 곱씹고 있었다. "난 아무 *명령*도 내리지 않았는데."

"아니죠." 오소리가 말했다. "일종의 은유예요. 비유법이죠. 당신이 *실제*로 독재자의 자식에게 부모의 고통 소리를 들려주라고 명령한 적은 없어요. 이른바 시적 허용이죠." 그가 주둥이로 숨을 들이키느라 말을 멈췄다. "감정을 자극하기 위해서 쓰는."

"난 아이를 둔 부모가 고통을 겪는 것은 생각만 해도 싫어요. 아니 그 누구라도요." 프루가 갑자기 말문이 터진 듯 말했다. "그건 너무 가혹해요."

오소리가 힘차게 웃었다. "고통을 겪고 있는 자들은 독재자예요. 우리가 타도한 사람들이요, 그렇지 않아요?"

"설령 독재자라도요. 어떤 독재자든간에." 프루가 말했다.

오소리는 이 말에 아무런 반응도 하지 않았다. 그는 정말로 혼란스러워 보였다. 그때 길 앞쪽에 모여있던 10대 소년 몇 명이 길을 가로막았다.

"어이!" 그 중 한 명이 소리쳤다. "거기, 시민 오소리. 속도를 늦추시오."

14세부터 19세쯤으로 보이는 아이들 네 명이었다. 혈색 좋고 여드름투성이 전형적인 10대처럼 보이는 그들은 하나같이 모자 차양을 뒤로 돌려 쓰고 있었다. 사이클링 모자였다. 게다가 가슴에는 파랑 노랑 초록의 삼색띠를 두르고, 말쑥한 격자무늬 조끼 깃에는 오소리가 단 것과 비슷한 배지를 달고 있었다. 금속으로 만든 사슬 톱니바퀴 모양 배지였다.

"안녕들하시오. 소년 동지들." 오소리가 명랑하게 외쳤다. 하지만 프루는 명랑한 말투 밑에 깔린 경계심을 읽었다. "동지들이 깜짝 놀랄 만한……."

그의 말이 끊겼다. 가장 어려보이는 소년이 앞으로 나오더니 인력거로 걸어왔다. "시민 동지, 배지는 어딨소? 배지 다는 걸 잊었군."

"무, 무슨 소리!" 오소리가 놀라서 더듬거렸다. "배지는 당연히 달고 다녀야지. 자랑스럽게!" 소년은 조금 전 오소리가 말을 하지 못하도록 일부러 트집을 잡은 듯했다.

"저기 있는데, 내 눈에는 보이는데." 다른 소년이 사과를 크게 한 입 베어물어 씹으면서 말했다. "저기 조끼에 달려있잖아."

"좋소." 트집잡았던 그 어린 소년은 이제 어느 정도 거리를 두고 서있었다. "만나서 반가웠소, 애국자 양반. 웬만하면 눈에 잘 띄게 다시오. 혹시 톱니바퀴 배지를 수치스러워하는 건 아니겠지?"

"그럴 리가!" 오소리가 즉시 반박했다. "정반대야, 사실 난……."

"쉿." 소년이 말했다. "승객에게 폐를 끼치고 싶소?" 소년들은 이제야 달랑거리는 싸구려 보석 발에 가려진 프루에게 관심을 보였다.

"동지들이 알면 깜짝 놀랄 일이……." 오소리가 다시 말을 하려는데 그들은 이번에도 무례하게 가로막았다.

"시민 동지, 잠깐 내리시오." 소년 한 명이 이렇게 말했다. 프루가 자세히 살펴보니 그는 자전거 체인을 빙빙 돌리고 있었다.

다른 소년이 끼어들었다. "아직도 노예근성을 버리지 못했군. 게을러서 걷기도 싫어하는 부르주아를 태우다니. 이거야말로 구질서의 증상이라고 생각하는데, 어떻게 생각하시오?"

"시민 동지, 자네 말이 옳아." 다른 소년이 그 소년의 말에 맞장구를 쳤다.

"자전거 쿠데타가 일어났을 때 우린 모두 노예의 굴레를 벗어던졌지." 사과를 먹던 소년이 이렇게 말한 다음 오소리에게 타박했다. "동지는 애국자일지 모르지만 혁명적이지는 않군."

프루는 더 이상 참을 수가 없었다. 약자를 괴롭히는 소년들의 행동을 보자 등골이 오싹했다. "그를 내버려두지 못해!"

소년들이 동작을 멈추었다. 그들은 이제야 인력거에 탄 사람을 노려보았다. "대체 누구야?" 한 소년이 말했다.

"사람들이 자전거 소녀라고 부르더군." 프루가 대답하며 뒷좌석에서 밖으로 뛰어내렸다.

사과를 먹던 소년이 즙이 뚝뚝 떨어지는 하얀 사과조각을 얼른 뱉었다. 인력거 옆에 있던 어린 소년은 뒷걸음질치다 친구의 가슴에 부딪혔다. 설상가상으로 허겁지겁 도망치다 우스꽝스럽게도 자갈 바닥에 고꾸라졌다.

조금 전 말씨름 내내 침묵을 지키고 있던 네 번째 소년이 앞으로 주춤주춤 걸어나오며 겁에 질린 목소리로 프루에게 물었다. "당신은…, 혹시?"

"맞아." 프루가 단호하게 대답했다. "너희들이 내 친구 오소리에게 말하는 태도가 영 마음에 들지 않는걸."

"죄송해요." 소년은 머리에 쓴 모자를 얼른 벗어 정중히 가슴에 댔다. "하지만, 요즘은…," 소년의 목소리가 떨렸다. "당신은 정말로 그분? 노래에 나오는 그분? 진짜 자전거 소녀인가요?"

"그건 르몽드라는 자전거야. 빨간색 싱글 기어지. 아빠가 열한 번째 생일에 사주신 거야. 뒤에 왜건을 달고 다닐 수 있게 되어있지. 기억하는지 모르지만 내 동생 맥 때문에 이 모든 일이 벌어진 거야." 이 모든 일이라고 말할 때 프루는 손으로 허공을 저었다.

넘어졌던 두 소년이 이제야 일어나 마치 인력거에 폭발물이라도 설치된 양 조심조심 다가왔다. 그리고 다른 소년들처럼 모자를 벗어 가슴에 대고 예를 표했다. "우린⋯," 그 중 한 명이 말했다. "우린 몰랐어요!"

오소리는 말없이 사건의 반전을 즐기는 듯했다.

"자 이제 너희들 괜찮다면, 이 오소리가 자기 일을 하게 내버려둬. 우린 총독 관저에 아주 민감한 정보를 전달하러 가는 일이니." 프루는 이런 말이 자기 입에서 술술 나오는 것을 느꼈다. 그녀는 자신의 이런 지위가 마음에 들었다. 네 소년은 그녀 앞에서 벌벌 떨었다.

가장 나이 많은 소년이 말했다. "우리가 개인적으로 관저까지 에스코트하는 영광을 누리게 해주시겠습니까?"

"우리는 스포크(자전거 바퀴살이라는 뜻. ─옮긴이) 당의 24간부단입니다. 혁명에 복무할 것을 맹세했죠." 다른 소년 한 명이 덧붙였다.

프루는, 소년들의 모습에서 그 사이에 얼마나 많은 것이 바뀌었는지 짐작이 갔다. 콧물이나 질질 흘리던 어중이떠중이 10대들이 갑자기 거들먹거리는 패거리로 변했다. 프루가 시동을 건 급진적 변화를 아이들이 표방하는 것은 원치 않았다.

"난 더 좋은 의도로 혁명을 했던 건데." 그녀가 나지막이 혼잣말을 했다.

결국 자전거용 모자와 양모 조끼를 입은 네 소년은 멍에를 건 말이 되어 소녀와 오소리를 사우스우드의 중심가까지 인력거에 태우고 가기로 했다.

"조금 더 빨리, 오른쪽에 있는 너!" 프루가 뒷좌석에서 소리쳤다. "넌 발을 제대로 맞추지 않고 있어." 프루가 오소리를 쿡 찌르며 말했다. "한번 해보세요. 꽤 통쾌해요."

"이런, 저는 못합니다." 오소리는 운전수가 아닌 승객이 되어 인력거를 타는 게 영 불편한 듯 이렇게 대답했다.

"자, 자!" 프루가 소리쳤다.

"좋아, 잘하고 있어." 오소리가 조심스럽게 말한 뒤 용기를 내어 인력거 앞에서 씩씩대는 네 명에게 소리쳤다. "그렇게 갑자기 튀어나가면 안 되네, 시민 동지들! 진정한 인력거꾼은 보폭을 맞춘다!"

스포크 당 간부인 네 아이의 입에서 신음이 흘러나왔지만 인력거는 잘 굴러갔다. "아주 짜릿했어요. 당신이 옳았어요." 오소리가 웃으면서 말했다.

활기 빠진 교외의 다 쓰러져가는 집들을 뒤로 하고 분주하고 무질서한 도시로 접어들자 도로는 자갈 깐 대로로 바뀌고 인력거를 에워싼 소박한 행렬도 점점 불어나기 시작했다. 북적거리는 도시를 달리는 많은 마차들 사이에 노래와 전설에 등장하는 자전거 소녀를 태운 특별한 인력거가 있다는 소문이 빠르게 퍼져나갔다. 사람, 동물 할 것 없이 아이들이 인력거 꽁무니를 졸졸 따라오며 그들이 목표 지점에 빠르게 도착하게 도와주었다. 바로 티톡의 관저였다.

사우스우드는 지난번에 다녀간 뒤 변한 듯했지만 벽돌 건물들 사이로 구불구불 나있는 거리는 눈에 익었다. 많은 상점들 앞에 빨간색 페인트로 분노에 찬 알 수 없는 구호를 휘갈겨쓴 판자들이 덕지덕지 붙어있었다. 인력거를 발견한 거지들이 그 안에 탄 승객을 구경하려고 달랑거리는 싸구려 보석을 필사적으로 할퀴었다. 인력거를 끄는 소년들은 그들이 기생충이라도 되는 양 손을 휘휘 내저어 쫓아버렸다. 프루는 그 거지들의 모습에 마음이 쓰였다. 예전 사우스우드에서는 본 적 없는 불편한 광경이었다.

그들이 가는 길마다 추종자들이 더 많이 모여들었다. 여우, 인간, 곰, 쥐, 모두 점점 불어나는 행렬을 보려고 가까이 달려들었다. "자전거 소녀다!" 군중 속에서 함성이 터져나왔다. "그녀가 왔다!" "돌아왔어! 그녀가 마침내 돌아왔어!" 군중 사이에서 즉석 합창이 시작되었다. 프루가 들어서 알고 있는 '감옥의 습격'에 몇 소절 덧붙인 노래였다. 이런 구절을 덧붙였는데 프루는 아무리 해도 거슬리고 불편하게 느껴졌다.

> 우리는 스빅 추종자를 빠짐없이 색출하리라.
> 그들을 침대에서 끌어내
> 총독 관저로 끌고 가리라.
> 불쌍하지만 참수형을 받게 하리라.
>
> 오, 독재자들의 피는
> 하수구마다 철철 흐르고
> 우리는 바지에 핀 곰팡이 같은
> 핏자국을 씻어내리라.

구닥다리 사이클링 복장처럼 보이는 주름 잡힌 반바지에 양모 조끼, 챙이 짧은 카스케트 모자 차림으로 스스로 스포크 당원이라고 밝힌 더 많은 남녀들이 합류했다. 퍼레이드 행렬은 동일한 복장에 동일한 톱니바퀴 배지를 단, 이른바 인간과 동물의 대전시장이 되었다. 그들이 언덕 꼭대기에 이르러 관저의 앞뜰로 들어가기 위해 밀집한 건물을 빠져나올 때쯤 군중은, 수백 명의 막강한 인파로 바뀌었다. 깃발을 흔들고 노래를 부르고 휘파람을 불고 구호를 외치며 발을 쿵쿵거리고 외곽에서는 춤을 추고 박수를 치고 환호성을 질렀다. 그들이 외치는 구호는, 프루가 자비로운 우체국장 리처드의 트럭을 얻어타고 처음 여기 왔을 때와 별반 다르지 않았다. 그 당시 프루 앞에 펼쳐져 있던 세상은 믿을 수 없이 아름다운 꽃처럼 낯설고도 생경했다.

"소녀가 관저로 돌아왔다! 노래에 나오는 그 소녀야!" 프루 옆에 있던 남자가 소리쳤다.

프루는 지금 일어나고 있는 상황을 모두 파악할 능력을 오래 전에 잃어버린 듯했다. 차근차근 살펴보기에는 모든 것이 너무 빨리 밀려왔다. 군중의 함성은 심벌즈 합주처럼 들렸고, 프루는 솔직히 제어되지 않는 열정의 파도에 휩쓸려 여기까지 온 느낌이었다. 몽롱하게 취한 기분이었다.

적어도 모퉁이를 돌아 관저 정문 앞 중앙광장에 드리워진 거대한 장치와 맞닥뜨리기 전까지는 그랬다. 군중은 그런 것은 안중에 없는 듯 당당하게 귀환한 자전거 소녀를 관저 안으로 들여보내며 그곳에서 그녀가 어떤 대접을 받을 것인가(기대가 한껏 높아져 있었다)에만 관심이 쏠려있었다. 하지만 프루는 인력거에서 오른발을 내리자마자 마치 젊은 기사의 옷자락을 밟기라도 한 듯 그자리에 얼어붙어 그 장치를 바라보았다.

그것은 틀림없는 단두대였다.

그 소름끼치는 물건은 전등이나 태양을 바라본 다음 눈을 감았을 때 어둠 뒤에 남아있는 잔영처럼 프루의 뇌리에 단단히 박혔다. 군중에 떠밀려 관저의 현관 입구까지 가는 동안에도 뇌리에서 지워지지 않았다.

🌿

이렇게 깊은 숲속까지 들어온 적은 처음이었다. 노스월의 안전 경계선은 절대로 넘으면 안 되는 줄 알았다. 노스월은 넓디넓은 숲을 동쪽에서 서쪽으로 가로지르는 석벽으로, 아빠의 설명에 따르면 문명세계와 새들의 세상을 나누는 경계선이었다.

지타는 새 몇 마리와 알고 지냈다. 분할에 대해 합의가 이루어진 것은 지타가 아주 어릴 때였다. 새들이 떠돌이 생활을 청산하고 아비앙 공국을 세우기 전, 사우스우드에 새들이 가득하던 시절이 기억났다. 지타가 만난 새들은 친절했지만 지타는 불화를 눈치채고 있었다. 분할이 결정되고 경계선이 그어지자 그동안 쌓였던 긴장이 다소 해소되는 것처럼 보였다. 몇몇 새들은 자연스럽게 사우스우드에 그대로 머물기로 결정했고, 그들은 지역 주민 대부분에게 환영을 받았다. 적어도 스워드SWORD가 남은 새들을 색출하여 감금한 '부서진 문들의 밤'이 일어나기 전까지는 그랬다. 하지만 그 사건으로 아직도 사라지지 않은 앙금이 남아있음이 분명해졌다.

그 후 혁명으로 긴장은 해소된 듯 보였지만 사우스우드의 새들은 대개 남과 어울리지 않고 혼자 지냈으며, 적잖은 새들이 더 나은 공동체를 찾아 아비앙 공국으로 떠났다. 특히 독수리들은 모두 사우스우드를 떠나 한 마리도 남지 않았다. 이 놀라운 탈출은 (어쨌든 육상 거주자들과 나무 둥지 거주자들의 관계에 새로운 돌파구가 되어준) 자전거 쿠데타의 유산을 모욕하는 일이 될까 두려워 사람들의 눈에 띄지 않게 은밀히 이루어졌다. 그런데 감옥 습격 직후 아비앙 공국이 사우스우드와의 국경 보안을 강화하는 모습이 목격되었다. 그에 화답이라도 하듯 사우스우드도 노스 게이트를 방어하기 위해 더 큰 규모의 경비대를 경계선에 배치했다. 그 규모는 조용히 단계적으로 증강되었고, '좋은 울타리는 좋은 이웃을 만든다'는 옛 속담을 명분 삼아 모든 일이 진척되었다.

지타가 자갈 깔린 롱로드를 드러내놓고 걷지 못하고 숲속 뒤엉킨 나무넝쿨 사이로 손전등을 비추며 갈 수밖에 없는 것도 그 때문이었다. 만약 이 늦은 시각에 국경 근처에서 발각되면 무수한 질문 공세를 받을 게 뻔했다. 그러면 뭐라고 대답하지? 머릿속으로 대화를 상상해보았다. "여기에서 뭐하는 거냐?" 누군가 권위적인 목소리로 묻는다. "그냥, 아비앙 공국에 좀 가려고요." 지타가 대답한다. "왜?" "독수리 날개를 주우려고요." "그걸 갖다 어디에 쓰려고?" "초록 여제를 위해서요. 그녀는 내 방 거울에 글씨를 남겨요." 지타는 웃음이 나오려는 것을 겨우 참았다. 이 얼마나 어처구니 없고 황당한 상황이란 말인가, 자신이 미쳐가고 있는 게 틀림없었다. 하지만 거기에는 이유가 있었다. 유령 여제의 말을 듣는 것이 그나마 온전함의 벼랑에서 완전히 떨어져 엉망진창이 되지 않도록 하는 길인 것 같았기 때문이었다.

　지타가 유령의 기분을 맞춰주는 데에는 또 다른 깊은 이유도 있지만 일부러 깊이 생각하려고 하지 않았다. 그 생각이 떠오를 때마다 지우려고 애썼다. 당장 해야 할 일에 집중하는 게 최선이라고 생각했다.

　당장 해야 할 임무는 성벽에 가까이 접근하는 일이었다. 나뭇가지를 비추는 가스등의 가물거리는 불빛에 어둠이 살짝 엷어졌다. 나뭇가지 틈새로 길가에 무리지어 서있는 군인들이 보였다. 그들은 조용히 담배를 피우며 이야기를 나누고 있었다. 네 명은 오래된 나무 그루터기에 둘러앉아 카드게임을 하는 중이었다. 그들 바로 뒤로 성벽의 널따란 출입문이 보였다. 그것이 바로 사우스우드와 아비앙 공국의 유일한 통로인 노스 게이트였다.

　지타는 병사의 수를 세어보았다. 모두 열 명이었다. 그들은 카키색 옷을 입은 쥐처럼 문가에 옹기종기 모여있었다. 출입문을 통과하는 사람은 없었다.

그때 검을 부착한 라이플총을 멘 병사 한 명이 지타가 숨어있는 쪽으로 걸어 왔다. 그가 가까이 오기 전에 지타는 재빨리 덤불 속으로 몸을 숨긴 다음 도로 와 문에서 멀리 떨어진 동쪽으로 움직이기 시작했다.

가스등에서 멀리 떨어진 이곳은 불빛이 희미했다. 지타는 안전할 정도로 길 에서 멀리 떨어진 곳까지 온 다음 들고 있는 랜턴의 심지에 성냥불을 붙였다. 그런 다음 왼손으로 랜턴을 높이 들고, 오른손으로 비바람에 닳은 거친 돌과 틈새에 낀 이끼의 촉감을 확인하며 성벽을 따라 아래쪽으로 걸어갔다. 성벽의 높이는 지타의 키보다 두 배는 높았지만 돌 크기가 고르지 않았다. 그녀는 길 에서 15~20미터 떨어진, 가장 오르기 쉬워 보이는 지점을 골랐다. 먼저 랜턴 을 배낭에 매단 뒤 맨 아래 튀어나온 돌을 시험 삼아 디뎌보았다. 그러고는 그 돌을 딛고 성벽을 오르기 시작했다.

성벽 꼭대기에 다다랐을 때 아래쪽에서 부스럭거리는 풀 소리가 들렸다. 한 병사가 혼자 성벽 둘레를 걷고 있었던 것이다. 지타는 몸을 납작하게 밀착시 킨 다음 천천히, 불 켜진 랜턴을 얼굴 쪽으로 끌어당겼다. 불을 끄기 위해서였 다. 그런데 랜턴이 바위에 부딪히면서 금속성의 쨍그랑 소리가 밤하늘에 울려 퍼졌다.

병사가 지타 쪽으로 손전등을 홱 돌리며 소리쳤다. "거기 누구야?"

놀란 지타는 아비앙 공국 쪽으로 몸을 굴린 뒤 성벽 반대편에 있는 돌을 재 빨리 손으로 잡았다. 성벽의 이쪽 표면은 방금 올라온 쪽만큼 수월하지 않았 다. 성벽을 타고 바닥으로 떨어질 때, 거친 돌 표면 때문에 피부와 옷이 찢어졌 다. 그때쯤 병사의 동료들은 낌새를 알아차렸고, 성문은 활짝 열렸다. "성벽에 침입자가 있다!"라고 외치는 소리가 들렸다. 지타는 다칠 것을 걱정할 겨를도 없이 성벽에서 뛰어내려 숲으로 들어갔다. 화난 병사들이 무리지어 쫓아왔다.

"거기 서지 못해!" 한 병사가 외쳤다. "넌 아비앙 공국을 무단 침입했다!"

요란한 날갯짓 소리가 지금 새 여러 마리가 지타를 쫓고 있음을 말해주었다. 나뭇가지 위에서 새의 목소리가 들려왔다. "인간이다! 당장 항복해라!"

지타의 심장이 쿵쿵 뛰었다. 호흡은 미친 듯이 가빠졌다. 휘어진 어린 나무를 지나갈 때는 몸을 숙이고, 쓰러진 통나무가 나오면 폴짝 뛰어넘었다. 뻣뻣한 고사리 잎이 작은 손가락처럼 지타의 피부를 마구 할퀴었다. 뒤쫓는 자들에게 막 잡히려는 순간 지타는 자신이 작은 집채만한 거대한 솔송나무의 밑동에 있는 것을 깨닫고는 울퉁불퉁하고 비틀린 뿌리 속으로 냅다 뛰어들었다. 나무가 키질하듯 까부르며 지타를 뿌리 깊은 곳으로 서서히 빨아들이는 듯하더니 이내 완전히 숨겨주었다.

잠시 후 지타가 숨은 곳 바로 근처 풀밭에서 병사들의 발소리가 들렸다. 솔송나무 너머 빈터를 한 바퀴 돌고 나서 공중을 맴도는 새들을 향해 크게 외치는 소리도 들려왔다.

"그 여자애가 문 동쪽 벽을 타넘었다." 누군가 설명했다. "여자애다. 틀림없이 어린 여자애다."

새가 대답했다. "성벽 너머는 너희들 관할이 아니다. 이제 너희들 땅으로 돌아가라. 이건 우리 공국의 문제다."

"하지만 그, 그애는……." 더듬는 소리가 들렸다.

"이봐, 자넨 국경조약을 정면으로 위반했어. 체포하기 전에 어서 너희 위치로 돌아가라고."

허공에서 이렇게 위협하자 사우스우드의 병사들은 잠잠해졌다. 지타는 숲을 지나 문으로 돌아가는 병사들의 발소리를 들었다. 거대한 나무의 아늑한 뿌리 틈에 옹크리고 앉은 채 좀더 기다리자 힘차게 날갯짓하며 선회하다 멀리 날아가는 새소리도 들려왔다. 마침내 새들도 자신을 포기하고 가버린 것 같았다. 지타는 안도의 한숨을 내쉬며 비좁은 은신처를 나와 가던 길을 재촉했다.

지타는 아빠한테서 독수리는 나뭇가지 중에서도 가장 잘 보이는 높은 가지에 둥지를 짓는다고 배웠다. 주운 나뭇가지를 얼기설기 엮어 만든 커다란 둥지는 요새라고도 불렸다. 밤이 끝나고 날이 밝았다. 입김 때문에 대기에 뿌연 김이 서렸다. 지타는 독수리 둥지를 찾아 높은 나뭇가지를 살폈다. 지금까지 꽤 멀리 오는 동안 새 보초병이 있는지 쉬지 않고 주시했는데, 마침내 그들을 따돌린 것 같았다. 사실 인간이 아비앙 공국을 방문하는 일이 전혀 드문 건 아니었다. 조류가 아닌 사우스우드 국외 거주자들도 이곳에 집을 짓고 사는 경우가 더러 있었다. 만일 지타가 발각되더라도 그저 공국에 사는 인간 친구를 만나러 왔다고 설명하면 그만이었다.

그렇게 몇 시간 찾아다닌 끝에 지타는 자신이 원하는 것을 발견했다. 작은 언덕 꼭대기에서 나무 사이를 살피다 오래된 삼나무 우듬지에서 널따란 나무 그릇처럼 생긴 독수리 둥지를 발견한 것이다. 한 어른 새가 둥지에서 기다리는 어린 새의 입에 넣어줄 먹이를 물고 나뭇가지에 앉자 주변 나뭇가지가 마구 흔들렸다. 잠시 후 어른 새는 더 많은 먹이를 구하러 날아갔다. 지타는 혹시 털갈이를 하다 떨어뜨린 깃털이 있지 않을까 해서 나무 아래 땅을 살펴보았다. 하지만 독수리가 털갈이를 하는지 아닌지 정확히 알지는 못했다.

깃털을 찾는데 위에서 어떤 소리가 들렸다. "거기에서 뭐하는 거야?"

지타는 흠칫 놀라 고개를 들었다. 누가 말하는지 알 수가 없었다.

"여기, 이 위쪽이야." 다시 그 목소리가 들렸다. "둥지."

떠오르는 햇빛을 손으로 가린 채 위를 살피던 지타는 둥지 난간 밖으로 비죽 나와있는 어린 독수리의 부리를 발견했다. "나……?" 지타는 뭐라고 대답해야 할지 몰라 멈칫거렸다. "깃털을 찾고 있어."

"깃털? 그건 왜 찾는데? 펜이나 뭐 그런 걸로 쓰려고?"

"응." 지타가 재빨리 대답했다. "응, 펜을 만들려고. 깃털 펜."

"그 밑에는 깃털이 없을 텐데." 아기 독수리가 말했다. "난 아직 털갈이를 하지 않거든."

"아하." 지타가 한숨을 쉬었다.

"하지만 한 가지 귀띔해줄까? 네가 이리로 올라오면 기꺼이 한 개 주지." 독수리가 말했다.

지타는 키 큰 나무 꼭대기를 바라보며 물었다. "정말이야?"

"물론. 더 줄 수도 있어."

소녀는 손에 닿는 낮은 가지를 잡아보았다. 단단하고 껍질이 울퉁불퉁했다. 다시 높이 있는 새둥지를 다시 올려다보았다. "올라가기 힘들 것 같아."

독수리가 말했다. "내가 내려갈 수도 있지만 올라오지 못할 것 같아."

지타는 하는 수 없이 나뭇가지를 잡고 차근차근 기어오르기 시작했다. 나뭇가지 하나에 일단 배를 걸친 뒤 천천히 그 가지에 발을 올려놓는 식으로 나무계단을 오르듯 연이어 올라갔다. 이따금 넓은 나뭇가지가 나오면 동작을 멈추고 얼마나 올라왔는지 내려다보았다.

둥지 속 독수리는 "거의 다 왔어! 포기하지 마!"라며 응원해주었다.

"더는 못 하겠어." 지타가 대답했다.

"아빠가 곧 돌아오실 거야." 지타가 쉬려고 할 때마다 독수리가 말했다. "우리 아빤 사람을 여기까지 올라오게 할 정도로 마음씨 좋은 분은 아니야."

지타는 아직 머리 위로 10미터쯤 남은 둥지를 보며 얼굴을 찡그렸다. "그런 말은 처음인데."

"음, 진작 말했어야 하나." 새가 이렇게 대꾸했다.

지타는 다시 힘을 내어 나뭇가지를 뚫고 새 둥지까지 남은 거리를 올라갔다. 마침내 독수리 요새에 도착했을 때 지타의 머리카락에는 삼나무 부산물이 새둥지처럼 마구 엉켜있었다. 그녀는 어린 독수리 혼자 있는 것을 알고 안도의 한숨을 내쉬었다.

"안녕." 독수리가 다시 물었다. "깃털을 갖다 어디에 쓰려고? 난 깃털 펜을 사지 않아서."

"이야기하자면 길어." 지타가 나뭇가지를 잡은 채 말했다.

"난 참을성이 많아."

"정말? 나한테 이 이야기를 다 하라고?"

"어서, 나 심심하단 말이야. 여기 들어앉아 아빠가 눈곱만큼의 음식을 가져다줄 때까지 기다리는 일이 전부야."

"좋아. 하지만 미리 말해두는데, 좀 기괴해"

"기괴하다고? 호기심이 생기는데. 좀 거북하기도 하고."

"이건 일종의 주문이야. 초록 여제라는 유령이 나한테 주문을 걸었지. 난 그녀에게 세 가지 물건을 갖다줘야 해. 나한테 그렇게 명령했거든."

독수리는 지타를 보며 고개를 갸우뚱했다. "그럼 어떻게 되는데?"

"나도 잘 몰라." 지타가 대답했다.

독수리는 말을 멈추고 곰곰이 생각했다. 그리고 마침내 물었다. "별로 똑똑한 대답은 아닌데. 그 여자가 도대체 세 가지 물건을 가지고 뭘 하려는 걸까? 뭐가 그렇게 중요해서 너한테 그 모든 것을 구해오라는 걸까?"

지타는 어리둥절한 눈으로 독수리를 보았다. 사실 지타는 이 물건들이 무엇을 암시하는지 깊이 생각해본 적이 없었다. 그저 미로를 헤매다 침실 거울에 기적적으로 떠오른 지시를 따랐을 뿐이다. "나도 잘 모르겠어." 지타가 대답했다.

"왠지 재미있는 냄새가 나는걸. 어쨌든 넌 네 임무를 완수해."

"지금 깃털을 줄 수 있어?" 지타가 물었다.

"물론이야. 어떤 색깔을 원해?" 새가 되물었다.

"어떤 색깔?" 그때 주변 공기가 흔들리는 게 느껴졌다. 멀리에서 크게 까악까악 하는 소리도 들렸다. "어떤 색깔 깃털? 어서. 아빠가 오고 계셔. 아빠가 널 물어다 공중에서 떨어뜨릴지도 몰라." 새가 재촉했다.

"모르겠어." 지타가 하얗게 질려서 말했다. "은색?"

독수리가 눈알을 굴렸다. "은색 깃털은 없어. 내가 무슨 그리핀(사자 몸통에 독수리의 머리와 날개를 지닌 신화적 존재. ─옮긴이)이라도 되는 줄 알아?"

"그럼 갖고 있는 색깔 아무 거나, 난 상관없어." 소녀가 황급히 대답했다.

독수리의 아빠가 다가오고 있었다. 거대한 새가 털이 부슬부슬한 커다란 무언가를 발톱으로 움켜쥔 채 허공에서 커다란 호를 그리며 둥지를 향해 하강하기 시작했다.

아기 새가 둥지 속을 뒤졌다. "짙은 갈색? 아냐, 너무 흔해. 얼룩덜룩한 게 낫겠다. 황갈색에 흰 점박이야. 아마 이게 마음에 들 거야."

"그래, 좋아." 지타가 아빠 독수리의 모습을 흘깃 보며 대답했다. "마음에

Jacques Chruschiel

Nico Posholsky

The Chapeaux Noirs

"샤포 느와르는 산업폐기물장을 깨끗하게 해체시키는 게 목표란다.
우리가 끝내 이곳의 압제자와 약탈자를 쓸어버리게 될 거야."

들어."

지타는 어른 독수리의 이마가 모욕감으로 찌푸려진 것을 보았다. 그가 가까이 다가오면서 크게 고함을 질렀다.

"아니, 그냥 갈색이 좋겠어. 단순한 게 최고거든."

지타는 인내심을 잃었다. "아무 거나, 제발! 난 그저 깃털이 필요할 뿐이야!"

아빠 독수리가 광란의 하강을 시작했다. 그는 털로 뒤덮인 먹잇감을 둥지에 떨어뜨리고 무단 침입한 인간을 향해 발톱을 뻗었다. 아기 독수리가 부리로 단순한 갈색 깃털을 건네주었다. 소녀는 깃털을 주머니에 넣자마자 죽을힘을 다해 나뭇가지를 내려오기 시작했다. 지타가 둥지 바로 아래 나뭇가지로 내려왔을 때 어른 독수리가 자신의 둥지에 도착했고, 그 엄청난 무게 때문에 우듬지가 흔들렸다. 지타는 우선 1.5미터쯤 아래에 있는 나뭇가지, 이어서 그 아래 가지로 유연한 원숭이처럼 몸을 던져 내려갔다. 뒤통수에서 독수리의 고함이 들려왔지만 지타는 땅에 닿을 때까지 한 번도 멈추지 않았다. 독수리 날개는 재킷 주머니에 무사히 들어있었다.

이렇게 해서 첫 번째 물건을 손에 넣었다.

CHAPTER 7

검은 모자단

검은 옷의 남자 니코는 손목을 문지르다 아파서 움찔했다. 매듭 애호가인 아홉 살 에드윈 피치가 손목을 어찌나 단단히 묶었는지 15분이나 걸려 겨우 밧줄을 풀었다. 밧줄에 쓸린 손목이 빨갛게 부풀어올랐다. 그는 방 안을 둘러보며 주변에 아이들이 몇 명이나 있는지 가늠해보았다. 하나같이 그를 의혹 어린 시선으로 주시하고 있었다. 마체테를 쥔 소년은 이상한 남자가 갑자기 공격할 것에 대비해 칼을 위협적으로 들고 있었다.

"내 모자 좀 돌려주겠니?" 니코가 맨 먼저 한 말이었다.

검은 베레모는 한 아이의 머리에서 벗겨진 뒤 여러 아이의 손을 거쳐 주인에게 건네졌다. 마지막으로 엘시가 모자를 들고 그에게 갔다. 니코가 고개를 숙이자 엘시는 머리에 모자를 씌워주었다.

"고맙다." 니코가 말했다.

엘시의 얼굴이 붉어졌다.

남자는 지푸라기 같은 머리카락이 몇 가닥밖에 남지 않은 대머리가 모자 뒷면에 쏙 들어가도록 베레모를 약간 삐뚜름하게 고쳐 썼다. 30대 중반 정도에 적절히 다이어트를 한 듯한 몸매의 잘생긴 남자였다. 엘시는 그를 보았을 때 가족끼리 자주 들르는 동네 협동조합 매점에서 일하는 계산원이 떠올랐다. 가족이 각자 장바구니를 가져오지 않으면 경멸하듯 쳐다보던 그와 분위기가 비슷했다. 윗입술 위쪽에는 염색한 수염을 조그맣게 기르고 있었다.

"그러니까, 너희가 입양부적격자들이란 말이지?" 니코가 물었다.

"그래요." 마이클이 대답했다. "여긴 우리 집이고요."

"집이 좋구나. 청소만 좀 한다면."

"우린 최선을 다하고 있어요."

남자는 넓은 방을 천천히 돌아다니며 주워온 가구라든지 추레한 침구, 아이들이 먹다 남긴 빈약한 아침식사를 살펴보았다. "하역인부들이 여태 너희들을 찾아내지 못했다는 게 신기하구나." 그가 위장하느라 씌워놓은 방수포를 잡아당기자 음식저장고가 나타났다. 그날 점심에 먹을 샌드위치 빵 테두리가 기름 밴 봉지에 몇 개 들어있었다. "어쩌면 너희들이 여기 있는지 알면서 내버려두는지도 몰라." 그가 발꿈치를 중심축으로 우아하게 몸을 한 바퀴 돌려 높은 서까래와 높다란 납틀 창문에 달려있는 전등을 흘끔 보았다. "숨어있기 좋은 곳이군. 왜 이런 곳을 버려두고 갔는지 모르겠어."

남자가 사색에 잠겨있을 때 그 모습에 화가 난 레이첼이 끼어들었다. "우리가 풀어줬잖아요. 어서 그쪽에서도 우리를 도와줘요. 우리 가족 두 명이, 그러니까 할아버지와 여자애 한 명이 하역인부들한테 붙잡혀갔어요. 우리는 그들이 어디에 있는지 몰라요."

니코는 동작을 멈추고 레이첼의 말을 곰곰이 생각한 뒤 되물었다. "할아버지? 혹시 눈이 안 보이니?"

"맞아요!" 엘시가 큰 소리로 대답했다.

"그리고 여자애는…, 아시아계?"

레이첼이 고개를 끄덕였다. "그들이 어디에 있는지 아세요?"

"아니." 남자가 대답했다. "물론 소문을 듣기는 했어. 오래 전 일은 아닌데, 타이탄 타워에 중대한 소동이 있었지. 우린 가끔 해운회사에서 첩보를 얻거든. 그런데 그 주에 두 명의 포로, 그러니까 맹인 남자와 어린 소녀에 관한 내용이 있었어. 그들이 그렇게 중요한 인물이라는 게 이상했지."

"첩보라구요?" 남자의 의도에 여전히 의혹을 품고 있는 마이클이 물었다. "당신이 그쪽에 협조하고 있지는 우리가 알게 뭐예요? 하역인부들 말예요."

니코가 마이클을 노려보았다. "그래, 이건 고도의 계략일 수 있어. 내가 누더기 고아들이랑 함께 있는 현장을 잡기 위해 하역인부들이 나를 여기로 몰았는지도 몰라, 그렇지 않니?"

"예전에 고아였죠." 아이들 중 한 명이 소리쳤다.

"미안하다." 니코가 고쳐 말했다. "예전에 고아였지. 지금은 입양부적격자들." 그가 마이클에게 계속해서 이야기했다. "그 친구는 우리를 위해 정보를 빼내려다 그만 목숨을 잃었지. 위그먼의 기업 부문을 침투하기는 쉽지 않단다."

"부문이 뭐예요?" 어린아이 한 명이 물었다.

니코가 얼굴을 찡그렸다. "너희들은 이곳 조직에 대해 전혀 모르는구나, 그렇지? 고아원에 있을 때 자세히 말해주지 않았나보군."

"오로지 일만 했어요." 다른 입양부적격자가 대답했다.

"나도 그 얘긴 들었다. 언생크라는 작자가 자신의 기계부품 공장에서 고아들의 노동력을 착취했다고. 이런 가여워라. 실은 우리 검은 모자단은 너희들이 알면 기뻐했을, 너희들을 해방시키기 위한 계획을 세우고 있었단다. 우리 단원 한 명이 어린 프롤레타리아들을 해방시키기 위한 작전을 제안했지. 아마 작전명이 '대규모 입양'이었을 거야. 하지만 더 긴급한 작전이 생겨서 연기되었지. 그런데 그걸 스스로 해낸 주인공들을 만나다니 영광이구나." 니코의 말에 아이들이 우쭐해서 웅성거렸다. "너희들이 있는 곳은 일종의 공단이야." 니코가 계속해서 이야기했다. "그 점은 너희들도 잘 알 거야. 이 건물은 산업폐기물장이 6인조 체제로 운영되던 시절 과학연구 부문이 들어있던 곳이란다. 그런데 다른 거물들에 의해 밀려났지. 지금은 무인도나 다름없단다. 그러고 나서 이 산업제국은 5인조 대표가 운영하는 체제로 바뀌었지. 몇 달 전까지만 해도. 너희들이 다섯 번째 거물, 언생크를 방해공작으로 무너뜨리기 전까지 말이다. 너희들은 우리가 결코 하지 못한 일을 했단다. 부문 전체를 붕괴시켜버렸어. 비록 내부에서 일으킨 것이지만 정말 대단하다."

"당신은 그들의 어떤 점을 반대하는 거죠?" 마이클이 물었다.

"모든 것. 그들은 뿌리부터 없애야 할 진짜 악당이야. 이곳은 기반부터 무너뜨려 초토화할 필요가 있단다. 그 점이 우리 검은 모자단의 존재 이유지. 이 산업폐기물장을 초기의 아무것도 없는 상태로 만드는 것. 압제자와 파괴자, 약탈자를 싹 없애버리는 것. 이상이다."

"잘 해보세요." 레이첼이 힘주어 말했다. "그건 그렇고 우리 친구들은 어디 있죠? 맹인 할아버지와 여자애. 아직 이 질문에 대답하지 않았어요."

"어딘가 있겠지." 니코가 성급해하는 레이첼은 아랑곳하지 않고 대답했다. "타이탄 타워의 깊숙한 곳 어딘가에 있을 거야. 그들이 만약 살아있다면 말이다. 내 추측으로는 위그먼이 네 친구들한테 각별히 관심을 갖는 것 같더구나."

몇몇 아이들이 이 말에 침을 삼켰다. 마이클은 경멸하듯 손을 저었다. "지금 우리를 겁주려고 그러는 거 다 알아요. 그 자가 뭣하러 그들을 죽이겠어요?"

"내 말을 믿으렴. 브래드 위그먼? 그 자는 그보다 더한 짓도 한 사람이야. 훨씬 더 나쁜 짓도."

"그들이 살아있다고 쳐요. 그들은 빌딩 안에 있어요. 그럼 어떻게 그들을 구하러 가죠?" 레이첼이 다그쳐 물었다.

"음, 마술이 필요할걸. 그렇지 않겠니? 그곳은 난공불락이야. 경비들이 24시간 교대로 돌아가며 감시하고 물샐 틈 없는 보안시스템을 갖추고 있지. *일레 엥포씨블*il est impossible(그건 불가능해), 한마디로 불가능해."

남자는 말하는 중간에 프랑스어를 섞어 썼다. 그럴 때마다 나이 어린 아이들은 어리둥절한 얼굴로 나이 많은 아이들을 쳐다보았다. 그는 조금도 프랑스인처럼 보이지 않았다.

"그곳에서 뭐라고 부르는지 모르지만, 그러니까 아저씨가 대장이에요?" 한 아이가 물었다.

니코가 웃었다. "아니, 검은 모자단에는 리더가 없단다. 아까 말했듯이 우리는 무정부주의자 공동체야. 결정은 위원회에서 내린단다."

"그건 그렇고 우리가 캐롤과 마서를 구출하게 도와줄 수 있어요?" 레이첼은 남자가 말하는 거창한 전문용어는 무시한 채 이렇게 물었다. "난 위원회든 공동체든, 관심 없거든요."

"언니." 엘시가 찡그린 얼굴로 레이첼에게 속삭였다. "무례하게 굴지 마."

"우리 모두 너무 성급하게 굴고 있는 것 같구나." 니코가 다독였다. "그나저나 너희들 배고파 보이는데. 배 안 고파?" 어린아이 몇 명이 고개를 끄덕였다. 그것은 사실이었다. 그들은 몇 주일째 곡물죽과 음식 찌꺼기로 연명해왔다. 엘시의 뱃속은 음식 얘기만 듣고도 꼬르륵거렸다. "나와 함께 가지 않을래? 우리 진지로 돌아가려고 하는데?" 니코가 물었다. "여기 모두의 배를 채워줄 만한 음식이 있는지 아닌지는 가봐야 알겠다만. 뭐라고 말 좀 해봐라, 대장?" 마지막은 마이클에게 하는 말이었다.

마이클은 조금 전까지 검은 옷을 입은 남자가 묶여있던 의자에 앉아있었다. 그 10대 소년은 엄청난 걱정거리와 씨름이라도 하듯 한 손으로 이마를 짚고 있었다. 마치 어른이 겪는 삶의 무게가 그를 옥죄기라도 하는 듯.

❧

다음날 아침 하역인부들이 완전히 철수했다고 판단되자 니코는 입양부적격자 대표단을 창고 밖으로 데리고 나왔다. 그리고 잿빛 햇살을 받으며 춥고 시끄러운 이 공단에 늘 끼어있는 뿌연 연무 속으로 아이들을 안내했다. 망각의 집은 이내 대기를 진동시키는 공장의 기계 소리만 빼고 평상시의 조용함으로 돌아갔다. 아이들 대부분은 다른 침입자로부터 창고를 지키기 위해 남았다. 대표단은 그들의 배를 채울 맛있는 음식을 가지고 돌아오겠다고 약속했다.

검은 모자 사나이는 미로 같은 불 탄 건물들 사이로 대표단을 데리고 갔다. 먹을 것을 구하러 다니느라 아이들에게 익숙해진 곳이었다. 이윽고 아이들은 그들의 영역 울타리를 지나 산업폐기물장의 중심부로 들어갔다. 여기에서부터 조심해야 했다. 먼저 니코가 정찰을 나간 동안 아이들은 숨어서 그가 아무도 없다는 신호를 보내올 때까지 기다렸다. 잠시 후 그들은 땅이 움푹 팬 곳에 도착했다. 그곳에 초록색 오염수가 고여있는 연못으로 폐수를 내보내는 거대한 콘크리트 파이프가 있었다.

"내가 맞춰볼까요?" 니코 뒤에 바짝 따라오던 마이클이 말했다. "우리 지금 저기로 가고 있죠?"

"*엥뗄리장*intelligent(똑똑해)." 니코가 다시 프랑스어로 말했다.

엘시는 얼굴이 창백해졌다. 엘시는 언니의 반대를 무릅쓰고 이 행렬에 끼었다. '검은 모자단'이라는 이상한 조직의 진영과 우연히 자신들의 삶에 끼어든 이 정체불명 사내의 동료가 어떤 사람들인지 궁금했기 때문이다. 대표단은 신시아 슈미트를 포함해 일곱 명의 아이들로 구성했다. 가장 어린 엘시 멜버그는 기다란 파이프에서 쏟아져나오는 진초록색 액체를 보며 입을 틀어막았다.

"코를 잡아, 얘들아." 니코가 말했다.

아이들은 차례차례 니코를 따라 파이프 안으로 들어갔다. 흘러내려오는 오물 양옆으로 다리를 벌린 채 숨을 참고 얼마쯤 걸어가니 오른편에 유속이 빠른 지류가 나왔다. 그 너머에, 냄새는 여전하지만 노면 상태가 덜 젖어있는 부분이 보였다. 파이프 천장에 15미터마다 도관이 연결되어있는데, 그곳으로 빛이 들어와 파이프 속의 상태를 알 수 있었다. 파이프는 여러 갈래로 갈라졌다. 그렇게 미로 같은 하수관에서 방향을 바꿀 때마다 엘시는 몇 배로 어지러움을 느꼈다. 마침내 그들이 따라가던 길이 갑자기 뚝 끊기고, 일행은 커다란 지하실이 내려다보이는 벼랑 위에 서게 되었다. 벽돌로 된 벽에 새장처럼 매달린 전등이 춥고 건조한 지하실을 밝히고 있었다. 지하실 한쪽 구석에 놓여있는 녹슨 기계류 몇 점으로 보아 오랫동안 사용하지 않은 정수처리장 같았다. 니코는 아이들이 지하실 바닥까지 이어지는 긴 사다리를 타고 내려가게 했다. 허리를 구부리고 한참 걸어온 그는 이제야 몸을 쭉 폈다. 그런 다음 벽에 난 철문으로 느긋하게 걸어가서는 교묘한 방식으로 노크를 했다.

몇 분 뒤 문 뒤에서 목소리가 들렸다.

"*뀌 이시Qui is it*(누구시오)?" 그 목소리가 물었다. "*께스크 세, 빠스워르Qu'est-ce que c'est, password*(비밀번호가 무엇인가)?"

"*주 땜, 브리지뜨 바르도Je t'ame, Brigitte Bardot*(브리짓드 바르도를 사랑해)." 니코가 대답했다.

"*봉Bon.*" 대답이 들리고 잠시 침묵이 흐른 뒤 문 저편에 있는 누군가가 요란하게 문을 당겨 열었다. 호리호리한 몸매에 니코와 똑같은 검은 터틀넥 스웨터와 베레모를 쓴 남자였다. 그가 어리둥절한 표정으로 니코를 살폈다. "우린 자네가 죽은 줄 알고 포기했다네!" 그는 부활한 영혼이라도 되는 듯 니코를 여기저기 살피며 소리쳤다. "하역인부들 말이 자네를 궁지로 몰아넣었다던데!"

니코가 웃었다. "내가 그렇게 쉽게 잡힐 것 같아, 오귀스탱?" 그는 뒤에 있는 일곱 아이들에게 앞으로 나오라고 손짓했다. "이 아이들은 입양부적격자들이야. 물론 일부분이지. 이 아이들이 아니었다면 난 죽었을지도 몰라. 예전 과학연구 부문이 입주해있던 창고에서 살아가는 아이들이지. 음식 찌꺼기로 연명하고 있어. 이 아이들이 누구냐 하면 바로 지난 2월 언생크 밑에서 탈출한 애들이라네. 그 건물을 폭삭 불태운 아이들이지."

이런 소개에 상대방이 어떤 반응을 보일지 몰라 아이들은 서로 바라볼 뿐이었다. 그러다 오귀스탱의 얼굴에 번지는 환한 웃음을 보고 마음을 놓았다. "세봉*C'est bon*(좋아). 타고난 파괴자들이군."

"이 아이들이 내 목숨을 구했네. 그래서 보답으로 최소한 제대로 된 밥 한 끼라도 먹이려고." 니코가 이야기를 계속했다.

"다른 아이들한테도 가져다줘야 해요." 뒤에 남은 많은 아이들의 배고픔이 걱정스러워진 엘시가 끼어들었다.

"니코의 친구들이라면 얼마든지." 오귀스탱이 문에서 뒤로 물러서며 대답했다. "자! 들어와라, 얘들아. 검은 모자단을 방문한 것을 환영한다. 신발을 털 필요는 없단다. 이 안도 흙투성이거든."

일곱 명 입양부적격자들은 문턱을 넘어 니코와 오귀스탱을 따라갔다. 문으로 들어가자 복도가 나왔는데, 복도 양쪽으로 3미터마다 길쭉한 검은문이 줄지어 있었다. 엘시는 복도를 걸어가는 동안 열려있는 문 안을 들여다보며 그 안에서 믿을 수 없이 다양한 활동이 벌어지고 있음을 확인했다. 어떤 방에서는 검은 베레모를 쓴 남자들이 테이블에 둘러서서 초록색 빈 와인병으로 네 귀퉁이를 눌러놓은 커다란 지도를 들여다보고 있었다. 또 어떤 방에서는 이상한 고글을 쓴 남자가 폭탄처럼 생긴 물체에 전선을 조심스럽게 연결하고 있었다. 다른 사람들은 폭탄처럼 생긴 물체를 상자에 담아 차곡차곡 쌓아올리는 중이었다. 어떤 길쭉한 방에서는 검은 옷을 입은 남자들이 가득 모여 와인을 마시며 벽에 칼 던지기 게임을 하고 있었다. 엘시가 마지막 문을 지날 때쯤 그들이 하던 일을 멈추고 복도를 지나가는 아이들을 구경하러 나왔다. 그들은 엘시를 수상한 눈으로 바라보았다.

복도 끝으로 가자 파이프에서 이곳으로 들어올 때 본 것과 똑같이 생긴 커다란 방이 나왔다. 특정한 상황을 위해 많은 양의 물을 저장하던 공간 같았다. 벽 한쪽에는 거대한 날개가 달린 터빈이 장착되어있는데, 오랫동안 마구잡이로 방치한 탓에 이 방이 예전에 어떤 기능을 했는지 알 수 없을 정도로 녹이 슨 상태였다. 방 한가운데 놓인 단순한 모양의 둥근 테이블에는 검은 모자단 단원들(검은 바지와 검은색 터틀넥, 검은색 베레모까지 거의 비슷한 옷차림이었다)이 둘러앉아 대화를 나누고 있었다. 그들은 니코와 아이들이 들어오는 것을 보자 놀란 표정으로 자리에서 일어났다.

"니코 포숄스키." 한 남자가 소리쳤다. "보다시피 난 여기 멀쩡히 서있네. 난 자네가 모르*mort*(죽은)한 줄 알았어."

"죽은 줄 알았대." 레이첼이 동생에게 속삭였다.

"정반대입니다." 니코가 대답했다. "모두 여기 내 친구들 덕분이죠. 이 아이들은 입양부적격자들이에요."

남자들 중 짧게 자른 머리에 작은 화살표 모양 잿빛 수염을 긴 턱에 기른 훤칠한 남자가 두 팔을 벌리며 니코에게 다가왔다. "포숄스키 동지. 이런 *디아블 diable*(장난꾸러기, 악마)." 그는 낮은 목소리로 가벼운 욕설을 내뱉었다.

두 남자가 힘차게 포옹했다. "도대체 어떻게 탈출한 건가? 자네가 궁지에 몰렸다던데." 그 남자가 물었다.

"자크, 폭탄을 터뜨리고 그 틈에 빠져나왔어요. 제게 폭탄이 두 개 있었거든요. 그렇게 연막을 친 다음 탈출구를 찾았어요. 놈들이 저를 예전 과학연구 부문 건물까지 쫓아왔는데, 거기 창고에 숨어살던 이 아이들을 만났죠. 이 아이들이 저를 숨겨줬어요. 제 목숨을 구해준 거죠."

자크라는 남자는 니코를 에워싸고 있는 아이들을 향해 천천히 시선을 돌렸다. "아이들? 그 폐허에?"

"이 아이들은 언생크의 고아들이에요." 니코가 소개를 했다. "기계부품 공장을 붕괴시킨 아이들요. 공장을 잿더미로 만들었죠."

"*엥크르와야블*Incroyable(믿을 수 없군)." 남자가 생각에 잠긴 표정으로 중얼거렸다. 이윽고 그가 아이들을 불렀다. "얘들아," 그는 긴 팔을 앞으로 뻗어 저었다. "앉아라. 과학연구소에서 왔다면 꽤 오래 걸었겠구나."

아이들은 벽돌 벽 앞에 놓인 여러 개의 의자를 순식간에 차지한 다음 방 안을 두리번거렸다. 녹슨 터빈과 커다란 아치형 천장, 밖에서 안으로 툭 튀어나온 사용하지 않는 파이프. 자크는 자기 자리로 돌아간 뒤 의자를 뒤로 젖힌 채 아이들이 잠잠해질 때까지 기다렸다 말을 이어나갔다. "재밌군, 드롤*drôle*(놀라워). 그 많은 곳 중에 하필이면 과학연구소에서 너희들을 찾아냈다니. 아니 너희들이 니코를 찾아냈다고 했지. 너희들은 거기가 뭐하는 곳인지 몰랐을 것 같은데, 그렇지?"

"망각의 집이에요." 엘시가 얼른 대답했다.

마이클이 끼어들었다. "우리가 붙인 이름이에요. 우리의 새 집이죠."

자크가 미소지었다. "한때는 우리 집이었다."

"아저씨들 집이요?" 신시아 슈미트가 물었다.

"내 이름은 자크 크루쉬엘Chruschiel이란다. 착취하는 산업제국을 멸망시킨다는 목표에 헌신하는 자랑스러운 검은 모자단의 창설 멤버지. 이건 가명이란다. 예전에는 잭 크레셀이었고, 산업폐기물장의 과학연구소 소장이었단다. 그들이 말하는 산업제국의 거물 중 한 명이었지."

마이클은 놀라서 숨이 턱 막혔다. "당신이 그 거물이었다고요?" 가장 나이 많은 고아인 그는 위그먼의 산업제국 조직에 대해 어느 정도 알고 있었다.

남자가 고개를 끄덕였다. "산업제국이 해운, 화학, 핵, 광업, 기계부품, 과학 연구, 이렇게 6개 부문으로 나뉘었던 시절 이곳은," 그가 크고 이상한 방을 손으로 가리켰다. "내 작업장이었단다. 나는 여러 시설 중에 이 정제공장을 설계했지." 검은 모자단의 다른 멤버들도 복도 양옆에 있는 자기들만의 공간에서 나와 이 방에 방금 도착한 아이들을 조용히 지켜보고 있었다. "그건 그렇고 너희들 배고프겠구나." 자크가 말했다.

"내가 아이들한테 음식을 주겠다고 약속했어요. 그걸로나마 은혜를 갚으려고요."

"그럼, 먹을 것부터 먹고." 니코의 말에 자크가 서둘렀다. "포숄스키 동지, 아이들한테 음식 좀 갖다주게. 어젯밤 파티에서 먹고 남은 초콜릿 케이크가 있을 거야." 그가 엘시에게 윙크하며 말했다. "어제 제비어의 생일이었지."

초콜릿 케이크라는 말에 엘시의 입 안에 침이 고였다. 몇 달째 초콜릿을 구경도 하지 못했다. 부모님이 떠나고, 언니와 함께 언생크 고아원에 맡겨진 후로 통 먹지 못했다. 엘시는 생각하는 것만으로도 심장이 마구 뛰었다. 그 기쁨을 나누려는 기대에 차서 레이첼을 쳐다봤지만 언니는 오직 자크만 주시하고 있었다.

"우린 초콜릿 케이크 이상의 것을 원해요. 우리에겐 아저씨들의 도움이 필요해요." 레이첼이 입을 열었다.

자크는 대뜸 조바심을 내는 여자아이 따위는 전혀 아랑곳하지 않았다. "우선 초콜릿 케이크부터 먹고, *알았지?"*

의자에 앉은 다른 여섯 아이들은 동의한다는 듯 웅얼거렸다. 레이첼은 말이 없었다.

방 한가운데 테이블에 놀랄 만큼 많은 음식이 차려졌다. 세퍼드 파이, 으깬 감자, 밀고기 샌드위치(검은 모자단 단원들은 엄격한 채식주의자라고 단원 한 명이 설명했다. "우린 폭탄전문가이자 동물보호주의자란다."), 그리고 뽀얀 설탕을 두껍게 입힌 여러 단짜리 달콤한 초콜릿 케이크도 나왔다. 아이들은 열심히 먹었고, 음식 접시는 높이 쌓여갔다. 아이들의 입은 지금처럼 인생에서 아주 절박하기 전에는 역겨워했을 온갖 재료들로 가득 찼다.

아이들이 먹는 동안 자크가 낭랑한 목소리로 말했다. "6개 부문의 대표인 우리 여섯 명은 넓은 강을 따라 길게 이어지는 이 지역을 분할했단다. 사실 우리는 저마다 내로라하는 가문의 자손들이었지. 피터 힉스는 지하광물 부문을 관할했고, 조프리 언생크는 기계부품 제조사, 레지널드 두벡은 원자력, 라이너스 텀슨은 화석연료의 질을 높이고 탐사하는 회사를 맡아서 경영했지. 그리고 나의 학창시절 친구이자 조직관리에 뛰어난 브래들리 위그먼은 해운업으로 제국을 탄생시킨 우두머리라고 할 수 있단다. 우리 여섯 명의 산업계 거물은 힘을 합쳐 더욱 효율적이고 번듯한 기업집단 체제로 만들고, 각자 맡은 분야에서 최고가 되기 위해 열심히 일했단다. 나는 아버지와 할아버지처럼 과학에 관심이 많아서 과학연구 부문은 자연히 내 차지가 되었지. 우리 여섯 명이 힘을 합치자 상승효과가 나서 우리는 금세 가장 영향력있고 존경받는 막강한 부자가 되었단다."

자크가 연설을 하는 동안 아이들은 케이크를 깨끗이 먹어치운 뒤 두 번째 음식을 받았다.

"그런데 브래들리 위그먼이 변했단다. 공동의 이익을 위해 동료 기업가들과 협력하던 그가 부와 권력을 손에 넣자 변한 거지. 자기가 더 많이 갖고 싶어진 거야. 그는 경쟁자들을 무너뜨리고 싶어했어. 그리고 그들이 무너지자 동료를 공격하기 시작했지. 그는 6개 부문의 대표가 무조건 자신의 결재를 받도록 시스템을 바꿨어. 즉 자신이 맡고 있는 부문이 나머지 다섯 부문을 통제하도록 조직을 재편한 거야. 그는 우리 공단에서 생산하는 다양한 제품이 중복되지 않도록 간소화할 것을 촉구했고 다른 의견은 수용할 수 없다는 태도를 분명히 했지. 나의 오랜 꿈은 토양을 파괴하지 않고 대기오염 물질을 방출하지 않는 대체에너지를 개발하는 것이었단다. 나는 팀원들이 이런 불가능에 가까운 이상적인 목표에 도달하도록 독려했고, 결국 식물성 퇴비와 하수관 쓰레기에서 가연성 높은 무공해 연료를 개발해냈단다. 바로 너희들이 망각의 집이라고 부르는 그곳에서 말이다. 그곳은 한때 최고 두뇌를 가진 과학자들의 흥분과 에너지로 들썩거렸단다. 그 연료로 말할 것 같으면 한 세대에 한 번 나올까 말까 한 중요한 돌파구였단다. 우리는 더욱 박차를 가해서 산업폐기물장 중심부에 지하처리장을 만들었지. 세상의 쓰레기를 황금으로 만들기 위해서."

엘시는 손가락으로 접시에 남은 기름까지 싹싹 훔쳐 빨아먹으며 이 방의 버려진 기계들에 대해 새롭게 이해했다.

자크의 말이 이어졌다. "처음에는 우리의 연구가 일상적인 업무에 방해가 되지 않는 한도에서 위그먼이 우리의 연구를 지원해주었단다. 하지만 곧 우리가 사실상 전 산업을(광업은 말할 것도 없고 그가 애착을 갖고 있는 석유화학과 원자력 부문까지) 단번에 쓸모없는 것으로 만들어버릴 획기적인 연료를 개발하고 있다는 사실이 명백해지자, 이 연구를 중단시켜야 한다는 진정이 그에게 잇따르게 되었지. 결국 그는 우리로 하여금 연구에서 손을 떼게 했단다."

위그먼이 하역인부들을 동원해 어떻게 그의 연구실을 폐쇄했는지 자세히 설명하는 동안 방 분위기는 더욱 어두워졌다. 폭력배들은 창고에서 과학자들을 끌어내고 연구시설을 몽땅 불태워버렸다.

자크가 비장하게 말했다. "내 연구시설은 몽땅 사라졌단다. 프로토타입(원형)과 샘플, 방대한 연구서적이 모두 잿더미가 되었어."

자크가 이야기를 하는 동안 일곱 아이들의 요란하게 음식 씹는 소리도 잦아들었다. 검은 모자단 단원 몇 명은 구석에서 잭나이프 던지기를 했다. 니코는 테이블의 나뭇결이 만들어낸 신기한 무늬를 손가락으로 따라 그리고 있었다. 멀리 떨어진 방에서 무언가 똑똑 떨어지는 소리가 메아리쳐 들려왔다.

자크의 말이 계속되었다. "어떤 면에서 그 사건은 나에게 에피파니였단다. 너희들 에피파니가 뭔지 아니?" 그가 물었다.

"네." 마이클이 선뜻 대답했다. 하지만 방 안의 눈동자가 그에게 일제히 쏠리자 그는 슬그머니 발을 뺐다. "정확히는 몰라요."

"깨닫는 거야. 갑자기 나 자신과 마주하게 되는 순간. 엄청난 변화를 사실로 확신하는 것을 말한단다. 그것도 명료하게. 나에게 그런 일이 일어났단다. 나는 대화재를 겪으면서, 나의 소중한 연구설비와 필생의 연구를 말 그대로 잿더미로 만들어버린 대폭발 속에서 새로운 내 인생을 보았단다. 나는 위선과 냉소주의, 산업주의자의 해로운 사고방식을 깨달았어. 자본주의의 파괴력도. 그런 것들을 모두 분명히 알게 되었어. 그래서 그날, 우리가 연구를 하려고 만들었던 하수관으로 내 의견에 동조하는 연구원들을 피신시키면서 나를 그 자리에 있게 한 시설들을 해체하는 데 여생을 바치기로 맹세했단다. 그날 잭 크 레셀은 죽고, 자크 크루쉬엘이 태어났지."

극적인 이야기가 끝나자 침묵이 흘렀다. 엘시는 입에 넣은 마지막 초콜릿 케이크를 씹지 못하고 소리나게 꿀꺽 삼켰다. 곁눈질로 레이첼을 보니 팔짱을 낀 채 빈 접시만 골똘히 내려다보고 있었다. 엘시는 언니가 점점 다급해하고 있음을 눈치챘다.

"그렇게 해서 시작된 건가요?" 마이클이 얼마 되지 않는 수염에 붙은 케이크 부스러기를 털어내며 물었다. "샤프 누룩인지 뭔지가?" 발음이 꼬인 마이클의 얼굴이 빨개졌다.

니코가 얼른 말을 받았다. "샤포 느와르. 그래 맞아, 자크는 그 후 공장에서 버림받고 소외된 노동자들을 모아 우리의 공통 목표 아래 결속시켰지."

"당신의 임무는 뭐죠?" 마이클이 니코에게 물었다.

"폭파." 니코가 대답했다. "결국 여기 있는 것들은 모두 해체될 거야. 그래야만, 오직 그래야만 우리가 만족하거든."

"아직 갈 길이 멀군요." 여전히 팔짱을 낀 채 벽에 기대앉은 레이첼이 심드 렁하게 말했다. "별로 많이 무너뜨린 것 같지는 않아서요. 언생크의 공장 말고 는. 참, 그건 우리가 했죠." 레이첼이 조롱 섞인 미소를 지었다.

니코는 씩 웃으며 레이첼에게 손가락을 흔들었다. "자크, 이 아이가 마음에 드는데요. 어디로 튈지 모르는 아이에요."

자크가 의자 등받이에 몸을 기댄 채 레이첼을 바라보았다. "네가 요점을 잘 짚었다. 우리는 외부에서만 공격할 수 있단다. 그런데 위그먼의 제국은 매우 강력하지. 그의 성벽은 높고 두텁단다. 게임이 길어질 수밖에 없는 이유지. 소모전이 될 수밖에 없어."

"우린 그들의 발목을 잡으려고 한단다. 지난번에 너희들이 한 것처럼……." 니코가 다시 나섰다.

"거인 발목을 잡아서 확 넘어뜨려요." 레이첼이 그의 말을 받았다. "하기야 그건 우리 방법이었죠. 아저씨들은 거인 발목을 아무리 물어뜯어도 내 친구들을 구하지 못할 거예요."

"친구들이라니?" 자크가 니코를 보며 물었다.

"옳거니. 일종의 거래군. 이 아이들이 니코를 구해줬으니 우리보고 자기 친구들을 구해달라는 거군." 다른 단원이 끼어들었다.

"내 친구 이름은 마서 송과 캐롤 그로드에요." 레이첼이 말했다. "마서는 아시아인 여자애로 저보다 조금 어려요. 캐롤은 노인이에요. 맹인이죠."

자크는 레이첼이 납치된 두 명의 이름을 말할 때마다 '음'이라고 추임새를 넣었다. "어디서 들어봤는데. 눈 먼 노인과 아시아 소녀라. 그들 혹시……."

"하역인부들이 두 사람을 납치해갔어요." 니코가 설명했다.

"기억이 나는 것 같은데. 타워로 끌려간 그들인가?"

니코가 겸연쩍어하며 대답했다. "그렇습니다."

자크가 입양부적격자들을 돌아다보았다. "포숄스키 동지가 제정신으로는 하기 힘든 협상을 한 것 같구나. 너희 동지들은 저 빌딩에 있는 게 맞단다. 하지만 그들은 죽은 거나 다름없어. 얘들아, 저기에서 그들을 구해올 수 있는 사람은 없어."

"거짓말쟁이!" 레이첼이 갑자기 소리쳤다. 그리고 의자에서 벌떡 일어나 니코에게 달려갔다. 니코는 소녀의 습격을 피하려고 주춤주춤 물러났다. 엘시가 놀라서 비명을 질렀고, 마이클은 앞으로 튀어나가 레이첼의 어깨를 붙잡았다.

"레이첼! 진정해!" 마이클이 레이첼을 밀치며 소리쳤다.

"우린 저 남자를 죽였어야 했어." 레이첼의 목소리가 분노로 갈라졌다. "하지만 풀어줬지. 우리한테 약속했잖아!"

허둥지둥 검은 모자단원들 뒤로 피신한 니코는 10대 소녀의 갑작스러운 공격에 겁을 먹은 자신이 창피한지 멋쩍게 웃었다. 자크가 침착하게 니코와 검은 머리 소녀를 번갈아 보았다.

그가 무겁게 한숨을 쉰 뒤 입을 열었다. "니코, 이 친구. 이 딱한 친구가 지키지도 못할 약속을 했군. 오로지 목숨을 건지려고."

"죄송해요, 자크." 니코가 웃으면서 변명했다. "죄송해요. 그럴 수밖에 없었어요."

"얘들아, 샤포 느와르는 약속을 지킨단다." 자크가 진정시켰다. "하지만 너희 친구를 구하는 일은 불가능해. 그 빌딩은 난공불락의 요새야. 이상."

"그럼 니코를 다시 돌려주세요." 레이첼이 나지막이 말했다. "이건 거래예요, 그렇죠?" 레이첼의 입가에 짓궂은 미소가 떠올랐다. 레이첼은 마이클의 손을 뿌리치려고 몸부림을 쳤다.

"맞아요. 포로를 돌려주세요." 신시아 슈미트가 레이첼의 편을 들고 나섰다.

니코의 얼굴이 하얗게 질렸다. "자크." 그가 애원하듯 말했다. "그러시면 안 됩니다. 이 아이들은…, 이 아이들은 무자비해요."

자크는 거래에 대해 생각하는 듯했다. 삼각형 모양의 턱수염을 손으로 부드럽게 톡톡 치며 아무 말이 없었다. "거래는 거래인데……." 그가 중얼거렸다.

"잠깐만요, 자크. 그거 있잖아요." 니코는 적절한 단어가 떠오를 때까지 시간을 벌려는 듯 한동안 상사를 향해 손가락을 까딱거렸다. "작전명; 도시 부활. 기억나세요? 적당한 인력만 있으면, 우리 그거 해볼 수 있어요."

자크의 한 쪽 눈썹이 치켜 올라갔다. "여러 면에서 어려워. 이 아이들은 친구를 산 채로 구하고 싶지 증발되는 건 원치 않을 테니."

"전술을 약간 변경하면…, 가능할 거라고 생각하지 않으세요? 제 말은, 우리도 덩치큰 녀석들을 상대할 수 있게 되었다는 뜻이에요. 그렇지 않아요?" 니코의 목소리가 진심으로 절박한 듯 떨렸다.

자크는 여러 해 동안 운동으로 다져진 근육질의 다리를 맵시 좋게 포갠 채 수염을 톡톡 치며 말했다. "얘들아, 우선 내 동료의 무책임한 행동을 사과한다. 이 친구가 불가능한 줄 알면서 무리수를 두었구나. 하지만, 우리의 목표는 같단다. 뭐랄까, 우리 두 조직은 말이야, 우리의 목표는 서로 배타적일 수 없어. 아니 아주 기가 막히게 맞아떨어지지." 그가 방 안에 있는 검정색 옷차림의 파괴자들을 찬찬히 둘러보며 소리쳤다. "르 프와냐르Le Poignard 좀 부르게. 테이블 깨끗이 치우고. 우리가 어떤 전술을 쓸 수 있을지 한번 검토해보자고."

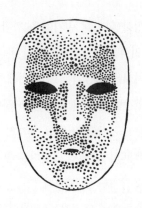

CHAPTER 8

과도정부 섭정총독 당선자

프루가 피톡 관저를 마지막으로 방문한 지도 7개월 가까이 흘렀다. 사우드우드의 권좌가 있는 이곳은 호화로운 쌍둥이 탑과 건물 정면이 담쟁이로 뒤덮여있었다. 프루가 기억하기에 회반죽을 칠한 깨끗한 건물은 이것 말고 더 이상 남아있지 않았다. 실내는 마치 일주일 내내 파티를 열고도 청소를 하지 않은 것처럼 보였다. 환영하는 군중의 어깨에 태워져 출입문을 통과할 때 잠깐 스치듯 본 로비 벽면의 초상화는 삐뚜로 걸려있었다. 그 중 군복을 입은 늠름하고도 뚱뚱한 장군의 초상화는 누군가 코밑에 검정색 마커로 수염을 그려넣어 훼손된 모습이었다. 중앙계단 난간과 일층 계단 발코니에 걸린 빨간색 장식용 벨벳 깃발은 찢어지고, 대신 미적 감각이 떨어지는 누군가가 선택했음직한 파랑, 흰색, 초록의 줄무늬 커다란 천이 그 옆에 걸려있었다.

실내 공기는 연기와 썩은 치즈 냄새로 진동했다. 프루는 몇 사람의 어깨에 실려 빽빽한 인파를 뚫고(프루가 추측하기에) 과도정부 섭정총독 집무실로 가는 나선형의 중앙 계단을 오르는 동안 생각을 정리하려고 애썼다. 그곳에 가면 자신의 계획을 털어놓으리라. 커티스의 말대로 공개해버릴 작정이었다. 빤히 보이는데 모르는 거야. 알렉세이를 부활시키라는 나무의 명령을 발표해. 이런 못 말리는 회의론자 같으니. 전 시민이 협조해서 남은 한 명의 제작자인 캐롤 그로드를 찾도록 하는 거야. 독실한 추종자들에게 둘러싸였는데 누가 감히 나를 암살하겠어? 그러면서도 프루는 언젠가 친구의 책에서 보아서 알고 있는 단두대를 직접 본 뒤 몹시 불안해졌다. 그 칼날에 묻은 피는 또 어떻고? 잠깐 보았을 뿐인데도 프루는 그 모습이 머리에서 떠나지 않았다.

"웬 소란인가?" 한 남자가 계단 꼭대기에서 소리쳤다. 프루는 고개 들어 그를 보자마자 알아보았다. 동생의 실종 소식을 갖고 관저의 쪽매널 마루에 처음 발을 들여놓았을 때 프루를 라르스 스빅에게 안내해준 수행원이었다. "관저에 더 이상의 폭동은 용납하지 않는다! 이미 합의가 끝난 걸로 알고 있는데!"

군중은 열두 살짜리 짐짝을 흔들림 없이 들고 계단에서 걸음을 멈추었다.

"내려주세요." 프루가 침착하게 말했다. 그녀를 어깨에 메고 있던 사람들이 명령에 따랐다. 프루는 사람들을 헤치고 앞으로 나간 다음 계단을 올라갔다. 수행원이 안경을 내리고 프루를 가만히 응시했다.

"어디서 본 얼굴인데." 그가 중얼거렸다.

"이번에는 미리 약속을 하지 않아도 될 거라고 생각했어요." 프루가 대답했다.

수행원은 소녀 뒤에 있는 군중을 향해 초조하게 웃어보였다. "내가 제대로 기억한다면, 지난번에는 이런 식으로 오지 않았는데."

프루가 대담하게 말했다. "실은 여기에서 대국민 발표를 하려고 해요." 프루는 로비가 한눈에 내려다보이는 2층 발코니의 활처럼 굽은 난간을 가리켰다. "섭정총독이 이 자리에 참석하고 싶으시다면 저와 함께 하는 것도 좋아요."

"그렇다면 섭정총독 당선자를 부르죠." 수행원은 이렇게 말하고 복도 끝에 있는 두 쪽짜리 문으로 달려갔다.

프루 옆에 서있던 사이클용 바지를 입은 젊은 남자가 군중심리에 휩쓸려 잔뜩 흥분한 목소리로 숨차게 물었다. "무슨 말을 하려는 겁니까?"

"저……." 프루가 말을 시작했다.

"자전거 소녀가 발표를 하려는 건가요?" 누군가 계단 아래쪽에서 물었다.

"그런 것 같소!" 다른 사람이 대답했다.

"실례하지만 세금에 관한 발표입니까?" 나이 지긋한 남자가 군중 앞으로 나오며 물었다.

"풋!" 토끼 한 마리가 실소했다. "자전거 소녀는 세금보다 더한 중대한 생각을 갖고 왔을 걸요. 또다시 혁명을 일으키려고 온 거예요!" 토끼가 프루를 바라보았다. "그렇죠?"

"아니, 그렇지 않아요." 프루는 이렇게 대답했지만 사실 무슨 말을 해야 할지 몰랐다. 게다가 시끄러운 군중 때문에 생각이 정리되지 않았다.

"수질에 관해 한두 마디 하려는 걸지도 몰라. 아니면 대중교통에 대해." 보이지 않는 누군가가 말했다.

군중은 동의한다며 웅성거렸다. "그야 버스시스템이 엉망이 됐으니."

"도로 보수는 어떻고? 길바닥에 곰의 뚱뚱한 배만한 구멍이 났어요." 또 다른 누군가가 소리쳤다.

"이봐!" 기분 상한 곰이 소리를 질렀다.

"소방수들은 지난 3월부터 월급을 받지 못하고 있어요." 누군가 외쳤다.

"그야 지난 4월에 소방대장 모가지가 달아났으니, 놀랄 일도 아니지."

"서비스도 별로 나아지지 않았어요."

"양귀비 맥주 수입 관세는 터무니없이 높아요!"

"여우 시민, 말 잘했어. 자네 식당 밥값도 충격적이야."

"쉿! 자전거 소녀가 말하려고 한다."

"아니, 말하지 않았어."

"방금 뭐라고 말했어, 잘 들어봐."

"뭐라고 했는데?"

"자전거 소녀, 우리가 학교에서 시노드의 교리를 가르쳐야 합니까?"

"자전거 소녀가 곧 가르치라고 할 거야. 이봐, 자네 최근 예배 시간에 통 안 보이던데"

"난 혁명이 일어나면 그런 짓은 하지 않아도 될 줄 알았는데."

"조심해. 그렇지 않으면 스포크가 자네 머리를 댕강! 해방시켜줄 테니."

사람들이 내는 소음에 머리가 멍해진 프루는, 동생 맥이 중요한 공예품을 망가뜨렸을 때 엄마가 그러는 것처럼 손가락을 들어 관자노리를 눌렀다. 자신의 우유부단함 때문에도 머리가 띵했다. 자신이 여전히 결과를 알 수 없는 어떤 중요한 조치의 기로에 서있는 기분이었다.

"자전거 소녀?" 발꿈치 쪽에서 어떤 목소리가 말했다. 내려다보니 쥐 한 마리가 프루의 바짓가랑이를 살며시 잡아당기고 있었다. "이제 말할 건가요?"

"네." 프루가 나지막이 대답했다.

프루는 뭔가 해야 한다고 생각했다. 한시라도 빨리 이 사람들로부터 벗어날 필요가 있었다. 바글거리는 인파에 밀리다시피 여기까지 왔는데, 이제는 그 사람들이 계단 꼭대기까지 올라와 프루를 에워싸고 있었다. 프루는 발코니에 이르러 사람들로 넘쳐나는 로비를 내려다보며 (왁자지껄한 소리를 듣고 더 많은 군중이 건물 안으로 들어와 있었다) 조용히 시키려는 듯 손을 앞으로 쳐들었다.

"조용! 조용히 해주세요!" 프루가 소리쳤다.

사람들은 서로들 쉿쉿 하며 프루의 지시를 따랐다. 이윽고 군중의 시선이 일제히 프루를 향했다.

프루가 외투 앞을 반듯하게 펴면서 소리쳤다. "고맙습니다."

곁눈질을 하자 섭정총독의 집무실 문이 활짝 열리는 것이 보이고 여러 사람이 나타났다. 그들은 문앞에 서서 연사의 연설 모습을 지켜보았다.

"사우스우드 시민 여러분." 프루는 여느 연설처럼 시작을 멋지게 하겠다고 생각했다. 이를테면 귀환한 영웅이 자신을 믿고 따르는 추종자들에게 말하듯 "이런 저런 시민 여러분," 하는 식으로 말이다. 일단 이렇게 첫 말을 꺼내고 나서 다음 말을 뭐라고 할까 생각했다. 프루는 한동안 시민을 둘러보는 로마 황제처럼 무게를 잡고 주변을 둘러보았다. 문득 오소리 인력거꾼이 그녀 앞에 엎드렸을 때 느꼈던 것과 비슷한 감정이 솟구치기 시작했다.

"제가… 돌아왔습니다." 프루는 낮고 굵은 목소리로 단어 하나하나를 길게 끌듯이 말했다. 너무 가식적인가? 지나치게? 프루는 궁금했다.

환호성이 울려퍼졌다. 프루는 수행원이 과도정부 섭정총독으로 추정되는 이와 함께 서있는 오른편을 흘끔거렸다. 놀랍게도 그는 표백제처럼 하얀 얼굴에 긴 근육질 꼬리를 가진 주머니쥐였다. 양복은 주글주글하고 털은 부스스했다. 한편 로비와 계단, 발코니의 인파는 억누를 수 없는 기대감으로 웅성거렸다. 군중은 프루의 다음 말을 기다리고 있었다.

"우선," 그녀가 말했다. "저는 사람이 사람을 함부로 대하는 것은 인정할 수 없습니다. 설령 그것이 혁명을 위한 것이라고 해도 그런 행위는 정당하지 않습니다."

하지만 본론으로 들어가자 더 이상 군중을 압도하는 로마 황제식 연설이 지속될 수 없다는 것을 프루는 깨달았다. 보호 덮개 아래 포르셰가 있기를 기대했는데 막상 걷어보니 우중충한 뷰익이 나타난 것처럼, 열두 살짜리 목소리로는 그런 위엄을 갖추기란 역부족이었다.

청중은 조용했다. 프루는 그들이 자신의 말에 공감하는지 아니면 말없이 심판을 내리는지 알 수가 없었다.

프루의 연설이 이어졌다. "진지하게 말씀드리는데, 도대체 저 앞에 저런 물건이 왜 있는 겁니까? 단두대 말이에요."

군중이 어리둥절한 표정을 지었다.

"왜냐고요?" 계단 어디쯤에서 놀랄 만큼 낮고 우렁찬 쥐의 목소리가 들렸다. "시민의 목을 베기 위해서죠." 쥐 옆에 있는 사람들이 고개를 끄덕였다. 쥐가 자신의 설명에 얼른 단서를 붙였다. "애국자가 아닌 시민들."

"시민의 머리를 벤다……?" 프루는 믿을 수가 없다는 듯 그 말을 되풀이하다 딸꾹질을 했다. "우리가 여기 와서 새들을 해방시켜주었을 땐, 이렇게 되라고 한 게 아니란 말이에요!"

"하지만 그들은 적이 아니었나요, 스빅주의자들?"

스빅주의자…, 프루는 그 단어가 구체제 신봉자들을 가리키는 말일 거라고 추측했다. "아니요." 프루가 말했다. "일부분 맞기는 하지만 난 그들을 이런 식으로 취급할 줄 몰랐어요."

"그럼 그들을 어떻게 해야 하죠?" 누군가 소리쳤다.

"그들이 다시 군림해서 우리를 탄압하지 않을 거라고 어떻게 장담합니까?" 다른 누군가가 큰 소리로 물었다.

"우리가 그놈들의 목을 치는 게 어떻다고?" 또 다른 목소리가 말했다. 그 방법이 현명하다고 생각하는 사람들이 고개를 끄덕였다.

"아니면 새끼발가락을 자를까? 새끼손가락?"

"안 돼요!" 프루가 소리쳤다. "아무것도 자르면 안 돼요!" 프루는 한숨을 쉬며 낼 수 있는 힘을 모두 발휘했다. "자전거 소녀로서 여러분께 *명령해요*. 여러분은……."

"뭐, 명령?" 구경꾼 중 한 명이 말했다. 그는 인간이었지만 스포크 당원 제복(자전거 모자와 운동화) 차림이 아니었다. "네가 뭔데? 여왕이라도 되나?"

"말 조심해!" 주변에 있던 스포크 당원이 소리쳤다. "네가 지금 지껄이는 분이 누군지 알아? 자전거 소녀라고!" 그가 당원인 듯한 동료들에게 손짓하자 그들은 곧장 반대론자를 향해 옆걸음질로 다가왔다.

"맞아요, 난 여왕도 아니고 여제도 아니에요. 또 여러분에게 이래라 저래라 명령할 생각도 없어요. 여기 있는 여러분 누구한테도 명령하지 않아요. 다만 시대정신을 말하는 거예요. 여러분도 알다시피 우리가 그렇게 한 것은 시대정신 때문이에요. 지난 가을. 난 생각지도 못했는데……." 프루는 자신의 연설이 청중의 공감을 얻지 못하고 있음을 깨달았다. 실제로 그녀는 횡설수설했다.

한편 신랄한 말을 내뱉은 남자의 주변 사람들은 다가오는 스포크 당원들을 위해 범인을 열렬히 손가락으로 가리켰다. "저 자군. 보아하니 사슬톱니바퀴 배지도 달지 않았어." 스포크 당원 한 명이 말했다.

"스빅주의자군!" 누군가 외치는 소리가 들렸고, 잠시 후 그 남자는 기습 공격을 당한 뒤 문가로 끌려갔다.

"오, 제발! 잠깐 제 얘기 좀 들어보세요. 여러분 모두에게 아주 중요한 소식을 갖고 왔어요." 프루의 목소리는 점점 거칠어졌다.

실내가 다시 조용해졌다. 문가로 가던 스포크 당원들이 멈칫하자 그들의 손아귀에 있던 포로가 몸부림을 쳤다.

프루는 심호흡을 했다. "전 회합 나무에게 지시를 받았어요. 명백한 후계자인 알렉세이를 되살려내기 위해 그를 만든 두 제작자를 찾아내야 해요. 회합 나무가 알렉세이를 다시 살려내야 한다고 말했어요."

어리둥절해진 청중이 서로 바라보는 동안 무거운 침묵이 흘렀다. 그때 누군가 헛기침을 했다. 프루의 오른편에 서있는 주머니쥐였다. 프루는 발에 체중을 옮겨싣고 잠시 침묵을 지켰다.

"여러분의 도움이 필요해요. 알렉세이를 만든 제작자를 찾아내야 해요. 그 사람의 이름은 캐롤 그로드예요. 맹인에 노인이에요."

군중 중에 한 노인이 대꾸했다. "그러니까 알렉산드라와 그리고르의 아들인 젊은 스빅 말이군요. 여왕이 흑마술로 되살려낸 왕자."

"네, 그래요." 프루가 대답했다.

사람들의 시선이 일제히 프루를 향했다. 실내 공기가 불고 또 불어 최대한 부풀어오른 풍선처럼 긴장이 팽팽해졌다. 그때 군중 뒤편에 서있던 한 남자가 핀으로 풍선을 찌르듯 고함을 질렀다. "저 소녀는 스빅주의자다!"

그 순간 군중은 절대적인 혼란에 휩싸였다. 그들이 예전에 이런 혼란을 한 번도 겪지 않은 것은 아니었다. 다만 그 자리에 있던 사람들은 굳건히 지녀온 믿음이 한순간에 뒤집어지자 안개 낀 바다를 항해하는 선박처럼 당황해서 그때까지 쌓이고 쌓인 혼란스러운 에너지를 특정 상대에게 퍼붓기 시작했다. 그 말은 엄청난 파문을 일으켰다. 처음에는 당혹스러워하는 함성이 나오더니 그 함성에 대한 반박이 나오고 이어서 그에 대한 맞대응, 비난이 터져나오고 급기야 누군가는 상대방의 코를 주먹으로 날렸다. 스포크 당원들은 거칠게 문으로 끌고 가던(어쩌면 죽음의 문턱까지 끌고 갔을지도 모른다) 사내를 아무렇게나 내동댕이쳤다. 그런 다음 조금 전 소녀의 반혁명적이고 매국노 스빅주의자 같은 발언으로 볼 때 스스로 자전거 소녀라고 말한 소녀는 진짜 자전거 소녀가 아닐 수도 있다고 말씨름을 벌였다. 말씨름은 곧 집단적 광기에 빠진 인간과 동물 200여 명이 벌이는 전면전으로 격화되었다.

"오, 맙소사." 프루는 이 말밖에 할 수 없었다.

"매킬 양." 대혼란 속에서 어떤 목소리가 들려왔다. 누군가 프루의 오른쪽 귀에 대고 속삭였다. 프루는 주변을 두리번거리다 아까 본 조그만 털투성이의 주머니쥐에게서 나오는 소리임을 알아차렸다. 그는 수행원이 들어올려준 덕분에 사람 키 높이까지 올라와 있었다. "당장 나와 함께 이 자리를 떠나요."

발코니 밑에서는 싸움이 격렬해지고 있었다. 계단에 있던 전투원들은 파도처럼 위로 밀려와 계단이 평평해질 지경이었다. 그들은 이미 2층까지 올라와 있었다. 폭도는 프루를 향해 다가오는 것처럼 보였다. 인파에서 흘러나오는 욕설을 들어보면 프루를 옹호하는 사람 못지않게 비난하는 쪽도 많았다. 프루는 주머니쥐에게 고맙다고 인사한 다음 머리 위로 두 손을 올리고 허리를 구부린 채 수행원을 따라 집무실로 갔다.

과도정부 섭정총독의 집무실에 무사히 도착하자마자 수행원은 문을 요란하게 닫았다. 전투는 그들 없이 시끄럽게 계속되었다.

"이 지경까지 되지 않을 수도 있었는데." 주머니쥐가 말했다.

"그렇게 나쁘게 받아들일지 정말 몰랐어요." 프루는 아직도 충격에서 벗어나지 못하고 있었다. 마치 자신의 몸이 플라스틱 장난감 말이 된 기분이었다. 관절이 탄성고무로 된 채 플라스틱 받침대에 올려져 있어서, 아래쪽 버튼을 누르기만 하면 말 탄 사람이 아래로 굴러 떨어지게 되어있는 장난감 말이다.

"매킬 양은 이 사람들을 잘 몰라요." 수행원이 끼어들었다.

그 말이 떨어지기 무섭게 보이지 않는 무언가가 플라스틱 받침대의 단추를 눌렀는지 프루의 탄성고무 관절이 징두리 벽판 쪽으로 맥없이 꺾이며 바닥에 주저앉았다.

"진정해요, 매킬 양. 진정해요." 주머니쥐가 프루 옆으로 달려오며 소리쳤다. "다 지나갈 거예요. 저 사람들은 쉽게 흥분해요. 하지만 곧 수그러들죠."

"당신은 누구죠?" 프루가 게슴츠레한 눈으로 물었다.

"과도정부의 섭정총독 당선자, 앰브로스 펍킨이라고 해요." 주머니쥐가 이렇게 대답한 다음 가볍게 목례했다. 그도 조끼에 구리로 만든 사슬톱니바퀴 배지를 달고 있었다. "이제 그동안 내가 어떤 일을 겪었는지 알았을 거예요."

"그동안 무슨 일이 있었죠? 사람들이 왜 저러는 거예요?" 프루가 물었다.

"내가 미리 경고해줬어야 하는데. 매킬 양이 조금만 더 여유를 가졌으면 좋았을 거예요." 앰브로스가 대답했다.

"저는 안다고 생각했어요. 사람들이 날 숭배하는 줄 알았어요."

"어느 정도는 그렇죠. 하지만 매킬 양이 지난번에 다녀간 후 몇 달 동안 우리가 어떤 일을 겪었는지 모를 거예요." 주머니쥐가 말했다.

프루가 눈을 비볐다. 쥐가 흔들려 보였다. "우리 예전에 만난 적 있지 않나요?" 프루가 물었다.

"아니요. 난 매킬 양을 본 적이 있지만요. 매킬 양이 처음 이 관저에 왔을 때 봤어요. 그때만 해도 난 하찮은 문지기였죠. 혁명이 내 삶을 어떻게 바꿔놨는지 봐요. 난 과도정부의 섭정총독 당선자가 되었어요."

"그냥 섭정총독이 아니고요? 뭐가 그렇게 길어요?" 프루가 이마에 달라붙은 머리카락을 떼며 물었다.

"이 편이 나아요. 지난번 섭정총독 당선자는 참수형을 당했거든요."

"그랬군요." 프루는 앰브로스의 말이 무슨 뜻인지 이해한다고 생각했지만 불현듯 완전히 이해한 게 아닐 수도 있다는 생각이 들었다. 그래서 새삼스레 알게 된 것처럼 소리쳤다. "세상에나!"

주머니쥐는 개의치 않고 계속해서 말했다. "과도정부라는 건 책임이 없다는 의미죠. 내 말 무슨 뜻인지 알겠어요? 내 선에서 결정되는 일이 없다는 뜻이에요. 아직까지는. 난 그저 거쳐가는 단계일 뿐이에요." 그가 허공에서 손가락으로 가위질을 하며 걷는 모습을 흉내냈다.

"그들이 왜 문지기에게 이 직책을 주었는지 알 것 같아요." 프루가 말했다.

주머니쥐가 프루에게 윙크를 했다. "이해가 빠르군요. 그건 그렇고 알렉세이가 어떻다고요? 그 아이가 죽은 지 벌써 5년이나 됐어요. 게다가 땅 속 2미터 깊은 곳에 있고. 그뿐만이 아니에요. 그의 무덤은 스빅을 반대한다는 구호들로 어지럽게 낙서가 되어있죠."

프루가 고개를 절레절레 흔들었다. "모르겠어요. 나무가 그렇게 말했을 뿐이에요."

앰브로스가 두 손가락을 딱 부딪치며 말했다. "그거 알아요? 매킬 양은 번지수를 잘못 짚었어요. 나무와 대화할 수 있죠, 그렇죠? 그건 노스우드 신비주의예요. 그런데 남쪽에서는 그 말이 먹히지 않아요."

"그래도……."

"그래도 소용없어요. 차라리 꿈에서 들었다고 하는 편이 나을 뻔했어요. 크리스털 지팡이를 가진, 빛이 어른거리는 여신한테 들었다든지, 뭐 그렇게. 사우스우드의 혈기 넘치는 시민들에게 회합 나무 운운하면 그 길로 끝장이에요."

"알겠어요." 프루가 풀이 죽어서 대답했다.

"그건 그렇고 도대체 그 기계 소년을 살려내려는 이유가 뭐죠?"

"그 나무가 말하기를, 그래야 평화가 온대요. 이 숲 전체에."

주머니쥐가 수행원과 시선을 교환했다. "그래요? 그러면 내분이 사라진대요? 하층민 간의 갈등도? 흉년도? 관저의 텅 빈 금고도 채워진대요?"

"나무가 그렇게 자세한 것까지 말하지는 않았어요." 프루가 대답했다.

"나무가 그렇게 자세히 알 리가 없지." 수행원이 빈정거리듯 끼어들었다.

"쓸데없는 짓." 앰브로스가 중얼거렸다. "쓸데없는 일을 벌이는 바깥세상 사람 때문에 내 시간을 낭비하기에는 할 일이 너무 많아서 이만. 다만 한 가지, 매킬 양이 저 피에 굶주린 폭도들에게 의견을 발표하기로 했을 때 그 정교한 물건을 만들 수 있는 사람들이 옛 정부에서 추방한 사람들이라는 사실에 대해 생각해봤어요?"

"생각했어요. 전 그저……."

주머니쥐가 고개를 저었다. "매킬 양, 바깥세상 사람이 하기에는 힘든 일이에요. 매킬 양은 너무 성급했어요. 혼자 생각하고 판단했죠, 그렇죠?"

"그럼 전 어떻게 해야 하죠?"

"사람들은 곧 진정이 될 거예요." 수행원이 말했다. "사실 폭동은 주간행사죠. 놀랍게도 오늘은 수요일인데 이런 일이 생겼군요. 보통은 목요일, 가끔 월요일 오후에 폭동이 일어나던데. 그때그때 다른가보군요." 그가 책상에서 서류뭉치를 집어든 다음 빠르게 넘겼다. "스빅주의자, 스포크 당, 칼리프. 이곳은 새로운 세상이 되었어요. 이게 혁명의 모습이죠."

"경비대를 파견할 순 없나요? 상황을 통제하기 위해서요?" 프루가 물었다.

"우리도 시도해봤어요. 하지만 사람들을 더 격앙시킬 뿐이에요. 만약 매킬 양이 그런 조치를 취하면 시민들은 다시 억압당하게 될 거예요."

"그럼 어떻게 질서를 유지하죠?"

"그들의 행동이 어떤 피해를 끼치든 잠잠해지고 다른 행동으로 넘어갈 때까지 기다리는 거죠." 앰브로스는 이렇게 말한 뒤 창가로 가서 조심스럽게 커튼을 걷어 밖을 내다보았다. "요즘은 시노드가 군중을 통제하는 데 제격이죠, 볼래요? 사람들이 벌써 흩어지기 시작했어요."

프루는 혹시라도 저격수에게 총격을 당할까 조심스러워하며 창가로 다가가서 창밖을 살짝 내다보았다. 과연 군중이 관저를 나서 잔디밭으로 뿔뿔이 흩어지고 있었다. 머리까지 뒤덮는 긴 회색 옷을 입은 사람들이 군중을 저만치 몰아내고 있었다.

"저 종파에게 상황을 정리하게 한다면 누가 안전에 대한 대가를 치를 필요가 있었겠어요? 우리도 확실히 편하고." 앰브로스가 말했다.

"저 사람들이 시노드인가요? 칼리프요?" 프루는 발목까지 내려오는 긴 옷을 입은 사람들이 흥분한 군중을 말없이 관저 울타리 밖으로 내모는 광경을 보며 물었다. 얼굴에 가면을 쓰고 있었는데, 고개를 돌릴 때면 햇빛에 마스크가 반사되어 번쩍거렸다. 그들 중 몇 명은 사슬에 연결된 추 같은 물건을 빙빙 돌렸는데, 그때마다 연기가 뿜어져나왔다.

"노스우드에 신비주의자가 있는 것처럼 저들은 사우스우드의 신비주의자들이에요." 앰브로스가 설명했다. "구체제에서는 범법자였죠. 수십 년 전에는 칼리프의 도상만 갖고 있어도 범죄였거든요. 그런데 그 종파가 소멸되다시피 했을 때 정부의 법 집행이 느슨해지기 시작했죠. 그러다 혁명이 일어나고 스빅 왕조가 영원히 붕괴되자 그들은 부활의 기회를 얻었어요. 사람들은 그것을 가리켜 '황폐한 부활'이라고 부르죠."

"황폐한 나무를 숭배하거든요. 우드 최초의 나무." 수행원이 덧붙였다.

"전 회합 나무가 우드 최초의 나무인 줄 알았어요." 프루가 말했다.

"그래서 매킬 양이 곤욕을 치르게 된 거예요. 노스우드에는 온통 광신자와 무지렁이들만 살아, 남부 시민들의 말에 따르면." 앰브로스가 잘라 말했다.

수행원은 책상으로 가서 거기에 쌓여있는 엄청난 서류더미를 분류하면서 말했다. "매킬 양. 미안하지만 처리할 일이 많아서요. 스빅 정권에 동조한 사람들이 목이 잘려나가는 일은 없을 거예요."

프루의 얼굴이 하얗게 질렸다. "정말 안전할까요? 제가 여기를 나가도?"

"물론이죠. 아직까지는 매킬 양을 지지하는 시민들이 있을 거예요. 어쨌든 자전거 소녀니까. 밖에 나가서 자신이 누군지 밝혀요." 앰브로스가 거들었다.

"하지만 사람들이 저더러 사빅, 아니 스빅주의자라고 불렀잖아요. 전 절대 아니에요." 프루는 그 단어를 발음하기조차 어려웠다. 정말 어처구니없었다. 이런 취급을 받다니.

"물론 난 매킬 양을 믿어요. 그리고 매킬 양이 단두대의 이슬로 사라질 가능성은 없어요. 매킬 양을 옹호하는 지지자도 있으니 그런 운명은 피할 거예요." 앰브로스가 수행원 옆으로 가서 책상의 서류뭉치 정리를 도왔다. 프루는 문가에서 걸음을 멈추고 다시 생각했다.

"저," 프루가 머뭇거리며 말했다. "저 좀 도와주실래요? 전 나머지 한 명의 제작자가 어떻게 되었는지, 그것만이라도 알고 싶어요."

주머니쥐가 프루를 빤히 쳐다보았다. "내 조언을 받아들일지 모르겠지만, 그 일은 포기해요. 알다시피 무덤을 파헤치는 일 자체도 중대 범죄예요. 매킬 양이 누구예요, 자전거 소녀예요. 우린 지금도 충분히 골치 아픈 일이 많아요. 법에 따라 처형하고, 서류에서 지시한 대로 책임을 물어요. 분개한 폭력시민들을 달래주는 일도 해야 해요. 제발 우리를 그 일에 끌어들이지 말아요."

"문서 같은 건 어떨까요? 어딘가에 기록이 남아있지 않을까요? 추방에 관한 기록 말예요?" 프루가 절박하게 물었다.

수행원이 앰브로스에게 서류뭉치를 들이밀었다. 앰브로스는 이미 책상에 앉아있었다. 노련한 카지노 딜러가 블랙잭 카드를 늘어놓듯 수행원이 펜 아래로 서류를 밀어넣으면 과도정부 섭정총독 당선자는 서명을 했다.

수행원이 그 동작을 계속하면서 말했다. "혹시 기록원에 가면 찾을 수 있을지도 몰라요."

"기록원이라." 앰브로스가 멋을 잔뜩 부리며 서류에 끼적거리다 말을 받았

다. "오! 그래, 기록원."

"기록원이라뇨?"

"어쩌면 기록원에 기록이 있을지도 몰라요." 수행원이 대답했다.

프루는 정보를 더 얻을까 해서 기다렸지만 두 사람은 말없이 자기 일에만 몰두했다. "그런데……." 프루가 대답을 재촉했다.

"왜요?" 앰브로스가 고개를 들었다.

"기록원이 어디예요?"

"아하 그거? 총독 관저 지하실이던가? 어쨌든 먼저 신청을 하고 서명하고, 날짜를 배정받고, 과도정부 섭정총독 당선자의 승인을 받아야 해요." 앰브로스는 넘어야 할 장애물이 너무도 많다는 투로 말했다.

"당신이 섭정총독이잖아요."

"참, 그렇지. 미안해요. 아직 업무가 낯설어서." 프루의 말에 주머니쥐가 놀란 듯 대꾸했다. 그는 중얼거리면서 쉬지 않고 서류에 서명했다.

"신청하고 싶어요. 기록원에 가봐야겠어요."

"그래요. 비서, 이 소녀에게…, 빌어먹을, 그 서식 이름이 뭐더라?" 앰브로스가 말했다.

"A651-C-5일 겁니다." 수행원이 나섰다. "여기 보관하고 있습니다." 그는 책상 옆 서류 캐비닛에서 서류를 가져와 프루가 볼 수 있게 방향을 돌려 책상 빈 곳에 내려놓았다. "여기에 서명을 해요." 그가 여러 개 나열된 빈 칸을 가리켰다. "여기. 그리고 여기. 여기에는 대문자로. 여기에도 서명. 그리고 여기에 방문 목적을 적어요. 예컨대 추방된 장난감 제작자들에 관한 기록을 찾는다고."

"한 명만 필요해요. 한 명만 찾으면 돼요. 캐롤 그로드." 프루가 대답했다.

앰브로스가 서명하다 말고 시선을 들었다. "하지만 제작자가 두 명 다 필요할 텐데요. 매킬 양이 그렇게 말하지 않았어요?"

"아니요, 한 명이면 돼요. 한 명은 찾았어요. 나머지 한 명만 찾으면 돼요." 프루는 이렇게 말하면서, 배치가 너무 복잡해 헷갈리는 서식의 작은 글자를 훑어보며 서명하고 대문자로 끼적거렸다. "그 두 사람만 왕자를 되살리는 톱니바퀴를 만들 수 있어요."

"아하," 앰브로스가 탄성을 질렀다. 이때 앰브로스가 수행원과 은밀한 시선을 주고받는 모습을 프루는 보지 못했다. "매킬 양, 그는 어디 있죠? 매킬 양이 찾았다는 제작자?"

프루는 머리가 혼란스러운 나머지 캐롤을 찾을 때가지는 에스벤의 행방을 비밀로 하겠다던 계획을 그만 깜빡 잊고 말했다. "그는 무사해요." 그러나 다행히 거기까지만 말했다.

과도정부 섭정총독 당선자는 어깨를 으쓱한 다음 다시 수행원이 조용한 컨베이어벨트처럼 전달해주는 서류에 서명하기 시작했다. 이윽고 프루가 건네받은 서류에 서명을 한 뒤 수행원에게 내밀었다. 수행원은 서류를 받자마자 주머니쥐 앞에 내밀었다.

"소녀의 서류입니다." 수행원이 말했다.

앰브로스가 서명을 한 뒤 프루에게 되돌려주었다. "행운을 빌어요, 자전거 소녀. 부디 황폐한 나무가 길을 인도해주길."

"고맙습니다." 프루는 머뭇거리며 서류를 받아든 다음 돌아서서 방 맞은편 문으로 걸어가기 시작했다. 반쯤 갔을 때 프루가 걸음을 멈추고 말했다. "네. 혼돈 속으로 돌아가야죠. 행운을 빌어주세요."

주머니쥐가 서류에서 고개를 들고 말했다. "매킬 양이 '스워드'에 대항하고 사우스우드 교도소를 급습했으니 순수한 혁명가들은 매킬 양이 가는 길을 가로막을 수 없을 거예요."

"그렇겠죠." 프루가 깊은 한숨을 내쉬었다. "이제 시작이에요."

프루는 집무실을 나와 관저 로비로 돌아갔다.

CHAPTER 9

환기구; 두 번째 심부름

그들은 방 한가운데 놓여있는 테이블을 야단스럽게 정리했다. 그러자 '르 프와냐'로 불리는 덩치 큰 남자가 테이블 위에 커다란 청사진을 올려놓고 반듯하게 펼쳤다. 검은 모자단 단원들이 성전의 비밀을 파헤치는 사제들처럼 테이블 주위로 모여들었다. 머리 위쪽에서는 하나뿐인 전등 불빛이 파라핀 종이의 파란색 잉크를 밝게 비췄다. 아주 높은데다 요새처럼 보이는 건물의, 믿기지 않을 만큼 상세한 건축 설계도였다. 설계도 아래쪽에 대칭이 완벽한 필체로 TITAN TOWER라고 표기돼 있었다.

입양부적격자들은 테이블 한쪽에 모여 휘둥그레진 눈으로 청사진을 내려다보았다. 그들 위로 자크 크루시엘이 청사진을 내려다보면서 손가락으로 설계도의 작은 가상선을 따라 그리며 설명을 시작했다. "외벽은 1.5미터 두께의 콘크리트이며, 그 위에 가시철조망이 둘러져 있다. 고도로 훈련받은 하역인부들이 *뿌르땅*tout le temps(항상) 감시하고 있지." 빌딩의 보안시스템에 제한을 받지 않는 그의 손가락은 벽의 격자무늬 외곽선을 곧장 지나 일층의 정사각형 공간으로 들어갔다. "각 층마다 폐쇄회로 감시카메라와 연결된 최첨단 보안시스템이 설치되어 있단다. 하역인부들은 여기에도 있고, 여기, 여기에도 있지." 그는 손가락으로 네모의 각 귀퉁이를 짚었다. "그리고 여기에도. 맨 위층으로 올라가는 방법은 이 엘리베이터뿐이야." 그가 손끝으로 톡톡쳤다. "이곳은 지문인식기를 통과해야만 출입 가능하며, 늘 잠겨있지."

"이 모든 것을 어떻게 아셨어요?" 마이클이 물었다.

"내가 말했잖아." 테이블 맞은편 어둠침침한 전등 아래 있던 니코 포숄스키가 끼어들었다. "착한 친구 하나가 우리에게 정보를 주려다 목숨을 잃었다고."

"우린 지난 2월에 이 청사진을 손에 넣었단다. 나머지 내용은 몇 개월간 힘겨운 정찰활동 끝에 알아냈지." 자크가 설명해줬다.

"그 사람이 누군데요?" 엘시가 용감무쌍한 티나를 가슴에 꼭 껴안고 물었다.

"누구?" 자크는 어린 여자아이의 말에 놀라서 되물었다.

"죽은 사람이요." 엘시는 테이블 둘레에 서서 훔친 설계도를 들여다보는 검정 베레모 차림의 남자들을 차례로 쳐다보았다. 망각의 집에서 니코에게 그 얘기를 들은 후 '정보'를 빼내려다 죽은 남자에 대한 생각이 머리를 떠나지 않았다. 자꾸 떠올라 남자가 상상이 됐다. 그 역시 한때는 검정 베레모를 쓰고 지금 테이블에 모여서 스파이 행위에 대해 떠드는 이들처럼 살아있었으리라.

"마이클, 마이클 블라츠키야. 좋은 친구였지. *브래망텅 옴므 봉*Vraiment un

homme bon(정말 좋은 사람이었어)." 자크가 엘시에게 따뜻한 미소를 보냈다. "물어보길 잘했다. 우리가 그동안 너무 쉽게 그 친구를 잊었던 것 같구나."

"그는 하역인부로 위장하고 그 조직에 침투했단다. 그 일을 하려고 자그마치 35킬로그램이나 살을 찌워야 했지. 그 친구는 10주 동안 매일 밤 우리에게 보고를 했단다. 그러나 꼬리가 너무 길었는지 결국 밟히고 말았지. 말을 하다 실수로 프랑스어를 섞어 쓰는 바람에 그만." 니코가 감정에 북받친 듯 말을 멈췄다. "나중에 우리가 발견한 것은 밤색 비니가 전부였지."

"그 일로 빌딩을 직접 공격하려던 우리의 계획은 좌절되었단다. 너무 위험한 계획이었지. 그 후로는 작은 것부터 하고 있단다." 자크가 청사진에서 눈을 떼지 않은 채 말했다.

"어떻게 그곳에 캐롤과 마서가 있다고 확신하죠?" 레이첼이 물었다.

"그들이 끌려왔을 때 마이클이 거기 있었어. 두 사람이 육중한 경비원에게 끌려서 들어왔다더구나. 아직도 그곳에 있을 가능성이 커." 니코가 청사진을 치우자 그 아래 다른 서류뭉치가 나타났다. 니코는 서류를 넘겨 자신이 찾는 부분을 납작하게 눌러 펼쳐놓았다. '타이탄 타워 최상층 상세도'라는 제목이 달려있었다. 니코는 그 층의 대부분을 차지하는 직사각형에서 옆으로 살짝 갈라져 나온, 작은 벽장처럼 생긴 공간을 손가락으로 찍었다. "위그먼의 밀실이다. 그의 집무실과 트로피 룸에서 비밀통로로 연결되어 있지. 위그먼은 피해망상 증세가 있단다. 그래서 빌딩이 공격당할 때를 대비해 피난항 같은 이 방을 만들었단다. 빌딩에서 가장 침투하기 어려운 방이야. 아니 침투가 불가능하지. 만약 그 자가 정말로 그 두 사람을 쓸모 있게 여긴다면 (그래 보이기는 하는데) 아마 이곳에 숨겼을 거야."

"그럼 거기에는 어떻게 들어가죠?" 마이클이 물었다.

"못 들어가지." 자크가 대답했다. "마이클이 발각되기 전에 우리는 일명 '도시 부활'이라는 작전을 수행 중이었단다. 우리 검은 모자단 역사상 가장 큰 작전이었지. 각 층마다 폭발물을 설치해서 빌딩을 전면공격하려는 계획이었단다. 하역인부들, 위그먼과 그의 패거리 할 것 없이 빌딩과 함께 아름다운 파편으로 날려버리려고 했지. 당연히 수색과 구조 임무는 가동될 필요 없고."

"유일한 방법은 폭탄을 터뜨려 길을 내는 거야." 니코가 다시 끼어들었다. "외벽에 C-4 폭약을 설치해 문을 폭파시킬 사람들을 들여보낼 수 있게 구멍을 내는 거지"

"그런 다음에는 보안시스템이 빌딩 전체의 작동을 멈추게 하지. 엘리베이터도 멈추고, 문도 잠그고, 도처에 있는 경보장치도. 그런 상태에서 너희들이 전체 하역인부 경비대와 싸우는 거지." 자크가 설명했다.

니코가 턱을 문질렀다. "그런데 만약 너희들이 동쪽과 북쪽 모퉁이로 유인용 폭탄을 몇 개 던지면, 그냥 멀리 던지기만 하면······."

"너희들은 하역인부들을 뿔뿔이 흩어지게 할 수 있지." 자크가 말을 받았다. "너희들은 빌딩 가동이 멈춘 상태에서 우리 팀이 달라붙어도 힘든 덩치 큰 하역인부를 상대하는 거야, 특히 우리 대원이 동쪽과 북쪽에 폭탄을 설치해놓은 상태에서 말이다."

"가령 폭탄 한 개를 발전기에 던진다고 치자. 그럼 전기 공급이 중단되는 거야." 니코가 설명했다.

"자네 대책회의 때 얘기를 들은 거 맞나?" 자크가 경멸하듯 물었다. "발전기는 지하에 있어. 그리고 빌딩에는 예비전력이라는 게 있네."

단원들은 테이블을 사이에 두고 자크와 니코의 의견을 가지고 논쟁을 시작했다. 방 전체가 금세 타이탄 타워를 급습하기 위한 세부전술을 열띠게 논의하는 무정부 파괴주의자들의 목소리로 시끄러워졌다.

테이블에 팔꿈치를 괸 채 자크 옆에 서 있던 엘시는 용감무쌍한 티나의 짧은 머리카락을 쓰다듬으며 어떻게 하면 도움이 될까 생각 중이었다. 예전에 일상생활에서는 어른들이 중대한 결정을 하는 동안 뒤로 물러나 있는 게 익숙했다. 하지만 부모님과 떨어져 지내면서 상황이 바뀌었다. 이제는 엘시 자신이 부모였다. 자신에게 엄마이고 아빠였다. 입양부적격자로 살면서 보니 어른들의 세상은 예전보다 훨씬 덜 강고한 듯했다. 이제 어른도 아이처럼 실수를 저지르는 존재로 보였다. 어른이라고 해서 전혀 실수 없이 잘된 결정만 내리는 것은 아니었다. 아니 어른이 더 나쁜 결정을 내릴 수도 있다고 생각했다. 사실 엘시 자신도 마서와 캐롤을 위그먼의 손아귀에서 구해낼 합리적인 방법을 제시할 수 있었다. 어쨌든 엘시도 아홉 살이었다.

엘시는 입술을 깨물며 곰곰이 생각했다. 그리고 또 생각했다. 지금 처한 상황을 생각하는 동안 주변의 왁자지껄한 목소리는 멀리에서 웅성거리는 소리처럼 들렸다. 놀라울 정도로 익숙한 상황처럼 여겨졌다. 높은 빌딩에 포로 두 명이 감금되어 있고, 그들을 감시하는 감시원과 복수심에 불타는 권력자. 엘시는 지금 이 상황이 〈*용감무쌍한 티나: 위험한 검*Danger's Foil〉 시즌의 마지막 설정과 아주 흡사함을 깨달았다. 극에서 티나의 연인인 스티브 선장은 로봇 핀드에게 붙잡혀 로봇 핀드의 비밀 은신처 꼭대기에 있는, 탑처럼 생긴 둠 아일랜드에 감금되었다. 엘시는 스티브가 결국 어떻게 탈출했는지 기억을 더듬어 보려고 애썼다. 그 순간 갑자기 생각이 났다.

"그곳은 어떻게 환기를 시키죠?" 엘시가 조용히 물었다.

레이첼이 미심쩍은 눈으로 동생을 바라보았다. "뭐라고 했어?"

"어떻게 환기를 시키는지 물어봤어."

방 안이 얼마나 시끄러운지 귀가 멍멍할 정도였다. 아무도 엘시의 말을 듣지 못한 것 같았다. 모두가 테이블 위의 설계도를 가리키며 자신의 견해를 말하느라 바빴다.

"잠깐만요!" 레이첼이 동생보다 더 굵고 큰 목소리로 소리쳤다. 아무 반응이 없었다. "잠깐만요!" 레이첼이 다시 소리쳤다. 이번에는 모두가 말을 뚝 끊었다. 조용한 가운데 레이첼이 헛기침을 했다. "제 동생이 그 빌딩은 어떻게 환기를 시키는지 알고 싶대요."

"뭐라고? 무슨 말이야?" 니코가 어리둥절한 표정으로 물었다.

"잘 물어봤어. 그런데 왜 물어봤어?" 레이첼도 동생을 돌아다보며 물었다.

엘시가 입을 열었다. "작은 터널이 있을 거예요, 그렇죠? 금속으로 된 관. 그게 빌딩 안으로 연결되어서 거기로 공기가 들어갔다 나왔다 할 거예요."

"금속관이라, 공기가 나오는 곳이라." 자크가 혼잣말을 했다.

"그래, 배관." 니코의 얼굴이 환해졌다. "배관을 말하나본데. 거긴 *HVAC* 시스템이야." 그가 청사진을 자기 앞으로 돌려서 페이지를 넘겼다. "당연히 건물 전체를 관통하지. 층마다 환기구가 있고."

"우리도 가봤어. 하지만 사람이 드나들기에는 너무 좁아." 뒤늦게 소녀의 말뜻을 깨달은 자크가 말했다.

동생이 무슨 말을 하는지 이해한 레이첼이 엘시를 보며 웃었다. "사람이 지나가기에는 너무 좁대. 하지만 입양부적격자들에게는 그렇지 않을 수도 있지."

자크가 놀란 표정으로 엘시를 바라보다 갑자기 웃음을 터뜨렸다. 몸을 흔들며 호탕하게 웃었다. 가슴 깊은 곳에서 터져나오는 웃음. 숨이 찰 정도로 지나치게 웃는 경우를 우스꽝스럽게 묘사할 때처럼 두 손으로 배를 쥐기까지 했다. 검은 옷의 동료 파괴자들은 어색하게 웃으며 그 모습을 바라보았다. 자크가 그렇게 호탕하게 웃는 모습은 처음이었다. 정말 그랬다. 게다가 웃음은 전염성이 강해서, 이내 방 안 모든 사람들이 자크를 따라 웃기 시작했다. 이 여자아이의 기막히게 좋은 제안에 대해 자신도 이렇게 이상하게 반응해야 하는지 확신이 서지 않는 몇 명만 소심하게 웃었다.

"진작 너희들을 만났으면 좋을 뻔했다." 자크가 말했다. 니코는 설계도 뭉치를 몇 장 넘겨 심장 혈관처럼 복잡하게 얽혀있는 요새 같은 위그먼 빌딩의 배관을 새롭게 꼼꼼히 살펴보았다. 그의 손가락이 배관의 각 교차점과 HVAC 터널이 실내 벽과 연결되는 지점의 환기구를 손가락으로 하나하나 짚었다.

"훌륭한 생각이긴 한데 문제가 있어요." 니코가 말했다. 엘시의 얼굴이 찌푸려졌다. 드라마 〈용감무쌍한 티나〉에서는 아주 간단했다. 니코의 설명이 이어졌다. "설령 아이들을 배관으로 들여보낸다고 해도 건물 외벽에서 *안으로* 들어가야 하네요. 게다가 보안시스템도 우리에겐 골칫거리예요. 배관 끝에 환기구 뚜껑이 있는 것도 그렇고, 배관 안쪽에서 뚜껑을 제거하기는 아마 불가능할 거예요. 뚜껑을 세게 밀어서 열어야 하는데, 그러다가는 들킬 수도 있고."

"그렇더라도, 이 방법으로 시작하는 게 좋아." 자크가 대꾸했다.

"물론 해볼 만한 가치는 있어요." 니코는 그 말에 동의한다는 듯 고개를 끄덕이면서도 얼굴을 찡그렸다.

마이클은 어느새 니코 곁으로 다가와서 설계도를 들여다보며 배관을 찾고 있었다. 그가 위그먼의 밀실과 연결된 정체 모를 수직 갱도를 가리키며 물었다. "이건 뭐예요?"

니코가 눈을 가늘게 뜨며 밖으로 난 빗금의 정체를 파악하려고 애썼다. "엘리베이터." 그가 손가락으로 그곳을 두 번 톡톡 쳤다. "일종의 비밀 엘리베이터일 거야. 밀실에서 탈출하는 통로. 아무데도 멈추지 않고 일층까지 내려오게 돼있어."

"만약 몸집이 작은 아이들이 배관을 통해 밀실로 들어간다면 이 엘리베이터를 타고 밖으로 나오면 되겠네요. 위그먼이 절대 모르게요." 마이클이 말했다.

니코가 입술을 잘근잘근 씹으며 대답했다. "하지만 배관은 밀실과 곧장 연결되어 있지 않아. 설계도에는 길이 나있지만 몇 번이고 배관을 나왔다 들어갔다를 반복해야 해. 배관 뚜껑을 열고 나왔다가 다른 지점에 있는 배관으로 다시 들어가야 한다는 뜻이지. 또 한참을 기어가야 하는 곳도 있고. 자칫하면 경보기가 울릴 수도 있어. 다른 환기구로 들어갈 때까지 사람들 눈에 띄지 않게 조심해야 하는 것은 물론이고." 그가 고개를 절레절레 흔들며 말했다. "너무 위험해요."

"그때 자네의 유인용 폭탄이 터져야지." 의기양양한 발작성 웃음을 겨우 가라앉힌 자크가 입을 열었다. 그는 여전히 미소를 짓고 있었다. 목소리 톤으로 보아 엘시의 아이디어가 매우 마음에 드는 듯했다. "우린 조직적으로 공격한다. 아주 과감하게. 하역인부를 유인하고, 환기구 뚜껑을 발로 차서 여는 순간 폭탄이 터지게 한다."

"보안시스템은 어떻게 하죠?" 니코가 물었다. "즐겁게 소풍을 가는데 비가 내리면 곤란하거든요. 혹시 배관 안에서 환기구 뚜껑을 발로 차 떨어뜨릴 때 최첨단 보안시스템이 작동되지 않을까 걱정스러워요."

"보안센터를 폭파하게. 폭탄으로 폭삭 주저앉히라고. 납작하게." 그의 눈이 광기로 번득였다.

니코는 그를 걱정스럽게 바라보았다. "그렇게 되면 '작전명: 도시 부활'로 돌아가는 건데. 자크, 건물이 주저앉으면 아이들은 잿더미에 묻혀요."

"그런 일이 일어나면 절대 안 돼요. 정말 어이없는 말씀들을 하시네요." 이번에는 레이첼이 나섰다

그러나 어떤 합리적인 대안이 나오기 전에 복도에서 요란한 소리가 났다. 고함에 이어 육중한 문을 거칠게 열어젖히는 소리가 들렸다. 이윽고 검은 모자 단원 세 명이 초췌한 몰골의 남자를 데리고 나타났다. 그들은 남자를 무례하게 테이블 앞까지 끌고와 내동댕이쳤다.

"자크! 침입자를 체포했어요." 그 중 한 단원이 말했다.

엘시는 사람들 사이로 고개를 내밀어 방금 바닥에 쓰러진 남자를 흘끔 보았다. 기름때 묻은 넝마 차림의 남자가 세탁기에 들어가기 직전의 이불처럼 엉망으로 구겨져있었다. 엘시는 즉시 남자를 알아보았다. 어젯밤에도 폐기물장을 배회하는 그를 본 적이 있었다. 다름 아니라 망각의 집 근처를 돌아다니는 정체불명의 괴짜였다. 잠시 후 그가 몸을 가누더니 옷더미 안에서 얼굴을 내밀었다. 헝클어진 수염에 홀쭉하고 피곤에 찌든 얼굴, 반백의 머리카락, 그리고 핏발 선 슬픈 회색 눈동자. 엘시는 문득 불쌍한 영혼이 가엾게 느껴졌다.

"괴짜다!" 마이클과 엘시가 생각이 통하기라도 한 듯 동시에 외쳤다.

"누구라고?" 파괴자 한 명이 괴짜의 옆구리를 무심히 발로 차며 거칠게 물었다.

"진정하게." 자크는 동료 파괴자에게 비참한 취급을 받는 이방인을 적잖이 놀란 표정으로 바라보며 달래듯 말했다. "위협적인 존재는 아닌 게 분명해. 은신처를 찾아 하수구에 들어왔다가 자네들에게 발견된 노숙자겠지."

"메인 파이프에서 이 작자를 발견했어요. 니코와 아이들을 뒤따라온 게 틀림없어요." 한 명이 말했다.

자크가 인파를 가르고 앞으로 걸어나가 무릎을 꿇은 채 이방인의 눈을 바라보며 말했다. "이봐, 여기는 안전하네."

넝마를 걸친 사내는 고개를 들어 다가오는 자크를 바라보았다. 더러운 얼굴에는 공포감이 서려있었다. 그가 주춤주춤 물러서자 뒤에 서있던 사람들이 그를 제지하려고 나섰다.

"자네는!" 사내가 목이 잠긴 듯 속삭여 말했다. 그러고는 히죽히죽 웃었다.

"조심해요, 자크. 미친 사람이에요. 어떤 짓을 할지 몰라요." 니코가 말했다.

"자네." 자크는 괴짜에게 달래듯 말을 걸었다. "여기 왜 왔나?"

"어디? 여기가 어딘데?" 사내가 소리 높여 웃다 말고 되물었다.

방 뒤편에서 누군가가 말했다. "미쳤군. 그분 말씀을 잘 들어."

"가만히 있게! 우리가 누군가, 검은 모자단이야. 엘리트의 적이자 탄압받는 자들의 친구라고. 이 남자한테 말할 기회를 주게" 자크가 그 단원을 향해 소리쳤다.

하지만 사내는 발작적으로 웃다가 짧은 멜로디를 흥얼거리고 외계어나 다름없는 단어를 간간히 중얼거릴 뿐 별 말을 하지 않았다. 사내가 웅얼거렸다. "그래, 그래. 그에게 말할 기회를 줘. 그래, 그래. 트랄라 트랄라. 옛 시절을 말하게 해줘. 새로운 시절과 옛 시절을 말하게 해줘."

"여기 어떻게 들어왔나?" 사내가 말도 안 되는 소리를 읊조릴 때 기회를 봐서 자크가 물었다.

"밑으로 죽, 밑으로 죽. 밤이 지나자 햇빛이 났어. 아이들을 찾으려고 왔지. 나의 잃어버린 아이들을 찾으려고. 트랄라 트랄라." 남자가 지껄였다.

"뭐야?" 뒤에 있던 단원 중 한 명이 화를 냈다. "아이들을 따라 들어왔다잖아. 우리 스스로 위치를 누설한 셈이군."

그때 엘시가 앞으로 걸어나갔다. 꾀죄죄한 얼굴에 기름진 머리카락이 착 달라붙어 있고 넝마쪼가리를 몸에 둘둘 두른 이 가난하고 비참한 존재에게서 나는 악취를 맡으며 엘시는 왠지 모르게 연민을 느꼈다.

"이봐." 자크가 덜덜 떠는 남자에게 가까이 다가가며 계속해서 말했다. "우린 자네를 해치지 않아." 그가 손을 뻗어 기름때 범벅인 남자의 긴 머리카락 몇 올을 옆으로 걷고 눈을 바라보았다. 그 순간 엘시는 자신뿐만 아니라 나이 지긋한 단원들 역시 이 사내의 정체를 눈치챘음을 직감했다.

"자네, 조프리 맞지?" 자크가 물었다.

그랬다. 사람들에 둘러싸인 채 웅크리고 앉아 있는 사람은 언생크 고아원의 원장이자 아이들의 감시원이자 감독관이었던 조프리 언생크였다. 엘시는 그의 염소 수염이 예전에

146

말끔히 깎았던 다른 수염보다 웃자라있는 것을 눈여겨보았다. 그때 길에서 주워 어깨에 두른 담요가 아래로 떨어지며 그 안에 입은 더러운 아가일 편물 조끼가 드러났다.

"그 사람이에요?" 니코가 물었다.

인파를 뚫고 주춤주춤 다가온 마이클과 신시아도 그를 확인하고는 깜짝 놀랐다. "그 자예요, 맞아요." 분노와 역겨움이 섞인 목소리로 마이클이 말했다.

"정말로 놀랄 일이 많은 날이로군." 자크가 중얼거렸다. 그는 놀란 짐승처럼 옹송그리고 있는 조프리 언생크를 물끄러미 바라보았다.

마이클이 자크 옆에 무릎을 꿇고 앉아 조프리를 응시했다. 그는 심호흡을 한 다음 말을 걸었다. "악취 나는 언생크 씨. 나 기억해요, 언생크 씨? 마이클 데니슨이에요. 비행기 추락으로 부모님을 잃고 언생크 씨네 고아원에 오게 된 마이클이요. 증기용광로에서 작업했잖아요. 기억하세요?"

조프리의 멍한 눈이 촉촉해지더니 마이클을 찾는지 앞뒤로 흘깃거렸다. 그가 속삭이듯 말했다. "그럼, 그럼. 안녕, 안녕, 트랄라라."

"용광로의 노즐을 망가뜨렸다고 나를 입양부적격자로 만들었잖아요, 기억해요? 나를 사무실로 데려가 바늘을 찔러넣은 다음 숲으로 보냈죠." 감정이 격해진 마이클의 목소리가 떨렸다. "난 당신을 만나기만 하면 갈기갈기 찢어놓겠다고 맹세했죠."

"그래, 맞아, 맞아." 언생크가 엉엉 흐느껴 울었다.

마이클은 손을 앞으로 뻗어 과거의 원장이자 억류자의 뺨을 만졌다. 그의 손이 떨렸다.

"그만해, 마이클." 뒤에 서있던 신시아 슈미트가 앞으로 나오며 마이클의 어깨에 손을 얹었다.

그때 마이클의 입이 앞으로 튀어나오더니 불쌍한 남자에게 가래침을 뱉었다. 침방울이 언생크의 오른쪽 눈 아래를 맞혔다. 이윽고 침이 흘러내리며 얼굴에 묻은 땟자국을 씻어내자 피부에 흰 얼룩이 졌다.

조프리가 울기 시작했다. 깊은 곳에서 터져나오는 흐느낌에 기괴한 웃음소리가 섞여있었다. 눈물이 코를 타고 흘러내렸다. 마이클이 그에게서 물러났다. 역겨워하는 표정이 역력했다.

"그에게 무슨 일이 있었나?" 옆에 서있던 엘시가 언니에게 물었다. TV에서 말고 어른이 우는 모습은 지금까지 딱 한 번 보았다. 오빠가 실종된 후 아빠가 그랬다. 물론 이번에는 좀 달랐다. 더 멀고 더 낯선 곳에서 울음이 터져나오는 것 같았다.

"나도 몰라. 아무래도 미친 것 같아." 레이첼이 중얼거렸다.

"인과응보지 뭐. 거긴 감옥이나 다름없었어. 이 자가 우리에게 한 짓은 범죄였고." 신시아가 거들었다.

자크는 한 팔로 언생크의 어깨를 감싼 다음 흐느끼는 얼굴을 들어 자신의 어깨에 얹게 했다. "자, 자," 자크는 아이를 달래는 부모처럼 이렇게 말했다. "실컷 울게, 조프리. 자네는 내 옛 친구, 나의 옛 파트너야. 자네는 악독하기 짝이 없는 짓을 저질렀어. 이 아이들한테 말고도. 그래, 그것도 큰 잘못이지만 그보다 더 나쁜 것은 자신의 만족을 위해 영혼을 더럽힌 일이야. 자네는 *물건*을 만들고, *물질*을 축적하고, *권력*을 소유하려는 끝없는 욕망에 굴복해서 인간성을 잃어버렸어. 탐욕이 낳은 질병이 자네의 영혼까지 썩게 했지."

자크의 터틀넥 셔츠가 닿자 숨이 막힌 조프리가 괴상한 말을 중얼거렸다.

"그래, 그래, 트랄라라." 멈추지 않고 흐르는 조프리의 눈물에 자크의 셔츠가 축축해졌다.

"하지만 조프리, 자네는 속죄할 수 있네." 자크가 계속해서 달랬다. "자넨 파괴된 창조의 불길 속에서 불사조처럼 다시 일어설 수 있어. 자넨 예전 동료인 내 집에 왔어. 게다가 자네의 과거, 지금 이 불쌍하고 비참한 몰골을 초래한 자신의 잘못된 결정과 직면해있어. 조프리, 자네의 실패한 인생을 보게. 바로 자네 앞에 있으니."

이 말에 언생크는 자크의 품에서 벗어나 눈물 어린 눈으로 주위 사람들을 하나하나 응시했다. 검은 모자단원과 입양부적격자들. 언니 옆에 굳은 듯 서 있던 엘시는 자크를 쳐다보았다. 자크 역시 울고 있었다.

자크가 조프리의 이마에 다정하게 입맞춤을 하고 나서 다시 말했다. "자네도 우리와 마찬가지로 희생자야. 그러니 너무 자책하지 말게. 자넨 잔인하고 무자비한 주인의 계략에 빠진 거야. 영혼까지 악한 사람은 아니지. 그리고 이제 자신을 희생시킨 제국을 파멸시키고 위대한 재탄생에 일조하기 위해 운명적으로 여기에 와있는 거라네."

"위그그그그……." 조프리가 흐느끼면서 간간히 중얼거렸다. "위그그그그……."

"그래." 자크가 조프리를 북돋웠다. "그래, 그의 이름을 말해. 새로 태어난 영혼으로 그의 이름을 불러."

"위그머어어언!" 조프리가 외쳤다.

자크는 언생크를 벌떡 일으킨 다음 비틀거리는 몸을 부축해 테이블로 데려갔다. 그는 엄마 고양이가 새끼고양이에게 하듯 꾀죄죄한 친구의 목을 껴안은 채 테이블 위의 종이다발을 가리켰다. "조프리, 여기 자네의 바빌론이 있네. 여기 자네의 소금기둥이 있어. 자네를 우리에게 보내고, 우리를 여기 함께 모이게 한 불빛이 여기에 있어. 자, 이걸 보고 웃어봐. 자넨 이제 자유의 몸이야."

그제야 조프리는 웃기 시작했다.

🌿

지타는 서랍장 위 거울 바로 옆 구리그릇에 독수리 깃털을 내려놓았다. 유령이 이 물건을 어떤 식으로 바치기를 원할지 잘 모르지만 이 정도의 사소한 의식을 한다고 해서 해로울 것 같지는 않았다. 나뭇가지에 머리카락을 뜯기고 이끼를 묻혀가며 어렵게 구한 깃털을 갖고 집에 도착했을 때 거울에 아무것도 씌어있지 않아서 지타는 약간 실망스러웠다. 유령이 괘종시계가 자정을 가리키는 밤에만 찾아온다는 사실을 알았지만 그래도 그녀가 요구한 첫 번째 물건을 가져오면 특별히 나타날지도 모른다고 생각했다. 하지만 아무 반응도 없자 지타는 엄마의 물건들 중 엄마가 밤마다 반지를 빼 넣어두던 작은 구리그릇을 가져왔다. 그런 다음 거울 앞에 놓아두고 새로 구한 깃털을 내려놓았다. 여전히 아무 일도 일어나지 않았다. 지타는 시계를 보며 밤이 오기를 기다렸다. 드디어 그 시간이 왔다. 복도에서 괘종시계 소리가 울리고 아빠는 방에서 조용히 잠들어있었다. 지타는 유령 맞을 준비를 했다.

거울 표면에 뽀얀 연기가 피어오르고 잘했어, 라는 글자가 나타났다.

"고마워요." 지타는 글자가 처음 나타날 때 느껴지는 오싹한 한기를 꾹꾹 참으며 말했다. 시간이 흐르면서 안개 낀 거울을 통해 대화를 나누는 형체도 없는 유령이 조금씩 편안해졌다. "다음은요?" 지타가 이불을 움켜쥔 채 겁먹은 목소리로 물었다.

거울에서 단어가 깨끗이 지워지고 다시, 다른 곳에는 없는 안개가 거울 표면을 뒤덮었다. 잠시 후 조약돌이라는 글자가 나타났다.

그것은 쉽겠다고 지타는 생각했다. 조약돌은 어디에서나 구할 수 있었다.

하지만 이내 거울의 빈 공간에 *로킹체어 크릭*이라는 단어가 나타났다. 지타는 고개를 떨어뜨렸다. 그곳의 위치는 고사하고 이름도 생소했다. "또 아비앙 공국으로 가야 하는 것은 아니죠, 그렇죠?" 지타가 허공에 대고 물었다.

하지만 거울은 아무 대답이 없었다. 안개가 사라졌다. 거울에는 다시 작고 어두운 방과 침대 옆에 켜둔 촛불만 비쳤다. 창문으로 방 저편까지 달빛이 드리워졌다. 지타는 다음 가야 할 곳에 대해 생각했다. 아빠의 지도를 보면 뭔가 감이 잡힐 것 같았다. 지타는 복도로 나가 책등이 갈라지고 먼지투성이인 지도책을 가져왔다. 그리고 우드 전체가 나와있는 페이지를 펼쳤다. 먼저 가벼운 마음으로 집 주변 상업지역에서 여제가 가르쳐준 지명을 찾아 보았다. *로킹체어 크릭.* 안타깝게도 찾지 못했다. 더 멀리 숲으로 가서 아비앙 공국 변방을 둘러보고 구불구불한 파란선을 훑어보았지만 찾을 수가 없었다. 그래서 북쪽으로 올라가자 드디어 찾는 글자가 보였다. *로킹체어 크릭*은 존재했다.

와일드우드 한가운데에 있는 개울이었다.

CHAPTER 10

비어있는 서류철;
다시 태어난 언생크

프루는 '천천히 조심스럽게 문을 열었다. 분노한 군중의 함성은 사라졌지만 혹시라도 악에 바친 사람들이 총독 당선자 집무실 앞에서 몰래 도망가는 자신을 기다리고 있지 않을까 두려웠다. 살짝 열어보았더니 아무도 보이지 않았다. 발코니의 장식용 깃발은 벌써 찢어지고 짝이 맞지 않는 사이클링 운동화(틀림없이 무기 삼아 투척했을 것이다)가 바닥에 어지러이 널려있었다.

프루는 심호흡을 한 뒤 육중한 참나무 문을 밀고 나와 자신이 혼자임을 확인했다. 멀리에서 수위가 부루퉁한 표정으로 화강암 바닥에 떨어진 찢어진 옷과 부러진 이빨, 챙 달린 모자 따위를 빗자루로 쓸고 있었다. 프루를 발견한 그는 자전거 소녀와 혁명을 무시하는 말을 중얼거리다 하던 일을 계속했다.

프루는 계단 꼭대기로 갔다가 난간에서 농성하는 사람들을 보고 화들짝 놀랐다. 그들이 공격할까봐 두려워 두방망이질치는 가슴을 쓸어내리며 뒷걸음질쳤다. 하지만 그들은 무사한 프루를 발견하고 열광하는 표정을 지었다.

"자전거 소녀! 돌아왔네요!" 한 10대 소녀가 소리쳤다.

"당신을 기다렸어요." 붉은 수염이 덥수룩한 남자도 소리쳤다.

"우린 이제 어떻게 해야 하죠?" 또 다른 사람이 말했다. 인력거 운전수 오소리였다.

프루는 불안해하며 천천히 계단으로 다가갔다. "여러분은 나에게 화나지 않았어요?" 그녀가 물었다.

그곳에 모인 충성스러운 일행이 하나같이 놀란 표정을 지었다. 최소한 열다섯 명쯤 되어보였다. "천만에요. 화 안 났어요." 모두가 합창하듯 대답했다.

"당신은 혁명의 영웅, 자전거 소녀예요. 우린 절대로 당신을 버리지 않을 거예요." 여우가 말했다.

"그 사람들, 그저 흉내만 내는 거예요. 잘난 체하는 사람들이죠. 진정으로 혁명을 믿는 사람들이 아니에요." 10대 소녀가 프루를 안심시켰다.

수염 기른 남자가 넌지시 말했다. "당신이 원하면 우리가 그 자들의 머리를 베라고 신고하겠어요."

누군가 쉿! 하며 큰 소리로 그를 제지했다. "자전거 소녀는 더 이상 참수형이 일어나지 않게 하겠다고 분명히 말했어." 그는 확답을 바라는 듯 프루를 쳐다봤다. "맞죠?"

"네, 그래요." 프루가 불안하게 계단을 내려가며 대답했다. 조금 전 간신히 피한 폭동을 떠올리면 아직도 등줄기가 오싹했다. "더 이상 그런 일은 없을 거예요."

"그럼 당신을 반대하는 사람들은 어떻게 처리하죠?" 라이딩 팬츠를 입고 검은 머리를 짧게 자른 청년이 물었다.

"그들이 원하는 대로 믿으라고 하세요. 상관없어요. 그게 자연스럽고 보기 좋아요. 그렇지 않아요? 사람은 자기가 원하는 대로 믿고 자기가 원하는 사람을 따를 수 있어야 해요." 프루는 이렇게 대답했다.

사람들은 주옥같이 지혜로운 프루의 말에 감명받은 듯 동시에 "아하!" 하고 감탄사를 내뱉었다.

"이제 어디로 갈 거죠?" 오소리가 물었다.

프루는 입술을 깨물며 생각에 잠겼다. 심호흡을 했는데도 여전히 심장이 쿵쾅거렸다. 프루가 계단을 내려가며 말했다. "좋아요, 여러분. 여기저기 흩어져서 사람들한테 알리세요. 알렉세이에 관한 소문을 퍼뜨리세요. 회합 나무가 그를 살려내라고 했다고 말하세요. 그러기 위해서는 두 명의 제작자를 찾아야 한다고요. 캐롤 그로드의 행방을 알아내야 해요. 다른 한 명의 제작자는 이미 찾았어요. 어떤 단서든 찾아내야 해요. 그의 가족이나 친구들을 수소문해보세요. 그는 어딘가로 추방당했어요. 우리는 그 장소를 찾아내야 해요."

몇 안 되는 사람들이 알았다는 듯 웅성거리며 문으로 향했다. 활기를 되찾은 그들의 발걸음은 경쾌하고 힘찼다.

수염 기른 청년 역시 막 출발하려는데 프루가 그를 불러세웠다. "잠깐만요!"

청년이 돌아섰다. 오른쪽 멜빵에 사슬톱니바퀴 배지를 달고 아래위가 붙은 작업복 차림인 그는 20대쯤으로 보였다. "나요?" 그가 물었다.

"나를 보호해줄 경호원이 필요해요."

청년이 활짝 웃었다. "내가 하죠." 그가 이렇게 말하며 다시 로비로 왔다.

"그럼 난 인력거 옆에서 기다릴게요." 오소리가 현관으로 가며 말했다.

"제 곁에만 붙어있어야 해요. 누구도 날 해치지 못하게."

프루는 체크무늬 모양의 로비로 걸어내려가 수염 기른 청년에게 느긋하게 손을 내밀어 악수를 청했다. "전 프루예요. 이름이 뭐예요?"

"찰리에요." 청년의 얼굴이 붉어졌다. 갈색 수염 위의 피부가 빨갛게 물들었다. "이렇게 개인적으로 만나서 반가워요, 자전거 소녀."

"그냥 프루라고 부르세요."

"노력해보죠. 그래도 나한텐 아직 자전거 소녀예요." 청년이 대답했다.

"당신이 내 옆에서 철통 경호를 해줘야 해요." 프루가 당부했다. "얼마 전부터 내 목숨을 노리는 자들이 있었어요. 누군가 암살자를 보냈죠. 아직 누군지는 몰라요. 여기 오기 전까지만 해도 이곳은 안전할 줄 알았어요. 그런데 내가 생각했던 것만큼 사랑받지 않는다는 사실을 알게 됐어요."

찰리가 얼굴을 찌푸렸다. "아니에요. 당신은 여전히 추앙받고 있어요. 안 그러면 댕강, 목이 달아날 걸요?"

"더 이상 그런 일은 없어야 해요." 프루가 재빨리 말했다.

"미안해요." 청년이 얼굴을 붉혔다.

"사람들이 정말로 우리를 공격하지 않는다면요. 하지만 만약 공격을 해온다면, 그러면……." 프루가 말을 멈췄다. "그땐 당신이 원하는 대로 하세요."

"그러죠, 자전거 소녀." 찰리가 대답했다.

"프루예요."

"프루, 미안해요."

안전한 과도정부 섭정총독 당선자의 방을 나선 후 프루는 일종의 불안함이 안개처럼 자신을 뒤덮고 있음을 느꼈다. 자신이 커티스와 함께 세운 계획을 떠받쳐줄 토대가 무너졌음을 깨달았다. 프루는 이제 탁 트인 곳에서는 안정감을 느끼지 못했다. 사람들이 자신의 궁극적인 목표를 반기지 않을 수도 있다는 점을 예견했어야 했다. 하지만 지금은 너무 늦었다. 그래도 자신을 지지하는 시민들이 아주 없지는 않았고, 그들만으로도 목숨을 보전하는 데는 별 어려움이 없을 것이다. 무엇보다 행방을 알 수 없는 맹인 캐롤 그로드를 빨리 찾아내는 일이 급선무라고 판단했다.

"우린 이제 기록원에 갈 거예요. 나를 따라오세요." 프루가 말했다.

프루가 마지막으로 관저에 들르고 나서 몇 개월이 흐르는 동안 확실히 관저가 시민의 일상생활에 끼치는 영향력은 줄어든 것 같았다. 중요성이 떨어지면서 관저 직원들의 자리도 없어졌다. 혁명 전에 북적거리던 곳에는 슬픈 그림자가 드리워졌다. 종업원과 비서, 집사와 하녀(프루는 페니가 어떻게 되었을지 궁금했다. 그녀가 무사하기를 빌었다)들은 별로 보이지 않았다. 대신 공무원들이 부루퉁한 얼굴로 관저 직원들이 하던 일을 하고 있지만 여기저기 부족함이 눈에 띄었다. 어느 곳을 가나 로비의 풍경과 비슷했다. 마치 내일 지구가 종말할 것 같은 분위기가 건물 전체에서 풍겼다. 프루와 찰리, 오소리(그의 이름은 닐이었다), 이렇게 셋은 넓은 관저 건물을 돌아다니며 우왕좌왕하는 직원들에게 기록원 위치를 물어보았다. 하지만 제대로 아는 사람이 없었다. 엉터리로 안내를 받아 막다른 복도나 문지기의 선반과 맞닥뜨리기를 반복했다. 게다가 배가 고프다는 찰리를 위해 들어간 식품저장실에서 반 시간쯤 허비하기도 했다. 그들은 뱃속을 채운 후 다시 기록원을 찾기 시작했고 마침내 입구에서 멀리 떨어진

동에 있는 가파르게 빙글빙글 도는 계단을 올라가 '기록원'이라는 팻말이 붙은 널따란 목조 문앞에 섰다.

"이곳이 맞는 것 같아요." 닐이 도와주려는 마음으로 말했다.

프루가 철제 손잡이를 눌렀다. 문이 삐걱거리며 천천히 열리자 총독 관저 한쪽 탑 꼭대기 층 전부를 차지한 듯한 거대한 방이 드러났다. 둥근 벽은 온통 책꽂이였고, 그 위로 창문이 나있었다.

대리석 무늬의 짙은 색깔 나무 책꽂이가 높이 솟아있고, 거기에는 차분한 흰색 계열 바인더가 믿기 힘들 만큼 가득 꽂혀있었다. 서가 꼭대기까지 접근할 수 있게 높다란 사다리가 여러 개 놓여있었다. 여기에서 자료를 찾다가는 심각한 부상을 각오해야 할 것 같았다. 카펫이 깔린 방에는 독서대가 여러 개 놓여있고 열린 문 안에 작은 책상이 있었다. 그런데 책상 너머로 누군가 혹은 무언가가 웅크린 모습이 보였다. 책상의 가죽커버 위로 깃털 모자가 살짝 비어져 나왔다.

"저, 아무도 안 계세요?" 프루가 물었지만 대답이 없었다. "안녕하세요?" 프루가 다시 불렀다. "아시겠지만 당신을 보고 있어요. 모자가 보여요."

그러자 질질 끄는 발소리가 천장 높은 방 안에 울려퍼졌다. 모자가 책상 밑으로 사라졌다.

"여기, 출입증을 가져왔어요." 프루가 끈질기게 말했다. "과도정부 섭정총독 당선자의 서명이 있어요. 뭘 좀 찾으려고요."

마침내 대답이 돌아왔다. "여기 아무도 없소!"

프루와 찰리는 서로 쳐다보며 멀뚱한 표정을 지었다. "목소리가 들리는데요. 지금 우리에게 말하고 있잖아요."

그제야 자신의 실수를 깨달은 듯 한동안 침묵이 흘렀다. 이윽고 모자가 다시 책상 난간 위로 올라왔다. "흠, 흠. 용건이 뭐냐? 빨리 말해." 책상 밑에 정체를 숨긴 상대가 말했다.

　　"왜 숨는 거예요?" 프루가 물었다.

　　"그게 궁금한 거냐? 왜 여기 왔지? 대답해주면 나갈 사라져줄 거냐?"

　　프루가 이맛살을 찌푸렸다. "아니요. 그냥 궁금해서 물어봤을 뿐이에요. 정상적인 사람이라면 다 물어볼 걸요."

　　"출입증은 뭣하러? 여기 뭘 찾으러 온 거냐?"

　　"5년 전에 추방된 어떤 사람에 관한 기록을 찾으려고요. 그게 어디에 있는지 아세요?"

　　"아니." 단호한 대답이 돌아왔다.

　　"찾아보지도 않으셨잖아요." 프루가 반박했다.

　　"찾아봤어."

　　"거기에서 한 발짝도 움직이지 않았잖아요. 당신의 모자가 보여요."

　　책상 뒤의 그는 숨겨지지 않은 모자가 저주스러운 듯 크게 한숨을 내쉬며 귀찮은 티를 냈다. "찾아보나 마나야. 그 기록은 여기에 없어."

　　프루는 심장이 덜컥 내려앉았다. "무슨 말씀이에요, 여기 없다니요?"

　　"말 그대로, 그건 여기 없어."

　　"다시 한 번 찾아봐줄 수 없으세요? 어떻게 그렇게 확신하시죠?"

　　"벌써 찾아봤거든. 넌 오늘 그걸 두 번째로 찾으러 온 사람이야."

　　"두 번째요? 첫 번째는 누구죠?"

　　"화난 거 알아. 실망한 것도 이해하고. 뭔가를 찾으러 왔는데 그게 여기에 없으니까. 내가 사과하지. 기록원 관리자로서 나도 너만큼 실망스러우니까. 믿어도 좋아. 어쩌면 내가 더할 거야. 정말 실망스러워. 하지만 내가 할 수 있는 일은 별로 없고, 다음 폭동이 일어나는 것은 시간 문제야. 오늘 아침 꺼낸 서류철도 조금 전에 정리를 마쳤다." 이 말을 하는 동안 모자는 다시 위로 떠올랐고, 이내 관리인의 이마까지 드러났다. 프루는 지금까지 대화를 나눈 상대가 큰 거북이라는 사실을 알고 깜짝 놀랐다. "나를 이대로 내버려두면 정말 고마울 텐데 말이야."

"제발, 부탁이에요." 지난 몇 주일간 세운 계획이 불분명해진 프루는 간절하게 애원했다. "꼭 알아야 해요. 어디엔가 있을 거예요. 엉뚱한 곳에 꽂혀있을지도 몰라요. 다른 데도 찾아보셨어요? 아마·다른 칸에 꽂혀있을 거예요."

드디어 거북이의 머리가 책상 위로 완전히 모습을 드러냈다. 초록 버섯 같은 머리는 비늘로 뒤덮였고, 여느 인간 못지않게 기품 있는 얼굴에는 당혹감이 서려있었다. 프루는 미안한 생각이 들었다.

"알았다! 알았어! 알았어." 그가 말했다. 거북이는 이제 책상에서 완전히 일어나(몸을 숨겼던 가구보다도 더 크지 않았다) 서고가 있는 벽으로 뒤뚱뒤뚱 걸어갔다. "카드 목록은 찾을 필요도 없어." 거북이가 갑자기 기분이 바뀐 듯 호기롭게 씩씩거렸다. "도로 거기 넣어. 그럴 필요 없어!" 그는 잠깐 미친 듯이 웃어댔다. "모든 검색어는 여기 있으니까. 형사상 처벌, 추방, 서기 340~345년. 하하! 거북이의 기억력이 이 정도야!" 그는 서고의 사다리를 오르기 시작했다. 맨 꼭대기까지 올라간 다음 하나로 붙은 물갈퀴를 최대한 벌려 누리끼리한 바인더를 잡았다. "여기, 받아라!" 거북이가 소리쳤다.

다행히 찰리와 프루는 동시에 서가로 달려가 높은 곳에서 떨어지는 바인더

를 받았다. 이어서 그 옆에 꽂혀있던 바인더 두 권도 떨어졌고, 네 번째, 다섯 번째 바인더도 차례로 떨어졌다. 거북이는 사다리 위에서 바인더를 떨어뜨리면서 뭐라고 툴툴거렸는데 다행히도 바닥에 있는 두 사람의 귀에는 들리지 않았다. 열두 살 난 아이가 들어서는 안 되는 말 같았다.

"됐냐?" 찰리와 프루의 팔에 바인더가 한 아름 안겼을 때 거북이가 소리쳐 물었다.

둘은 바인더를 한 짐 안고 비틀거리며 기다란 테이블로 가서 쿵하고 내려놓았다. 우선 바인더를 순서대로 늘어놓고 나서 찾기 시작했다. 구멍이 세 개 뚫린 바인더에는 오른쪽 상단에 기결수의 이름표가 붙은 마닐라 봉투가 가득 철해져 있었다. 사우스우드에서 장기 추방된 기결수의 기록을 훑어보는 일은 슬프고도 기분이 묘했다. 자신의 차고에서 주운 자동차 부품과 낡은 카세트 기계를 가지고 조립하는 일을 좀처럼 쉬는 법이 없는 찰리는 모처럼 맡은 일에 열심히 몰두했다. 그와 닐은 마닐라 봉투의 서류에서 모호한 내용이 나오면 프루를 위해 설명을 해주었다.

"WW: 이건 와일드우드를 의미하는 것 같네요." 프루가 페이지를 넘기며 말했다.

"그럴 거예요." 찰리가 프루의 서류를 힐긋 보며 대답했다. "나도 그 글자를 많이 봤어요. 아주 흔해요. 캐롤이 와일드우드로 추방됐다고 생각해요?"

"그는 나처럼 바깥세상에서 온 사람이에요. 혹시 바깥세상 사람에게만 내리는 벌이 따로 있을까요?" 프루가 물었다.

"글쎄요, 우드에 바깥세상 사람들이 얼마나 살았는지 모르겠네요. 당신은 내가 만난 첫 번째 바깥세상 사람이니까." 찰리가 대답했다.

"이건 뭐죠?" 프루가 자신의 서류철을 살펴보다 물었다. "크랙 섬 뭐라고 씌어있는데…, '크랙 섬에 수감'이라고 씌어있어요. 러키라는 이름의 불쌍한 남자예요. 이름과 달리 운이 없었네요."

닐이 고개를 끄덕였다. "보아하니 자전거 소녀는 그런 말을 들어본 적이 없는 것 같군요. 딱 보니 그런 것 같아요."

"무슨 말이요?" 프루가 물었다.

찰리가 끼어들었다. "어렸을 때 엄마한테 그런 말을 자주 들었죠, 아마 사우스우드에 사는 사람들은 다들 비슷한 기억이 있을 거예요. '너 말 안 들으면 크랙 섬으로 보낸다.' 시키는 걸 빨리 하지 않으면 그렇게 된다고 했죠. 그 섬은 바다 한가운데 어디쯤에 있어요. 바다의 바위섬에 감옥을 만든 거죠. 크랙 섬에 갇히면 그걸로 끝장이에요."

"캐롤도 결국 거기로 끌려갔을까요?" 프루가 궁금해서 물었다.

"그럴 가능성이 있어요." 찰리가 손가락에 침을 묻혀 서류를 넘기며 대답했다. "하지만 그건 감금이에요, 추방이 아니라." 그때 거북이가 뭐라고 중얼거리며 자기 책상으로 돌아가는 통에 찰리는 잠깐 찾기를 멈추었다. 찰리가 다시 물었다. "이 사람이 바깥세상에서 왔다고 그랬던가요?"

"네." 프루가 대답했다.

"내가 어렸을 때 변경 너머 바깥세상에 대해 물어본 기억이 있죠. 바깥세상에서 일어나는 일들에 관한 소문이 많았거든요. 도무지 가보고 싶지 않은 곳처럼 들렸죠. 게다가 우리는 바깥세상 사람이 우드로 쳐들어오면 어쩌나 두려워하며 걱정했죠. 그러면 부모님은 '걱정할 것 없다. 그들은 절대로 변방을 통과할 수가 없다.'라고 하셨죠. 바깥세상 사람이 어쩌다가 우드로 들어오더라도

(알다시피 우드 시민과 동행한다든지 해서) 변경으로 던져져서 죽을 때까지 빠져나올 수 없다고요. 그래서 말인데, 혹시 그들이 캐롤 그로드에게 그런 벌을 내리지 않았을까요?"

프루는 그 말에 귀가 번쩍 뜨였다. "그럼 그를 어떻게 찾아내죠?"

"우린 못할 거예요, 아마. 그런 일이 일어나지 않았기를 바라는 게 최선이에요." 찰리가 단언했다.

"그건 좋은 전략이 아니에요." 이렇게 말하면서 프루는 계속 서류를 뒤적였다. 그리고 오래 지나지 않아 똑같은 검정 글씨체로 *에스벤 클램페트*라고 쓴 봉투를 발견했다. 하지만 봉투를 여니 서류가 없었다. 프루는 어안이 벙벙해졌다.

"누군가 에스벤에 관한 문서도 빼갔어요." 프루가 찰리와 닐에게 서류철을 보여주며 말했다. "도움을 받을 수 없게 됐어요."

"누군가 정보를 찾고 있을 거라는 생각이 들지 않아요?" 오소리가 물었다.

"그래요. 그게 아니면 내가 정보를 찾지 못하도록 방해하는 사람이 있든가."

찰리는 계속해서 서류를 뒤적였다. 그리고 얼마쯤 지났을 때 찰리가 조그맣게 비명을 질렀다. "여기에 있어요. 캐롤 그로드!" 그가 봉투를 집어들었다. 봉투 상단 귀퉁이에 캐롤의 이름이 적혀있었다.

책상에 앉아있던 거북이가 이 비명을 들은 게 분명했다. 그가 심드렁하게 말했다. "하지만 비어있을 거야. 보면 알겠지만."

찰리는 부루퉁한 거북이를 힐끗 보고는 히죽 웃었다. 그가 궁금함을 해소하기 위해 봉투를 열고 안을 들여다보았다. "헉." 그의 입에서 탄식이 흘러나왔다. "없어요." 잠시 후 그가 동작을 멈추고 눈썹을 치뜨며 말했다. "하지만 꼭

163

그런 것만도 아니에요."

"무슨 일이에요?" 프루가 물었다.

수염 난 청년이 봉투 안으로 손을 넣어 작게 여러 번 접은 종이쪽지를 엄지와 검지 사이에 끼우고 집어들었다. 쪽지 겉면에 '프루'라는 이름이 적혀있었다. 그가 테이블을 가로질러 쪽지를 던졌다.

프루가 종이쪽지를 펼쳐 섬세하게 손으로 쓴 메시지를 읽어 내려갔다.

　우린 같은 생각을 갖고 있다. 나무로 오너라.

　오늘밤에.

프루는 쪽지를 반듯하게 펼쳐 탐정 동료들에게 보여주었다. 그들은 눈을 가늘게 뜨고 글을 읽었다.

"이 주위에 나무가 한두 그루가 아닌데." 닐이 걱정을 했다.

"오늘 아침 이곳에 누가 왔다고 그러셨죠? 저와 똑같은 서류를 찾는 사람이었나요?" 프루가 거북이에게 물었다.

"잘 모르지만." 거북이는 고개를 숙인 채 자신의 일에만 몰두했다. "두건을 쓰고 있었어. 그 중 한 명은 칼리프였고."

"아하. 어떤 나무를 뜻하는지 알겠어요." 닐이 의자 등받이에 몸을 기대며 말했다.

🌿

레이첼과 엘시는 벤치에 나란히 앉아 방 안에서 벌어지는 광경을 구경했다. 검은 모자단은 가난하고 핍박받은 인생을 살아온 사람을 하루아침에 변신시켜주는 허접스러운 리얼리티 쇼의 주인공이라도 되는 양 언생크를 꾸며주고 있었다. 그들은 메트로폴리탄의 삼류 미용사가 되어 이 불가능한 과제를 수행해냈다. 면도기가 빙빙 돌아가고, 가위는 찰칵찰칵 움직이고, 조프리 피부에 묻은 때는 조금씩 벗겨져 하얀 피부를 드러내고 있었다.

엘시는 자신의 지저분한 머리가 문득 마음에 걸렸다. "나도 머리 자르고 싶은데." 엘시가 언니에게 말했다. "언니도 잘라야 하지?"

레이첼이 코웃음을 쳤다. "난 머리 기르는 중이야."

"뭐야, 마룻바닥까지 내려오게?" 레이첼의 길고 숱 많은 검은 머리카락은 이미 등 가운데까지 내려와 있었다.

"나도 몰라. 아무려면 어때." 레이첼이 대꾸했다.

엘시는 잠깐 생각했다. "나도 머리 기를 거야."

레이첼이 동생을 곁눈질하며 말했다. "넌 쥬프로Jewfro(곱슬거리는 머리카락을 크고 둥글게 부풀린 헤어스타일. —옮긴이) 스타일이 될 걸."

"그게 바로 내가 원하는 거야, 쥬프로 스타일." 엘시는 그게 무엇인지 정확히 몰랐다.

레이첼이 웃었다. 언니가 웃는 모습을 일주일 만에 보는 것 같았다. 이 정도라도 상황이 호전된 덕분이라고 엘시는 생각했다. 그들은 지금 어느 때보다 캐롤과 마서에게 가까이 와있었다. 입양부적격자들은 검은 모자단의 거짓말쟁이 덕분에 여기까지 온 후 앞으로 일어난 일에 대해 묘한 흥분을 느끼고 있었다. 레이첼은 특히 더했다. 레이첼은 두 사람을 무사히 구출하기 위해 가장 많이 애를 썼는데, 엘시는 그 이유를 정확히 알지 못했다. 언생크 고아원이 불탔을 때, 언니가 두 사람이 하역인부에게 끌려가는 현장에 있었기 때문일 거라고 짐작할 뿐이었다. 마서가 어서 가라고 재촉하는 통에 레이첼은 캐롤의 옆을 지키지 못했고 끝내 레이첼 대신 마서가 하역인부에게 끌려갔다. 왜 그랬을까? 레이첼에게 특별한 능력이 있기 때문이었을까? 레이첼은 변경의 마법에 걸리지 않고 금단의 숲을 마음대로 통과할 수 있었다. 마서는 그런 레이첼이 하역인부의 손아귀에 들어가지 않도록 끝까지 보호했다. 물론 엘시에게도 그런 능력이 있었다. 엘시는 그게 무슨 의미인지, 자신과 언니가 왜 다른 아이들에게 없는 능력을 지녔는지 알지 못했다. 생각하면 머리가 혼란스러웠다.

"윙, 윙, 찰칵, 찰칵, 트랄라라, 트랄라라." 검은 옷을 입은 사람들로 둘러싸인 곳에서 목소리가 흘러나왔다. 언생크가 기분 좋아서 부르는 노래였다. 그의 노래는 오후 내내 극적으로 변신하는 과정을 보여주는 화면의 배경음악처럼 흘러나왔다. 레이첼이 그 모습을 노려보았다.

"도대체 어떻게 돼가는 건지 모르겠어. 저 사람은 완전히 정신이 나갔어." 레이첼이 말했다.

"그에게 무슨 일이 있었던 걸까?" 엘시가 용감무쌍한 티나의 머리카락을 어루만지며 물었다.

"자기 인생이 산산조각나는 것을 봤겠지. 그랬을 거야. 그럴 때 사람들은 돌아버리거든." 레이첼이 대답했다.

"무드락 양은 어떻게 됐을까?"

"알게 뭐야. 그 여자도 미쳐서 어딘가에 있겠지."

엘시는 잠깐 생각에 잠겼다가 입을 열었다. "나도 미쳤다고 생각해?"

레이첼은 동생을 바라보았다. "아니. 그렇게 생각하지 않아. 네가 왜 미쳐?"

"음, 내 인생도 정말 기괴하게 산산조각이 났으니까."

"너는 강해. 넌 이겨낼 수 있어."

"내가?"

"물론이야. 넌 할 수 있어, 엘시." 레이첼은 잠시 멈췄다가 이내 물었다. "네 생각에 나는 미친 것 같니?"

"아니." 엘시가 대꾸했다. "언니는 정상적인 방식으로 미쳤을 뿐이야."

레이첼이 동생을 보며 얼굴을 찌푸렸다. "그 말 취소해. 내가 보기에 넌 완전히 미쳤어."

두 소녀는 웃었다. 레이첼이 제 어깨로 엘시의 어깨를 지긋이 밀었다. 두 아이가 드물게도 시시껄렁한 장난을 치고 있을 때 마이클이 다가왔다.

"이봐, 너희 둘. 이리 좀 와봐. 우린 이 배관설계도에 대해 알아둬야 해."

"맞아. 가보자, 엘시." 레이첼이 서둘렀다.

"그는 좀 어때?" 엘시가 노래 부르는 언생크를 턱으로 가리키며 물었다.

마이클이 얼굴을 찡그렸다. "좋아지겠지. 당연히 그래야 하고." 언생크는 마이클의 말을 가로막듯 간간이 큰 소리로 비명을 지르며 모호한 기계설명서 같은 말을 떠들기 시작했다. "자, 어서." 마이클의 재촉에 세 아이는 방 한가운데 놓인 테이블로 갔다.

니코는 빨간색 펜으로 설계도에 나온 타이탄 타워를 통과하는 배관을 짚어가며 설명했다. 배관은 복잡했다. 청사진에 나와있는 작은 통로의 고정된 지점을 들어갔다 나왔다 하는 뱀처럼 구불거리는 선이었다. 게다가 새 길을 내거나 지워버렸으면 좋을 법한 막다른 골목이 나오는, 고난도의 미로찾기 게임 같아았다. 니코는 여러 번 노선을 변경한 끝에 가장 효율적인 노선을 정했다. 하지만 배관의 형태가 헉 소리가 나올 정도로 달라지는 통에 아이들이 융통성

있게 적응해야 한다는 조건이 따랐다.

니코가 심호흡을 하며 말했다. "좋아, 너희들은 이 지하 배관을 통해 빌딩으로 들어갈 거야. 여기 환기구에 출입통제장치가 있는데, 너희들이 도착할 때쯤 작동하지 않게 해놓을 거야. 거기를 통과하면 배관시스템으로 들어가는 거지."

"누가 출입통제장치를 작동하지 않게 하는데요?" 마이클이 물었다.

니코는 *누군지 알 텐데* 하는 듯한 시선으로 마이클을 응시했다. 마이클이 검은 모자단에 둘러싸인 언생크를 힐끗 보았다. "언생크 씨가 빌딩의 보안시스템 작동을 멈추게 할 거야."

조프리는 윙윙거리는 이발사의 면도 소리에 질세라 더 큰 소리로 제품보증서의 글귀를 떠들고 있었다. "지시사항을 따르지 않았을 때에는 보증을 받을 수 없습니다. 트랄랄라! 지시대로 사용하시오!"

"언생크 씨가 보안시스템의 작동을 멈추게 할 것이다," 마이클이 되풀이해서 말한 뒤 덧붙였다. "그런데 언생크 씨가 어떻게 그걸 하죠?"

"늘 그랬던 것처럼 정문으로 들어가서."

"열원이나 위험한 환경에서 제품을 사용하지 마시오. 트랄랄라!" 그가 고함치듯 떠들었다. 주위의 검정 베레모 남자들이 의자에 앉히려 하자 그가 욕설을 내뱉었다.

"그는 과거 산업제국의 거물 중 한 명이었어." 니코가 힘겹게 침을 삼키며 말했다. "자, 일단 너희들이……."

마이클이 그의 말을 가로막았다. "잠깐만요. *과거에 거물이었죠.* 그런데 쫓겨나지 않았나요?"

"우리가 아는 바로는 유보일 뿐이야. 그들이 언생크의 사업을 해운 부문으로 흡수했지. 하지만 크게 문제되지 않을 거야. 그가 나타나서 들어가겠다고 하면 들여보내줄 거야."

"실례해요. 신사 양반. 우리는 닭을 돌려받아야 해요!" 언생크가 맞은편에서 어설픈 슬라브어 억양으로 노래를 불렀다. 그러다 갑자기 웃음소리가 높아졌다. "트랄라라! 트랄라라!"

마이클이 니코를 노려보았지만 니코는 설계도면만 내려다봤다.

"계속하세요." 엘시가 재촉했다.

"좋아." 니코가 말했다. "너희들은 팀을 짜야 해. 몸집이 가장 작은 아이들로. 설계도를 보면 엘시, 모두 너만큼 몸집이 작아야 해. 배관 군데군데 아주 좁아지는 부분이 있거든."

"잠깐만요." 레이첼이 끼어들었다. "엘시는 안 돼요. 저 없이는 안 돼요."

"너는 몸집이 맞지 않을 텐데. 엘시는 이 작업에 꼭 필요해. 게다가 엘시 정도의 아이들이 몇 명 더 필요하고, 엘시가 그 아이들을 지휘하게 될 거야."

"난 할 수 있어, 언니." 레이첼이 눈을 똑바로 뜨고 노려봤지만 엘시는 개의치 않았다. "난 조건에 딱 들어맞아."

"그럼 저도 함께 갈래요. 되도록 엘시와 가까이에 있고 싶어요." 레이첼이 말했다.

"좋아, 가까이 있게 해주마." 니코가 대답했다. "넌 폭파반에 들어가면 돼. 네가 원한다면."

"그러고 싶어요."

"저런 꼬맹이가?" 뒤쪽에서 누군가 끼어들었다. 자크였다. 그는 막 조프리를 떠나 이리로 걸어오는 중이었다. 그가 찡그린 얼굴로 레이첼을 찬찬히 뜯어보다가 입을 열었다. "자네도 알다시피, 폭파반에 들어가려면 여러 달 훈련을

169

받아야 해."

"자크." 니코가 설득했다. "저를 믿으세요. 얘는 타고난 파괴자예요. 강심장에다 배짱도 두둑해요."

"저 사람은 어쩌실 거예요? 전 저 사람이 어떻게 이 작전에 참여할 수 있는지 이해가 되지 않아요." 마이클이 여전히 언생크를 노려보며 물었다.

자크는 이 질문을 무시했다. 대신 쩌렁쩌렁 울리는 자신에 찬 목소리로 방 안에 있는 사람들에게 연설을 했다. "검은 모자단 동지들, 입양부적격자 여러분들. 여러분에게 내 친구 조프리 언생크를 소개하고자 한다. 예전에 그를 본 사람들은 새로 태어난 모습에 주목해주기 바란다."

그는 말이 끝나기 무섭게 몸을 빙 돌려 마술을 선보이는 마술사처럼 양 손을 우아하게 펼쳤다. 검은 터틀넥 셔츠를 입은 남자들이 두 갈래로 갈라지자 그곳에는 예전처럼 단정하게 자른 머리에 때를 벗겨낸 조프리 언생크가 앉아 있었다. 몸에 둘렀던 담요는 온데간데 없고 깨끗이 세탁해 다림질까지 마친 아가일 편물 조끼에 바지 차림이었다. 엘시가 보기에는 고용인이자 착취자였던 때와 아주 비슷했다.

이 행사의 사회자인 자크가 말했다. "조프리 언생크, 자신을 소개하게."

조프리가 다소 불안하게 자리에서 일어나 방금 말한 사람을 쳐다보았다. 그리고 마침내 입을 열었다. "내 이름은 조프리, 조프리 언생크. 난 산업제국의 거물. 기계부품 부문."

"잘했어." 자크가 자랑스러운 시선을 보내며 격려했다. "자, 나를 바라보게. 나는 하역인부고, 타이탄 타워의 현관에 있는 경비야. 나는 이 말을 자네에게 할 거야. '언생크 씨. 여기에서 뭐하십니까?'" 자크는 하역인부 분위기가 나도

170

록 낮고 귀에 거슬리는 걸걸한 목소리로 말했다.

언생크가 자기 대사를 떠올리는 배우처럼 잠깐 멈췄다가 말했다. "옛 친구 브래들리 위그먼을 만나러 왔네." 바로 그거였다.

자크가 얼굴을 찌푸렸다. "그 다음……." 그가 하역인부 목소리로 말했다.

"내가 규칙을 위반한 것에 대해 유감으로 생각하네. 나는 다시 한 번 5인 아니 4인조의 일원으로 재기하고 싶네."

"좋아." 자크가 웃으면서 말했다. "들어오게."

"5인 아니 4인." 조프리는 이 말을 되풀이하다 다시 노래로 빠져들었다. "5인 아니 4인, 습도기, 삽도기, 섭도기. 트랄라라!" 조금 전의 경직된 자세는 허물어지고 고개가 우스꽝스럽게 한쪽 옆으로 기울어졌다. 그가 광대춤을 추는 것처럼 질질 끌며 걷기 시작했다.

"그만하게, 조프리." 자크가 말렸지만 조프리는 아랑곳하지 않았다.

"예전엔 5인조, 지금은 4인조, 조금 있으면 3인조, 그 다음 2인조, 그 다음 솔로, 그 다음에는 뭐가 될까? 트랄랄라!" 어리석은 남자가 스텝을 밟으며 노래를 했다.

"지금 장난하는 거예요?" 마이클이 항의했다. "우리더러 이 상태로 *거기* 들어가란 말이에요?"

"그래." 자크가 소년에게 벌컥 화를 냈다. "만약 너에게 그 철통같은 요새, *지문인식*과 *홍채인식*으로 암호화된 보안시스템을 통과할 더 좋은 아이디어가 있으면 기꺼이 그것을 쓰마. 하지만 지금은 이 방법이 우리가 선택할 수 있는 최선이야." 자크는 조프리에게 걸어가 그의 어깨를 잡고 눈을 정면으로 응시하며 다그쳤다. "내 말 잘 듣게, 조프리. 똑바로 들어. 자넨 거기에 몸담고 있어. 우린 자네의 도움이 필요해. 자네가 없으면 이 일을 해낼 수 없다고. 자네가 위그먼을 무너뜨리고 싶다면, 그 자를 쇠사슬로 묶고 싶다면 정신 똑바로 차리고 우릴 도와야 해. 그 길뿐이야."

조프리가 춤을 멈추고 자크의 말에 귀를 기울였다. 그리고 잠시 후 이렇게 속삭였다. "알았어, 잭."

"자네 나와 어디 조용한 데 가서 얘기 좀 하지. 재계의 거물 대 거물로." 자크가 말했다.

"좋아, 잭." 조프리가 동의했다.

자크는 언생크의 어깨에 팔을 두른 뒤 조용히 지켜보는 파괴자들을 통과해 복도로 나갔다. 그들이 시야에서 사라지자 문이 닫혔다.

엘시는 이 모든 과정을 조용히 지켜보았다. 방 전체가 일종의 어리둥절한 침묵 속에 잠겼다.

그때 니코가 침묵을 깼다. "좋아. 다시 설계도를 보자고."

와일드우드로

5월의 여왕 지타는 부엌 식탁에 앉아 그릇에 담긴 오트밀을 조용히 휘저었다. 아빠는 오른편, 늘 앉는 자리에 손으로 커피 머그잔을 감싼 채 앉아 있었다. 그리고 아침이면 종종 그렇듯, 신문을 읽으면서 마치 그날 아침 뉴스거리를 가지고 누군가와 대화하는 것처럼 희끗희끗 수염이 난 입으로 중얼거렸다. 지타는 숟가락을 입가로 가져와 오트밀에서 올라오는 김만 들이켜고 다시 내려놓았다.

"오늘 학교 안 가도 돼요." 지타가 말했다.

"으음." 아빠가 대답했다.

"교장선생님이 자전거 소녀의 귀환을 축하해야 한대요."

"으음."

"그래서 켄드라네 집에 놀러가려고요. 켄드라가 압화를 만들고 있거든요. 연령초가 활짝 폈어요."

"으음."

지타가 오트밀을 더 휘젓자 크림 때문에 그릇 한가운데 조밀한 소용돌이가 일었다.

"생각해봤는데," 지타는 적당한 단어를 고르느라 잠시 말을 멈췄다. "오토바이를 타고 가면 좋을 것 같아요."

신문을 보던 아빠가 고개를 들자 수염이 움찔거렸다. "오토바이는 왜?"

"예쁜 꽃은 너무 멀리 피어있어서요." 지타가 허리를 꼿꼿이 세우며 말했다. "걸어서는 거기까지 가기 힘들어요. 하루 종일 걸릴 거예요."

"정비를 해야 할 텐데. 요즘 통 안 타서 ……." 아빠가 말을 멈추고 헛기침을 했다. "가스도 넣어야 하고."

"가스는 제가 넣을게요." 지타가 서둘러 대답했다. "정비는 아빠가 도와주세요. 네?"

아빠가 복도의 괘종시계를 흘끗 보더니 고개를 끄덕였다. 초록 여제의 유령이 방문하는 자정을 알려주는 그 시계였다. "멋진 계획이구나."

지타가 웃었다. 잠잠하지만 격랑이 일었던 정신적 폐허 상태에서 빠져나온 아빠를 보니 가슴이 벅차올랐다. 아빠와 딸은 말없이 식탁을 치우고 설거지를 했다. 그리고 낡은 오토바이가 보관된 차고로 갔다. 오토바이와 어울려보이지 않는 사이드카는 여느 고물과 마찬가지로 적당한 용도를 찾지 못한 채 창고에 널브러져 있었다.

지타는 담요와 여분의 타이어, 쓰다 남은 양초 상자 따위를 가져와 근처 작업테이블에 올려놓았다. 아빠가 말뚝에 매어놓은 행낭을 열자 낡은 공구세트가 나왔다. 부녀는 어설픈 솜씨로 함께 엔진을 손보기 시작했다. 이윽고 엔진에 시동이 걸리면서 힘차게 그릉그릉 소리가 나고 늘 그랬듯 뿌얀 연기가 뿜어져 나왔다. 지타는 머리에 은색 헬멧을 쓰고 얼굴에 고글을 걸친 다음 오토바이에 올라탔다. 아빠는 손에 묻은 기름때를 닦으며 어깨를 으쓱 하는 딸을 바라보았다.

"고마워요, 아빠." 지타가 인사했다.

아빠가 주변을 둘러보며 따뜻하게 웃었다. 딸과 오토바이, 사이드카. 지타는 아빠가 무슨 생각을 하고 있는지 짐작이 갔다. 아마 잃어버린 한 가지를 생각하고 있으리라. 지타의 엄마이자 자신의 아내.

지타는 아빠가 너무 오래 옛 추억에 빠져들지 않기를 바랐다. 아빠가 오토바이를 몰고 이 마을 저 마을로 돌아다닐 때, 엄마는 헬멧을 쓰고 사이드카에 타는 승객이었다.

지타가 시간을 오래 끌지 않고 아빠에게 말을 건넸다. "내일 아무 때나 돌아올게요." 지타는 숲에서 켄드라와 함께 자고 오겠다면서 캠핑장비까지 챙겼다. "사랑해요, 아빠."

"나도 사랑한다." 아빠는 일시적으로 무장해제되었다.

지타는 아빠의 눈에 어려있는 눈물을 보았다.

지타가 핸들을 단단히 잡았다. 엔진이 털털 부릉부릉 소리를 냈다. 지타는 오토바이를 끌고 걸어서 햇빛 나는 곳으로 나왔다. 그리고 더 이상 뒤돌아보지 않고 그대로 오토바이에 시동을 걸어 도로로 나갔다.

가스탱크는 쭈그러지고 여기저기 상처투성이인 오토바이지만 지타는 제법 능숙하게 탔다. 아빠는 지타가 겨우 일곱 살이 되었을 때 오토바이 타는 법을 가르쳐주었다. 그 모습을 본 엄마는 기겁을 했었다. 그 후 얼마 만에 앉아보는 오토바이 안장인지. 뺨을 가볍게 때리는 바람과 코트의 펄럭임이 기분을 상쾌하게 해주었다. 지타는 집이 있는 상업지구를 통과해 손등의 정맥처럼 훤히 알고 있는 좁은 자갈골목길로 질주했다. 건초 수레를 뒤지는 늙은 비버 옆을 스치듯 지나고 카드 마술을 하는 사기꾼의 테이블을 뒤엎을 뻔하고 검은 옷을 입은 보모가 놀라서 아이들(아장아장 걷는 아기 둘이었다)을 길 밖으로 황급히 잡아끌게 만들기도 했다.

"죄송해요!" 부릉부릉 요란한 오토바이 소리 사이로 지타가 외쳤다.

지타는 롱로드로 방향을 틀어 차들의 물결 속으로 들어갔다. 길에는 자동차와 자전거, 인력거 그리고 길가 건물 앞에 다투듯 모여있는 가마들이 뒤섞여있었다. 지타는 말이 끄는 수레를 끼고 돌아 덜컹거리는 로드스터(접이식 지붕의 2인승 자동차. ―옮긴이)의 꽁무니를 따라가다 배기가스를 도저히 참지 못하고 차

선을 바꿔 인력거의 함대 속으로 들어갔다.

"조심해!" 인력거 운전수가 소리쳤다.

하지만 지타는 길가의 상점들을 흘끔거리며 속력을 냈다. 어느새 빽빽하게 늘어선 벽돌집과 상점들이 서서히 멀어지고 도로 양옆으로 가로수와 너른 양치류 밭이 보였다. 여기에서부터 교통량이 급격히 줄어들자 지타는 속도를 더욱 높였다.

주변 경치가 희미한 형체를 띠며 사라져갔다. 지타는 앞으로 일어날 일에 대해 스스로 각오를 다졌다.

노스월을 타넘어 도둑처럼 아비앙 공국으로 숨어드는 것과 사이드카가 달린 오토바이를 타고 관문으로 돌진하는 것은 또 달랐다. 그렇다고 걸어서 와일드우드로 들어갈 수 있는 방법은 없거니와(너무 멀었다) 사흘 안에 출발하는 버스는 말할 것도 없고 노스우드로 가다 숲에서 가장 험난한 중심부에 내려주는 교통편을 구하기도 여의치 않았다.

지타가 독수리 깃털을 구하러 갔다가 탈출한 후 들려오는 소문에 의하면 그 당시 노스 게이트에서 보초를 섰던 군인들은 직위를 박탈당하고, 사우스우드의 보안 조직에 일대 혼란이 일어났다고 했다. 국고에 돈 한 푼 남아있지 않아 군인들은 월급을 받지 못해. 3주일 동안 급료를 받지 못했는데도 제 위치를 지키는 그들은 정말로 미련한 군인이었다. 그렇게 되자 시노드가 재빨리 그들의 자리를 차지하고 군인들이 하던 역할을 했다. 하지만 지타는 아직 노스 게이트까지는 교체가 이뤄지지 않았기를 바랐다.

세상이 빠르게 지나갔다. 오토바이 속도계의 바늘이 떨렸다. 지타는 노스 게이트로 가는 것처럼 보이는 우편 트럭 뒤를 따라갔다. 트럭의 사이드미러로

운전수의 모습을 훔쳐보았다. 반백의 노인이었는데 우체국장이 쓰는 차양 달린 모자를 쓰고 있었다. 얼마쯤 지나 벽이 보이자 트럭이 멈출 준비를 하며 천천히 달렸다. 지타도 트럭을 따라 속력을 낮췄다.

더러운 카키색 군복 차림의 병사 한 명이 관문 앞에 보초를 서고 있는데, 자기 임무가 마음에 들지 않는 듯 시큰둥해 보였다. 벽에 기대어 서있던 그가 우편 트럭을 발견하고는 천천히 몸을 일으켜 느릿느릿 걸어왔다. 그는 통행증 따위도 요구하지도 않았다. 그저 트럭 앞을 흘끔 보며 운전자의 우체국 로고를 확인한 뒤 고개를 끄덕였다. 그러고는 관문으로 걸어가 잠깐 거대한 두 쪽짜리 문과 씨름을 벌이다 문을 열었다.

바로 그 순간 지타는 동작을 개시했다.

지타는 클러치를 풀고 가속기의 크랭크를 돌려 우편 트럭 뒤에서 쌩하고 떨어져 나왔다. 마치 선박 뒤에 이는 물보라처럼 오토바이 뒤로 자갈이 공중으로 날아 흩어졌다. 놀란 병사는 뒤로 자빠지며 무력하게 항의하듯 손을 허우적거렸다. 지타는 재빨리 관문을 통과해 고함지르는 병사를 뒤로 하고 멀어져갔다.

얼마나 쉬웠는지, 스스로도 놀라울 지경이었다. 잠깐 뒤돌아다보니 한 쌍의 검독수리가 꽥꽥 소리를 지르며 횃대에서 지타의 등 뒤로 덮칠 듯이 날아오고 있었다.

"인간, 너 멈추지 못해!" 그 중 한 마리가 소리쳤다.

맞바람에 몸을 낮춘 지타는 가속기를 비틀었다. 오토바이가 앞으로 튀어나갔다. 뒤쫓던 독수리의 고함은 점점 작고 멀어졌다. 독수리들이 지타를 제지할 수 있는 방법은 없었다.

지타는 채 한 시간도 안 되어 공국의 반대편에 다다랐다. 머릿속에는 와일드우드 한가운데, 잘 알지도 못하는 시냇가에 가서 자갈을 가져와야 한다는 생각뿐이었다.

관문에서 한참 멀리 달려왔을 때 지타는 문득 자신이 조금 전 얼마나 무모한 짓을 했는지 깨달았다. 어디에서 그런 용기가 나왔을까? 지타는 절대로 용감한 아이가 아니었지만(고집이 세고 호기심이 많은 편이지만 다른 친구들보다 대담한 성격은 아니었다) 여기에서는 아빠의 오토바이를 타고 고개가 뒤로 꺾일 만큼 내달려 노스 게이트를 통과했다. 그리고 우드에서도 제일 험난하고 위험한 곳으로 가고 있었다. 그곳은 난롯가나 저녁 식탁에서 들려주는, 와일드우드 가장 깊숙한 곳에 사는 유령과 비령 이야기의 무대였다. 와일드우드 산적들에게 가진 것을 몽땅 빼앗긴 뒤 황무지 한가운데 나무에 묶여있으면, 언제가 되든 그곳을 지나는 유령이나 비령의 간단한 점심거리가 된다는 이야기 말이다.

모든 것이 초록 여제의 이상한 심부름 때문이었다.

초록 여제는 대체 누구일까? 지타는 꽤 오랫동안 그에 대해 생각했다. 지타가 처음 알게 된 (사실은 아주 많은 경로를 통해 알았다) 이야기에 의하면 그녀는 남편을 잃은 고대의 미망인이며, 끔찍한 폭력으로 아들을 빼앗긴 어머니였다. 그녀는 아들을 잃은 슬픔을 이기지 못해 죽었다. 그 후로 그녀는 죽은 아이를 찾으려고 특히 아이들이 있는 집에 출몰했다. 만약 그 이야기가 사실이라면, 지타는 이런 심부름을 함으로써 유령의 세상을 위해 엄청난 봉사를 하는 셈이다.

그러나 다른 이유도 있었다. 마음속 깊이 파고 들어가면 지타가 이런 일을 하는 데에는 또 다른 이유가 있었다. 그것은 오토바이 옆에 매달고 다니는 텅 빈 사이드카와 깊은 관련이 있었다.

지타는 그 이유가 박탈감 혹은 상실감 때문이라는 것을 알았다. 엄마를 잃었을 때, 지타는 받아들이기 힘든 단절의 아픔을 경험했다.

하지만 지타의 상실감은 초록 여제의 경우와 달리 폭력에 의한 것이 아니었다. 오히려 정반대였다.

엄마의 죽음은 천천히 시간을 끌다 침묵과 혼미한 상태로 깨닫게 되었다. "엄마가 병에 걸렸대. 의사가 그렇게 말했어." 일곱 달 전 한 주일이 시작되는 날, 엄마는 침대에 누워 가슴의 통증을 호소했고, 금요일에 세상을 떠났다. 지타는 삶을 떠받쳐주던 토대가 갑자기 양쪽으로 쪼개져 기이하게도 텅 빈 공간에 홀로 남겨진 기분이 들었다. 다리 없는 사람 혹은 바퀴 빠진 차가 된 것 같았다. 자신에게 가장 필요한 것을 잃어버렸는데도 계속 남아 살아가야 하는 느낌이었다.

그래서 지타는 초록 여제의 아픔을 이해했다. 그녀의 상실감을 알 것 같았다. 그리고 여러 가지 면에서 자신이 엄마, 자신만큼 커다란 상실감을 느꼈을 유령인 누군가의 엄마를 위해 심부름을 하는 거라고 느꼈다. 그것만으로도 일종의 상실감이 채워지는 듯했다.

5월의 여왕 지타는 속력을 높여 아비앙 공국을 가로지르면서 그런 생각을 했다. 아비앙 공국과 와일드우드의 국경선을 표시하는 성벽은 없었다. 새들에게는 벽이 필요없으니까. 대신 여러 개의 팻말이 국경선을 따라 꽂혀있었다.

당신은 아비앙 공국을 떠나고 있습니다.

당신은 와일드우드로 진입하고 있습니다.

와일드우드가 가까워지고 있음. 여행객은 주의 바람.

이 팻말을 지나면 와일드우드입니다.

팻말 그대로 와일드우드(위험 지역). 원시림.

산적 출몰 지역.

당신의 위치는 와일드우드입니다.

말뚝에서 빠져 나뒹구는 마지막 푯말에는 '행운을 빕니다.'라고 씌어있었다.

지타는 전 속력으로 오토바이와 사이드카를 몰아 마침내 문명을 뒤로 하고 국경을 넘었다.

지타는 그날 거의 하루 종일 오토바이를 타고 달렸다. 앞쪽 덜컹거리는 포크와 부릉거리는 엔진에 팔이 고무처럼 흐늘거릴 무렵, 오래된 기차역처럼 보이는 건물이 나왔다. 돌로 된 현관 앞 층층대와 출입구처럼 보이는 곳을 뒤덮고 있는 울퉁불퉁한 나무줄기 말고는 별 다른 게 없었다. 그러나 지면은 평평하고 검은 딸기나무도 별로 없었다.

지타는 커다란 솔송나무의 휘어진 가지 아래 슬리핑백을 깔고 길에서 보이지 않는 곳에 오토바이를 세워놓았다. 어둠은 금세 찾아왔고 주변의 짙은 초록색이 잿빛 연무로 뒤덮였다. 지타는 저녁을 먹었다. 피넛버터 바나나 샌드위치와 건포도, 그리고 신선하지 않은 물을 마셨다. 그런 다음 아늑한 나무뿌리 사이에 웅크리고 누워 하늘을 바라보았다. 화살촉 같은 우듬지 사이로 점점이 박힌 별들이 보였다. 올빼미가 울었다. 주변 나무의 잎들이 바람에 살랑살랑 흔들렸다. 지타는 잠에 곤히 빠져들었다.

이튿날, 지타는 쑤시는 팔다리를 쭉 늘이며 일찌감치 하루를 시작했다. 오토바이는 낡았지만 그런대로 믿을 만했다. 엔진도 별 어려움 없이 점화되었다. 지타는 오토바이에 올라탄 채 가지고 온 지도를 펼쳤다. 아빠의 대지도에서 필요한 부분만 연필로 베낀 것이었다.

로킹체어 크릭은 여기서 멀지 않은 듯했다. 하루만 더 달리면 될 것 같았다.

첫날 달려온 거리로 가늠하건대 해가 떨어질 때쯤 도착할 수 있으리라. 지도상으로는 구불구불 흐르는 시내가 고대의 숲이라고 불리는 지역을 삼지창처럼 세 갈래로 갈라져서 흘렀다.

지타가 오토바이에 시동을 걸고 자갈이 울퉁불퉁한 롱로드를 달릴 때쯤 하늘에 구름이 깔리고 숲은 왠지 불길한 느낌을 자아냈다. 지타는 산적이라든지 다른 위험한 종자들을 경계하며 길가를 주시했다. 산적을 직접 본 적은 한 번도 없었다. 소문으로만 들었을 뿐이다. 자전거 쿠데타가 일어났을 때 그들은 분명 사우스우드까지 진격했다. 듣기로는 자전거 소녀가 그들의 야만성을 길들여 자신의 편으로 만들었다고 했다. 하지만 그들이 떠났을 때 사우스우드의 많은 주민들은 비로소 안도의 한숨을 내쉬었다. 그들은 워낙 사악한 종자로 알려져 있기에 지타로서는 몹시 두려웠다.

점심 무렵 지타는 지도상으로 로킹체어 크릭으로 가기 위해 건너야 하는 세 개의 다리 중 첫 번째 다리에 도착했다. 이곳의 물은 언덕기슭으로 깊숙이 흘러갔다. 지타는 다리 가장자리에서 오토바이를 세우고 협곡을 내려다보았다. 눈 녹은 물이 시냇물로 바뀌어 물살이 거셌다. 시내 바닥에 자갈이 많을 테지만 자갈을 주우려다 자칫 목이 부러질 것만 같아 선뜻 내키지 않았다. 지타는 다시 지도를 보며 세 갈래 시내 중 가운데로 가서 자갈을 줍기 쉬운지 알아보기로 결심했다.

몇 시간 안에 두 번째 시내에 닿았다. 조잡한 목조 다리에는 이끼가 가득 끼어있는데 그 아래 물살이 거세어 지나가기가 두려웠다. 게다가 계절성 비가 내린 탓에, 눈 녹은 물이 잔잔하게 흘러야 할 시내가 강으로 착각할 만큼 거칠어 보였다. 아무래도 자갈을 주우러 고사리 뒤덮인 강둑을 내려가는 것은 매우 위험해 보였다.

그때 멀리 동쪽 언덕기슭을 보니 협곡이 점점 얕아지는 것 같았다. 지타는 길에서 벗어나 행운을 시험해보기로 했다. 오타바이 받침대를 내려놓은 뒤 길을 벗어나 나무 사이로 걸어 들어갔다.

길은 점점 험해지고 지면은 고르지 않았다. 높이 올라갈수록 구름 속으로 들어가서 시야도 흐려졌다. 나무들은, 막대기 모양의 머리를 가진 거인처럼 생김새가 기괴했다. 지타는 나무들 사이로 언뜻언뜻 유령처럼 움직이는 모습이 보이는 듯한 착각이 들었다.

그 이야기가 정말일까. 이런 숲에 유령과 도깨비가 산다는 이야기.

그 순간 잔뜩 낀 안개 사이로 불현듯 그 형상이 보였다. 주름진 부분이 온통 담쟁이로 뒤덮인 채 쓰러져있는 하얀 기둥. 그 모습을 본 지타의 턱이 떡 벌어졌다. 정교한 옛 건축물로 짐작되는 물건은 고사하고 이런 숲에서 문명의 흔적을 보게 되리라고는 꿈에도 생각하지 못했다. 걸어갈수록 이런 형상들이 더 많이 모습을 드러냈고 마침내 지타는 마모된 상태가 저마다 다른 하얀 기둥으로 둘러싸인 넓은 뜰 한 가운데 서있음을 깨달았다.

그때 로킹체어 크릭의 물 흐르는 소리가 들렸다. 그 소리를 따라가자 낡은 돌계단이 나오고, 계단을 올라가니 인공 풀장이 나왔다. 시냇물이 하얀 석조 수문 위로 흘러넘쳐 물거품이 이는 풀장으로 유입되고 있었다. 그 풀장을 들여다보려는데 오팔석 하나가 보였다.

"자갈이 여기 있다." 지타가 미친 사람처럼 큰 소리로 외쳤다.

자타는 손을 뻗어 돌을 잡았다. 손에 닿는 느낌이 매끄러웠다. 물이 어찌나 찬지 온몸이 덜덜 떨렸다. 자갈을 주머니에 넣고 오토바이 쪽으로 고개를 돌렸는데 왠지 세상이 바뀐 것 같았다.

안개가 화염을 질식시키는 담요처럼 더 가까이 뒤덮어 가장 가까운 나무와 기둥들마저 흐릿하게 보였다. 지타는 안개 속에서 가물거리는 불빛을 보았다고 생각했다. 반딧불이 같기도 하고, 별똥별 같기도 했다.

이윽고 멀지 않은 곳에서 울부짖는 소리가 흘러나오더니 투덜거리는 깽깽 소리로 이어졌다. 지타는 그 소리의 정체가 짐작이 갔다. 코요테였다. 지금은 자연 상태로 돌아와 야만적인 무법자가 되었지만 코요테들이 플린스 전투에서 싸웠다는 이야기를 들은 적이 있다. 지타는 그 말이 사실인지 당장 확인하고 싶었다. 그래서 얼른 언덕을 뛰어내려 풀장에서 멀리 떨어진 구불거리는 돌길을 따라갔다.

그런데 길을 잃었다. 자신이 어느 방향에 있는지 가늠할 수가 없었다. 안개가 모든 것을 삼켜버렸다. 안개가 자신을 덮쳐 완전히 포위한 것 같았다. 지타는 졸졸 흐르는 개울을 뛰어넘어 쓰러져있는 대리석 기둥 아래로 갔다. 엉겅퀴 가시에 옷이 찢어졌다.

코요테 소리가 점점 크게 들려왔다. 사방에 가물거리는 빛 천지였다. 속삭이는 듯한 소리가 갑자기 지타의 귀에 대고 쉬! 소리를 냈다. 지타는 외마디 비명을 질렀다. 지타는 담쟁이가 바다를 이루는 넓은 나뭇잎 속으로 떨어졌다. 그 곳에서 플린스를 보았다.

소문으로만 듣던 그것을 본 순간, 공포감이 밀려왔다. 와일드우드 비정규군, 그 선량한 종족이 미망인 여왕의 코요테 군사들과 싸우다가 죽은 곳이 바로 여기였다. 여왕이 무시무시한 마법을 행사했다는 곳이 바로 여기였다.

그렇게 꼼짝도 못하고 서있는데 어느 순간 공포가 사라지는 것을 느꼈다.

요정 같은 불빛이 쉼 없이 빛을 발하고, 점점 더 가까이 다가오는 듯 코요테의 쿵쿵 소리가 또렷해졌지만 지타는 믿을 수 없는 만큼 침착해지는 스스로를 발견했다.

지타는 주머니에 손을 넣어 자갈을 꺼냈다. 유리처럼 매끄럽고 상아처럼 하얀, 땅콩 크기의 돌이었다.

그때, 발 아래 담쟁이가 살아있는 것처럼 바스락거렸다.

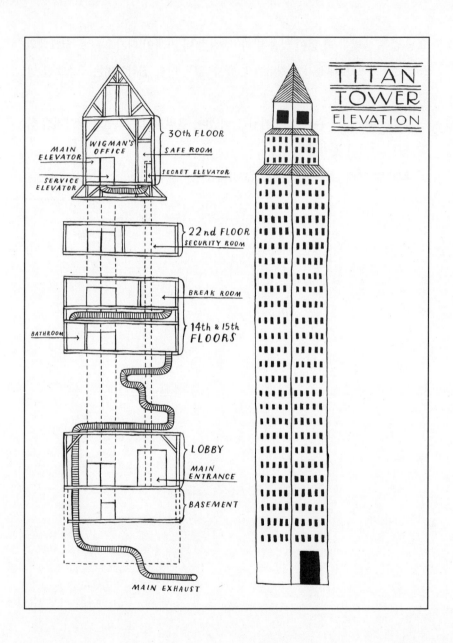

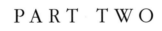

PART TWO

PART TWO

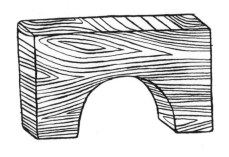

CHAPTER 12

열다섯 해의 여름

그 걸 밟았을 때 처음에는 무엇인지 몰랐다. 정원사가 떨어뜨려 버려진 물건이겠거니 했다. 싸구려 장신구나 연장 같은 것. 그걸 밟는 바람에 발목이 비끗해서 잠깐 균형을 잃었다. 그녀의 입에서 나지막이 외마디 욕설이 튀어나왔다.

영원히 계속될 것만 같은 어느 여름날이었다. 정원사가 깜빡 잊고 물을 주지 않아 누렇게 뜬 풀은 금방이라도 불이 붙을 것처럼 열기가 뜨거웠다. 햇빛을 가리느라 눌러쓴 모자의 올 사이로 들어온 빛 때문에 그녀의 얼굴에는 엷은 주근깨 같은 얼룩이 졌다. 그녀는 정원에 서서 해바라기를 따는 중이었다. 아니 그랬던 것 같다. 사실 그녀는 어떤 생각에 사로잡혀 있었다. 그러던 중

열기와 햇빛에 머릿속이 몽롱해지더니 어느 순간 삽을 떨어뜨리고 졸도를 한 것 같았다. 그녀는 물 한 잔을 마셔야겠다고 생각하고 조심스럽게 관저로 돌아갔다. 그녀의 건강을 염려하며 하던 일을 멈추고 바라보는 직원에게 변명을 했다.

"나는 괜찮아. 그냥 더워서 그래."

그리고 나서 그 물건을 밟았다. 그녀는 욕설을 내뱉으며 발을 들어 무엇인지 살펴보았다. 누군가 함부로 놔둔 연장은 아니었다. 장난감 블록이었다. 그 목조 블록(아마 성벽의 총안이거나 피라미드의 쐐기돌쯤 되는 것 같았다)을 보자 문득 세월이 놀랄 만큼 빠르게 흘렀음이 실감났다. 한때 아이가 가장 좋아했고, 없으면 큰일 나던 이 작은 블록은 이제 유행이 지난 옷보다도 더 아쉬워하지 않았다.

그때 목소리가 들려왔다. "엄마!"

아들이었다. 먼 과거 언젠가 이 중요한 블록을 여기에 두었을 아들이 엄마를 불렀다. 아들의 목소리는 이제 한층 깊어져서 언뜻 아빠의 허스키한 바리톤 음색이 섞인 것 같았다. 하지만 아직은 어릴 적 목소리가 남아있었다. 그녀는 기다렸다. 다시 한 번 그 목소리를 듣고 싶었다.

"엄마! 어디 있어요?" 목소리는 더 커졌다.

크로커스(이른 봄에 노랑, 자주, 흰색의 작은 튤립 같은 꽃이 피는 식물. ─옮긴이)와 햇볕에 그을린 노란 철쭉으로 뒤덮인 관저 반대편에서 아들의 목소리가 들려왔다.

"알렉세이!" 그녀가 장갑 낀 손을 입에 대고 목청껏 외쳤다. "엄마, 여기에 있어!"

아들이 커튼처럼 드리워진 그늘 속에서 나타났다. 열네 번의 겨울을 지나고 열다섯 번째 여름을 맞은 소년. 호리호리하고 잘생긴 외모에 새로 지은 정장을 단정하게 차려입고 있었다. 머리카락 색깔은 여름에만 나타나는 적갈색이었다. 이 계절이 끝나면 다시 갈색으로 돌아가리라. 그녀는 아들을 잘 알았다. 아이의 4계절을 줄곧 함께 보낸 엄마였다.

어제, 꽃으로 장식한 꽃줄이 막 끌어내려졌을 때였다. 곧이어 '15회 생일을 축하한다, 알렉세이!'라고 선명하게 적힌, 너비 9미터쯤 되는 현수막이 관저의 쌍둥이 첨탑 사이 박공지붕 아래로 드리워졌다. 선물을 실은 차들은 이미 도착해 있었다. 멀리 떨어진 지역에서 온 사절들은 15분마다 블랙베리 주스와 소년이 오래 전에나 갖고 놀았을 법한 목각 장난감을 선물로 들고 인사를 하러 왔다. 조용히 간청할 내용도 가지고 왔지만 그리고르는 청탁자의 어깨에 팔을 두른 채 냉정하게 밖으로 내보냈다. 시민들이 가두행진을 하고, 밴드가 행진곡을 연주하는 동안 그의 가족은 높이 돋운 단상에 앉아 후계자에게 보내는 시민들의 넘치는 애정을 똑똑히 목격했다. 알렉세이는 참을성을 발휘하며 끝까지 흐트러지지 않은 모습으로 앉아있었고, 알렉산드라는 내심 따분해질 때마다 자신도 모르게 아들을 바라보았다. 정면을 응시하는 눈빛과 느긋한 눈썹을 가진 아들의 잘생긴 얼굴을 볼 때면 기분이 새로워졌다. 아들은 훌륭한 섭정총독이 될 것이다. 그녀는 그 점에 한 치의 의심도 없었다.

가두행진 행렬이 사라지자 정점을 지난 7월의 태양이 안식을 취하기 위해 멀리 서쪽의 푸른 언덕을 향해 기울어지기 시작했다. 관저 직원들이 저녁 만찬을 준비하기 위해 모두 관저로 돌아가 바삐 일하는 동안 그리고르는 아들에게 몇 가지 사소한 일을 도와달라며 한사코 마차 차고로 따라오게 했다. 목소리에 하루의 피로가 배어있었지만 알렉세이는 꾹 참고 아버지의 요청에 응했고, 두 사람은 현관문을 나섰다. 잠시 후 아들의 환호성이 들려왔다. 알렉산드라는 어렸을 때도 저런 모습을 보인 적이 없는데 다 큰 아이가 왜 저리 소리를 지를 까 의아해하며 창가로 달려갔다. 마구간 관리인에게서 생애 첫 말을 선물받고 기뻐하는 아들의 모습, 그걸 흐뭇하게 바라보는 남편 그리고르의 얼굴이 보였 다. 갈색 눈 사이에 다이아몬드 모양의 흰색 얼룩이 있는, 까만 암말이었다.

그랬다. 아들은 이제 다 컸다. 15세의 소년이 되었다. 더 이상 아이가 아닌 소년이었다. 왕성하게 자라는 사춘기의 소년. 이제 곧 청년이 되고, 정치가와 의원이 되고, 남편이 되고, 아이 아빠가 될 아들…….

"엄마!" 소년이 다시 불렀다. "나 블래키를 타고 싶어요. 그런데 아빠가 엄마 에게 먼저 여쭤보라고 하셨어요."

"그래서?" 엄마는 아이와 장난치듯 반문했다. 한낮의 열기는 사라졌다. 물 한 잔에 대한 간절함도 언제 그랬나 싶게 사라졌다. 아들을 보는 순간 갈증이 해소되었다. "아빠가 그러셨어?"

알렉세이는 장난이란 것을 눈치챘다. "네, 아빠가 그러셨어요. 그래서 제가 이렇게 여쭤보는 거예요."

"그런데?"

"그런데……." 엘렉세이가 환하게 웃었다. "타도 되죠?"

"쿠퍼 씨한테 말했니?" 그는 마구간 관리인이었다.

"아니요. 아빠가 말씀하셨어요. 쿠퍼 씨가 바쁘지 않을 때 타도 괜찮대요."

"수학 숙제 다 했니?"

미소가 사라졌다. 아들은 영악해졌다. "네 엄마. 브라이튼 양이 그런대로

아들이 커튼처럼 드리워진 그늘 속에서 나타났다.
열네 번의 겨울을 지나고 열다섯 번째 여름을 맞은 소년.

잘했대요."

"그런대로?"

"브라이튼 양이 그렇게 말했어요." 소년은 말을 멈추고 엄마의 표정을 살폈다. "이제 됐죠, 네?"

알렉산드라는 엄마로서의 걱정을 드러내지 않으려고 애썼다. "아빠가 괜찮다고 하셨어?"

"네." 알렉세이는 엄마의 기분이 누그러진 것을 눈치챘다. "아빠는 괜찮은데 엄마한테 여쭤봐야 한다고 하셨어요."

"알았어. 쿠퍼 씨한테 말하고. 그가 바쁘지 않은 동안에만이야." 알렉산드라가 대답했다.

소년의 얼굴이 환해졌다. "네, 엄마!" 소년은 갑자기 활기에 넘쳐 서있던 곳에서 폴짝 뛰어내려 관저 맞은편으로 총알처럼 튀어나갔다.

알렉산드라가 아들을 불렀다. 아들이 저택 그늘 안에서 걸음을 멈췄다.

알렉산드라는 그때 뭐라고 말했지만 무슨 말을 했는지 기억이 나지 않았다. 나중에 단단히 감아놓은 필름을 풀 듯 그 대화 장면을 머릿속으로 몇 번이나 재생해보았지만 기억이 나지 않았다. 마치 그 장면을 잘라내고 테이프로 붙여놓은 것처럼 소년이 저택 그늘 속으로 뛰어 들어가는 장면과 마름모꼴 그늘 속에서 나오는 장면이 곧장 매끄럽게 연결되었다. 무슨 말을 한 기억만 남아있었다. 아마 조심하라는 말이었을 것이다. 엄마로서 걱정이 되어 아이에게 주의사항을 주문처럼 외웠을 것이다. 아니면 그다지 중요하지 않은 말이었을까? 숙제를 잘해야만 말을 타는 특권을 누릴 수 있다는 무력한 으름장이었을지도 모른다. 아무튼 분명하지 않았다. 나중에는 마술이라도 부려서 그 뿌옇고 어두운 기억의 필름 조각에서 이 말 한 마디라도 불러내려고 애썼다. 아들을 사랑한다는 말. 자신에게는 아들이 전부라는 말. 하지만 그러고 나서 아들은 떠났다. 재생한 필름에는 열기와 빛, 발아래 블록, 아들의 목소리뿐이었다.

다음 장면은 없기 때문이었다.

기억을 다시 뒤져보는 것은 쓸데없는 짓일지도 모른다.

그녀는 정원 창고에서 손에 낀 장갑을 벗는다. 모자를 벗어 못에 건다. 그녀가 정원사에게 짧게 말한다. 물 한 잔을 마셔야겠다고 말한 게 기억난다. 그녀는 유리로 만든 일광욕실을 지나 뒷문으로 걸어간다. 로비의 체크무늬 마루를 가로질러 걸어가자 허리를 구부린 채 일에 몰두하던 하녀들이 마중을 나온다. 부엌으로 들어간다. 조용히 일에 몰두하는 하녀들을 보고 눈에 띄지 않으려고 애쓴다. 수도꼭지 아래 빈 컵을 내려놓는다. 그때 마당에서 고함 소리가 들려온다. 고개를 들어 창밖을 내다보니 검은 야생마가 뒷다리로 서있다. 쿠퍼 씨는 고삐를 잡으려고 씨름을 하고 있다.

열다섯 번째 여름 그녀의 아들, 알렉세이가 땅바닥에 누워있었다.

그녀가 떨어뜨린 크리스털 물컵이 작은 폭탄처럼 폭발했다. 그녀는 현관으로 달려가 현관문을 열어젖혔다. 가느다란 팔 다리 어디에서 그런 힘이 솟았는지 마당을 가로질러 뛰어가는 동안 심장 소리가 미진처럼 느껴졌다. 쿠퍼 씨는 소리를 지르며 뒷발질을 하고 히힝거리는 말을 붙잡으려 애를 쓰고 있었다. 무엇도 아들을 구하러 가는 알렉산드라를 막지 못했다. 사방으로 날뛰는 말이 바람을 일으켰다. 말발굽에 채인 자갈들이 그녀를 때렸다.

피였다. 피를 많이 흘렸다. 소년은 창백했고 돌처럼 조용했다. 하얀 돌처럼 고요하고 창백했다. 빨간 피는 마당에 점점이 뿌려지고 머리 주위에도 흥건히

고여있었다. 머리카락은 피떡이 되어 들러붙고 눈은 감겨있었다.

그녀는 아들의 어깨를 잡아 가슴에 끌어안았다. 아들의 이름을 소리쳐 불렀다. 팔로 아이의 흐느적거리는 몸을 잡고 온 힘과 온 사랑을 쏟아 힘껏 껴안았다. 아이의 마지막 심박동을 느낀 것도 같았다. 작은 환영, 가느다란 연기가 사라질 때처럼 아들은 그렇게 빨리 사라졌다.

그녀는 아들이 사라지는 것을 느꼈다. 열네 번의 겨울을 보내고 아들은 그렇게 떠났다.

'말이 겁을 먹었어요.' 그들이 말했다. 쨍쨍한 여름 햇빛이 납땜 유리창에 반사되어 빛이 번쩍했다. 숨어있던 개똥지빠귀도 놀라서 튀어나올 정도였다. 아들의 작은 몸은 말 등에서 인형처럼 떨어졌다. 먼저 머리가 자갈에 부딪쳐서 비명도 지르지 못하고 숨이 끊어졌다. 그들은 소년이 아무 고통도 느끼지 못했을 거라고 추측하면서 위안을 삼았다. 알렉산드라는 생명이 빠져나간 아들의 시신 곁에서 몇 날 며칠을 머물렀다. 장의사에게 아들의 몸을 어떻게 씻겨야 하는지 가르쳐달라고 한 다음 아들이 살아있을 때 그랬던 것처럼 정성껏 몸을 씻겼다. 노란색 얇은 스폰지로 전복처럼 뽀얀 아들의 피부를 닦았다. 살았을 때는 그렇게 씻겨주려고 하면 공연히 난리를 쳤다, 그렇지 않았던가? 수도꼭지를 틀어놓고 비누거품으로 아들의 발과 어깨, 작은 손가락을 씻기려다 씨름을 한 게 한두 번이 아니었다. 아이가 자지러지게 웃어젖히면 그녀는 침착하고 평온한 엄마가 되려고 애썼다. 평화로운 광경이었다. 하지만 아들은 지금 미동도 없이 누워있었다. 엄마가 씻겨주어도 거부하지 않았다.

아마 그때였을 것이다. 그녀는 그것이 자기 아들의 몸이 아니라고 생각하기로 결심했다. 그저 움직이지 않는 물건일 뿐이었다. 그러면서 말로 설명하기 힘들지만 죽은 몸에 생기를 불어넣을 방법이 있을 거라고 믿었다. 소년의 장례식이 온갖 예를 갖춰 성대하게 치러졌다. 소년의 생일에 연주했던 악단이 장례식에서도 연주를 했다. 아들의 죽음을 자기 탓이라고 여긴 그리고르는 죄책감에 빠져 몸져누웠다. 그녀는 남편이 원망스러웠다. 마음속 악마는 점점 커지고 시끄러워졌다. 그녀는 아들의 관이 땅속으로 내려가는 모습을 말없이 지켜보면서 추모객들이 나지막이 건네는 동정의 말은 흘려들었다.

그녀에게 좋은 생각이 떠올랐다. 어느 날 밤 자리보전하고 누운 게으른 남편 곁에 누워있는데 퍼뜩 생각이 떠올랐다. 머릿속으로 기억의 필름을 돌렸지만 알렉세이가 관저 옆 그늘 속에 나타났을 때부터 다시 출발할 때까지의 장면은 여전히 풀리지 않았다. 새로운 어떤 것이 드러날 리도 없는데 수백 번, 수천 번, 필름에서 같은 장면을 보고 났을 때 갑자기 무언가가 언뜻 떠올랐다. 오직 그녀만 볼 수 있는 것이었다.

그녀는 계획을 세웠다.

멍청한 그리고르는 죽었다. 장례식은 즉시 치러졌다. 어느 날 일어나보니 그가 죽어있었다. 그리고 그게 끝이었다. 불쌍한 그리고르. 심장이 가슴 속에서 너무 무거워졌던 것이다. 그녀는 남편의 비겁한 태도가 진절머리났다. 미처 해산하지 않았던 장례업자들은 섭정총독의 장례식을 위해 다시 호출되었고, 그는 위엄을 갖춰 죽은 아들 곁에 묻혔다. 국정은 혼란에 빠졌다. 남편이 죽은 후 부글부글 끓는 속을 다독이며 침묵하던 아내는 미망인 총독으로 권좌에 올라 남편 대신 사우스우드를 통치하게 되었다. 하지만 새로운 통치자는 마음속에 다른 걱정거리를 품고 있었다.

그녀는 고서를 뒤지고 장터의 마법사에게 가르침을 구하고 주술사를 만났다. 게다가 신하들이 비웃으며 쳐다보는데도 그들을 관저로 초청했다. 관저의 경직된 공기에는 이내 짙은 백단향과 세이지 향기가 진동했다. 그녀는 간단한 마술부터 배우기 시작했다. 빨간색 색종이를 제대로 흔들면 새가 되어 테이블 위에서 춤을 추었다. 그들은 그녀에게 위협적인 먹구름이 몰려와도 비가 내리지 않게 하는 마술을 가르쳐주었고, 천리안을 갖게 해주는 버섯도 보여주었다. 심지어 담쟁이에게 명령을 내릴 때 필요한 걸음걸이도 가르쳐주었다. 하지만 그녀는 언제나 궁극적인 주문을 가르쳐달라고 압박했다. 그것은 죽은 이들의 영혼을 땅에서 불러오는 법이었다.

와일드우드를 자신의 고향이라고 주장하는 한 떠돌이 약초상이 미망인의 부름을 받고 관저에 머물렀다. 그는 우드 전체에서 가장 위대한 마법사이며, 노스우드의 신비주의자들보다도 훨씬 강력하다는 소문이 자자했다. 그들은 하나같이 미망인 총독의 제안을 일축해버렸다.

미개인들, 마녀 치료사와 미개인들. 그들에게 곧 진정한 힘을 보여주리라고 그녀는 생각했다.

약초상은 미망인의 서재에 조용히 앉아 초연한 분위기를 풍기며 방 안을 흘끔거렸다. 넝마나 다름없는 옷차림에 원뿔 모양의 펠트 모자를 정수리에 살짝 얹은 모습이었다. 자그마치 무릎까지 기른 수염은 하얗게 센데다 온갖 벌레들이 집을 지어도 될 정도로 지저분했다.

"안 됩니다." 양귀비 맥주로 배를 채우고 대접받은 스튜 한 접시를 몽땅 비운 후 그가 말했다. "그렇게는 안 됩니다. 죽은 지 오래된 몸에 영혼을 불어넣는 것은 불가능합니다. 죽고 나서 바로라면 모를까, 지금은 너무 늦었습니다. 영혼을 담을 그릇이 필요합니다. 썩은 몸뚱이 말고."

"어떤 종류의 그릇 말인가?" 이 추레한 남자가 자기 아들을 썩은 몸뚱이라고 불러서 가슴이 쓰렸지만 그녀는 몸을 앞으로 기울이며 물었다. 자꾸만 그 모습이 상상이 되어 견딜 수가 없었다.

떠돌이 마법사는 지혜를 나눠주는 스승처럼 천천히 말했다. "씨앗은 열매에서 얻으며, 과육이 없으면, 그저 물 컵 속에 넣어 생명이 있는 것처럼 속일 수 있지요."

"지금 내 아들의 영혼을 물 잔 속에 되돌아오게 할 수 있단 말이냐?" 총독은 믿지 못해서 말했다.

떠돌이 마법사는 투덜거렸다. "아니죠. 제 말은, 생명의 불꽃이 몸 속에 작게라도 들어있으면 주술을 써서 새롭게 태어난 것처럼 속임수를 쓸 수 있다는 뜻입니다. 일종의 환경만 제공되면."

"어떻게? 환경이란 게 무엇을 뜻하느냐?"

"소년을 위해 새로운 몸을 만들어줘야 합니다. 살과 피로 이뤄진 복잡한 기계 같은 것. 그곳에 씨앗을 심으십시오. 그럼 생명이 다시 자랄 수 있습니다."

그녀는 믿기 힘들 정도로 정교한 장치를 만들 수 있는 장난감 제작자를 알고 있었다. 어릴 때 생일선물로 받은 작은 자동인형을 그가 만들기도 했다. 그 제작자라면 틀림없이 그런 것도 만들 수 있으리라.

"그런데 대체 씨앗이 무엇이냐?" 그녀가 물었다.

약초상은 놀랄 정도로 지저분하고 누런 이빨을 드러내며 웃었다. "이빨입니다. 이빨을 가져와야 합니다."

그녀는 시키는 대로 했다. 사람들 몰래 시신을 발굴했다. 그녀와 네드라고 불리는 땅딸막한 도굴꾼만 참석했다. 그녀는 그가 무덤을 팔 때 지켜보았다.

그를 위해 손전등을 비춰주었다. 마침내 시신이 발굴되었다. 지금까지는 죽은 아들의 시신 상태에 대해 생각해본 적이 없었다. 그녀는 그것이 퇴비더미에 버려진 바나나 껍질처럼 쓸모없다는 사실을 깨달았다. 그녀는 오븐에 구울 닭털을 뽑듯 꼼꼼하게 이빨을 뽑았다.

무덤을 판 네드는 다음날 즉시 추방되었다.

하지만 살아있고 호흡을 하는 기계복제품 소년을 만들기 위해서는 전문가가 필요했다. 이것은 단순한 기계가 아니었다. 왼팔을 들어올리면 오줌을 지리며 눈을 깜빡거리는 세라믹 인형이 아니었다. 그녀는 조물주라는 신성한 존재를 모방하기로 하고 대장장이와 기계제작자, 장난감제작자, 엔지니어에게 의논했다. 사우스우드에서 멀리 떨어진 호젓한 변두리에 금속을 정교하게 다루기로 유명한 곰이 살았다. 대대손손 관저의 시계 수리를 맡아온 가문의 후손이었다. 곰은 자잘한 금속 장신구를 만들어 생계를 이었다. 장에 나가 열광하는 아이들을 상대로 장난감을 팔았다. 살과 피로 이루어져 진짜 생물의 행동을 그대로 흉내내는 황여새가 등장하면 그 모습을 보려고 하늘에 모여든 새떼로 시끄러웠다. 하지만 곰 혼자 인간 아이를 만드는 것은 불가능했다. 바깥세상 기술자의 도움이 반드시 필요했다. 그는 우드의 장난감 제작자와 땜장이들 사이에서 전설로 여겨지는 존재였다. 곰은 관저 집무실 책상에 앉아 자신을 응시하는 미망인에게 떨리는 목소리로 이 사실을 설명했다.

"그의 이름은 캐롤 그로드입니다. 그와 함께라면 원하는 인형을 만들 수 있을 거라 믿습니다."

바깥세상 오두막에서 살고 있는 그 기술자를 납치하기 위해 독수리 한 쌍이 급파되었다. 미망인 총독에게 동물이든 사람이든, 필요할 때 납치해오는 일은 식은죽 먹기였다. 그 남자의 사연 따위에는 관심도 없었다. 그녀의 마음속에서는 사악한 마음만 점점 커지고 있었다. 캐롤의 작은 창조물은 지난 수 십년 동안 바깥세상 어른과 아이들을 놀라고 열광하게 했다. 구리와 황동으로 만든 정교한 장치는 단추만 누르면 윙윙 소리를 내며 작동했다. 그러나 스크린과 컴퓨터가 만드는 놀라운 세상이 오면서 그의 능력은 가려졌고 발명품은 잊히고 무시당했으며 그는 익명의 존재로 사라졌다.

비록 세상 사람들이 금단의 숲이라고 부르는 곳이지만, 이곳에서는 그의 능력이 쓸모가 있었다. 그리하여 노인과 곰, 그 둘은 고립된 곳에 칩거하면서 미망인 총독의 죽은 아들 알렉세이의 영혼이 살게 될 집을 짓기 시작했다.

CHAPTER 13

나무에서의 만남

곰 에스벤은 손에 달린 갈고리로 모닥불을 휘저으며 어둠 속에서 숨을 쉬었다. 숲속 키 큰 나무들이 해를 가려주는 커튼 역할을 하는 바람에 밤은 빨리 찾아왔다. 멀리 어디에선가 올빼미 울음소리가 들려왔다. 그는 불안함이 엄습할 때 반사적으로 부르르 몸서리를 쳤다. 프루와 헤어진 지도 여러 시간이 흘렀다. 해지기 전에는 프루가 돌아올 거라고 생각했다. 게다가 슬슬 배가 고파왔다. 프루의 가방에 대충 챙겨온 음식은 너무 빨리 먹어치웠다. 그는 이따금 식욕을 주체하지 못해 낭패를 보았다. 프루는 음식을 좀더 가져오겠다고 약속했다. 틀림없이 그렇게 말했다, 그렇지 않은가?

그는 불타는 나뭇가지를 뚝뚝 부러뜨리고 (그럴 때마다 허공으로 불꽃이 튀었

다) 갈고리로 새 장작을 집어 불구덩이 옆을 쿡쿡 찔렀다. 생각해보니 지금 그가 가장 잘할 수 있는 일은 불 피우기였다. 갈고리는 그런 점에서 뜻밖의 선물이었다. 만약 그가 남은 여생 불 피우는 일을 하게 된다면 아주 잘할 자신이 있었다. 이렇게 된 게 (가만히 헤아려보자) 13년째였던가? 그의 손은 마구잡이로 잘렸다. 외과의사가 수술용 메스로 채 1분도 안 걸려 이렇게 만들어놓았다. 지금 이렇게 불을 쬐면서도 그때의 통증이 떠올라 얼굴이 찌푸려졌다. 타는 듯한 통증이었다.

그때 웬 소음이 그를 놀라게 했다. 모닥불 빛이 비치는 곳 너머 어디에선가 긁는 소리가 들렸다.

"거기 누구예요?" 그가 외쳤다. 아무 대답이 없었다. 긁는 소리가 멈췄다. 에스벤은 뜨개 모자를 고쳐쓰고 평화를 방해한 보이지 않은 무언가에게 화를 내듯 으르렁거렸다. "좋아. 싫으면 나타나지 마."

아마 다람쥐일지도 모른다고 생각했다. 부디 관저에서 보낸 스파이가 아니기만 빌었다. 과거의 잔재가 나타나 선서를 파기한 그를 비난하며 잡아갈지도 모르는 노릇이었다. 그는 지하세계로 추방당했고 모두 그가 죽은 줄로 알고 있었다. 프루는, 그를 불구로 만들고 추방한 사람들이 혁명의 물살에 떠내려가거나 죽었기 때문에 에스벤이 무사할 거라고 믿는 눈치였지만 그는 여전히 어둠의 세상으로 다시 내던져질지 모른다는 두려움을 떨쳐버릴 수가 없었다. 아니 더 나빠질 수도 있었다. 그가 이 끔찍한 몰골로도 추방당한 곳에서 살아남은 사실을 알면 틀림없이 더 가혹한 보복을 하려 들 것이다. 에스벤은 그런 생각에 몸서리를 쳤다.

주변 숲에서 다시 소리가 들렸다. 이번에는 더 컸다. 불쌍한 곰으로서는 말로 형언할 수 없는 소리였다. 혹시 그런 것이 존재할지 모르지만 바람과 물소리가 더해진 소리였다. 미끄러운 촉수에서 분비물이 나오는 오징어 닮은 몸뚱이에, 얼굴은 올빼미처럼 생긴 징그러운 생명체가 화가 나서 싸우는 소리 같았다. 다시 그 소리가 들렸다. 졸졸거리며 워워 하고 우는 소리 같았다. 어쩌면 물에 빠진 유령이 따스한 불기운을 느껴 에스벤이 있는 곳에 들렸는지도 모른다. 이끼로 뒤덮인 흠뻑 젖은 옷을 말리려고 말이다.

"거기 누구야?" 에스벤이 어둠을 뚫어져라 보며 소리쳤다. 그는 갈고리를 쳐들고 방어자세를 취했다.

잠시 침묵이 흐른 후 말소리가 들려왔다. "어쩌지, 기억이 안 나." 그것은 틀림없는 프루의 목소리였다.

에스벤이 안도의 한숨을 내쉬고 있을 때 어두운 숲에서 소녀가 나타났다.

소녀는 엉덩이에 두 손을 얹은 채 좌절한 표정을 지었다. "휘파람 부는 법을 잊어버려서 볼 수가 있어야지요."

휘파람은 친구가 왔음을 알리기 위한 그들만의 신호였다.

곰이 웃으며 말했다. "괜찮아. 연습을 해야지."

프루 뒤로 두 명이 더 나타났다. 땅딸막한 오소리와 곱슬곱슬 붉은 턱수염을 자랑스럽게 기른 느릿느릿한 거구의 청년이었다.

"이쪽은 닐이에요, 아까 만났죠." 프루가 오소리를 가리키며 소개했다. "그리고 이쪽은 찰리예요. 두 사람 모두 저를 도와줄 거예요."

"오느라 고생했어요." 에스벤이 인사했다.

"고마워요. 모닥불이 있어서 반갑네요." 찰리도 인사를 했다.

"시간은 많지 않지만 좀 쉬었다 가야겠어요. 하루 종일 힘들었거든요." 프루가 말했다.

"무슨 일이 있었니?" 곰이 물었다.

청년 찰리는 프루가 대답하기 전에 흥분해서 말을 가로막았다. "당신이 거기에 있었다면 놀랐을 걸요. 환영식이 대단했어요. 자전거 소녀, 관저에 귀환하다. 전 훗날 제 손자에게 오늘 일을 들려줄 거예요."

"제발, 그만." 모닥불 빛에 뺨이 발갛게 달아오른 프루가 말렸다.

"정말이에요!" 찰리가 계속해서 떠벌렸다. "대단한 장관이었죠. 칼리프들조차 자전거 소녀를 보고 후들후들 다리를 떨었어요."

"찰리는 열성 지지자예요." 프루는 이렇게 말한 뒤 어깨를 으쓱거려 어깨에 멘 가방을 바닥에 떨어뜨렸다. "먹을 것 좀 가져왔어요. 마른 과일이랑 빵. 육포랑 양념한 고기통조림도. 손에 잡을 수 있는 만큼 최대한 잡았죠."

"이 정도면 훌륭해, 고마워." 에스벤은 통조림 뚜껑을 얼른 열어 분홍빛 살코기를 입에 털어넣었다. "거기에선 어땠니?" 그가 음식을 씹으면서 물었다.

"예상했던 대로요."

"네가 귀환했으니, 대단했겠구나, 그렇지?"

다시 수염 난 청년이 프루가 대답하기 전에 말을 가로챘다. "생각하신 대로 대단했……."

프루가 그에게 손을 저었다. "처음에는 그랬어요. 그런데 상황이 좀 험악해졌어요. 많은 사람들이 알렉세이를 되살리는 계획을 환영하지 않았어요."

"거 봐, 내가 그렇게 말하지 않던?" 에스벤이 모닥불 가에 앉은 이들을 번갈아 보며 말했다. "내가 말했잖아. 어려운 일이 될 거라고. 알렉세이 자신도 그런 발상을 좋아하지 않았어. 본인이 다시 만들어진 사실을 알고 스스로 톱니바퀴를 제거했다고. 전에도 말했지만 앞으로도 또 말하게 될 거야. 나조차도 우리가 하려는 일이 도덕적으로 옳은지 판단이 서지 않는다고."

"그래요, 당신이 옳을 거예요. 하지만 전 나무의 말을 무시할 수가 없어요. 틀림없이 이유가 있을 거예요."

"캐롤은 어떻게 됐는지 알아냈니?" 곰이 물었다.

"아니요. 하지만 한 가지 단서를 얻었어요."

프루는 캐롤 그로드 서류철에서 발견한 누군가의 메모를 주머니에서 꺼내 곰에게 보여주었다. 그는 통조림 깡통을 내려놓고 두 손의 갈고리로 종이쪽지를 겨우 받아쥔 뒤 펼치려고 애를 썼다. 뒤늦게 잘못을 깨달은 프루가 종이쪽지를 펼쳐 꼬챙이에 메모를 꽂아 철하듯 오른손 갈고리에 꽂아주었다.

"고맙다." 그는 종이쪽지에 씌어진 글을 모닥불에 비춰보며 물었다. "오늘밤 만나자고? 어느 나무에서?"

"황폐한 나무요. 틀림없어요." 오소리 닐이 대답했다.

"그 오래된 나무 말인가? 오래 전에 버려진 줄 알았는데." 에스벤이 놀라며 물었다.

"시노드가 돌아왔대요. 제가 보기에 위세가 막강했어요." 프루가 설명했다.

곰이 왼손 갈고리 끝으로 턱을 긁적거리고 나서 이야기했다. "우리 할아버지도 황폐한 나무를 숭배했지. 할아버지가 돌아가실 무렵에는 집 안에 신전도 있었단다."

"네, 그래요." 닐이 끼어들었다. "이런 과거 회귀야 늘 있죠. 안타깝지만 나는 그들이 진정한 애국자요, 혁명의 지지자라고 생각해요." 그가 프루에게 경의를 표하며 덧붙였다. "스포크 당은 이 나라를 제대로 운영하지 못해요."

이 말을 들은 찰리가 얼굴을 살짝 찡그리며 가세했다. "말이 지나치군요, 오소리 시민. 하지만 그 말도 사실이에요. 혁명은 자유, 오직 개인의 자유에 관한 것뿐이죠. 출발은 좋았지만 안전하고 공정한 사회를 만드는 데 별로 도움이 되지 않아요."

오소리는 고개를 끄덕이며 빠지직 타는 모닥불 앞에 두 손을 부챗살처럼 펼쳤다. "이 말은 꼭 하고 싶어요. 난 강경한 스포크 당원의 장광설을 듣는 것도 점점 짜증나기 시작했어요." 오소리는 이 말을 마치자마자 주변에 몰래 엿듣는 사람이 없는지 두리번거렸다.

"괜찮아요. 여긴 안전해요." 프루가 눈치채고 말했다.

"이런 말을 하면 고발당할 수 있어요." 오소리가 걱정했다. "자전거 소녀, 그렇다고 내가 혁명을 존중하지 않는 건 아니에요."

프루는 말없이 고개를 끄덕였다.

"난 돌아가는 상황을 파악하고 당원이 되는 걸 포기했죠." 찰리도 거들었다. "강경파들은 혁명이념을 가져다 패거리 자경주의를 합리화하는 구실로 삼았어요. 반면 시노드는 최소한 자기 자신뿐만 아니라 시민들을 지켜주죠."

"그건 맞는 말이에요." 닐이 동의했다.

"하지만 그들은 믿을 만한가요? 칼리프들?" 에스벤이 유난히 질긴 육포를 씹으며 물었다. "여러분이 만나러 가야 할 상대가 그들이라면 말이에요."

"전 만나야 해요. 그들은 캐롤을 데리고 있어요. 아니면 그의 행방을 알고 있거나." 프루가 대답했다.

"프루, 내 생각에는 조심하는 게 좋을 듯해. 우린 아직도 누가 요괴 달라를 보냈는지도 모르고 있잖아. 어쩌면 그들일 수도 있어. 시노드." 곰이 걱정스럽게 말했다.

"하지만 그들이 도와주려는 건지도 몰라요. 설마 상관도 없는 나를 잡아가려고요?" 프루가 얼굴을 찌푸리며 반문했다.

"알 수 없는 시절이에요, 자전거 소녀. 모두가 친구이자 적이죠." 찰리가 수염을 톡톡 치며 말했다.

모닥불 가에 둘러앉은 네 명은 저마다 말없이 생각에 잠겼다. 불꽃이 타닥타닥 소리를 내며 구덩이에서 허공으로 튀었다. 가방 속의 말린 망고가 오소리에게서 곰으로, 다시 사람에게로 전달되었다.

마침내 프루가 심호흡을 한 뒤 말했다. "그만 가야죠?"

"나도 그렇게 생각해요." 오소리가 동조했다.

에스벤이 배웅하기 위해 자리에서 일어나 프루의 어깨를 토닥였다. "조심해. 침착해야 한다."

"그럴게요." 프루는 대답했다.

"휘파람 연습 좀 하고."

프루가 웃으면서 모닥불 가에서 돌아섰다. 오소리와 수염 난 청년, 자전거 소녀 셋은 어둑한 숲속으로 걸어 들어갔다.

곰은 제자리로 돌아와 갈고리로 장난치듯 모닥불을 뒤적였다. 프루가 가져온 비상식량으로 배를 채우자 슬슬 머리가 작동하기 시작했다. 그는 통나무를 머리에 베고 누워 빙빙 돌아가는 별들 중에 가장 좋아하는 큰곰자리를 찾았다. 그런 다음 꼬리 바로 위에 있는 밝은 별을 찾았다. 에스벤이 어렸을 때 아빠가 가르쳐준 병정인형 별자리 중 허리띠별이었다. 아빠는 그 별이 물건을 만드는 제작자나 땜장이, 리벳공에게는 등대불과 같다고 했다. 곰은 이제부터 자신이 해야 할 과제를 생각하며 마음이 들뜨는 것을 느꼈다. 자신의 최대 업적인 기계소년 왕자를 다시 만드는 것이다. 어려운 작업이 될 테지만 그는 시도해보고 싶었다. 다만 솜씨 좋은 손이 필요했다. 곰은 소녀 프루가 자신을 위해 그 손을 찾아줄 거라고 믿었다. 슬슬 잠이 밀려왔다. 바깥세상에서 온 옛 동료기술자 캐롤 그로드와 총독 관저 다락방에서 보냈던 힘든 시간이 떠올랐다. 그 노인의 얼굴과 목소리, 억양이 생생히 기억났다. 동지의식도.

얼마나 잠을 잤을까, 어디선가 휘파람 소리가 들렸다. 날카롭고 노련한 휘파람이었다. *제법인데.* 그는 생각했다. *지금쯤 장작 헛간보다는 훨씬 멀리 갔을 텐데.* 하지만 정신이 들어 이런 판단이 틀렸음을 깨달았을 때는 너무 늦었다.

🌿

그들은 줄곧 도로를 따라 갔다. 탁 트인 곳으로만 가는 게 그들의 전략이었다. 지금도 그랬다. 길가의 연철 가스등에 불이 들어오기 시작했지만 어둠을 쫓아내지는 못하고 그저 나무 건너편에만 맴돌았다. 프루는 인간과 여우를 오가며 발톱을 드러내던, 과학선생님으로 둔갑했던 여우가 생각나서 자꾸만 어둠을 흘끔거렸다. 그러다 반사적으로 신경이 쏠리면서 귀를 기울였다.

풀과 나무, 관목 덤불이 저마다 와글와글 말을 했다. 프루가 한동안 할 수 있었던 것이 지금도 가능했다. 살아있는 주변 식물들의 목소리를 들을 수 있었다. 그 소리가 딱 한 번 프루가 알아듣는 언어로 성문화된 적이 있는데, 몹시 위협적인 상황에서 일어난 일이었다. 그리고 보면 식물들은 프루의 마음을 이해하는 듯했다. 그 점은 어쨌든 대단했다. 하지만 암살자 달라가 숨어서 공격 기회를 보고 있을 때 식물들한테서 한 마디(분명히 또렷하게 '개'라고 외쳤다)만 들었을 뿐이다. 그 일 이후 몇 달 동안 식물이 다른 단어를 말하는지 들어보려고 기다렸지만 그런 일은 일어나지 않았다. 그저 '웅웅'거리거나 속삭이는 소리만 들릴 뿐이었다. 아무래도 상황의 절박함과 관련이 있는 것 같았다. 그때 프루는 뭔가 짚이는 데가 있었다. 혹시 내가 그런 일이 일어나게 하는 훈련을 받지 않아서 그런 게 아닐까? 그리고 지금, 주변 숲에서 들려오는 '웅웅' 소리는 식물들이 경고를 보내는 소리가 아닐까? 혹시 다른 누군가 암살 임무를 띠고 공격할 기회를 엿보고 있는 것은 아닐까?

해답은 금방 오지 않았다.

상상 속에서 여자로 둔갑한 여우들은 계속해서 출몰했다.

프루는 환영을 떨쳐버리려고 눈을 깜빡거리고, 인력거에 앉아 오소리 닐의 까딱거리는 뒤통수를 뚫어져라 쳐다봤다. 그는 이 작은 교통수단으로 롱로드의 자갈길을 용케 달리고 있었다. 찰리는 그 옆에서 장난을 치면서도 주변에 대한 경계를 늦추지 않았다.

"거기까지 괜찮겠어요?" 머릿속 두려움을 몰아내려 애쓰며 프루가 물었다.

"그럼요." 오소리가 헉헉 숨을 가쁘게 몰아쉬며 대답했다.

"정말 나를 태우고 가고 싶어요? 난 편히 걸어가고 싶은데."

"오, 안 돼요, 안 돼." 오소리가 단호하게 고개를 저었다. "길이 험해요. 발목을 삘 수도 있어요. 그럼 우리는 어떻게 되라고요?"

"하긴 전에도 그런 일을 겪었죠……."

"게다가," 닐에 계속해서 말했다. "게다가 이 길을 나만큼 잘 아는 사람도 없어요. 3분이면 거기까지 모셔다드릴 수 있어요."

"좋아요." 프루는 오소리와 말씨름을 하느니 그 편이 낫겠다고 생각했다. 어쨌든 인력거를 타고 가면 자신이 중요한 인물처럼 보이고, 어디 가든 구경꾼들이 몰려들 것이다. 관저를 떠나, 그리고 기록원에서 낭패를 본 후 인력거를 타고 오는 내내 무방비로 모기떼를 뚫고온 기분이었다. 폭도들은 시노드에 의해 해산되자마자 새로운 숭배자가 되어 나타났고, 조금 전까지 강경파였던 스포크 당원들의 입에서는 이런 구호가 나왔다. "왕자 알렉세이를 되살리자!" "로봇을 다시 데려와라!" 소년의 성姓인 스빅은 이 구호에서 의도적으로 빠졌다. 프루는 이런 현상이 일종의 인지부조화가 아닐까 생각했다. 언젠가 아빠는 비논리적임에도 불구하고 두 가지 모순되는 믿음을 동시에 갖는 것을 그렇게 정의했다. 프루는 이 같은 정치운동이 어떻게 동력을 얻어가는지 보았다.

그런 일련의 생각과 기억을 다 들춰보기도 전에 인력거는 다시 스포크 당원과 추종자들에게 둘러싸였다. 게다가 몇몇 흥분한 시민들이 프루가 도착한 사

실을 알리자 시민들은 침대를 박차고 일어나 구름처럼 몰려들었다. 몇 명은 잠옷 차림으로 인력거 지붕까지 기어오르고 대부분은 뒤에서 길게 따라왔다. 찰리는 처음에 사람들을 인력거에서 떼어놓으려고 했다. 하지만 군중의 집단적인 운동량이 얼마나 큰지 인력거를 끌 필요조차 없게 되었다. 인력거는 마치 종이배처럼 인파의 물결에 실려 앞으로 나아갔다. 그 바람에 덤불 속에 잠복해있을지 모를 암살자 요괴에 관한 걱정은 지난 일이 되어버렸다.

"우리는 당신을 지지해요, 자전거 소녀!" 군중 속에서 누군가 소리쳤다. "자동인형 왕자를 데려와야 해요!"

"평화를! 우리 시대에 평화를!"

군중은 관저 유리창 불빛으로부터 멀어져 대로의 상점과 집들을 지나 사우스우드의 주택가로 돌아 들어갔다. 지붕 같은 나뭇가지는 도로로 축 늘어져 있고, 가스등은 점점 줄어들었다. 인력거를 따라오던 군중도 서서히 흩어져서

수가 점점 줄었다.

"어디 가세요, 자전거 소녀?" 자전거 모자를 쓴 10대 곰이 따라오며 물었다.

"황폐한 나무한테요. 거기에서 누굴 만나기로 되어있어요."

"누구요?"

"가봐야 알 것 같아요." 프루가 대답했다.

"아하." 프루 왼편에서 누군가가 말했다. 돌아보니 꽃무늬 원피스를 입은 중년 여인이었다. "그들은 나무한테 말을 걸죠. 풀이 하는 말도 알아들어요."

프루는 웃었지만 머릿속이 더욱 혼란스러워졌다. 이 시노드 일원들은 그저 사우스우드판 신비주의자들이 아닐까? 프루는 세상을 떠난 신비주의자 이피게니아를 떠올리며, 그녀가 자신을 인도해주기를 빌었다. 누구를 의지하고 무엇을 믿어야 할지 혼란스러웠다. 프루는 다시 나무들에게 귀를 기울였는데 음색이 확연히 달라져 있었다. 더 낮고 목이 쉰 듯한 소리였다. 더욱이 정상적인 청력으로 들을 수 없는 곳에서 '웅웅' 소리가 들려왔다. 마치 도로에 있는 누군가의 카스테레오에서 흘러나오는 윙윙 소리처럼 들렸다.

"다 왔어요." 닐이 조그만 언덕 위에서 인력거를 멈췄다. 울퉁불퉁하고 오래된 솔송나무 두 그루가 일종의 관문 역할을 하고 있었다. "저기 저 너머에 황폐한 나무가 있어요."

"함께 안 갈래요?" 프루가 물었다.

"황폐한 나무로 가는 문턱을 넘는 건 초청받은 사람만 가능해요." 찰리가 말했다. 그가 고개를 끄덕이며 손으로 길 앞쪽을 가리켰다.

솔송나무 뒤에서 두 사람이 나타났다. 그들은 두건이 달린데다 발목까지 내려오는 회색 옷으로 전신을 휘감고 있었다. 가까이 다가오자 근처 가스등 불빛에 더 자세히 보였다. 얼굴에는 은색 거울 같은 마스크를 쓰고 있었다. 그 모습이 왠지 섬뜩해서 프루는 의혹 어린 눈길로 바라보았다. 인력거를 뒤따라 오던 시민 몇 명이 이 이상한 사람들에게 정중히 절을 한 뒤 사라졌다.

프루는 그들에게 인사를 건네며 길로 들어섰다. "안녕하세요?" 반응이 없었다. 프루는 다시 말을 걸었다. "전 프루예요. 제가 나무 밑에서 누구를 만나기로 되어있는데요."

광택 나는 은빛 마스크에 기다란 회색 두건을 쓴 그들은 여전히 아무 말도 하지 않았다. 대신 손짓으로 길 앞쪽, 쌍둥이 솔송나무 가지 아래쪽을 가리켰다. 프루는 잠깐 돌아다보았다. 찰리와 닐, 싸구려 보석이 달린 그의 현란한 인력거만 남아있었다.

"어서 가요. 조심하고." 찰리가 당부했다.

이쪽 길은 노면이 고르지 않은데다 몇 년 동안 보수를 하지 않았는지 자갈이 파이고 깨져있었다. 뿐만 아니라 길 한가운데 잡초가 뭉텅이로 자라거나 이끼가 끼고 나무뿌리가 위로 툭 불거져 울퉁불퉁 골이 파여있었다. 프루는 양 옆에 있는 두 수행원과 나란히 걸었다. 그들은 프루를 언덕 아래로 안내했다. 프루는 아까 던진 질문에 대한 답변을 듣지 못한 터라 다시 물어보고 싶었지만 왠지 무례한 짓인 것 같았다. 어쩌면 그들은 침묵의 맹세를 했을지도 모른다. 프루는 그들의 기분을 상하게 하고 싶지 않았다. 그래서 잠자코 있었다.

그들이 동물인지 인간인지, 남자인지 여자인지도 알 수 없었다. 전신을 가린 복장 때문에 통 분간이 가지 않았다. 한 사람은 다른 사람보다 키가 약간 작았는데, 그 점만이 둘을 구분하는 유일한 차이였다. 프루는 식물들에게 주의를 돌려 뭔가 단서가 될 정보를 얻고 싶었지만 아까처럼 주변 숲에서는 웅

213

웅 중얼거리는 소리 외에 어떤 것도 얻어낼 수 없었다. 낮게 웅웅거리는 소리는 여전히 남아있었다. 그 소리는 어딘지 알 수 없는 먼 곳에서 진동처럼 울려 퍼졌는데, 걸어갈수록 크게 들리는 듯했다. 그때 갑자기 다른 소리도 들렸다. 양 옆 두 사람한테서 나는 소리로, 똑딱똑딱 초침 소리와 비슷했다. 프루는 *이상하다고* 생각했다. 그것은 인간이 낼 수 있는 소리가 아니었다. 더욱이 *자신의 머릿속에서* 들려오는 소리 같아서 식물이 보내는 일종의 신호일지도 모른다는 생각이 들었다. 하지만 그게 무슨 의미인지 생각할 겨를은 없었다. 어느새 셋은 떠오르는 달빛에 하얗게 빛나는 드넓은 목초지에 다다랐다.

그 광경은 이상하게도 낯이 익었다. 두건을 쓰고 긴 옷을 입은 무리가 목초지 한가운데 솟은 거대한 나무 둘레에 넓게 원을 만들며 서있었다. 그들 뒤로 횃불이 더 넓은 원을 만들며 세워져 있었다. 긴 옷 입은 사람들의 길고 틀어진 그림자가 뒤틀린 나무줄기를 기어올랐다. 프루는 이제야 왜 이 나무를 황폐한 나무라고 하는지 알 것 같았다. 마치 누군가 이 거대하고 튼튼한 나무의 나뭇잎을 몽땅 떼어내고 난도질도 모자라 거대한 몸통에 옹이가 툭툭 불거지도록 힘껏 비튼 모양을 하고 있었다. 나무껍질은 노인의 피부처럼 주글주글했고, 나뭇가지는 근처의 다른 나무들보다도 더 높이 소용돌이 모양으로 하늘을 향해 뻗어있었다. 프루는 숨을 죽였다. 바로 이곳이 멀리에서 들려오는 듯 낮게 웅웅거리던 소리의 진원지였다. 그것은 황폐한 나무가 내는 소리였다. 나무가 프루를 부르고 있었다.

둥글게 서있던 무리 중 한 명이 세 사람을 발견하고는 걸어왔다. 그 역시 온몸을 회색 긴 옷으로 휘감고 회색 두건을 썼다. 다만 얼굴에 쓴 마스크는 은색이 아니라 반짝거리는 금색이었다. 마스크 자체는 특별할 것이 없었다. 별 특징이 없는 보통 사람의 얼굴이었다. 그가 가까이 왔을 때 프루는 마스크 텅 빈 눈구멍이 횃불에 반사되어 그늘이 진 것을 보았다.

"프루 매킬." 그가 다가오며 입을 열었다. "오랫동안 널 만나기를 고대했다. 이런 날을 만들기 위해 지금껏 기다렸지. 분명 너도 잘 알고 있을 거야."

남자의 목소리는 황금 마스크에 가려 또렷하게 들리지 않았다. 그가 고갯짓을 하자 프루 옆에 서있던 두 수행원이 조용히 물러나 나무를 둘러싼 무리에게로 갔다.

프루가 그들을 바라보며 물었다. "저 사람들은 말을 못 하게 되어있나요? 선서나 뭐 그런 것 때문인가요?"

"그것도 일종의 말이지." 남자가 대답했다. 프루는 그 앞에서 이상하게 마음이 편안해지는 것을 느꼈다. 마스크 때문에 걸러지기는 했지만 음성이 왠지 아빠처럼 다정했다. "농담해서 미안하다. 실은 그들 스스로 말을 하지 않기로 선택한 거란다. 말 대신 명상으로 충분하다는 게 황폐한 나무의 가르침이지. 사람들이 내는 소리는 집중을 방해할 뿐이란다."

"그런데 당신은 왜 말을 하죠?" 프루는 그 질문이 무례하게 들리지 않기를 바랐다. 그가 풍기는 분위기가 그 정도로 친숙하게 다가왔다. 사실 프루는 전에 어디선가 이 남자를 만난 적이 있다고 맹세할 수 있었다.

"난 시종부터 시작해 지금에 이르렀지. 원로 칼리프란다. 내 이름은 엘긴이야. 황폐한 숲속 빈터에 온 것을 환영한다. 바깥세상에서 오느라 오래 걸었을 게다. 하지만 네가 여기 온 것은 필연이란다. 넌 우드에 발을 들여놓은 순간 이곳으로 오게 되어있었어." 횃불 불빛에 남자의 마스크가 번쩍 빛났다. 마스크가 사람의 넋을 빼놓는 듯했다. 프루는 창백한 달빛 아래 거울 같은 마스크에 반사된 자신의 모습을 보았다. 낱낱이 분해되어 마구 흔들려 보였다. "자, 나무한테 가거라. 너에게 말하려고 오래 기다려왔단다." 엘긴이 말했다.

프루는 남자에서 뿜어져 나오는 묘한 후광에서 시선을 떼지 못한 채 뒤따라가다 문득 생각난 듯 물었다. "혹시 캐롤 그로드가 어디에 있는지 아세요?" 프루는 걸음을 멈췄지만 그는 계속해서 걸었다. 프루가 다시 혼잣말처럼 말했다. "전 그 사람을 찾아야 해요."

엘긴이 돌아다보았다. "그는 가까운 곳에 있다. 자, 어서."

"그럼 그 사람이 여기에 있단 말인가요? 여기에?"

"자, 프루. 어서 나무에게 가서 고하렴."

머릿속에서 웅웅 소리가 점점 커졌다. 제대로 생각을 하기도 어려웠다. 나무를 둥글게 에워싼 사람들한테서 나는 기묘한 똑딱 소리도 들렸다. 비록 그 소리는 낮은 웅얼거림에 이내 묻혀버렸지만. 프루는 생각을 지워버리려고 관자놀이를 문질렀다.

남자는 황폐한 나무에 둘러앉은 칼리프들 곁으로 오라고 계속해서 손짓으로 재촉했다. "우린 너를 기다렸단다. 미망인 총독이 네 동생을 납치하는 바람에 네가 우드에 들어왔을 때부터 줄곧. 우린 누구보다 먼저 너를 봤지. 너의 능력, 너의 잠재력을 알고 있었어. 자, 좀더 가까이 오렴."

"캐롤을 찾아야 해요. 캐롤 그로드. 우린 알렉세이를 다시 만들어야 해요."

"알고 있단다. 알고 있어. 우리만이 네가 그 일을 하도록 도울 수 있어. 넌 마침 아주 좋은 때에 왔단다. 프루 매킬, 자전거 소녀이자 와일드우드의 실질적인 여왕. 나무는 지금 메시지를 보내고 있다. 고대의 언어로 자신의 참된 신봉자들과 소통하고 있지. 일종의 부르심이지. 황폐한 나무에게는 우리가 필요해." 그는 모여있는 일행을 손으로 가리켰다. 프루는 그들을 바라보았다. 나무 그늘 아래 서있는 그들의 차가운 은색 마스크가 불빛에 번쩍거렸다.

"저 사람들은 누구예요?" 프루가 물었다.

이제는 사방에서 웅웅 소리가 났다. 뱃고동 소리나 간간이 들리는 새의 노래소리처럼 프루의 목소리가 메아리가 되어 되돌아왔다.

"참된 신봉자들이란다. 가까이 오거라."

프루는 최면에 걸린 듯 사람들을 향해 걷기 시작했다.

"프루, 지금 와일드우드 심장부 깊은 곳에서 새 나무가 태어나고 있다." 엘긴이 말했다. "넌 느꼈을 거야. 지금 자라고 있지. 아직 태어나지 않고 자궁 속에 있는 아기처럼 부모 즉, 아버지와 어머니로부터 기를 빨아들이고 있다. 난산이 될 거야. 지금도, 주변에서 에너지를 빨아들이고 있지. 슬프게도 어머니 나무는 출산을 하다 죽을 거야. 틀림없이 그렇게 된다. 하지만 아버지 나무는 살아남을 것이다. 아버지 나무와 새로 태어난 아기 나무는 새 시대의 환영을 받게 될 거야. 충성스러운 우리 모두는 그 나무의 산파인 셈이지."

웅웅 소리는 이제 너무 크게 들려서 남자의 말을 알아듣기는커녕 목소리도 잘 들리지 않았다. 그저 알 수 없는 파동으로 느낄 뿐이었다. 나무 앞에 처음 보는 사람들이 모여있었다. 여러 남녀들이 줄지어 서있고, 두건 쓴 시종이 황폐한 나무의 벌레 먹은 줄기에서 나무껍질을 벗겨내고 있었다. 두건을 쓰지 않은 남녀들은 한 줄로 늘어서 차례차례 무릎을 꿇고 입을 벌렸다. 그러자 시종이 그들의 혓바닥에 나무에서 긁은 나무껍질을 조금씩 떨어뜨렸다. 프루는 그들 중 몇 명이 오후에 관저 로비에서 본 사람이라는 사실을 알아챘다. 이윽고 그들은 몸을 일으킨 뒤 저마다 반듯하게 갠 긴 옷과 은색 마스크를 건네받았다.

217

엘긴이 말했다. "프루, 우리도 같은 생각을 갖고 있단다. 우리 또한 그런 지시를 받았지. 반쯤 죽은 왕자에게 생명을 불어넣으라는 지시 말이다." 웅웅. "그 지시를 내린 건 어머니 나무만이 아니야. 아버지 나무도 내렸지. 새로 태어날 아기 나무에게는 후원자가 필요해. 알렉세이가 그 후원자가 되어줄 거야."

웅웅.

그들은 나무에게 더 가까이 다가갔다. 영성체 의식을 기다리는 줄이 더욱 길어져서, 나무를 둥글게 에워싼 시종들을 지나 저 멀리까지 구불구불 이어졌다.

프루는 원로 칼리프가 자신을 데려온 이곳이 어디인지 분명히 이해가 됐다. "그런데, 캐롤 그로드는요?" 프루가 끈질기게 물었다.

웅웅.

"캐롤은 우리가 데리고 있단다. 그는 무사해. 우리는 다만 에스벤이 필요할 뿐이다. 그래야 뫼비우스 톱니바퀴를 만들 수 있거든."

웅웅.

"그게 뭔데요?" 프루가 나지막이 물었다. 그의 말이 꼭 외국어처럼 들렸다.

두 사람은 두건 쓴 칼리프 시종들이 둥글게 서있는 곳까지 걸어갔다. 프루는 그들에게 귀를 기울였다. 그러자 그들 각자의 몸에서 이상한 초침 소리가 들렸다. 이들에게도 묘한 친근감이 느껴졌다. 그들의 모습이 그랬다. 프루는 그들이 누구인지 알 만한 특징이 있을까 해서 찬찬히 살펴보았지만 거울 같은 마스크의 형태만 검게 보였다.

프루가 걸음을 멈추고 시종들을 관찰하고 있을 때 원로 칼리프 엘긴이 큰 소리로 불렀다. "어서 와라. 나무가 부르고 있어."

정말로 그런 것 같았다. 누군가 머리 앞에 대고 블렌더를 돌리는 것처럼 머릿속에서 응응 소리가 났다. 그 바람에 머릿속을 어지럽히던 다른 생각은 단번에 사라져버렸다. 에스벤이라든지 캐롤, 알렉세이, 커티스, 아빠, 엄마, 그밖에 다른 생각들. 프루는 나무에게 가까이 간 다음 몸통에 손바닥을 댔다.

전기 같은 자극이 손가락 끝으로 들어와 팔을 타고 뱀처럼 구불구불 번졌다. 뿐만 아니라 심장에서 목과 골반, 그리고 발까지 퍼졌다. 순간 프루는 일종의 기 또는 에너지를 느꼈고 자신이 나무를 만지기 전까지 얼마나 피곤했는지, 지난해에 겪은 사건들이 영혼을 얼마나 고달프게 했는지 깨달았다. 마치 방전된 배터리 또는 죽은 채로 걸어다니는 배터리와 같던 자신이 황폐한 나무에게서 새로이 충전을 받은 느낌이었다. 시력도 갑자기 좋아진 것 같았다. 손가락 끝을 보자 손톱이 형광빛 도는 초록색으로 물들고 있었다.

누군가 프루의 귀에 대고 속삭였다. 엘긴이었다. "이게 나무에게 기를 주는 병균이란다. 일종의 해면처럼 생긴 곰팡이지." 나무의 울퉁불퉁한 껍질 곳곳에 이상한 혹이 자라고 있었다. 횃불이 비치자 혹들이 반짝거리며 빛을 발했다. "프루 매킬. 넌 많이 발전했고, 진정한 힘이 생겨나는 경험을 했다. 이 곰팡이를 먹고 우리와 함께 하자. 예전의 삶은 버리고 진정한 칼리프가 되어 아기 나무의 탄생을 돕는 거야."

프루는 옆으로 한 발짝 물러났지만 여전히 온몸에 기가 흘렀다. 오른편을 돌아다보니 두건 쓴 시종이 나무껍질에서 거품 나는 초록색 물질을 긁고 있었다. 이윽고 그는 숟가락에 모은 것을 프루에게 가져왔다. 촉촉하고 빛이 났다.

"먹어라." 엘긴이 말했다. "곰팡이를 먹어라. 그리고 우리 편이 되는 거야."

CHAPTER 14

타고난 파괴자; 두 번째 물건

목욕물이 따뜻했다. 말 그대로 몇 개월 만인지 몰랐다. 그동안 꾀죄죄하게 땟국이 흐르는 피부와 머리에 망을 쓴 듯 검은 곱슬머리를 눌러붙게 한 머릿기름에 익숙해져 있었다. 엘시는 무릎을 모아 앉아있고 언니는 비누 거품이 이는 따뜻한 물을 병에 담아 동생의 어깨에 부어주었다.

욕실 밖에서 한창 준비 중인 사람들의 소리가 들려왔다.

물건을 들고 옮기느라 고함치는 소리. 상자를 쌓고 전선을 푸는 소리. 사람들의 말에는 간간히 프랑스어가 섞여있었다. 농담과 쾌활한 웃음소리가 복도를 울렸다. 그것은 최고의 무대를 위해 몇 년을 준비하고 기다려온 배우들의 소리이기도 했다. 소집 나팔소리가 울려퍼질 시간이 시시각각 다가오고 있었다.

엘시는 욕실에 조용히 앉아 등과 어깨로 흘러내리는 따뜻한 물을 느꼈다.

"좋아. 한 번만 더." 레이첼이 말했다.

엘시가 고개를 끄덕였다. "곧장 가다 왼쪽, 왼쪽, 다시 곧장 가다 오른쪽, 그리고 곧장."

"좋아." 레이첼이 재촉했다. 그녀는 동생의 시선이 닿지 않는 욕조 난간 바로 옆에 지도를 펼쳐놓은 채 들여다보고 있었다.

"환기구를 열면 통로가 나와." 엘시는 확인을 받기 위해 언니를 보았다.

"맞아, 그 다음에는?"

"오른쪽으로 조금 가면 욕실. 천장 환기구. 문을 열고 아래로 내려가. 그 다음에는 직진. 좀더 가다 오른쪽. 왼쪽, 왼쪽, 오른쪽, 직진, 환기구를 열어."

"잘했어, 엘시." 레이첼이 칭찬을 했다. "여기부터 조심해야 해."

"알아. 여기가 휴게실이지, 그렇지?" 언니가 고개를 끄덕였다. "사람들이 나갈 때까지 기다려. 그런 다음 내려가. 그 다음에는……." 엘시가 머뭇거렸다.

"그 다음엔?"

엘시가 욕조 난간 너머로 고개를 빼자 레이첼이 얼른 지도를 감췄다. "훔쳐보지 마, 엘시! 이건 중대한 문제야. 빌딩에 들어가면 지도를 볼 시간이 없어. 넌 이 모든 것들을 외워야 한다고!" 레이첼의 얼굴에 수심이 가득했다. 엘시는 언니의 걱정을 충분히 이해했다. "넌 붙잡히면 끝장이야, 엘시. 절대로 그런 일이 일어나선 안 돼."

엘시는 심호흡을 한 뒤 레이첼의 눈을 똑바로 응시하며 계속했다. "휴게실을 통과한다. 복도를 걸어간다. 화물용 엘리베이터가 나온다. 문이 닫힐 때까지 기다린다." 엘시가 이쯤에서 언니의 기색을 살폈다. 이 부분은 언생크 담당이었다. 여러 가지 역할 중에 한 가지. 사실은 전 과정이 그가 타이탄 타워에 들어가 몇 가지 중대한 임무를 얼마나 잘 해내느냐에 달려있었다. 레이첼은 고개를 들지 않았다. 엘시가 계속했다. "문을 살핀다. 엘리베이터는 거기에 서지 않아. 사다리를 타고 15층까지 올라가야 해. 거기에 밀실로 들어가는 배관이 있어. 환기구 철창을 뜯고 안으로 들어가. 그 다음 오른쪽, 직진, 왼쪽, 왼쪽, 직진, 오른쪽, 직진. 그리고……."

"그리고?"

"다 왔어. 밀실로 가는 환기구가 있어. 거기로 들어가면 책꽂이 뒤에 비상 엘리베이터가 있어. 그럼 포로를 탈출시켜 광장 동쪽 문 밖에서 *랑데뷰*(만남)를 하는 거지." 마지막은 자크가 했던 말이었다. 단호하고도 사무적으로 들리

는 그 말이 엘시는 좋았다.

"잘했어, 엘시. 다 외운 걸로 알겠어." 레이첼이 웃으면서 말했다.

"*메르시(고마워).*" 엘시는 검은 모자단 방식대로 말했다.

그때 문 두드리는 소리가 들렸다. 마이클이었다. "다 했어?"

"응, 거의." 레이첼이 소리쳤다. "설계도를 다 외운 것 같아."

"좋아. 잠깐 나와봐. 다른 애들은 다 모였어."

그와 신시아 슈미트는 망각의 집 안 창고에 다녀왔다. 그곳에 가서 검은 모자단한테 얻은 음식을 나눠주고 아이들에게 작전에 대해 간단히 설명했다. 그리고 약속한 대로 타이탄 타워에 들어갈 아이들을 몇 명 선발했다.

엘시가 휘둥그레진 눈으로 언니를 바라보았다. 일이 정말로 일어날 모양이었다. "우리 금방 나갈게!" 그녀가 소리쳤다.

메인 룸 밖은 대혼란이었다. 부산하게 움직이는 검은 터틀넥 스웨터 위로 검은 베레모가 떼로 둥둥 떠다녔다. 두 소녀는 힘들게 그 사이를 빠져나갔다. 마이클은, 두 파괴자가 옮기는 나무 감개에 감긴 도화선 밑을 옆걸음으로 겨우 통과했다. 그 뒤를 세 아이가 따라갔다. 입양부적격자들 중에서도 가장 몸집이 작고 재빠른 해리, 오즈, 루디였다. 아홉 살쯤 되는 세 아이는 나이에 비해 체구가 작았다. 하지만 해리는 어린아이치고 몸이 다부지고 어깨도 딱 벌어졌으며 불굴의 힘을 자랑했다. 그래서 아이들이 요새 해리라고 불렀다. 절친한 사이인 오즈와 루디는 직감으로 의사소통을 했다. 이렇게 눈치 빠른 점도 틀림없이 도움이 될 것 같아서 선택되었다.

엘시는 함께 할 동료들을 보고 흐뭇한 미소를 지었다. "얘들아. 너희들 기꺼이 이 미친 짓에 동참할 거지?"

아이들이 대답할 겨를도 없이 니코가 검은 식탁보처럼 생긴 뭉치를 들고 나타났다. "각자 하나씩 입어." 그는 높이 쌓인 옷더미 뒤에서 말했다. 그가 옷을 나눠주기 시작했다. "스몰과 엑스트라 스몰 사이즈야."

마이클이 건네받은 꾸러미를 풀었다. 검정색 터틀넥 셔츠와 색을 맞춘 바지, 그리고 베레모였다.

"너희들은 입양부적격자이지만, 오늘밤은 검은 모자단의 일원이다." 니코가 말했다.

"알겠습니다, 단장님." 엘시가 반사적으로 대답했다. 엘시는 단원들이 어떤 호칭을 붙이는지 잘 몰랐다. 그저 그게 맞는 것 같았다. 엘시는 옷꾸러미 속에서 베레모를 꺼내 장난스럽게 살짝 옆으로 기울여 써보았다. 자부심이 등줄기를 타고 번지는 듯했다.

"똑바로 써야지." 니코가 엘시에게 윙크하며 말했다.

엘시의 얼굴이 붉어졌다. 잠시 후 아이들은 복장을 갖춰입은 꼬마 파괴자들로 변신했다. 엘시가 동료 배관 쥐들(그들도 자신의 역할을 알아가는 중이었다)을 상대하는 동안 레이첼은 니코를 따라 방을 가로질러 갔다. 그곳에는 일종의 작업라인이 체계적으로 설치돼 있었다. 테이블 한 곳에서 단원들이 나무상자에 든 눈뭉치 크기의 검고 불투명하고 쇠공처럼 생긴 물건을 꺼내 두 번째 테이블로 보냈다. 그러면 공 안에 깔때기 비슷한 것을 꽂아 가루를 주입해 바로 옆 세 번째 테이블로 넘기고 그 공에 조심스럽게 심지를 박아 밀랍으로 봉했다. 니코가 세 번째 테이블에 있는 남자에게 휘파람을 분 뒤 손을 내밀었다. 완성된 폭탄을 건네받은 니코가 그것을 야구공처럼 들어올려 보였다.

"이게 어떤 느낌인지 아니?" 니코가 폭탄을 레이첼에게 건네며 물었다.

그것은 보기보다 무거워서 레이첼은 들자마자 떨어뜨릴 뻔했다. 아주 차가운 촉감에 유황 냄새가 났다.

레이첼이 어깨를 쪽 펴고 두 발을 적당히 벌리며 말했다. "느낌이 좋아요."

니코는 심드렁했다. "이걸 얼마나 멀리 던질 수 있겠니?"

레이첼은 두 손으로 폭탄을 쥐고 가볍게 저글링을 하며 무게를 가늠해보았다. "모르겠어요. 멀리는 못 던질 것 같아요."

"저거 맞힐 수 있겠어?" 니코가 방 한쪽 구석에 쌓아놓은 밀가루 포대를 가리키며 물었다. 족히 6미터는 떨어져 있었다.

레이첼은 심호흡을 하고 의미심장한 미소를 지어보인 다음 체육시간에 소프트볼 공을 던지듯 언더핸드로 있는 힘껏 던졌다. 폭탄은 시멘트 바닥을 몇 미터쯤 굴러갔지만 목표물에는 도달하지 못했다.

"이런, 맙소사." 니코는 이렇게 중얼거린 뒤 폭탄을 집어들고 레이첼에게 걸어왔다. 그가 팔을 구부린 채 검정색 공을 목덜미 옆으로 들어올려 적당한 자세를 만들었다. 그리고 우스꽝스럽게 무릎을 구부린 다음 슬로모션으로 팔을 어깨에서 쭉 내려뻗었다. "이렇게. 다리에서 힘이 나와야 하는 거야." 그는 폭탄을 다시 레이첼에게 주었다.

레이첼은 어깨 위로 폭탄을 들어올려 다시 시도했다. 이번에는 둔탁하지만 밀가루 포대 중앙에 쿵하고 떨어졌다.

"잘했어!" 니코가 박수를 치며 말했다. "잊지 마라. *레 장베*les jambes(다리)." 그가 고쳐서 말했다. "다리 자세 말이야."

레이첼이 훈련용 발사체를 회수하러 걸어가는데 뒤에서 다른 누군가 말했다. "그 거리의 두 배는 던져야 할 걸. 이 거리 정도면 넌 파편을 온 몸에 뒤집어쓸 게다." 고개를 돌려보니 자크였다.

그 말을 들은 레이첼의 얼굴이 하얗게 질렸다. "다시 한 번 해볼게요."

"좋아. 거기에 네 생명이 달렸다고 생각해." 자크가 이렇게 말한 뒤 니코를 돌아다보았다. "레이첼은 데려가지 않기를 바라네."

레이첼을 폭파팀에 넣는 문제로 두 사람은 줄곧 의견충돌을 일으켰다. 자크는 배관을 통해 아이들을 빌딩 안으로 들여보내는 것만으로도 충분히 무모하다고 생각했다. 게다가 경험 없는 10대를 폭격수로 투입하는 문제는 또 달랐다.

"엘 뻬 르페르, 자크*Elle peut le faire, Jacque*(이 아이도 할 수 있어요, 자크)." 니코가 단호하게 말했다. "엘라 베스왕 덩 페 드쁘라틱, 세뚜*Elle a besoin d'un peu de pratique, c'est tout*(훈련을 좀더 하면 돼요)."

"누 나봉빠 르땅 뿌 라쁘라틱, 누 프라뽕 스수와*Nous n'avons pas le temps pour la pratiquue, Nous frappons ce soir*(훈련시킬 시간이 없어. 오늘 밤 공격해야 한다고)."

자신을 두고 논쟁하고 있음을 눈치챈 레이첼이 그들에게 다가왔다. 9학년 프랑스어 실력이면 그 정도 속도의 프랑스어는 대충 알아들을 수 있었다. 레이첼이 두 남자를 노려보자, 결국 둘 중 한 명이 영어로 말했다.

"그건 그렇고 부디 단장님이 좋아하는 그 미친 사람이나 제정신이길 바랍니다. 모두의 목숨이 그에게 달려있으니까요." 니코가 자크를 도전적으로 쳐다보며 말했다.

"그건 걱정 말게. 그 친구는 잘 해낼 거야. 그리고 난 겉멋 들린 10대 여자애보다 그 친구가 더 든든하다네."

겉멋 들린 10대 여자애라고? 레이첼이 생각했다. 이런 말을 언제까지 참아야하는 거지? 레이첼은 둘 중 아무라도 관심 가져주기를 바라며 헛기침을 했지만 소용없었다. 그들은 레이첼이 그 자리에 없는 것처럼 말씨름을 계속했다.

"이게 단장님의 중대 프로젝트다, 그러니 단장님 마음대로 하겠다 이거군요."

"이 일은 내가 원했던 방식으로 진행되지 않고 있어. 자네가 거기 가서 괜한 약속을 하는 바람에 지금 이 모양으로 굴러가는 거라고. 자네도 알 거야."

레이첼도 충분히 아는 이야기였다. 레이첼은 폭탄을 어깨 높이로 들어올린 뒤 니코의 지시사항을 떠올리며 무릎을 구부렸다. 그리고 괴상한 기합까지 넣어가며 방을 가로질러 족히 12미터 되는 거리로 폭탄을 던졌다. 불을 붙이지 않은 폭탄이 방을 가로질러 쿵 소리를 내며 복도에 떨어졌다. 그 소리에 방에서 진행되던 모든 행동이 일시에 멈췄다.

"우리는 *애들이* 아니에요." 갑자기 모두의 주목을 받은 레이첼이 말했다. "겁먹 들린 어린애는 더더욱 아니고요." 그러고는 폭탄이 떨어진 곳을 보며 스스로도 놀라워 소리를 질렀다. "보세요, 엄청 멀리 던졌어요!"

니코가 미소 띤 얼굴로 자크를 쳐다봤다. "보세요, 자크 동지. 레이첼은 잘 해낼 거예요. 그리고 지금에야 알게 됐는데, 앞으로 폭탄 던질 일이 생기면 10대를 찾아봐야겠어요."

방 안은 다시 소란한 상태로 돌아갔다. 레이첼은 폭탄을 주워와 밀가루 포대로 던지는 연습을 반복했다. 잠시 후 훈련이 부족하다는 사실을 깨달았는지 여러 명의 파괴자들이 레이첼의 훈련에 합류해 선의의 경쟁을 벌였다.

구석에서는 아가일 편물 조끼를 입은 남자가 '폭발물'이라는 라벨이 붙은 빈 상자 더미에 옆에 웅크리고 앉아 흰색 암기용 카드를 뒤적이고 있었다. 주변에서 사람들이 분주하게 움직이는 동안 그는 타임 랩스(완속 촬영. 정해진 간격으로 움직임을 촬영한 후 정상 속도로 영사하면 빠른 움직임으로 표현된다. ―옮긴이) 필름

속의 정지한 물체처럼 가만히 앉아 손에 쥔 카드만 뚫어져라 내려다봤다. 엘시는 한동안 그를 바라보았다. 그는 카드에 적힌 글자를 빙하가 움직이는 속도로 읽고 있었다. 엘시가 잡담하는 배관 쥐들을 뒤로하고 그에게 걸어갔다.

"저, 언생크 씨." 엘시가 말을 걸었다. 그는 엘시의 말을 듣지 못했는지 카드에 적힌 글자를 낮게 읊조리기만 했다. 엘시가 다시 불렀다. "언생크 씨."

그가 동작을 멈추고 시선을 들었다. 그의 눈이 휘둥그레지면서 뭔가를 찾는 듯 두리번거렸다. 혼란스럽고 겁먹은 동물처럼 보였다.

"저 기억 안 나요? 엘시 멜버그예요." 엘시가 물었다.

그가 고개를 저었다. "아니. 난 내가 뭘 하는지 몰라. 트랄라라."

"우리 부모님이 작년에 실종된 오빠를 찾으러 이스탄불에 가셨잖아요. 저와 언니를 언생크 씨네 고아원에 맡기고요. 그분들은 지금 러시아 어딘가에 계실 거예요. 언생크 씨는 우리를 입양부적격자로 만들었어요. 웃기게도 우린 애초에 입양될 처지도 아니었는데 말이죠." 이렇게 장황하게 늘어놓다보니 왠지 자서전을 읽는 기분이 들었다.

조프리는 멀뚱멀뚱 엘시를 바라보기만 했다. 가끔 엘시가 말을 하는 동안에도 조용히 "트랄라라." 노래를 불렀다.

"언생크 씨는 우리를 지날 수 없는 숲으로 들여보냈죠. 언니의 귀에 이상한 물질을 넣고 제게는 이상한 알약을 먹인 다음에요. 먹을 것도 물도 주지 않고 그곳으로 들여보냈죠. 기억나세요? 거기에서 다른 입양부적격자들을 만나지 못했으면 우리는 굶어죽었을 거예요. 기억나세요, 언생크 씨?"

엘시가 말하는 동안 남자는 계속해서 뭐라고 주절거렸다. 카드를 손에 쥐고 초조하게 섞었다. 어느 순간 엘시는 그의 눈에 눈물이 고인 것을 발견했다.

"하지만, 그거 아세요, 언생크 씨? 당신은 원래 정말 좋은 사람이에요. 마음속 어딘가에 착한 심성이 있어요. 단지 살면서 나쁜 선택을 많이 했을 뿐이에요. 당신은 기이한 욕심 때문에 우리를 지날 수 없는 숲으로 보냈어요. 하지만 우리는 탈출해서 훨씬 나아졌어요. 전 이제 저에게 미처 몰랐던 특별한 능력이 있다는 것을 알게 되었어요. 또 알려드릴까요?" 여기까지 말한 엘시가 무릎을 꿇고 언생크의 눈을 정면으로 응시했다. "이 능력이 우리 오빠를 찾는 데 도움이 될 거라는 사실이에요." 엘시는 반응을 기다렸지만 잠잠했다. "거기에서요, 당신의 탐욕 덕분에 저는 더욱 강해졌어요. 어떤 기분이 드세요?"

그가 중얼중얼 노래를 불렀다. 그때 그의 눈에서 커다랗고 둥글납작한 눈물 방울이 떨어져 코끝으로 흘러내렸다.

엘시는 그가 안됐다는 생각이 들었다. "언생크 씨, 당신이 우리를 도와주면 상황을 호전시킬 수 있어요. 당신은 우리 친구들이 탈출하도록 도울 수 있어요. 잠깐만 그 이상한 행동을 그만두고, 눈물도 그치고, 노래 부르기도 그치고, 우리를 도와주세요. 우리는 할 수 있겠죠? 그럴 거예요, 아마도. 그럼, 우리도 당신을 조금 더 빨리 용서할 수 있을 거예요. 어떻게 생각하세요, 언생크 씨?"

남자가 고개를 끄덕였다. 눈물이 뺨을 타고 주르륵 흘러내렸다. 중얼거림도 멈췄다. 그가 암기 카드를 힘껏 쥐었다. 손아귀 힘에 카드가 찌그러졌다. 그때 등 뒤에서 누군가의 목소리가 들렸다. 자크였다.

"그만 해라, 엘시." 자크가 타일렀다. "그 친구는 지금 굉장한 압박감을 느끼고 있어. 이미 준비가 되었을 거야."

"죄송해요. 전 그저 말을 걸고 싶었어요. 왠지 너무 슬퍼보여서요." 엘시가 대답했다.

자크는 진지하게 고개를 끄덕이며 언생크를 보았다. "연습은 잘 되어가나?"

언생크는 손을 눈가로 가져가 줄줄 흐르는 눈물을 훔쳤다. 구겨진 조끼 속 가슴 깊은 곳에서 단호한 표정이 나왔다. 집중하려고 애쓰는지 이마에 주름이 잡혔다.

그가 카드를 바닥에 내려놓고 대답했다. "준비됐네."

💐

서랍장 위에 놓인 엄마의 구리접시에는 이제 두 가지 물건이 담겼다. 얼룩덜룩한 독수리 날개 하나와 매끈하고 흰 조약돌. 지타는 조약돌을 그 안에 넣어두고 저녁 내내 마음을 다스렸다. 아빠는 침실 밖 장작난로의 연통을 닦았고, 하루의 햇빛은 베일처럼 드리워진 나무들 사이로 빠르게 사라졌다.

지타는 침대 위로 올라가 가스등 관리인이 등에 불을 켜고 아빠가 조용히 복도를 걸어 침실로 들어가는 소리가 들리기만 기다렸다. 서랍장 위의 거울을 지켜보며 뿌옇게 김이 서리기만 기다렸다. 지타는 초록 여제에 대해 더 많은 것을 알고 싶었다. 이 여제가, 학교 운동장에서 아이들이 수군거렸던, 살해당한 아들을 둔 그 유령은 아닐 거라고 생각했다. 그 이야기가 잘못 전해 내려왔을지도 모른다고 생각했다. 이 여제는 고대에 살았다는 그 여인의 유령이 아니었다. 다른 유령임이 분명했다. 그리고 그녀가 누구인지 알 것 같았다.

와일드우드에서 우연히 담쟁이덩굴로 뒤덮인 플린스에 갔을 때, 그 순간의 기억이 머리에서 떠나지 않았다. 지타는 그곳 숲에 일종의 전류가 흐르며, 그 전류가 자신과 조약돌, 주름 무늬의 기둥 받침대에까지 연결되어있음을 느꼈다. 그 일로 지타는 장난 삼아 벌인 교령회에서 단순히 오래 전에 죽은 유령을 불러낸 게 아닐지도 모른다는 확신이 굳어졌다. 자신은 뭔가 더 중대한 일과 연관되었다. 그런 의심의 씨앗이 뿌리내리게 해준 것은 자신이 요청한 첫 번째 물건을 흔쾌히 내어준 독수리였다. 도대체 이 유령은 왜 산 자들의 땅에서 나는 게 필요할까?

땅거미가 내려앉았다. 지타는 기다렸다.

지평선을 가로질러 천천히 떠오른 달이 완만한 곡선을 그리며 하늘로 올라갔다. 지타의 침실 창문으로 달빛이 쏟아져 들어왔다.

침대에서 잠깐 졸았던 게 분명하다. 눈을 번쩍 떴을 때 복도의 괘종시계가 자정을 알렸고, 머리가 베개에서 옆으로 굴러떨어진 것이다. 지타는 얼른 몸을 일으킨 뒤 머리카락을 뒤로 쓸어넘겼다. 이유는 알 수 없었다. 그저 오늘밤에는 유령에게 자신을 소개하고 싶었다. 유령에게 자신을 보여주고 싶었다.

시계의 초침 소리가 들려왔다. 아빠는 침대에서 코를 골며 주무셨다. 이윽고 안개가 몰려와 거울을 뽀얗게 뒤덮었다. 지타의 심박동이 빨라졌다.

잘했어. 유령이 이렇게 썼다.

"난 당신을 알고 있어요." 지타가 말했다.

거울에는 아무 변화도 없었다.

"당신은 과거에 총독이었죠. 아들을 잃은 총독. 그래서 미쳐버린 총독." 거울이 다시 뿌예졌다. 지타는 기다렸다. 거울이 잠잠했다. 아무 일도 일어나지 않았다. "맞죠? 당신이 맞죠?"

방 안으로 바람이 불어왔다. 지타는 오싹함을 느꼈다.

지타가 다시 말했다. "괜찮아요. 그래도 당신이 부탁한 물건을 가져왔어요.

난 그저 당신이 누구인지 알고 있다는 말을 하고 싶었을 뿐이에요. 당신에게 어떤 일이 일어났는지 알고 있어요. 내가 제대로 알고 있을 거예요." 마치 오래된 친구에게 말을 하는 것처럼 마음이 편안했다. 말이 술술 나왔다. "아빠가 당신에 대한 이야기를 들려주셨어요. 내가 태어나기도 전의 일이래요. 아빠는 당신이 대단한 여자라고 했어요. 다른 사람이 겪지 못한 엄청난 고초를 겪었다고, 아들을 잃었다고 그러셨어요. 그 후에 좀 극단적으로 변했지만 자식을 잃은 부모라면 그럴 수밖에 없을 거라고 하셨어요. 아빠가 그러셨어요."

조용했다. 거울은 뿌옇기만 했다.

"난 아이를 가진 부모는 아니에요. 그냥 평범한 10대 여자아이지만 이해할 수 있어요." 지타는 잠시 숨을 고르고 다음 말을 하기 위해 용기를 냈다. "나한테는 반대의 일이 일어났거든요. 엄마가 돌아가셨어요. 지금으로부터 7개월 전에." 지타는 희미하게 웃으면서 말했다. "웃겨요. 지금까지 아무한테도 이런 말을 하지 않았어요. 당신이 처음이에요, 당신이 누구든 간에. 엄마는 아주 다정한 분이었어요. 기타 연주와 정원 가꾸기를 좋아하셨죠. 노래도 잘 부르셨고요. 엄마는 그냥 좋은 사람이었어요, 이해하세요? 그냥 좋은 사람. 그런데 몸이 아파서 돌아가셨어요. 그걸로 끝이었어요. 당신은 나쁜 사람만 벌을 받아 끔찍하게 죽는 걸고 알고 있을지 모르지만 우리 엄만 정말 좋은 분이었어요. 그런데 그냥 그렇게 가버리셨어요. 너무도 빨리. 당신도 자신에게 그런 일이 일어날 줄은 상상도 못 했겠죠. 그런데 그런 일이 일어났고, 세상은 그대로 무너져버렸죠, 그렇죠?" 거울에서는 아무 반응도 일어나지 않았다. "난 그저, 당신의 심정을 이해할 수 있다고 말하고 싶을 뿐이에요. 당신이 왜 그랬는지 알고 있어요. 그리고 어떤 식으로든 당신을 돕는 것이 나 자신을 돕는 것이기

232

도 해요. 아셨죠? 그럼 말이 되는 거죠?"

바람에 커튼이 펄럭거리고 거울을 가로질러 *그래*,라는 단어가 씌어졌다.

지타는 환하게 웃었다. "내 말을 들었군요! 그러니까 당신 맞죠? 옛 총독?"

그래.

"이름이 뭐예요?"

거울이 뿌예지더니 손가락으로 거울 두드리는 소리가 들리며 *알렉산드라*, 라는 글자가 나타났다.

"맞아요! 와!" 지타가 외쳤다. "이제 분명해져서 기뻐요. 우리는 서로 아는 사이가 되었어요. 당신은 알렉산드라, 아들을 잃은 엄마예요. 저는 엄마를 잃은 지타에요. 그러니까 우리는 환상의 팀이에요, 그렇게 생각하지 않으세요?"

지타는 반응을 기다릴 것도 없이 침대에서 펄쩍 뛰어내려 서랍장 위 거울로 갔다. 그리고 글자가 휘갈겨진 뿌연 거울을 노려보았다.

"좋아요, 이젠 뭐죠?"

죽은 미망인 총독의 유령 손가락이 뿌연 안개 사이로 글자를 끼적였다. 그것을 보는 지타의 얼굴이 창백해졌다. 유령의 정체를 알게 되었지만 오싹하고 기괴한 느낌은 어쩔 수가 없었다. 하지만 마음 깊은 곳에서 유령에 대한 동정심이 생겨났다. 지타는 그녀를 이해할 것 같았다. 이제는 이해했다.

CHAPTER 15

황폐한 나무의 지배

"**먹**어라." 원로 칼리프가 재촉했다. "그리고 자유로워져라."

사람들이 더 많이 도착했다. 사람들의 줄이 황폐한 나무에서부터 긴 리본처럼 구불구불하게 이어졌다. 프루는 군중 속에서 더 많은 얼굴을 알아보았다. 우드에 올 때 자원해서 인력거를 끌었던 스포크 당원, 프루가 관저에 첫발을 디뎠을 때 꽃을 건네준 소녀도 있었다. 그들은 말없이 공손하게 서서 두건 쓴 칼리프로부터 이상한 물질을 받아먹을 차례가 오기를 기다렸다. 머릿속에서는 예의 *웅웅* 소리가 전혀 잦아들지 않았고 눈앞이 빙빙 돌았다.

프루는 나무 옆에 불안하게 서서 정신을 차리려고 애를 썼다. 원로 칼리프 엘긴이 해면처럼 생긴 곰팡이가 담긴 숟가락을 프루의 입 앞에 들고 있었다.

234

"에스벤. 난 에스벤한테 가야 해요." 프루가 중얼거렸다.

"에스벤은 무사하다. 우리가 잘 보호하고 있다." 엘긴이 대꾸했다.

이 말에 흐릿해지던 정신이 번쩍 들었다. "그는 숨어있어요. 그가 어디에 있는지 모를 텐데요."

"프루, 우드에 이 곰팡이의 손길이 미치지 않는 곳은 없단다. 곰을 숲속에 숨길 수 있다고 생각하다니, 우드의 조직에 대해 잘 몰랐나보구나. 우리는 모두 볼 수 있단다. 모든 것을 느낄 수 있지."

그는 점점 조바심이 나는 것 같았다. 앞으로 내민 숟가락 속의 곰팡이가 흔들렸다. 빛이 나고 갈색이 도는 초록색 물질이었다.

"아까 말했듯이 네 친구 에스벤은 납치되어 지금 여기에 와있다. 곧 그의 옛 동료 캐롤과 합류해 자동인형 소년을 만드는 일에 착수할 게다. 우리도 네가 받은 것과 같은 지시를 받았단다. 우리가 함께 해내는 거지."

"안 돼요!" 프루가 충격을 받아 소리쳤다. "그렇게 해선 안 돼요."

웅웅. 소리가 점점 커졌다. 그때 어른거리는 무지개 같은 후광이 프루의 시야를 완전히 가렸다. 프루는 도대체 어떻게 되어가는 건지 알 수가 없었다. 세상이 무너지는 느낌이었다.

"모두 예견된 일이란다. 네가 도착하기 한참 전에 정해진 일이야. 봐라. 지금 네 친구 오소리도 곰팡이 영성체를 받으러 여기 와있다."

정말 그랬다. 닐은 인력거를 끌고 줄 맨 앞에 서서 곰팡이를 받아먹기 위해 기다리고 있었다.

"우리는 이 숲의 눈이고 귀야. 누구도 우리 몰래 행동할 수 없지. 넌 우리가 네 행방을 파악하고 있을 거라고 생각도 못했을 거야. 네 보물 곰을 찾아낼 줄 몰랐을 거야."

프루는 오소리를 매섭게 노려봤지만 그 물질을 받아먹고 싶은 마음이 간절한 오소리는 프루의 존재를 눈치채지 못했다.

"어떻게 이런 일이 일어날 수 있죠? 이건 현실이 아닐 거예요. 내가 꿈을 꾸는 게 틀림없어요. 현실이 아니에요." 프루의 입에서 그런 말이 술술 흘러나왔다.

웅웅 소리와 주변 시종들한테서 쉼없이 흘러나오는 똑딱 소리를 지워버릴 수 없었다. 똑딱 소리가 점점 크게 들렸다. 프루는 뒤에서 두 사람이 다가오고 있음을 눈치챘다. 그들이 프루의 어깨를 세게 움켜잡았다.

원로 칼리프는 끈질겼다. "프루, 네 목숨은, 이러나 저러나 네 것이 아니란다. 너의 임무는 끝났어. 이미 너에 대한 선고가 내려졌어. 물론 내 말을 듣는다면 사형선고까지는 받지 않을 거야. 통합의 나무 탄생에 평생을 바친다면 말이다. 관저는 이미 너에 대한 반대로 돌아섰다. 네가 '진정한 후계자'에 관해 말도 안 되는 소리를 떠들 때부터. 그들이 자기 자리를 내놓고 싶어하지 않을 거라고 한순간이라도 생각한 적은 없니? 네가 흑주술에 관심을 갖는 게 그들에게 공포심을 심어줄지도 모른다는 생각은 못 했느냐? 자, 마름병 곰팡이를 먹고 네가 죽음보다 더한 운명에 처하는 것을 막으렴." 엘긴은 프루에게 숟가락을 가져갔다. 곰팡이의 차고 축축한 느낌이 입술에 느껴졌다. "자, 프루. 삼키기만 하면 된다."

제발, 프루가 생각했다. 그때 발아래 풀들이 살아나는 것이 느껴졌다. 풀은 이내 원로 칼리프의 발목을 휘감았다. 그는 놀라서 비명을 지르다 숨이 넘어갈 뻔했다. 하지만 발목을 내려다보며 풀들한테 썩 물러나라고 고함을 지르는 것으로 상황은 종료되었다. 한편 프루의 발밑에서도 덩굴손이 돋아나 프루가

236

미처 깨닫기도 전에 발을 땅에 단단히 묶어버렸다.

"멍청하기는. 네 능력도 여기에서는 소용없다." 엘긴이 빈정거렸다.

그가 프루 옆에 서있는 시종에게 고갯짓을 했다. 그러자 누군가의 손이 프루의 턱 아래 목을 휘감았고, 그녀의 입은 억지로 벌어졌다. 포획자에게서 나는 똑딱 소리는 어찌나 큰지 귀에 거슬렸다. 프루는 그의 얼굴을 보려고 애썼지만 은색 마스크에 가려져서 불가능했다.

"당신은 누구죠?" 프루가 물었다. 그의 입술은 굳게 닫혀있었다.

프루의 입은 이제 완전히 벌어진 상태였다. 곰팡이가 곧장 프루의 입으로 들어갔다. 차가운 숟가락이 혀에 닿았다.

엘긴이 대신 대답했다. "그들은 우드의 대변자다. 숲의 아들과 딸들이지. 새 세상이 태어나게 하는 산파야. 이제 너도 그들 중 한 명이 되었다."

프루의 몸이 축 늘어졌다. 턱은 곰팡이를 받아먹기 좋게 힘없이 벌어졌다.

그때 프루는 자신의 턱을 잡은 손아귀의 힘이 느슨해지는 것을 감지했다. 양쪽에 서있는 시종들이 프루가 굴복했다고 확신하고 긴장을 늦춘 것이다.

프루는 이때를 이용해 행동을 개시했다.

시큼하고 쓴 맛이 나는 곰팡이는 혀에 살짝 닿자마자 순식간에 맛돌기로 퍼져나갔다. 프루는 있는 힘을 다해 곰팡이를 뱉었다. 곰팡이 파편이 앞에 서있는 원로 엘긴의 금빛 마스크로 튀었다. 그와 동시에 프루의 팔꿈치가 왼쪽에 있는 시동의 배를 쳤다. 시종의 몸뚱이가 허리에서 꺾였다. 프루는 재빨리 오른쪽으로 몸을 돌려 두 번째 포획자와 마주했다. 사실은 엄격하게 바라보는 마스크를 쓴 누군가는 물론이고 그 누구도 함부로 때리지 못하는 성격이지만 애써 오른쪽 주먹으로 마스크 쓴 얼굴을 냅다 갈겼다.

크리스털처럼 보이는 마스크가 산산조각나고 그 아래 얼굴이 드러났다.

"브렌든? 프루는 너무 놀라 말을 잇지 못했다. 붉은 수염에 그윽한 눈, 부족을 상징하는 이마 문신까지. 모든 것이 거기에 있었다.

시노드 칼리프를 기습공격하기 위해 아드레날린이 치솟도록 동원했던 엄청난 에너지와 가속도는 한순간에 사라졌다. 프루는 놀라고 실망스러워서 어안이 벙벙해졌다. 공격의 통증이 채 가시지 않은 손이 옆으로 툭 떨어졌다. *웅웅* 소리가 사방에서 들렸다. 프루는 이 상황이 믿기지 않아 산적왕의 눈을 응시하며 옛 친구의 모습을 찾으려고 애썼다. 그의 눈은 멍했다. 생기라고는 없었다. 안구와 콧구멍에서 나오는 듯한 똑딱 소리밖에 들리지 않았다.

그때 누군가의 목소리가 들려왔다. "너의 기회는 왔다가 사라졌다." 엘긴이었다. 실랑이가 벌이지던 현장에 황급히 도착한 시종들에게 엘긴이 명령했다. "이 아이를 배에 태워라." 그가 마스크에 묻은 곰팡이를 닦아내며 덧붙였다. "크랙 섬에서 썩게 해."

프루는 충격과 절망에서 벗어나지 못한 채 자신의 몸을 완전히 내맡겼다. 그리고 황폐한 나무에 모여있는 무리들로부터 무례하게 끌려나갔다. *웅웅* 소리가 멀어지고 두 명의 시종에게 비틀거리며 끌려 가로수 즐비한 내리막길을 걸어 내려가는 동안 지난해의 사건들이 되풀이될지도 모른다는 생각이 머리를 스쳤다.

자신도 모르게 멍해져서 혼잣말이 토막토막 흘러나왔다. "브렌든, 여기. 시노드. 어떻게 이런 일이 일어날 수 있죠?" 프루는 고개를 들어 포획자들을 바라보았다. 마스크를 쓴 시종들이었다. "도대체 당신들은 누구예요?"

그들은 대답이 없었다.

들판에 줄지어 서있던 횃불의 불빛도 벌써 희미해졌다. 들판에서 멀리 떨어진 나무들 사이에서 한 무리의 남자들이 손전등을 든 채 나타나 칼리프들과 죄수를 맞았다. 그들은 죄수가 다름 아닌 프루라는 사실을 알고 놀라는 눈치였다.

"이 아이가 그 아입니까? 크랙으로 보낼?" 짙은색 방수복 차림의 수염 난 사내가 물었다.

프루 옆에 선 시종은 대꾸가 없었다. 시종들에게 팔을 붙들린 프루는 앞으로 끌려나갔다. 선원들은 당황한 눈길을 서로 주고받으며 재빨리 프루를 인도받았다.

프루는 몽상에서 빠져나오려고 고개를 저으며 그들에게 말했다. "이건 엄청난 실수예요. 시노드가 선량한 시민을 망쳐놓았어요. 시종들도 모두 세뇌당한 거예요!"

선원들은 완강히 저항하는 프루에게 이리저리 휘둘리며 그녀와 두 시종을 번갈아 쳐다보았다.

"이 소녀의 손을 묶게. 그리고 배에 태워." 수염 난 사내가 명령을 내렸다. 그의 목소리는 체념한 듯 슬프게 들렸다.

"놔요!" 프루가 격렬하게 소리쳤다. 얼굴에 눈물이 흘러내렸다. "난 에스벤을 만나야 해요!"

"쉿, 자전거 소녀." 프루의 오른팔을 잡은 사내가 말했다. "스스로 상황을 더 꼬이게 만들지 마요."

그들은 프루를 나무 사이, 사람들의 발길이 잦은 듯 단단하고 바퀴자국도 나있는 오솔길로 데려갔다. 프루의 손목은 두툼한 밧줄로 묶여있었다. 거칠거칠한 밧줄 때문에 피부가 쓰라렸다. 선원들에게서 달콤한 역청 냄새가 났다. 그들은 하나같이 검은 원뿔형 털모자와 낡은 방수옷을 입고 있었다. 밀랍을 입힌 두툼한 겉옷은 발목 아래까지 내려왔다. 그리고 모두가 수염을 풍성하게 기르고 있었다.

"나를 어디로 데려가는 거죠?" 진정이 되자 프루가 물었다.

"이렇게 돼서 유감이에요, 자전거 소녀." 한 선원이 대답했다. "하지만 이게 모두를 위한 길이에요."

"무슨 배죠? 나를 어떤 배에 태울 거죠?"

"졸리 크레센트 호요, 자전거 소녀." 다른 사내가 말했다. "선착장에 정박해 있어요. 오래 걸리지 않을 테니. 얌전히 있는 게 좋아요. 소란 피우지 말아요."

프루는 찌푸린 얼굴로 앞에 나있는 길을 바라보았다. 두 손이 등 뒤로 묶여 있어서 어깨가 아팠다. 긴장도 풀고 밧줄로 인한 통증을 잊기 위해 프루는 다른 데 정신을 쏟으려고 애썼다. 길가에 자라는 식물에게 말을 걸어보았다.

때려. 프루가 속으로 말했다.

머리 위쪽의 나뭇가지가 살짝 내려왔다가 이내 제자리로 튕겨 올라갔다. 시종들한테서 나던 똑딱 소리가 갑자기 높아졌다. 돌아다보니 방수복 차림의 사내들 뒤로 두건에 칼리프 마스크를 쓴 자들이 따라오고 있었다. 프루는 다시 시도해보았다. 쓰레기장에서 둔갑술을 쓰는 달라 데니스와 마주쳤을 때 했던 식으로 주위의 나무들에게 도와달라는 바람을 전했다. 그러나 묵묵부답이었다. 아무래도 꼼짝없이 끌려가야 할 것 같았다.

프루는 다른 식으로 시도해보았다. "여러분도 별거 아닌 아닌 일로 사람의 목을 벤다는 사실을 들어서 알고 있을 거예요. 내가 누군 줄 아세요? 난 자전거 소녀예요. 혁명의 상징이란 말이에요."

이번에도 반응이 없었다. 그들의 표정은 단호하고 담담했다.

"겁나지 않아요? 난 군대를 일으킬 수도 있다고요! 당신들 한 명 한 명, 눈 깜짝할 사이에 처치할 수도 있어요." 프루는 자신의 얼굴이 빨갛게 달아올랐음을 느꼈다. 프루는 가슴 깊이 묻어두었던 말을 하고 있었다. 온갖 분노를 말로 표출하고 있었다.

"시대가 바뀌었어요." 일행 중 한 명이 위로하듯 대꾸했다. "지금은 모두가 시노드에게 기대를 걸고 있어요."

프루는 갑자기 고개를 홱 돌려 자갈길을 걸어오는 여러 명의 칼리프들을 노려보았다. "당신들!" 프루가 소리쳤다. "도대체 뭐하는 사람들이죠? 산적 아닌가요? 와일드우드의 산적들 맞죠?"

프루는 그들을 노려보면서 똑딱똑딱 소리에 귀를 기울였다. 그리고 그 소리에서 어떤 종류의 언어나 음절을 추론하려고 애썼다. 칼리프들은 반응이 없었다. 그들의 거울 같은 마스크가 어둠 속에서 번쩍 빛났다.

일행은 여러 시간 미로 같은 길을 따라 가파른 언덕을 내려간 뒤 빽빽한 숲으로 접어들었다. 얼마 후 숲 사이로 어른거리는 빛이 보였다. 바깥세상 포틀랜드의 도시 불빛이었다. 그러니까 이곳은 우드의 가장자리인 변경 근처였다. 물살이 거센 강 옆 구불구불한 강둑을 따라 걸어가자 빽빽한 숲으로 둘러싸인, 호수처럼 생긴 만이 나왔다. 이 만에 어마어마한 구식 범선이 정박되어 있었다. 거대한 돛 세 개는 잠잠한 대기 속에서 휴식을 취하는 중이었다.

프루의 눈에는 수백 년 전에 이 물가로 휩쓸려온 범선처럼 보였다. 21세기 태평양 북서부의 후미진 강 선착장에 정박하기보다는 트라팔가 해전 당시 넬슨의 전함으로 더 어울려 보였다. 배 앞머리에는 아마빛 머리칼의 여인상과 달 문양이 반반인 선수상이 달려있고, 선체의 수많은 이중창과 처마에는 하늘색 페인트가 칠해져 있었다. 가운데 돛은 가까운 더글러스 자작나무에 닿을 만큼 높았고, 삭구에 쳐진 거미줄이 돛대 꼭대기에서 시커먼 갑판 바닥까지 늘어져 있었다.

프루와 선원들을 발견한 동료 선원 여러 명이 부두에서 달려나왔다.

"무슨 일인가? 이 아이는 누구야?" 한 명이 소리쳤다.

"지시다. 이 아이를 크랙으로 보내." 프루를 붙들고 있던 한 명이 말했다.

곧이어 더 많은 선원이 승객을 맞으러 모여들었다.

"자전거 소녀 아닌가?" 그 중 한 명이 물었다.

"맞아. 유죄판결을 받았네." 프루 옆의 사내가 확인해주었다.

사람들이 믿을 수 없다는 말을 내뱉을 새도 없이 두건 쓴 칼리프들이 나타났다. 그들이야말로 이 선고가 합법적임을 증명하는 확실한 증거였다. 겉으로 보기에 선원들은 마스크 쓴 사람들의 통제를 받는 듯했다.

금발에 뻣뻣한 수염을 기르고 검정색 차양 달린 모자를 쓴 남자가 앞으로 걸어나왔다. 다른 사람들은 그에게 경의를 표하듯 옆으로 물러났다.

그가 단호하고 사무적인 투로 물었다. "이 아이가 그 아입니까?"

칼리프 한 명이 엄숙하게 고개를 끄덕였다.

"그렇군요. 이 아이를 배에 태우게." 그가 프루를 보며 말했다. "이렇게밖에 할 수 없어서 유감이다. 어떻든 편안한 여행이 되도록 하마. 나는 시바 선장이다. 졸리 크레센트 호는 내 소유 배지. 혁명이여, 영원하라!" 그는 말을 멈추고 시노드 일당을 흘끗 보았다. "황폐한 나무의 영혼이여, 영원하라."

"나를 어디로 데려가는 거죠?" 프루가 물었다. 프루는 아직도 자신이 어떻게 될지 가늠할 수가 없었다. "내가 뭘 했다고 그러는 거죠?"

시바 선장이 얼굴을 찡그렸다. "넌 역적이다. 섭정총독 당선자가 너를 크랙 섬에 영원히 투옥하라는 지시를 내렸다." 그는 막 봉인을 뜯은 길쭉하고 넓은 봉투를 꺼내들었다. "시노드의 명령에 순종하지 않을 경우에."

"역적이라고요?" 프루는 기가 막혀 말이 나오지 않았다. "나는 국가의 영웅이에요! 그들은 시민을 세뇌시켰어요. 저 나무에서 나는 이상한 물질을 먹여서요! 사람들을 바꿔놓았다고요! 난 마스크 속에서 산적왕을 발견했어요. 와일드우드의 산적왕 말예요! 아마 저 중에도 산적들이 많을 거예요! 뭔가 끔찍한 일이 벌어지고 있단 말이에요. 난 이걸 막아야 해요. 제발 나를 풀어줘요. 난 회합 나무의 명령을 받았어요. 왕자를 다시 살려내야 한다고요. 제작자들을 찾아 죽은 왕자를 되살려내야 해요!" 소리쳐 말할 때 뱃속의 육포즙이 넘어왔다. 입에서 침이 튀는 것도 느낄 수 있었다.

선장은 동정 어린 표정으로 프루를 바라보았다. 하지만 아무리 간청해도 그의 단호함은 조금도 무너지지 않았다. 오히려 프루의 말 한 마디 한 마디에 그나마 마음에 쌓여있던 동정심이 조금씩 줄어드는 것 같았다. 그는 프루가 외국어로 떠들기라도 하는 듯 물끄러미 바라보기만 했다.

마침내 그가 말했다. "배에 태워라. 화물칸에 이 아이를 위한 침상이 있다. 도망치지 못하게 단단히 문단속하고." 선원들이 달려들어 프루를 끌고 가려고 할 때 선장이 돌아다보며 덧붙였다. "하지만 다치지 않게 조심해. 이 과정에서 조금이라도 해를 입히고 싶지는 않으니. 내 손에 피를 묻히고 싶지는 않단 말일세, 알겠나?"

선원들은 이해할 수 없다는 듯 구시렁거렸다. 프루는 아래로 난 길로 끌려갔다. 그곳 지면에서부터 잔잔한 물 위로 낡은 선착장이 뻗어있었다. 밧줄에 묶인 프루의 팔을 잡고 있던 선원들이 공기 냄새를 맡았다.

누군가 말했다. "안개가 끼지 않았는데, 어떻게 바다로 나가지?"

"선장이 알아서 하겠지. 어서 이 아이나 갑판 아래로 데려가자고." 또 다른 선원이 대꾸했다.

프루가 대기해있던 배로 끌려가는 동안 선착장 두툼한 나무기둥에 달린 랜턴이 길을 비춰주었다. 우드와 바깥세상의 경계선에 늘어선 나무 그늘 너머로 산업폐기물장의 깜빡이는 불빛이 보였다. 프루는 눈에 보이지 않지만 저기 어딘가에 있을, 금단의 숲을 보호하는 마법의 띠 같은 변경지대를 상상했다.

그들이 갑판에 발을 디디자 배가 흔들렸다. 똑같은 복장의 선원들이 걸레로 바닥을 닦거나 밧줄을 감거나 나무상자를 어깨에 지어 나르고 있었다. 프루는 갑판에서 한적한 곳으로 안내되었다. 그곳에 도착하자 밧줄사다리를 타고 내려가라는 지시가 떨어졌다. 갑판 아래 거친 널빤지 바닥으로 내려가자 상한 맥주와 치즈 곰팡내가 코를 찔렀다. 비좁은 통로를 지나 철창문으로 끌려갔고, 문을 여니 작은 밀실 같은 방이 나왔다. 가구라고는 침대와 양철 들통이 전부였다. 침대 위에 둥근 창이 나있었다. 가로 세로 쇠창살이 뒤덮인 유리창 사이로 어두운 선착장이 보였다.

그때 차가운 무엇인가가 손목을 짓눌렀다. 밧줄이 끊어지고 손이 자유로워졌다. 프루는 빨갛게 변해 쓰라린 밧줄 자국을 손으로 비볐다. 포획자들은 프루가 어떤 식으로든 탈출할 거라고 생각하지 않는 것 같았다.

"편하게 쉬어요. 피곤할 테니." 누군가 말했다.

"어디로 가는 거죠?" 프루가 물었다.

아무리 기억을 더듬어보아도 우드에는 바다로 통하는 뱃길이 없었다. 직감이 틀리지 않다면 이 배는 윌라메트 강을 오가는 배이리라.

"크랙이요." 다른 선원이 대답했다.

"거기가 어디예요?" 그들이 쉽게 대답해주지 않을 것 같아 프루는 애교 섞인 열두 살짜리 목소리를 내려고 했다. "제가 알면 안 되는 곳이에요?"

서로 미심쩍게 쳐다보던 두 선원 중 한 명이 대답했다. "당신이 자전거 소녀이니, 특별히 말해주죠. 저들이 거기에서 무슨 짓을 할지 모르지만 우리는 그저 명령을 따르는 것뿐이에요. 당신을 크랙으로 보내라는 전령을 받았어요. 그곳은 바다 한가운데 있는 바위섬이에요. 험준하고 척박한 곳이죠. 도망치려고 해도 불가능한 곳이에요." 그는 이렇게 설명하면서 슬픈 표정을 지었다. "어쨌든 거기에서 며칠이라도 살아남기를 바라요."

프루는 숨이 막혔다. "뭐라고요?"

그가 어깨를 으쓱거렸다. "명령이에요."

"혁명의 성공을 위해서지." 다른 선원이 덧붙였다.

쇠창살 문이 닫히자 무릎에 힘이 풀렸다. 프루는 침대 난간을 잡고 힘없이 주저앉아 손으로 머리를 감싼 채 울기 시작했다. 큰 소리로 울었다. 가슴 깊은 곳에서 끓어오르는 울음 같았다.

잠긴 문 사이로 목소리가 들려왔다. "이거야 원, 대체 무슨 짓을 하는 건지."

한 선원이 하소연하자 다른 선원이 동조했다. "그러게, 창피해서 말이야."

"그런데 안개가 낄 때까지는 오도가도 못하는 거 아닌가."

"안개가 낄 거야. 오늘밤은 꼭 필요한데."

"보기 전까지는 믿을 수 없지. 자, 어서."

쿵쿵 각사다리를 올라가는 소리가 들리더니 해치문이 요란하게 닫혔다. 프루는 화물칸에 혼자 남겨졌다. 어깨 너머로 둥근 창을 내다보았다. 얇은 침대 매트리스 위에 올라서서 더러운 창문으로 잔잔한 강물에 비친 랜턴 불빛을 바라보았다.

저 멀리에서 안개가 다가오며 별들이 하나 둘 사라졌다. 프루는 잿빛 창에서 눈을 돌려 감옥같은 방을 물끄러미 바라보았다. 자신이 무엇을 했는지, 어쩌다 이 지경이 되었는지 떠올려보았다. 자신이 일으킨 엄청난 소용돌이에 대해 생각해보았다. 계획이 수포로 돌아가서 절망적인 상황에 처했을 때 사람들이 흔히 그러듯, 프루도 자신의 운명이 어떻게 될지 궁금했다. 왜 나무는 나를 선택했을까? 왜 나한테 식물과의 소통 기술을 주었을까? 시민혁명이 일어난 뒤 공격적인 종교가 정권을 장악한 지금, 자신 말고도 추방당해 행방을 알 수 없는 기술자를 찾아 왕자를 부활시키는 일에 더 적합한 사람들이 분명히 있을 터였다.

그때 갑판의 해치문이 열리고, 누군가 사다리를 타고 조용히 내려왔다. 프루는 철야경비를 서려고 온 듯한 은색 마스크의 신비주의자, 칼리프의 모습을 가만히 살펴보았다.

"누구세요." 프루가 물었다.

칼리프는 대답하지 않았다. 대신 빗장 지른 문 맞은편 궤짝에 걸터앉았다. 그는 어깨를 쫙 펴고 두 손을 차분히 무릎에 올려놓더니 정면을 응시했다. 촛불에 그의 마스크가 번쩍거렸다. 프루의 귀에 태엽시계에서 나는 듯한 똑딱 소리가 들렸다.

"누구세요?" 프루가 다시 물었다. "와일드우드의 산적 맞죠? 잭? 이몬?"

아무 말도 없었다.

"알겠어요. 침묵의 맹세를 했군요." 프루는 팔짱을 끼고 발을 내려다보았다. 너덜너덜해진 케즈 운동화가 보였다.

물살 때문에 배가 출렁거렸다. 압력을 받아 갑판이 끽끽 신음을 하고, 선원들이 소리를 질렀다. 갑자기 해치문이 열리며 "항해 중이다!"라고 외치는 소리가 들려왔다.

궤짝에 앉은 칼리프는 미동도 하지 않았다. 그저 정면만 응시했다.

해치문이 닫힌 뒤 프루는 침대에 벌렁 누워 천장을 올려다보았다. '똑딱' 소리가 칼리프의 몸 속 어딘가에서 프루의 머릿속으로 들려왔다.

프루는 기다렸다. 밤이 끈적끈적한 시럽처럼 흘러내렸다. 멀리 어디선가 폭발음이 들렸다.

CHAPTER 16

노래 부르기의 틀림없는 치료효과

데스데모나 무드락이 우크라이나를 그리워하는 날은 많지 않았다. 그곳을 떠올릴 때면 먼지 날리는 울퉁불퉁한 도로와 낡은 창고, 무뚝뚝한 공무원들이 기억났다. 추운 거실에 놓인 구닥다리 TV 수상기세트로 겨우 수신되는 형편없는 방송과 식료품 상점의 텅 빈 선반도 떠올랐다. 그녀는 자영업자인 꽃집 주인 부부의 외동딸로, 예전 소비에트 연방의 기준으로 꽤 유복한 가정에서 자라났다. 어머니는 시골에 있는 소박한 별장에서 수확한 것들을 통조림으로 만들어 작은 부엌에 있는 냉장고 두 대에 채워넣느라 바쁜 여름을 보내곤 했다.

그런데 여기 자유롭고 풍족한 미국의 공단 풍경을 바라보며 그녀는 문득 키

예프에서 보낸 어린시절이 그리워졌다. 지금 보이는 연기 나는 굴뚝과 화학약품 저장고의 암울한 풍경은 그녀가 어린시절 지겹도록 보았던 풍경의 압축판이었다. 황폐한 고향의 시골마을을 도망치듯 떠나 정착한 이곳에서 자신이 떠나온 을씨년스러운 공장지대를 디즈니랜드처럼 회상하고 있다는 사실이 아이러니했다. 게다가 타이탄 타워의 맨 꼭대기 층에서는 깜빡이는 불빛 하나하나, 먹구름 같은 연기가 한눈에 들어왔다. 데스데모나는 그곳에 서서 손가락으로 유리창에 슬픈 얼굴을 아로새기고 있었다.

"자기 뭐해?" 책상에 앉아 무심히 그날의 생산보고서를 뒤적이던 브래드 위그먼이 물었다.

"아무것도요. 아무것도 안 해요." 그녀가 대답했다.

"그럼 커피 한 잔 갖다주겠어? 검토할 서류가 많아서 말이야."

데스데모나가 얼굴을 찌푸렸다. 가정과 사업이 파탄나고 정신마저 나가버린 것으로 추정되는 남자친구의 행방이 묘연한 지금, 그녀는 타이탄의 황제가 시키는 대로 해야 하는 가련한 신세가 되었다. 해운업의 황제 브래드 위그먼의 개인비서보다도 못한 처지였다.

"이런 일은 비서를 시키면 되잖아요." 데스데모나가 투덜댔다.

"시간이 늦었어, 데스데모나. 비서는 퇴근해야지. 그녀는 직업상 휴식이 필요하다고. 이 방의 누구도 당신이 알고 있는 것보다 훨씬 많은 일을 한다고." 그가 눈을 들어 넓은 사무실을 둘러보았다. "지금 이 방에 보이는 사람은 우리 둘뿐이야. 그런데 난 일도 해야 하고. 가정도 건사해야 한다고."

데스데모나는 눈을 희번덕거리며 창가에서 걸어왔다. 북쪽 벽 책장 앞을 지날 때 선반에 꽂힌 가짜 책등을 손으로 가볍게 쓸었다. 그녀는 장식용 책장 뒤편에 무엇이 있는지 알았다. 막강한 권력을 쥔 이 편집증적인 남자가 만든 비밀의 방이 있었다. 지난 몇 달간 산업폐기물장의 시설을 파괴하는 사고가 부쩍 잦아진 점을 감안하면 이해할 만도 했다. 각별히 몸조심하지 않으면 안 됐다. 하지만 현재는 전혀 다른 용도로 쓰이고 있었다.

"포로들한테도 먹을 걸 갖다줘야죠?" 그녀가 물었다.

"물론. 하지만 당신이 지켜보고 있어야 해. 휴게실에 곡물과자라든지 뭐 먹을 게 있을 거야. 물도 더 필요할 거고."

"걱정 마요." 데스데모나는 이렇게 대답한 뒤 타이탄 황제를 기리는 상패와 기념조각상 따위가 미로처럼 진열된 장식용 받침대 사이를 돌아나갔다. 그리고 그녀와 같은 여자의 힘으로는 버거울 듯한 거대한 황동문을 열고 로비로 나가 직원들의 휴게실 역할을 하는 우묵한 벽으로 걸어갔다. 엘리베이터 문 앞에 서있던 덩치 큰 두 명의 경비원에게 가볍게 목례를 했다. 그녀는 곡물과자를 한 그릇 담고, 생수(병 앞면에 턱이 돌출된 위그먼의 웃는 모습이 엠블럼으로 새겨있었다) 몇 병과 자신이 마실 레모니즙 한 병을 챙겼다. 그녀가 소다수를 홀짝거리는 동안 에스프레소 머신에서 검은 액체가 졸졸 작은 찻잔으로 떨어졌다.

먹을 것을 한아름 안고 위그먼 씨에게 커피잔을 내밀자 한 마디 말도 없이 받아들었다. 브래드는 서류에서 눈도 떼지 않은 채 고개를 젖혀 커피를 단숨에 들이켠 뒤 빈 잔을 데스데모나에게 내밀었다. 그녀는 짜증난 얼굴로 커피잔을 받아 책상에 내려놓았다. 위그먼은 신경도 쓰지 않았다. 이윽고 그녀는 가짜 책장으로 걸어갔다. 열렬한 애서가의 분위기를 풍기는 책등의 제목을 훑어보다 마침내 한 권을 찾았다. 버지니아 울프의 《자기만의 방》이었다. 손가락을 구부려 책등 꼭대기를 잡아당겼다. '철커덕' 그리고 '윙윙' 소리가 났다. 보이지

않는 기계가 작동하며 책장이 옆으로 미끄러지자 연두색 작은 방에 잔뜩 겁먹은 표정으로 웅크리고 있는 두 사람이 보였다.

"여기 먹을 것 좀 가져왔어요." 데스데모나가 말했다.

노인은 거의 움직이지 않았다. 플라스틱 의자에 앉아 어깨를 구부정하게 숙인 채 데스데모나가 처음 봤을 때 오싹해서 놀랐던 나무눈으로 바닥만 응시했다. 노인 맞은편에, 마서라는 소녀가 손에 책을 한 권 들고 앉아있었다. 마서는 뭐라도 좋다는 듯 기진맥진해서 고개를 끄덕였다.

데스데모나가 곡물과자 그릇과 생수 두 병을 바닥에 내려놓으며 물었다. "지금 읽는 책이 뭐니?"

그녀는 두 포로와 대화를 나눠보려고 여러 모로 노력했다. 지난 몇 달간 그들은 어느 면에서 동거인이었다. 데스데모나는 아래층의 임시 살림집에서 살고 있었다. 그녀 역시 어떻게 보면 노숙자였다. 그래서 두 포로의 감시원 노릇을 하면서, 그들의 상황이 죽음으로 종결되지 않을까 우려하며 친근하게 대하려고 애썼다.

마서가 데스데모나를 노려보았다. 환경이 달라졌는데도 마서는 여전히 머리에 고글을 쓰고 있었다. 데스데모나는 그게 일종의 정신적인 틱 증세 때문이 아닐까 생각했다.

"뭘 읽든 무슨 상관이에요?" 소녀가 대답했다.

"누구냐?" 캐롤 노인이 일종의 무아지경에서 깨어난 듯 물었다.

"누구일 것 같으세요" 마서가 반문했다.

데스데모나는 인내심을 잃지 않고 슬라브어 억양이 더욱 두드러지게 말했다. "그래요, 누구라고 생각하세요?"

"이런. 이봐요, 댁은 우리의 독서를 방해했소." 캐롤이 말했다.

"난 그저 무슨 책을 읽고 있는지 물어봤을 뿐이에요." 데스데모나가 항변했다. "당신들이 고마워 할 먹을거리를 좀 가져왔어요."

"《몬테크리스토 백작》이에요." 캐롤이 무뚝뚝하게 대답했다.

"아하. 책을 제대로 골랐구나." 데스데모나가 친절하게 대꾸했다.

"곡물과자는 고맙지만 사양할게요." 마서가 말했다.

데스데모나는 당돌한 꼬마를 노려보았다. 고아원에 있을 때도 이 아시아계 소녀는 언제나 그녀의 비위를 거스르고 약을 올렸다. 자존심이 지나치게 세고 영리한 아이였다.

"이 책은 다 읽어가요. 설마 저를 위한 독서 리스트를 갖고 있는 건 아니겠죠?" 마서가 물었다.

"물론 갖고 있단다. 내가 직접 작성했지. 《전쟁과 평화》《반지의 제왕》《브리태니커 백과사전》전집. 억류된 시간에 대해 긍정적인 관점을 갖게 해줄 거야."

"우리가 왜 그래야 하죠?" 마서가 조롱하듯 되물었다.

데스데모나는 어깨 너머로 책상에 앉아있는 남자를 흘끗 보았다. "위그먼 씨가 그러는데, 그 사람이 너희를 만나러 온대."

"그래요, 그 다음에는요?"

노인은 아무 말이 없었다. 그 다음에 어떤 일이 벌어질지 뻔했다. 그와 마서가 처음 밀실에 갇혔을 때 로저 스윈든은 다시 그곳, 우드로 가게 될 거라고 귀띔했다. 그리고 그의 평생 가장 어렵고 까다로웠을 뿐만 아니라 인생을 극적으로 바꿔놓은 그 작업을 다시 맡게 될 거라고 했다. 그로 하여금 생명 자체의 메커니즘에 대한 새로운 통찰력을 갖게 해주었을 뿐만 아니라 결과적으로 시력을 잃어버리게 한 일. 예전의 동료 에스벤 클램페트와도 다시 만나기로 되어 있으며, 둘이 예전의 작업을 다시 하게 될 거라고도 했다. 그런데 도대체 왜? 그는 상상할 수가 없었다. 또다시 무례하고 미치광이인 정부 권력의 하수인이 된다는 생각에 머릿속이 복잡했다. 그때 자신과 동료의 눈과 손을 빼앗았던 자들이 이번에 이 기적적인 작업을 완료하면 어떤 짓을 저지를까? 어디로 추방할까? 여생을 또 어떤 마법의 황무지에서 보내게 될까? 로저는 에스벤을 찾아야 한다고 말했다. 그렇게 되면 만드는 것은 시간 문제였다.

"그야 위그먼 씨가 결정하겠지. 자, 이제 뭣 좀 먹으렴." 데스데모나는 이렇게 말한 다음 문 옆에 있는 단추를 눌렀다. 다시 두 사람만 책장 뒤편에 남겨진 채 미끄러지듯 문짝이 닫혔다.

"로저 씨가 언제 오는지 포로들이 궁금해하더라고요." 데스데모나가 위그먼의 책상으로 되돌아가서 말했다.

브래드가 고개를 들며 대답했다. "곧."

"어떻게 알아요?"

"나머지 한 명의 행방에 대해 쓸 만한 단서를 얻었다고 하더군."

"로저 씨가 쓸 만한 단서를 찾았다면 저 사람들을 얼른 넘겨주지 그래요. 저 방에 너무 오래 있었어요."

브래드가 그녀를 노려보았다. "내가 그렇게 멍청한 줄 알아? 나는 여느 멍청이들처럼 열심히 노력만 해서 지금 이 자리에 올라온 게 아니라고! 나는 말이야, 내게 유리한 점을 어떻게 이용해야 하는지 잘 알지. 당신 남자친구와는 질적으로 달라." 조프리 언생크 이야기가 나오자 데스데모나가 움찔했다. 위그먼은 목소리를 부드럽게 바꿔 말을 이었다. "잘 들어, 우리는 모두 친구 사이야. 사업 파트너지. 그런데 그 친구들은 패를 잡을 줄 몰라. 로저 씨 말이, 자기한테 지날 수 없는 숲의 빗장을 푸는 열쇠가 있다더군. 자기가 들어가는 방법을 알고 있다는 거야. 내가 저 두 사람만 데려가면 그곳에서 왕 대접을 받을 수 있다더군. 데스데모나, 당신은 어떤지 모르지만 난 그 두 사람 중 한 명이 내 손아귀에 들어있는 한 그저 순순히 넘겨주며 고맙다고 인사받을 생각은 없어. 천만에. 나는 이 경주에서 말을 갖고 있어. 그 말이 경주에서 일등으로 골인하게 만들 참이야. 이곳은 더 이상 이 브래들리 위그먼의 능력을 보여줄 데가 없어." 그가 헛기침을 했다. "난 그 에스벤 클램페트라는 자를 찾으면, 그때 장님을 넘기겠다고 말할 거야."

"알았어요." 데스데모나는 이렇게 대꾸한 뒤 갇혀있는 여자아이의 운명은 어떻게 될 것인지 물어보려고 했다.

그때 커다란 황동문을 두드리는 소리가 들렸다. 위그먼이 고개를 들어 벽에 걸린 디지털 시계를 흘끗 보았다. 저녁 9시였다. 동업자 4인이 찾아오기에는 너무 늦은 시각이었다.

그가 데스데모나를 향해 눈썹을 치켜뜨며 웃어보였다. "알지? 물어라, 그리고 영접하여라."

브래드 위그먼은 떡 벌어진 어깨를 뒤로 밀며 책상에서 일어난 뒤 최고의 권력을 가진 최고경영자만이 낼 수 있는 침착한 태도로 카펫 깔린 사무실 바닥을 가로질러 걸어갔다. 그가 단숨에 문가에 도착해 호탕하게 문을 열어젖힌 순간, 그는 자신의 얼굴과 맞닥뜨렸다. 아니 정확히 말하면 짙은 회색 두건에 에워싸인, 어딘가에 반사된 자신의 얼굴이었다.

깜짝 놀란 위그먼은 눈을 두어 번 깜빡인 뒤에야 자기의 얼굴이 이상한 방문객의 금빛 거울 같은 마스크에 반사되고 있음을 깨달았다.

"도대체 뭐하는 놈이야?" 위그먼이 충격에서 벗어나지 못한 채 더듬거렸다. "도대체 누구야, 여긴 어떻게 들어온 거야?"

상대는 당황한 듯 잠깐 고개를 갸웃거렸다. 그리고 나서 이해했다는 듯 "아하."라고 중얼거린 뒤 두 손을 들어 마스크를 벗었다. 그가 말했다. "미안합니다. 급히 오느라 벗는 걸 깜빡 잊었군요."

"맙소사, 로저." 위그먼이 중얼거렸다. "정말 깜짝 놀랐소."

긴 회색 옷에 회색 두건 차림인 로저 스윈든은 옷 속 보이지 않는 주머니에서 손수건을 꺼내 얼굴의 땀을 닦은 뒤 왼쪽 눈에 작은 은색 안경을 썼다.

"그건 그렇고." 그가 마스크를 쓰지 않아 홀가분하다는 듯 한숨을 내쉬었다. "들어가도 되겠소?"

"그렇지 않아도 당신 이야기를 하던 참이었소, 로저." 위그먼이 연신 앞으로 손짓을 했다. "당신이 언제쯤 나타날까 궁금해하던 참이었소."

"기쁜 소식이오, 기쁜 소식." 로저가 사무실 바닥을 활기차게 가로질러 책장으로 걸어가며 소리쳤다. "제2의 제작자를 찾았어요. 이제 고리가 완성됐어요. 제작을 시작할 수 있게 된 겁니다."

위그먼이 종종걸음으로 그를 따라갔다. "와, 굉장한 뉴스군요. 정말로 굉장해. 자, 그럼 우리는 이제……." 하지만 로저는 귀담아듣지 않았다. 대신 밀실 문을 열기 위해 책장만 두리번거렸다. 뒤따라온 위그먼이 그와 책장 사이로 몸을 미끄러뜨려 넣었다. "잠깐만, 로저."

로저가 동작을 멈추고 위그먼을 노려보았다. "왜 그러시오?"

"에스벤, 그 자는 어디 있소?" 위그먼이 방 안을 휘휘 둘러보았다. "당신이 그 자를 데리고 오는 걸로 알고 있었는데."

"아니, *데려오지* 않았소." 로저가 짜증스럽게 대답했다. "말도 안 되는 소리 말아요. 그는 지날 수 없는 숲, 우드에 안전하게 있어요. 그곳에서 옛 파트너와 재회해 작업을 시작할 겁니다. 자, 어떤 책으로 문을 여는 거죠?"

위그먼이 웃었다. "글쎄 어떤 책인지, 워낙 많아서. 그리고 내가 알기로 달라진 것은 하나도 없소. 그 자를 데리고 오지도 않았잖소? 난 내 몫을 보장받기 전에는 *아무도* 넘기지 않을 작정이오. 그나저나 이 옷차림이 대체 뭐요?" 그가 손가락으로 로저의 옷주름을 튕겼다.

"아무것도 아니요. 상관하지 말아요." 그는 위그먼이 엉뚱하게 옷 이야기를 꺼내자 당혹스러워 했다. "이봐요 위그먼 씨. 거래조건은 달라지지 않았어요. 당신은 우드와 독점적인 관계를 맺게 될 거요. 당신은 온갖 이권을 챙길 수……."

"어쩌고, 저쩌고." 위그먼이 손으로 양말인형 흉내를 내며 말허리를 잘랐다. "말이야 그렇게 했지. 하지만 어떤 일이든, 어떤 종류의 톱니바퀴를 만들든, 모두 여기, 내 눈앞에서 일어나야 합니다. 아셨소? 애초 그게 거래조건이었소."

로저는 땀으로 번들거리는 이마를 문질렀다. "그게…, 나를 믿으시오, 위그먼 씨. 사업파트너로서."

"당신을 믿으라고? 흥, 당신을? 내가, 나 브래들리 위그먼이 사업파트너라고 말하며 달려드는 돈 많은 인간들을 쉽사리 믿었으면 지금 이 자리에 왔을 거라고 생각하시오? 천만에! 내가 그리 사람을 잘 믿었다면 〈택스 브라켓〉 잡지로부터 3년 연속 올해의 기업인상을 받지 못했을 거요. 내가 인간의 선의를 믿었다면 포틀랜드의 저명한 역대 시장님들의 세 아이 아니 네 아이의 대부가 되지 못했을 거요. 난 무자비하기 때문에 지금 이 자리를 얻은 거란 말이오. 그리고 난 여기서 멈출 생각이 없소. 고맙소."

로저는 아무 대꾸도 하지 않았다. 그는 책장에서 물러나 적의 의도를 관찰했다. 위그먼이 보조개 진 턱을 오만하게 쳐들었다. 데스데모나는 책상 옆에서 숨죽인 채 둘 사이의 교착상태를 지켜보았다. 누구도 말을 하거나 근육 하나 움직이지 않았다. 이 어색함을 견디는 건 여간 힘든 일이 아니었다. 데스데모나는 불편한 듯 하이힐의 위치를 바꿔가며 긴장을 깨뜨릴 말을 찾았다.

하지만 다행히도 그럴 필요가 없었다. 타고난 역할을 잘해준 어떤 물건 덕분에 두 남자는 이런 불안한 상태에서 빠져나올 수 있었다.

인터콤의 벨소리였다.

위그먼이 데스데모나를 바라보았다. "뭐지?"

데스데모나가 브래드의 책상에 있는 인터콤 버튼을 눌렀다. 스피커의 칙칙거리는 잡음 사이로 목소리가 들려왔다. "위그먼 씨?"

"무슨 일인가?" 위그먼이 대답했다. 시선은 로저에게 고정된 채였다.

"손님이 찾아오셨는데요, 정문에 계십니다."

위그먼의 한 쪽 눈썹이 치켜 올라가며 이마에 굵은 주름이 잡혔다. "누군데?" 그가 짜증스럽게 물었다.

침묵이 흘렀다. "기계부문 대표이십니다." 다시 침묵이 흘렀다. "조프리 언생크 씨요."

데스데모나의 얼굴이 붉게 달아올랐다. 위그먼은 그 모습을 노려보았다. 그는 인터콤을 흘끔 보고 나서 데스데모나를 향해 고개를 끄덕였다. 데스데모나는 그가 말하는 동안 통화 버튼을 누르고 있었다. "너무 늦었으니 내일 다시 오라고 해."

침묵이 흘렀다. 데스데모나는 통화 버튼에서 손가락을 뗀 뒤 애원하는 눈빛으로 브래드를 응시했다. "그이는 몸이 말이 아닐 거예요, 브래들리. 여러 달 동안 실종상태였잖아요!"

"조프리 언생크는 이제 나에게 아무것도 아니야, 데스데모나." 위그먼이 차갑게 말했다. "당신에게 역시 아무것도 아니어야 하고. 그는 공장을 잿더미로 만들었어. 자기가 맡고 있는 공장에서 폭동이 일어나도록 방조했다고."

"제발." 데스데모나가 애원했다.

"게다가 그 친구도 이 거래에 참여하고 싶어해. 설마 내가 환영마차라도 보내줄 거라고 생각했다면 이 브래들리 위그먼을 몰라도 한참 모르는 거지."

자신을 3인칭으로 지칭하는 것은 위그먼이 가끔 쓰는 말버릇이었다.

인터콤 벨소리가 다시 울렸다. 데스데모나가 버튼을 눌러 대답했다. "네?"

삐익. "그분이 기다릴 수 없다는데요."

데스데모나는 가슴 밑바닥에 남아있는 배우 특유의 호소력을 퍼올려 경멸과 애원이 뒤섞인 눈빛으로 위그먼을 응시했다. "제발요, 브래들리."

브래들리는 낮게 욕설을 내뱉은 뒤 소리쳤다. "들여보내. 하지만 올려보내지는 마. 로비에 있으라고 해. 내가 만나러 내려갈 테니." 그가 로저에게 손가락질을 하며 말했다. "데스데모나, 당신은 여기 있어. 이 자를 잘 감시해. 내가 집어던질 수 있는 거리 밖에서는 절대 이 자를 믿으면 안 돼. 요 며칠 역기운동을 해서 제법 멀찌감치 던질 수 있을 거야. 좀 불쾌한 비유인가. 아무튼 한눈 팔지 말고 잘 감시하라고."

"알았어요. 위그먼 씨." 데스데모나가 대답했다. "그리고 고마워요."

타이탄의 황제는 술이 달린 단화 뒤꿈치로 몸을 한 바퀴 돌린 다음 결연한 표정으로 방을 나섰다. 데스데모나가 돌아서서 로저를 바라보았다. 그는 책장의 책 제목을 살펴보느라 정신이 없었다.

"꿈도 꾸지 말아요." 데스데모나가 말했다.

🌿

웃어.

조프리 언생크는 그 말을 머릿속 신호등으로 삼았다. 그 말은 지난 몇 개월 동안 불안하게 흔들리던 사고를 온전한 길로 인도해주고, 이해할 수 없는 모습으로 소용돌이치는 주변 현실을 느슨하게나마 붙들게 도와주었다.

웃어.

그 생각이 날 때마다 그는 그렇게 했다. 시시때때로 이 주문을 걸었다. 그는 아가일 편물 조끼에 다 떨어진 외투 한 장만 걸친 채 산업폐기물장을 헤매다니며 추운 겨울을 보냈다. 지하배수로에서 잠을 자다 쥐들한테 발가락을 야금야금 뜯어먹힌 적도 있었다. 어슬렁거리며 돌아다니는 야생 개떼에 몰린 적 있었다. 그 중 재스퍼라고 이름 붙인 녀석과는 친해지기도 했다. 재스퍼가 어느 날 아침식사 도중 사라지기 전까지 대단한 모험도 함께 했다. 언생크는 그 개가 갑자기 사라졌을 때 어쩌면 개가 환영이었을지도 모른다고 생각했다.

이렇게 말로 표현할 수 없는 (게다가 충격적인) 비극에 직면했을 때에도 언생크는 '웃어'라는 말을 잊은 적이 없었다.

그리고 노래부르기

하지만 노래부르기는 이제부터 해서는 안 되었다. 잭이 그렇게 말했다. 그의 이름은 더 이상 잭이 아니었다, 그렇지 않은가? 지금은 자크였다. 옛 동업자이자 몰락한 동료 기업가 친구. 조프리는 잭이 잭이던 시절 그를 정말 좋아했다. 두 사람은 각자 자신의 업계에서 내로라하는 가문 출신이었다. 게다가 기이할 정도로 자신의 분야에 매료되었다. 다른 업계의 자녀들은 부모의 기대를 족쇄처럼 불편하게 여기며 꼼지락댔지만, 조프리와 잭은 빛나는 왕관처럼 썼다. 그래서 잭이 몰락하고 배제당하고 그가 맡고 있던 연구소가 문을 닫게 되었을 때, 조프리는 옛 친구를 진심으로 가여워했다. 다만 위그먼이 어떤 동정도 허용하지 않을 것을 알기에 그런 상황에 대해 아무 말도 할 수 없었다. 하지만 조프리는 언제나 잭을 사랑했다. 언제나 그를 믿었다.

그래서 잭이 노래하지 말라고 했을 때에도 그를 믿었다.

그래도 웃을 수는 있으니까.

그리고 이제부터 해야 할 일은 그것이었다. 미식축구의 라인배커처럼 생긴 하역인부가 타이탄 타워 정문에 설치된 통신장비를 뭉툭한 손가락으로 눌렀다. 그는 전 기계부문 대표인 언생크가 돌아왔음을 알렸다.

웃어.

두 번째 하역인부가 정문 반대편에서 조프리를 찬찬히 살폈다. 조프리는 정문 앞 눈부신 촬영용 아크등 불빛 아래에서 현미경 표본처럼 관찰당했다. 지난 몇 달, 정신적인 황무지에서 스스로 위안이 필요할 때 그랬던 것처럼 갑자기 노래를 부르고 싶은 충동이 일었다. 하지만 노래를 참는 게 얼마나 중요한지 (자크가 그렇게 일러주었다) 알고 있었다. '노래를 부르면 자네가 위장한 사실이 들통나버려. 무엇으로 위장을 하느냐고? 자네 자신.' 노래를 부르면, 그저 몇 번 콧노래만 불러도 위장한 사실을 의심받게 된다고? 노래를 부르지 않아야 더욱 나다워지는 거라고? 노래를 부르는 건 진짜 내 모습이 아니라고?

인터콤으로 통화하던 하역인부가 그에게 걸어와서 말했다. "위그먼 씨가 바쁘시답니다. 내일 다시 오라시는데요."

노래해.

노래 부르면 안 돼, 그 안의 그가 말렸다. 자크도 그렇게 말했다. 그가 해야 할 역할은 지금의 언생크가 아니라 '과거의 언생크'였다. 오래 전에 사라진 '언생크.' 고아들이 창문을 깨고 기계를 부쉈던 그날 공장의 불길 속에서 죽어버린 '언생크.' 아이들, 그가 고마워하고, 용서를 구해야 하는 아이들. 아이들은 번데기가 허물을 벗듯 진정한 조프리 언생크가 굴레를 벗고 날게 해주었다.

"아주 중요한 일이네." *트랄라.* "위그먼 씨에게 꼭 지금 만나야 한다고 전해주게. 도저히 기다릴 수 없는 일이라고." *트랄라.* 언생크가 말했다.

하역인부가 다시 인터콤으로 돌아갔다. 다른 하역인부는 쉬지 않고 그를 관찰했다. 언생크가 부릅뜬 눈으로 쳐다보자 경비는 놀라서 눈을 껌벅거리며 시선을 돌렸다. "알았어. 로비에서 만나자고 해." 인터콤에서 대답이 흘러나왔다.

가슴 깊은 곳이 따끔거렸다. 내장에서 가장 중요한 부분이 빠르게 꿈틀대다 식도를 거쳐 두개골로 불꽃을 쏘아올렸다. "아, 아니네." 언생크가 말했다. 노

래하지 마. 웃어. 그는 자신의 요구에 응답하듯 활짝 웃으며 말했다. "그 친구한테 수고를 끼칠 필요는 없네. 내가 직접 만나러 올라가지."

"만나러 내려온다고 하시는데요." 하역인부가 눈썹을 치켜뜨며 대꾸했다.

"그러면 안 된다니까." 조프리는 이렇게 내뱉고 나서야 정신이 들었다. *큰 소리로 말하면 안 되네.* 하지만 너무 늦었다.

"그러면 안 된다뇨?"

쇠창살문 건너 하역인부가 다시 조프리를 노려보았다. 그는 의도적으로 그들의 대화를 엿듣는 것 같았다.

웃어. "아, 아니네. 자네 말대로 로비에서 만나지." 언생크가 둘러댔다.

그렇게 대답하는 순간 긴장이 풀어졌다. 언생크를 곁눈질하던 하역인부가 그를 통과시키며 툭 던졌다. "사람들이 모두 언생크가 미쳤다고 하던데요."

노래해.

노래하지 마. "자네가 보다시피, 그건 헛소문이네. 남들이 하는 말을 무턱대고 믿지 말게." 그러고 나서 그가 무심코 내뱉었다. *"트랄라!"*

"뭐라고 하셨죠?" 하역인부가 우뚝 멈춰섰다.

"아무것도 아니네. 그냥 콧노래지. 왜 그런 거 있잖아, 계속 귓전을 맴도는 음 말이네. 나도 모르게 입에서 튀어나오는 노래. 그런 노래 들으면 싫은가?"

하역인부는 잠깐 언생크를 노려보다 퉁명스럽게 대꾸했다. "어쨌든 로비에서 기다리세요. 위그먼 씨가 금방 내려올 테니."

첫 번째 장애물이 제거되었다. 첫 번째 난관을 통과했다. *제대로 걸어.* 언생크는 산업폐기물장을 헤매고 다니는 동안 구부정한 자세로 발을 질질 끌며 걷는 버릇이 생겼다. 추위에 대비해서 담요꾸러미와 주운 외투를 어깨에 지고 다녀야 했기 때문이다. 그래서 그런 걸음걸이가 몸에 뱄다. 하지만 지금은 허리를 쭉 펴고 꼿꼿이 걷는 게 얼마나 중요한지 알고 있었다. 턱을 치켜들어. 콰지모도처럼 어깨를 앞으로 떨어뜨리지 않기 위해 그가 할 수 있는 일은 그게 전부였다. 그렇게 해야 자신을 드러낼 수 있다는 것을, 자신이 과거의 모습 그대로인 것처럼 보여줄 수 있다는 사실을 그는 알았다.

그는 새 것처럼 번쩍거리는 타이탄 타워의 흰색 로비를 걸어가다 프론트 데스크에 앉아있는 야간 비서를 향해 고개를 끄덕였다.

안경을 쓰고 면도를 깨끗이 한 젊은 남자 비서는 슬라이딩 도어로 들어서는 언생크를 발견하고 깜짝 놀라서 소리쳤다. "아, 안녕하십니까, 언생크 씨. 한동안 안 보이시더니, 오랜만에 오셨네요."

언생크는 뭐라고 대꾸해야 할지 몰라 몸이 굳어졌다. 리허설을 할 때 이 장면은 연습하지 않았다. 로비 비서와의 대화는 대본에 없었다.

"그래, 자네도 오랜만이군." 그가 마침내 말했다. "한동안 좀 쉬었지."

"쉬다니요?"

"알다시피, 좀 쉬었다네."

비서가 언생크의 말을 믿어주겠다는 듯 빙그레 웃었다. "제가 잘 몰랐나봐요. 하긴 저야 일개 야간 비서니까요."

"일개 야간 비서라는 것은 없다네." 언생크가 말했다. *노래하지 마.* "자네혹시 어쩌다 노래 부를 때 있나?"

"노래요? 가끔, 어쩌다……."

"노래에 얼마나 유익한 효과가 있는지 알게 될 걸세. 내가 지금 당장 노래를부르고 싶은데, 좀 불러도 될까?"

비서의 얼굴이 하얗게 질렸다. 언생크의 어깨 너머로 문을 열고 들어오는 두 명의 하역인부가 보였다. "해보시죠." 그가 말했다.

"고맙군, 그럼." 언생크는 우선 헛기침을 했다. 그러고 나서 기억나는 대로 마음을 진정시켜주는 선율을 노래하려다 말고 중얼거렸다. "그런데 그 전에, 몹시 목이 마르군. 정말로, 목이 아주 말라."

"제가…, 물 좀 갖다드릴까요?" 비서가 주저하듯 물었다.

"물이라! 그래, 내게 필요한 게 그거였어. 물 한 병, 좋군."

"앉아계십쇼, 언생크 씨. 제가 곧 가지고 오겠습니다." 야간 비서는 자리를 피할 수 있어서 내심 반가워하는 기색이었다. 그는 파티장을 잘못 찾아 소싯적 스타트랙 팬클럽 회원들의 재회모임에 온 젊은이처럼 성큼성큼 걸어갔다.

언생크는 책상 오른편에 있는 엘리베이터를 흘끔 보았다. 문 위쪽 디지털 패널의 숫자에 의하면 지금 승강기는 30층에 서있었다. 그런데 갑자기 숫자가 29, 28층으로 바뀌었다. 위그먼이 내려오는 중이었다.

조프리는 재빨리 책상 모퉁이를 돌아가 로비에 있는 거대한 보안시스템 장비를 확인했다. 동시에 머릿속으로 여러 가지 영상을 떠올렸다. 지시사항이 적힌 흰색의 대본이 눈앞에 펼쳐졌다. 머릿속으로 차분히 지시를 내리는 자크의 모습이 보였다. 이윽고 조프리가 컴퓨터의 자판을 두드리기 시작했다.

26, 25, 24.

모니터에 관계자 외 접근 금지라는 메시지가 떴다. 인증 바랍니다.

모니터 오른쪽에 손 모양의 터치패드가 놓여있었다. 조프리는 그곳에 손바닥을 대고 자신의 보안접근 정보가 삭제되지 않았기를 혹은 지난 몇 달간 안식년을 보내는 동안 연장되었기를 바라며 승인을 기다렸다. 그러다 엘리베이터 위쪽의 디지털 패널을 흘긋 보았다.

23, 22, 21

"자, 자, 트랄라, 트랄리." 그가 중얼거렸다.

접근 중… 컴퓨터 스크린이 미적거렸다. 접근 중… 기다려주십시오…….

20, 19. 엘리베이터가 거기에서 멈췄다. 틀림없이 19층에서 승객이 탔으리라. 위그먼이 새로 탄 사람에게 인자하게 고개를 끄덕인 뒤 키패드의 숫자를 바라보는 모습이 눈에 선했다.

접근 승인. 조프리 언생크 님. 어서오십시오. 조프리는 크게 안도의 한숨을 내쉬었다. 그는 두 검지로 조용히 키보드를 눌러 미친 듯이 명령어를 두드렸다. 그때 복도에서 발소리가 들려왔다. 비서가 돌아오고 있었다.

조프리는 숨을 죽인 채 컴퓨터 앞에 최대한 오래 머물러있다가 물병을 든 젊은 비서가 가까이 다가오자 서둘러 책상 앞으로 걸어나왔다. 그때 카운터 위의 작은 플라스틱 꽃이 시선을 끌었다. 그는 일부러 꽃을 관찰하는 척했다.

"재밌군." 그가 다가오는 비서에게 말했다. "아주 재미있는 꽃이야. 히야! 빛을 쬐면 살살 춤을 추네. 작은 기계장치군. 아주 신기한 기계야." 그는 짐짓 놀라는 표정을 지으며 덧붙였다. "자네가 없는 동안 이 작은 장치를 보며 줄곧 여기에 서 있었지. 말 그대로, 바로 여기에서 말이야. 이 작은 꽃을 보면서."

비서는 어이없는 표정을 지었다. "여기 물이요, 언생크 씨."

"아, 고맙네…." 조프리는 비서가 건네준 물병을 보며 말했다. "이런, 미안하군. 난 온수를 마셔야 하는데. 미리 말했어야 하는데." 그는 물병을 도로 건넸다. "너무 차가운 물은 장에 좋지 않다네. 자네 그 사실 아나?"

"아니요, 몰랐는데요. 온수라고요?" 비서가 물었다.

266

"그렇네, 폐가 안 된다면."

언생크는 어떻게 해서든 비서와 계속해서 시선을 맞추려고 애를 썼다. 상대가 지금 책상 뒤편의 컴퓨터 모니터를 보게 되면 끝장이었다. 거기에는 지금 대문자로 이런 글귀가 떠있었다. **모든 보안시스템을 우회하도록 설정합니다. 정말로 설정하시겠습니까? Y/N**

"천만에요." 비서는 이렇게 말한 뒤 돌아서 복도로 걸어갔고, 이내 보이지 않았다. 조프리는 다시 민첩하게 책상 옆으로 달려가 손가락으로 키보드의 Y 자를 눌렀다.

망막 스캐닝이 필요합니다.

조프리가 엘리베이터를 흘끗 보았다. 문 위의 숫자판은 엘리베이터가 지금 위그먼을 태우고 8층을 통과한다고 알려주었다.

"자, 자." 언생크는 쉿쉿 소리를 내며 모니터의 웹캠에 얼굴을 갖다댔다. "사진 잘 찍어줘."

접속 중… 접속 중… 잠시만 기다려주십시오.

7,6,5

언생크의 이미에 작은 땀방울이 맺혔다. 얼굴이 점점 붉게 달아오르는 것을 느꼈다. 심장은 가슴 속에서 미친 듯이 뛰었다.

"트랄라. 트라리." 그가 어쩔 수 없이 중얼거렸다.

접속이 승인되었습니다. 보안시스템 설정이 해제되었습니다. 조프리 언생크 님.

"맙소사, 고맙군. 트랄라, 트랄루!"

엘리베이터에서 '땡' 하는 소리가 나는 순간, 하마터면 비명을 지를 뻔했다. 조프리는 벌떡 몸을 일으켜 책상을 돌아나간 뒤 무력하게 엘리베이터 문만 응시했다. 문이 서서히 쉬익 소리를 내며 열렸다. 프레임이 일그러진 상태에서 멈춘 비디오처럼 언생크의 몸이 굳어지다 기괴하고 흉측한 모양으로 틀어졌다. 게다가 버클을 채운 듯 입이 꽉 다물어지고 곱상한 뱀파이어가 사전 공격 모드를 취하듯 두 손이 위로 올라갔다.

드디어 브래드 위그먼과 대면하는 순간이 왔다. 실은 얼굴이 아니라 대머리였다. 브래드가 자신의 치노(카키색의 튼튼한 면직물로 만든 군복·작업복용 옷. —옮긴이) 바지 앞에 묻은 얼룩을 지우려고 허리를 구부리는 통에 머리카락 없는 정수리가 보였던 것이다. 타이탄의 황제는 정수리에 머리가 없다는 사실을 조프리에게 들켜버렸다.

언생크는 머릿속으로 재빨리 계산을 했다. 그는 브래들리가 몸을 일으키기 전, 그가 보지 못하는 틈을 타서 얼른 엘리베이터 문 옆으로 뛰어갔다. 위그먼이 열린 엘리베이터를 나와 로비로 걸어갔다. 조프리는 문이 닫히기 전에 조용히 엘리베이터에 올라타 위그먼이 있던 자리에 섰다. 문이 천천히 닫히면서 타이탄 황제의 넓은 어깨도 서서히 사라졌다. 언생크는 숨죽인 채 엘리베이터 키패드에서 22라는 숫자를 누른 다음 문 위쪽의 숫자판을 바라보았다. 숫자가 점점 올라가기 시작했다.

조프리가 웃었다. 그리고 가슴 깊은 곳에서 터져나오는 멜로디를 길고 시끄럽게 노래 불렀다. 바로 그 순간 첫 번째 폭발이 일어났다.

폭발음이 들릴 때

그 순간 폭발이 일어났다.

조프리는 큰 소리로 노래를 부르며 혼자 엘리베이터를 타고 있었다. 그러다 폭발의 진동을 이기지 못해 뒷벽으로 날아갔다. 전등도 나갔다. 이윽고 어디 보이지 않은 발전기에서 전력이 공급되는지 빨간색 전구가 깜빡거리며 엘리베이터 안을 삭막한 불빛으로 감쌌다. 승강기가 마구 흔들렸다.

데스데모나 무드락은 빌딩의 맨 꼭대기 층 책상 옆에 서서 얼굴 각질을 뜯으며 로저를 감시하고 있었다. 로저는 무심한 척 책등에 적힌 제목을 훑으며 밀실을 열 비밀 손잡이가 어느 것인지 알아맞히려고 애썼다. 폭발의 파동은 거대한 타이탄 타워의 골조를 타고 올라오는 동안 강도가 약해져서 맨 꼭대기

269

층에 이르러서는 장식장의 트로피가 흔들리는 정도였다. 데스데모나와 로저는 어리둥절해서 말없이 서로 쳐다보았다.

그 시간 마서와 캐롤은 책장 뒤 밀실 안에서 별 생각 없이 프리첼을 먹으며 뒤마의 탈옥이야기 중 마지막 장을 읽으려 하고 있었다. 폭발 소리에 놀란 마서가 손에 쥐고 있던 책을 툭 떨어뜨렸다.

위그먼은 주름이 잘 잡힌 카키색 바지에서 떨어지지 않는 보푸라기 한 올을 겨우 떼어낸 다음 일층 로비를 향해 걸음을 뗐다. 놀랍게도 로비가 텅 비어 있었다. 야간 비서도 자리를 비우고 없었다. 위그먼이 무슨 말을 하려는데 비서가 플라스틱 물병을 들고 나타났다. 놀라서 서로 쳐다보던 두 사람은 이내 있어야 할 사람이 보이지 않는 사실을 알고 동시에 놀랐다. 폭발의 진원지는 몇 야드 떨어진 방어벽 문 너머였지만 그 여파는 일층의 판유리 창문을 박살 냈다. 또한 빚쟁이가 처분하는 창고에서 저렴하게 구입한 가구를 중력을 받지 않는 빈백체어(커다란 자루 안에 스티로폼 볼 등의 충전재를 넣어 만든 일종의 의자. ─옮긴이)처럼 공중으로 날려버렸다.

레이첼 멜버그는 매트처럼 차단막 역할을 해주는 동료 파괴자들 뒤에서 점화하지 않은 폭탄을 하나 들고 숨어있었다. 폭발음이 들리자 시멘트 벽과 빌딩 주변 화학물질 저장고까지 흔들렸고 깜깜한 밤에 샛노란 불빛이 후두둑 쏟아지며 갑자기 뜨거운 열기가 훅 끼쳐왔다. 발가락에 체중을 싣고 쪼그려 앉아있던 레이첼도 충격파에 폐가 우르릉 울리며 뒤로 나자빠질 뻔했다. 그때 누군가 레이첼을 붙잡아주었다. 니코였다. 그는 웃고 있었다. "자." 그가 말하며 성냥을 그어 레이첼의 폭탄 도화선에 불을 붙였다. 레이첼은 선사시대 사람처럼 '우우' 크게 함성을 지르며 있는 힘껏 폭탄을 던졌다.

270

한편 엘시 멜버그는 파괴자로 변신한 동료 입양부적격자들, 일명 배관 쥐들과 함께 지름이 1미터도 안 되는 네모난 알루미늄 양극 배관에 웅크리고 앉아있었다. 그들은 격자무늬 창살의 정문 바로 위쪽, 깜빡이는 빨간색 불이 초록색으로 바뀌기만 기다리고 있었다. 초록색 불이 켜지기만 하면, 포슬포슬한 잿더미가 되지 않고 안전하게 문을 열 수 있다고 그들이 그랬다. 누구도 그런 운명을 경험하고 싶지는 않았다. 마침내 초록색 불이 들어왔을 때 선두에 선 엘시는 조심스럽게 손을 뻗어 빗장을 풀었다. 다행히 어떤 종류의 전깃불도 튀지 않고 끽 하품 소리만 내며 문이 열렸다. 엘시는 납작한 통로를 손과 발로 엉금엉금 기어 멀리 흰색 빛을 향해 나아갔다. 그 순간 폭발이 일어나며 건물이 덜덜 흔들리고 금속배관에 굉음이 울려퍼졌다. 아이들은 저마다 고개를 움

271

츠렸다. 멀리 보이던 빛은 묘한 빨간색 빛으로 바뀌었을 뿐 여전히 번쩍거렸다. 엘시는 쉬지 않고 앞으로 나아갔다.

그 시간 마이클과 신시아는 창고 집인 망각의 집으로 막 돌아와 있었다. 둘은 가장 나이 많은 선배로서 다시 입양부적격자들의 리더가 되었다. 그들은 깨끗한 담요와 신선한 음식을 아이들에게 배분하고 실종된 두 명을 곧 구출하게 될 거라는 소식을 전했다. 그때 갑자기 창고 높은 곳에 있는 깨진 창문이 환해지며 불빛이 번쩍거렸다. 아이들은 위대한 작전이 시작됐음을 알아차리고 우우, 환호성을 질렀다.

죄수가 된 채 화물칸에 감금되어있던 프루 매킬은 선체의 둥근 창으로 밖을 내다보던 중이었다. 그때 멀리에서 '펑' 하고 폭발음이 들렸다. 프루는 밤하늘로 치솟는 빛과 그 빛에 반사되어 흰색 거석처럼 보이는 고층 빌딩의 윤곽을 보았다. 폭발은 몇 차례 더 이어졌다. 하지만 뿌연 안개가 강 유역을 뒤덮어 더 이상 보이지 않았다. 목조 선체가 신음을 하며 후미진 곳을 떠나 수면으로 움직이기 시작했다. 뿌연 안개 덕에 배는 엿보는 시선들로부터 안전하게 숨을 수 있었다.

그 시간에도 암석과 마그마로 이루어진 일련의 행성 중 하나인 지구는 멀리 태양을 중심으로 돌며 광활한 우주를 회전하고 있었다.

272

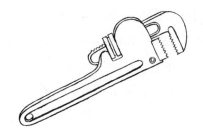

CHAPTER 18

타이탄 타워 습격

첫 폭발음이 들린 후 여러 차례 폭발이 더 이어졌지만 여기까지는 늘 겪는
일이었다. 일층 창문은 모두 안으로 휘어지고, 이미 시작된 공격을 저
지하기 위해 전 하역인부들이 다양한 기지에서 쏟아져나왔다. 10시를 막 넘긴
시각으로 밖은 어두웠고, 강 유역에 짙게 깔린 안개는 두꺼운 겨울이불을 깔
듯 산업폐기물장으로 밀려 들어오고 있었다.

엘시 멜버그는 온 힘을 다해 두려움을 억누르려고 애썼다. 지금까지 꽤 긴
배관을 기어서 통과하느라 무릎이 까진 느낌이었다.

"야, 엘시." 뒤에서 누군가가 속삭였다. 루디였다. "얼마나 남았어?"

왼쪽, 오른쪽, 왼쪽, 직진. 엘시는 배관의 구조를 애써 떠올렸다. "그렇게 멀

지 않을 거야." 그녀가 대답했다.

아이들은 배관이 사방으로 갈라지는 교차점에 이르렀다.

"우린 왼쪽으로 갈 거야." 엘시가 말했다. 기억력이 지금까지 잘 도와주고 있었다. 얼마 가지 않았을 때 배관 뚜껑이 나왔다. 엘시는 배관 창살로 밖을 내다보았다. 아무 장식도 없는 흰색 복도가 보였다.

뜨거운 바람이 훅하고 끼쳐왔다. 공기에 희미하게 화약 냄새가 배어있었다. "해리, 준비됐니?" 엘시가 속삭였다.

"그 어느 때보다도 완벽해." 네 명 중 맨 뒤에서 목소리가 들려왔다.

루디, 오즈, 엘시는 배관 벽에 몸을 밀착시켜 해리가 발을 앞으로 내민 채 맨 앞으로 가도록 자리를 바꾸었다. 해리는 환기구의 금속뚜껑을 발로 걷어찬 뒤 기다리게 되어있었다

"보안시스템은 꺼졌지, 응?" 그가 물었다.

엘시가 그의 귀에 대고 속삭였다. "당연하지."

그러나 엘시는 자신들의 목숨이 조프리 언생크에게 달렸음을 잘 알고 있었다. 조프리 언생크가 궁지에 몰려도 제정신이 아니라는 사실을 감쪽같이 숨길 수 있어야 했다. 엘시는 최악의 시나리오를 상상했다. 이를테면 환기구 뚜껑을 발로 찼는데 보안시스템이 작동되어 맥없이 붙잡힌 뒤 그들이 구하려 했던 캐롤, 마서와 함께 밀실로 내동댕이쳐지는 모습 말이다. 아니 더 나쁠 수도 있었다. 지금까지 붙잡힌 수많은 검은 모자단원들과 같은 운명을 맞게 되는 것이다. 익사하든지 개의 먹이가 되든지 영원히 실종되든지, 엘시는 생각만으로도 겁이 나서 심장이 쪼그라드는 것만 같았다.

해리가 엘시를 돌아다보았다. "그냥 하면 되지?"

"폭발을 기다려."

엘시가 말을 끝내자마자 그 순간이 왔다. 폭발. 빌딩 전체에 쿵하고 부드럽게 2차 충격파가 전달되었다. 해리는 다리를 구부렸다 냅다 뻗어 배관 뚜껑을 힘껏 발로 찼다. 창살 뚜껑이 쨍그랑 소리를 내며 복도 저편으로 떨어졌다.

해리는 재빨리 입구로 고개를 내밀어 여기저기를 살핀 뒤 말했다. "아무도 없어."

"가자!" 엘시가 속삭였다.

해리가 환기구 테두리를 잡고 몸을 밖으로 밀어냈다. 이윽고 다른 세 명도 재빨리 따라했다.

"어느 쪽이야?" 모두가 복도로 나왔을 때 루디가 물었다.

엘시는 얼른 머릿속으로 구조를 떠올렸다. "왼쪽." 엘시가 대답했다.

"내가 먼저 가볼게." 오즈가 말하고 잠깐 모퉁이로 사라졌다가 돌아왔다. "하역인부들이야!" 그가 최대한 크게 속삭여 말했다.

아니나 다를까, 아래위가 붙은 작업복 차림의 덩치 큰 무리가 쿵쿵거리며 시야에 나타났다. 그들은 아이들 눈앞을 가로질러 맞은편 복도로 달려갔다. 배관 쥐들은 그 자리에 얼어붙었다. 어떻게 도망쳐야 할지 생각할 겨를도 없었다. 다행히, 그게 뭔지 모르지만 멍청이들에게는 이쪽으로 오는 것보다 더 중요한 용건이 있는 듯했다. 덕분에 네 아이들은 발각되지 않고 살아남았다.

엘시가 휘둥그레진 눈으로 친구들을 보며 이야기했다. "조심하자. 언제 저 자들이 튀어나올지 몰라."

오즈는 다시 정찰을 나갔다가 아무도 없다는 신호를 보냈다. 오즈가 혀를 차는 소리를 그런 신호를 미리 정한 터였다. 라디에이터에서 나는 딱딱 소리와 비슷했다. 아이들은 모퉁이를 돌아 두 번째 환기구 뚜껑이 있는 곳으로 갔다. 청사진에 나온 대로 교차점에서 몇 미터 지나자 지면과 같은 높이에 환기구 뚜껑이 보였다. 임무를 맡은 루디가 드라이버를 꺼내 환기구 뚜껑의 나사못을 돌려 빼기 시작했다. 오즈와 엘시는 좌우로 조금씩 움직이며 복도에 아무도 없는지 감시했다. 배관 뚜껑이 쨍그랑 소리를 내며 바닥으로 떨어졌다. 네 명의 배관 쥐는 엘시를 선두로 차례차례 터널로 몸을 미끄러뜨렸다.

엘시가 기억을 더듬으며 말했다. "직진한 다음에 작은 갈래길이 나와."

그들은 아래쪽 어디에선가 울려퍼지는 폭발음을 들으며 짧은 길을 바쁘게 빠져나갔다. 엘시는 그 소리가 점점 가까워지는 걸 알았다. 작전을 수행하기 위해 떠나기 직전 자크와 니코가 나누는 대화를 들으며 불안했던 게 떠올랐다. 자크는 성공을 장담하며 무슨 일이 있어도 자신들이 오랫동안 목표했던 일을 해치워야 한다고 목소리를 높였다. 타이탄 타워를 완전히 잿더미로 만드는 일. 다시는 이런 좋은 기회를 얻을 수 없을 거라고도 했다. 이번에야말로 과감하게 부딪쳐서 결정타를 날려야 한다고 했다. 그러자 니코는 너무 성급하다며 그에게 경고했다. 입양부적격자들에게 약속한 대로 타이탄 황제의 인질을 구출하는 일이 목표이며, 그것으로 끝내야 한다고 주장했다. 엘시는 거기까지 대화 내용을 듣고 떠났지만, 일단 폭발이 시작되자 (폭발음이 점점 더 크고 가깝게 들렸다) 자크가 자기 식대로 밀어붙이는 게 아닐까 하는 의심이 들었다.

하지만 머뭇거릴 시간이 없었다. 그들은 T자형 교차점에 도착했다. 엘시가 기억하는 청사진대로 네 배관 쥐는 왼쪽으로 기어간 뒤 이내 수직의 배관에 다다랐다. 그들은 거미처럼 배관 벽에 붙어 차례차례 조심해서 기어오르기 시작했다. 머리 위로 5층 높이쯤 되는 곳에서 빛이 가물거렸다.

엘리베이터가 올라갔다. 언생크는 문 위쪽 숫자판의 번호가 바뀌는 것을 보았다. 일층은 지금 소리만 들어도 아수라장이었다. 유리 깨지는 소리, 울부짖는 소리, 폭발 현장을 뛰어다니는 수많은 발걸음 소리. 그런 소리들이 잦아든 후에야 언생크는 엘리베이터 안 침묵의 공간에서 생각을 할 수 있게 되었다.

"트랄라 트랄리." 그가 혼잣말을 중얼거렸다. 외투 왼쪽 주머니에 들어있는 검은색 작은 꾸러미가 느껴졌다. 그것은 아직도 거기에 있었다. 그가 다시 노래를 불렀다. "틀라루 트랄리."

엘리베이터가 22층에 도착하자 '땡' 소리가 났다. 그는 신중하게 문이 열리기를 기다렸다. 이윽고 문이 열리며 빈 복도가 나타났다.

너무 조용해서 불안함마저 느껴졌다. 그는 주저하듯 엘리베이터 밖으로 나왔다. 손목시계를 보니 계획과 일치하지는 않지만 여전히 예정대로 진행되고 있다는 확신이 들었다. 멀리 어디에선가 머뭇거리는 듯 '삐' 소리가 났다. 그는 노래를 흥얼거리며 소리 나는 쪽으로 걷기 시작했다.

배관 쥐들은 또다시 환기구 뚜껑 앞에 도착했다. 복도에서 들어오는 뿌연 빛에 배관 바닥에 새겨진 출입구 표시가 보였다. 다시 폭발을 기다렸다. 폭발소리가 들려오자 해리는 이 때를 놓치지 않고 뚜껑을 발로 차서 복도로 떨어뜨렸다. 벽의 메마른 잿빛 먼지가 바닥으로 흩날렸다. 밖에는 아무도 없었다.

아이들은 나지막한 배관을 빠져나온 뒤 복도에서 거침없이 허리를 쭉 펴고 기지개를 켰다. 체격은 작았지만 저마다 오래 쪼그린 상태로 있었더니 온몸이 쿡쿡 쑤셨다. 더욱이 5층 높이의 수직 배관을 올라오느라 기진맥진한 상태였다. 아이들은 한껏 심호흡을 했다.

"화장실로 가자." 엘시의 지시가 떨어지자 모두 일렬종대로 걸어갔다.

엘시가 아는 바로는 오른편으로 몇 미터 떨어지지 않은 곳에 있었다. 화장실은 반짝반짝 완벽하게 청소가 되어있었다. 그야말로, 구석구석 먼지나 곰팡이 하나 없는 청결상태를 자랑했다. 지난 7년간 미어터지는 고아원과 환기구도 없는 오두막, 편의시설 하나 없는 버려진 창고에서 보낸 아이들에게는 티하나 없이 청결한 화장실이 충분히 감동적이었다. 적어도 해리에게는 그랬다.

"이렇게 아름다운 곳은 본 적이 없어." 해리가 황홀해하며 중얼거렸다.

"자, 어서." 21세기의 보편적인 청결상태를 가장 최근에 경험한 엘시가 재촉했다. 엘시는 여러 층에 걸쳐 수백 미터나 이어져있는 배관의 우회로를 찬찬히 분류하느라 생각에 빠져있었다. 하지만 아기가 소변 보는 시간 정도만 할애하면 충분했다. "배관은 지붕에 있어. 저기 위에."

"나 화장실 한 번만 사용해도 돼?" 해리가 화장실 전체를 치장한, 눈처럼 하얗고 아름다운 도자기 타일에 매료되어 간청했다.

"안 돼." 엘시가 속삭였다. "어서, 가자!"

"딱 한 번인데?"

엘시는 해리의 팔을 잡아 방 끝으로 끌어당겼다. 그곳 흰색 타일을 붙인 천장에 시커먼 환기구 철창 뚜껑이 달려있었다. 바로 화장실 변기 위였는데, 엘시는 화장실 칸막이 아래 위를 살펴서 그 안에 아무도 없는지 확인해야 한다는 점을 영화에서 봐서 잘 알고 있었다. 다행히 안에는 아무도 없었다. 우선 엘시와 루디가 반대편 칸 변기를 밟고 벽 위로 올라간 다음 철제 칸막이 위에 균형을 잡고 걸터앉았다. 오즈는 변기 뒤편에 서서 루디의 발이 미끄러지지 않게 받쳐주었고, 그 사이에 루디는 환기구 뚜껑을 고정시킨 나사못을 풀었다.

나사못이 차례차례 변기로 떨어졌다. 루디는 환기구 뚜껑을 배관 안으로 밀어넣었다. 그런 다음 천장의 환기구로 기어들어갔다. 해리만 빼고 모두.

해리는 화장실에 넋이 나가 추파를 던지느라 조금 더 미적거리다 친구들이 숨죽여 소리치는 말에 정신을 차렸다. 그는 변기 물탱크 꼭대기에 걸터앉아 한 발로 물을 쏴 하고 내렸다. 작동하는 모습을 보고 싶었던 게 분명했다. 하지만 물소리에 그만 화장실 문이 갑자기 열리는 소리를 듣지 못했다. 잠시 후 하역인부를 발견한 해리가 얼른 칸막이 꼭대기로 올라왔다.

엘시는 천장 환기구 구멍 밖으로 고개를 내밀고 있다가 침입자를 발견했다. 그 다음에 일어난 일은 모두 슬로모션으로 보는 것만 같았다.

복도 저편에서 하역인부가 소리쳤다. "어서 와, 토니! 로비로 내려가야 해. 이건 훈련이 아니라고."

"잠깐만." 다른 하역인부가 닫혀있는 화장실 통로를 걸어오며 말했다. "볼 일 좀 보고."

엘시는 얼른 배관 속으로 얼굴을 숨겼다. 그리고 난간 너머로 해리를 주시했다. 해리는 화장실 칸막이 꼭대기 난간을 가로질러 독수리처럼 두 다리를 쫙 벌린 채 서있었다. 하역인부가 헐레벌떡 들어온 바로 그 칸이었다.

엘시는 숨을 죽였다. 오즈와 루디 역시 숨을 삼키는 소리가 들렸다. 엘시는 해리 역시 똑같이 숨을 참고 있을 거라고 생각했다.

화장실 문이 활짝 열렸다. 하역인부는 아무 의심 없이 비어있는 변기 주위를 둘러보다 하얀 변기 시트 위에 무거운 엉덩이를 내려놓았다. 그리고 두 손으로 머리를 감싼 채 무릎 사이를 내려다보았다. 하얗게 질린 해리는 그의 머리에서 30센티미터도 떨어지지 않은 곳 양쪽 철제 칸막이에 다리를 아프도록 벌리고 서있었다.

그들은 기다렸다. 엘시는 긴장을 견딜 수가 없어서 배관 통로 안쪽으로 미끄러져 들어와 될 대로 되라는 심정으로 얼굴을 두 손으로 가렸다. 1분쯤 흘렀을까. 하역인부의 동료가 다급하게 소리를 질렀다. 변기물이 시끄럽게 내려가고, 화장실 문이 요란하게 열렸다가 닫혔다. 볼일 봐서 홀가분해진 하역인부는 소란스럽게 화장실을 걸어 나갔다. 그제야 엘시는 배관 너머로 얼굴을 내밀었다. 해리는 아직도 화장실 칸막이 위에 다리를 벌린 채 서있었다. 그가 고개를 들어 천장에서 내려다보는 세 아이들의 놀란 얼굴을 바라보았다.

"진짜 냄새 지독하다." 해리가 말했다.

행여 다른 하역인부가 우연히 화장실에 들러 계획을 망치기 전에 엘시와 오즈는 환기구 밖으로 손을 뻗어 해리를 힘껏 끌어올렸다.

🌿

조프리의 목표가 눈에 보였다. 관계자 외 출입금지라는 팻말이 붙은 복도 끝 문이었다. 그 너머 작고 어두운 방에 이 빌딩의 보조 엘리베이터 두 대를 작동하는 프로토콜이 들어있었다. 그 중 한 대는 빌딩 직원들 대부분에게 알려져 있었다. 별 특징이 없는 화물용 엘리베이터로 주로 잡역부들이나 비상용으로 사용했다. 하지만 다른 한 대는 더 고급의 출입허가권을 가진 소수 외에는 알지 못했는데, 그 방에는 더 비밀스러운 엘리베이터(위그먼의 밀실을 탈출하는 루트로 사용되는 작은 새장 모양 장치였다)의 잠금장치를 끌 수 있는 제어반이 있었다. 조프리가 초조하게 두 손을 비볐다. 그는 출입 허가권을 가진 몸이었다. 그것은 산업제국의 거물로서 누리는 혜택이었다. 그리고 지금 그는 최종 목표를 목전에 두고 있었다.

그러나 조프리가 손 비비는 것을 막 그쳤을 때 덩친 큰 하역인부 둘이 언생크가 보고 있는 문을 등진 채 복도를 성큼성큼 걸어왔다. 조프리는 그 두 명을 즉시 알아보았다. 하역인부들 중에서도 이상할 정도로 닮아서 볼 때마다 깜짝 놀라게 하는 두 명이었다. 마치 상상력이 지독히도 없는 유전학자가 찍어낸 복제품 같았다. 하지만 조프리는 그들을 잘 알았다. 위그먼의 오른팔들이었다. 그들은 단단히 화난 얼굴로 조프리 쪽으로 다급하게 걸어오고 있었다.

마침내 조프리를 발견한 그들이 유전적으로 똑 닮은 놀란 표정을 지었다.

"기계 부문?" 그 중 한 명이 놀라서 물었다.

"지미!" 언생크가 반가워하며 알은체를 했다. "배머! 오래만이네, 그렇지?"

"여기에서 뭐하시는 겁니까?" 배머가 무뚝뚝하게 물었다. 그는 오른손에 초승달 모양의 커다란 빨간색 렌치를 들고 있었다.

"전 언생크 씨가 미쳤다고 들었는데." 지미가 중얼거렸다.

언생크는 마치 '그랬었지'라고 말하는 듯 어깨를 으쓱했다.

"지금 이 빌딩이 공격당하고 있다는 거 아십니까?" 지미가 덧붙였다.

"공격을 당해? 난 몰랐는데. 트랄라." 자기도 모르게 노래가 흘러나왔다.

그는 입술을 단단히 깨물었다. 두 하역인부는 우연한 만남이 갑작스러워서

였는지 언생크의 틱 증세에 대해서는 별로 신경쓰지 않는 듯했다.

"검은 모자단이 점점 대담해져요. 로비 전체가 박살났어요." 배머가 말했다.

"그게 정말인가?" 언생크가 물었다.

"그렇습니다. 보스가 저 아래에 있어요. 얼른 가서 보호해드려야 해요."

"저런 지독한 놈들." 언생크가 화를 내며 둘러댔다. "그 파괴자들 말일세."

"우리가 본때를 보여줘야죠." 지미 역시 커다란 초승달 모양의 렌치를 휘두르며 말했다. 도대체 어떤 배관을 수리하는 데 저리 큰 장비가 필요한지 조프리는 상상이 가지 않았다. 하역인부가 렌치로 손바닥을 탁탁 내리쳤다.

"그러게. 반드시 그렇게 하게." 조프리가 거들었다.

"그런데 여기 계시면 안 됩니다. 여긴 위험해요." 지미가 재촉하듯 말했다.

"아, 알겠네. 그렇지 않아도 밖으로 나가던 중이었네. 내가 알아서 나가지." 조프리가 대답했다.

그때 아래쪽에서 다시 폭발음이 들렸다. 복도가 살짝 흔들렸다. 조프리는 벽에 몸을 찰싹 붙였다.

"우린 내려가야 합니다. 가서 일손을 보태야죠." 지미가 서둘렀다.

"조심하세요, 기계 부문 대표님." 이렇게 말한 뒤 두 하역인부는 그를 밀치고 지나갔다. 짜증스럽게도 두 하역인부는 그런 호칭을 즐겨 썼다. 여러 부문의 대표를 회사 이름만으로 부르는 것인데, 위그먼이 즐겨 쓰는 방식이었다.

"그러게, 무사하기를 비네." 조프리가 대꾸했다.

그는 두 사람이 시야에서 보이지 않을 때까지 기다렸다가 다시 문으로 갔다. 심호흡을 하며, 욕설을 내뱉고 싶은 충동을 간신히 다독였다. 그에게는 아직 체면을 생각할 정도의 판단력은 있었다. 배머와 지미로부터 무사히 빠져나온 게 그 사실을 증명했다. 그는 몇 걸음 만에 문에 도착했다. 접근하려면 망막 스캐닝과 더불어 지문인식이 필요했다. "어서 오십시오, 조프리 언생크 님." 일단 절차를 통과하자 문 옆에 있는 패널에서 기계음이 흘러나왔다. 손잡이를 돌리니 찰칵 소리가 났다. 언생크는 문을 밀고 방으로 들어갔다.

۶

휴게실은 황급히 떠났음을 짐작케 할 만한 온갖 증거를 보여주고 있었다. 의자는 엎어지고 잡지는 바닥에 어지럽게 널려있었다. 하역인부들의 철제 라커룸 문짝은 활짝 열려있고, 그 틈으로 푸른색 작업복이 혓바닥처럼 밖으로 비어져 나와있었다. 빨간색 비니 몇 개도 바닥에 떨어져 있었다. 차갑게 식은 커피와 반쯤 먹다 만 베이글도 보였다. 배관 쥐들은 별 문제없이 종종걸음으로 방 안을 통과했다. 그리고 이제는 화물용 엘리베이터를 향해 복도를 달려가는 중이었다. 만약 모든 게 계획대로 된다면 곧 전원이 꺼질 차례였다.

이번에는 해리가 선두에 섰다. 닫힌 문 앞에 도착한(문 위에는 **화물용 엘리베이터! 관계자외 출입금지**라는 팻말 붙어있었다.) 해리는 냉철하게 자신이 도전해야 할 일들을 떠올렸다. 열 살(변경에서 2년 동안 시간이 정지되지만 않았더라면 지금쯤 열두 살이었을 것이다) 난 그는 키가 자라려고 하는데 누군가 엄지로 머리통을 힘껏 누른 듯한 모습이었다. 그동안 자란 곳은 허벅지와 이두박근뿐인 듯 키가 유난히 작았다. 심지어 또래보다 작은 편인 아홉 살짜리 엘시와 대화를 나눌 때 눈높이가 맞았다. 해리는 뭉툭한 다리를 떡 벌리고 두툼한 손가락으로 엘리베이터 문 사이를 벌린 다음 *힘껏 밀었다.* 하지만 열리지 않았다. 그가 다시

밀었다. 기합을 넣느라 신음이 나왔고 목덜미의 혈관이 툭 불거졌다.

엘시는 뒤쪽을 흘끔 돌아다보며 나지막한 목소리로 재촉했다. "어서."

"하고 있어." 해리가 짜증난 목소리로 대꾸했다.

그는 이를 악물고 다시 시도했다. 이번에는 문이 조금 열리며 그 틈으로 가늘고 빨간 불꽃이 튀었다. 엘리베이터 갱도 내부에서 나오는 빛이었다.

"거의 다 되어가!" 루디가 말했다.

루디와 오즈가 문틈으로 손을 넣어 도우려고 했다.

해리가 다시 신음소리를 냈다. 이윽고 문이 30센티미터 정도 벌어졌다. 소년은 그 사이로 몸을 밀어넣고 발로 열린 문을 지지했다.

"됐어!" 그가 가쁜 숨을 몰아쉬며 속삭였다. "들어가!"

오즈가 제일 먼저 해리의 정강이와 팔꿈치가 만든 네모난 구멍으로 들어간 다음 요란하게 침을 삼켰다. "한참 밑이야, 애들아." 오즈는 이렇게 말한 다음 조금 더 안으로 들어가더니 이내 시야에서 사라졌다. 아마도 기어오르기 시작한 것 같았다. 엘시와 루디도 해리가 했던 대로 똑같이 따라 들어갔다.

문 안쪽 빨간색 불이 켜진 엘리베이터 갱도는 끝이 보이지 않을 정도로 높았다. 아래층의 엘리베이터 문들은 특이하게 생긴 철제문으로 시멘트 벽을 따라 일정한 간격으로 나있었다. 엘리베이터는 도대체 어느 층에 서있는지 보이지도 않았다. 아이들은 언생크 씨가 어떻게 해서든 엘리베이터가 작동되지 않게 해주기만 바라고 있었다. 만약 그들이 갱도를 올라가는 동안 엘리베이터가 움직여서 치게 된다면, 거기에 대해서는 말하지 않는 편이 나았다. 머리 위쪽의 갱도는 보이지 않는 곳까지 이어졌고, 별자리처럼 보이는 빨간색 불빛이 분홍색으로 흐려보였다. 좁은 갱도 벽에 철제 사다리가 설치되어 있었다. 네 아이는 아래를 내려다보지 않으려고 애쓰면서 사다리를 오르기 시작했다.

"자. 어서." 엘시가 재촉했다. "갈 길이 멀어."

🌿

언생크는 담당구역 점검을 마친 AS 기술자처럼 방을 나와 살며시 문을 닫고 제대로 잠갔는지 확인했다. 그 순간 자기도 모르게 스스로 대견하다는 생각이 들었다. 흥분해서 나약해진 마음에 비뚤어진 현실의 이미지가 집중포화를 퍼부을 때마다 그는 독한 마음을 먹으며 스스로를 다독였다. 자신에게 날아오는 온갖 운명적인 변화구에 맞춰 적절히 행동을 바꿔가며 유연하게 대처했다. 게다가 믿을 수 없을 만큼 훌륭하게 아이들을 도와주었다. 이제 아이들은 산업 제국의 황제로부터 친구를 구출하고, 그렇게 함으로써 브래들리 위그먼이 *마땅히 언생크 소유인 것*을 빼앗으려는 기회를 무산시키게 되리라. 그 자신이 *그토록 오랫동안 몸바쳐 일군 것을*…….

그는 생각을 멈추었다. 그것은 과거의 자신이었다.

지금 그는 아이들을 해방시키려 애쓰고 있었다. 아이들의 정의를 위해.

웃어.

조프리는 자신이 이런 종류의 일에 꽤 소질이 있음을 인정하지 않을 수 없었다. 아무래도 자신이 머물 곳은 검은 모자단인 것 같았다. 솔직히 말해 파괴자의 역할은 만족감을 주었다. 하지만, 그에게는 마지막 과제가 남아있었다. 마지막 목표. 마지막으로 이루고 싶은 소망. 그는 손으로 외투 주머니를 툭 치며 심호흡을 했다. 그리고 다시 복도 끝을 향해 걷기 시작했다.

그때 배머와 지미가 다시 나타났다.

그러면 안 돼. 그들을 보자 언생크는 큰 소리로 말하고 싶은 충동을 간신히 눌렀다. 그는 자신을 꾸짖었다. *명심해. 융통성있게. 웃어. 노래는 절대 안 돼.*

"어이, 자네들." 그가 유쾌하게 말했다. "빨리 돌아왔군."

"엘리베이터가 멈췄어요. 그렇다고 화물용 엘리베이터를 쓸 수도 없고."

"이런, 낭패가!" 언생크가 말했다.

배머가 눈썹을 치떴다. "전 언생크 씨가 밖으로 나가신 줄 알았는데요."

"엉뚱한 길로 나가셨군요." 지미가 덧붙였다.

"내가?" 언생크가 되물었다. "내가 그랬나? 오, 그래, 아무래도 자네가 앞장서야 했었나보네."

두 하역인부는 서로를 쳐다보았다. "말씀드렸듯이 화물용 엘리베이터는 탈 자격이 안 되고, 잠겨있을 겁니다. 하지만 그걸 타야만 할 것 같습니다."

"언생크 씨는 신원조회가 되면 탈 수 있지 않나요, 그렇죠?" 지미가 물었다.

"그야 그렇지." 언생크가 말했다. *융통성을 발휘해.* 그는 아이들을 생각했다. 아이들은 지금쯤 올라오고 있을 것이다.

"어서요" 배머가 재촉했다.

"내 생각에도 음, 그걸 작동시킬 수밖에 없을 것 같군." 언생크가 대답했다.

"그렇습니다." 지미도 재촉했다. "자, 어서."

"알았네." 언생크가 말했다. "지금."

세 사람이 1분쯤 복도에 서있을 때 또다시 빌딩이 폭발음으로 흔들렸다.

"당장이요!" 배머가 소리쳤다.

두 하역인부는 조프리의 어깨를 잡고 빙 돌려, 그가 방금 문을 닫고 잠근 엘리베이터를 마주보게 했다. 조프리는 다리가 풀리지 않도록 다리에 온 힘을 모았다. 화물용 엘리베이터를 다시 가동할 경우 일어날 온갖 영향을 계산하는 데에도 그만큼의 지력이 필요했다. 그와 하역인부들은 지금 22층에 있고 배관 쥐들은 갱도를 15층 정도 올라왔을 것이다. 아이들이 위로 올라오지 않은 이상 엘리베이터가 내려가는 순간 육포가 되는 것은 불보듯 훤했다. 등줄기가 오싹해졌다.

"어서요." 배머가 다시 한 번 독촉했다.

언생크는 자신들이 이미 문앞에 도착했음을 깨달았다. 그는 할 수 없이 손바닥과 망막 스캔에 필요한 신체 부위를 갖다댔다.

"다시 오신 것을 환영합니다, 언생크 님." 기계음이 말했다.

지미는 조프리를 곁눈질로 흘끔거리며 물었다. " 혹시 아까……."

언생크가 얼른 그의 말을 가로막았다. "자네들, 어서." 그가 다급함을 감추고 말했다. "보스가 다쳤을지도 모르잖나."

이 한마디에 하역인부들은 갑작스러운 의심에서 벗어나 제정신으로 돌아왔다. 그들은 언생크를 가볍게 밀치고 방으로 들어갔다. 어두운 방에 무수한 모니터 스크린이 깜빡거리며 자신을 드러내고 있었다. 모니터는 보안카메라를 통해 빌딩의 여러 장소를 보여주었고, 일층 도처에서 벌어지는 폭력적인 장면을 노골적인 흑백영화로 상영하고 있었다. 정지 장면만 보여주는 스크린도 여러 대였다. 그 중 세 개는 먼지와 파편으로 뒤덮인 로비를 보여주었다. 그때 또다시 폭발음이 들렸다. 그 진앙지가 스크린 하나에 암울하게 묘사되었다. 남쪽 벽이 엄청난 흰색 연기로 뒤덮이고, 하역인부가 떼로 돌진해왔다.

"서둘러요!" 배머가 소리쳤다. 아니 지미인가?

　언생크는 알지 못했다. 그의 눈은 모니터에 고정되어 있었다.

　스크린 한 곳이 화물용 엘리베이터 갱도 안을 보여주었다. 네 아이가 그 안에 있었다. 어두컴컴한 빛을 뒤로 하고 좁은 사다리를 열심히 올라오는 중이었다. 한 아이가 어려운 지점을 올라오는 동료를 도와주려 손을 내밀었다. 언생크는 시선을 깔았다. 그리고 산업제국의 거물이라는 칭호를 얻었을 때 받은 비밀번호를 타이핑했다. 엘리베이터에 다시 전원이 들어왔다.

CHAPTER 19

대의를 위한 순교

겨우 5층쯤 올라갔을 때(지나가는 문마다 연노란색 페인트로 층수가 적혀있었다) 엘리베이터에 전원 들어오는 소리가 들렸다. 엘시는 온몸에 아드레날린이 치솟는 것을 느꼈다. 엘리베이터 자체는 그들이 9미터쯤 올라갔을 때부터 시야에 들어왔고 머리 위로 남은 거리는 아득하기만 했다. 엘리베이터 아랫면에 흰색 전구 하나가 매달려 달랑거렸다. 그런데 지금, 갱도에 윙윙 소리가 울려퍼졌다. 엘시는 자신보다 아래에 있는 해리를 내려다보았다.

"너 저 소리 들었니?" 엘시가 물었다.

"응." 그가 대답했다.

엘시는 요행을 바라며 계속해서 올라갔다. 그러나 오래 가지 않아 가장 두려워했던 상황을 확인하고야 말았다. 엘리베이터가 움직이기 시작한 것이다.

해리의 입에서 욕설이 튀어나왔다. 엘시는 오즈와 루디를 올려다보았다. 그들은 9미터쯤 위에 함께 있었다. 그 둘이 엘시와 해리를 내려다보았다. 이쪽과 마찬가지로 처참하게 공포에 질린 표정이었다.

"애들아! 내려온다!" 그들이 소리쳤다.

엘시는 어디 기어들어갈 틈이라도 있나 찾으려고 절망스럽게 사방을 두리번거렸다. 아무 데도 없었다. 그때 갱도 위쪽 콘크리트 벽에 자신의 작은 몸이 잠깐 머무를 만한 크기의 움푹 파인 곳이 보였다. 엘시는 그곳을 향해 부지런히 기어올랐다. 그때 엘리베이터가 어느 한 곳의 문 앞에서 멈추었다. 머리 위로 2~3층쯤 떨어진 곳이었다. 엘시가 겨우 안도의 한숨을 내쉬려고 할 때, 승객을 태운 듯 엘리베이터가 다시 움직이며 돌진해왔다.

"애들아!" 엘시는 조용히 해야 한다는 사실도 잊고 소리쳤다. "어디 안전한 곳으로 숨어!"

엘리베이터가 속도를 냈다. 긴 통로에 윙윙 소리가 크게 울렸다. 갱도 가운데 매달려있는 케이블이 서로 부딪치며 덜커덕 소리를 냈다. 엘시는 사다리에서 옆으로 몸을 비껴 자신이 찾아낸 움푹 파인 곳에 최대한 몸을 밀착시켰다. 1센티라도 더 안으로 들이밀었다. 밑을 내려다보니 몇 미터 아래 떨어진 해리도 부지런히 같은 안전 지점을 향해 움직이고 있었다. 그러나 오즈와 루디는 같은 행운을 누릴 형편이 못 되었다. 엘리베이터가 놀라운 속도로 내려왔고, 그들은 갱도 벽면의 이런 우묵한 곳에서 수 미터쯤 떨어져 있었다. 오즈는 사다리에 매달린 채 벽에 있는 한 곳의 문을 열어보려고 애를 썼지만 소용없었다.

"애들아!" 엘시가 소리쳤다.

그때 루디가 믿을 수 없게도 내려오는 엘리베이터를 향해 미친 듯이 기어오르기 시작했다. 그나마 가장 가까운, 머리 위로 3미터쯤 떨어진 움푹 파인 벽면으로 가려는 것 같았다. 하지만 거의 도착했을 때 빠르게 내려오는 엘리베이터가 루디 옆을 지나갔다. 틈새에 낀 그 작은 몸에서 비명이 터져나왔다. 그러나 그 소리도 으르렁거리며 내려가는 엘리베이터의 굉음에 곧 묻혀버리고, 루디는 시야에서 사라졌다.

한편 재빠른 오즈는 사다리에서 펄쩍 뛰어 엘리베이터 아래에 매달린 올가미 모양의 케이블을 손으로 붙잡았다. 그는 극적으로 몸뚱이를 흔들며 허공에서 다리를 허우적거렸다. 그렇게 마구 흔들리는 케이블에 무력하게 몸을 맡기고 엘리베이터와 함께 내려왔다. 엘시는 우묵한 틈으로 몸을 더욱 바짝 붙인 채 엘리베이터를 기다리며 마음을 다졌다. 엘리베이터는 이제 기관차 속도로 달려오고 있었다.

※

빌딩 어디에선가 조프리 언생크는 두 하역인부를 바라보고 있었다. 그들은 보이지 않는 복도를 걸어가고 있었다. 조프리는 자신이 덫에 걸렸음을 알았다. 지금 엘리베이터를 정지시키면 두 하역인부는 자신에게 화를 내며 다시 켜라고 요구하고, 왜 기계 부문 사장이 화물용 엘리베이터를 껐다 켰다 했는지 캐물을 게 뻔했다. 그는 그냥 지켜볼 수밖에 없었다. 그리고 때를 기다렸다.

조프리는 보안카메라에 잡힌 엘리베이터 갱도를 보았다. 아이들이 올라오고 있었다. 이윽고 하역인부가 엘리베이터를 작동시켰는지 움직이는 엘리베이터를 보고 아이들이 기겁을 했다. **도망쳐**. 조프리는 흑백으로 보이는 아이들에게 마음속으로 소리쳤다. 엘리베이터가 아래로 움직이기 시작했다.

그는 아이들이 도망칠 수 없다는 걸 알았다. 그의 손가락이 키를 더듬어 찾았다. 미친 듯이 비밀번호를 눌렀다. 손가락이 떨렸다. *트랄라 트랄리*.

기운 빠지게도 비밀번호의 숫자가 길었다(*왜 이렇게 복잡하게 만들어놨지?*). 손가락 아래 키패드는 잠겨있다가 그가 키패드를 누르면 풀리는 것처럼 보였다.

비밀번호가 올바르지 않습니다. 스크린에 이런 글귀가 나타났다.

그의 입에서 욕설이 흘러나왔다. 그는 손마디를 꺾고 나서 다시 시도했다.

🌿

엘시는 아래쪽에서 비명 소리를 들었다. 내려다보니 벽에 달라붙어있던 해리가 떨어지려 하고 있었다. 루디의 비명을 듣고 위를 올려다보다 순간적으로 균형을 잃은 듯했다. 해리는 한 팔로 사다리의 가로대를 잡으려고 했다. 잠시 후 갱도에 '쿵' 하는 소리가 들렸고, 해리가 고통스러운 비명을 질렀다.

해리는 팔로 사다리에 간신히 매달렸지만 다가오는 엘리베이터의 길목에 완전히 노출되어 있었다.

"해리!" 엘리베이터 바닥에 매달린 오즈가 소리쳤다. 오즈는 손을 내밀며 단호하게 말했다. "나한테로 점프해!"

하지만 해리는 꼼짝하지 않았다. 사다리 가로대에서 팔을 꺼낼 수가 없었다. 엘리베이터가 옆을 지나갈 때 엘시는 눈을 질끈 감았다. 바람에 섞여 매캐한 윤활유와 합성접착제 냄새가 풍겼다. 이제 엘리베이터가 2~3초 후 해리에게 닿으리라. 그 무게로 해리를 깔아뭉개거나 벽에서 20층 아래 갱도 바닥으로 떨어뜨리겠지.

🌿

비밀번호가 올바르지 않습니다. 스크린이 다시 한 번 명백히 알려주었다. 그러고 나서 두 번의 기회가 더 남아있습니다,라는 메시지가 떴다.

언생크는 자신의 뺨을 때리며 손가락을 실패하게 만드는 다급한 마음을 쫓아버리려고 애썼다. 그는 눈을 감았다. 그리고 심호흡을 했다.

웃어.

다시 한 번 시도했다. 비밀번호가 올바르지 않습니다.

언생크의 입에서 다시 신음이 흘러나왔다. 이렇게 힘들게 할 필요는 없잖아?

한 번 더 시도할 수 있습니다. 또다시 잘못된 번호를 입력하면 승인이 지연됩니다. 이 메일을 확인하고 비밀번호를 재설정하십시오. 고맙습니다!

언생크는 초조하게 키보드 위 작은 화면을 향해 손을 흔들었다. "오케이, 오케이. 알았어!" 그가 소리쳤다. 떨리는 손가락을 진정시켜 집중했다. 아이들, 고아들을 생각했다. 그들에게 진 빚을 생각했다. 그가 다시 시도했다.

🌿

엘리베이터가 멈추었다. 어떤 층에 도착해서 매끄럽게 정지한 게 아니라 갑자기 덜컹거리며 멈추었다. 엘시의 발을 아슬아슬하게 비켜간 직후였다. 마치

293

새 벨크로 테잎에 긁힌 것처럼 온몸이 따끔거렸다. 엘시는 아래를 내려다보며 최악을 각오할 수밖에 없었다. 암만 해도 해리의 몸이 내려오는 엘리베이터의 가속도를 멈추게 한 것 같았다. 엘시가 힘없이 불렀다. "해리?"

그때 피신해있던 곳에서 방금 빠져나온 루디가 엘시를 불렀다. "다들 괜찮니?" 루디가 있는 힘을 다해 소리쳤다.

엘시는 고개를 저으며 입 모양으로만 말했다. "잘 모르겠어."

1분쯤 흘렀다. 아무 반응이 없었다. 엘시는 가슴 속에서 울음이 차오르는 것을 느꼈다. 그때 갑자기 벽이 갈라져 생긴 좁은 틈에서 지저분한 두 손이 올라오더니 엘리베이터 꼭대기를 잡았다. 잠시 후 얼굴도 나타났다. 해리였다. 해리의 통통한 몸은 엘리베이터와 갱도 벽 사이에 끼어있었다. 해리가 엘리베이터 꼭대기로 올라오려고 안간힘을 썼다. 얼굴은 기름때투성이에다 이마에 작은 생채기들이 나있었다. 눈빛은 이글이글 탔다. 해리는 몸을 돌려 방금 빠져나온 틈을 한 손으로 짚고 다른 손으로 엘리베이터 꼭대기에 단단히 매달렸다. 잠시 후 또 한 명도 기름때와 상처투성이가 되어 엘리베이터 위로 올라왔다. 오즈였다.

"멈췄어……." 일단 오즈가 벽과 엘리베이터 틈새에서 끌어올려지자 해리가 중얼거렸다. "요만큼 앞에서……." 그는 기름때 묻은 엄지와 검지를 1인치 정도 벌린 채 들어올렸다.

엘시는 그를 안아주고 싶었다. 이 기름때투성이의 친구를 뜨겁게 안아주고 싶었다. 하지만 넘치는 우정과 동료애를 행동으로 표현하기도 전에, 아이들이 딛고 선 그 엘리베이터 안에서 누군지 모를 사람 목소리가 들려왔다. 마치 비좁은 철제 상자에 갇힌 코뿔소 떼의 아우성 같았다.

갑자기, 아이들의 발 아래 작은 문이 뜯겨나가듯 쾅 소리를 내며 내동댕이 쳐졌다. 엘시는 코뿔소일 거라고 기대하며 엘리베이터 안을 들여다보았다. 그러나 제정신이 아닌 듯 입에 게거품을 문 하역인부 두 명이 보였다.

"가자!" 엘시가 소리쳤다.

엘시, 해리, 오즈, 루디, 네 명은 마치 목숨이 거기에 달린 듯 다시 사다리를 오르기 시작했다. 사실이 그랬다.

하역인부들은 스스로 시간의 무덤을 팠다. 엘리베이터 지붕으로 올라오려고 병 주둥이를 빠져나오는 지니처럼 우람한 몸뚱이를 갱도와 엘리베이터 윗부분 작은 틈바구니로 밀어넣은 것이다. 마침내 기를 써서 빠져나온 후 그들은 분을 참지 못해 이빨을 부드득 갈았다. 그 소리가 얼마나 컸던지 그들보다 6미터쯤 위에서 사다리를 오르고 있는 엘시의 귀에까지 들렸다.

"이 고아 녀석들!" 그 중 한 명이 머리 위로 커다란 초승달 모양 렌치를 휘두르며 고함을 질렀다. "잠자는 사자의 코털을 건드려!"

"어어언쌔애앵크 이 작자가!" 다른 한 명이 과장되게 소리쳤다.

두 하역인부가 배관 쥐들을 뒤쫓기 위해 사다리를 오르기 시작했다. 사다리가 출렁거렸다. 하역인부들의 팔 힘과 팔 길이가 아이들보다 월등하지만 아이들은 민첩함과 속도가 우월했고, 언뜻 보기에도 끊임없이 샘솟는 아드레날린으로 똘똘 뭉쳐있었다. 아이들은 사다리가 거미줄이라도 되는 듯 가뿐하게 올라갔고, 하역인부들은 거미줄에 걸려든 파리를 향해 황급히 돌진하는 거미였다. 엘시는 맨 뒤에서 추격자들의 진로를 시시각각 확인했다. 그들은 별로 멀지 않은 곳에서 따라오고 있었다.

"도망쳐, 애들아, 어서!" 엘시가 앞서 올라가는 세 명에게 외쳤다.

"명령한다, 멈춰라!" 하역인부 한 명이 무력하게 외쳤다. 그가 다리에 찬 초 승달 모양의 렌치를 꺼내 엘시에게 휘둘렀다. "너의 무릎 뼈를 찍을 테다!"

엘시는 이 말에 더욱 정신이 번쩍 들어 있는 힘껏 사다리를 올라갔다.

발아래 엘리베이터 갱도가 빙빙 도는 듯했다. 멈춰선 엘리베이터까지의 거 리 즉, 잠재적인 자유 낙하거리가 점점 길어졌다. 하역인부들은 고함을 지르 고, 배관 쥐들은 작은 몸뚱이를 최대한 빠르게 움직여서 쉬지 않고 올라갔다.

엘시가 고개를 빼고 올려다보았다. 9미터 떨어진 위에서 선두로 올라가는 루디의 발이 보였다. "앞을 잘 봐, 루디! 배관이야!" 엘시가 소리쳤다.

청사진에 의하면 그곳에 화물용 엘리베이터 갱도와 연결되는 배관이 있었 다. 그 배관을 따라 구불구불 얼마쯤 기어가면 밀실이 나왔다.

"보여!" 루디가 대답했다.

루디는 손으로 위를 가리킨 뒤 다시 오르기 시작했다. 엘시는 뒤쫓아오는 하역인부들을 내려다보았다. 그들은 성큼성큼 따라오고 있었다.

엘시가 바로 위 해리의 발바닥을 톡톡 치며 말했다. "빨리 가, 해리!"

루디가 환기구에 도착했다고 소리쳐 알렸다. 사다리 가로대에서 1미터도 떨 어지지 않은 곳에 있었다. 루디는 주머니에서 드라이버를 꺼내 찬찬히 뚜껑 네 귀퉁이의 나사를 풀었다. 앞에 가던 사람이 멈춘 바람에 사다리에서의 교통도 느려졌다.

루디는 미친 듯이 나사를 돌리고, 엘시는 그로부터 몇 미터 떨어진 해리 바 로 아래쪽에서 걸음을 멈추고 사다리 난간에 팔을 걸었다.

"가까지 오지 마!" 엘시가 하역인부들을 향해 소리쳤다. "안 그러면 얼굴을 발로 차주겠어!" 엘시가 위협적으로 다리를 빙빙 흔들었다.

하역인부가 능글맞게 웃으며 말했다. "꼬마야, 그래봤자 좋은 꼴 못 볼 텐데. 넌 사다리 맨 끝에 있어. 내가 널 잘 익은 사과처럼 똑 떼어 던질 수 있단 말이다. 너를 가지고 애플소스를 만드는 건 어떨까."

그는 한 칸 한 칸 사다리를 올라왔다. 하역인부의 위협에 몸통이 으깨어지는 모습이 상상되는 것을 무시하려고 애쓰면서 엘시는 위쪽 루디의 진척상황을 살폈다. 친구의 손가락이 빨리 움직여주기만 간절히 바랐다. 루디는 침착하게 드라이버를 돌려 나사못을 빼 갱도 아래로 던졌다.

"두 개 더 빼야 해!" 그녀가 소리쳤다.

그때 엘시의 발목에서 뭔가가 느껴졌다. 살코기 같은 하역인부의 손이 엘시의 신발을 움켜쥔 것이다. 엘시는 비명을 지르며 발길질을 했다. 엘시의 발끝이 인부의 콧잔등에 닿는 순간 그의 입에서 거친 욕설이 튀어나왔다.

"조금만 더 올라가, 해리!" 엘시가 소리쳤다.

소년은 얼른 몇십 센티쯤 더 올라가 사실상 오즈와 같은 가로대를 디뎠다. 엘시는 해리가 내준 짧은 거리를 더 올라갔지만 추격자들도 그만큼 따라왔다.

"대가를 치를 줄 알아라, 꼬마야." 발길질에 얻어맞은 하역인부가 손바닥으로 얼굴을 가린 채 소리쳤다. 그가 목표물을 향해 손을 뻗었다. 그의 소시지 같은 손가락에 피가 묻어있었다. "너, 대가를 치를 줄 알아. 너를 날려주겠어." 그가 다시 손을 위로 뻗어 파리채처럼 휘두르다 엘시의 발바닥을 스쳤다.

"이제 한 개 남았어!" 루디가 소리쳤다. 작은 나사못이 윙 소리를 내며 엘시의 얼굴 옆으로 떨어졌다.

"조금만 더 올라가!" 엘시가 해리에게 소리쳤다.

"못 가! 오즈도 여기 있어!" 그 말은 사실이었다. 두 소년은 사다리를 가운데 두고 부둥켜안고 있었다.

쨍그랑. 드디어 해체된 환기구 뚜껑이 갱도를 빙빙 돌며 낙하해 엘리베이터 지붕 위로 시끄럽게 떨어졌다. 루디는 사다리를 떠나 배관 안으로 기어들어가고 이어서 오즈도 해리의 품을 벗어나 뒤따라 들어갔다.

엘시는 갑자기 발목의 통증을 느꼈다. 내려다보니 하역인부가 자신의 발을 붙잡고 있었다.

"잡았다." 그가 낮고 조용하게 중얼거렸다.

엘시는 비명을 지르고 몸부림치며 남자의 손아귀에서 벗어나려고 애썼다. 하지만 좀처럼 어려웠다. 환기구로 들어가려던 해리가 엘시의 비명을 듣고 발길을 돌려 내려왔다. 그리고 사다리 가로대에 팔을 걸어 단단히 매달린 다음 엘시에게 한 손을 뻗었다.

"잡아!" 해리가 외쳤다.

엘시는 한 팔을 뻗어 해리의 손가락과 얽히게 붙잡았다. 양쪽에서 반대의 힘이 다투자 척추뼈가 누더기 조각처럼 잡아당겨지다 찢어질 것만 같았다.

아무래도 무엇인가를 내줘야 할 듯했다.

그리고 마침내, 무언가가 그들에게 주어졌다. 신발이었다. 신발은 모닥불에 한참 올려놓은 마시멜로의 겉껍질이 벗겨지듯 발목에서 벗겨져나갔다. 하역인부는 신발을 잡고 순간 어리둥절해했다. 그 사이 엘시는 해리의 강력한 팔 힘덕분에 붕 뜨다시피 해서 위로 올라갔다. 그들은 서로의 팔을 붙잡은 채 남은 사다리를 올라갔고, 순식간에 무사히 환기통 안으로 들어갔다.

잠시 후 환기구 바로 앞에서 길길이 분통을 터뜨리는 하역인부들의 고함이 들려왔다. 심지어 그 육중한 몸으로 좁은 환기구에 들어오기 위해 고통스러운 신음을 토했지만 소용없었다. 배관 쥐들은 모퉁이를 돌아 더 좁아진 배관 통로로 들어갔고, 하역인부들의 고함은 기괴한 메아리처럼 울려퍼지다 빌딩 자체에서 나는 굉음과 뒤섞여버렸다.

⚘

언생크는 모니터에 시선을 고정한 채 선명한 흑백 화면에서 펼쳐지는 장면을 숨죽여 바라보았다. 두 손이 입가로 올라가며 입이 약간 벌어졌다. 아이들이 환기구로 탈출했을 때는 자신도 모르게 나지막이 승리의 함성을 질렀다.

"그렇지!" 그는 화면을 향해 엄지를 흔들었다. "그렇지!"

이윽고 그의 입에서 노래가 흘러나왔다. 지금까지 꾹 참았던 노래를 작은 방에서 혼자 큰 소리로 불렀다.

그러다 문득 다음에 해야 할 일을 생각했다. 그는, 깜빡거리는 여러 대의 모니터가 빌딩 곳곳에서 일어나는 진짜 혁명을 중계하도록 내버려둔 채 방을 나섰다. 그리고 문을 닫은 뒤 잠갔다. 그는 주머니 속의 작은 상자를 한 번 쓰다듬은 뒤 방향을 틀어 계단으로 갔다. 거기에서 빌딩의 맨 꼭대기 층까지 계단을 오르기 시작했다. 위그먼의 집무실이 있는 곳이었다. 그는 올라가는 동안 기억을 더듬었다.

"자네 주인 노릇을 할 건가?" 자크는 조프리를 파괴자들의 은신처에서 어두컴컴하고 조용한 곳으로 데려간 뒤 넌지시 물었다. 다른 곳에서는 많은 단원과 아이들이 무모하고도 치밀한 계획을 준비하느라 활기에 넘쳐있었다.

"그럼. 난 주인인데." 그가 말했다.

"그렇다면 한 가지 임무가 있네. 맨 꼭대기 층에서, 아이들이 나올 때까지 거기에서 기다리게."

"한 가지 임무, 맨 꼭대기 층." 그가 걸음을 멈추었다. "만약 아이들이 나오지 않으면 어떻게 하지, 틀랄라 트랄리?"

자크가 고개를 절레절레 흔들었다. 그렇지 않았던가? "노래는 부르지 말게." 자크는 그렇게 말했다.

또 다른 기억이 났다. 그런데 자크가 그 질문에 대답을 했던가?

어쨌든 언생크는 다시 물었다. "만약 아이들이 나오지 않으면?"

"아이들은 나올 거야." 자크는 말했다.

"그래도 만약에 나오지 않으면?" 언생크가 계속 물었다. 그런 기억은 났다.

자크는 옛 친구를 정면으로 바라보았다. 아마 미쳤다고 소문난 사람한테 거꾸로 질문을 받을 거라고는 예상하지 못했으리라. "그럼 대의를 위해 목숨을 버린 순교자가 또 생기기는 거지. 이 지역에서 모르는 사람 없는 가장 막강한 산업제국을 무너뜨리기 위해 헌신한 순교자 말일세. 조프리, 우리는 이 일을 목숨 걸고 한다네. 비겁자와 중도포기자는 상대하지 않아."

"상대하지 않아." 언생크가 되풀이해서 말했다. "알았어, 상대하지 않아."

그래서 조프리는 지금 이곳에 있었다. 8층에서 30층까지 걸어 올라오느라 호흡은 가빴고 주머니 속 물건은 점점 무거워졌다.

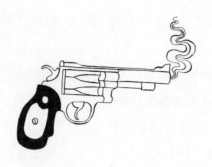

C H A P T E R   2 0

마지막 키스; 숲으로 들어가다

마서 송은 꿈을 꾸었다. 아니면 적어도 꿈을 꾸고 있다고 생각했다. 마서는 많은 사람들 앞에서 상을 받았다. 누군가 그녀 옆에 서있었다. 누구인지 보려고 고개를 돌렸는데 포틀랜드 시장이었다. 사실은 시장이 누군지 몰랐지만(고아원 시절 언생크는 아주 중요한 정보까지 차단시켰다) 무의식적인 자아가 앞에 서있는 사람이 그가 맞다고 알려주었다. 말쑥한 쓰리피스 정장에 머릿기름을 바른 단정한 머리, 뿔테 안경까지. 모든 게 시장다웠다. 남자의 어깨 너머에서 갑자기 나타난 장식 띠에 포틀랜드 시장이라는 글귀가 적혀있는데도 의심했던 것 같다. 안경 쓴 그 남자가 장식 띠를 가리키며 싱긋 웃었다.

"아, 안녕하세요?" 마서가 인사했다.

"마서 송, 너에게 포틀랜드 시의 열쇠를 증정하게 되어 매우 기쁘다." 시장이 우주선처럼 생긴 우스꽝스러운 마이크에 대고 말을 했다. 지평선까지 빽빽하게 들어찬 군중이 승리감에 도취되어 큰 소리로 환호했다. 시장의 말이 이어졌다. "너의 고난, 너의 희생을 높이 칭송한다. 너의 고난과 희생은 세상의 주목을 받아왔단다."

"고맙습니다." 마서는 목덜미에 무언가를 올려놓아도 될 만큼 정중히 고개숙여 인사했다.

그런데 이상하게도 상을 받은 줄 알았는데, 손을 얼굴로 가져가자 희끗희끗한 수염이 몇 가닥 만져졌다. 고개를 드니 자신이 매끄러운 돌로 이루어진 몹시 컴컴한 방 한가운데 있었다. 높은 창살 사이로 조그맣게 반짝거리는 빛이보였다. 손이 몹시 더러운 걸로 보아 손으로 터널을 판 듯했다. 돌로 된 벽 모퉁이에 터널 입구가 보였다. 마서는 손바닥에 침을 탁 뱉고 허리를 낮게 구부려 다시 작업할 채비를 했다.

마서가 놀라서 깬 것은 바로 그때였다. 경보음이 울리고 있었다. 멀리 어디에선가, 아주 높은 곳에서 베개를 떨어뜨릴 때처럼 부드럽게 쿵하는 폭발음이들렸다. 마서는 눈을 번쩍 떴다.

"엘시?" 간신히 정신이 돌아온 마서가 불렀다. 또 다른 모습도 눈에 들어왔다. 뒤통수가 축축하고 묵직한 두통으로 욱신거렸다. 눈에서 흐릿한 게 가시고 아홉 살 여자아이의 윤곽이 또렷이 들어왔다. "어떻게 네가……."

"시간이 없어!" 엘시가 가쁜 숨을 몰아쉬며 말했다. 여기까지 오느라 엄청난고생을 겪은 듯한 엘시의 얼굴이 궤도를 도는 행성처럼 마서 위로 어렴풋이 떠올랐다. "캐롤 할아버지는?"

303

모든 기억이 되살아났다. 그들은 여기, 방 안에 앉아있었다. 바위투성이의 어두운 지하실이 아니라 사실 브래드 위그먼 집무실과 연결된 이상한 방이었다. 마서와 캐롤은 이 안에 있었다. 그때 첫 번째 폭발음이 들리고 건물이 흔들렸다. 전율이 등줄기를 타고 올라오듯 그 파동이 이 꼭대기 층까지 전달되었다. 두 사람은 책을 읽는 중이었다, 그게 아니었나? 마서는 놀라서 책을 떨어뜨리고 비록 앞을 못 보지만 캐롤의 눈을 쳐다봤다. 그때 방문이 열리고 로저라는 남자가 이상한 의식용 긴 옷을 입고 나타났다.

"그가 들어온 뒤 문을 닫았어." 마서는 팔꿈치로 지탱해 몸을 일으킨 뒤 설명을 계속했다. "책에 대해서, 얼마나 찾기 쉬웠는지 모른다고 중얼거렸어. 그리고 나서 할아버지의 팔을 정말로 세게 잡았어. 나는 벌떡 일어나서 말렸는데 그가 뭔가로 내 머리통을 내리쳤어. 병이던가 아마? 잘 모르겠어. 그래서 다쳤어. 나는 쓰러졌고. 그 다음 모든 게 컴컴해졌어. 그리고 나서 네가 나타났어."

그때 마치 벽에서 튀어나온 것처럼 더 많은 동료 입양부적격자들이 눈에 들어왔다. 마서는 눈을 비비며 초점을 맞추려고 했다.

"오즈? 해리? 루디? 모두 이곳에 어쩐 일이야?" 마서는 가슴 속에 따뜻한 안도감과 온기가 퍼지는 것을 느꼈다.

작은 방으로 몰려 들어온 세 아이들은 결연한 표정을 짓고 있었다. 아이들은 겁먹은 산토끼처럼 방 이곳저곳을 부산하게 구경했다.

그때 또 다른 일이 일어났다. 마서가 꿈을 꾸는 듯한 무의식 속에서 어렴풋이 느꼈던 바로 그 일이었다. 누군가 벽을 치고 있었다. 마서는 벌떡 일어나 앉았고, 다른 아이들은 그 자리에 얼어붙었다. 어떤 목소리가 들려왔다. 아름다운 삼두마차가 러시아 초원을 달릴 때 풀잎에 스치는 듯한 사투리가 살짝 섞인 말투였다. "이 문을 열어야 하는데!"

아이들은 일제히 그 목소리를 알아차렸다. 고아원 보모였던 데스데모나 무드락의 목소리였다.

"안 돼!" 엘시가 벌떡 일어나며 소리쳤다. "할아버지한테 무슨 일이 생겼는지 듣기 전까지는 안 돼!"

벽 저편이 다시 조용해졌다. 데스데모나는 새롭게 바뀐 이 상황에 대해 자신의 회로를 재조정하고 있음이 분명했다. 캐롤이 방 안에 없는 것은 분명했고, 대신 다른 고아 한 명이 저 안에 있었다. 그런데 아무리 생각해봐도 그 고아는 이 방에 있던 고아가 아니었다.

"지금 누가 말했지?" 그녀가 물었다.

"엘시 멜버그예요, 무드락 양. 우리 친구들을 구하러 왔어요." 엘시가 소리쳐 대답했다.

"캐롤은 그 방에 없지? 로저 스윈든 씨도?"

엘시는 확인하려는 듯 방 안을 둘러보았다. 방은 1제곱미터도 되지 않아보였다. 실내장식이라고는 의자 두 개에 맞은편 벽 위의 선반 두 개뿐인데, 그중 한 개는 쓰러져있었다. 다른 선반은 마서 송이 떠받치고 있었다. 마서는 두 손으로 머리를 감싸쥐었다.

"없어요." 엘시가 대답했다.

이 정보에 대해 분석하는지 잠잠하던 데스데모나가 다시 외쳤다. "문 좀 열어봐. 내가 도와줄게."

엘시가 주위를 둘러보았다. "문이 없어요."

"거기. 선반 아래 키패드가 있어." 대답이 돌아왔다.

말한 대로 쓰러진 선반 밑에 계산기처럼 생긴 숫자 키패드가 있었다.

"583누른 다음 #, 그리고 9야." 데스데모나가 가르쳐주었다.

엘시가 시키는 대로 하자 옆으로 미끄러지듯 문이 스르르 열렸다. 그곳에 데스데모나 무드락이 현대식 조명이 비치는 거대한 방의 실루엣을 등지고 서 있었다. 그녀가 작은 방에 있는 다섯 아이들을 발견하고 얼굴을 찡그렸다.

"The тупиця('멍청이'라는 뜻의 우크라이나어. —옮긴이)." 그 자리에 없는, 캐롤을 데리고 허둥지둥 떠난 남자를 가리켜 하는 말이었다. 엘시는 그게 나쁜 말일 거라고 추측했다. "어떻게 된 거니?"

"그건 그쪽에서 설명해야죠." 마서가 대들었다. "우린 여기 있었는데, 그 이상한 옷을 입은 남자가 갑자기 나타나서 내 머리를 때리고, 할아버지를 끌고……." 마서가 입술을 깨물다가 말했다. "사라졌어요."

"엘리베이터." 데스데모나가 중얼거렸다. "비밀 엘리베이터를 탔을 거야."

"맞아요!" 엘시가 뭔가 떠오르는 듯 이렇게 소리쳤다. "그들은 그냥 사라진 게 아니에요. 틀림없이 엘리베이터를 탔을 거예요."

"여기 엘리베이터가 있었나?" 마서가 갑자기 풀이 죽어서 물었다.

"하지만 그 엘리베이터를 타려면 비밀번호가 필요해. 로저도 비밀번호를 알아야 했을 텐데." 데스데모나가 말했다.

"비밀번호는 필요없어요. 보안시스템이 꺼졌거든요. 언생크 씨가 해제했어요. 거긴 우리의 비밀 탈출로예요." 엘시가 얼른 거들었다.

데스데모나는 전 남자친구의 이름을 듣자 말을 잃고 휘청거렸다. 그리고는 자신의 의지로 움직이는 게 아닌 듯 방 안으로 걸어 들어와 작은 공간 맞은편의 패널을 벗겼다. 그러자 패널이 부드럽게 옆으로 말리며 처음 보는 통로가 나왔고, 이어서 똑같이 생긴 작은 엘리베이터의 철제문이 나타났다. 문 왼편 벽면에 은화 크기의 반짝거리는 버튼이 달린 계기판이 보였는데, 몇 차례 반짝거렸다. 위로 향한 빨간색 불빛의 화살표가 방금 엘리베이터에서 승객이 내린 뒤 다시 올라오고 있음을 말해주었다. 마서는 병으로 얻어맞은 뒤통수의 통증도 잊은 채 벌떡 일어나 다른 입양부적격자들과 엘리베이터로 향했다. 제일 먼저 달려간 엘시는 엘리베이터의 '열림' 버튼을 계속해서 눌렀다.

그때 위그먼의 집무실에서 자신의 이름을 부르는 소리를 듣지 못했다면, 데스데모나도 아이들 무리에 끼었을 것이다. 그녀가 그 소리를 듣고 고개를 돌렸을 때 집무실의 거대한 황동문 사이에 조프리 언생크가 서있었다.

"조프리" 그녀가 나지막이 중얼거렸다.

"데스데모나." 언생크가 불렀다.

엘시가 어깨 너머로 그 모습을 잠깐 보고 있을 때 엘리베이터 도착음이 울리며 문이 스르르 열렸다. 엘시는 네 명의 입양부적격자들을 엘리베이터 안으로 밀어넣었다. 이어서 재회하는 데스데모나와 조프리를 뒤로하고 엘리베이터 문이 닫히기 직전 자신도 올라탔다.

"어떻게 된 거예요?" 데스데모나가 조프리에게 천천히 걸어가며 물었다.

"시간이 좀 필요했어, 데스데모나. 마음을 비워야만 했지. 트랄라 트랄리." 조프리가 대답했다

데스데모나는 방 한가운데로 걸어가 조프리에게 손을 내밀었다. "조프리. 내가 한 짓에 대해 미안하게 생각해요. 그럴 의도는 아니었어요." 그녀가 나긋나긋하게 말했다.

"알아. 알고 있소. 당신은 어떤 면에서 나에게 가르침을 주었소. 난 마음을

비웠어요. 모든 걸 잃은 대신 나를 찾았지." 조프리는 여자친구를 만난 충격에서 벗어나려는 듯 고개를 저었다. 자신에게 더 중대한 일이 남아있음을 상기시키는 것 같기도 했다. "그런데 데스데모나, 지금 여기에 있으면 안 되오. 여긴 안전하지 않아요."

그때 폭발음이 연달아 들렸다. 사무실의 높은 창문 밖으로 마치 불꽃놀이를 하는 것처럼 활짝 핀 옅은 불꽃이 세 번 연달아 터졌다. 그 중 두 개는 데스데모나와 조프리, 두 사람의 팔이 둔각을 이루도록 서로 손을 맞잡은 광경의 멋진 배경이 되어주었다.

"무슨 일이죠?" 데스데모나가 조프리와 시선을 맞추며 물었다.

"검은 모자단, 그들이 공격을 하고 있소. 그뿐이오. 중대한 계획이지."

"검은 모자단이요? 그런데 당신이 어떻게 알아요?"

"나도 그들의 일원이오, 지금은." 언생크가 눈물이 그렁그렁한 눈으로 말했다. "말했듯이 나는 나를 찾았소. 나는 예전의 내가 아니오. 참된 나를 찾았지. 나와 함께 가요, 데스데모나. 당신을 용서하겠소. 나를 어둠 속에서, 나의 내면 어두운 곳에서 나오게 한 것은 바로 당신이오. 트랄라, 머릿속이 안개로 가득 차 도무지 앞이 보이지 않을 때 당신은 날 바른 길로 인도해주었소. 트랄리. 당신은 나의 신호등이자 나의 등대요."

"오, 조프리." 데스데모나가 웃었다.

또다시 폭탄이 터지며 창문이 번쩍거렸다. 그 순간, 데스데모나는 자신을 에워싼 부드럽고 따뜻한 어떤 느낌, 여름 소나기처럼 두 사람에게 쏟아져내리는 듯한 불꽃에서 번쩍이는 기시감을 느꼈다. 그녀는 그게 무엇인지 알았다. 갑자기 아주 선명하게 영화에서의 첫 키스 추억이 떠올랐다. 〈아바나의 밤〉에서 세르게이 곤차렌코와 나눈 키스였다. 그때 키예프의 먼지 날리는 백로트(야외촬영의 효과를 거두기 위해 스튜디오 내에 만든 길거리나 시골광장 등. — 옮긴이)에서 마지막 한 장면을 남겨놓았을 때, 스탭들도 지쳐가고 예산도 빠듯해서 1분 분량도 되지 않는 필름으로 그 샷을 찍어야 했다. 스탭들은 불꽃을 터뜨리고 늘어뜨린 호스로 배우 머리 위에서 비를 뿌렸다. 세르게이는 자신의 대사('이 순간을 소중히 여깁시다.')를 말하고 데스데모나는 민중봉기 현장의 한가운데인 아바나 카페, 그 공간에 정말 있는 것처럼 감정이 고조되어 세르게이에게 길고 진한 키스를 했다. 각본상 그는 숨이 가빠 뒷걸음질치며 심장마비 경련이 온 듯한 모습으로 '그녀는 떠났어, 그렇지 않아. 그녀는 그걸 믿었어'라고 말했었다. 그리고 지금, 데스데모나는 그 중요한 장면의 스크린 디렉션을 재연하듯 조프리에게 키스하려고 몸을 기울여 입술을 가져갔다.

바로 그 순간, 아주 크게 '땅' 소리가 들렸다. 넓은 방에 달려있는 흰색 종이 샹들리에가 흔들렸다. 조프리가 놀란 표정으로 눈을 번쩍 떴다. 그의 입이 멀어지고 눈썹이 위로 돌출되고 얼굴 근육은 풀리고 입은 떡 벌어졌다. 그리고, 아가일 편물 조끼 위로 생겨난 장미 꽃봉오리 같은 핏방울이 가슴팍을 가로질러 만개한 양귀비처럼 붉고 탐스럽게 피어났다. 데스데모나가 놀라서 그의 어깨너머를 바라보았다. 권총 든 손을 앞으로 뻗은 브래들리가 황동문 사이에 서있었다. 얇은 포연이 혓바닥처럼 총구를 핥고 있었다. 조프리는 힘겹게 몇 번 기침을 하더니 헝겊인형처럼 데스데모나의 품으로 고꾸라졌다.

"나의 신호등. 나의 등대." 조프리가 힘없이 되풀이 말했다.

"브래들리!" 데스데모나가 못 믿겠다는 듯 소리쳤다. "도대체 무슨 짓을 한 거예요?"

　위그먼이 여전히 총을 뺀은 채로 다가왔다. 불빛 속으로 들어온 그의 얼굴
이 더욱 분명하게 보였다. 끔찍한 교통사고 현장을 탈출한 듯한 몰골이었다.
오래된 사진에서 본 석탄 광부처럼 머리에서 발끝까지 시커먼 가루를 뒤집어
쓰고, 맞춤셔츠 소매가 때문은 팔을 따라 너덜너덜하게 찢어져 있었다. 기름
을 발라 올 하나 흐트러짐이 없던 전형적인 그의 곱슬머리는 말 그대로 그보
다 더 헝클어질 수가 없는 행색이었다.

　"그는 적이야." 위그먼이 엄청난 충격을 받은 듯 꽉 잠긴 목소리로 말했다.
"변절자라고. 쥐새끼 같으니."

　"당신이 이 사람을 쐈어요." 데스데모나는 말을 잇기도 힘겨웠다.

　"빌어먹을, 난 할 일을 했을 뿐이야." 브래들리가 다가오며 말했다. "우리

산업폐기물장을 위해서야. 우리 4인조를 위해."

조프리의 입에서 기침이 나오며 무릎이 꺾였다. 데스데모나는 무릎을 꿇고 앉아 조프리의 체중을 떠받친 뒤 팔로 그를 껴안았다.

"오, 조프리." 그녀가 소리쳤다. "조프리."

조프리가 그녀의 손바닥에서 고개를 살짝 들었다. 그리고 있는 힘을 다해 그녀의 눈을 응시했다. 그의 표정이 평화로웠다. 데스나모나를 향해 따뜻하고 애정 어린 미소를 지었다. 그 사이 손은 외투 왼쪽 주머니로 움직이고 있었다.

✹

타이탄 타워가 폭발해 콘크리트와 유리 파편이 샤워처럼 분출하고 산업폐기물장 전체가 기이한 빛에 잠겼을 때 비상 엘리베이터를 막 빠져나온 다섯 명의 입양부적격자들은 저만치 보이는 두 사람을 쫓아 빌딩 마당을 달려가고 있었다. 두 사람은 멀리 나무가 늘어선 곳을 향해 자갈길을 앞서거니 뒤서거니 힘들게 내려가는 중이었다.

다섯 명의 입양부적격자와 힘겹게 걸어가던 두 사람(불빛에 로저와 캐롤이라는 사실이 밝혀졌다), 호전적인 하역인부 무리와 옹벽 외곽에 포진해있던 검은 모자단은 폭발음을 듣고 일제히 동작을 멈춘 다음 타이탄 타워의 장엄한 산화를 지켜보았다. 한밤중에 낮이 온 것 같았다. 세상이 빛으로 범람했다. 하역인부들은 초승달 모양의 빨간색 렌치를 머리 위로 쳐든 채 눈만 껌뻑이며 그 광경을 바라보았다. 검은 모자단원들은 안전거리에서 폭탄을 투척하다 말고 빌딩 꼭대기에서 쏟아져 내리는 크리스털 비를 구경했다. 방금 던진 폭탄이 1미터도 안 된 거리에 떨어져 맥없이 터지는 것도 모른 채.

그 광경을 본 하역인부들은 기가 죽었다. 조직의 심장이자 집단의식의 구심점 역할을 하던 곳이 눈앞에서 열기를 내뿜는 은색 폭포처럼 허물어져 내리고 있었다. 그들은 저마다 렌치를 내려놓고 무릎을 꿇었다. 검은 모자단은 벌어진 입을 다물지 못하고 비척거렸다. 몇 명은 장엄한 폭발에 경의를 표하듯 베레모를 벗어 가슴에 갖다댔다. 어마어마한 불빛이 전투원들이 있는 곳부터 빌어먹을 산업폐기물장 부지를 가로질러 긴 그림자를 드리웠다. 그 빛은 폐기물장의 아주 먼 곳까지 닿았고, 곧 이어 쿵, 쿠르르르 하는 굉음도 들렸다. 포틀랜드의 한적한 주택가에서 한가한 저녁시간을 보내던 바깥사람들에게도 그 빛은 먼 들판에 횃불을 피운 것처럼 보였다. 그 도시의 북쪽 어느 집에서는 창가로 달려간 아이가 이상한 불빛이 보인다면서 엄마 아빠에게 소리쳤다. 부모는 '쉿' 하고 조용히 시키며 아이를 침대로 돌려보낸 뒤에야 시청하던 텔레비전 쇼를 마저 볼 수 있었다.

레이첼 멜버그는 놀라서 얼어붙은 파괴자들과 함께 서있다가 불타는 건물 그림자 속에서 다섯 명의 입양부적격자들을 발견했다. 그들은 보이지 않는 목표물을 향해 달려가고 있었다. 레이첼은 할당받은 폭탄 네 개를 벌써 사용한 뒤 위그먼 플라자의 동쪽 관문에서 아이들을 기다리는 중이었다. 안 그래도 동생의 안전이 걱정스러워 엘시를 그곳에 혼자 보낸 자신을 저주하던 차였다. 전투 소리에 귀가 먹먹했고, 찢을 듯한 경적 소리는 귀에서 떠나지 않고 계속 맴돌았다. 레이첼은 니코가 준 줄시계로 시간을 확인하며 동생을 만나기로 한 10시가 오래 전에 지난 사실을 알고 애를 태웠다. 바로 그때, 소나기처럼 쏟아지는 유리와 재에 흔적도 가물가물한 빌딩의 실내 화단을 아이들이 뛰어넘어

달려가고 있었다.

"저기 있어요!" 레이첼이 소리쳤다. 레이첼은 아이들의 수를 셌다. 그리고 재빨리 계산했다. "마서를 찾았어요!"

옆에 서있던 니코가 외쳤다. "가자."

그의 목소리는 빌딩의 잔해가 마저 붕괴하는 소리보다도 컸다. 두 사람은 파편을 피해 멀리 돌아간 다음 입양부적격자들의 코스를 가로질러 갔다.

"엘시!" 레이첼이 그들을 뒤쫓으며 불렀다.

하지만 잔해물 떨어지는 소리에 다른 소리는 묻혀버렸다. 게다가 허물어진 건물 지하에서 솟아나는 화염과 먼지구름은 모든 것을 검고 희뿌연 상태로 만들어버렸다. 이런 연기가 아이들을 완전히 삼켜버리기 직전에 레이첼과 니코는 뛰어가는 입양부적격자들을 바로 뒤에서 따라잡았다.

"엘시!" 레이첼이 다시 소리쳤다.

엘시는 뒤를 흘끗 돌아다보다 뒤따라오는 레이첼을 발견하곤 숨가쁘게 소리쳤다. "저 남자가 캐롤 할아버지를 납치했어!"

"누구?"

"그냥…, 그냥 쫓아가!" 엘시가 숨을 헐떡이며 말했다.

레이첼은 앞을 살펴보았다. 자신들은 지금 산업폐기물장 앞 좁은 통로로 들어가고 있었다. 건물들은 연기와 화염에 휩싸여 윤곽만 보였다. 앞에 펼쳐진 짙은 안개 속으로 드문드문 희미한 노란색 가로등 불빛이 보였다. 그 두 사람은 50미터쯤 앞선 곳에서 빛 속으로 들어가더니 더이상 보이지 않았다.

주변 공기는 덥고 끈적거렸다. 아이들은 저마다 먼지구름을 걸러내려고 검은 터틀넥을 끌어당겨 입을 막은 채 돌진했다. 비틀거리며 연기 속으로 사라졌던 두 사람이 소용돌이치는 먼지구름이 갈라지면 다시 보이곤 했다.

"멈춰!" 레이첼은 입을 막았던 목둘레 천을 아래로 잡아당긴 다음 날카롭게 명령했다. 그러나 이내 기침이 발작적으로 터져나오는 바람에 비틀거렸다.

엘시는 멈칫하는 언니를 발견하고 얼른 돌아와서 부축해주었다.

먼지구름은 점점 모든 것을 삼켜버렸다. 지평선도 흐릿해졌다. 가장 가까운 가로등만 보였다. 자갈 깔린 길가의 화학약품 저장고에는 잿빛 먼지가 두껍게 앉아 어둠 속에서 고요한 흰색 유령처럼 보였다. 추격자들은 계속해서 앞으로 달려가다 얼마 후 철책선에 다다랐다.

"이것 봐!" 니코가 땅에서 들려있는 철책선 아래쪽을 가리키며 말했다. 철사에 회색 천조각이 걸려있었다. 니코는 철사를 잡고 벌려서 여섯 아이들이 통과할 수 있게 해주었다. 울타리 맞은편은 키 작은 나무 덤불과 양골담초가 넓게 자라고 있었다. 그때 한바탕 돌풍이 불어와 뿌연 유리창을 손으로 쓸어주듯 먼지구름이 걷히자 앞에 펼쳐진 풍경이 보였다. 줄지어 선 나무 아래 빽빽한 고사리와 푸른 풀들이 물결처럼 너울거렸다. 고목의 나뭇가지는 채찍질을 하는 것처럼 쌩쌩 소리가 났다.

그리 멀지 않은 곳에 긴 옷 입은 남자가 보였다. 그는 마지못해 끌려오는 동행인을 잡고 발목까지 올라오는 고사리 밭을 헤치며 지날 수 없는 숲으로 들어가고 있었다.

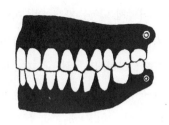

CHAPTER 21

혁명의 좌절

잿빛 파도가 덮쳐 온 마을과 주민들을 덥석 삼킨 것 같았다. 그렇게밖에 설명할 길이 없었다. 어느 날은 겨우 몇 명이었는데, 다음에 보니 다섯 명 중 한 명꼴이었다. 그리고 갑자기 눈 돌리는 곳마다 그들이 보였다. 두건 두른 긴 사제복 차림에 향로를 흔들며 은빛 마스크를 쓰고 말없이 응시하는 사람들. 총독 관저를 짓는 데 쓸 첫 번째 벽돌을 가마에서 꺼낸 후로 줄곧 존경받는 기관이었던 사우스우드 경비대는 해체되어 시노드의 신설 경찰대인 '워치'로 편입되었다. 그들은 마을을 돌아다니며 새 정권의 법이 적힌 소책자를 배포했다.

하루아침에 정권이 바뀐 듯했지만 사실 씨앗은 몇 달 전에 뿌려졌다.

혁명정부 지도자들이 어떻게 되었는지 정확히 아는 사람은 없었다. 이 새로운 정권에 흡수되었는지 아니면 구체제의 스빅주의자들처럼 사라졌는지 알 수 없었다. 다만 시노드가 부상하면서 강경파 스포크 당원들이 갈망했던 혁명의 무수한 사회적·정치적 규약들(어깨띠와 사슬톱니바퀴 브로치, 강제 존칭, 항시 어른거렸던 단두대의 공포)은 쓸모없어졌다. 계급 내 숙청에서 살아남은 혁명 지도자들은 통치를 엉망으로 했다. 그 틈에 회색옷의 물결이 일기 시작하더니 사우드우드 주민들에게까지 흘러넘쳤다. 그들은 대부분 지역에서 오랫동안 고대해온 구세주로 환영을 받았다. 그래서 그들의 포고령은 엄격했음에도 순순히 받아들여졌다.

"대의를 위해 어느 정도의 자유는 포기해야 한다. 적어도 초기에는." 마을의 노인들은 이렇게 말했다.

통행금지가 엄격히 실시되었다. 시노드 계급에 속하는 사람과 '워치' 경찰대원을 제외하고는 누구도 밤 10시 이후에 집 밖으로 나올 수 없었다. 스포크 당원의 제복(언제나 달아야 했던 배지는 말할 것도 없고 라이딩 팬츠와 모자, 어깨띠까지)은 절대 금지였다. 이런 복장을 했다가 발각되면 워치에 의해 체포, 구금되어 사회불안을 조장한 죄목으로 황폐한 나무 앞에서 재판을 받았다. 또한 혁명운동(시노드에 의해 전체주의 정부로 낙인이 찍혔다)과 관련 있는 글이나 용품은 수거해 불태워졌다. 누구도 소책자에서 강조하는 문구에 의문을 표할 수 없었다. 사우스우드의 선량한 시민들은 황폐한 나무의 가르침에 따라 두 팔 벌린 시노드의 품에 안겼고, 예전의 악습을 되풀이하지만 않으면 과거 실수는 용서받았다. 다만 이미 충성을 맹세했더라도 매주 수요일 오전 9시에 '글레이드'에 모여 황폐한 나무에게 존경을 표해야 하며, 아침 예배에 참석하지 않은 사람은 오후에 반드시 참석해야 했다.

깊이 감화받은 사람들은 원로 칼리프에게(부재시에는 그의 명령을 받드는 2인자에게) 사제단 내에서 복무하게 해달라고 청했다. 심지어 나무에게 영성체를 받고 칼리프 이하 계급에게 요구되는 침묵의 서약을 할 각오만 되어있으면 시종도 성직자가 될 수 있었다. 이전 정부의 혁명 열기가 당혹스러웠던 사람들과 집단의식에 위협을 느끼던 사람들, 그리고 안보와 통제를 갈구해온 사람들은 기꺼이 시노드의 칙령에 복종했다. 그 덕에 사우스우드는 모처럼 꽤 오랫동안 평화를 되찾았다.

그래서 지타는 아빠가 새로 찾은 독실한 신앙을 탓할 수가 없었다. 엄마가 돌아가신 후 아빠의 인생에는 커다란 구멍이 났다. 그런데 가정에 시노드의 영향이 미치자 아빠는 새로운 삶에 눈을 떴다. 아빠는 시노드의 민간인 계급에서 한 자리까지 얻었다. 공동체 내 행사를 조직하고 가끔 황폐한 나무 앞에서 거행되는 예배를 보조하는 임무였다. 그 일로 아빠는 다른 인생관과 새로운 목표를 갖게 되었다.

아침이면 아빠는 지난 몇 달에 걸쳐 마을 벽마다 그려진 수많은 혁명 찬동 벽화를 깨끗이 지우는 작업에 동원되었다가 뻐근한 몸을 이끌고 집으로 돌아왔다. 낮은 계급 칼리프들을 대상으로 한 이런 작업에 동원될 때면 이따금 땅거미가 진 후 돌아오곤 했다. 아빠는 지타가 잠도 안 자고 거실에 앉아 책을 읽는 모습을 보고 놀랐다.

"안녕, 아빠." 지타가 집으로 돌아오는 아빠를 보며 인사했다.

시노드에서 일하기 시작하면서 아빠는 거울 같은 초록색 마스크를 쓰고 바닥까지 끌리는 긴 옷을 입었지만 지타는 단번에 알아보았다.

그가 옷을 벗어 현관 옆 옷걸이에 걸고 지타의 맞은편 소파에 쓰러질듯 앉았다. 마스크는 잡아당겨 벗고, 두건은 의자 등받이 뒤로 떨어뜨렸다.

"휴우, 지금 뭐하니?" 아빠가 한숨을 내쉬었다. 지쳐 보였다.

"잠이 안 와서요. 학교에서 새 교과서를 받았어요. 시노드의 법에 맞게 내용을 전부 뜯어고쳤어요."

아빠는 얼굴을 찌푸렸다. "그랬구나. 오히려 잘된 일이야. 고치고 되돌리기에는 너무 많은 걸 망가뜨렸지."

"네. 그런데, 아빠 들으셨어요? 켄드라가 내일 곰팡이를 먹는대요."

"그래? 그애는 너무 어린데!" 지타는 아빠의 지친 목소리에 약간의 실망이 섞여있음을 눈치챘다. 아빠 역시 영성체를 받는 게 목표라는 사실을 지타는 알고 있었다. 아빠는 조직 안에서 자신의 신앙심을 더 증명할 필요가 있었다.

"요즘 그애 아빠가 시노드에 있대요. 그래서 도움을 좀 받았대요."

"켄드라에게는 잘된 일이구나." 아빠가 한숨을 내쉬며 옷의 주름을 반듯하게 폈다. "아이고, 피곤하다. 가서 좀 쉬어야겠다."

"그러세요, 아빠. 안녕히 주무세요."

"너무 늦게까지 있지 마라."

"그럴게요."

"잘 자라."

"아빠도 굿 나잇."

"굿 나잇."

지타는 아빠의 방문이 닫히고, 슬리퍼를 벗고 맨발로 걸어가는 소리가 들릴 때까지 기다렸다. 오래 걸리지 않아 오르락 내리락하는 아빠의 코 고는 소리가 침실 밖으로 흘러나왔다. 지타는 책을 덮고 옷걸이에 걸려있는, 폭포처럼 흘러내리는 아빠의 회색 자루옷을 바라보았다. 옷 아래 비죽 나온 초록색 마스크가 불빛에 번쩍, 하고 빛났다.

지타는 걸을 때 옷자락이 끌리지 않도록, 옷단을 발목 위로 올려 핀으로 고정해야 했다. 기분 나쁘게 차가운 마스크는 안쪽 면이 피부에 닿아서 흥분으로 가뜩이나 힘든 호흡을 더 힘들게 했다. 밤인데다 안개마저 자욱하게 끼어 있었다. 지타는 얼른 가스등 불빛 아래로 들어갔다. 잠시 후 가스등 불빛을 빠져나갈 때 텅 빈 광장에서 불침번을 서는 시계종이 정각을 알렸다.

긴 자루옷 주머니에는 물체 두 개가 들어있었다. 흰색 작은 조약돌과 독수리 깃털이었다.

의식의 효과를 극대화하기 위해 아빠의 긴 시노드 옷 안에 자신의 흰색 드레스를 입었다. 5월의 여왕 대관식을 할 때 입었던 그 드레스였다. 심지어 말라비틀어져 꽃이 몇 송이 남지 않은 화관도 머리에 얹고 그 위에 회색 두건을 썼다. 지타는 이런 의상이 어울린다고 생각했다. 마지막 교령회는 이런 식으로 하면 완벽해질 것 같았다.

광장을 벗어나 자갈 깔린 간선도로를 걷고 있는데 갑자기 워치 대원들이 눈에 띄었다. 계급에 맞게 검정색 마스크를 쓴 그들이 걸을 때마다 옆구리 찬 검정색 경찰봉이 한가로이 흔들렸다. 수를 세어보니 일곱 명이었다. 지타는 길한쪽으로 비켜서서 그들이 지나갈 때 고개를 숙였다. 그들은 지타의 체격을 살핀 뒤 초록색 마스크를 쓴 칼리프일 거라고 생각할 뿐, 왜 통행금지 시간에 거리를 돌아다니는지 의심하지 않은 것 같았다. 어쨌든 검문에 걸리지 않았다. 포고령에 의하면 긴 사제복을 입은 사람은 공무가 있을 경우 통행금지 이후에도 외출이 가능했다. 지타는 그들이 불러세워 용건이 무엇인지 묻지 않아 고 마울 따름이었다. 막연히 핑곗거리를 준비해두었지만 검문을 통과할지 자신이 없었기 때문이다.

신경쓸 것 없어. '워치' 무리는 지타를 뒤로 하고 모퉁이를 돌아 다른 통금 위반자를 검문하러 광장으로 발길을 돌렸다. 한 가지 사실은 분명했다. 시노 드가 정권을 잡은 후 마을은 확실히 안전해졌다. 그 점은 부인할 수 없었다. 그들이 정권을 인수하기 전에는 사람들 스스로 혹은 집안 사정에 따라 통금을 정했다. 아무튼 해가 진 후 거리를 돌아다니는 일이 안전하지 않았다.

그러나 지금, 지타는 회색 옷과 초록색 마스크의 보호막 덕분에 대단한 존 재가 된 기분이었다. 더욱이 형체도 없는 유령의 심부름꾼 역할과 힘들었던 임 무도 이제 막바지에 이르렀음을 알고 있었다. 이제 수고의 열매를 거둘 일만 남았다. 자신은 그 여인이 다시 태어나는 모습을 보게 될 것이다. 그 여인에게 사랑하는 아이를 돌려줄 것이다.

마을의 불빛이 점점 멀어졌다. 지타는 숲이 병풍처럼 이어지는 컴컴하고 조 용한 길 위에 있었다. 길은, 숲의 오래된 나무들에게 행여 방해가 될까 정중히 에둘러서 구불구불 나있었다. 그럼에도 불구하고 수 세기가 흐르는 동안 제 영역을 넓혀온 오래된 자작나무와 호두나무 뿌리들이 돌멩이 사이로 울퉁불 퉁 튀어나와 산맥이 분출된 것처럼 잔물결 모양을 이루고 있었다. 그래서 걸 을 때 여간 조심하지 않으면 안 되었다.

마침내 지타는 그곳에 도착했다. 이 길은 훤히 알고 있었다. 매주 일요일 오 후 아빠와 함께 왔던 곳이다. 출입구를 철제문이 가로막고 있지만 자갈밭에 뻗어난 나무뿌리 때문에 문은 항상 열려있었다. 문 위에는 단철로 된 홍예문

지타는 주머니에 손을 넣어 여기까지 가져온 세 가지 물건을
꺼냈다. 독수리 깃털, 진주색 조약돌, 소년의 이빨.

이 걸쳐져 있었다. 지타는 옷에서 손전등을 꺼내 그 위에 새겨진 글자를 비췄다. 사우스우드 공동묘지.

지타는 마스크를 들어올려 머리에 얹었다. 11시가 넘었으므로 사람들은 물론이고 칼리프라도 설마 공동묘지에 오랴 싶었다. 하지만 만약의 경우 즉시 얼굴을 가릴 수 있도록 준비를 했다. 지타는 쇠창살 문을 밀었다. 조그맣게 끼익 소리가 났다. 좁게 벌어진 틈새로 겨우 몸을 밀어넣었다.

마른 꽃과 추모 명판이 죽 늘어선 비석들을 지나 짙은 안개 속에서도 쉽게 분간이 되는 어떤 형체를 향해 걷기 시작했다. 땅에서 조금 돋운 둔덕 위로 골

판지 모양의 포르티코(특히 대형 건물 입구에 기둥을 받쳐 만든 현관 지붕. —옮긴이)로 장식한 박공지붕이 보였다. 지타에게는 이미 눈에 익은 모습이었다. 실은 못 보고 지나칠 수가 없었다. 매주 일요일이면 지타는 갓 베어낸 신선한 꽃을 한아름 들고 아빠와 무시무시한 공동묘지에 왔다. 그때마다 그 이상하고도 고풍스러운 무덤을 보며 궁금해했다. 이렇게 우아한 무덤에 묻힌 이는 얼마나 대단한 사람일까. 그에게 이런 호화로운 무덤은 얼마나 대단한 선물일까. 지타는 그 안에 잠들어있는 사람이 누군지 궁금했다. 그후 아빠는 예전 미망인 총독의 아들인 알렉세이 스빅이 무덤의 주인이라고 알려주었다. 지타는 그 아이가 관저의 평범하지 않은 후계자였다는 사실을 알고 멈칫했다. 그렇게 대단한 존재였기에, 죽은 몸뚱이를 위해 이토록 정교하고 아름다운 기념물이 필요했던 것이다.

하지만 그 후로 지타의 마음은 바뀌었다. 왕자의 무덤에서 아래쪽으로 수 미터 떨어진 엄마의 무덤을 찾아올 때마다 그 무덤이 점점 혐오스러워졌다. 아무도 찾아오는 이 없고(그녀가 아는 한 그랬다) 화강암 베란다에는 꽃 한 송이 놓이지 않았다. 게다가 다른 망자들에게 드러내놓고 숭배를 강요하는 것처럼 느껴졌다. 그에게 이런 호화로운 무덤이 필요할 정도로 그의 죽음이 다른 이의 죽음보다 더 중요하단 말인가? 지타는 마음의 상처를 입었고, 아빠의 삶은 산산조각이 났다. 그들은 매주 일요일, 시든 꽃을 새 꽃으로 갈아주러 엄마의 소박한 무덤을 찾았다. 엄마는 그들에게 세상을 떠난 어느 왕족이나 시종보다 더 중요한 사람이었다. 반면 왕자의 차가운 무덤은 찾아오는 사람도, 유족도 없었다. 지타는 그 무덤을 허물어뜨려서, 잔해물로 엄마를 잃은 자신의 슬픔을 달랠 사원을 짓고 싶었다. 자신과 아빠가 매일 찾아와서 실컷 울 수 있는 사원을 주위 모든 것보다 훨씬 크게, 태양을 가릴 정도로 크게 짓고 싶었다.

그래서 자신이 부탁받은 일에 한 점 의심도, 후회도 느끼지 않았다. 무덤을 침범해서 무덤 주인을 훼손하는 일. 석관 뚜껑을 열고 시신의 이빨을 제거하려는 일이었다.

문득 자신이 이런 섬뜩한 행동에 대해 무감각하다는 생각이 들었다. 하지만 지금은 아무 생각도 하지 않기로 마음먹었다. 초록 여제는 이 일을 주문했고, 지타는 유령에게 자신이 겁쟁이가 아니라는 걸 보여줄 작정이었다.

엄마의 무덤에는 들르지 않았다. 오늘밤은 아니었다. 지타의 시선은 처음부터 왕자의 무덤에 고정되었다. 지타는 말끔히 깎은 잔디밭 사이로 난 길을 마구 가로질러 곧장 그리로 갔다.

무덤으로 들어가는 문은 낡은 경첩이 달린 철제문이었다. 지타는 재빨리 주변을 둘러본 뒤 문을 열고 안으로 들어갔다. 안은 어두웠다. 전등으로 작은 묘실 입구를 비추자 그 안에 놓여있는 다양한 부장품이 보였다. 인형, 장난감 성채, 목마. 죽은 소년의 가족이 아이의 시신과 함께 매장한 게 분명했다. 그 방 옆에 붙은 더 큰 방으로 들어가자 석관이 놓여있었다.

너무 길지도 넓지도 않았다. 딱 10대 소년이 들어갈 만한 크기의 관이었다. 광택 나는 돌로 만들어진 관 뚜껑의 비스듬한 테두리는 공들여 새긴 정교한 조각으로 꾸며져 있었다. 숲의 경치와 말 탄 소년이 꽃나무 사이를 누비며 쫓는 엘크떼가 새겨져 있었다. 지타는 손가락으로 조각 장식을 쓰다듬으며 뚜껑과 관 사이의 틈새를 찾았다. 드디어 마땅한 지점을 찾은 뒤 이를 악물고 뚜껑을 힘껏 밀었다. 뚜껑이 신음을 내며 옆으로 살짝 밀렸다.

겨우 몇 센티미터 여는데 정말이지 젖 먹던 힘까지 모두 쏟아부었다. 지타는 자신이 연 뚜껑과 관 사이 틈새로 안을 들여다보았다. 손전등 불빛에 견장에 달린 술이 보였다. 지타는 전등을 바닥에 내려놓고 다시 밀었다. 이번에도 몇 센티미터 움직인 후 중단하고 깊은 숨을 몰아쉬었다. 문득 위를 쳐다보는데 초록 여제가 지금쯤 나타나서 도와주면 얼마나 좋을까 하는 생각이 들었다. 하지만 아무 일도 일어나지 않았다. 지타에게는 아직 완수해야 할 임무가 남아있었다.

지타는 이맛살을 찌푸리며 차가운 돌바닥에서 단단히 앉은 자세를 취했다. 다시 관뚜껑을 잡고 온힘을 다해 밀었다. 뚜껑이 조금 더 열리면서 시신이 드러났다. 그 순간 뚜껑이 갑자기 한 쪽으로 기울어지며 큰 소리와 함께 바닥으로 떨어져 조각이 떨어져나갔다. 지타는 비명을 지르며 뒤로 물러났다. 정말 그럴 의도는 아니었다.

손으로 얼굴을 가린 채 천천히 열린 관으로 다가와 안을 들여다보았다.

그곳에 소년이 평화롭게 누워있었다.

지타의 또래쯤 되어보였다. 시간의 흐름이 느껴지지 않았다. 피부는 완벽하게 창백하고 매끄러웠다. 눈이 감긴 얼굴은 체념한 듯 조용한 표정을 짓고 있었다. 아름다운 소년이었다. 순간, 소년을 기리는 이 무덤을 혐오했던 게 미안해졌다. 무덤은 소년이 자신을 기념해달라고 요구해서 만들어진 게 아니었다. 그에게는 태어나는 것이나 죽는 것이나 선택권이 없었다. 이 호화스러운 무덤은 소년과 그 가문의 명성이 영원함을 상징하기 위해 국가가 만든 것이다.

소년은 어깨에 금색 술이 달린 견장과 변색된 구리 단추가 가슴에 한 줄로 가지런히 달린, 잘 다려진 제복을 단정히 입고 있었다. 그런데 자세히 들여다보니 뺨을 타고 작은 나사못이 박혀있고 턱에 납땜한 경첩(그렇다, 경첩이었다!)

이 보였다. 지타는 손전등을 더 가까이 비추었다. 소년의 얼굴은 피부가 아니라 진주색을 띠는 일종의 금속이었다. 지타는 관으로 다가앉아 손가락으로 소년의 빰을 툭툭 건드렸다. 속이 텅 빈 깡통 소리가 났다.

"아악!" 지타가 크게 비명을 질렀다.

미망인 총독이 죽은 아들을 본 따 자동인형 소년을 만들었다는 이야기는 지타도 들어서 잘 알고 있었다. 다만 이렇게 믿을 수 없을 정도로 세심하게 자동인형을 만들었을 거라고는 상상하지 못했다. 얼마나 산 사람과 비슷한지 오싹할 정도였다. 그것은 모형이었다. 여기에 발휘된 손재주는 가히 충격적이었다.

그제야 임무가 생각난 듯 지타는 관 난간에 넘어지지 않게 손전등을 올려놓고 난생 처음 해보는 사후 치아 적출을 시작했다.

두 손으로 소년의 턱을 벌리자 기름칠을 한 전지가위처럼 입이 쉽게 벌어졌다. 그 안으로 두 손가락을 넣어 턱을 조심스럽게 벌린 다음 한 손으로 손전등을 들어 소년의 입 안을 비추었다. 그 금속 안에는 가지런하고 어느 모로 봐도 인간의 것인 치아가 박혀있었다.

치아 적출을 하느라 그렇지 않아도 구역질이 나려고 하는데, 소년의 머리와 얼굴에서 인조로 된 다른 부분을 보자 속이 더 울렁거렸다. 한 줌도 되지 않는 불빛으로 정확히 비추기 위해 소년의 귀 옆에 손전등을 올려놓은 채 두 손가락으로 금속 턱을 벌리고 나머지 손가락으로 윗니를 잡아당겼다. 놀랍게도 윗니 전체가 턱에서 쉽게 (그때 '퍽' 하고 고무 빠지는 소리가 들렸다) 빠졌다. 지타는 윗니를 손에 들어 불빛에 비춰보았다. 일종의 핑크색 재질로 치아의 형태를 잡아준 다음 작은 구리못으로 고정시킨 것 같았다. 윗니를 주머니에 넣은 뒤 같은 방법으로 아랫니를 뺐다. 스프링으로 고정시킨 듯 턱이 철커덕 소리를 내며

325

제자리로 돌아갔다.

그때 어디에선가, 거의 감지할 수 없는 동요가 느껴졌다. 무덤 안 온도가 미세하게 바뀐 것도 같고 무덤 주변 소음의 음색이 약간 달라진 것도 같았다. 무덤 안을 둘러보는데 비스듬한 지붕을 네 귀퉁이에서 떠받치고 있는 주름무늬 차가운 기둥에 시선이 갔다. 지타는 열려있는 관에서 뒤로 물러나 입구로 걸어갔다. 어디에선지 모를 바람이 갑자기 불어왔다. 얼마나 거센지 무덤 입구 육중한 철제문의 경첩이 삐그덕거렸다.

지타는 옷 주머니에 아랫니를 넣었다. 이제 그것들은 독수리 깃털, 하얀 조약돌과 함께 있었다. 지타는 돌아서서 무덤 입구로 달려갔다. 왠지 모를 불안함이 엄습했다. 초록색 마스크가 얼굴로 떨어지는 바람에 깜짝 놀랐다. 지타는 서둘러 무덤을 나왔다.

공동묘지의 오래된 나무들이 바람에 흔들렸다. 무덤 사이로 난 좁은 포장길을 달려가자 손전등 불빛이 앞에서 춤을 추었다. 이윽고 단철로 만든 쇠창살문을 빠져나와 큰 길로 들어섰다. 길모퉁이에서 긴 옷을 입은 워치 경찰대원들이 나타났다. 지타는 심호흡을 한 뒤 마음을 진정시키고 천천히 걷기 시작했다. 워치 대원들이 왠지 불안해 보였다. 그들은 일제히 흔들리는 나뭇가지를 바라보고 있었다. 갑작스럽고 이상한 날씨 변화에 놀란 것 같았다.

지타를 발견한 워치 대원들이 뭐라고 소리쳤다. 하지만 바람 소리에 묻혀 들리지 않았다. 가장 오래된 나무의 가장 굵은 나뭇가지가 부러질 정도로 거센 바람이었다. 무언가 우지끈 부러지는 소리가 들렸다. 나뭇가지 하나가 자갈 깔린 길로 요란하게 떨어졌다. 그 아래 모여있던 사람들은 황급히 흩어지고, 지타는 그 틈을 타 반대 방향으로 뛰었다.

바람이 윙윙 소리를 내며 주변의 나무들을 뒤흔들었다. 숲이 작심하고 의식을 완수하지 못하게 방해하려는 것처럼 느껴졌다. 길을 벗어나 빽빽한 고사리밭을 헤치고 지나가려는데 손가락으로 잡아끄는 것처럼 가시가 옷자락을 잡아뜯었다. 나뭇가지들은 얼굴을 때렸다. 초록색 마스크가 보호해주었음에도 매질을 당하는 기분이었다.

마침내 지타는 목적지에 도착했다. 손전등 불빛으로 낡은 석조주택의 이끼낀 푸른색 벽을 비추었다. 어딘가에 있는 마을 시계탑이 자정을 알리는 종을 쳤다. 바람은 창으로 텅 빈 집 안을 드나들며 울부짖었고 구멍난 지붕을 후려쳤다.

지타는 비틀거리며 부서진 문으로 들어간 뒤 담쟁이덩굴이 두꺼운 카펫처럼 깔린 바닥에 무릎을 꿇고 주저앉았다. 그곳은 집 안의 바닥이었다. 바람이 그야말로 윙윙 울고 장대같은 비마저 내리기 시작했다. 마스크를 벗자 빗물이 얼굴을 가로질러 내리쳤다. 아빠의 시노드 제복을 벗자 그 아래 입은 하얀색 드레스가 나왔다. 지타는 정수리에 꽂은 꽃을 제대로 가다듬었다. 갈색 머리카락이 삽시간에 비에 젖었다. 빗물이 얼굴을 타고 쏟아져내렸다. 지타는 주머니에 손을 넣어 여기까지 가져온 세 가지 물건을 꺼냈다. 독수리 깃털, 진주색 조약돌, 소년의 이빨.

다른 주머니에서는 엄마의 유품인 작은 그릇을 꺼냈다. 엄마가 서랍장 위에 올려두던 그릇이었다. 지타는 그릇을 담쟁이덩굴(불어오는 바람에 온몸을 뒤틀고 있었다) 위에 조심스럽게 내려놓았다. 그리고 세 가지 물건을 그릇 위에 하나씩 올려놓았다.

제일 먼저 깃털을 내려놓았다.

그럴지, 어떤 목소리가 말했다. 아니면 바람 소리였나?

그 다음은 조약돌.

그거야, 다시 그 목소리가 말했다. 바람은 아닌 것 같았다.

그리고 마침내 이빨을 내려놓았다.

오, 드디어, 그 목소리가 말했다.

지타는 잔뜩 낀 구름과 흔들리는 나뭇가지가 보이는 지붕을 올려다보며 차분히 주문을 외웠다.

"당신을 부릅니다.

초록 여제여!"

양동이로 퍼붓듯 쏟아지던 비가 갑자기 뚝 그쳤다. 구름은 제자리에 멈추었다. 나뭇가지는 가볍게 떨며 숨을 죽였다.

지타의 무릎 아래에서 담쟁이가 살아나기 시작했다. 그 과정은 마치 담쟁이가 물웅덩이고 누군가 높은 곳에서 웅덩이로 돌멩이를 떨어뜨린 모습 같았다. 돌멩이가 떨어진 지점은 제물 접시였다. 접시를 중심으로 동심원처럼 퍼져나가는 물살 모양이 만들어졌다. 잠시 후 그런 일이 다시 일어났다. 다만 이번에는 떨어뜨린 물체가 농구공만했다. 놀랍게도 지타는 담쟁이 물살에 떠밀려 물마루로 올라갔고, 그 바람에 뒤로 나자빠져 팔꿈치로 몸을 지탱해야만 했다. 그런 일은 반복적으로 일어났고 떨어지는 물체는 점점 더 커졌다. 담쟁이 물살에 밀려 집 안 저편으로 내던져진 후에도 다시 밀려올 물살을 각오하고 기다려야 했다.

어느 순간 물살이 잠잠해졌다. 조용했다.

그때였다. 그릇이 놓인 담쟁이덩굴 밑에서 분출이 일어났다. 담쟁이가 바닥부터 하나의 기둥을 만들며 위로 치솟았다. 이를테면 몸을 뒤틀고 위아래로 들썩거리는 식물의 오벨리스크였다. 이윽고 초록색 덩굴이 보이지 않는 힘의 통제를 받는 듯 스스로 꼬이며 어떤 형체를 만들기 시작했다. 고치같은 담쟁이덩굴 속에서 팔이 하나 쑥 나왔다.

담쟁이가 천천히 만들어내는 것은 인간의 형체였다.

담쟁이는 석조주택의 바닥 위 허공에 머물면서 두 팔(인간의 팔이었다)을 만들었고, 그 팔에서 길고 가느다란 손가락이 날름거리듯 나오기 시작했다. 손가락은 구부러졌다 펴졌다 반복하면서 생명의 기운이 돌게 했다. 한편 기둥은 스스로 빙글빙글 돌아가면서 몸통을 만들고, 나뭇잎에서 두 개의 유방이 돌출되었다. 지타는 지금 자신이 한 여인이 창조되는 과정을 지켜보고 있음을 깨달았다. 그리고 소용돌이치는 생각 중에 그녀가 초록 여제일 거라고 직감했다.

기둥 위쪽의 담쟁이는 스스로 바삐 감아 올라가며 금세 머리와 얼굴을 또렷하게 만들었다. 게다가 정수리에서 한움큼 풀이 솟아나 아래로 자라며 두 갈래의 땋은 머리가 되었다. 이마는 넓고 광대뼈는 우아했다. 그 뼈 위로 두 눈이 만들어지고 코가 솟고 연푸른색 입술이 두 장 나왔다. 지타는 인간이 창조되는 기적 같은 과정을 정신없이 바라보았다. 저 힘! 도무지 믿어지지 않은 마법!

그리고 두 눈이 떠졌다.

두 눈은 불처럼 이글거렸다. 불타는 눈은 생명체의 평온한 표정을 뒤틀어 절대적으로 악의에 찬 표정으로 바꿔버렸다. 그 광경을 본 지타가 비명을 질렀다. 여인은 무자비한 눈으로 지타를 내려다보았다.

담쟁이 여인의 입이 크게 벌어졌다. 입술에서 무시무시하고 비통한 신음이 흘러나왔다. 지타는 자신이 몹시 나쁜 짓을 했음을 깨달았다. 참으로 나쁜 일.

매클리 로드의 낡은 석조주택 바닥에서 시작된 세 겹의 물결은 여느 물결과 마찬가지로 집 벽을 넘어 이웃한 숲까지 퍼져나갔다. 한번 만들어진 에너지가 경련을 일으킬 때마다 담쟁이의 물결은 중심부에서 밖으로 넓게 퍼졌다. 물살은 움직일수록 거세져서 그 가속도에 의해 더욱 멀리까지 번져나갔다. 무덤 주변 풀밭을 뚫고 사우스우드의 마을까지 닿았다. 도로를 온통 뒤덮고, 잠자는 주택의 창문을 잡아 흔들었다. 그 통에 아이나 어른이나 모두 잠을 깨고, 아빠와 엄마는 무슨 일이 일어났는지 궁금해 창가로 달려갔다. 담쟁이는 멀리멀리 퍼져나가 노스월의 단단한 석벽을 타넘고 아비앙 공국의 거대한 삼나무를 흔들어 새들이 허겁지겁 날아가게 만들었다. 새들이 비운 둥지는 담쟁이 물살에 흔들려 뚝 부러지고 바람결에 날아갔다. 뿐만 아니라 담쟁이 물결은 가는 곳마다 덩굴손이란 덩굴손은 모두 잡아당겨 깨우고 움직이게 만들었다.

그렇게 와일드우드 곳곳을 포효하며 돌아다니다 고대의 숲까지 뻗어나갔다. 그리하여 방금 숲으로 몰려 들어온 아이들의 발밑에서 툭 불거져나와 추격을 지연시키기기도 했다. 아이들은 신기한 미지의 원시림으로 한없이 들어가는 두 남자를 뒤쫓는 중이었다. 이어서 담쟁이는 인적이 드문 숲속을 뚫고 롱로드의 자갈길을 망가뜨린 뒤 쉬지 않고 내달려 캐시드럴 산맥의 산길과 산봉우리까지 올라갔다. 그리고 다시 노스우드로 내려와 방금 갈아놓은 농부의 밭을 엉망으로 만들고 회합 나무의 뿌리를 흔들었다. 시들고 말라죽은 회합 나무 잎사귀는 차가운 잿빛 허공에서 눈처럼 흩날렸다.

담쟁이는 점점 더 멀리 뻗어나갔다. 소용돌이치는 컬럼비아 강에선 잔물결이 되었다가 날뛰는 파괴자를 보내 돛이 세 개 달린 화물선 선체를 후려쳤다. 배는 격렬하게 흔들렸고, 갑판에서는 배를 바로 세우려는 선원들의 고함이 터져나왔다. 그때 화물칸 감방에서 선잠을 자고 있던 검은 머리 소녀가 기겁을 하며 깨어났다.

몸을 벌떡 일으킨 소녀는 어떤 낌새를 알아차렸다. 선체가 그저 갑작스러운 파도에 흔들리는 게 아니었다. 다른 이유가 있었다. 마치 파도의 물리적인 힘 속에 숲의 온갖 나뭇잎과 나뭇가지, 뿌리와 꽃잎들이 도와달라고 아우성치는 비명이 깃들인 것 같았다.

소녀는 창살 달린 둥근 창으로 밖을 내다보다가 눈이 휘둥그레졌다.

"그 여자가 돌아왔어." 소녀가 중얼거렸다.

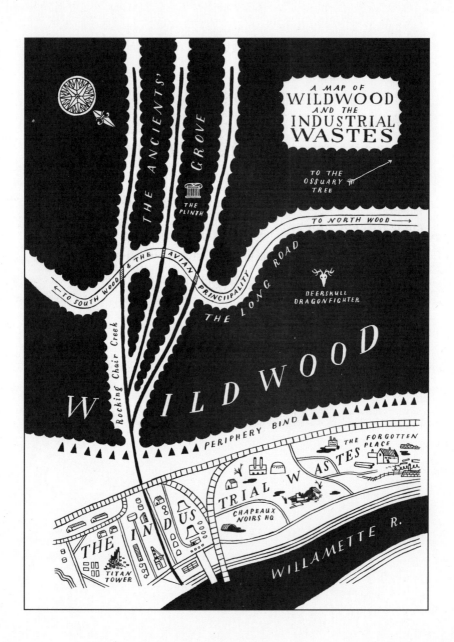

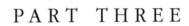

PART THREE

CHAPTER 22

올빼미 이야기

숲 속에 올빼미 한 마리가 살았다.

과묵하고 혼자 있기 좋아하는 올빼미였다. 그는 숲에서도 인적이 드문 이곳에 사는 자신을 행운아라 여겼고, 이웃들과도 거의 분란을 일으키지 않았다. 움푹 팬 나무 구멍에 튼 아늑한 둥지에서 몇 날 며칠 잠을 자며 보내기 일쑤였다. 12년 전 폭풍우에 절반이 뚝 잘려나간 고목이었다. 우묵한 둥지는 하루하루 늙어가는 올빼미에게 더없이 좋은 집이었다.

번잡한 우드에 사는 친척들은 그를 방문할 때마다 밖으로 나가 함께 살자고 성가시게 굴었다. 나이가 젊다면 남들과 어울려 살면서 여러 혜택을 누릴 수도 있었다. 하지만 이제는 그런 제안을 받을 때마다 제 한 몸 홀로 돌볼 수도

335

없는 쓸모없는 존재 취급을 받는 것 같아 불쾌했다. 엄청나게 불쾌했다. 올빼미에게는 이 머나먼 국경선의 조용하고 아늑한 나무 속 둥지에서 보내는 낮과 밤의 일상이 더없이 만족스러웠다.

그는 매일 해가 떠있는 동안 잠을 자고 땅거미가 지면 잠에서 깨어났다. 밤이 되면 부지런히 나무 속 둥지를 청소한 뒤 아침식사용 먹잇감을 장만하러 나갔다. 대부분의 올빼미가 그렇듯 그런 일은 밤에 했다. 다만 주변을 날아다니며 숲 바닥에서 힘들여 먹을 것을 찾으니 그냥 둥지를 걸어 내려와 살아있는 나뭇가지 끝으로 1미터쯤 천천히 걸어간 다음 밤새도록 그곳에 앉아 땅바닥을 살폈다. 이따금 풀밭을 달려가는 작은 야생쥐가 눈에 띄면 털이 다 빠진 커다란 날개를 활짝 펼치며 날아올랐다가 하강하는 길에 포획하여 점심과 저녁 끼니까지 해결했다. 하지만 대개는 그곳에 앉아 그저 바닥을 내려다보았다.

아침의 첫 햇살에 잠 없는 새들이 눈을 뜨고 살랑나무 덩굴의 광택 나는 나뭇잎이 반짝거릴 때, 올빼미는 하품을 하며 몇 미터 위 나무구멍 속 둥지로 올라갔다. 그런 다음 따뜻한 초콜릿을 한 잔 마시고 난로 앞 작은 의자에 책을 들고 앉아 꾸벅꾸벅 졸기 시작했다.

늙은 올빼미에게 삶은 그렇게 누구의 방해도 받지 않고 잔잔하게 흘러갔다. 어느 날 밤, 평소처럼 나뭇가지에 앉아 불침번을 서며 시커먼 덤불 아래 돌아다니는 쥐는 없는지 지켜보고 있을 때까지도 그랬다. 그때 올빼미는 누군가 혹은 무언가 자신이 앉아있는 나뭇가지로 접근해왔음을 경고하는 미약한 떨림을 느꼈다. 재빨리 주위를 두리번거리자 다람쥐 한 마리가 눈에 들어왔다.

"썩 꺼지지 못할까." 올빼미가 소리쳤다.

"뭘 찾고 계셔요?" 다람쥐가 물었다.

"아무것도 아니다." 올빼미는 풋내기와의 대화에 말려들기 싫어서 퉁명스럽게 대답했다. 남의 간섭을 받지 않는 고독을 즐기고 싶었다. 다람쥐도 그 점을 존중해주기를 바랐다.

다람쥐가 고개를 갸우뚱 기울였다. "아무것도요? 정말 아무것도요?"

"그래, 아무것도. 나 좀 혼자 있게 해주겠니?" 올빼미가 대답했다.

다람쥐는 꼼짝 않고 앉아 올빼미처럼 땅을 내려다보았다.

"너 아직 있구나." 잠시 후 올빼미가 말했다. 다람쥐는 정말 그 자리에 그대로 있었다.

"지금 뭐하시는 거예요?" 다람쥐가 물었다.

"뭘? 뭐 하냐고?"

"그냥 앉아서 땅만 바라보고 계시잖아요. 따분하지 않으세요?"

"그렇게 궁금하냐? 사냥을 하고 있다. 난 작고 털 달린 동물을 좋아하지. 이를테면 너처럼 생긴."

"그거 협박인가요?"

"난 그저 혼자 있고 싶을 뿐이다. 그게 다야." 올빼미는 깊은 한숨을 내쉬며 대답했다.

"알았어요." 다람쥐가 말했다.

그들은 잠깐 말없이 앉아있었다. 올빼미는 계속해서 땅을 살폈다. 그는 갈등이나 대결을 좋아하지 않았다. 다람쥐가 거기에 없는 셈 치기로 했다. 딱히 다람쥐 맛을 싫어하는 것도 아니기 때문에 위협해서 잡아먹을 수도 있었다. 게다가 너무 크지도 않고 먹기에 딱 적당했다. 아마 젊었을 때라면 그랬을 것이다. 하지만 지금은 쥐나 들쥐 사냥이 더 편했다.

"질문이 있어요." 다람쥐가 말했다.

"뭔데?" 올빼미가 짜증스럽게 물었다. 문득 다람쥐를 조금만 상대해 호기심을 채워주면 다시 평화로운 올빼미로 남을 수 있을 거라는 생각이 들었다.

"혹시 저기에선, 먹이를 더 많이 구할 수 있지 않을까요? 여기 이 나뭇가지에 앉아 먹잇감이 다가올 때까지 기다리는 것보다 말이에요."

"무슨 뜻이냐?" 더 이상 다람쥐를 못 본 체할 수 없어서 올빼미가 물었다.

"솔직히 그날 그날의 더 큰 문제는 생각하지 않고 늙은 배나 채우며 이 지구 상에서 시간만 낭비하고 계시니까요."

올빼미는 이 말에 대해 곰곰이 생각한 뒤 대답했다. "내가 보기에는 이것도 괜찮은데." 그러고는 덧붙였다. "솔직히 아주 편한 팔자지."

다람쥐가 고개를 절레절레 흔들었다. "하지만 완전한 *세상*은 저기에 있어요! 수수께끼와 경이로움, 슬픔과 행복으로 가득 찬 세상 말이에요. 할아버지는 밤에만 들락날락하면서 이 오래된 나뭇가지에 앉아 지나가는 쥐가 없나 없나 지켜보기만 하죠." 다람쥐가 발바닥을 위로 해서 앞발을 내민 다음 흔들었다. "더 원하는 게 없으세요?"

"나는 그런 것에 대해 별로 생각해본 적이 없는 것 같다." 올빼미가 대답했다. "자, 괜찮다면 난 그만……"

"잠깐만요. 제가 뭣 좀 보여드릴까요?" 다람쥐가 말했다.

"됐다." 올빼미가 거절했다.

"잠깐만요. 얼마 안 걸려요." 다람쥐가 졸랐다.

올빼미가 꼬맹이 동료를 측은하게 바라보며 아무 대꾸도 하지 않자 다람쥐는 자신의 제안에 응하는 것으로 받아들인 것 같았다. 발가락 한 개를 치켜세우더니 별안간 앉아있던 나뭇가지에서 펄쩍 뛰어내려 지붕처럼 늘어진 나뭇가지 속으로 사라졌다.

아이고, 이렇게 쉬운 것을. 올빼미는 이렇게 생각하고는 다시 고사리와 나무덩굴이 빽빽하게 뒤덮인 땅을 내려다보며 점심거리를 기다렸다. 그렇게 한동안 앉아있으려니 다람쥐가 올빼미의 단순한 성격을 비웃으며 던진 이상한 질문이 기억났다. 사실 자신이 이런 생활방식에 만족한다는 점은 인정했다. 하지만 내가 뭘 더 *욕심내야* 한단 말인가? 내게 필요한 건 모두 여기 있는데? 가끔 드물게 방금 다람쥐가 불침번을 방해한 것처럼 1분쯤 방해를 받는 것 외에 매일 밤, 매일 낮이 거의 똑같은 쳇바퀴 같은 생활에서 위안을 느끼면 안 되는 건가? 그런데 이상하게도 이런 질문을 던질수록 자신이 굳건히 고수해온 논리의 구멍이 보이기 시작했다. 혹시 다람쥐가 뭐 대단한 거라도 발견한 걸까…….

하지만 그가 생각에 깊이 빠져들기도 전에 나뭇가지가 흔들리며 다람쥐가 다시 나타났다.

"할아버지." 다람쥐가 불렀다.

"그래." 올빼미가 대답했다.

다람쥐는 뭔가를 들고 있었다. 그가 그것을 높이 들어 올빼미에게 보여주었다. 사람들이 이용하는 커다란 사진 엽서였다. 낯설고도 정교한 건축물 사진이었다. 막대로 된 네 개의 다리 위에 막대기 또는 막대기처럼 생긴 자재로 만든 본체가 올라앉은 구조였다. 네 개의 다리는 중간쯤에서 서로 만나 일종의 격자무늬를 이루고, 거기에서부터 위로 첨탑 모양의 탑이 솟아 맨 위는 뾰족한 화살촉처럼 끝났다. 건축물 윗부분에 전망대처럼 보이는 곳이 있는데, 건물에 비해 개미 크기 정도 되는 두 사람이 그곳을 어슬렁거리고 있었다.

"이게 뭐니?" 올빼미가 물었다.

"그게 그러니까요. 저도 몰라요." 다람쥐가 대답했다. "하지만 잘 보세요. 전 이게 얼마나 크고, 이렇게 지으려면 얼마나 많은 다람쥐가 필요한지, 심지어 이게 어디에 있는지도 몰라요. 이 사진은, 말 그대로 어느 날 하늘에서 뚝 떨어졌거든요. 제가 바쁘게 해바라기 씨를 모으며 살 때였죠. 저도 한때는 할아버지처럼 매일 쳇바퀴 도는 것처럼 살았거든요. 전날과 똑같은 일을 하면서 바쁘게요. 해바라기 씨나 도토리를 모으고, 나무를 수선스럽게 오르내리고, 앞니로 요상하게 끽끽 소리나 내면서요." 다람쥐는 바로 그 소리를 흉내냈다. 올빼미는 다람쥐가 들고 있는 사진을 정신없이 바라보다 그 소리에 깜짝 놀랐다. "보고 계셨어요?"

"그래." 올빼미가 말했다.

"그런데 *짜잔.* 이 사진이 하늘에서 내려왔어요. 저는 이 사진을 보자마자, 와우! *그 자리에서* 세계관이 두 배로 *넓어졌어요.* 아니 세 배! 갑자기 먹고살기 위해 해왔던 틀에 박힌 일이 이런 창조적인 일에 비해 하찮게 느껴졌어요. 그런데 아세요? 동시에 저는, 인생의 본질은 *사소하지만* 그런 사소함에도 불구하고 무한한 가능성으로 차있다는, 아니 *꽉 들어차* 있다는 깨달음을 얻었어요. 그렇게 생각하지 않으세요?"

다람쥐의 독백에 얼떨떨해진 올빼미는 "그런 것 같다."고밖에 말할 수 없었다.

"좋아요. 저도 한때는 할아버지와 비슷했어요. 어둠 속에 있었죠. 가능성을 볼 줄 몰랐어요." 다람쥐는 올빼미에게 보여주었던 엽서를 펄럭거리며 제 앞으로 가져와 한참 들여다보았다. 그런 다음 엽서를 올빼미에게 내밀었다. "자요. 원하면 가지세요." 다람쥐가 말했다.

340

올빼미가 놀라서 침을 꿀꺽 삼켰다. "넌 필요없니?"

"전 이미 효과를 봤어요. 이제 그 효과를 남과 나눠야죠."

"고맙구나." 올빼미가 엽서를 꽁지깃에 끼우며 덧붙였다. "그래서, 넌 이제 뭘 할 거니?

"여행을 떠날 거예요. 세상을 보러 떠날 거예요." 다람쥐는 장난기 어린 윙크를 보낸 뒤 정중히 작별인사를 했다. 그런 다음 나뭇가지 끝으로 걸어가 민첩하게 어둠 속으로 몸을 던졌다.

올빼미는 오랜 세월 나뭇가지에서 내려다본 같은 풀밭과 다람쥐가 주고 간 엽서를 번갈아 바라보았다. 엽서에 나온 건축물은 아찔할 정도로 아름다웠다. 올빼미가 그렇게 깊은 생각에 빠져있는 동안 밤이 흘러갔다. 어느새 더글러스 전나무 묘목의 낮은 나뭇가지 틈으로 동이 트고, 숲도 아침을 맞아 깨어나기 시작했다. 올빼미는 나무 속 우묵한 둥지로 돌아가 평소처럼 아침 일과를 시작했다. 먼저 코코아 한 잔을 만들어 책을 들고 안락의자로 갔다. 그 전에 엽서를 난로 위쪽 잔가지에 걸어놓은 터였다. 올빼미는 엽서 사진을 바라보다 설핏 잠이 들었다.

잠에서 깨어났을 때 올빼미는 무엇을 해야 하는지 알았다.

그날 밤, 올빼미는 예전처럼 나뭇가지에 앉아있는 대신 주변의 숲을 날아다니며 발톱으로 나뭇가지와 잔가지를 주웠다. 그것들을 일단 부러진 나무 발치에 쌓아놓은 다음 그 중에 가장 실하고 곧은 가지를 골랐다.

그러고 나서 건물을 짓기 시작했다.

올빼미는 한밤중에 사진을 견본 삼아 탑의 네 다리를 조립하기 시작했다. 첫 날 밤에는 몇 번인가 무너진 끝에 결국 튼튼하게 세울 수 있었다. 그 경험

을 통해 주워온 나뭇가지들 중에 작은 단풍나무 가지가 가장 적합하다는 사실을 알게 되었다. 일단 기반을 튼튼히 만든 다음 큰 나뭇가지 사이로 층층나무 잔가지를 끼워 다리를 보강도 하고 격자무늬처럼 보이게 만들려고 했다. 그러는 사이에 어느 덧 태양이 떠오르고 새들도 지저귀기 시작했다. 올빼미는 내일 밤을 기약하며 나무 속 둥지로 돌아가 엽서의 탑 사진을 보다 잠이 들었다.

한동안 그렇게 해가 뜨면 들어왔다 밤이 되면 나가는 생활이 계속되었다. 올빼미는 숲에서 잡동사니를 주워 벽돌처럼 이용했다. 어딜 가든 그 대단한 건축물의 축적 모형인 엽서를 가지고 다녔다. 올빼미는 그 건축물이 역동적인 사고와 자연친화적인 삶에의 소망을 나타낸 증거라고 믿었다. 다람쥐는 그 건축물 원본을 자신의 동료 다람쥐가 만들었다고 말한 적이 있었다. 하지만 올빼미는 이제 자신이 속한 *스트릭스바라마* Strix varia종이 이런 특출한 재주를 가진 주인공이었을 거라고 추측했다. 자신도 이것을 재현해볼 생각이었다.

몇 달이 흘러 마침내 올빼미의 고된 노력도 저만치 끝이 보였다. 그는 근처 숲을 샅샅이 누볐고, 적당한 자재를 구하기 위해 더 멀리까지 갈 때도 많았다. 수 마일 떨어진 곳에서는 첨탑 꼭대기에 올려놓으면 안성맞춤일 완벽한 원뿔 모양의 초록 솔방울을 발견했다. 그는 그날 밤 그걸 올려놓기로 했다.

솔방울을 올려놓는 순간 올빼미의 작은 심장은 멎을 것 같았다. 얼마나 전율이 일었는지 격자무늬 탑 정상에 올려놓는 발톱이 부들부들 떨렸다. 그렇게 작업을 마친 후 부러진 나무의 둥지로 올라와 뿌듯하게 작품을 내려다보았다.

바로 그때, 이상한 소리가 들렸다. 멀리 어딘가에서 우르릉거리는 소리가 들려왔다. 숲도 그 소리에 불안해하는 것 같았다. 나뭇잎은 바스락거리고 새들은 놀라서 짹짹거렸다. 그리고 몇 초도 안 되어 올빼미의 나무 속 둥지 아래까지 번져왔다. 멀리, 숲의 어느 지점에서부터 일종의 동심원 파동이 밀려왔다. 올빼미는 그 파동이 수 미터 떨어진 곳에서 기이하게 다가오는 모습을 목격했다. 그러나 작품이 있는 아래로 내려가기도 전에 그 물결이 덮쳤다.

파동이 나뭇가지 탑을 스치고 지나간 후 여파를 이기지 못한 탑이 위태롭게 흔들렸다. 마지막으로 올려놓은 솔방울이 떨어지려고 할 때 올빼미는 놀라서 황급히 날아가 간신히 낚아챘다. 그러나 떨어지는 솔방울을 구하자마자 나머지 구조물이 흔들리기 시작했다. 정성 들인 작품이 무너질까 겁에 질린 올빼미는 필사적으로 날아가 박살나려는 기둥과 지지대를 떠받쳤다. 몇 초가 몇 시간처럼 느껴졌다. 아니 시간이 멈춘 듯 잠잠했다. 마침내 올빼미는 한 쪽 발로 탑의 한 쪽 다리를 받치고, 다른 발을 최대한 뻗어 탑 중간 부분까지 떠받쳤다. 이제야 원 상태로 돌아간 것 같았다. 녹초가 된 그는 한숨을 길게 내쉬었다.

그때 두 남자가 숲으로 들어왔다. 한 사람이 다른 한 사람을 끌고가는 것처럼 보였다. 그런데 눈이 몸 뒤에 있는지 그만 올빼미의 창조물로 돌진하고 말았다. 단풍나무 가지와 층층나무 잔가지가 바닥으로 와르르 무너졌다.

올빼미는 좌절해서 뒤로 나자빠졌다.

두 남자는 자신들이 무슨 잘못을 했는지 생각하지도 않는 듯했다. 올빼미가 날개를 휘둘러보기도 전에 그들은 숲속 공터를 빠져나갔다.

숲속 바닥은 쓰레기가 된 나뭇가지가 어지럽게 널려있었다. 솔방울 한 개가 또르르 굴러와 올빼미의 부서진 나무 밑둥에 멈췄다. 잠시 후 그 재앙을 비웃기라도 하듯 아이들이 떼로 몰려왔다. 그나마 남아있던 잔해마저 아이들의 발길에 부서지고 튕겨나가 근처 고사리 숲으로 떨어졌다.

올빼미는 날개로 이마를 짚은 채 깊은 한숨을 내쉬었다.

주문을 걸기라도 한 듯 안개와 연기가 걷히고 지평선의 나무들이 얼핏 형체를 드러내자 캐롤을 끌고가는 남자의 모습이 보였다. 엘시는 자신과 언니가 결국 지날 수 없는 숲으로 다시 들어가게 되리라는 예감이 들었다. 또다시 이런 일이 일어날 줄은 몰랐다. 일단 두 금단의 땅 사이에서 완충작용을 하는 황량한 관목 숲에 다다르자 아이들은 이제부터 어떻게 해야 하는지 알았다.

"니코, 제 손 잡으세요!" 레이첼이 소리쳤다.

"왜?" 따라오느라 힘이 든 니코가 숨을 헐떡이며 물었다.

"그냥 잡으세요!" 엘시가 무리 앞에서 소리쳤다.

니코가 가운데 서고 레이첼은 맨 뒤에 서고 나머지 아이들은 서로서로 손을 잡았다. 그들은 몇 달 전 변경을 떠날 때 어떻게 했는지 기억하고 있었다. 단지 그 마법이 아직 유효하기만 바랐다.

뒤쪽에서 고함 소리가 들렸다. 엘시는 소리 나는 쪽으로 고개를 돌렸다. 스무 명 넘는 하역인부들이 열을 내며 전속력으로 달려오고 있었다. 그들 뒤로 검게 그을린 타이탄 타워의 불타는 잔해가 보였다.

"서둘러!" 엘시가 소리쳤다.

엘시는 뒷사람(엘시 뒤에는 오즈였다)의 손을 놓치면 절대 안 된다는 사실을 명심하면서 병풍처럼 늘어선 나무를 지나 숲속으로 일행을 안내했다. 하역인부들의 으르렁대는 소리가 점점 커졌다. 그들이 가까워지고 있었다.

줄 맨 끝에 선 레이첼은 변경을 건너기 전 바짝 따라붙은 추격자들을 돌아다보았다. 덩치가 산만한 하역인부들이 어두운 빛 속에서 흐릿해지며 춤을 추듯

345

뒤뚱거리더니 어느 순간 시야에서 완전히 사라졌다. 얼핏 바닥으로 떨어지는 빨간색 비니를 본 것도 같았다. 아니 어쩌면 그저 빛의 속임수일 수도 있었다.

주변은 온통 숲이었다. 나무들이 자신들을 집어삼킬 것만 같았다. 앞에서 들려오는 바스락 소리와 간헐적인 비명으로 로저와 캐롤의 행방을 짐작할 뿐이었다. 그들은 발목까지 빠지는 풀을 헤치며 가는 중이었다. 아이들은 충분히 멀리 왔다는 확신이 들자 잡았던 손을 놓았다. 니코는 가방에서 손전등을 꺼내 무리의 선두로 갔다. 그는 엘시와 일행을 지휘하며 발밑 지면상태와 어지러운 덤불 사이로 난 길에서 앞서 간 두 남자의 흔적을 추적했다.

"캐롤!" 앞서 가는 두 사람이 길을 잘못 들어섰을 때 엘시가 소리쳤다.

그때 오른편에서 고함 소리가 들려왔지만 곧바로 끊겼다.

"이쪽이야!" 니코가 소리쳤다.

주위가 온통 빽빽한 숲이라 한 걸음 한 걸음 내딛기가 쉽지 않았다. 나무들 사이 컴컴한 틈새는 위협하듯 어른거렸다. 엘시는 덤불 속에서 이상하게 우르릉거리는 소리가 들리는 것 같았다. 엘시는 춤추는 니코의 손전등 불빛만 주시했다. 그 불빛이 벼랑 끝에 매달린 자신을 위한 밧줄처럼 느껴졌다. 행여라도 손전등의 불빛이 없다면 걸으면 걸을수록 험난하고 위협적으로 느껴지는 숲에서 영원히 길을 잃을 것 같아 두려움이 엄습했다. 불빛은 나뭇가지 사이로 춤을 추며 로저와 캐롤의 위치를 알려주었다. 그들은 10미터쯤 떨어진 가파른 언덕을 오르고 있었다. 그러나 니코와 아이들에게 들키자 다시 덤불 속으로 사라졌다. 니코와 아이들은 빽빽한 담쟁이덩굴을 헤치고 언덕을 기어올라 그들을 뒤쫓았다. 숲속의 작은 공터를 지나가는데 제법 많은 막대기 더미와 풀숲에 널린 나뭇가지가 발에 채였다. 엘시는 놀라서 발밑을 내려다보며 도대체 어떤 집착이 강한 동물이 이런 이상한 것들을 모아놓았을까 의아하게 생각했다. 자신들이 지난번 지날 수 없는 숲에 들어왔을 때보다 훨씬 더 멀리 온 것 같았다.

엘시 일행은 어느새 두 남자의 기척을 느낄 수 있을 정도로 가까이 따라잡았다. 두 사람은 나무 사이를 지나가고 있었다. 니코가 '들어봐' 라고 말하듯 손을 저어 아이들의 걸음을 멈추게 했다. 아이들은 걸음을 멈추었다. 정적이 흘렀다. 캐롤과 스윈든, 두 사람이 도망치다 잠깐 쉬고 있는 게 분명했다.

"스윈든 씨!" 엘시가 소리쳤다.

데스네모나가 그 남자를 가리켜 부르던 이름이었다. 엘시는 그가, 고아원 봉기 당시 자신들이 하역인부들한테 둘러싸여 있을 때 캐롤에게 함께 갈 것을 요구했던 그 신사와 동일인일 거라고 짐작했다. 어쨌든 예감이었다.

"아니 어떻게……." 저편에서 대답이 돌아왔다. "넌 누구냐?" 당황하면서도 지친 목소리였다.

"우린 캐롤 할아버지를 구하러 왔어요. 그뿐이에요!"

"그렇게는 안 돼!" 대답이 돌아왔다.

이윽고, 두 남자의 요란한 도주가 재개되었다. 여섯 명의 입양부적격자들과 니코도 추격을 시작했다.

여기 숲은 유난히 고목이 울창했다. 그들이 끼고 돌아가는 나무의 몸통은 중형자동차만했고 그들이 헤치고 가는 양치식물 밭은 영락없이 공룡 다큐멘터리에 등장하는, 컴퓨터로 합성한 장면이었다. 엘시는 집중력이 사방으로 흩어지는 느낌이었다. 앞서 가는 니코의 요동치는 손전등 불빛과 멀리 두 남자가 허겁지겁 달아나는 소리에만 집중하려고 애썼다. 그럼에도 감정과 이성은 끝없이 펼쳐진 빽빽한 숲과 어둠을 뚫고 불쑥불쑥 들려오는, 이상하게 살아서 움직이는 듯한 소리에 자꾸만 신경이 쓰였다.

니코가 갑자기 비명을 질렀다.

"왜 그러세요?" 레이첼이 뒤에서 물었다.

"이상한 게 있어! 숲속에!" 그가 미친 듯이 겅중겅중 뛰며 소리쳤다.

엘시는 앞만 주시하던 시선을 돌려 가까운 나무 덤불을 살폈다. 엘시의 눈에도 보였다. 머리에 이어서 덩치 큰 몸뚱이가 보였다. "도망쳐!" 엘시가 소리쳤다. "빨리!" 공포감이 사지로 번져 엘시로 하여금 돌진하게 만들었다.

그들의 보폭이 빨라졌다. 여전히 나무 덤불 속에서 말없이 주시하며 따라오는 듯한 그 물체가 보였다.

그때 앞쪽 나무에서 비명이 터졌다. 캐롤과 로저가 동시에 지르는 외마디 소리였다. 이어서 요란한 굉음이 들리고 앞에 있는 나무가 거칠게 흔들렸다.

니코는 곧장 손전등을 비추었다. 두 남자가 헤치고 지나간 빽빽한 새먼베리 나무덤불 사이로 들어가자 작은 공터가 나왔다. 주변 나무덤불에는 사람이 건드린 흔적이 없었다. 마치 두 남자가 공터에 들어왔다 그대로 사라져버린 것 같았다. 니코는 손전등으로 사방을 비추며 두 남자가 어디로 실종되었는지 알아내려고 했다. 그때 두 나무 사이에서 시커먼 얼굴이 나타났다. 루디와 오즈가 동시에 비명을 질렀다. 니코가 손전등을 다른 쪽으로 돌렸다. 담쟁이로 뒤덮인 그루터기 뒤에서 또 다른 시커먼 물체가 이쪽을 보고 있었다.

"누구예요? 뭘 원하는 거예요?" 레이첼이 물었다.

엘시는 근처 어둠 속에서 또 한 명을 발견하곤 그리로 가보았다. 그 사람 주위에 뭔가 이상한 게 있다고 판단했다. 자세히 보려고 다가가는데 발밑에서 조그맣게 찰칵 소리가 났다. 소리나는 곳을 내려다보려는 순간, 발밑에서 무언가가 튀어오르더니 엘시를 공중으로 끌어올렸다.

그 일은 그야말로 순식간에 일어나서 누구도 어떻게 된 일인지 정확히 알지 못했다. 정체불명의 말없는 감시자들에게 둘러싸여 숲속 빈터에 서있다가 정신을 차려보니 자신들이 숲에서 족히 10미터쯤 되는 공중에 매달려 있었다. 그들이 들은 소리는 힘겹게 삐걱대는 소리, 나뭇가지 부러지는 소리가 다였다. 그러고 나서 위로 끌어올려지더니 허공에 매달려 있었다. 자신들이 처한 상황을 재빨리 정리해보니, 마치 저녁식사거리라도 되는 양 친환경적 재질로 짠 일종의 그물 장바구니에 담겨있었다. 그뿐만이 아니었다. 주변을 살피자 스윈든 씨와 캐롤이 보였다. 그들 역시 3미터도 떨어지지 않은 곳에서 똑같은 그물에 갇힌 채 공중에 매달려 있었다. 포획당한 일곱 명은 베갯잇 속 캐릭터 인형처럼 억지로 뒤죽박죽 뒤엉켜 있었다. 엘시는 해리의 팔이 자신의 종아리를 휘감고 있는 것을 느꼈다. 언니 레이첼은 머리 위에서 놀란 표정을 짓고 있었다. 언니의 길고 검은 머리카락은 엘시의 입가로 흘러내렸다. 모두가 신음을 토하며 그물망에서 빠져나오기 위해 필사적으로 애를 썼다. 갑자기 바뀐 상황은 너무도 충격적이었다. 엘시는 그물코에 얼굴을 짓눌린 채 자신들을 에워쌌던 정체불명의 괴물들이 어서 사냥한 먹잇감을 거두러 오기만 기다렸다.

반대편 그물에서도 신음이 흘러나왔다.

마서가 소리쳤다. "캐롤 할아버지! 괜찮으세요?"

"난 괜찮다. 약간 멍이 들었을 뿐이야." 캐롤의 목소리였다.

"조용히 하시오, 노인 양반." 스윈든 씨가 끼어들었다.

"어째서?" 캐롤은 일부러 큰 소리로 말했다. "도대체 날 어쩔 셈이지? 내 팔도 자를 텐가?"

그쪽을 보니 캐롤과 로저가 포획당한 그물은 두 사람밖에 들어있지 않아 더 길쭉하고 좁게 끌어올려져 있었다. 그 바람에 두 사람이 어쩔 수 없이 포옹을 한 채 꼼짝하지 못했다.

"어떻게 된 일이에요?" 엘시가 소리쳐 물었다.

"당신 소행인가?" 니코 역시 반대편 그물에서 큰 소리로 물었다.

"입 닥쳐." 로저 스윈든은 몹시 당혹스러운 듯 분통을 터뜨렸다.

최대한 빨리 남쪽으로 가는 것이 그의 계획이었다. 그가 큰 소리로 투덜거렸다. 엘시는 오토바이를 탄 불량배의 입에서나 튀어나올 법한 욕설 중간 중간에 섞인 '위그먼'이라든지 '자전거 소녀' '와일드우드' 따위의 말을 알아들었다.

"여기에서 내려가자마자 네 놈의 그 괴상한 옷부터 벗겨주겠어. 오, 하느님, 제발 도와주세요." 니코가 위협했다.

"우린 내려가지 못할 거야." 로저가 말했다. "아니 적어도 살아서 내려가지는 못할 거야. 얘들아, 우리는 지금 와일드우드에 있다. 어떤 사악한 무리가 우리를 포획했는지 알 길은 없지만 말이다." 그는 황산에 적신 듯한 목소리로 자조 섞인 웃음을 터뜨렸다. "얼핏 보면 산적의 소행 같은데, 와일드우드 산적들은 더 이상 존재하지 않지. 틀림없이 절박할 정도로 굶주린 놈들일 거야. 아무래도 식인종의 푸짐한 아침식사거리가 될 것 같다."

엘시는 이 말을 듣고 소름이 끼쳤다. 자신을 둘러싸고 있는 정체모를 자들을 내려다보았다. 문득 상대편이 위협은커녕 아무 말도 하지 않고 있다는 점이 이상하게 여겨졌다.

"이봐요! 도대체 누구예요?" 엘시가 소리쳤다.

대답이 없었다.

로저가 어렵사리 고개를 움직여 아래를 살피다 그들의 정체를 알아차린 듯 갑자기 고함을 질렀다. "말도 안 돼. 이럴 수는 없어. 네 놈들을 완전히 소탕한 줄 알았는데! 내 손으로 더 확실히 해치우는 건데!"

나무 사이 어둠 속에 서있는 자들은 반응이 없었다.

"어서 정체를 밝히지 못할까!" 니코가 화가 나서 소리쳤다.

얼마나 시간이 흘렀을까, 어둠 속에서 저벅저벅 발소리가 나며 누군가 (혹은 무엇인가) 가까이 다가오고 있음을 알렸다. 그물에 갇힌 사람들은 일제히 투덜 거림과 몸부림을 멈추고 시선을 고정시킨 채 자신들을 포획한 자들을 보기 위해 기다렸다. 엘시는 그물코를 움켜쥐고 숨죽이며 밖을 주시했다. 두 나무 사이 어둠 속에서 인간의 형체를 한 것이 툭 튀어나왔다. 엘시는 어둠에 적응하려고 눈을 빠르게 깜빡였다. 은색 달빛이 숲 바닥을 희끄무레하게 비추고 있었다(니코의 손전등은 포획되는 과정에서 떨어졌고, 배터리는 빠져서 덩굴 사이로 굴러 간 터였다). 그때 양치식물 덤불이 양쪽으로 갈라지고 그 사이로 정체불명의 물체가 천천히 걸어나왔다. 엘시의 심박동이 빨라졌다. 머릿속으로는 가장 사악하고 잔인한 욕망을 지닌 무시무시한 생명체를 상상했다. 엘시가 그렇게 자신과 친구들에게 닥칠 (커다란 주물 솥이라든지 생선 배를 가르는 칼, 머리가 전구만한 파충류 따위와 관련된) 최악의 운명을 각오하고 있을 때 그 자의 콧잔등에 걸친 금테 안경이 옅은 달빛에 번쩍, 하고 빛났다. 엘시는 숨이 턱 막혔다.

"오빠!" 엘시가 소리쳤다.

그랬다, 정말 그랬다.

CHAPTER 23

외딴 크랙섬

잠이 들었던 게 분명하다. 프루는 알렉산드라, 그 미망인 총독에 대한 꿈을 꾸었다. 그 여자가 엄마 같은 미소를 띠며 자신을 내려다보았다. 다정하게 손을 내밀었는데, 끔찍하게도 그 손이 서서히 기다란 담쟁이덩굴로 변했다. 그 무시무시한 광경에 말없는 칼리프한테서 들었던 똑딱똑딱 소리가 배경음악처럼 깔렸다. 꿈에서는 똑딱 소리가 갑자기 말로 바뀌었는데, 영어이면서도 영어가 아니었다. 어느 순간 놀라서 깨어보니 철창 문 밑에 음식 접시가 놓여있었다. 잿빛 둥근 창으로 어슴프레한 빛이 들어왔다. 동이 트고 있었다.

침대에서 일어나 앉자 밤새 조각상처럼 꼼짝 않고 앉아 감시를 한 칼리프가 보였다. 프루는 음식 접시(쌀과 콩 같았다)를 가져와 허겁지겁 맛있게 먹어치웠

배는 파도에 출렁거리며 바위섬에서 유일한 선착장으로 점점 더
가까워졌다. 파도에 무척이나 시달린 듯한 나무 선착장이었다.

다. 다 먹어치웠을 때 문득 깨달았는데, 참으로 모험은 식습관을 단번에 바꿔놓는 속성이 있는 것 같았다.

똑딱 소리는 식사를 마칠 때까지도 수그러들지 않고 계속되었다. 프루는 접시를 내려놓고 잠깐 꿈 생각을 했다. 칼리프에게 말을 걸기보다는 조용히 똑딱 소리 자체에 말을 걸어보기로 했다.

가만히 관찰해보니 그 소리가 반응을 하는 것 같았다.

그 소리와 대화를 나누기 시작했을 때, 프루는 너무 놀라 숨이 막혔다. 그 소리는 이를테면 칼리프의 내면에 있는 식물이 내는 소리였다. 그때 뭔가가 프루의 주의를 끌었다. 시선을 들자 가볍게 움찔하는 칼리프 어깨가 보였다.

프루는 다시 똑딱 소리에 집중해서 시도해보았다. *넌 뭐니?*

그에 대한 대답으로 돌아온 소음은 알아들을 수가 없었다. 칼리프가 다시 움찔했다. 그의 어깨가 옷 속에서 살짝 들썩였다.

칼리프에게서 나는 소리의 톤으로 보아 그것은 살아있는 생명체이되 딱히 인간은 아닐 수도 있었다. 프루는 억양으로 식물의 언어를 알아들었다. 이렇게 말해도 된다면 식물의 언어는 그저 다른 사투리였다. 그 순간 프루는 깨달았다. 자신은 지금 해면 모양의 곰팡이에게 말을 걸고 있었다.

어디 있니?

똑딱. 똑딱. 칼리프가 고개를 살짝 흔들었다.

프루는 그것을 신호로 받아들였다. *머릿속에 있니?*

으으응. 똑딱 소리가 하나의 단어로 성문화되었다.

프루는 생물 시간에 배운 기생생물(특히 균류)과 숙주가 맺는 이상하고도 정교한 관계가 떠올랐다. 박테리아성 기생생물은 누군가의 사고까지 바꿀 수가

353

있었다. 자신들의 생식에 유리하고 다른 숙주를 쉽게 찾을 수 있는 환경을 만들기 위해 숙주의 행동과 태도를 바꾸는 것이다. 프루는 지금 자신이 그런 사례를 목격하고 있음을 깨달았다.

나와, 앞으로 나와. 프루가 생각했다.

프루는 자신의 언어를 전달하며 소리로 바뀌도록 명령했다. 발밑의 풀들이 서로 엮이게 하거나 바람 없이도 나뭇가지가 흔들리게 할 때와 똑같은 음조를 사용했다. *나와.*

칼리프는 여전히 침묵하며 발밑에서 지진이라도 일어난 것처럼 의자에 앉은 몸을 흔들었다. 그리고 그때, 소리, 인간의 소리가 들렸다. 기침과 씩씩거리는 소리였다. 위에선 배가 바람에 기우뚱하자 선원들이 비명을 질렀다. 궤짝에 앉아있던 칼리프도 바닥으로 떨어지며 마스크를 움켜쥐었다.

프루는 침대에서 벌떡 일어나 감옥 쇠창살에 얼굴을 바짝 갖다댔다. *나와!*

바닥에 쓰러진 칼리프가 크게 구역질을 했다. 마치 질식할 것 같은데 이상한 복장 때문에 더 불편한 듯 두 손을 얼굴로 가져가 머리에 쓴 두건과 마스크, 목도리를 벗어던졌다. 내동댕이쳐진 은색 마스크가 화물칸 바닥을 저만큼 미끄러져갔다.

프루는 그 거울 같은 물건 아래 드러난 얼굴이 와일드우드의 산적 시무스임을 알고 까무러칠 뻔했다. 수염은 땀으로 착 달라붙고 피부는 오랫동안 햇볕을 쬐지 못한 듯 창백했다. 눈은 퀭한데다 핏발이 서있고, 더러운 손가락은 피부를 벗기려는 듯 마구 긁어댔다.

"시무스! 시무스, 프루예요!" 프루가 철창 사이로 손을 내밀고 소리쳤다.

하지만 그는 프루의 말을 듣지 않았다. 그저 바닥을 뒹굴며 손가락으로 입

354

과 콧구멍을 쑤시느라 바빴
다. 마른기침이 나올 때
마다 숨을 제대로 쉬지
못해. 가슴에 경련이 일
고, 무릎이 가슴을 단단히
파고들었다. 마침내 그의 목구멍에서 사레들린 듯
한 소리가 나더니 오른쪽 콧구멍에서 갈색이 섞인 초
록색의 *끈끈한* 무언가가 튀어나왔다. 그는 휘둥그레진
눈으로 그것을 잡아빼기 시작했다. 가느다란 덩굴손 같
은 것이 줄줄 딸려나왔다. 콧속과 연결된, 뒤엉킨 그물망처럼 생
긴 조그맣고 기름진 물체에서 나오는 것이었다. 시무스는 지저분한 격자무늬
처럼 생긴 것을 조심스럽게 잡아당겨 점액 묻은 덩굴손 중에 그야말로 거미줄
처럼 생긴 것을 *빼내려고* 했다. 그것이 쪼그라들자 갈색 스파게티 남은 것을
돌돌 말아놓은 것과 비슷한 공 모양이 됐다. 그 덩어리가 몸 안에서 흔들릴 때
프루의 머릿속에서 똑딱똑딱 소리가 들렸던 것이다.

"시무스." 프루가 속삭이듯 불렀다. "그걸 창밖으로 던져버려요."

무엇보다 그렇게 하는 게 시급했다. 몸 밖으로 나온 후로 프루의 머릿속에
서 더 크게 똑딱 소리가 들렸기 때문이다.

시무스는 물 한잔이나 텔레비전 리모컨이 간절해서 아픈 몸을 이끌고 가지
러가는 사람처럼 몸을 일으켜 끈적끈적한 덩어리를 손에 쥔 채 가까운 창문으
로 기어갔다. 그러고는 궤짝을 짚고 간신히 일어나 창문을 열어 손에 든 것을
안개 자욱한 강으로 던졌다.

355

똑딱 소리가 멈추었다. 삐걱거리는 선체의 소리, 찍꺽대는 삭구의 소리만 들려왔다.

"여기가……." 긴 옷을 입은 남자가 말했다. "여기가 어디지?"

"배 안이에요. 크랙으로 가는 배."

대답하는 소녀를 멍한 눈길로 바라보던 그가 문득 옛 친구를 알아보았다. 바윗돌에라도 얻어맞은 듯 그 충격은 대단해 보였다.

"프루! 프루 매킬! 왜 여기에 갇혀있는 거야?"

"사실대로 말하면, 아저씨가 날 여기에 가두었어요."

"내가?" 그가 얼굴을 연신 비벼 콧물과 때로 범벅이 된 막을 벗겨냈다. 이윽고 그의 손에는 팔 길이 정도 되는 끈이 들려있었다. "이게 도대체 뭐지?"

"해면상 곰팡이예요. 황폐한 나무의 병원균이죠. 누군가 그걸 먹였어요."

"누가?"

"저도 몰라요. 시노드 사람이라는 것밖에."

시무스는 기억을 더듬어보려고 애썼다. 한동안 자신의 발만 내려다보던 그가 입을 열었다. "시노드. 황폐한 나무. 아, 이제 기억이 나는군. 난 사우스우드에 있었어, 그렇지? 난 거기에 있었어." 이제야 잃었던 기억과 시간이 돌아오는 것 같았다. "난 특사였지. 산적단 특사. 플린스 전투가 끝나고 사우스우드에 남아있었는데 시노드, 그 자들이 나한테 마수를 뻗었어. 나를 포섭했지. 난 뭐가 뭔지도 몰랐어. 정말이야. 맹세코 몰랐어."

"괜찮아요, 시무스. 아저씨 잘못이 아니에요."

"그런데 내가 무슨 짓을 한 거야? 다른 동료들은 어디에 있고? 브렌든은? 다른 산적들은 어떻게 된 거지?"

프루가 철창문을 잡고 말했다. "내 생각에는 그들도 똑같이 된 것 같아요. 그들도 그걸 먹고, 시노드의 하수인이 된 거죠."

"어떻게?" 그가 서서히 깨닫는 것 같았다. "설마 내가 그랬을 거라고 생각하는 건 아니지? 내가 그들을 꾀었다던가?"

"뭐 기억나는 거 없으세요?"

"아니, 그 부분에 대한 기억은 희미해." 그가 눈을 가늘게 뜨고 정신을 집중했다. "시노드와 만난 일은 기억 나. 마스크를 쓴 사람들. 전투에 대한 배상 얘기를 했지. 그 뒤로는 모든 게 희미해. 어쩌면…, 오, 이런." 그의 가슴이 축 처지며 고개가 떨어졌다. "이제 기억 나. 와일드우드로 여행을 갔어. 시노드가 보냈지. 먹을 것을 가지고. 보급품이었어. 시노드가 주었어." 그는 눈물이 그렁그렁한 눈으로 프루를 멍하니 바라보았다. "내가 그런 거야, 내가? 난 그걸 먹으라고 주었을 뿐인데." 그가 간신히 말을 이어갔다.

프루는 쇠창살을 잡고 바라보기만 했다. 그런 생각은 터무니없어 보였지만, 프루 자신이 해면상 곰팡이의 효과를 직접 목격한 터였다. 기생생물이 숙주의 두개골 속에서 자라면서 숙주가 긴장성 혼미(의식은 유지되면서도 의지·욕망이 전혀 결여된 상태를 말한다. 자발적인 행동은 정지되고 외계의 자극에 전혀 반응하지 않는 부동 상태에서 움직이지도 않고 말을 걸어도 아무런 반응이 없는 상태. —옮긴이)에 빠져 황폐한 나무의 권위에 쉽게 굴복하도록 만들었다.

"아저씨 잘못이 아니에요. 아저씨는 속은 거예요. 중독된 거예요." 프루가 위로했다.

"이제 어떻게 하지? 내가 너를 이 배에 태웠다며?"

"이야기가 길어요. 전 크랙으로 가고 있어요. 망망대해의 바위섬이래요. 전 그 섬에 버려지는 형벌을 받았어요. 영원히."

"왜?"

"제가 이제 적이 됐나봐요. 시노드가 보기에는 그런가봐요. 시무스, 지난번에 아저씨를 만나고 난 후 얼마나 많은 일이 일어났는지 몰라요. 모두가 떠나고 없을 때 전 산적 캠프에 있었어요. 커티스와 함께요. 우린 다른 산적들이 요괴(둔갑하는 괴물이에요)한테 몰살당한 줄 알았는데 이제 보니 전날 밤에 모두가 캠프를 버리고 떠난 거였어요. 산적들이 거기에서 그걸 먹은 게 틀림 없어요……." 프루는 말을 하면서 머릿속으로 모든 조각을 꿰어맞췄다. "전 총독관저의 후계자 알렉세이를 다시 옹립하기 위해 와일드우드로 돌아왔어요. 회합 나무가 저한테 그렇게 지시했어요. 그런데 지금…, 지금……." 프루는 말을 멈추고 상충하는 생각들을 짜맞추려고 애썼다. 프루는 전날 밤부터 새삼 그녀의 존재가 느껴졌다. 파도가 선체를 뒤흔들 때 이상한 *존재감이* 느껴졌다. "확실하지는 않지만 알렉산드라가 돌아온 것 같아요."

산적은 눈이 휘둥그레지며 머릿속으로 생각을 정리하는 것처럼 보였다. "우선, 가장 중요한 건, 여길 탈출하는 일이야." 그가 일어서며 말했다. "복수를 하겠어. 내 형제, 자매들을 해방시키겠어. 그런데 커티스는 무사할까? 내가 그 녀석도 중독시키지는 않았겠지?"

"아니요. 커티스는 저와 함께 있었어요. 지금은 어디에 있는지 몰라요. 몇 달 전에 헤어졌어요. 커티스는 산적 동료들에게 무슨 일이 일어났는지 알아보겠다고 떠났어요." 프루는 철창을 잡아당기며 얼마나 튼튼한지 시험해보았다. "여기에서 나가는 문제는, 저도 어떻게 해야 할지 잘 모르겠어요. 선원들은 모두 저 위에 있어요. 우리는 우드에서 수 마일 떨어져있고."

시무스가 넘어질듯 비틀거리며 둥근 창으로 걸어갔다. 그리고 밖을 내다보며 프루가 두려워하는 이유를 확인했다. "사방이 물이군. 망망대해야."

"어떻게 이럴 수 있죠? 이 사람들은 지금 국경 너머에 있는 거 아니에요? 변경지대 말예요."

"수 세기 동안 계속된 일이야. 크랙은 나도 알고 있지. 바다 한가운데 바위 섬에 지어진 고성의 폐허야. 고대인들이 세웠다고 알려져있어. 대단한 업적이었지. 하지만 고대의 건축물 대부분이 그렇듯 폐허가 되었어. 그 후 세컨드 에이지 시대부터 극악한 반역자를 처벌하는 곳으로 이용하기 시작했단다. 상상할 수 있는 가장 끔찍한 방법, 그러니까 지루할 정도로 서서히 죽이는 거지."

"왜 바깥사람들은 그곳을 못 봤을까요? 가령 포틀랜드 사람들이요. 이런 배는 얼마든지 의심을 샀을 텐데."

"모든 무역선이 그렇듯 안개가 자욱할 때 항해하니까."

"이상해요." 프루가 속삭였다.

"그나저나 너를 해방시켜줘야 하는데." 시무스가 감옥 문으로 걸어와 철창을 가볍게 흔들었다. "잠깐, 나한테 열쇠가 있던가?" 그가 상기된 목소리로 과장되게 말했다. 그는 옷 주름 곳곳을 뒤져보았다. 그러고는 빈손을 쳐들었다. "없군. 놈들이 독실한 멍청이에게 그런 임무를 맡길 리 없지."

"제가 아는 한 저 위에 열 명 정도가 있어요." 프루가 말했다.

"그래. 절대 쉽지 않겠어. 절대로."

그때 머리 위쪽에서 뭔가 긁히는 소리가 났다. 위로 젖히는 해치문이 열리고 있었다.

"어서! 복장을 갖추세요!" 프루가 속삭였다.

시무스는 벌써 준비하고 있었다. 어느새 두건과 마스크를 쓰고 궤짝에 앉아 말없는 감시원이 되어있었다.

열린 해치문으로 빛이 흘러 들어왔다. 선원이 사다리를 타고 내려왔다. 이 윽고 바닥에 내려온 그는 엉덩이에 손을 얹고 시무스를 주시했다. "밤새 한 발 짝도 움직이지 않았겠지?"

"정말 짜증나게 만드는 사람이에요." 프루가 창살 너머에서 말했다.

그냥 그 말이 튀어나왔다. 프루는 시무스가 그 말을 너무 심각하게 받아들 이지 않기를 바랐다.

"자전거 소녀 탓이 아니에요." 선원이 말했다. 그는 시무스의 마스크 앞에서 손가락을 몇 번 딱하고 부딪쳤다. 산적은 미동도 하지 않았다. 프루는 그가 말 없는 칼리프였을 때보다 옷 속 가슴이 더 크게 들썩거리는 것을 눈치챘다. 그 점만 빼면 감쪽같이 연기를 하고 있었다.

근육이 울퉁불퉁하고 마른 편인 선원이 프루의 감방으로 걸어와서 말했다. "이리 오시오, 자전거 소녀. 이제 곧 크랙에 내리게 될 겁니다. 갑판으로 데려 오라는 지시를 받았소."

하지만 선원이 바지 주머니에서 열쇠를 꺼내려는 찰나 고깃덩어리를 치는 듯한 소리가 나더니, 그의 눈알이 뒤로 넘어갔다. 그러고는 마치 나무 뼈대에 서 빠진 허수아비처럼 구겨지듯 쓰러져 바닥에 옷가지와 지저분한 피부가 한 무더기 쌓였다. 그 뒤로는 산적단의 등치기 권법 자세를 취한 시무스가 보였 다. 산적 선서를 한 지 몇 주일 안 된, 실력이 가장 떨어지는 보충반에서 배우 는 기술이었다. 정확하게만 하면 희생자를 깊고 달콤한 잠에 빠지게 했다.

"와." 프루의 입에서 감탄이 흘러나왔다.

시무스는 마스크를 벗고 조용히 욕설을 내뱉은 후 잠든 선원의 주머니에서 열쇠를 꺼냈다. 그는 단번에 프루를 감방에서 나오게 했다. 주변에는 궤짝과 곤포 더미, 코를 고는 선원이 널브러져 있었다.

"이제 무엇을 하지?" 시무스가 어찌할 바를 모르며 물었다.

"잘 물으셨어요." 프루가 말했다.

그때 배가 덜컹거리며 진저리를 쳤다. 프루는 둥근창으로 달려가 궤짝을 밟고 올라서서 밖을 내다보았다. 넓은 잿빛 바다 한가운데 크랙이 보였다.

하늘은 축 늘어진 낡은 교실의 천장처럼 낮게 걸려있고 구름은 그 잿빛을 쉬지 않고 사방으로 퍼뜨렸다. 어디를 봐도 시커먼 태평양의 거친 파도가 바다 한가운데 있는 물체를 거세게 때리고 있었다. 수백 층 높이의 거대하고 이끼 낀 바위섬이었다. 그리고 그 돌로 된 기반 위에는 불가사의하게도 석조건축물이 지어져 있었다. 성 또는 성채를 닮은 그 건축물은 오르기에 너무 높고 비바람을 막기에도 너무 높았는지 지금은 성벽도 허물어지고 하늘을 찌를 듯한 총안은 부서져서 온데간데 없었다. 그래도 한때는 사람들의 발길이 닿고, 사람들이 오고 싶어했던 곳이었다는 사실을 증명하듯 바위섬을 끼고 긴 돌계단이 옆으로 둥글게 나있었다. 배는 파도에 출렁거리며 바위섬에서 유일한 선착장으로 점점 가까워졌다. 파도에 무척이나 시달린 듯한 목조 선착장이었다.

프루가 목격한 풍경을 보고하러 왔을 때 산적은 선원의 허리춤에서 꺼낸 단검을 휘두르고 있었다. 그의 눈이 이글거렸다.

"출구는 하나뿐이야." 그가 과장되게 말했다.

"제가 해야겠죠?" 시무스가 얼굴을 찌그렸다. 선체에 기대어놓은 식탁 다리 하나로 충분하리라. 프루는 그것을 손에 쥐고 고개를 끄덕였다. "이걸로라도 해봐요."

"이걸로라도."

슬프게도, 이 짧은 한 마디만으로 쉽게 정리가 됐다. 사전모의를 할 필요도 없었다. 두 사람은 요란하게 사다리를 뛰어올라가 해치문을 열어젖히고 당당하게 선원들 앞에 나섰다. 탈출한 죄수와 침묵하는 시노드 일원으로 여겼던 사내가 특이한 수염과 연월도를 드러내며 "이 악당들 같으니." "이건 반란이다."라고 악을 쓰자 선원들은 흠칫 놀랐다.

그러나 제아무리 연월도와 식탁 다리로 무장했다고 해도 건장하고 무신경한 뱃사람 10여 명에 반해 그들은 달랑 둘뿐이었다. 아니나 다를까, 프루와 시무스는 즉시 무기를 빼앗기고 돛대에 묶였다. 이로써 이 소동은 크랙의 선착장에 배를 정박시키려는 선원들을 약간 성가시게 하는 걸로 끝이 났다.

"와. 대단한 놈들이군." 반란이 수습되고 나무로 된 튼튼한 돛대에 단단히 묶였을 때 시무스가 말했다.

"다른 방법을 생각해볼 걸 그랬어요." 프루도 거들었다.

그래도 신선한 공기는 마음껏 마실 수 있었다. 묶여있어도 지금의 상태가 전보다는 훨씬 나았다.

"다음번에."

"다음은 기대하지 마라." 시바 선장이 대화를 엿듣다 끼어들었다. "자전거 소녀는 크랙에서 여생을 보내게 될 거야. 구출될 가능성은 없을 게다."

허물어진 성채가 지평선 위로 보일락 말락했다. 선원들은 배를 안전하게 정박시키기 위해 각자 맡은 임무를 했다. 대기는 갈매기 울음소리와 해무로 가득했다. 범포로 만들어진 돛이 프루와 시무스의 머리 위에서 펄럭이며 삐걱 소리를 냈다. 선원들은 큰 소리로 서로 이름을 부르며 지시를 내렸다. 오래 걸리지 않아 배가 성난 듯 옆구리로 선착장을 들이받더니 녹슨 말뚝에 밧줄이 8자 모양으로 묶였다. 이윽고 뱃전에서 육지로 널빤지가 연결됐다. 프루와 시무스는 돛대에서 풀려났다. 한 선원이 그들의 등뒤에서 총구를 겨눈 채 널빤지를 건너 선착장으로 올라가게 했다. 시바 선장이 모든 일을 지휘했다.

프루는 말이 없었다. 시선은 줄곧 바위 꼭대기에 있는 부서진 총안을 향했다. 프루와 시무스는 바위 밑에서부터 휘어지듯 나있는 노란색 사암 계단을 올라갔다. 이어서 울퉁불퉁한 바위 표면으로 인해 움푹 파이거나 푹 꺼진 성채의 기반을 따라 걸어가자 허물어진 돌 아치가 나왔다. 아치 너머 광경을 본 순간 프루는 무릎이 풀리는 느낌이었다.

그들 앞에 펼쳐진 광경은 상태가 제각각인 성벽의 폐허와 비바람에 허물어진 베란다, 예전 죄수들의 유골이 나뒹구는 돌바닥이었다. 뼛조각은 퍼레이드에 날린 색종이 조각처럼 바닥을 뒤덮고 있었다.

"이럴 수는 없어요. 이건 옳지 못해요." 프루가 충격으로 말을 잇지 못했다.

시바 선장은 음산한 광경이 신경 쓰이는 듯했다. "미안하다. 자전거 소녀. 하지만 이건 명령이다."

"그 명령에 침을 뱉어주지." 시무스는 이렇게 말한 뒤 정말로 침을 뱉었다. 그의 침은 어느 불쌍한 이의 엉덩이뼈로 날아갔다.

"그들 명령은 따르지 않아도 돼요. 당신들 하고 싶은 대로 하면 된다고요. 이게 잘못된 행동이라는 거 잘 알잖아요. 혁명을 위한 행동이 아니라는 거 알잖아요." 프루가 애원하듯 말했다.

선장은 잠시 침묵하다 명령했다. "이들을 끌고 가라."

선원들은 두 사람을 베란다로 끌고갔다. 바람에 허물어진 벽이 흔들리자 모두 오싹해했다. 선원들은 권총 든 손을 일직선으로 뻗은 채 공이치기를 뒤로 당겼다. 그러고는 두 명의 죄수 뒤에서 천천히 물러났다.

"그 자들이 시무스한테 어떤 짓을 했는지 보세요. 그들은 사람을 완전히 바꿔놓았어요. 사람들에게 그걸 먹였어요. 여러분한테도 똑같이 할 거라고 생각하지 않아요?" 프루가 물었다.

"멍청이들!" 시무스도 한 마디 했다. 그리고 좀더 부드럽게 되풀이했다. "멍청이들 같으니!"

선원들은 아무 대꾸도 하지 않았다. 그들은 곧바로 시야에서 사라져 긴 계단을 내려간 뒤 졸리 크레센트 호로 갔다. 부두에 정박한 배가 출렁거렸다. 프루와 시무스는 크랙 섬 꼭대기, 발목까지 빠지는 뼈들이 카펫처럼 깔려있는 베란다 한가운데 남겨졌다.

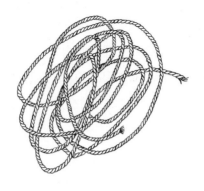

CHAPTER 24

와일드우드 산적의 후예

엘시는 지금까지 말문이 막힌다는 게 어떤 것인지 몰랐다. 책에서 읽었고 사람들이 말하는 걸 들었지만(그때는 말문이 막힌다는 표현이 말하기에 문제가 있다는 뜻인 줄 알았다) 정말로 어떤 느낌인지 몰랐다. 깊은 숲속에서 덫에 걸려 그물에 매달린 채 몇 달 전에 실종된 오빠를 만나기 전까지 그랬다. 엘시는 오빠의 이름만 간신히 부른 후 말을 잃어버린 것처럼 그물 속에서 바라보기만 했다. 오빠는 얼마나 여위었는지, 흐느적거리는 걸음걸이로 횃불을 든 채 숲속 빈터에 나타났다. 원래 마른 편이었지만 그 상태가 더욱 심각해보였다. 다만 얼굴은 믿을 수 없을 만큼 성숙한 느낌이었다. 게다가 어깨 위에 설치류처럼 보이는 동물을 태우고 있었다.

오빠도 횃불을 들어 그물을 비춰보다 똑같이 충격을 받은 듯했다. "엘시?"

그때 엘시는 그야말로 말문이 막힌 상태였다. 오빠의 부름에 대답해야 하는데 한 마디도 나오지 않았다. 고맙게도 언니가 몸을 일으킨 덕분에 얼굴을 가렸던 머리카락이 치워졌지만 별 도움은 되지 않았다.

"커티스 오빠!" 레이첼도 이렇게 외친 다음 다른 말을 덧붙이지 못했다.

"레이첼!"

비로소 엘시도 말문이 열렸다. "커티스 오빠!"

"엘시!" 커티스는 이제야 무슨 말을 해야 하는지 알게 된 듯 소리쳐 말했다.

"너희들 아는 사이냐?" 니코가 단조로운 대화를 멋지게 깨뜨리며 물었다.

"우리 오빠예요!" 레이첼이 평소와 달리 흥분해서 소리쳤다.

"점말이야?" 해리였다. 해리의 얼굴은 엘시의 뒤통수에 짓눌려 옴짝달싹하지 못했다. 하지만 그저 들리는 대로만 듣지 않았기에 무슨 말인지 알아들었다.

그때 그 자리에 있던 사람들은(입양부적격자들로부터 3미터 정도 떨어진 그물 속에 갇혀있던 캐롤과 로저는 예외였다. 그들은 진작 우드의 이상한 방식에 적응이 되어있었다) 커티스의 어깨에 앉아있는 설치류가 말을 하는 것을 보고 까무러칠 뻔했다. 단어를, 그것도 영어로 말했다.

"쟤들이 네 여동생들이니?" 쥐가 물었다.

직접 목격한 믿어지지 않는 우연한 만남보다 말하는 쥐가 더욱 충격적이었던 니코는(세 남매야 이 요상하기 짝이 없는 상황에서 몇 달간 찾아헤매다 보면 결국 만날 수밖에 없었다) 누군가 그 질문에 대답도 하기 전에 대뜸 물었다. "저 쥐가 방금 뭐라고 지껄인 거 맞아?"

"맞아요." 쥐가 모욕을 당한 듯 새치름하게 대꾸했다. "내가 말했어요. 뭐 문제 있어요?"

"아니, 결코." 니코는 이렇게 대답하고 나서 턱 밑에 끼여있는 루디의 이마를 내려다보며 말했다. "쥐가 말을 하네."

"제가 보기에도 그렇네요." 루디가 얼굴을 앞으로 쑥 내밀며 거들었다.

한편 커티스는 말을 잇지 못하고 고장난 수도꼭지처럼 더듬거렸다. "너희들…," 그가 입을 열었다. "어떻게…, 너희들 어쩌다…. 여기……." 그리고 마지막으로 물었다. "엄마랑 아빠는?"

"러시아에! 오빠를 찾으러 가셨단 말이야. 이 멍청이!" 말문이 막힐 정도로 컸던 충격을 극복한 엘시는 슬슬 화가 치밀었다. 그때 레이첼이 말을 가로막으며 불을 뿜듯 저주의 독설을 토해냈다.

"와, 매력적인 가족이네." 쥐가 중얼거렸다.

커티스는 자신을 방어하느라 두 여동생에게 큰 소리로 반격을 가했다. 여동생들은 이제 입을 모아 오빠를 원망하고 있었다.

"하지만 난…" 그가 두 여동생이 퍼붓는 욕설 사이에서 어쩔 줄을 몰라 웅얼거렸다. "너희들도 알다시피…, 그냥 모든 게 뒤죽박죽이 되어버렸어!"

마침내 니코가 어른 목소리로 아이들의 악다구니를 제압했다. "그만 뚝!"

아이들은 입을 다물었다.

니코는 지독히도 운이 없어서 걸어가다 오른쪽 발이 그물에 걸렸다. 그는 지금 공중그네를 타는 곡예사처럼 한 쪽 무릎이 그물코에 낀 채 거꾸로 매달려있었다. 그가 단도직입적으로 요구했다. "우리를 내려줄래? 제발 부탁이다."

"저 여자애들이 우리를 공격하지 않을 거라고 약속하면요." 쥐가 말했다.

"조용히 해, 셉티무스." 커티스는 이렇게 대꾸한 다음 두 그물로부터 돌아서서 걸어갔다. "저 애들은 내 여동생이야."

그는 근처 나무덤불로 들어가더니 보이지 않는 장치를 작동하기 시작했다. 잠시 후 아이들이 갇혀있는 그물이 느슨해지며 흔들리더니 천천히 땅으로 내려왔다. 커티스가 나머지 그물도 풀어주려는데 레이첼이 소리쳤다. 레이첼은 다른 아이들과 바닥에 내려진 그물에서 몸을 빼는 중이었다.

"저 쪽은 풀어주면 안 돼, 오빠!" 레이첼이 다른 그물을 가리키며 소리쳤다.

커티스가 덤불 속에서 고개를 내밀었다. "왜?"

"그 중 한 명은 아주 나쁜 놈이야." 그 말이, 그 순간 레이첼이 고를 수 있는 최선의 표현이었다.

커티스가 두 번째 덫을 고정시킨 밧줄을 풀지 않고 기다리는 동안 그물에서 나온 니코와 마서, 레이첼, 해리는 공격 태세를 갖추었다. 엘시는 몸을 일으킨 다음 지날 수 없는 숲에서 갑작스럽게 나타난 오빠가 아직도 믿어지지 않는 듯 쳐다보았다.

"좋아. 이제 내려줘." 니코가 말했다.

커티스가 바닥에 있는 두둑한 매듭을 풀자 그물이 고통스럽게 삐걱 소리를 내며 내려왔다. 그물이 바닥에 닿으며 펑퍼짐해지고, 우스꽝스럽게 꼬여있던 로저와 캐롤의 팔과 다리가 말미잘의 촉수처럼 그물 밖으로 쑥 튀어나왔다. 니코와 해리는 얼른 스크럼을 짜고 로저의 양 팔을 한 쪽씩 움켜쥔 채 뒤로 잡아끌었다. 캐롤은 마서가 부축해 안전한 곳으로 옮겼다.

"고맙다, 마서." 캐롤이 말했다.

커티스는 밧줄로 그물을 매어둔 다음 숲속 공터로 돌아왔다. 그때 엘시가 오빠의 목에 매달리며 포옹을 했다. "오빠! 난 그럴 줄 알았어. 오빠를 찾을 줄 알았다니까. 오빠가 얼마나 보고 싶었는지 몰라. 정말이야. 그치만 한편으로 오빠가 미웠어."

커티스는 포옹을 풀고 나서 제 팔로 여동생의 어깨를 감싸안았다. "나도 그래. 엘시. 미안해. 그동안 많은 일이 있었어. 할 얘기가 많아. 무엇부터 말해야 할지 모르겠다."

그때 로저 스윈든의 격렬한 저항으로 대화가 끊겼다. 그는 해리와 니코에게 붙들려있었다.

"밧줄 좀!" 니코가 소리쳤다.

"네, 잠깐만요." 커티스가 대답과 동시에 나무 사이로 뛰어들더니 손으로 던지는 밧줄처럼 보이는 짧은 밧줄을 가지고 왔다. 그리고 몇 초 만에 몸부림치는 남자의 손목을 능숙하게 결박했다.

"잘하는데." 니코가 소년의 솜씨에 감동한 듯 말했다.

레이첼과 엘시는 오빠를 신기하게 바라보았다. 커티스는 당황스러워하며 둘러댔다. "이건 누구나 제일 먼저 배우는 기술이야."

"처음으로 배우는 거라니, 무슨 말이야?" 레이첼이 물었다.

"산적 훈련 때." 오빠가 대답했다.

레이첼이 기억하기로 오빠는 엄마를 졸라 체육시간에 의무적으로 받아야 하는 체력검사를 면제해달라는 내용의 편지를 써서 선생님께 제출하곤 했다.

"산적 훈련? *지금* 뭐라고 말했어?" 레이첼이 다시 물었다.

"응, 나 산적이야. 여기에서 지금까지 줄곧 훈련을 받았어. 난 산적이야. 와일드우드의 산적."

"멋지다!" 엘시는 오빠의 뜬금없는 설명에 자기도 모르게 소리쳤다. 한 번도 산적 오빠를 두었다고 상상해본 적이 없었다. 감히 꿈꾼 적도 없는 일이었다. 생각만 해도 즐거운 충격이었다.

"와일드우드 산적이라고? 그게 뭔데? 정말 그런 게 있기나 해?" 레이첼은 늘 그렇듯 회의적으로 물었다.

커티스는 여동생의 말에 이상하게 의기소침해지고 주눅이 들었다.

그때 캐롤이 끼어들었다. "물론 있지. 실재한단다. 내 평생 와일드우드 산적 단을 만날 거라고는 생각하지 못했는데, 만나서 다행이다. 게다가 우리편 같은걸. 착한 산적, 다른 산적 형제들은 어디 있니?"

"나무 뒤에서 보고 있는 거 아니냐? 왜 동료들은 나오지 않는 거야?" 니코 가 숲을 노려보며 물었다.

거들어주는 노인의 말에 기분이 풀린 듯 커티스는 조금 전의 풀 죽은 목소 리는 온데간데 없이 명랑하게 대답했다. "그건 다 모형이에요. 마네킹이죠. 제 가 만들었어요. 와일드우드 산적은…, 떠났어요."

"거 참, 이상도 하지." 캐롤이 얼굴을 찌푸리며 중얼거렸다.

"할아버지, 몸은 괜찮으세요?" 잠깐 사이 마서가 캐롤 옆으로 다가서며 말 을 걸었다.

"그래, 괜찮다. 최소한 자유의 몸은 됐구나." 캐롤이 나무로 된 눈을 껌뻑거 리며 대답했다.

"네. 전 이렇게 될 줄 알았어요." 마서는 캐롤의 허리를 꼭 껴안으며 말했다. 그런 다음 아이들을 돌아다보며 미소 띤 얼굴로 인사했다. "고마워, 얘들아."

캐롤, 마서와 다시 만난 입양부적격자들은 하이파이브를 하며 타이탄 타워 에서 겪은 머리카락 쭈뼛 서는 고생담을 한 마디씩 쏟아냈다. 캐롤은 손자들

을 뿌듯하게 바라보는 할아버지처럼 보이지 않은 아이들을 향해 환히 웃었다.

레이첼과 엘시는 일단 흥분을 가라앉힌 뒤 재빨리 오빠 옆자리를 차지했다. 커티스는 못미더워하는 여동생들에게 믿기 힘든 자신의 기나긴 모험 이야기를 들려주었다. 지난 초가을 여느 때처럼 말 한 마디 나누지 않으며 3남매가 함께 등교한 후 얼마만인지 몰랐다. 엘시는 오랫동안 헤어졌던 오빠로부터 특이한 모험 이야기를 전해듣고 놀라워하며 손으로 입을 막았고 두 눈에 눈물을 글썽거렸다. 두더지 도시와 기계인형 왕자를 되살리기 위해 낯선 기술자 두 명을 찾으러간 프루 이야기를 들었을 때는 낮게 비명을 질렀다.

"그 사람 이름이 뭐야. 오빠가 찾고 있다는 그 기술자?" 엘시가 물었다.

"캐리라고 하던가? 그 비슷한 이름인데. 잘 모르겠어. 하도 오래된데다 여

371

기에서 살아남는 데만 신경썼더니 잊어버렸어."

"혹시 장님 아니야?"

"그렇게 들었어. 그 미망인 총독 때문에 눈이 멀었다고."

두 여동생은 놀라서 아무 말도 못하고 고개를 돌려 캐롤 그로드만 쳐다보았다. 마침 그 이야기를 듣고 있던 노인이 젊은 산적에게 다가왔다.

"네 말이 맞단다. 그 여자가 그랬지. 하지만 난 이 나무눈을 만들었고, 나한텐 딱 좋단다."

"말도 안 돼요." 커티스 어깨에 앉아있던 쥐가 끼어들었다.

"그렇군요, 캐롤 그로드 씨. 할아버지가 다른 한 명의 기술자셨군요. 알렉세이를 만든." 커티스가 노인을 응시하며 말했다.

엘시와 레이첼 둘 다 놀라서 숨이 막힐 지경이었다.

"그렇단다." 노인은 담담하게 대답하고 나서 즉시 덧붙였다. "하지만 나 혼자였으면 만들지 못했을 거야."

"네, 그러셨겠죠. 한 사람이 더 필요했죠. 에스벤 클램페트라는 곰." 커티스는 아직도 믿어지지 않았다.

"맞단다. 그가 어떻게 됐는지 모르겠구나. 내 경우에는 변경지대로 보내졌지. 그렇게 추방을 당했어."

"오빠, 우리도 거기에서 할아버지를 만났어. 우리도 한때 그 변경지대에서 살았어." 엘시가 이렇게 말한 뒤 캐롤을 돌아다보았다. 그리고 얼떨떨한 목소리로 물었다. "왜 그리로 추방당하신 거예요? 왜 우리한테 아무 말씀도 하지 않으셨어요?"

"사실 말한 적이 없지." 노인이 쑥스러운 듯 덧붙였다. "내겐 민감한 기억이란다. 난 그때 이야기를 들추는 걸 좋아하지 않아. 그 여자가 육체적인 상처보다 더 큰 상처를 주었거든. 그래서 되도록 잊으려고 애썼단다."

"그런데 어떻게 거기를 빠져나왔니?" 커티스는 새로 알게 된 기이한 정보에 얼떨떨해져서 물었다. "여기에는 어떻게 왔고?"

"오빠와 같은 방법으로." 레이첼이 냉큼 대답했다.

"숲의 마법 덕이지." 캐롤이 마서의 부축을 받아 일어서며 거들었다.

"우리에겐 틀림없이 있어. 사실은 그런 줄 몰랐어. 내가 변경지역을 무사히 건너기는 했는데 왜 그런지 몰랐지. 우리 피에 마법이 흐르는 게 틀림없어." 커티스는 이렇게 말하다 애초의 용건이 생각난 듯 캐롤을 돌아다보았다. "할아버지를 프루에게 모셔다드려야 해요. 에스벤은 프루와 함께 있을 거예요."

노인의 눈이 휘둥그레지며 나무로 된 눈알이 눈뼈 속에서 허공을 응시했다. "그가 살아있니?"

"에스벤 역시 추방당했어요. 땅 속 언더우드로 보내졌죠. 프루와 제가 찾아냈어요. 이 또한 기막힌 우연이네요." 커티스는 자신들을 에워싸고 있는, 나뭇가지로 엮어만든 작품을 감상하듯 주변을 둘러보았다. "비록 프루는 다른 식으로 말할지 모르지만요. 프루는 모든 게 회합 나무의 계획이라고 말했죠. 어쨌든 에스벤은 지금 프루와 있을거예요."

"천만에. 그 애와 함께 있지 않아." 어둠 속에서 어떤 목소리가 들려왔다. 모두가 팔을 뒤로 묶인 채 나뭇잎 위에 가부좌를 틀고 있는 로저 스윈든을 돌아다보았다.

"무슨 말이에요?" 커티스가 로저 쪽으로 횃불을 비추며 물었다. 불꽃에서 불똥이 몇 개 튀었다.

"그 아이는 곰과 함께 있지 않다고. 곰은 우리가 데리고 있다."

"우리라뇨?" 커티스는 놀라서 말을 잇지 못했다.

"시노드. 사우스우드의 칼리프지."

"프루한테 무슨 일이 있어요?" 커티스가 재촉하듯 물었다.

"그 애는 끝났어."

니코가 포로의 갈비뼈를 확 걷어찼다. 로저는 분해서 비명을 지르며 옆으로 고꾸라졌다.

"끼어들지 마. 당신은 지금 포로야." 니코가 소리쳤다.

"아저씨. 흥분하지 마세요." 엘시가 말렸다.

"미안하다." 파괴자가 말했다.

"끝났다니, 무슨 뜻이에요?" 커티스가 재차 물었다.

"갔어. 영원히 돌아오지 못할 곳으로. 크랙에 고립시켰지. 아직 일주일 안 됐을 거야. 나와 캐롤을 보내주는 게 가장 빠르고 확실한 방법이라는 것만 알려주지. 너희들은 이러나저러나 끝이야. 바깥세상 사람들은 몰라. 여기는 너희들이 생각하는 것보다 훨씬 넓어." 남자는 말을 하면서 결박당한 채로 다리 위치를 바꿨다. "게다가 시노드는 지금 우드 전체로 세력을 확장하고 있어. 너희들은 남든지 아니면 쫓겨나든지, 결국 동화될 거야."

"동화라고?" 니코가 나직이 물었다.

"그렇다. 네 산적 동료들처럼. 그들은 지금 시노드의 일원이 되었다." 남자가 어렵사리 조금 전의 자세로 돌아가며 말했다

"뭐라고?" 커티스는 그에게 횃불을 들이댈 듯 성큼성큼 걸어가서 소리를 질렀다. 소년이 다가오자 남자는 눈을 질끈 감았다. "산적들이 어디 있는지 안단 말이냐?"

"그럼, 물론이지. 그들은 지금 우리가 데리고 있다." 로저는 상대가 자신의 말에 발끈하자 재미있다는 듯 비아냥대며 말했다.

커티스가 살짝 비틀거렸다. 얼굴은 충격으로 일그러졌다.

"시노드가 대체 뭐야?" 레이첼이 궁금해서 오빠에게 물었다.

"황폐한 나무를 숭배하는 신비주의자들, 혹은 형편없는 쓰레기들. 그건 중요하지 않아. 시노드가 지배하게 된 이상 우리를 막을 수 있는 건 별로 없지. 해면상 곰팡이는 전지전능한 능력을 갖고 있거든." 로저가 말했다.

"무슨 말인지 이해는 되지 않지만 썩 듣고 싶은 얘기는 아니군. 이 자를 한 번 더 걷어차도 될까?" 니코가 남자를 내려다보며 커티스에게 물었다.

"잠깐만요." 커티스는 당혹스러운 상태에서 벗어나려는 듯 고개를 흔들며 주먹을 쥐었다. 그가 로저 옆에 무릎을 꿇고 앉아 그의 멱살을 잡았다. "어서 말해. 산적들이 어떻게 됐다고? 당신들 무슨 짓을 한 거야?"

"오, 절대 악의는 아니었어. 너희들이 제작자를 찾고 있다는 사실을 알게 되었고, 어디에 감췄는지 알아냈을 뿐이야. 우린 네 친구를 먼저 동화시켰어. 이름이 시무스던가? 혁명 후에 와일드우드 산적단 대표로 남아있던 특사였지. 말할 필요도 없이 그는 일을 별로 잘하지 못했어. 우린 그에게 곰팡이를 먹였고, 그 다음 그를 시켜 네 동료들에게도 먹이도록 했지. 그랬더니 그 하찮은 균류가 기적 같은 작용을 한 거야. 얼마나 빨리 번지는지……."

그때 커티스의 신호로 검은 베레모를 쓴 니코가 그의 갈비뼈를 발로 걷어차는 바람에 말이 중단되었다. 그는 신음을 토하며 데굴데굴 굴렀다. 커티스는 멱살을 잡고 그의 얼굴에 제 얼굴을 바짝 갖다댔다. 커티스의 어깨에 앉아있던 쥐가 주둥이를 내밀고 포로를 쳐다보았다.

"당신이 누구인지, 당신의 계획이 뭔지 알고 싶지 않아. 하지만 나를 산적들한테 데려가서 이 일을 바로잡아야 해." 커티스가 다그쳤다.

"시키는 대로 해." 쥐도 거들었다.

🌿

입양부적격자들과 니코가 로저와 캐롤을 뒤쫓다가 주변 숲에서 본 유령 같은 물체를 만드는 일은 특별한 도전이었다. 처음에는 한 명(죽은 동료 이름을 따서 잭이라고 불렀다)으로 시작했는데 재료를 충분히 조달할 수 있게 되자 차츰 그 수가 늘어났다. 커티스의 말로는 적절한 모양의 나뭇가지와 통나무를 구하는 일이 어려웠다고 했다. 산적의 전형적인 특징이라고 할 수 있는 듬성듬성 자란 수염을 표현하는 데는 이끼가 사용되었다. 곧은 단풍나무 나뭇가지는 가슴 앞에서 교차시켜 팔을 표현했다. 커티스는 산적단이 없는 동안 적어도 있는 것처럼 보여주기만이라도 해야겠다고 결심했다. 어떤 중요한 생물이 멸종되었을 때와 마찬가지로 와일드우드의 산적들이 몽땅 사라지면 숲 생태계의 미묘한 균형이 깨질 거라고 믿었다.

이상이 커티스가 사람들한테 들려준 이야기였다. 그들은 한밤중에 사우스우드로 가기로 결정했다. 그들의 목표는 다소 어려워보였지만 간단했다. 산적들을 해방시키고, 에스벤 클램페트를 구출하고, 희망사항이지만 크랙에서 참혹한 형을 살고 있는 프루를 구해내는 일이었다. 그들 일행은 보기만 해도 흥미로웠다. 양단으로 만든 제복 차림의 소년과 말하는 쥐가 검은 터틀넥 스웨터를 똑같이 입은 두 여동생을 양 옆에 세우고 앞장서서 걸었다. 바로 뒤에는 장님 캐롤 그로드가 고글을 쓴 마서 송의 부축을 받으며 따라갔다. 시무룩한 표정에 고개를 떨군 포로는 행렬 중간에서 천천히 걸어가고, 니코와 다른 입양부적격자 셋은 포로가 주변 숲으로 도망치지 못하게 뒤에서 감시하며 따라갔다.

덫은 완전히 다른 문제였다고 커티스는 말했다. 처음부터 시도했던 것이 아니라 숲에서 채취한 식물을 더 유용하게 고쳐서 쓰면서 도전하게 되었다. 그는 먹잇감이나 침입자가 걸려들기를 기대했다. 자기 여동생들을 포획하게 될 줄은 꿈에도 생각하지 못했다.

"그런데 왜? 왜 오빠는 이런 고생을 사서 하는 거야?" 엘시가 줄곧 묻고 싶었던 질문이었다.

"선서를 했거든. 산적이 되면서, 난 산적단을 지키겠다고 선서했지. 이것도 그 선서를 따르는 방식이라고 생각했어."

이야기는 이렇게 된 것이다. 커티스는 한밤중에 포틀랜드를 가로질러 숲으로 돌아왔다. 프루는 자기 뜻대로 하라고 내버려두고, 자신은 와일드우드 산적단에 충성하겠다고 결심하며 떠나왔다. 달라와 그의 동료 요괴들에게 공격당해 프루와 함께 롱갭의 심연으로 떨어지던 날, 산적 캠프의 상황을 두 눈으로 똑똑히 봤다. 그는 돌아가서 동료들이 어디로 사라졌는지 알아내고 싶었다.

"포틀랜드를 걸어다녔다고? 거기 왔었어?" 레이첼이 말을 막고 물었다.

"응. 집까지 갔었어. 아무도 없더라. 가족끼리 휴가를 떠났나 생각했지." 커티스가 살짝 수줍어하며 대답했다.

"집까지 왔었구나." 레이첼이 비아냥대듯 대꾸했다.

"응." 커티스는 레이첼의 입에서 어떤 말이 나올지 예상하기 힘들었다.

"휴가는 무슨 휴가야! 끔찍한 고아원 겸 공장에 있었는데. 엄마 아빠는 오빠를 찾으러 터키와 러시아, 아니면 다른 어떤 곳에 계셨고." 레이첼이 말했다.

"언니. 다 지난 일이야." 엘시가 말렸다.

레이첼이 심술궂게 뭐라고 대꾸했지만 커티스는 엘시가 방어해준 덕분에 계속해서 이야기를 했다.

이야기를 거슬러 올라가 처음 프루를 따라 '지날 수 없는 숲'이라고 알려진 이곳으로 들어오게 된 과정, 그 뒤로 인생이 갑자기 뒤바뀌어버린 사연을 들려주었다. 철로를 지나다 다행히 남쪽행 기차에 치이는 것은 피했지만 두터운 보호막 역할을 하는 나무숲을 통과하게 되었다. 그런데 자신이 너무 쉽게 와일드우드로 들어왔음을 깨달았다.

"우리가 지금 있는 곳이 와일드우드야." 그가 주변의 시커먼 나무숲을 횃불 하나로 비추며 설명했다. "우드에서도 가장 울창하고 야생 그대로인 땅이지. 사람도 살지 않아. 여기에 있는 것은 뭐든 여전히 수수께끼야. 심지어 가장 연로한 산적들도 나무에 유령, 비령이 살아있다는 말을 하지."

잃어버린 동료 산적들 이야기를 하자 커티스의 목소리가 아련해졌다. 커티스와 쥐 셉티무스는 하루 종일 동료들을 찾았다. 쥐는 높은 나뭇가지에 올라가 공중의 시찰대에서 산적의 흔적을 살피며 하루를 보냈고, 커티스는 숲의 고사리밭을 헤치고 다녔다. 산적 캠프의 공격에서 살아남은 동료들이 새 은신처를 건설했을 거라는 기대도 버리지 않았다. 산적들은 자신의 거처를 좀처럼 드러내지 않는 것으로 알려졌기 때문에 커티스와 셉티무스가 생존자의 흔적을 찾는 데 어려움을 겪는 건 이상하지 않았다.

날이 가고 주일이 지났다. 여전히 기미가 보이지 않았다. 그들은 숲에서 구할 수 있는 빈약한 식량으로 근근이 연명하면서 피곤에 지친 손발로 거처를 짓기 시작했다. 서로 말할 여유도 거의 없었다. 아침 일찍 일어나 근처의 숲을 이 잡듯 뒤졌고 한 명의 산적도 발자국을 남기지 않았다는 확신이 들기 전까지는 다른 데로 이동하지 않았다.

그러나 날이 갈수록 와일드우드 산적들이 모두 죽은 거라는 확신이 깊어졌다. 어느 맑은 저녁 모닥불이 꺼져갈 때, 커티스와 셉티무스는 산적단을 새로 만들기로 결심했다. 선서에 따라, 와일드우드 산적들이 침략을 받았을 때 한 명이라도 생존자가 있는 한 계속 명맥을 이어나가야 한다고 믿었다. "산적단으로 살고 산적단으로 죽는다."는 선서의 마지막 항목을 철저하게 지킬 생각이었다. 그 항목 어디에도 단원이 두 명으로 줄어들었다고 해서 산적단을 해체

해야 한다는 암시는 없었다. 그와 셉티무스는 머리부터 발끝까지 여전히 와일드우드 산적이었다. 그들만이라도 규약과 강령을 지켜나갈 작정이었다.

커티스는 브렌든을 대신해서 (아무래도 그는 죽은 것 같았다) 그때까지 선서를 하지 않은 셉티무스를 위해 충성서약식을 거행했다. 브렌든도 지지해줄 거라고 믿었다. 쥐는 피를 내는 의식을 치를 때 약간 의심스러워했지만 그 과정을 거치자 자신의 새로운 위치를 굳은 의지로 받아들이는 것 같았다.

그 후로는? 커티스는 형제, 자매 산적들에 대한 기억을 접어두기로 했다. 그 편이 전반적인 상황을 견디는 데 더 나을 것 같았다. 만화의 생각풍선처럼 늘 따라다니던 머릿속의 물음표가 더 이상 없었다. 예전의 와일드우드 산적단에 관한 기억은 한쪽으로 치워두기로 했다. 명맥이 끊긴 부족의 단 두 명 남은 생존자 중 한 명으로서 새로운 역할에만 집중하기로 단단히 마음먹었다.

그들은 나무 높은 곳에 새로운 은신처를 만들었다. 가장 오래된 삼나무에서도 높은 나뭇가지마다 플랫폼을 세우고 그것을 연결하는 통로를 널빤지로 만들었다. 어느 날 셉티무스는 순간적인 천재성을 발휘하여 은신처 울타리를 지킬 마네킹 산적을 만들자고 제안했다. 그러면 이 숲에 들어오는 사람이든 동물이든 그것을 보고 산적의 영역에 들어왔음을 눈치채고 도망칠 거라고 했다. 와일드우드의 산적단이 예전과 다름없이 강하다는 것을 보여주고 싶어했다.

심지어 롱로드의 노상강도도 조직했다. 단원도 없고, 말도 한 필 없는 상황으로 볼 때 어려운 일이었지만 말이다. 그들이 꼼짝 말라고 명령하기 전까지 마차들은 도로에서 산적의 존재를 겁내지 않고 날아다녔다. 그들이 처음으로 강도질을 한 상대는 노스우드의 장터에서 장사를 마치고 돌아오는 사우스우드 장사꾼이었다. 땅거미가 질 무렵이었는데 고맙게도 마부가 길가에 당당히 서있는 유령처럼 보이는 괴상한 모습에 겁을 먹었다. 커티스와 셉티무스가 숲속에서 나타났을 때 마부는 대규모의 공격조가 덮칠 거라고 예상한 듯했다.

"필요한 게 있으면 가져가세요. 목숨만 살려주세요!" 마부가 떨리는 목소리로 애원했다.

사실 장사꾼의 마차에서 금화궤짝을 강탈해왔는데도 커티스는 울적한 마음이 달래지지 않았다. 그가 노상강도 짓을 하는 이유는 단 하나, 보여주기 위해서였다. 우드에서 가장 험난한 지역을 통과해도 더 이상 와일드우드 산적단이 위협하지 않는다는 소문이 떠도는 게 싫었다.

그래서 그날도 거기에 있었다. 강 유역에 안개가 깔리고 별들은 흐릿하며, 두 여동생이 나무 위 산적 캠프에서 몇 마일 떨어지지 않은 영역에 들어왔다가 그가 놓은 가장 큰 덫에 걸린 그 밤에도. 그는 롱로드에 나가 밤새 운행하는 마차가 있는지 정찰하고 돌아오는 길이었다. 여러 날 개미 한 마리 지나가지 않던 숲에 그날따라 놀랍게도 지진이 나는 것처럼 우르릉 소리가 들리고 물결 같은 파동이 숲 바닥을 훑고 지나가는 게 느껴졌다.

"나도 느꼈어!" 커티스가 그 말을 하자 엘시도 맞장구를 쳤다.

"그런데 도무지 모르겠더라. 난 어디에선가 공격이 시작된 줄 알았어. 혹시 코요테가 다시 군대를 만들어서 우리를 추격하나 생각했지. 그래서 은신처 주위를 둘러보다가 내 그물에 걸린 너희들을 발견한 거야."

알고보니 땅이 흔들리는 것을 모두가 느꼈다. 다만 신비한 숲에서 추격을 하느라 기진맥진한 탓에 그 느낌을 계속 추적하지 못했을 뿐이었다.

쥐 셉티무스가 커티스의 어깨에서 뛰어내려 종종걸음으로 로저에게 달려갔다. 그러고는 상대가 눈치채기도 전에 다리를 타고 올라가 엉덩이를 한 바퀴

돈 다음 귓가로 가서 속삭였다. "당신이 이 일에 대해 모를 거라고 생각하지 않는데. 혹시 당신의 하수인들이 공격하는 거 아니야?"

"악! 제발, 네 쥐를 좀 불러주겠니? 내 몸을 기어다니고 있어" 남자가 커티스에게 애원했다.

"이봐, 난 커티스의 쥐도 아니고 그의 부하도 아니야." 셉티무스가 은근슬쩍 불만을 토로했다.

"난 쥐가 정말 싫거든." 로저 스윈든이 말했다.

"나도 독재 신정주의자는 정말 싫어." 셉티무스가 대꾸했다.

로저가 한숨을 내쉬며 말했다. "그건 어차피 실패할 거야. 머지않아 우리는 '워치'들한테 지배당하게 될 거야. 노스월은 지금 붕괴 중이고 아비앙 공국도 통합의 나무를 섬기는 단일 국가로 흡수되고 있지. 너희들은 유일 종교의 배반자로 낙인찍혀 네 친구 자전거 소녀처럼 크랙에서 쓸쓸하게 죽어가게 될 걸. 그건 그나마 운이 좋은 편이지. 내가 원로 칼리프로서 귀띔해주는데, 너희들이 얼마나 빨리 항복하느냐에 따라 받아야 할 형의 종류가 달라질 게다."

"음, 그때쯤이면 당신은 아주 쓸모 있는 인질이 되겠어."셉티무스는 한 발도 물러서지 않고 대꾸했다.

로저는 아무 말이 없었다. 다른 사람들은 차라리 그의 침묵이 고마웠다. 니코가 로저의 어깨에 앉아있는 쥐를 유심히 쳐다보았다.

"언제부터 했니?" 그가 물었다.

"뭘요?" 셉티무스가 물었다.

"알잖아, 말하는 거."

"그러는 댁은 언제부터 말을 할 줄 알았죠?" 쥐가 되받아쳤다.

"일리가 있군." 파괴자는 입을 다물고 생각에 잠겼다. "여기 동물들은 다 그런가?" 그가 마침내 물었다.

"앞으로 잘 관찰해보세요." 셉티무스는 이렇게 불평하면서 커티스의 어깨로 돌아갔다. "와일드우드에 오셨으니까."

⚘

"환영합니다." 커티스가 사다리 난간을 잡고 자랑스럽게 소리쳤다. "산적의 은신처 '디어스컬 드래곤파이터'입니다."

"이름을 짓는 데 내 도움이 컸지." 셉티무스가 말했다.

"멋지다." 해리가 가쁜 숨을 몰아쉬며 속삭여 말했다.

그들은 수 마일을 걸어왔다. 이 야생의 황무지에는 벌써 아침이 와있었다. 서늘하고 쾌청한 대기는 새들의 노래소리로 깨어났다.

"올라가기 전에 몇 가지 명심할 점이 있어요." 커티스가 주의를 환기시켰다. "이곳은 별로 안전하지 않아요. 난간 같은 건 임시로 만들었기 때문에 마음 놓고 기대면 안 돼요." 커티스는 자신의 말이 엄중함을 강조하려는 듯 청중 한 명 한 명을 응시했다. 모두 지쳤지만 열심히 경청했다. "모두 피곤하죠?" 커티스가 물었다.

엘시가 그렇다며 고개를 끄덕였다. 다른 사람들도 중얼거리며 동의했다. 기나긴 밤이었다. 그들은 하루나 이틀쯤 쉬었다가 사우스우드로 가기로 의견을 모았다. 그곳에서 커티스의 산적 동료들을 노예로 만든 이상한 종파와 결판을 낼 것이다. 엘시는 아직도 전날 밤 일어난 모든 일이 꿈만 같았다. 구출작전의 일원이 되어 기적적인 결과를 얻은데다 용감하게도 이 신비한 세상까지 추격을 했고 오빠와 극적으로 재회를 했다. 아홉 살 나이에 할 수 있는 경험은 다 한 것 같았다.

"이제 올라가요." 오빠의 목소리가 들렸다.

엘시는 사다리 앞에 서있었고, 다른 아이들은 벌써 올라가고 있었다. 엘시는 지쳐서 팔이 후들거렸지만 오빠가 자기만의 세상을 구축한 거대한 나뭇가지로 올라갈 힘은 남아있었다.

그곳은 정말 하나의 세상이었다.

커티스와 셉티무스가 이 새로운 은신처를 건설하느라 1분 1초를 얼마나 유용하게 썼는지 단번에 알 수 있었다. 사다리를 타고 올라가 작은 구멍을 통과하자 삼나무 고목 몸통을 돌아가며 만든 플랫폼이 나왔다. 거기에서부터 나무를 둘러싸고 빙 돌아서 올라가도록 만든 계단이 나왔는데, 그저 널빤지만 나무에 고정시켜놓아서 언뜻 보면 나무 표면에서 돋아난 듯했다. 일행은 커티스의 지휘 아래 한 줄로 서서 계단을 오르기 시작했다. 올라가서 보니 더 대단했다. 지붕처럼 우거진 나뭇잎과 그 주변 나무들에 의해 일행의 행방이 완전히 은폐되었다.

"와, 오빠. 오빠가 이걸 직접 만들었다고?" 엘시가 발아래 사라진 세상을 내려다보며 물었다.

"응, 나와 셉티무스가. 산적 훈련을 받을 때 많은 걸 배웠지. 사실 아주 기본적인 방법으로 지은 거야."

"엄마 아빠가 오빠 학교 빠진 것 때문에 걱정이 많으셨어." 레이첼이 그들보다 몇 계단 위에 서서 말했다.

끝없이 이어진 듯한 계단을 따라 구멍을 통과하자 다른 나무 플랫폼이 나왔다. 이번 것은 거친 통나무를 이용해 나무를 중심으로 부챗살처럼 퍼지게 만들어놓아 좀더 넓었다. 받침대 널빤지는 손으로 꼰 밧줄로 엮고 아래쪽에 대충 자른 나무를 대 지지대를 만들었다. 이 플랫폼에서 줄로 엮은 여러 개의 다리를 통해 이웃한 나무들로 갈 수 있었다. 그곳에, 커티스가 만든 건축물이 더 있었다. 주변 전나무와 삼나무 위로 지붕이 비스듬한 작은 오두막과 나무로 된 통로가 드문드문 보였다. 마치 숲속 수십 미터 위에 만들어진 아담하고 정갈한 마을 같았다.

"믿을 수가 없군." 니코는 커티스가 만든 작품을 찬찬히 둘러보며 감탄했다.

"훈련받을 때 다른 산적들보다 실력이 조금 더 뛰어난 정도였어요." 커티스가 겸손하게 말했다. "그들은 이웍 빌리지(영화 〈스타워즈〉에 나오는 숲속 마을.—옮긴이)에 대해 잘 몰랐거든요. 전 사실 그것을 본 따 만들었을 뿐이에요."

전나무 위쪽에 소나무 가지를 대충 얽어 만들어둔 가축우리는 나무 플랫폼을 통해 갈 수 있었다. 커티스는 포로인 로저 스윈든(나무 위로 올라오느라 묶었던 손을 풀어준 상태였다)을 가축우리에 몰아넣고 나서 니코와 레이첼에게 먼저 돌아가라고 한 다음 나무로 만든 권양기를 올렸다.

"이러면 후회하게 될 거야. 이러지 말 걸 그랬다고 후회하게 될 거라고. 명심해! 난 그 일과 상관없어!" 로저가 나무 창살 뒤에서 소리쳤다.

"거기 있으면 안전할 거예요. 한 번도 사용한 적은 없지만 떨어지지 않을 거라고 믿어요." 커티스가 남자의 울부짖음을 무시하고 말했다.

로저는 나무 사이 허공 속에서 몇 번 욕설을 퍼붓다 마침내 입을 삐죽 내밀고 침묵에 빠져들었다.

어마어마하게 큰 삼나무 가지에 가려 보이지 않는 나선형 계단을 올라가자 또 인상적인 구조물이 나왔다. 대충 자른 나무로 벽을 세우고 침엽수 나뭇가지로 덧문을 단 뒤 창문을 뻥 뚫어놓은 일종의 오두막이었다. 한쪽에 안전하게 돌화덕도 만들어두었는데 최근에 피운 불씨가 남아서 슬레이트 지붕의 공기 구멍으로 가느다란 연기가 피어오르고 있었다. 커티스는 재빨리 화덕으로 가더니 가지런히 쟁여둔 장작더미에서 통나무를 집어 잉걸불에 넣었다. 이윽고 불길이 새로 타오르며 아늑한 나무 집을 따뜻하게 데워주었다.

"대단하지는 않지만, 몸을 뽀송하게 말려줄 거야." 커티스가 수줍게 말했다.

"내가 보기에는……." 니코는 집 안을 돌아다니며 비둘기꼬리 모양으로 모서리를 끼워맞추고 매듭 있는 노끈으로 조심스럽게 묶은 기둥 따위를 하나하나 살펴보고 있었다.

엘시는 얼굴이 일그러지도록 하품을 했다.

루디가 집주인에게 물었다. "우리 좀 자도 돼?"

화덕 옆으로 이끼를 넣어 만든 작은 침대가 마련되었다. 커티스는 이것을 어린 고아들에게 내주었다. 문 밖에 모아둔 이끼로 만든 침대였다.

커티스는 이끼를 바닥에 흩뿌려놓으면서 겸손하게 말했다. "이게 내가 할 수 있는 최선이야. 부디 마음에 들길 빌어."

엘시에게 이 정도면 대만족이었다. 엘시는 초록색 이끼에 머리를 누이자마자 곤한 잠에 빠져들었다.

CHAPTER 25

고립된 자를 위한 식사;
변경의 침입자

잔한 수평선 너머에서 떠오른 눈부신 태양이 동쪽으로 움직이며 아름답고도 가혹한 하루가 시작되었다. 프루와 시무스는 남쪽 벽에 기대어 웅크린 채 누워있었다. 돌로 된 바닥과 밧줄, 뼈들에 날카롭게 내리꽂히는 태양 빛이 그들에게도 쏟아졌다.

시간은 고통스러울 정도로 천천히 흘렀다. 낮이 서서히 사그라져 밤이 되었다. 두 포로는 하루 종일 침묵에서 벗어나지 못했다.

전날 밤부터 미망인 총독 알렉산드라가 돌아왔을 거라는 예감에 사로잡힌 프루는 냉철하게 생각하려고 했다. 사실 딱 꼬집어서 장담할 수 있는 것은 아니었다. 알렉산드라가 담쟁이한테 잡아먹혔을 때에도 그녀가 있던 자리가 빈 공간으로 남았으므로 *부재*를 확인하고 느꼈을 뿐이다. 그리고 지금 프루는 그 부재의 공간이 다시 채워지고 있는 걸 느꼈다. 확실히 달라진 느낌이 들었고 총독이 깨어나 어떤 형태로든 되돌아왔다는 확신이 들었다. 프루는 왜, 어떻게 이런 일이 일어났는지 상상만 할 뿐이었다. 시노드가 저지른 일일까? 어떤 종류의 마법이 몇 개월 동안 죽었던 이의 영혼을 불러올 수 있을까?

옆에 있던 시무스가 바닷바람에 튼 손으로 눈을 비볐다. 그 또한 눈앞에 펼쳐진 동물과 인간의 뼈들을 응시하며 일부러라도 자신의 서글픈 운명과 화해하려 애쓰는 것 같았다. 청소부 갈매기떼는 이 절망의 땅에 새로운 먹잇감이 들어왔다는 사실에 흥분한 듯 하늘을 빙빙 선회했다.

"이봐," 시무스가 긴 침묵을 깨고 입을 열었다. 목소리가 심하게 갈라졌다.

"왜요?" 프루가 물었다.

"아직도 그게 느껴져?"

프루는 무슨 뜻인지 알았다. "네. 아직도 느껴져요."

두 사람은 다시 침묵에 빠졌다. 두 사람 모두, 너그럽게 표현해서 불행하다고 말할 수 있는 지금의 상황을 슬프고 잔인할 정도로 또렷이 인식하고 있었다. 프루의 생각에는 모든 계획이 잘못될 가능성이 있는, 아니 잘못되고 있는 것 같았다. 물론 우드의 주민들 앞에 놓인 끔찍한 상황은 자신에게 닥칠 끔찍한 일에 비하면 아무것도 아니라는 생각도 서서히 들기 시작했다. 바다 한가운데 바위섬에 갇혀있는 지금, 자신이 언제 폐허가 된 이 성채의 돌바닥에 굴러다니는 쓰레기에 더해질지 알 수 없었다.

"배고프지 않아?" 산적이 애써 웃음지으며 물었다.

"여기 뼛조각이라도 씹어먹으려고요?"

시무스는 성벽에서 부서졌을 법한 한입 크기의 돌조각을 집어들고 손으로 무게를 가늠해보았다. "내가 어쩌다 이 지경이 되었을까." 그가 울퉁불퉁하고 묵직한 물체를 느끼며 말했다. "하지만 왕년의 실력이 어디 갔겠어?"

그는 다소 힘들게 몸을 일으키더니 발로 뼈들을 치워 빈 공간을 만들었다. 그런 다음 하늘을 살피며 선회하는 갈매기들을 쳐다보았다. 이윽고 그는 투수가 마운드에 서서 몸을 풀 때처럼 돌멩이를 편안한 각도로 들어올렸다.

프루는 햇빛을 피하기 위해 손으로 눈을 가린 채 하늘을 보며 산적의 의도를 추측했다. "정말 하실 거예요?" 프루가 물었다.

"그럼, 정말이지." 시무스가 대답했다.

"전 배가 고픈지도 모르겠어요."

"이제 고파질 거야. 배를 든든히 채워두는 게 좋아. 당분간은 여기 머물러야 할 것 같으니."

"전 채식주의자예요. 아시잖아요." 프루가 말했다.

"뭐라고?"

"고기를 먹지 않은 사람이라고요. 산적들 세상에는 그런 사람이 없겠죠, 채식주의자?"

"없지. 듣기만 해도 끔찍하다."

그의 시선은 여전히 선회하는 갈매기들을 쫓고 있었다.

프루는 사실 식물세계와 협의하는 특별한 능력을 얻게 된 후부터 채식주의도 육식과 똑같은 시각으로 보게 되었다. 프루는 어렸을 때 《샬롯의 거미줄》을 읽으면서 어떤 깨달음을 얻었고 다시는 육식을 하지 않겠다고 맹세했다. 하지만 초록 잎사귀를 가진 다양한 생물과는 의사소통을 한 적이 있어도 윌버

《샬롯의 거미줄》에 나오는 돼지)한테 말을 건 적은 없었다. 무엇보다 살아남는 게 중요했다.

"저, 전 사양할래요." 프루가 말했다.

"좋을 대로 해. 언제까지 버티는지 보겠어. 그놈의 채식주의를 내던지고 부드럽고," 그가 어깨를 뒤로 젖혔다. "환상적인," 그가 손목을 구부렸다. "*갈매기 고기*를 즐기게 될 때까지." 하지만 그의 손에서 발사된 돌멩이는 몇 미터도 못 가 커다란 갈매기는커녕 성벽을 넘어 바다로 떨어지고 말았다. 시무스는 손을 털며 멋쩍게 웃고 나서 다른 돌멩이를 찾았다. "이건 연습이었어." 그가 변명하듯 중얼거렸다.

프루는 눈에 소금결정체가 낀 것 같은 느낌을 받았다. 한동안 이 느낌이 계속되다 눈을 조심스럽게 비비자 그제야 흐릿한 게 가셨다. 프루는 되찾은 시력으로 자신들이 현재 처한 환경을 둘러보았다. 이 요새는 누군가 바다 한가운데 무인도에 지으려고 했던 일종의 건축물이었다. 작은 정사각형에다 아주 오래 전에 지붕 전체가 함몰되었다는 사실만 아니라면 자연채광이 불가능한 구조였다. 부서진 계단은 건물 저쪽 모퉁이에서 뚝 끊겨서 구불구불한 계단을 몇 개 올라가지도 못하고 폐허가 나왔다.

돌멩이가 시끄럽게 부딪치는 소리를 내며 프루의 손가락 바로 앞에 떨어졌다. 프루는 얼른 손을 뒤로 뺀 뒤 베란다에 서서 다른 돌멩이를 찾는 시무스를 노려보았다.

"조심하세요!" 그녀가 소리쳤다.

"오, 미안." 산적이 대답했다. 그는 다른 돌멩이를 발견하고 갈매기 무리에서 적당한 과녁을 고르기 시작했다. 갈매기들은 포식자를 눈치챈 듯 갑자기 흩어지더니 까옥까옥 미친 듯이 울어대며 멀리 날아갔다.

좌절한 시무스가 엉덩이에 두 손을 얹고 프루를 쳐다보았다. "힘내, 프루. 우린 이 상태를 끝내게 될 거야."

"어떻게요?"

"시간과 인내심, 그리고 산적만의 직감으로."

"산적의 직감요? 그게 무슨 도움이 된다고요?"

"또 민첩한 두뇌 회전, 뭐 그런 것들로. 지금 이건 아무것도 아니야. 난 더 최악의 경우도 겪어봤단다."

프루는 못 믿겠다는 듯 눈을 가늘게 뜨고 시무스를 바라보았다. "최악이요? 어떤 건데요?"

"바닥에 굶주린 곰이 지키고 있는데 사흘 동안 나무에서 보낸 적이 있지."

"그래도 여기에 비할 순 없어요."

시무스는 잠깐 생각하다 덧붙였다. "언젠가 마운틴 킹의 홀을 훔치려다 붙잡힌 적이 있지. 승산도 없는데 재미로 해본 거지. 브렌든이 하도 내가 못 할 거라고 비웃기에 말이야. 너도 알다시피 최고의 산적은 내기를 포기하지 않거든. 그래서 홀을 훔쳤다가 그렇게 됐지."

"그게 왜 최악이에요?"

"그 과정에서 왕의 딸과 사랑에 빠졌거든. 난 그녀를 데려오려고 했지만 잘 안 됐어. 그래서 내 죄목만 추가됐지. 붙잡혀서 일주일 동안 독거미가 우글거리는 동굴에 엄지발가락으로 매달려있었단다. 그때부터 내 별명이 길쭉이 엄지발톱 시무스가 된 거야."

"아저씨가 그런 이름을 가진 줄 몰랐어요."

"많은 걸 물어보지 마. 가슴 아픈 일이니까. 그 기억은 완전히 지웠어."

"공주는 어떻게 됐어요?"

시무스가 턱수염을 비비며 대답했다. "재미있는 질문이다. 내가 탈출한 후 그녀는 결국 아버지 집을 도망쳐서 산적 캠프로 날 찾아왔단다(마운틴 킹은 정말로 무시무시한 사람이지). 멋진 여자였다. 우린 결혼했지만 그녀는 산적생활이 취향에 맞지 않나봐. 결국 캐시드럴 마운틴 아래 동굴에 있는 아버지의 영지로 돌아간 뒤 쥐 병사들로 편성된 군대를 이끌고 마운틴 킹의 왕국을 전복시켰어. 멋진 이야기 아니냐? 가끔 그녀가 그리워. 그녀는 가끔 편지를 보내와. 정말 대단한 여자야. 보르시치(러시아나 폴란드 사람들이 먹는, 비트beetroot로 만든 수프. ―옮긴이)도 정말 잘 만들고."

"위안이 되네요." 프루가 부드럽게 말했다. "헌데 권력에 굶주린 종파에게 붙잡혀 이 망망대해의 무인도에 버려진 적 있으세요? 있다면 그 산적의 감각을 이용해 어떻게 탈출하셨죠?"

프루의 빈정거리는 말에 시무스는 고개를 저었다. "잘 들어봐. 넌 회합 나무에게 선택받은 사도이자 식물과 대화할 줄도 아는 유일한 바깥세상 사람이지만 산적질에는 문외한이야. 이건 유연하게 생각하고 가능성에 마음을 열면 되는 문제야. 그뿐이야."

"전 열려있는데요. 보세요. 전 열었어요." 프루는 산적을 향해 손바닥을 활짝 펴보였다.

"아니. 네가 꼭 그렇다는 말은 아니고, 다소 닫혀있다는 뜻이지. 이곳에서 시간은 우리 편이야. 우리가 현재 가장 많이 갖고 있는 자원은 시간이지. 시간을 현명하게 사용하자꾸나. 우선 우리의 문제부터 정리하자. 조직화는 산적의

392

가장 좋은 동맹이다."

"산적 속담인가요?"

"그럴 거야, 아마. 자, 비관론자, 우울증 소녀. 리스트부터 만들자. 첫째, 우리에겐 세뇌당하고 포로가 된 산적 동료가 있어."

"기생생물에 감염됐죠." 프루가 덧붙였다.

시무스는 그 말에 움찔하며 코를 문질렀다. "맞아. 도덕성이 의심스러운 종파에게 동화되었지. 맞지?"

"네, 그래요." 프루는 최대한 산적다운 말투로 대답했다.

"바로 그런 정신이 필요해. 둘째, 우리팀 중 한 명은 미망인 총독이 살아나서 귀환했을 거라는 예감을 느꼈어. 바로 그 미망인 총독이 팔팔한 담쟁이의 저녁밥이 되는 걸 마지막으로 본 사람이지. 그렇지?"

"그렇습니다, 대장." 프루는 어느새 말을 주고받는 데 재미를 느꼈다.

"그건 해적 말툰데. 산적과 해적은 엄연한 차이가 있어. 내가 일러주었을 텐데. 너무 경직되게 존경심을 표하지 않도록."

"죄송해요. 그리고 알았어요."

산적이 계속했다. "그렇다면 우리는 두 가지 중대한 곤경에 처해있군. 이 문제를 해결하기 전에, 더 추가할 내용 없나?"

"망망대해의 바위섬에 고립되었다는 사실을 잊으셨군요."

"알아. 난 이미 그 점도 염두에 두고 있다."

"오케이."

"오케이?"

"오케이."

393

산적은 수염을 쓰다듬고 나서 오른손으로 돌멩이를 가지고 저글링을 시작했다. "좋아. 유능한 산적은 자신의 걸림돌이 무엇인지 파악하고 나서 그것을 우주 삼라만상 중 사소한 문제로 치부하지." 프루가 말을 가로막으며 '사소하다'는 말에 제동을 걸려고 하자 시무스가 손을 저었다. "여기선 내 말대로 해라. 자, 잠깐 저 광활한 우주를 생각해보렴." 그는 프루가 우주를 머릿속으로 그려보는지 확인하려고 두 눈을 정면으로 응시했다. "저 미지의 공간, 사람들의 발길이 닿지도 않고 알려지지도 않은 저 하늘의 반짝이는 빛을 생각해봐. 이 땅을 내려다보는 신의 눈이라고? 아마 그럴지 모르지. 거대한 스카이 크랩의 발에 채여 하늘로 올라간 모래 알갱이라고? 그렇게 믿는 사람들도 있지."

프루는 다시 말을 가로막고 몇 대에 걸쳐 숲에만 사는 산적들은 잘 모르는 모양인데, 저 반짝이는 빛은 사실 머나먼 은하수 중에 스스로 빛을 내는 항성이라고 설명하려고 했다. 하지만 열의로 가득 차있는 그에게 설명하기에는 너무 벅찬 내용 같았다.

"계속하세요." 프루가 말했다.

"자, 일어서라. 이리로 와봐. 여기, 가운데."

폐허가 된 벽에 기대어 앉아있던 프루는 산적이 시키는 대로 몸을 일으켜 그에게 걸어갔다.

"관점이 중요해. 너를 저렇게 우주적인 존재로 상상하면, 그에 비해 인간이며 동물이라는 사실은 손가락에 난 털 한 올에 불과하지. 이런 우주적인 존재에게 시간과 시간의 흐름은, 눈 한 번 깜빡거리는 데에 백만 년이 흘러. 요는, 이런 관점에서 우리에게 일어난 역경을 사소하게 취급하자는 거야. 우리가 겪는 고난도 그렇게 바라보고. 이 돌바닥, 이 뼈들도, 우리의 몸도. 하늘을 나는 갈매기도. 봐라, 저것들이 얼마나 하찮게 보이니! 얼마나 작아보이냔 말야!"

실제로 조금은 그렇게 느껴졌다. 프루는 눈을 감고 시무스의 차분한 설명에 가만히 몸을 흔들었다. 그런 기분에 젖어 자신에게 일어난 일, 이 격동의 사건들을 관점을 바꿔 생각해보았다.

"아주 작아⋯⋯." 프루가 말을 멈추었다.

"그렇지, 정말, 정말로 작지⋯⋯." 시무스가 말꼬리를 흐렸다. 그러고 나서 잠시 후 덧붙였다. "그렇더라도, 저 새는 아주 큰걸."

프루가 눈을 떴다. 그때 수평선 위, 급강하하는 갈매기떼 사이로 새처럼 생긴 무언가가 보였다. 지금 이 정도 떨어진 거리에서는 주변 새들과 크기가 비슷했다. 다만 그 새는 떼지어 나는 작은 새들에 비해 훨씬 멀리 있었다. 사실은 동료 바다새들에 비하면 훨씬 난쟁이처럼 보였다. 하지만 가까워질수록 큰 새, 아니 거대한 새임이 분명해졌다. 한 번도 본 적 없는 거인새.

아니 언젠가 본 적이 있는 것 같았다.

"저건⋯⋯?" 프루는 자신의 기대가 무너질까봐 조바심이 났다.

프루는 시무스의 손을 잡고 무너진 계단을 달려 성벽 꼭대기로 올라갔다. 그곳에 오르자 끝없이 보이는 것 같았다. 석양빛에 핑크색으로 물든 구름이 멀리 수평선을 쓸고 지나갔다. 커다랗고 시커먼 물체가 바다새떼를 뚫고 날자 작은 새들이 놀라서 흩어지며 까옥까옥 소리를 냈다. 프루는 그제야 그 물체의 실루엣 위쪽에 나있는 작고 뾰족한 게 무엇인지 깨달았다. 그것은 커다란 수리올빼미의 뿔이었다. 그랬다. 틀림없었다. 그는 아비앙 공국의 공작 렉스였다.

"봤지? 산적의 예감이 어느 정도인지 알겠지?" 시무스가 못 믿겠다는 듯 상기된 목소리로 말했다.

396

올빼미는 커다란 날개를 펼치며 바위 가까이 날아와서는 커다란 몸뚱이와 얼룩 날개, 나이에 비해 현명해보이는 크고 검은 눈을 한껏 늘였다. 그의 커다란 몸으로 인해 넓은 그림자가 드리워지자 프루와 시무스는 놀라서 주춤주춤 물러났다. 새의 크기와 위엄에 위축되었지만 자신들을 구조하러 온 상대에 대한 두려움은 없었다.

거대한 새가 허물어진 계단 꼭대기에 착륙하자 그 무게에 뼈들이 흩어진 바닥으로 낙석이 떨어졌다. 그는 푸드득 날갯짓을 한 뒤 날개를 접어서 몸에 붙이고 부리로 재빨리 어깻죽지를 콕콕 쪼았다. 그런 다음 프루와 시무스를 내려다보며, 새들도 그게 가능한지 어쩐지 모르지만, 미소를 지었다.

"안녕, 여러분." 그가 말했다.

"올빼미 공작 폐하!" 프루가 소리쳤다. 프루는 시무스의 손을 내려놓고 새에게 달려가 그의 깃털 난 가슴을 두 팔로 안았다.

잠시 후 올빼미는 포옹을 풀고 날개로 소녀의 어깨를 감싸안았다. 뒤늦게 걸어온 산적 시무스도 고개 숙여 깍듯이 인사를 했다.

"안녕하시오, 시무스. 이렇게 만나다니, 좀 당황스럽군요." 올빼미가 말했다.

"이야기가 깁니다. 그 문제는 내 쪽에서 해명하겠소."

올빼미는 얼굴을 찌푸린 뒤 자신의 품에 안긴 소녀를 내려다보았다. "우리에겐 할 일이 많단다." 그가 간단히 말했다.

"어디에 계셨어요?" 프루가 새의 가슴에 얼굴을 묻은 채 물었다. "그동안 너무도 많은 일이 있었어요. 너무도 많이. 그런데 공작 폐하는…, 안 계시고."

"그래. 미안하구나. 생각지도 않은 불행한 일이 생겼단다," 올빼미 렉스가 말했다. "하지만 내 손길이 필요한 다른 곳이 많았단다. 게다가 네가 혼자서 잘 해낼 거라고 믿었단다."

소녀는 올빼미의 품에서 벗어나 그의 눈을 바라보았다. "그러셨어요? 그런데 별로 잘하지 않은 것 같아요."

"아니, 넌 잘 해냈어." 올빼미가 그렇게 위로를 했다. "그 상황에서 네가 할 수 있는 만큼 했어. 네가 모험을 하는 동안 여기저기 철새들한테서 가끔 보고를 받았단다. 내가 보기에 넌 잘 해왔어." 그가 그들이 현재 처한 상황을 둘러보았다. 여기저기 흩어진 뼈들, 비바람에 부서진 돌과 벽돌, 허물어진 요새, 파도치는 바다. "그래, 지금까지는 잘 해왔는데, 어떤 친절한 거위들이 네가 시노드에게 잡혀 감옥에 갇혔다고 전해주더구나. 이 외딴 섬으로 보내졌다고. 솔직히, 이번에는 좀 상황이 난감하구나, 그렇지?"

"네, 그래요." 프루가 겸언쩍어하며 대답했다.

"그건 그렇고, 내가 돌아온 이유는 정확히 이것이란다. 너도 어젯밤 틀림없이 진동을 느꼈을 거야. 지금 숲에는 아주 많은 일이 벌어지고 있단다. 좋은 일도 있고, 매우 나쁜 일도 있지. 한마디로 너처럼 중요한 인물이 이 돌무더기에 앉아 죽게 내버려둘 수 없는 일이 일어나고 있단다. 프루 매킬, 네가 꼭 필요하다." 그는 긴 옷을 입은 산적을 힐끗 보며 말했다. "시무스, 당신도 필요할 겁니다. 내가 왜 이런 요상한 복장을 한 산적을 봐야 하는지 알 수는 없지만. 내가 틀리지 않다면 그건 황폐한 나무를 추종하는 신비주의자, 시노드의 복장 아닌가요?"

"당신 말이 맞아요, 친구." 시무스가 대답했다.

"하지만 상황이 바뀌고 있소. 모든 작용에는 반작용이 따르는 법이죠. 이제 곧 시노드의 통치가 순탄하게 지속되지 못하리라는 것을 알게 될 겁니다. 새

398

로운 시대가 시작되고 있죠. 만약 제대로 방향을 잡지 못하면 다가올 세대에게 끔찍한 결과가 벌어질 겁니다."

"우드에요?" 프루가 물었다.

"우드뿐만 아니라 그 너머까지. 심지어 지금 우드와 바깥세상을 분리하는 마법의 띠도 도전을 받고 있단다. '1세대 나무'의 시대가 저물고 있어. 새로운 '통합의 나무' 시대가 싹트고 있고."

"그게 무슨 뜻이에요?" 프루가 물었다.

"시간이 없다. 네가 사우스우드에 필요하다는 말만 해두겠다. 지금 당장." 올빼미는 프루에게서 물러나 날개를 크게 펼쳐 두 사람에게 자신의 등을 내주었다. "올라타요. 갈 길이 멀어요."

두 사람은 올빼미의 등에 조심스럽게 올라가 프루는 새의 목덜미 쪽에, 시무스는 프루의 뒤에 앉았다. 놀랍게도 올빼미는 그들의 무게에 별로 지장을 받지 않는 것 같았다. 올빼미는 부서진 계단 꼭대기에 낮게 웅크렸다가 날개를 최대한 넓게 펼쳐서 날갯짓을 했다. 시무스의 손이 프루의 허리를 움켜쥐었다. "아야!" 프루가 나지막이 신음을 냈다.

"뭣 좀 물어봐도 됩니까?" 올빼미가 바람 방향이 바뀌기를 기다리며 머리를 곧추세웠을 때 산적이 물었다.

"뭐죠?"

"먼저 아무한테도 말하지 않겠다고 약속해주겠소?"

"그러죠."

"난 고소공포증이 있어요."

프루가 숨죽여 웃었다. "눈을 감으면 좀 나을 거예요." 프루가 귀띔했다.

잠시 후 거대한 새는 돌무더기를 회오리바람에 날려보내며 한껏 도움닫기를 해 크랙의 폐허를 이륙했다. 프루는 뒤에 앉은 산적이 크게 숨을 헐떡거리는 소리를 들었다. 바닷바람이 머리카락 사이로 돌진해왔다. 머리 위로 하늘이 활짝 열렸다. 프루가 평생 살 뻔했던 외로운 바위섬은 점점 작아졌다.

🌿

프루는 지금까지 두 번이나 경험했지만 이번에도 새를 타고 날아가는 동안 드는 경이로움을 억누를 수가 없었다. 시무스도 어느새 긴장을 풀고 프루의 허리를 잡았던 손을 놓았다. 올빼미의 긴 날개는 상승기류에 맞서며 거센 바람을 교묘하게 빠져나갔다. 발 아래에는 낮은 구름이 얇은 목화솜처럼 깔려있었다. 그들은 스프링이 튕겨나가듯 하늘 높이 올라 날아갔다.

올빼미 말에 따르면 그들은 밤새 여행을 하게 될 거라고 했다. 바다에서 우드로 연결된 오래된 이동항로를 따를 것이다. 밀려드는 바깥세상의 물결을 방어할 필요가 없던 시절, 그러니까 어디에나 우드의 마법이 통용되던 시절, 고대인들이 사용하던 항로였다. 가마우지 무리가 자신들의 권리를 강조하려는 듯 꽥꽥거리며 부산스럽게 날아올라왔다. 그렇게 주변을 돌며 정신을 쏙 빼놓더니 구름 속으로 사라졌다.

낮이 밤에게 자리를 내주고 떠났다. 작은 별들이 모습을 드러내기 시작했다. 프루는 올빼미의 부드러운 목덜미에 얼굴을 기대고 잠이 들었다. 시간이 얼마나 흘렀을까. 올빼미의 울림 가득한 목소리에 깼을 때 동쪽에서 가물가물 동이 트고 있었다.

"이제 멀지 않았다!" 그가 소리쳤다.

프루의 눈이 깜빡거리다 떠졌다. 프루는 땅을 내려다보았다. 올빼미가 지금 어디까지 왔는지 아는 게 신기하기만 했다. 아래 세상은 온통 흰색 양탄자가 빼곡하게 깔려있었다.

올빼미가 오른쪽 날개 각도를 바꾸자 세 사람은 곧장 오른쪽으로 하강을 시작했다. 프루의 뒤에 앉은 산적이 조그맣게 비명을 질렀다. 잠깐 사이 그들은 구름 가장자리에 가있었다. 프루는 자신의 발을 내려다보았다. 올빼미의 배 아래에서 달랑거리다 이내 구름에 가려 보이지 않았다. 세상이 잠깐 흰색 천지 더니 어느새 구름 사이로 넓게 펼쳐진 우드의 영토가 보였다.

여기에서 보는 우드는 눈에 띄게 달라져있었다.

"무슨 일이에요?" 프루가 소리쳐 물었다.

올빼미는 대답 대신 더 낮게 날았다. 프루는 지금 일어나고 있는 변화를 두 눈으로 목격했다.

담쟁이가 숲에 대한 권리를 주장하는 중이었다.

두꺼운 이끼가 얼룩덜룩한 바위를 뒤덮듯 담쟁이가 숲을 뒤덮고 있었다. 그 식물은 어떤 한 지점에서 점점 번져나가며 갈색과 초록의 두꺼운 덩굴 장막을 치는 중이었다. 지구상 어디에서도 식물의 약탈 현장을 이토록 분명하게 볼 수 없으리라. 더 가까이 내려가자 그 식물의 움직임까지 확인할 수 있었다. 밖으로 뻗어나가고 북쪽으로 돌진하며 멀쩡한 땅을 뒤흔들고 키 큰 전나무를 타고 올라가 이 나무 우듬지에서 저 나무 우듬지로 거미줄처럼 뻗어나가고 있었다. 더욱이 담쟁이덩굴에서 나는 오싹한 소리도 점점 높아졌다.

"담쟁이예요! 이런 일이 일어나고 있었군요!" 프루가 올빼미의 귀에 대고 소리쳤다.

그들이 나는 곳에서 바깥세상과 우드의 경계를 표시하는 국경선이 보였다. 프루는 멀리 포틀랜드 시내의 스카이라인도 보았다. 산업폐기물장 굴뚝에서 올라오는 연기도 보았다. 담쟁이는 무시무시하게도 이 두 세상을 갈라놓는 보이지 않는 선마저 훌쩍 뛰어넘을 기세였다. 테라륨 속의 식물이 울타리 역할을 하는 유리를 향해 뿌리를 뻗어나가는 것처럼 말이다. 아무튼 변경지대가 담쟁이로 하여금 이미 정복한 우드의 영토 너머로까지 뻗어나가지 못하게 막는 것은 분명했다.

올빼미는 공중을 몇 번 선회한 뒤 담쟁이가 장악한 넓은 들판을 향해 하강했다. 잠시 후 그의 발톱은 지면에 닿았고, 등에 탔던 두 사람은 뛰어내려 그 광경 속으로 들어갔다.

"내가 두려워했던 것보다 훨씬 심각하군." 올빼미가 섬뜩한 지면에 발을 딛고 서며 말했다.

"여기가 어디에요?" 프루가 물었다.

그 광경은 정말이지 몰라볼 정도로 바뀌어있었다. 이 공터의 경계를 표시했던 나무들은 자신들을 뒤덮은 생명체에 의해 형체를 알아보기 힘든 상태가 되어있었다. 흡사 수의를 입은 유령나 사용하지 않아 천을 씌워둔 고성 별채의 가구 같았다. 게다가 발아래 땅은 그 무게를 이기지 못해 들썩이고 부들부들 떨었다. 담쟁이덩굴이 어찌나 빽빽한지 실제로 땅바닥을 딛고 서있는 게 아니었다. 빈터 여기저기에 혹 같은 것이 몇 개 튀어나와 있고, 안에 뭔가를 품은 듯 담쟁이덩굴이 산을 이룬 모습도 보였다. 이를테면 꿈틀거리는 담쟁이 언덕이 솟아나있었다.

"사우스우드다." 올빼미는 이렇게 말한 뒤 날개를 들어 몇 야드 떨어진 거대한 담쟁이 덩어리를 가리켰다. "봐라, 저기가 총독 관저야."

프루는 그 모습에 숨이 막혔다. 하지만 이내 올빼미의 말이 사실임을 알았다. 관저에 있는 두 개의 탑 모양을 보니 짐작이 갔다. 한편 이제는 '쉭쉭' 소리가 귀를 멍하게 할 정도여서 애써 그 소리를 듣지 않으려고 했다.

시무스가 낯선 모습의 살아있는 관저로 발걸음을 옮기며 물었다. "설마 우리까지 뒤덮는 건 아니겠죠?"

"멀리 떨어진 어딘가에서 통제를 받고 있을 겁니다. 이곳은 파동에서도 저점이라 휴면하고 있는 걸로 보여요." 올빼미는 앞에 펼쳐진 낯설고 세기말적인 풍경을 둘러보았다. "여기는 이미 손상을 입혔죠. 초록 여제는 지금 북쪽으로 가고 있어요."

"초록 여제? 그게 누구예요?" 프루가 물었다.

"새로운 형태의 알렉산드라. 담쟁이에서 태어나서 아예 담쟁이 모양을 하고 있단다."

"지난번에도 그러지 않았던가요? 맥을 데리고?" 프루는 그 미치광이 여자가 하려던 끔찍한 의식이 떠올라 우울해졌다.

"아니. 지금 지닌 힘에 비하면 새발의 피였지. 그때는 담쟁이에게 희생되었지만, 지금은 그녀 자체가 담쟁이란다." 올빼미는 슬픔에 젖어 말했다.

시무스는 몇 미터 떨어진 곳에서 작은 의자만한 식물의 혹을 살펴보고 있었다. 그가 그 물체를 뒤덮은 식물을 한줌 잡아뜯으려다 짧은 비명을 질렀다.

"왜 그러세요?" 프루가 달려가며 물었다.

"이것 좀 봐!" 산적이 겁에 질린 목소리로 말했다.

커튼처럼 갈라진 담쟁이의 초록과 갈색 베일 사이로 적갈색 털이 보였다.

"누군가 있어요!" 프루가 소리쳤다.

두 사람은 힘을 합쳐 담쟁이덩굴을 옆으로 흩어놓기 시작했다. 담쟁이는 목질의 덩굴손이 서로 단단히 맞물려 좀처럼 벌어지지 않았다. 그들이 잡아당기자 그 안에 품은 물체를 더욱 단단히 움켜쥐는 것 같았다.

"단단히 움켜쥐었어. 교활한 것." 시무스가 덩굴에서 손을 떼며 투덜댔다.

그가 뒤로 몇 걸음 물러났다. 그러자 담쟁이는 푹 꺼지며 아까처럼 틈새가 벌어졌고, 무엇을 감싸고 있는지 모르지만 다시 초록 잎과 나무줄기를 가진 외로운 혹이 되었다.

"잠깐." 프루는 머릿속으로 들리는 쉭쉭 소리에 집중하면서 중얼거렸다.

흡사 온갖 잡음을 재생하는 텔레비전들에 둘러싸인 느낌이었다.

갑자기 말을 걸어서 놀란 듯, 발밑의 식물이 움찔했다. 프루는 그 물체를 에워싸고 있는 담쟁이 옆에 무릎을 꿇고앉아 두 손을 쳐들었다. 별 의미 없는 동작이지만 프루로서는 식물에게 말을 걸 때 정신을 집중시키는 데 도움이 됐다. 담쟁이가 프루의 존재에 놀란 듯 쉭쉭거리며 응답을 하더니 이내 수그러들었다. 팽팽했던 덩굴은 느슨해지며 뒷걸음질치는 뱀처럼 슬금슬금 멀어지기 시작했다. 잠시 후 덩굴이 삼켰던 물체가 모습을 드러냈다. 공원 벤치에서 편안히 잠든 갈색 비버였다.

시무스가 달려갔다. 프루는 팔을 떨어뜨렸고(프루는 식물과 대화를 할 때마다 힘이 빠지는 것을 느꼈다) 산적은 잠든 비버를 부드럽게 흔들어 깨웠다.

"흠냐, 흠냐, 누구세요?" 긴 옷 입고 수염을 기른 남자가 어깨를 툭 치자 동물이 놀라서 중얼거렸다.

"일어나요!" 시무스가 말했다.

"고맙지만, 내가 알아서 일어나려고 했어요." 비버가 더듬거리며 대답했다. "그냥 깜빡 졸았을 뿐이에요. 깨워줘서 나쁠 건 없지만."

비버는 기름때가 묻은 외투 차림이었다. 무릎 위 냅킨에는 반쯤 먹다 만 음식물이 놓여있었다. 그는 *내가 왜 창피함을 느껴야하죠?*라고 말하는 듯 분한 표정으로 두리번거렸다.

"당신은 담쟁이한테 뒤덮였어요." 올빼미 렉스가 뒤에서 걸어오며 설명했다. "그 안에서 동면하듯 잠들어있었어요. 아니, 그랬던 것처럼 보여요. 봐요. 밥 먹는 것도 잊었잖아요."

비버는 무릎에 놓인 음식을 바라보았다. 그제야 담쟁이로 뒤덮인 주변 광경

을 본 비버의 작은 입이 떡 벌어졌다. 초록색 언덕처럼 솟아오른 곳은 피톡 총독 관저였다.

"저건……." 그가 말을 잇지 못하자 시무스가 고개를 끄덕였다. "세상에." 비버가 갑자기 체념한 것처럼 중얼거렸다. 그러다 갑자기 기억이 떠오른 것처럼 황급히 고개를 떨궜다. "이제 기억났어요."

"뭔데요? 어떻게 된 거예요?" 프루가 다가앉으며 물었다.

"혹시 당신은……. 자전거 소녀?" 그가 프루를 보며 반문했다. 프루가 고개를 끄덕였다. 비버는 멍하니 올빼미 렉스를 올려다보았다. "그리고 당신은 아비앙 공국의 공작 아닌가요?" 올빼미는 점잖게 고개를 끄덕였다. 비버는 못 믿겠다는 듯 고개를 절레절레 흔들었다. "세상에, 정말이지."

"그리고 난 산적 시무스요." 시무스가 스타를 만난 듯 감격스러워하는 비버의 망상에서 소외감을 느낀 듯 얼른 끼어들었다.

"당신은 산적처럼 보이지 않는데요. 그 옷차림은 또 뭐죠?" 비버가 물었다.

"이건 옷이 아니요. 제복이지. 설명하자면 길어요." 시무스가 기분이 상해서 반박했다.

비버는 무릎에 놓인 음식을 바라보며 천천히 머뭇머뭇 말을 시작했다. "점심을 먹으려고 막 앉았을 때였어요. 한밤중에 먹는 점심이죠. 난 가스등 관리인이거든요. 그런데 지진이 난 것처럼 뭔가 우르릉거리는 느낌이 왔어요. 그러고는 이렇게 된 거죠." 그가 기억을 더듬는 듯 잠시 말을 멈췄다. "난 도시락을 꽉 잡았어요, 그렇지 않겠어요? 안 그러면 쏟아지니까. 하마터면 벤치에서 떨어질 뻔했죠. 그때 고개를 들었는데 가스등 불빛에 저기, 저 나무들에서 그게 회오리치듯 올라오는 모습이 보였어요."

"그게, 어떻게 생겼던가요?" 올빼미가 물었다.

"잘 보이지 않았어요. 사방이 캄캄해서. 적어도 처음에는 그랬어요. 난 이 자리에서 얼어붙은 것처럼 꼼짝도 못 했어요. 도시락에서 손을 뗄 수도 없었어요. 그런데 그게, 거인처럼 생긴 그게 두 개 더 나타났어요. 나무 사이에서요." 비버는 그 모습을 머릿속에서 털어버리려는 듯 고개를 흔들었다.

"계속해요." 올빼미가 재촉했다. "지금은 괜찮아요."

비버의 작고 검은 눈에 눈물이 어렸다. "끔찍했어요. 난 가스등 불빛에 그들의 다리밖에 보지 못했어요. 숲에 있는 나무처럼 컸어요. 온몸이 담쟁이로 뒤덮였고요. 그런데 거기에서 덩굴손이 나왔어요. 수도꼭지에서 물이 나오는 것처럼요. 그러고는 저기 관저로 뻗어나갔어요. 폭발이 일어난 것 같았죠. 멍해서 보고 있는데 정신을 차리기도 전에 나한테도 들이닥쳤어요. 갑자기 노곤해졌지요, 왜 안 그렇겠어요? 틀림없이 나를 잠에 빠뜨린 거예요."

비버가 설명하는 동안, 프루는 이 가련하고 정신이 혼미한 동물이 묘사하는 끔찍한 광경을 상상하면서 자기도 모르게 멀리 우듬지로 신경이 쏠렸다. 이 육신 없는 여인은 대체 어떤 무시무시한 모습을 했기에 이토록 겁에 질리게 하고 엄청난 피해를 입혔을까? 전나무 삼나무 솔송나무 단풍나무 모두가, 꿈틀거리며 뻗어나가는 담쟁이덩굴로 뒤덮여 있었다. 가장 높은 나뭇가지에 매달려 그 무게로 우듬지가 축 늘어지도 했다. 눈길 닿는 곳마다 담쟁이덩굴에 무고하게 희생되어 잠들어있는 증거들이 보였다. 풍경 여기저기에 초록색으로 은폐하고 웅크려앉은 듯한 둔덕이 널려있었다.

"어서 황폐한 나무한테 가보자." 올빼미가 재촉했다.

"그래요!" 프루는 기생생물에 감염된 산적들을 떠올리며 소리쳐 대답했다.

바로 그때 어떤 소리가 크게 울려퍼졌다. 모두가 들판 한가운데, 티톡 관저의 형상을 띤 담쟁이덩굴을 돌아다보았다. 담쟁이가 부분적으로 흘러내리면서 벽돌벽 한쪽도 허물어져 그 잔해가 바닥으로 비오듯 쏟아져내렸다. 그 틈새로 잠깐 관저 건물 정면이 드러나는가 싶더니 이내 담쟁이덩굴이 새로 뻗어나가 가려버렸다. 파괴의 현장을 두 눈으로 목격한 프루는 소름이 끼쳤다.

"담쟁이가 건물을 파괴해요." 프루가 소리쳤다. 그때 잠자는 비버한테서 담쟁이를 쫓아낸 일이 떠올랐다. "어쩌면 제가 멈출 수 있을지 몰라요!"

"안 돼, 프루." 올빼미가 말했다. "네 힘으론 안 돼. 관저는 이미 망가졌어. 지금은 황폐한 나무를 구해야 해."

"황폐한 나무요?" 프루가 영문을 모르겠다는 표정으로 물었다. "우리가 왜 그 악독한 나무를 구해야 하죠?"

"우드는 여러 가지 다른 기운으로 복잡하게 엮인 천과 같단다. 모두 보전해야 해. 지금 설명하기에는 너무 길고. 어쨌든 너의 힘은 다른 곳에서도 필요하단다." 올빼미는 프루와 시무스에게 등을 내밀었고, 둘은 다시 새 등에 올라탔다. "꽉 잡아." 그는 이렇게 말한 뒤 거대한 날개를 활짝 펼쳐 하늘로 날아올랐다.

올빼미가 날아오르자 끔찍한 파괴의 현장이 다시 생생하게 보였다. 담쟁이는 걷잡을 수 없이 뻗어나가고 있었다. 가는 곳 어디에나 집과 건물처럼 보이는 것들이 담쟁이한테 침략당해 산산조각났다. 수령이 수백 년쯤 되는 하늘만큼 높은 나무들마저 무자비하게 집어삼키는 식물의 무게를 이기지 못해 휘어지고 부러졌다. 그 굉음이 얇게 안개 낀 대기를 뒤흔들었다. 프루는 오래된 숲이 탐욕스러운 침입자에게 서서히 먹히는 현장을 목격하며 가슴이 미어졌다.

이윽고 며칠 전 프루가 납치되었던 황폐한 나무 주변 들판이 보였다. 그곳

역시 관저와 마찬가지로 꿈틀거리는 담쟁이 천지였다. 올빼미가 슬프게 고개를 저었다.

그는 들판 위를 천천히 선회하며 매질하듯 후려치는 바람 소리 사이로 크게 소리쳐 말했다. "너무 늦었어."

"뭐가 늦어요?" 프루가 큰 소리로 되물었다.

"황폐한 나무. 벌써 먹혔어."

정말 그랬다. 올빼미가 담쟁이덩굴로 뒤덮인 풀밭에 착륙하자 프루와 시무스는 그의 등에서 뛰어내렸다. 역사로 다 기록되지도 않는 수백 년 동안 그 자리에서 주목을 받아온 나무가 지금 초원 한가운데 작은 둔덕 외에 아무것도 남기지 않았다. 그 주위로 둥글게 더 작은 혹들이 점점이 솟아나 있었다. 프루는 그것이 기도하던 시종들의 흔적으로 아마도 담쟁이로 인해 잠들었을 거라고 추측했다. 커다란 올빼미가 망연자실 이 광경을 보고 있을 때 프루는 가장 가까운 담쟁이 둔덕으로 달려가 쉭쉭거리는 식물을 불러내며 대화를 시작했다.

놓아줘, 프루가 머릿속으로 생각했다.

그러자 귓속 가장 깊은 곳에서 알아들을 수 있는 어떤 단어가 들렸다.

누구우우.

놓아줘. 프루는 머릿속으로 외쳤다. 물속에서 걸을 때처럼 몸에서 기가 빠져나가는 것 같았다.

프루는 갑자기 담쟁이가 느슨해졌음을 눈치챘다. 그 순간을 이용해 손을 뻗어 거미줄처럼 얽힌 덩굴을 잡아당겼다. 그 밑에 두건과 마스크를 쓴 형체가 나타났다.

"시무스!" 프루가 어깨 너머로 소리쳤다. 산적이 얼른 프루 곁으로 달려왔다. "이것 좀 걷어내게 도와주세요."

두 사람은 질식시킬 듯 뒤덮은 장막을 옆으로 걷어내기 시작했다. 담쟁이는 가수면 상태에라도 빠진 듯 그들의 손에 저항하지 않고 굴복했다. 오래 걸리지 않아 그들은 담쟁이로부터 칼리프를 구해냈다. 시무스가 그의 목도리를 잡고 옆으로 벗긴 뒤 은색 마스크를 조심스럽게 떼어내자 평화롭게 잠든 산적 윌리엄의 얼굴이 나왔다.

"윌리엄! 일어나, 이 친구야!" 시무스가 기쁨에 겨워 소리쳤다.

산적의 눈꺼풀이 파르르 떨리고 잠이 덜 깬 몸을 뒤척였다. 이윽고 긴 금발 수염이 움찔거리더니 그가 서서히 잠에서 깨어났다. 일단 의식은 돌아왔지만 윌리엄은 프루와 시무스를 낯선 사람인 양 멍하니 쳐다보기만 했다. 그의 눈은 아직 아무것도 구분하지 못했다. 그러나 어느 순간 겁먹은 표정이 스치더니 아직도 손과 다리가 담쟁이덩굴에 묶여있는 것처럼 몸부림을 쳤다.

"윌리엄! 나야, 시무스!" 시무스가 다시 소리쳤다.

그러나 산적의 정신은 쉽게 돌아오지 않았다. 그때 프루의 귀에 똑딱 소리가 들렸다. 프루는 손을 뻗어 시무스의 가슴을 밀쳤다.

"잠깐만요. 해야 할 일이 남아있어요."

시무스는 형제 산적의 기억상실을 혼란스러워하며 뒤로 주춤주춤 물러났다. 그 사이 프루는 손바닥으로 윌리엄의 얼굴을 들어올렸다.

자, 나와. 프루는 머릿속으로 말을 걸며 다른 생각을 비웠다. 오직 똑딱 소리에만 집중했다. 윌리엄의 머릿속에 있는 생명체에게 말을 걸었다.

산적이 헉헉거렸다. 핏발 선 눈은 크게 벌어졌다. 그는 기침을 하며 두 손을 허우적댔다. 프루는 계속해서 산적의 콧구멍 속에 들어있는 기이한 생명체를 구슬렀다. 살살 회유해 밖으로 나오게 하기 위해서였다. 녀석은 방해받아서 짜증스러운 듯 더 크게 똑딱 소리를 냈다. 그러는 사이 산적의 콧구멍에서 콧물이 솟구쳐나왔고 그는 극심한 헛구역질에 배를 잡으며 고통스러워했다.

"괜찮을 거야, 친구. 괴롭겠지만 그 덩어리를 내뱉기만 하면 돼." 시무스가 산적 옆에서 달래주었다.

마른기침이 더욱 심해졌다. 프루는 어느 순간 기생생물이 저항을 포기하고 자신의 명령에 굴복했음을 느꼈다. 그와 더불어 다시 기가 빠져나가는 느낌을 받았다. 프루는 뒷걸음질치며 휘청거렸다. 산적 윌리엄이 허리를 구부린 채 다시 헛구역질을 시작했다. 드디어 오른쪽 콧구멍에서 회색과 초록색이 섞인 물질이 튀어나왔다. 시무스가 얼른 손을 뻗어 그것을 잡았다. 역겨운 듯 찌푸린 얼굴로, 시무스는 동료의 콧구멍에서 나온 곰팡이와 거미줄 같은 균사 즉, 공 모양의 생명체서 뻗어나온 그물 같은 실가닥을 제거해주었다.

프루의 머릿속에서 똑딱 소리가 서서히 잦아들었다.

프루는 숙주에서 나온 해면상 곰팡이가 다른 인간에게 달라붙으려 하는 것을 감지하고 소리쳤다. "시무스 아저씨, 그걸 빨리 없애버려요."

시무스는 그것이 독뱀이라도 되는 듯 손을 멀리 뻗어, 아직 웅크린 채로 기침하는 윌리엄으로부터 뒤로 물러나 인정사정없이 담쟁이한테 던져버렸다. 그제야 프루의 머릿속에서 똑딱 소리가 사라졌다. 하지만 얼마 못 가 사방에서 터져나오는 소리에 움찔하며 놀랐다. 프루는 주변을 휘휘 둘러보았다. 담요처럼 뒤덮인 담쟁이덩굴 위로 비슷비슷하게 솟아오른 혹들, 프루는 그 속에 똑딱 소리를 내는 칼리프가 더 많이 묻혀있음을 깨달았다.

"우리 불을 피워요. 아직 구해내야 할 사람들이 많아요." 프루가 말했다.

그 사이 몸을 일으킨 윌리엄은 얼굴을 긁어 균사가 콧구멍에서 나올 때 함께 흘러나온 미끌미끌한 점액을 닦아내고 있었다.

그가 얼떨떨한 표정으로 두리번거리다 시무스를 발견하고 쉰 목소리로 물었다. "시무스! 어떻게 된 거야? 내가 왜 여기 있는 거지?"

"여긴 사우스우드야. 자넨 지금까지 노예였어. 하지만 이제 다 끝났네. 모든 게 끝난 일이야." 시무스는 감격에 겨운 듯 말했다. 그가 산적 동료들에게 가혹한 운명을 지운 데 대해 얼마나 부담을 느꼈는지 분명히 알 수 있었다.

그렇게 이른 아침이 흘러가고 숲 위로 낮은 구름이 걸렸다. 모든 담쟁이 둔덕에는 사람이나 동물이 가수면 상태로 묻혀있음이 밝혀졌다. 그들은 차례로 풀려나고 되살아났다. 프루는 해면상 곰팡이를 받아먹고 담쟁이에 갇혔던, 은색 마스크를 쓴 칼리프들에게 다가가(한 명 한 명 구출해낼 때마다 프루의 기는 그만큼 소진되었다) 콧구멍에서 거미줄 같은 균류를 빼주었다. 산적들이 한 명 한 명 마스크를 벗고 잠에서 깨어났다. 여기저기에서 질문과 축하가 쏟아졌다. 시무스는 산적들과 재회할 때마다 자책하며 자초지종을 들려주었다. 잠을 자던 칼리프 열 명가량이 깨어나 정상으로 돌아왔다(그중에는 시노드의 부활 약속에 속아 넘어간 순진한 사우스우드 주민들도 섞여있었다). 프루가 은색 마스크를 쓴 시종 한 명에게 다가가 마스크를 벗겼을 때였다. 잠에 빠진 산적왕 브렌든의 얼굴이 나타났다. 그는 잠에서 깨어난 뒤 기침을 해서 콧구멍의 균사를 뱉어냈고, 풀밭에 피운 활활 타는 불길로 그것을 던져버렸다. 브렌든은 비틀거리다 겨우 몸을 일으킨 다음 말없이 자신을 에워싼 사람들을 차례로 바라보았다.

그때 앞으로 걸어나온 시무스가 오랫동안 실종되었던 대장을 바라보다 발밑에 무릎을 꿇었다. "대장. 모두 내 잘못이에요." 그가 울먹이며 말했다.

브렌든은 아직 몽롱한 표정으로 시무스를 내려다보았다. 프루는 지금까지 그의 본거지인 숲에서 힘을 상징하는 이마의 문신을 한 굳건하고 대장다운 모습만 봐온 터였다. 그런데 지금 발밑에 엎드린 부하를 보는 그의 표정은 어리둥절하고 혼란스러워 보였다.

"일어나게." 그가 마침내 말했다. 시무스는 명령대로 했지만 여전히 고개를 들지 못했다. "어떻게 된 건가?" 산적왕이 손가락으로 관자노리를 누르며 물었다.

"난 특사로 이곳에 있었죠." 시무스가 설명을 시작했다.

브렌든은 *그건 나도 기억하네*, 라고 말하듯 고개를 끄덕였다.

"그 자들이 나를 시노드에 집어넣었어요. 황폐한 나무를 섬기는 신비주의자들이죠. 그 후로는 잘 생각나지 않아요. 희미한 기억밖에요. 정말이에요. 난 억지로 해면처럼 생긴 물질을 먹었어요. 기생생물인 균사인데, 그걸 먹으면 황폐한 나무와 그 사제들이 시키는 대로 움직이게 되죠." 산적왕은 말이 없었다. 그의 눈썹은 잔잔했고, 동료한테서 한시도 시선을 떼지 않았다. 그의 손이 옆으로 내려왔다. 시무스는 머뭇거리면서 말을 이어나갔다. "난 산적 캠프로 갔어요. 그 곰팡이 균을 먹은 상태에서……. 동료들에게도 그 곰팡이를 먹였더니 모두가 말을 잘 듣게 되었어요." 시무스가 울기 시작했다. 굵은 눈물방울이 코로 흘러내려 갈색 수염을 적셨다. "우린 모두 걸어서…, 여기로 왔어요. 그리고 시노드에 들어가서 나무가 시키는 대로 했죠." 그는 연신 코를 훌쩍거리고 손가락으로 콧물을 훔쳤다. "난 산적을 망쳤어요. 선서를 어겼죠. 난 형제자매들을 해롭게 한 몸이에요. 만약 여러분이 원한다면, 더 이상 산적단에 남아있지 않겠어요."

침묵이 흘렀다.

브렌든은 머리를 조아린 형제를 가만히 내려다보다 그의 어깨에 팔을 얹으며 입을 열었다. "시무스. 자네가 산적단을 떠나면 나는 그 즉시 롱 갭의 깊은 구덩이로 몸을 던지겠네. 그 정도 잘못은 우리도 많이 했어." 브렌든은 미소 띤 얼굴로 거기 모인 부하들과 동료 산적 형제들을 돌아다보다가 프루를 발견했다. 프루는 반사적으로 정중하게 예를 갖췄다. "너를 여기에서 만났는데 내가 왜 놀라지 않는지 모르겠구나. 바깥세상에서 온 프루. 아무튼 네가 가는 곳은 모닥불 연기처럼 말썽이 따라다니는구나." 브렌든이 말했다.

그가 묘한 미소를 짓자 프루는 비로소 산적이 예전의 냉소적인 성격으로 돌아온 것 같아 기뻤다.

"연기는 미인을 따라다니는 법이죠." 프루가 수줍게 웃으면서 대꾸했다. 캠핑 여행에서 아빠가 지친 몸을 끌고 갈 때 늘 쓰던 농담이었다.

그 순간 프루는 눈앞이 어질어질해지며 무릎이 꺾이는 것을 느꼈다. 옆에 서있던 산적 앵거스가 프루의 팔을 잡고 부축해주었다.

"괜찮니?" 그가 물었다.

"조금… 지쳤나봐요." 프루가 대답했다. 담쟁이한테 포획당한 이들을 해방시키는 일은 생각보다 힘이 들었다.

서른 명의 산적, 주민들과 함께 서있던 올빼미 렉스가 무리에서 앞으로 걸어나왔다. 사람들은 거대한 새가 통과하도록 길을 열어주었다.

"올빼미 공작. 이 일을 대체 어떻게 아셨습니까?" 브렌든이 새에게 고개 숙여 인사하며 물었다.

올빼미가 대답했다. "사실을 말하면 아무것도 몰랐소. 최근 몇 달 동안 다른

414

지역에 머무느라 떠나있었죠. 어쨌든 이 상황은 쉽사리 정상으로 되돌릴 수 없는 일생일대의 재앙이군요. 다만 최선을 다해야겠죠. 이제 황폐한 나무는 없습니다. 초록 여제의 분노가 갈기갈기 찢어놓았어요. 그녀가 지난번에 말한 대로 복수를 하는 것으로 보이는군요."

"초록 여제가 누굽니까? 난 인사를 나눈 적이 없는데." 산적왕이 말했다.

"죽은, 아니 죽은 것이나 진배없는 사람의 영혼이 실린 살아있는 담쟁이입니다." 올빼미가 돌아서서 군중에게도 설명을 했다. "플린스 전투 때 담쟁이로 뒤덮인 바실리카에서 여러분이 죽인 그 여자입니다. 우린 죽은 줄로 알았죠. 그런데 그녀가 돌아왔습니다. 사실 그녀는 담쟁이한테 영혼을 먹혀 동면상태로 있던 겁니다. 이제 자신의 무시무시한 의식도 끝내고 우드 전체를 황폐하게 만들려고 돌아왔습니다."

브렌든은 기운을 차리려고 애쓰면서도 분노를 토해냈다. "그 여자는 멀리까지 못 갈 겁니다. 만약 우드 전체를 담쟁이로 뒤덮어버리려 한다면 우리가 지옥으로 보내버리겠소."

그는 검을 빼려고 옆구리로 손을 뻗었지만 검이 없었다. 대신 이상한 회색 주름옷을 움켜쥐고 욕설을 내뱉었다.

올빼미가 잠시 고개를 저었다. "이 정도는 아무것도 아니에요. 훨씬 나빠질 겁니다. 황폐한 나무는 이미 흔적도 없이 사라졌어요. 폄하하는 사람들에게 비난도 받았지만 수백 년 동안 여기에서 중요한 역할을 수행해온 나무였어요. 와일드우드의 납골당 나무, 노스우드의 회합 나무와 함께 변경지대의 구조를 유지해왔죠……." 올빼미는 다음 말을 강조하기 위해 잠시 뜸을 들였다. "그 변경지대가 없으면 우드와 바깥세상의 방어벽이 아무 쓸모도 없게 되죠."

"쓸모가 없어진다뇨?" 프루가 사색이 되어 끼어들었다. "쓸모가 없어진다니, 무슨 뜻이에요?" 마지막 남은 힘을 내어 몸을 일으킨 프루가 앵거스의 팔을 뿌리치고 앞으로 걸어나왔다.

그 모습을 본 올빼미가 얼굴을 찡그렸다. "말 그대로야. 알렉산드라, 그 초록 여제는 변경지대를 넘어갈 거야. 먼저 우드를 엉망으로 만든 뒤 바깥세상도 먹어치울 거야."

프루만 빼고 그 자리의 누구도 그 말이 무슨 의미인지 심각하게 생각하지 않았다. 그들 중 누구도 바깥세상에 가본 적이 없으니 그럴 만했다. 하지만 프루의 눈에는 끔찍한 광경이 생생하게 그려졌다. 프루는 우드에 있을 때 바깥세상에 별로 관심을 두지 않았다. 바깥세상을 떠올리면 쳇바퀴같은 일상과 사소한 걱정거리만 생각나기 때문이었다. 하지만 두 세상 사이의 변경이 무너질 수도 있다는 말에 가족이 있는 세상을 보호해야 한다는 생각이 절실해졌다.

"프루, 여기야! 여기 좀 와야겠다!" 어떤 목소리가 들려왔다.

모두가 일제히 몇 미터 떨어진 빈터 가장자리 쪽의 산적을 쳐다보았다. 그들은 산적이 있는 곳으로 달려가자마자 그가 우려하는 이유를 알아차렸다. 두껍게 깔린 담쟁이의 무게 때문에 작은 헛간이 무너지고 있었다. 게다가 안에서 어떤 목소리가 살려달라고 외치는 소리가 들렸다.

"에스벤!" 프루는 으르렁거리는 듯한 그의 목소리를 즉시 알아들었다.

프루는 얼른 구조물 위로 두 손을 쳐들고 담쟁이덩굴을 회유하기 시작했다. 프루 옆으로 달려와 웅크리고 앉아있던 산적들은 담쟁이가 말을 듣는 듯하자 덩굴을 잡아뜯기 시작했다. 금방 문의 위치가 드러났다. 하지만 실망스럽게도 문 걸쇠에 묵직한 철제 맹꽁이자물쇠가 달려있었다.

416

"꽉 잡아!" 브렌든이 외쳤다. 그는 동료 산적들을 돌아다보며 손을 저었다. "자네들 중 누군가가 열쇠를 갖고 있을 거야. 주머니를 뒤져봐!"

담쟁이가 계속해서 조여오자 오두막의 골조가 삐걱 소리를 내면서 형태가 기이한 직사각형 모양으로 찌그러졌다. 안에서 뭔가 금이 가기 시작한 듯했다. 에스벤이 놀란 듯 비명을 질렀다.

"우리가 금방 꺼내줄게요!"

프루는 오두막을 뒤덮은 생명체에게 손을 내밀어 힘을 빼려고 애썼다. 담쟁이 양이 어마어마했다. 그 많은 담쟁이와 교감하느라 녹초가 될 지경이었다.

만약 상황이 심각하지 않았다면, 동시다발적으로 열쇠를 찾느라 주름진 회색 옷의 주머니를 툭툭 치는 산적들 모습이 우스꽝스럽기 그지없었을 것이다.

이윽고 브렌든이 말했다. "이런, 이게 여기 있었군."

그가 자기 주머니에서 놋쇠로 된 만능열쇠를 꺼냈다. 자물쇠는 풀렸고, 그들은 문을 열었다. 안으로 들어가자 저쪽 벽에 은색 갈고리를 단 곰이 짓눌리다시피 기대어 앉아있었다.

구조자들을 본 곰이 수줍게 미소지었다. "이봐, 여기예요. 담쟁이 조심해요."

실제로 헛간 통나무 벽의 갈라진 틈으로 들어온 식물은 지금도 부지런히 바닥을 가로질러 곰을 향해 뻗어오고 있었다. 프루는 앞으로 달려가서 기어다니는 담쟁이에게 머릿속으로 경고를 한 다음 에스벤의 갈고리를 잡고 끌어당겼다. 프루는 서둘러 곰을 문틈로 밀어넣었다. 곰은 마름모꼴이 된 문을 간신히 통과했다. 그 사이 헛간은 담쟁이에 조여 신음을 내뱉고 몸을 떨었다.

무사히 밖으로 나온 프루는 곰의 품으로 뛰어들어 두 팔로 껴안으려 했지만 워낙 거대한 몸뚱이라 절반밖에 보듬지 못했다. 산적들은 붕괴되는 곰의 감옥을 놀라워하며 구경했다.

"우리가 꺼내자마자 주저앉을 줄 알았지." 시무스가 말했다.

"소설책을 보면 늘 그렇잖아." 옆에 있던 산적이 거들었다. 그램이었다.

시무스가 문설주 기둥을 발로 찼다. 헛간이 소음과 먼지, 담쟁이를 분출하며 바닥으로 주저앉아 산산조각났다. "다 됐다!" 산적이 흡족하게 말했다.

헛간 무너지는 소리에 잠깐 놀랐던 프루는 이내 에스벤을 쳐다보았다. 그녀는 엄마처럼 털에 붙은 담쟁이 조각을 떼어주면서 말했다. "미안해요, 에스벤. 이렇게 될 줄 몰랐어요."

"그 자들이 오소리의 뒤를 밟은 게 틀림없어." 에스벤이 몸을 털며 말했다. "그 자들은 금방 나를 찾아냈어. 난 피할 겨를도 없었지. 두건을 쓴 사람들이었어." 곰이 몸서리를 쳤다. "그러고 나서 곧바로, 눈 깜짝할 사이에 담쟁이가 들이닥쳤어. 여기저기서 부서지는 소리가 끔찍하게 들렸지. 그나저나 내가 그 헛간에 얼마나 갇혀있었는지 모르겠군!"

"지금은 안전해요." 프루가 안심시켰다.

"그래?" 곰은 주위를 둘러보며 말했다. 정말이지 주변 환경은 극적으로 달라져 있었다. 그들에게 처음 붙잡혀서 떠날 때 그 다채롭던 숲과 포로가 되어 다시 온 지금의 숲은 전혀 비슷하지 않았다.

"그 여자가 돌아왔어요. 미망인 총독. 달라진 모습으로요." 프루가 알렸다. "그녀가 담쟁이를 통제해요."

"그 여자가 담쟁이를 이용해 뭘 하려는 거지?" 곰이 어리둥절해서 물었다.

"변경지대의 구조를 망가뜨리려는 거죠. 그 여자는 우드의 '나무들'을 모두 없애버리려고 해요." 올빼미 렉스가 설명했다. 돌풍이 불어와 새의 머리카락을 흐트러뜨렸다. 그는 남쪽, 지평선에 낮게 걸린 구름을 바라보았다. "만약 그게 그녀의 소원이라면 지금쯤 두 번째 나무인 납골당 나무를 뿌리까지 갈기갈기 찢어놓기 위해 가고 있을 거야. 그 다음 세 번째 나무가 있는 곳으로 향하겠지."

"회합 나무군요." 프루가 한숨을 내쉬었다. 문득 노스우드의 평화로운 주민들과 거대한 나무 주위에서 명상을 하는 조용한 신비주의자들의 모습이 눈에 선했다. "가야 해요. 가서 그 여자를 막아야 해요."

"우리가 막을 수도 있겠지." 올빼미가 진지하게 대답했다.

"하지만 프루의 힘은 어쩌고요?" 브렌든이 끼어들었다. "그 여자는 담쟁이를 통제해요. 프루가 기력이 다 빠져도 담쟁이 물결을 막을 수 있다고 보십니까?"

올빼미가 걱정스러운 표정으로 프루를 바라보았다. "너의 힘도 대단하지만, 초록 여제가 너보다 더 셀 게다."

"하지만 신비주의자들과 동맹을 맺으면 도움을 받을 수 있을 거예요. 힘을 합치면 물리칠 수 있어요." 프루가 설명했다.

"그럴 수 있을지도 모르지……." 올빼미가 동의했다.

그때 프루의 머릿속에 어떤 생각이 스쳤다. "참, 톱니바퀴. 톱니바퀴는 어떡하죠?" 프루가 물었다.

올빼미 렉스가 영문을 모르겠다는 표정으로 소녀를 보았다. "그런 게 지금 무슨 도움이 된다고?"

"회합 나무가 말했어요. 진정한 후계자인 자동인형 소년을 복원하면 우드를 하나로 통일시켜줄 거라고요. 그가 우드를 구할 거예요!" 복잡한 계획을 정리하느라 프루의 표정이 날카로워졌다. "제 말은, 지금까지 일어난 일을 본다면

이 초록 여제, 그러니까 알렉산드라로부터 이 땅을 구하기로 되어있는 것은 시노드가 아닐지도 모른다는 뜻이에요." 프루는 에스벤을 돌아다보며 예리하게 그의 표정을 살폈다. 프루는 자신의 탐색을 그만둬야 할 시점에 이르렀음을 분명히 알고 있었다. 바라는 결과를 얻지 못했더라도 언젠가는 탐색을 멈춰야 할 때가 오는 법이다. "에스벤은 혼자서라도 톱니바퀴를 만들기 시작해야 해요." 프루가 말했다.

곰이 요란하게 침을 꿀꺽 삼켰다. 그는 두 갈고리를 들어올린 채 속절없이 중얼거렸다. "그 여자가 나한테서 내 도구를 빼앗았어. 캐롤이 없는데도 나 혼자 할 수 있을지 자신 없어."

"해보세요." 프루가 재촉하며 주위에 모여있는 사람들을 둘러보았다. "누구든 도와줄 사람이 필요해요."

산적 시무스가 앞으로 나섰다. 그는 울퉁불퉁하고 거친 손가락을 갖고 있었다. "난 말발굽이든 구두징이든 뭐든 잘 만들지. 톱니바퀴를 만들 때 어떤 도움이 필요한지 모르지만 한번 해볼게."

"아마 큰 도움이 될 거요." 곰이 불안하게 말했다. 그의 목소리에는 이런 때 절실한 굳은 결의가 부족했다. 그가 창백한 햇빛에 자신의 인조 손을 못 미더운 눈으로 비춰보다 산적들을 보며 덧붙였다. "더 크고, 더 뜨거운 모닥불도 필요해요."

거기 모인 산적들이 입을 모아 "걱정마요!"라고 합창한 다음 꿈틀거리는 담쟁이 속에서 찾을 수 있는 나뭇가지를 주워모으기 시작했다.

곰 에스벤이 엄숙한 눈으로 프루를 쳐다보며 담담하게 말했다. "최선을 다해보마."

"우리가 바라는 것도 그거예요." 프루가 그의 어깨에 손을 얹으며 대답했다.

산적왕 브렌든은 저만큼 떨어져 연무 낀 하늘에서 태양의 위치를 가늠하고 있었다. "우리에게 시간을 얼마 안 줬군. 만약 그 여자가 납골당 나무에 도착했다면 오래 걸리지 않아 산길을 지나 노스우드에 닿을 거야." 그는 꿈틀거리는 담쟁이에게 침을 뱉어 화풀이를 했다. "우리가 걸어서 간다면 이 빌어먹을 담쟁이가 사방에 깔리지는 않더라도 와일드우드를 벗어나기 전에 그 여자가 회합 나무를 못 쓰게 만들어버릴 거야."

올빼미 렉스가 미소지었다. "당연히 걸어서는 못 가죠."

그는 말을 마치자마자 날개를 펼쳐 공중으로 날아올랐다. 이어서 사람들 머리 위로 수십 미터 공중을 선회하다 더 높이 올라간 뒤 산적이나 거기 있는 사우스우드 주민들이 한 번도 들어본 적이 없는 엄청나게 큰 소리를 냈다. 그 소리는 숲을 뚫고 담쟁이덩굴로 뒤덮인 나무와 쓰러진 건물들, 그리고 처참하게 파괴된 세상의 황량한 풍경에 울려퍼졌다. 군대를 소집하는 소리였다.

CHAPTER 26

거인들의 탄생

그 들은 하루 종일 산적의 은신처인 디어스컬 드래곤파이터에서 보내기로 결정했다. 전날 밤 겪은 고생으로 지친 몸을 추스르고 부족한 잠도 보충할 겸 사우스우드까지 긴 거리를 걸어서 여행할 준비도 하기 위해서였다. 사우스우드에 가면 (희망사항이지만) 커티스의 친구 프루도 찾고 캐롤의 잃어버린 기술자 동료와도 재회할 수 있기를 바랐다. 하지만 밤이 되자 레이첼은 잠을 이룰 수가 없었다. 그날 아침, 은신처에 도착해서 살짝 선잠을 잔 탓도 있었다. 물론 소녀 파괴자로서 소모한 정신적, 육체적 에너지를 충전할 정도는 아니었다. 레이첼은 하루 종일 그런 일을 겪으면서 스스로 대담해졌음을 느꼈다. 그날 저녁, 레이첼은 숲에서 구한 음식으로 저녁을 해결하고 나무접시를 깨끗이 설거지해 정리한 후 모닥불가에 앉아 불에 손을 쬐었다. 그러는 사이 다른 사람들 즉, 네 명의 입양부적격자와 여동생 엘시, 캐롤은 비좁게 포개어 누워 꿈도 꾸지 않고 곯아떨어졌다. 레이첼은 밤새 키큰 나무들을 흔드는 윙윙 바람소리에 귀를 기울였다. 깜깜한 밤, 요란한 바람에 나무들이 가볍게 흔들렸다. 부엉부엉 부엉이 소리와 밤새들의 울음소리도 들렸다.

그러다 깜빡 졸았던 게 분명하다. 깨어나보니 공기는 따뜻하고 잿빛 구름을 뚫고 나온 햇빛이 환했다. 레이첼은 이 이상하고 낯선 세상에 온 후 시간이 어떻게 흐르는지 잊어버렸다. 머리가 어느 때보다도 무겁고 혼란스러웠다. 오랜 시간 숙면을 취한 다른 아이들은 벌써 일어난 것 같았다. 이끼를 깔아놓은 방이 텅 비어있었다. 그때 방에 들어온 커티스는 잠에서 깨어나 팔꿈치를 괴고 누워있는 여동생의 모습을 발견했다. 커티스는 포도주를 담는 가죽포대에 물을 담아들고 있었다.

그는 포대를 문 옆에 기대어놓고 근처에 있는 버드나무 가지를 주워 꺼져가는 모닥불을 뒤적였다. "잘 잤니? 곤히 자던데. 벌써 한낮이야!"

"밤에 통 못 잤어." 레이첼이 대답했다.

"이런." 커티스가 얼굴을 찌푸렸다. "익숙해질 거야. 나도 처음 여기, 미망인 총독의 관저에 왔을 때 한숨도 못 잤어. 그런데 술을 한잔 마셨더니 도움이 되더라." 수줍게 웃던 커티스가 문득 자신의 실수를 의식했다. "억지로 마셨지만."

"니코는 어딨어?" 옆 자리 이끼가 비어있는 것을 보고 레이첼이 물었다.

"자진해서 망을 보러 갔어." 커티스가 대답했다. 그는 모닥불을 조금 더 휘젓고 나서 덧붙였다. "좋은 사람 같더라."

"그래. 그가 지금 이 모든 것을 어떻게 생각하는지 모르지만."

"잘 받아들이는 것 같던데. 내가 보기에는 산업폐기물장에서 지내던 때를 증오하는 듯했어. 이 정도는 그렇게 큰 변화도 아닐 거야." 그가 모닥불 휘젓던 손길을 멈추고 말했다. "다시 만나서 정말 기뻐, 레이첼."

"나도, 오빠."

"엄마랑 아빠는 어떻게 지내실까?"

"그분들이 오빠 일로 충격을 받았을 때에 비하면 잘 지내실 거야."

커티스는 뻣뻣하게 굳어졌다. "난 누구도 슬프게 하고 싶지 않았어."

"글쎄, 그게 그렇게 된 것 같지 않아. 왜 안 그러겠어? 오빤 어쩔 거라고 생각했는데?" 레이첼이 오빠를 노려보며 대답을 기다렸다.

커티스가 변명하듯 어깨를 으쓱거렸다. "나도 몰라, 레이첼. 난 엄마와 아빠, 너희들이 이해해줄 거라고 믿었어." 커티스는 동생이 반박하기 전에 얼른 고쳐 말했다. "내 말은, 무슨 일이 일어났는지 안다면 말이야. 난 중대한 일에 휘말렸어. 사람들의 운명이 *나에게* 달려있었지. 그리고 만약 식구들이 내 사정을 알게 된다면 이해해줄 거라고 믿었어." 그는 손으로 주변을 가리켰다. "이것들을 봐. 내가 있을 곳은 여기야."

모닥불이 빠지직 소리를 내며 탔다. 레이첼은 아무 대꾸도 하지 않았다.

커티스가 계속해서 말했다. "내가 바깥세상에서 필요없는 존재라는 뜻은 아니야. 난 너희와 부모님 모두 사랑해. 하루도 가족이 그립지 않은 날이 없었어. 엄마와 아빠, 엘시, 심지어 너도. 넌 집에서 나를 멍청이 취급했지만."

"뭐라고?"

"맞잖아! 우리는 잘 지낸 적도 있지만 기억이 가물가물할 정도로 오래 전 일이지. 오래 전, 그러니까 내가 아기였을 때 너와 함께 앉아서 찍은 오래된 사진이 기억나. 내가 알기로는 그때쯤이 우리가 사이좋게 지낸 마지막 시절일 거야. 네가 나한테 다정하게 굴었던."

레이첼은 슬슬 짜증이 났다. "이 일을 내 탓으로 돌리지 마. 나 때문에 오빠가 집을 나간 건 아니야."

"물론 아니야." 커티스가 항변하듯 손을 저으며 말했다. "당연히 너 때문이 아니야. 부분적인 원인이기는 하지만. 아무튼 이런저런 사소한 이유가 쌓여서 그렇게 된 거야. 학교도 끔찍했어. 누구나 어릴 때 좋아했던 것들이 바뀌게 마련이지. 내 친구들도 모두 바뀌었어. 중학생이 된 후로 모두 딴 사람이 된 것 같았지. 내게는 수수께끼처럼 보이는 어떤 것을 그애들은 다 아는 것 같았어. 이를테면 어른이 되는 법 같은 것. 나는 잘 몰랐어. 그러다 이곳을 알게 되었고, 난 갑자기 어른이 된 기분이 들었어. 내 나름대로 말이야, 이해하겠니?"

"알 것도 같아. 하지만 거기에서는 그러지 못했을까?" 레이첼이 말했다.

"그럴 수도 있었겠지. 하지만 마음을 열지 못했을 거야. 얻는 게 충분하지 않았거나, 아니면 다른 이유로든."

둘 사이에 침묵이 흘렀다. 모닥불은 탁탁 소리를 내며 흔들렸고 구름이 갈라지며 햇빛이 더욱 선명해졌다. 뻥 뚫린 창으로 햇살이 들어왔다. 커티스는 무슨 말이든 하려고 했다. 동생의 화를 누그러뜨리는 다정한 말이었을 것이다. 그런데 엄청난 굉음이 훼방을 놓았다.

"무슨 일이지?" 레이첼이 물었다.

커티스는 벌떡 일어나 창밖을 내다보았다. 갑자기 미친 듯 짹짹거리는 새들의 소리로 대기에 활기가 돌았다. "나도 모르겠어. 나무 넘어지는 소리인가."

그 소리가 다시 쿵하고 들렸다. 누군가 아주 크고 울창한 나무를 쓰러뜨리

425

는 소리 같았다.

그때 니코가 달려 들어왔다. "커티스! 잠깐 나와봐라."

그들은 출렁거리는 다리를 연달아 건너 삼나무를 휘감아 도는 계단을 올라갔다. 그곳에 올라오자 숲의 지붕이 내려다보이고 수 마일 밖까지 한눈에 들어왔다. 니코가 경치를 둘러보았다. 다시 쿵하는 굉음이 들려왔다.

"저기야." 니코가 손가락으로 나무들 사이 틈을 가리켰다. "도대체 저게 뭔지 설명해줘."

커티스는 눈을 가늘게 뜨고 파괴자가 지목하는 곳을 열심히 살폈다. 이곳은 와일드우드에서도 가장 깊숙한 숲으로 나무들이 빽빽했다. 이 높은 곳에서 바닥을 내려다봤을 때 눈에 띄려면 무엇이든 아주 크지 않으면 안 됐다. 니코가 다시 물으려는 순간 커티스가 그것을 발견했다.

빙 둘러선 나무 사이로 고요한 풀밭이 보였다. 우듬지 위에서 또렷이 볼 수 있었다. 그때 다시 굉음이 들렸다. 그리고 누군가 새털이불 따위를 펄럭거리며 흔들 때처럼 초록색 풀이 파도처럼 물결쳤다. 이 작은 지진의 진앙지는 곧 밝혀졌다. 그때 막 기괴하지만 인간처럼 생긴 생명체가 전신주처럼 길고 두꺼운 다리를 들어 풀밭에 내려놓은 것이다. 커티스는 숨이 막혔다. 곧 몸뚱이가 따라왔고, 마침내 그 생명체는 숲속 빈터에 전신을 드러냈다. 아름다운 전원 풍경 가운데 끔찍한 오점이었다.

그것은 담쟁이였다. 그러나 담쟁이가 아니기도 했다. 그보다는 누군가 거대한 풀밭을 통째로 떼어다 인체 모양에 맞춰 대충 재단한 다음 고성능 비료를 주어 작은 빌딩 정도의 크기로 키운 것 같았다. 그런 다음 마법으로 생명을 불어넣어줬으리라. 몸을 뒤덮은 담쟁이덩굴 때문에 마치 섀기 코트(보풀을 세운

426

두꺼운 트위드로 만든 코트. —옮긴이)를 입은 것 같았고, 얼굴 없는 머리에서 길게 늘어진 담쟁이덩굴은 털을 깎지 않은 개처럼 보였다. 한마디로 느릿느릿 움직이는 생울타리였다.

그 생명체가 걸을 때마다 담쟁이가 뿌리를 내리고 번져나갔다. 게다가 길고 흐느적거리는 팔은 길가의 나무들을 원뿔형 도로 표지처럼 툭 쳐서 넘어뜨렸다.

"맙소사. 저기 더 있어." 니코가 중얼거렸다.

정말 그랬다. 그 거대한 담쟁이가 쿵쿵 걸어 풀밭을 가로질러 가자마자 빈터 가장자리에서 다른 거인 담쟁이가 나타났다. 그의 발이 닿는 곳에서부터 담쟁이 물결이 퍼져나갔다. 그리고 뒤이어 담쟁이 거인 하나가 더 나타났다. 그것들의 발이 닿으면 이어서 담쟁이 물결이 퍼져나가 모든 것을 초토화시켰고, 나무란 나무는 죄다 이파리 달린 그것들에게 속수무책으로 잡아먹혔다. 나무에 매달려 나뭇가지를 타고 끝까지 올라가 잔가지까지 완전히 뒤덮으면 나무는 그 무게를 견디지 못해 고통스럽게 숨을 헉헉댔다.

"어서요!" 영역을 침범하는 무시무시하고 잔인한 괴물을 멍하니 바라보던 커티스가 뒤늦게 정신이 들어서 소리쳤다. "모두 올라오게 해야 돼요."

"보아하니, 자주 일어나는 일 같지는 않구나." 니코는 숨도 제대로 쉬지 못한 채 전망대 난간에서 주춤주춤 뒤로 물러났다.

커티스는 짜증스럽게 니코를 노려보았다. "그래요." 그는 단호하게 말한 뒤 플랫폼에서 계단으로 뛰어 내려갔다.

"동물이 말하지 않는 세상에서 왔더니 도무지 모르는 일투성이야." 니코도 얼른 커티스를 뒤따라 계단을 내려갔다.

오두막에 도착하니 아이들과 캐롤은 거의 광란의 상태였다. "저게 무슨 소리야?" 오즈가 물었다. 마서는 캐롤의 팔을 꼭 붙들고 있었다. 그리고 가끔 창문 밖 나뭇가지 사이로 밖을 내다보았다.

"나도 모르겠어. 이런 일은 처음이야. 정말로 엄청나…. 거대해. 거인이야. 딱 보기에는 담쟁이로 만들어진 것 같아." 이 말을 하는 커티스의 심장이 벌렁거렸다.

"우린 어떻게 해야 해?" 엘시가 휘둥그레진 눈으로 물었다. 갑자기 이 평온한 숲이 예전만큼 안전해보이지 않았다.

커티스가 여동생을 보며 두려움을 숨기려고 애썼다. "나도……." 그가 머뭇거렸다. "나도 모르겠어."

다시 굉음이 들렸다. 이번에는 더 가까웠다. 작은 집의 벽이 흔들리고 나뭇가지가 휘청거렸다.

"방법을 생각해봐." 레이첼이 오빠를 매섭게 노려보며 재촉했다.

쥐 셉티무스가 헐레벌떡 방으로 들어왔다. "커티스! 지금 뭐해? 주변에 침입자가 나타났어!"

커티스가 두 여동생을 보며 눈을 몇 번 껌뻑거린 다음 쥐에게 눈을 돌렸다. 그는 침착해지려고 애쓰며 대답했다. "알아. 어디로 오고 있어?"

"협곡 쪽으로. 니코가 소리 지르는 것을 듣고 가까이 가서 조사해봤지."

"우리가 덫을 놓지 않았던가?"

"그쪽 덫은 작동이 안 되지. 기억 안 나? 지난번에 아이들을 잡았잖아."

"빌어먹을." 커티스가 욕설을 내뱉은 뒤 여동생들의 일을 떠올렸다. "내 말은, 빌어먹을. 혹시……." 그는 오두막 안의 모든 눈이 자신을 주시하고 있음

428

을 의식했다. 크고 무거운 압박감이 옭죄는 느낌이었다. "두 사람은 나를 따라와요." 마침내 커티스가 니코와 레이첼을 지목해서 말했다. "엘시와 다른 아이들은 여기 있어. 필요하면 까마귀 둥지에 올라가 있던가. 내가 보기에는 작은 나무들만 잡아먹히고 있어. 여기는 안전할 거야."

"담쟁이한테?" 마서가 물었다.

"이 괴물들은 담쟁이로 만들어졌어. 숲을 온통 뒤덮고 있지. 발을 디딜 때마다 담쟁이가 퍼져나가."

"만약 그것들이 은신처까지 오면 어떡해?" 이렇게 묻는 엘시의 얼굴에 근심이 가득했다.

"우리가 가만 두지 않을 거야." 셉티무스가 대답했다.

커티스는 모두를 단호한 표정으로 훑어본 뒤 문을 나서 계단을 내려갔다. 얼마쯤 내려가자 나무의 우묵한 옹이 안에 낡은 궤짝이 보였다. 커티스는 그것을 열어 칼집에 든 검 세 자루를 꺼냈다. 그리고 여동생과 니코에게 각각 건넸다. 동그란 칼자루 끝에 조약돌이 박힌 검정색 검은 제 허리춤에 꽂았다.

"이게 뭐야?" 레이첼이 물었다.

"뭐 같아?" 커티스가 되물었다.

니코는 검은 바지의 허리벨트를 고리로 만들어 검을 찔러넣고 단단히 조였다. 그런 다음 칼집에서 칼을 잡아빼 감상하며 중얼거렸다. "이까짓 검쯤은 나도 쓸 수 있어. 세 파실*C'est facile*(쉬울 거야)." 동료 파괴자만큼 자신감이 솟지 않는 레이첼은 허리춤에 찬 검을 단단히 움켜쥐고 오빠의 지시만 기다렸다.

계단을 내려와 숲 바닥에 섰을 때쯤 사방은 온통 담쟁이였다. 키 작은 나무 덤불은 내리눌러 납작하게 만들고 어린 나무들은 쓰러뜨려, 다채로웠던 캔버

429

스가 담쟁이만 빽빽한 황무지로 바뀌어있었다. 게다가 커티스는 발을 딛고 있는 땅이 꿈틀거리는 독사 구덩이처럼 움직이는 것을 눈치챘다. 담쟁이는 발목을 훑고 허벅지까지 휘감으려고 했다. 커티스는 역겨워하며 발로 차버렸다.

"조심해요!" 커티스가 사다리를 내려오는 니코와 레이첼에게 소리쳤다. "이것들이 정말 살아있어요."

그는 나무에서 몇 걸음 떨어진 뒤 검을 꺼내 언제라도 내리칠 자세를 취했다. 끈질긴 덩굴이 다리를 타고 올라왔다. 커티스는 검을 내리쳐 덩굴을 잘라냈다. 덩굴이 꿈틀거리며 바닥으로 떨어졌다.

"이게 뭐야, 오빠?" 레이첼이 담요처럼 깔린 담쟁이 위로 겅중겅중 뛰면서 소리쳤다. "이게 왜 그러는지 알아?"

담쟁이 여러 가닥이 레이첼의 발밑에서 부르르 몸을 떨더니 다리를 타고 기어 올라왔다. 레이첼은 비명을 지르며 비틀거렸고, 담쟁이는 끈덕지게 매달렸다.

"레이첼! 검으로 내리쳐!" 커티스가 소리쳤다.

레이첼은 검을 쥔 손을 빙 돌려서 몸으로부터 안전한 거리만큼 떨어뜨린 다음 다른 손으로 담쟁이덩굴 밑부분을 손으로 잡았다. 그리고 칼날을 들어올렸다 내리쳐 덩굴을 베었다. 식물은 바닥으로 흩어졌고, 다리는 해방되었다. 그 모습을 본 니코도 검을 치켜들고 담요처럼 펼쳐진 담쟁이를 위협했다.

하지만 빽빽한 양치식물을 빠져나가는 동안 커티스의 생각은 다른 데 가있었다. 기억의 그림자가 멀리 어딘가에서 그를 소리쳐 부르고 있었다. 아주 오래 전처럼 느껴졌지만 겨우 지난 가을의 일이었다. 그때 그는 자부심 강한 와일드우드 비정규군의 일원이었다. 그들은 쳐들어오는 코요테 군단과 맞서 맹렬하게 싸웠다. 그 여자의 계획을 무산시키기 위해서였다.

미망인 총독.

그리고 지금, 어쩐지 그녀가 플린스에서 치르려던 무시무시한 의식이 거행되고 있는 것처럼 느껴졌다. 누구 손으로 거행되는지는 알 수가 없었다. 다만 발뒤꿈치를 깔짝깔짝 핥으며 집어삼키려는 듯한 풀을 뚫고 경중경중 뛰어가는 동안 누군가 마법을 부리고 있다는 생각은 분명해졌다.

하지만 커티스는 담쟁이가 일으키려는 공포가 어느 정도일지 가늠할 수가 없었다. 담쟁이로 이루어진 거대한 괴물이 자신을 향해 언덕을 내려오는 모습을 보자 커티스는 벌렁거리는 가슴을 안고 커다란 나무가 부러져 생긴 그루터기를 빙 돌아서 그 뒤로 뛰어들었다. 커티스는 레이첼과 니코에게 신호를 보냈고, 그들은 얼른 커티스 뒤로 숨어들었다.

그 형체는 땅에서 보니 더욱 무시무시했다. 공중에 봤을 때는 장난감 인형처럼 보였는데 여기, 이 아래에서 보니 그야말로 위협적이었다. 정수리에서부터 두터운 커튼처럼 흘러내린 담쟁이덩굴은 사람의 사지처럼 보이는 부위를 완전히 뒤덮었는데, 그 빽빽한 틈으로 힘줄처럼 꿈틀거리는 덩굴이 보였다. 그 괴물은 높은 그루터기 뒤에 숨은 이들을 못 보고 천천히 숲을 짓밟고 지나갔다. 그 사이 세 사람은 입을 다물지 못한 채 그 모습을 지켜보았다. 그 괴물에 뒤이어 둘이 더 나타났다. 그 중 하나가 걸음을 멈춘 뒤 큰 소리가 나도록 쿵하고 한 발로 땅을 찼다. 그러자 담쟁이 물결이 솔송나무 고목 위까지 출렁거리더니 단번에 나무 꼭대기까지 뒤덮었다. 나무는 장식물을 잔뜩 매단 크리스마스 트리처럼 불쌍하게 축 늘어졌다.

"커티스" 누군가 속삭이듯 불렀다. 셉티무스였다. 그는 그들 바로 위 나뭇가지에 숨어있었다. "저것들이 디어스컬 드래곤파이터로 가고 있어."

쥐의 말대로 쿵쿵 걷는 소리가 들렸고 거인 하나가 자신이 가는 길을 가로 막는 나무들을 향해 거대한 팔을 휘둘렀다. 그러자 거대한 뿌리가 흙을 날리 며 뽑혀 땅바닥에 나뒹굴었다.

커티스는 재빨리 생각했다. 담쟁이 거인을 뒤에서 덮쳐 검으로 머리를 내리 치는 거야.

그 순간 커티스가 뭐라고 외쳤다. 나중에 아무리 기억하려고 해도 내용이 생각나지 않았지만 말이다. 겁이 나서 나무 뒤에 웅크리고 숨어있던 레이첼과 니코도 나중에 이 순간을 설명하지 못했다. 여릿한 열두 살짜리 소년이 난생 처음 보는 무시무시하고 기괴한 괴물에게 뛰어든 모습이 그만큼 충격적이었 다. 기억나는 거라고는 그 순간 세 담쟁이 거인이 동작을 멈추고(쿵쿵 걸으며 담 쟁이덩굴을 휘둘러 나무를 넘어뜨리는 일) 미심쩍은 표정으로(거인에게 눈이 있는 것 은 아니었지만) 혹은 그 비슷한 표정으로 그 작은 인간을 가만히 내려다봤다는 사실뿐이었다. 괴물들의 들쭉날쭉한 초록 머리는 특별한 형태 없이 덥수룩한 덩굴로 뒤덮여있었다.

커티스는 겅중거리며 몇 걸음 뛰어가다 뭐라고 소리 지른 뒤 한 바퀴 빙 돌 고 나서 달리기 시작했다.

세 거인 중 하나가 거대한 다리를 번쩍 들었다 내려놓았다. 쿵, 소리와 함께 달려가는 소년에게 담쟁이덩굴이 튀었다. 담쟁이덩굴은 커티스가 뛰어든 나무 를 맞힌 다음 나뭇가지 위로 솟구쳐 올라갔다. 그 모습을 본 레이첼이 꺅, 하 고 비명을 질렀다. 그 소리에 거인 하나가 기괴한 머리를 레이첼 쪽으로 홱 돌 리더니 레이첼과 니코를 향해 성큼성큼 걸어왔다.

"자, 어서 와!" 니코가 소리쳤다.

니코는 숨어있던 곳에서 튀어나와 커티스가 했던 것처럼 거인의 주의를 끌기 위해 한바탕 춤을 추었다. 그런 다음 멀리 있는 나무로 냅다 뛰었다. 레이첼도 그곳을 나와 담쟁이가 두껍게 깔린 땅을 힘껏 달렸다. 잠시 후 레이첼은 나무 뒤로 뛰어들었고, 오빠의 금색 칼날이 햇빛에 반사되어 번쩍 빛나는 것을 보았다.

거인의 발소리가 뒤에서 크게 들렸다. 그들을 따라오고 있었다.

"이쪽으로!" 커티스가 뒤에 있는 니코와 레이첼을 보며 소리쳤다.

숲을 가로질러 재빨리 달리는 그들 뒤로 담쟁이 물결이 밀려왔다. 거인의 발이 땅을 디딜 때마다 담쟁이덩굴도 뭉텅이로 날아왔다. 마침내 숲속 작은 빈터에 이르렀을 때 커티스가 갑자기 왼쪽으로 꺾어져서 줄고사리 숲으로 뛰어들었다. 레이첼과 니코도 얼른 뒤따라 들어가 커티스 옆으로 갔다.

"고개 숙여!" 고사리 잎사귀에 뺨이 긁히자 커티스가 속삭여 말했다.

레이첼은 오빠가 지시하는 대로 했다. 니코는 풀밭에서 벌어지는 광경을 구경했다. 첫 번째 거인이 늘어선 나무를 지나 올라오다 걸음을 멈추더니 사냥감의 흔적을 찾아 주위를 두리번거렸다. 담쟁이로 뒤덮인 큰 곤봉 모양의 발에 달린 매끄러운 이파리는 흡사 머리 여럿 달린 히드라처럼 흐늘거렸다. 거인은 사람들이 사라져버린 빈터 가장자리에 가만히 서있었다.

"어서. 그냥…, 가!" 커티스가 중얼거렸다.

레이첼이 호기심 어린 얼굴로 오빠를 힐끗 보았다. 커티스의 신경은 온통 이상한 괴물에게 가있었다.

그때 거인이 그들의 행방을 알아차린 듯 다시 걷기 시작했고 이쪽 빈터로 느릿느릿 걸어왔다. 그 순간 딱, 하고 나무 부딪치는 소리가 크게 들렸고 거인은 움찔했다. 동시에 주변 풀들이 위로 말려 올라가는 듯하더니 손으로 짠 거대한 그물이, 보이지 않는 숲속 도르래에 의해 위로 올라가며 거인의 다리를 낚아챘다. 거대한 몸뚱이가 놀람과 분노의 신음을 토해내며 바닥으로 고꾸라졌다. 거인의 머리가 닿자 땅이 진동했다. 올가미도 먹잇감의 무게를 감당하지 못해 요란하게 투덜댔지만 그럼에도 제법 높이 거인을 끌어올렸다.

커티스는 자신의 덫이 이룬 성과를 바라보며 나지막이 쾌재를 부르고 주먹으로 옆구리를 쳤다. 그가 레이첼과 니코를 보며 말했다. "나쁘지 않지, 응?"

올가미에 걸린 거인은 몸부림치며 분통을 터뜨리고 입도 없는 얼굴로 신음을 내뱉었다. 니코와 레이첼은 공포에 질려 그 모습을 바라보았다. 마침 빈터로 따라 들어온 두 거인은 덫에 걸린 동료를 발견하고는 불같이 화를 내며 길고 울퉁불퉁한 손가락 끝으로 담쟁이덩굴을 발사했다.

바로 그 순간, 커티스는 그녀를 보았다.

처음에는 살짝만 부스럭거리던 담쟁이였다. 분노한 거인들의 주먹에서 발사되어 숲속 빈터 여기저기에 흩뿌려졌던, 동면 담쟁이였다. 그러던 것이 파도모양으로 살아나 숲속 빈터 한가운데에서 꿈틀거리는 담쟁이들로 이루어진 사나운 회오리가 되었고, 이윽고 분출된 중심이 담쟁이 기둥으로 자라나더니 기괴하게도 사람의 형상을 띠기 시작했다.

비록 원본을 베낀 조각가의 복제품 같은데다 담쟁이 데드마스크를 쓰고 있었지만 커티스는 그녀를 단번에 알아보았다. 자신이 처음 이 낯선 세상에 왔을 때, 우드를 속속들이 보여준 여인. 자신의 손에 검을 쥐어주고 제복을 입혀준 여인. 그녀는 바깥세상에서 자란 그에게 익숙하지 않은 방식으로 정말 사악한 것이 무엇인지 가르쳐주었다. 그녀는 게으른 흉악범도, 비도덕적인 사기

꾼도 아니었다. 자신의 열정에 의해 철저히 추락한 여인이었다. 커티스는 까마귀에 둘러싸여 요람에 누워있는 프루의 어린 동생과 그 자리에 있는 그녀를 보았을 때에야 그녀가 그 일에 연루되었음을 깨달았다. 그녀는 까맣고 꽥꽥거리는 것들 사이에서 자신의 심장이 그 새의 불투명하고 멍든 검정색보다 훨씬 더 검다는 것을 보여주었다.

그러나 커티스가 지금 보고 있는 것은 초록색이었다.

거인들과 마찬가지로 그녀의 팔은 담쟁이였고, 떡 버티고 선 다리도 담쟁이였고, 나긋나긋한 몸도 담쟁이였다. 얼굴도 담쟁이였지만, 덩굴이 서로 단단히 얽혀서 만들어진 얼굴과, 머리에서 길게 자라난 담쟁이덩굴을 양 갈래로 땋은 모습은 몇 달 전 그녀가 살아있었을 때와 똑같았다.

커티스는 담쟁이를 녹여 만든 미망인 여왕 알렉산드라의 꿈틀거리는 몸을 찬찬히 바라보았다. 그러다 목덜미에서 동생의 숨결을 느꼈다. 신경이 곤두선 니코의 손은 커티스의 어깨를 꽉 움켜쥐고 있었다. 커티스는 문득 궁금했다. 허공에서 솟아난 듯한 이 괴물에 대해 이들도 나만큼 섬뜩한 공포를 느낄까? 이들은 이 괴물의 본심을 알지 못한다. 커티스는 처음부터 그런 생각이 들었다.

"맙소사, 이럴 수는 없어." 그가 숨죽여 중얼거렸다.

"저게 도대체 뭐야?" 레이첼이 물었다.

"아무래도 여자 같은데." 니코가 끼어들었다.

"우린 여길 빠져나가야 해." 커티스가 목소리를 낮춰 말했다.

숲속 빈터에서 변신을 마친 담쟁이 알렉산드라는 지금 커티스의 그물에 걸린 피해자를 살펴보고 있었다. 그녀는 무심하게 바닥에 널브러진 그물을 집어들어 빙빙 돌렸다. 그 사이 덫에 걸린 거인은 빠져나가려는 몸부림을 멈추고 잠들어있었다. 담쟁이 여인은 키가 3미터쯤 됐고, 걸을 때 그렇게 많이 움직이지 않았다. 걸음을 뗄 때마다 걷는 것처럼 보이기 위해 뼈와 살을 이루는 담쟁이가 풀어졌다 다시 뒤엉키며 몸을 재구성했다.

담쟁이 알렉산드라가 그물로 다가가 잎사귀로 뒤덮인 손을 뻗어 포획당한 거인의 이마를 만졌다. 마치 엄마가 아이의 이마를 짚거나 웅크린 개의 이마를 쓰다듬어주는 것 같았다. 그녀의 손가락이 닿자 거인의 모습은 흐트러져 사라져버리고 그물은 그대로 주저앉았다. 거인의 몸을 이루었던 나뭇잎과 덩굴은 비눗방울처럼 터져 땅바닥, 담쟁이 여인의 발치에 수북이 쌓였다.

그때 여인이 팔을 들더니 손가락을 쫙 펼쳤다. 그 모습을 본 구경꾼 세 사람은 소름이 끼쳤다. 그녀의 손바닥에서 담쟁이가 자라나 흩어지더니 갑자기 두 개의 새로운 모양이 생겨난 것이다. 처음에는 숲 바닥에서 꾸륵꾸륵 트림하는 배아 혹은 작은 번데기 형태였다가 이내 거슬리는 소리를 내고 시끄럽게 울어대는 생명체가 되었다. 여인이 계속해서 주문을 외우자 그것들은 발을 딛고 서서 몸이 무럭무럭 자라났다. 팔과 다리가 길어지고 힘이 붙었다. 머리에서는 머리카락이 꿈틀거리며 솟아났다. 그래도 다 자란 거인 담쟁이 둘에 비하면 덜 자란 사춘기 소년마냥 왜소했다. 하지만 서서히 척추가 곧게 펴지며 몸집이 커지고 힘이 붙어 어느 순간 다 자란 어른 꼴을 갖추었다.

니코는 못 믿겠다는 듯 큰 소리로 중얼거렸다. "당신 지금 놀리는 거야?"

커티스가 조용히 시키려고 했지만 너무 늦었다. 담쟁이 여인 알렉산드라가 고개를 홱 돌려 그들이 숨어있는 방향을 뻥 뚫린 눈으로 노려보았다. 그리고 입이 벌어지며 시커먼 구멍에서 무시무시한 비명이 터져나왔다.

"가요!" 커티스가 소리치며 바닥에서 벌떡 일어섰다.

니코와 레이첼이 뒤에서 머뭇거리는 소리가 들렸다. 커티스는 여동생에게 손을 내밀었고, 레이첼은 자포자기하듯 손을 잡았다. 그렇게 남매는 뒤도 돌아보지 않고 빈터를 떠났다. 담쟁이 여인에게 홀린 듯 머뭇거리며 빨리 움직이지 않는 니코를 의식할 겨를도 없었다. 다만 그녀가 발을 디뎠을 때 퍼져나간 담쟁이 물결에 휩쓸린 듯, 그의 비명 소리만 어렴풋이 들렸다.

두 아이는 얼른 뒤를 돌아다보다 담쟁이 물결에 쓸려 내려가는 니코를 발견했다. 니코의 검은 터틀넥 셔츠는 순식간에 사라지고 비명 소리는 공중으로 흩어졌다. 그는 흔적도 보이지 않았다.

"니코!" 레이첼이 절망적으로 외쳤다.

레이첼은 잠깐 머뭇거리다 파괴자가 서있던 자리에 생겨난 작은 담쟁이 둔덕으로 가려고 했다. 하지만 커티스가 제지했다.

"우린 도망쳐야 해!" 커티스가 이렇게 외치는데 담쟁이 물결이 밀려왔다.

레이첼은 하는 수 없이 친구에게서 시선을 거뒀다. 레이첼이 만난 가장 영리하고 재미있는 친구, 기다리는 니코는 오지 않고 대신 친구를 통째로 삼킨 담쟁이가 성큼성큼 다가오고 있었다. 레이첼은 오빠의 손을 뿌리치고 다리가 허락하는 한 힘껏 숲을 달리기 시작했다.

CHAPTER 27

담쟁이가 몰려온다!

옆으로 날아가는 나무들이 흡사 고속도로의 거리표지판 같았다. 레이첼은, 오빠에게는 훈련 코스이지만 자신에게는 장애물 코스인 숲속을 요리조리 빠져나갔다. 쓰러진 통나무는 펄쩍 뛰어넘고 나무덤불은 탁월한 기술로 피해갔다. 담쟁이의 소음과 거인들의 천둥 같은 발소리가 멀어질 때까지 달리고 또 달렸다. 빽빽한 블랙베리 덤불을 헤쳐나가고 진흙투성이 제방에서는 미끄럼을 탔다. 그러다 어느 순간 고개를 드니 커티스가 보이지 않았다.

"레이첼!" 속삭이는 소리가 들렸다.

협곡으로 내려가니 커티스가 쓰러진 나무 옆에 납작 엎드려있었다. 레이첼은 협곡으로 몸을 던져 미친 듯이 경사면을 내려간 다음 오빠 옆에 누웠다. 그때 협곡 위쪽의 나무가 뚝 부러졌다. 그 뒤로 다섯 명의 담쟁이 거인이 풍경을 가로질러 느릿느릿 걸어오더니 협곡을 한 걸음에 쉽게 건넜다. 그것들이 발을 내디딜 때마다 돌풍이 몰아치듯 담쟁이가 분출했다. 그 행렬 맨 뒤에서 오던 괴물 여인이 협곡을 건너기 전 잠깐 걸음을 멈췄다. 쓰러진 통나무 옆에서 손으로 입을 틀어막은 채 그 광경을 지켜보던 레이첼은 겁에 질려 눈물이 나왔다. 커티스는 동생이 비명을 지를까봐 제 입에 손을 대고 여동생만 바라보고 있었다. 레이첼도 오빠를 쳐다봤다. 둘은 어서 이 상태가 지나기만 바랐다.

다시 쿵쿵 발소리가 들리고, 담쟁이 여인은 물결치는 초록색 흔적을 남기며 떠나갔다. 그 꿈틀거리는 담쟁이들이 기어가는 소리만 들렸다.

레이첼이 입에서 손을 떼며 말했다. "니코한테 가봐야지!"

커티스가 고개를 절레절레 흔들면서 숨어있는 동안 무릎으로 기어 올라온 담쟁이덩굴을 잡아뜯었다. "너도 어떻게 됐는지 봤잖아. 그는 죽었어, 레이첼."

그때 멀리 숲속의 빈터 쪽에서 비명이 들려왔다. 멜버그 남매는 그 소리를 단번에 알아차렸다. 둘 다 들어본 적 있는 목소리였다. 칭얼거리던 아기 때부터 심술궂은 소녀가 될 때까지 집 안에서 수없이 들리던 목소리였다. 의심할 것도 없이 엘시였다.

"요새야!" 커티스가 소리쳤다.

남매는 벌떡 몸을 일으킨 뒤 스멀스멀 기어오는 담쟁이와 싸워가며 디어스컬 드래곤파이터로 달려갔다. 요새가 가까워질수록 담쟁이는 더 빽빽하게 자라있었다. 어느새 무릎까지 빠지는 담쟁이 늪을 슬로모션으로 힘겹게 걸어야 했다. 그들은 검을 마체테 단도처럼 휘둘러 다리에 달라붙고 허리를 휘감는 풀을 베어냈다. 엘시의 비명뿐 아니라 다른 목소리도 들리기 시작했다.

"꽉 잡아!" 커티스가 소리쳤다.

문득 어깨를 내리누르는 듯한 무게를 느껴 고개를 들어보니 셉티무스였다. 그는 낮게 드리워진 나뭇가지에서 막 커티스의 어깨로 뛰어내렸다.

"담쟁이야! 담쟁이가 요새로 쳐들어오고 있어!" 쥐가 말했다.

"우리가 갈 거야!" 커티스는 이렇게 외쳤지만 걷기가 점점 힘이 들었다.

담쟁이덩굴이 질척한 뻘처럼 뒤꿈치에 달라붙어 한 발짝 떼는 것도 버거웠다. 거인의 발걸음 뒤에 생겨난 담쟁이가 계속해서 주변 담쟁이덩굴과 얽히는 바람에 눈에 보이는 세상은 온통 담쟁이 천지였다. 키 작은 나무덤불은 벌써 죽고, 어린 묘목은 휘어지고 시들어 바닥에 쌓였다. 잔가지 많은 오리나무는 통째로 먹혔고, 진작 이끼로 뒤덮인 잎사귀 큰 단풍나무에는 너덜너덜 덩굴 수염이 자라나 있었다. 그 집요한 식물은 이제 숲에서 멀리 떨어진 곳까지 정복해나가고 있었다. 심지어 하늘까지 정복하려는 야욕을 드러내며 가장 높은 전나무와 삼나무를 타고 올라가는 짓도 마다하지 않았다.

커티스는 이곳 지리에 훤했다. 외형이 바뀌고 있지만 요새로 올라가는 사다리를 매어둔, 가장 큰 삼나무를 찾는 일은 식은죽 먹기였다. 그 나무 껍질도 담쟁이로 뒤덮여있었다. 심지어 곧고 널찍한 나무 옆면마저 담쟁이가 얼마나 덧칠을 했는지 틀어져버렸다. 스스로 엎드려 받침이 되어줌으로써 수백만의 강한 개미군단이 밟고 올라가게 하는 개미들처럼, 담쟁이가 더 높은 나뭇가지로 오르기 위해 다른 담쟁이를 밟고 올라가기 때문이었다. 그때 커티스는 허리쪽을 맹렬히 습격하는 담쟁이를 느꼈다. 다리가 휘청거릴 지경이었다. 담쟁이덩굴은 위로 깔짝거리며 검 자루를 건드리고 커티스의 팔을 재빨리 휘감았다.

"셉티무스! 도움을 청해!" 커티스가 소리쳤다.

"도움을?" 쥐가 미심쩍은 듯 물었다. "여기가 어디라고 도움을 청해?"

"나도 몰라!"

그때 레이첼의 목소리가 들렸다. 돌아보니 허리까지 오는 담쟁이 수렁에 갇힌 레이첼이 머리카락을 잡아채여 고개가 뒤로 젖혀져 있었다. 이 모습을 본 쥐가 커티스의 어깨에서 근처 나무로 건너가 레이첼을 옭아맨 담쟁이 줄기를 잡아떼기 시작했다. 쥐는 작은 키 덕분에 덩굴 사이를 쉽게 드나들었다.

셉티무스는 나무 위로 올라가며 다리를 휘감으려는 덩굴을 닥치는 대로 걷어찼다. 그는 순식간에 나무의 첫 번째 플랫폼에 이르렀다. 그곳은 이미 담쟁이 천지였다. 플랫폼 난간에는 담쟁이덩굴이 종유석처럼 매달려있었다. 나무 꼭대기에서 아이들의 비명 소리가 들려왔다. 담쟁이덩굴이 쥐의 앞발을 공격했다. 그는 꾸짖듯이 발바닥으로 찰싹 때렸다.

"좋은 말로 할 때 꺼지시지." 그가 조롱했다.

이렇게 깊은 숲속에서 누군가의 도움을 바란다는 것은 어처구니없는 생각이었다. 시간이 조금만 더 있었더라면 커티스에게 귀띔해주었을 것이다. 자신들이야말로 와일드우드에서 도움이나 지원이 필요할 때 출동할 수 있는 유일한 자원인데, 이 위급한 때 꼼짝없이 발이 묶여버렸다고 말이다. 하지만 체면은 유지해야겠기에 셉티무스는 담쟁이가 드리워진 계단을 재빨리 뛰어 올라가 가장 큰 오두막으로 갔다. 그곳도 방 전체를 담쟁이가 장악하고 있었다. 셉티무스는 재빨리 통로를 따라 이웃 전나무로 이동해서 높은 나뭇가지를 올려다보았다. 요새의 전망대라고 할 수 있는 작은 지붕 아래 모두가 모여있었다.

"셉티무스! 우린 어떻게 해야 해?" 아이들 중 한 명이 소리쳐 불렀다.

이 까마귀 둥지는 근방에서 가장 키가 큰 전나무에서도 (사실 산적 은신처의 위치도 이 나무의 특별한 장점을 고려해서 선택했다) 가장 높은 나뭇가지에 지어졌는데 이미 담쟁이가 몸통을 타고 올라오는 중이었다. 특히 맨 앞에서 돌진해오는 담쟁이의 촉수가 막 플랫폼 널빤지 밑바닥에 닿으려 하고 있었다.

"꼼짝 마!" 셉티무스가 이렇게 외치며 다리를 건넜다. "내가 간다!"

그는 가장 탐욕스러운 담쟁이를 피해서 나무를 한 바퀴 돌아 다른 쪽에서 전나무 줄기를 타고 올라갔다. 이윽고 플랫폼에 다다른 쥐는 빠르게 기어오르는 담쟁이와의 경주에서 자신이 이겼음을 알고 탄성을 질렀다. 가로 세로 1.5미터 정도의 툭 튀어나온 플랫폼 널빤지에는 여섯 명이 서있었다. 나무 꼭대기에서 3미터 못 되고, 바닥에서 80미터나 되는 높이의 플랫폼이었다. 건장하고 생기 왕성하며 수령 500년을 자랑하는 나무였지만 키가 너무 큰 사람이 현기증을 느끼듯, 지금 여섯 명(지금은 일곱 명)의 무게로 인해 흔들렸다. 아이들 다섯 명과 쥐, 장님 노인은 아직 담쟁이이가 침범하지 못한 얼마 되지 않는 나무 기둥에 바짝 기대어 서있었다.

"좋아! 내가 왔다!" 셉티무스가 자신을 위한 우표 크기 정도의 공간을 찾아낸 뒤 이렇게 소리쳤다.

플랫폼 위의 사람들은 서로 미심쩍어하며 바라보았다. 셉티무스가 과연 어떤 도움이 될지 상상할 수가 없었다.

"오빠는 어디에 있어?" 엘시가 물었다.

"저 밑에서 담쟁이와 싸우고 있어." 셉티무스가 대답했다.

"우리가 로저를 구하려고 했는데, 제때 도착하지 못해서 그만." 마서가 옆나무를 가리키며 말했다.

담쟁이 물결에 모든 것이 쓸려가버렸다. 몇 미터 떨어진 곳에서 포로의 감옥을 지탱하던 나무는 담쟁이에 완전히 뒤덮여 흔적도 보이지 않았다.

셉티무스가 침을 꼴깍 삼켰다. "우리, 그가 고통 없이 갔기를 기도하자."

바람이 불자 나무 꼭대기가 고무 안테나처럼 흔들렸다. 어깨가 넓은 해리는 끙끙대며 나무줄기에 등을 더 바짝 기댔다. 부스럭거리는 나뭇잎 사이로 뱀이 미끄러져 움직일 때 나는 슥슥 소리 비슷한 담쟁이 소리가 사방에서 들렸다.

그때 저 아래쪽에서 비명이 들려왔다. 셉티무스는 커티스의 목소리일 거라고 짐작했다. 그래서 플랫폼 아래로 소리쳤다. "기다려, 커티스!"

"우린 어떻게 해야 해?" 마서가 캐롤의 손을 꼭 잡으며 물었다.

"도움을 청해." 셉티무스가 대답했다. "커티스가 그렇게 말했어."

"어떻게 도움을 청해?" 이번에는 엘시가 물었다.

셉티무스는 아랫입술을 지그시 깨물다가 대답했다. "소리 지르기?"

"그건 우리가 여태까지 했던 건데." 루디가 불평을 했다.

그 순간, 우지끈 하는 소리가 크게 들렸다. 담쟁이덩굴이 거친 널빤지의 틈새로 기어 올라와 오즈가 딛고 서있는 널빤지를 둘로 쪼갠 것이다. 갑자기 균형을 잃은 오즈가 허공에서 두 팔을 허우적거렸다.

"오즈!" 루디가 소리쳤다.

오즈가 플랫폼 밖으로 떨어지려는 순간 루디의 손이 오즈의 손을 낚아채듯 잡았다. 둘이 나눈 뜨거운 우정과 헌신에서 비롯된 반사적인 동작이었다. 하지만 중력과 운동의 법칙으로 루디는 오즈와 함께 추락에 동참했다.

엘시도 비명을 질렀다. 마서는 발에 힘을 주었다. 해리는 엘시와 손깍지를 낀 채 몸을 앞으로 기울여 두툼한 팔로 루디의 검은 모자단 바지를 잡아챘다. 두 아이의 추락은 잠깐 유예되었다. 앞으로 튀어나가려는 운동에너지가 해리의 팔을 통해 엘시의 손으로 전해져 뒤쪽으로 분산된 것이다. 거기에서 다시 엘시가 붙잡고 있는 마서의 팔꿈치를 통해 마서에게, 마지막으로 캐롤에게까지 흡수되었다. 캐롤은 본능적으로 나무를 껴안았다. 그러는 동안 마서의 손은 할아버지의 밧줄 허리띠를 움켜쥐었다. 현 상황에서 살아날 희망이 극히 적다는 사실을 두 배로 확신한 셉티무스는 곧 무너질 듯한 플랫폼에서 공포에 질려 빙빙 돌기 시작했다. 담쟁이는 지치지도 않고 올라와 널빤지 가장자리를 넘보고 있었다. 아이들의 입에서 다양한 비명과 욕설이 터져나오고 온몸에 아드레날린이 치솟았다. 바닥에서 수십 미터 떨어진 인간고리 끝에 매달린 오즈만 예외였다. 그는 곧장 기절을 해서 의식이 없었다.

엘시는 몸이 둘로 찢어질 것만 같은 기분이었다. 담쟁이가 발바닥을 핥고 있었다. 균형이 무너질까봐 담쟁이가 발목과 허벅지까지 마구 기어 올라오는데도 그저 바라볼 뿐이었다. 셉티무스가 호기롭게 달려와 스멀스멀 다가오는 덩굴을 손으로 살짝 때리려고 했지만 담쟁이의 수가 순식간에 늘어난 것 같았다. 플랫폼이 급속히 정복당하고 있었다. 담쟁이와 바람의 압력, 게다가 꼭대기에서부터 고리지어 매달린 사람들 때문에 나무가 휘청거렸다.

엘시는 땅을 내려다보았다. 하늘과 흩어지는 구름떼가 보였다. 멀리 앞쪽에는 긴 지평선이 펼쳐져 있었다. 왼쪽 팔꿈치와 오른손 사이가 팽팽하게 늘어나면서 몸은 녹아 없어질 것 같았지만 머릿속은 오히려 평온했다. 더 이상 갈 곳이 없었다. 할 수 있는 것도 없었다. *왜 저항해야 하는데?* 엘시는 자신의 삶 전체가 결국 자신을 이 순간으로 이끌었음을 깨달았다. 자신이 내린 모든 결정과 선택이 긴 연결고리가 되어 지금의 모습으로 나타난 것이다. 마찬가지로 자신은 현재 하나의 고리, 지금 이 상황과 떼려야 뗄 수 없게 만든 고리였다.

그런 점에서 보면 자신은 지금 이 순간, 평생을 사는 느낌이었다. 다른 것도 마찬가지였다. 모든 기억, 모든 꿈이, 최고의 혼돈 상태인 이 최후의 순간으로 승화되었다. 그래서 마침내 오즈의 바지가 찢어지는 것을 봤을 때도(지하에 사는 폭파 전문가들의 바느질 솜씨를 솔직히 얼마나 믿을 수 있겠는가?), 소년의 오른쪽 다리가 맨살을 드러내며 떨어질 때에도 엘시는 별로 놀라지 않았다. 오즈가 떨어지면서 팔에 가해지던 압력이 일부 사라졌지만, 완전히 사라진 것은 아니었다. 담쟁이가 엘시의 다리를 완전히 휘감고 있었다.

정작 놀라운 것은 루디의 쭉 뻗은 팔(찢어진 바지 조각을 잡고 있었다)과 빙글빙글 추락하는 오즈 사이의 허공에 스치듯 갑자기 나타난 시커먼 물체였다. 한바탕 돌풍이 불고 깃털이 흩날렸다.

새였나? 아니 다른 거였다. 새의 등에 무언가 *올라타고* 있었나?

그랬다, 아니었나?

하지만 엘시는 그 이상한 게 무엇인지 생각할 겨를이 없었다. 루디가 비명을 지르며 자신의 손을 놓치는 순간 갈색의 어떤 것이 시야로 뛰어들어 루디의 추락을 막아주었다. 그런데 루디가 갑자기 추락하면서 인간고리의 균형은 깨져 엘시까지 하마터면 친구를 따라갈 뻔했다. 그때 무언가가 엘시의 어깨를 날카롭게 움켜쥐고 위로 끌어당겼다. 덕택에 칭칭 감고 있던 담쟁이덩굴로부터 발까지 자유로워졌다.

엘시의 고개가 들리면서 자연히 시선이 아래로 향했다. 신발에 담쟁이 몇 가닥이 붙어있었다. 아래 세상이 작게 보일수록 자신은 위로 올라가고 있었다. 겁에 질려 쿵쿵 뛰는 자신의 심장 소리가 들렸다. 올려다보니 독수리의 발톱이 자신을 움켜쥔 채 어디론가 날아가고 있었다. 그뿐만이 아니었다. 독수리는 가장 높은 우듬지 위로 올라간 뒤 크고 작은 새떼들과 편대를 결성했다. 놀랍게도 더 큰 새들이 저마다 등에 사람을 태우고 있었다.

"엘시!" 바로 아래에서 어떤 목소리가 불렀다. 언니 레이첼이 거대한 왜가리를 타고 있었다. 왜가리 발톱에는 끈질긴 담쟁이가 한 줌이 아직 매달려있었다. 그 뒤로 백로의 목을 팔로 껴안고 놀란 표정을 짓는 오빠 커티스도 보였다.

엘시의 귓가에서 윙윙 바람 소리가 났다. 차가운 공기는 얼굴을 찔렀다. 엘시는 주변의 새들을 흘끗 보았다. 저마다 낡은 회색 옷차림의 남자들을 태우고 있었다. 하나같이 수염을 지저분하게 기른 모습이었다. 그 중 한 명의 이마에 섬뜩한 문신이 새겨져 있었다. 엘시가 문신을 자세히 관찰하고 있는데 밑에서 열광하는 소리가 들렸다. 커티스 오빠였다.

"맙소사, 브렌든!" 커티스가 소리쳤다. "잭! 다른 산적들도 있네요!"

두 남자를 태운 새는 선회하다 날카롭게 하강하여 소년과 나란히 공중을 한 바퀴 돌았다. 그들의 유쾌한 웃음소리가 대기에 울려퍼졌다.

"어이, 훈련생. 잘 지냈어?" 요란한 바람소리 사이로 잭이 소리쳐 물었다.

커티스는 놀라서 말을 잇지 못했다. "어디에서… 어떻게……." 그게 다였다. 그러다 백로의 등에 머리를 기대며 말했다. "만나서 정말 기뻐요."

"우리도 그렇다." 브렌든이 맞장구쳤다. 어깨 뒤로 넘어가있는 브렌든의 두건 속에서 겁쟁이 쥐가 기어 올라왔다.

"다시 날지만 않는다면 그럴 텐데." 셉티무스가 투덜거렸다.

모두가 대담한 구조대에게 구출되었다. 나무 꼭대기 요새 전망대의 플랫폼에서 고리처럼 얽혀있던 그들이 떨어지려는 찰나였다. 커티스와 레이첼의 비명을 들은 새들은 곧장 우듬지를 뚫고 내려와 담쟁이 올가미에서 그들을 구출해냈다. 다른 사람들도 모두 구출되었다. 오즈(평생 가장 놀랄 일을 겪은 오즈는 이제 막 정신이 들었다), 루디, 마서, 캐롤. 독수리의 등을 끌어안은 해리는 아래 펼쳐진 넓은 세상을 신기하게 바라보았다. 새들이 더 가깝게 대형을 이루었을 때 살펴보니 모두가 똑같이 경이로운 표정

을 짓고 있었다.

"그런데…, 지금까지 어디 계셨어요?" 커티스가 물었다.

"뭐라고?" 브렌든이 되물었다. 고도가 높아지면서 점점 커지는 바람소리 때문에 대화가 거의 불가능했다.

"그동안 어디에 계셨냐고요?"

브렌든이 귀에 대고 뭐라고 말하자 독수리가 큰 소리로 명령을 내렸다. 새들은 천천히 하강했다. 그들은 지금 우드에서 아직 담쟁이가 퍼지지 않은 지역을 날고 있었다. 나무 사이로 보이는 언덕 너머에 넓은 담쟁이 계곡이 보였다. 새들이 선회하다 초원의 부드러운 땅으로 착륙했다. 커티스는 백로 등에서 뛰어내리자마자 힘찬 포옹이라도 할 듯 브렌든에게 달려갔다. 하지만 자신의 위치를 깨달은 듯 산적왕 바로 앞에서 걸음을 멈추고 경례를 했다.

"대장!" 이렇게 말하며 고개를 든 커티스의 눈에 눈물이 어려있었다. "제가 지금까지 우리 산적단을 꾸려왔어요. 굳건하게 지켜왔어요. 저와 셉티무스가요. 우린 와일드우드 산적이니까요. 우리가 모든 것을 원래 상태로 돌려놨어요." 그가 감정에 겨워 울먹거렸다. "지금까지."

문신한 남자가 소년의 어깨에 손을 얹고 미소를 지었다. "잘했구나, 커티스. 우린 네가 시노드의 손아귀를 피한 것만으로도 감사하게 생각한다. 산적 강령을 잘 지켜줬어."

"시노드요?" 커티스가 눈을 껌뻑이며 물었다.

"종교 집단이야." 산적 잭이었다. 그는 독수리 등에서 내려 초원 한가운데 서있는 둘과 합류했다. "놈들은 우리한테 주문을 걸었지. 사악한 놈들. 시무스가 우리를 그곳으로 데려갔지. 그 친구는 이미 악마들한테 걸려든 후였고."

마치 새기 코트를 입은 듯한 담쟁이덩굴은,
얼굴 없는 머리에서 길게 늘어져 털을 깍지 않은 개처럼 보였다.

"그건 그렇고 담쟁이는 다른 문제야." 브렌든이 말했다. "이건 그 광신도들의 짓이 아니라……."

커티스가 거들었다. "맞아요. 전 누구 짓인지 알아요. 그 여자를 봤어요."

"그 여자?" 브렌든의 눈썹이 치켜 올라갔다.

"알렉산드라예요. 하지만 알렉산드라가 아니기도 해요. 이를테면 담쟁이 모습을 한 알렉산드라죠." 커티스가 설명했다.

산적왕은 짐작이 된다는 듯 고개를 끄덕였다. "올빼미 공작의 말이 맞군. 그 여자가 우드에 복수를 하려고 돌아왔다고 하던데. 지금은 회합 나무를 쓰러뜨리려 노스우드로 가고 있단다. 우리도 신비주의자들을 도와 우드를 구하기 위해 날아갈 참이다."

레이첼은 왜가리 등에서 내려 곧장 엘시에게 달려갔다. 엘시는 몇 미터 떨어진 초원의 구릉 위에 내린 상태였다. 레이첼이 동생을 덮칠 듯 끌어안자 엘시는 평소답지 않은 언니의 열정적인 포옹에 웃음을 터뜨렸다.

"난 괜찮아, 언니." 엘시가 말했다. "그런데 숨을 못 쉬겠어."

레이첼이 수줍게 동생을 얼싸안은 팔을 풀었다. "비명 소리가 들렸을 때, 난 네 소리라는 걸 바로 알았어. 그런데……." 레이첼은 그때의 기억을 더듬는 듯 말을 멈췄다. "담쟁이가 나를 덮쳤어. 정말로 나를 덮쳤어. 그때 새의 발톱이 내 어깨를 움켜쥐었는데, 정신 차려보니 내가 공중에 떠있는 거야."

"그런데 니코 아저씨는?" 엘시가 사람들을 둘러보며 물었다.

모두가 안부를 묻느라 바빴다. 대부분이 감회 어린 표정으로 서서 즐겁게 대화를 나누고 있었다. 하지만 파괴자는 어디에도 보이지 않았다.

레이첼이 고개를 저으며 엄숙하게 말했다. "그는 살아남지 못했어. 담쟁이한테 잡아먹혔어."

엘시가 숨을 죽이며 손을 입가로 가져갔다. "말도 안 돼!"

그때 새를 타고 온 커티스의 동료 산적이 그들의 대화를 듣고 있다가 다가와 가볍게 목례를 한 뒤 말을 걸었다. "네 친구 걱정은 하지 않아도 돼." 솜털 같은 수염이 난, 약간 성숙해보이는 소년 산적이었다. 그에게서 솔방울 냄새가 났다. "담쟁이는 그냥 잠을 재운 것뿐이야. 고치 속의 번데기처럼. 우리가 깨어나게 해주면 괜찮아질 거야."

"그래, 그렇다면 안심이야." 레이첼이 그 말에 평정심을 되찾으며 말했다.

"내 이름은 헨리야. 넌……."

"레이첼. 레이첼 멜버그. 얘는 엘시. 우리는 커티스의 여동생들이야."

소년이 놀란 표정을 지었다. "여동생? 아하, 이야기를 들었지. 정말 놀라운 걸. 가족이 다 모였네. 바깥세상 사람들이 여기에서 말이야."

레이첼이 수줍게 웃었다. 엘시는 소년 산적에게 정중히 인사한 뒤 커티스 주위에 몰려있는 다른 산적들(젊거나 늙은 남녀들)을 바라보았다. 커티스는 동료들에게 믿기지 않는 이야기를 들려주느라 바빴다. 심연에 추락해 지하세상을 여행한 일이라든지 와일드우드로 돌아와서 은신처인 디어스컬 드래곤파이터를 재건한 일 따위였다. 셉티무스는 커티스의 어깨에서도 특별히 좋아하는 자리에 앉아 자기만의 관점에서 커티스의 이야기 중간중간 부연설명을 했다.

"그때 이 아이들이 나타난 거예요." 커티스가 이야기에 완전히 빠진 사람들에게 설명했다. "완전히 마구잡이로요! 그리고 믿지 못하겠지만 그들은……." 커티스가 갑자기 다른 중요한 일이 생각난 듯 말을 멈췄다. "참, 프루! 프루는 어디 있어요?" 그가 큰 소리로 물었다.

"그러게. 프루가 안 보이네." 셉티푸스도 거들었다.

"올빼미 렉스와 다른 산적들과 함께 먼저 날아갔어." 브렌든이 설명했다. "여기 이 사람들은 사우스우드에 남아서 군대를 소집했지. 그러고 나자마자 그 일이 일어난 거야. 너희들 비명을 들었을 때 우린 멀지 않은 곳에 있었단다. 돌아다보니 이게 누구야!" 그는 모여있는 아이들을 가리켰다. "너희들이 보이는 게 아니냐. 나무 사이에, 너희들이!" 그는 잠시 멈추었다가 말을 이었다. "헌데, 저 노인은, 저 양반은 누구냐?"

"네…, 저분은." 커티스는 뭐라고 설명해야 할지 퍼뜩 떠오르지 않았다. 동료 산적들을 다시 만난 기쁨에 흥분해서 이 '뜻밖의 발견'에 관해 까맣게 잊고 있었다. "맞아요. 캐롤 그로드!"

커티스의 설명을 들은 브렌든의 표정이 놀라움으로 가득 찼다.

"또 한 명의 제작자죠!" 커티스가 소리쳤다. "우리가 그동안 찾던 분이에요!"

"이분이 그분이란 말이야? 눈이 없다는 노인?"

"맞아요!" 커티스가 손으로 캐롤을 가리키며 말했다.

그 손짓을 본 마서는 노인의 팔을 잡고 커티스와 브렌든이 서있는 곳으로 안내했다. "캐롤 할아버지예요. 할아버지, 산적왕 브렌든이에요."

"영광이오. 구해줘서 고맙소." 캐롤이 인사했다.

"이분이 바로 그분이군요. 프루가 찾던 그분. 그걸 만드신다던……." 브렌든이 말투에 신경을 쓰며 말했다.

"톱니바퀴요." 캐롤이 뿌듯하게 말을 받았다. "정식 명칭은 뫼비우스 톱니바퀴죠. 내가 설계한 탁월한 작품이라오."

브렌든은 입을 벌린 채 한 손으로 관자노리를 문질렀다. "이런, 노인양반을 어서 사우스우드로 모셔다드려야겠군요. 그들은 벌써 작업에 착수했죠."

"작업에 착수해요? 누가?" 커티스가 물었다.

"갈고리 손을 가진 곰요. 조수 노릇을 하라고 시므스라는 제 부하도 두고 왔죠. 몰디스트 톱니바퀸지 뭔지 하는 게 말한테 신겨주는 신발이 아니라면 틀림없이 노인 양반의 도움이 필요할 겁니다."

캐롤이 고개를 절레절레 저었다. "아마 많이 만들지 못했을 거요. 나와 에스벤만 만들 수 있는데, 그것도 눈과 손이 성할 때 이야기라오. 알렉산드라가 잔혹한 짓을 저지른 것도 그 때문이고."

"음, 완벽하게 처리했군." 브렌든이 이렇게 중얼거린 뒤 손가락을 입가에 대고 휘파람을 크게 불었다. "브라운페더!"

독수리 한 마리가 걸어와 목례를 한 다음 물었다. "무슨 일이오, 산적왕?"

"이분을 최대한 빨리 사우스우드로 모셔다드리게." 브렌든이 지시를 내렸다. 그는 캐롤에게도 물었다. "여행할 수 있으시죠?"

"작은 도움이라도 된다면야." 노인이 옆에 있는 소녀를 향해 고갯짓을 했다.

"너는 누구냐?" 브렌든이 물었다.

"마서 송이라고 해요, 대장님. 분부만 내리세요." 고글 쓴 소녀가 인사했다.

"좋아. 두 사람은 어서 사우스우드로 날아가세요. 빨리. 가장 빠른 항로로." 브렌든은 나머지 사람들에게도 말했다. "다른 사람들은 어서 새에 올라타라. 우리는 회합 나무를 구하러 노스우드로 날아간다. 산적이든 아니든 여기 있는 사람들은 대의를 위해 피 흘릴 각오를 하기 바란다. 우리 세상, 아니 그 이상의 세상이 오늘 우리의 작전에 달려있다. 우리편 병사는 얼마 안 되지만 용기는 태산만큼 커야 한다. 그리고 비행하는 동안 마을 주민들에게 큰 소리로 알려라. 와일드우드 비정규군이 악을 평정하기 위해 다시 출동했다고. 사람을 태우지 않은 새들은 와일드우드에서 움푹하게 꺼진 곳이나 굴을 찾으시오. 담쟁이가 쳐들어오지 못한 곳을 찾아요. 우리편이 되어 싸울 사람은 누구든 환영합니다. 당신들의 노력은 헛되지 않을 겁니다."

작은 새들이, 보기에도 아찔한 깔때기 모양으로 날아 오르더니 사방으로 흩어졌다. 산적들은 주변 동지들과 잠깐 대화를 나눈 다음 날개 달린 말 등에 올라탔다. 오즈와 루디는 펠리컨 위에 올라타고, 해리는 대머리 독수리 등에 자리를 잡았다. 마서와 캐롤은 이미 출발한 후였다. 두 명의 승객을 태운 갈색깃털 독수리는 이미 나무 위로 올라가 남쪽 지평선을 향해 날고 있었다. 기사도 정신이 투철한 젊은 산적 헨리는 정중히 절을 한 뒤 레이첼을 은색 왜가리에 태우고는 자신도 앞에 올라탔다. 레이첼은 검은 머리카락 안으로 얼굴을 붉히며 헨리의 허리를 붙잡았다. 이윽고 은색 왜가리는 가느다란 다리를 구부려 크게 두 번 날갯짓을 한 다음 공중으로 날아올랐다.

족쇄에서 풀려나 지도자의 모습을 되찾은 브렌든은 이 광경을 자랑스럽게 지켜보았다. 그때 누군가 회색 옷단을 잡아당겼다. 내려다보니 아홉 살 엘시 멜버그가 그를 보며 수줍게 웃고 있었다.

"전 대장님과 함께 타도 되죠?" 엘시가 소심하게 물었다.

브렌든은 아무 말 없이 소녀를 번쩍 안아 (건장한 산적에게는 깃털만큼 가벼웠다) 얼룩 검독수리 등에 태웠다. 그 다음 자신도 올라탄 뒤 조그맣게 휘파람을 불며 중얼거렸다. "좋아, 체스터."

"준비 됐어요?" 독수리가 물었다.

산적왕이 대답했다. "이제, 날자고."

CHAPTER 28

와일드우드 비정규군, 날자

그 들은 금세 담쟁이 물결의 선봉대를 앞질렀다. 담쟁이 물결은 캐시드럴 산맥의 봉우리와 산길에도 밀어닥치고, 알프스를 넘는 한니발처럼 거대한 산맥마저 길가의 작은 둔덕인 양 과감하게 쳐들어왔다. 프루는 공중에서 그 광경을 모두 지켜보았다. 마치 다채로운 캔버스에 칙칙한 색으로 덧칠하는 것처럼 초록 물결이 세상을 한 색으로만 물들이고 있었다. 담쟁이로 뒤덮인 숲과 아직 뒤덮이기 전의 숲으로 구분되는 경계선을 넘자 오후 햇빛이 나른하게 비치는 노스우드의 조각보 같은 밭이 눈에 들어왔다. 훼손되지도 속박 당하지도 않으며 곧 닥쳐올 엄청난 약탈도 모르는 풍경이 평화롭기만 했다.

프루는 올리버라고 불리는 백로를 타고 있었다. 올빼미 렉스는 서른 마리쯤 되는 새들을 지휘했다. 회색 옷을 입은 산적들은 프루를 기꺼이 비행대에 끼워 주었다. 사우스우드 주민들도 여러 명 자발적으로 참전했다. 곧 브렌든과 다른 산적들까지 합세한다면 어떤 무기로 무장하든 만만치 않은 병력이 될 게 틀림없었다.

하지만 그들의 적이 누구던가? 아무리 최정예 군대라 해도 미망인 여왕의 영혼이 이끄는 담쟁이의 가공할 위력에 맞설 수 있을까? 심지어 그녀의 무시무시한 악행은 지금도 진행 중이었다. 우드를 내려다보던 프루는 지역 간 경계가 빠르게 무너지고 있음을 확인했다. 사우스우드와 아비앙 공국은 담쟁이 홍수에 국경선이 쓸려내려가 실질적으로 사라진 것이나 다름없었다. 노스우드 역시 곧 이 물결에 휩쓸리게 되리라. 예전의 구분은 사라지고 있었다.

이제 어디나 와일드우드였다.

이것이야말로 알렉산드라가 줄곧 원했던 일이 아니던가?

그때 머릿속으로 그렸던 대로, 너른 초원 한가운데 주변 나무들로부터 우러름을 받으며 위엄 넘치는 모습으로 떡 버티고 서있는 회합 나무의 넓게 뻗은 가지와 울창한 잎사귀가 보였다. 이 높이에서는 그 울퉁불퉁하고 옹이 많은 나무를 에워싼, 자루 옷을 입은 신비주의자들이 작은 점처럼 보였다. 가까이 다가가자 늘 하던대로 명상을 하는 신비주의자들의 모습이 눈에 들어왔다. 프루는 명상에 몰두하는 그들을 보고 놀랐다. 전지전능한 회합 나무는 우드 전체를 관통하는 구조와 깊은 관계를 맺고 있어서 지금 숲에 무슨 일이 일어났으며, 앞으로 어떤 일이 벌어질지 알고 있음이 분명했다. 따라서 신비주의자들 역시 위험에 직면할 거라는 경고를 진작에 받았을 것이다.

새들이 하강해서 밭과 농장 위를 낮게 날자 놀란 주민들은 숨을 죽이고 그들의 비행을 지켜보았다. 어디에선가 경보음이 울렸다. 지면 가까이 내려가자 농가마다 겁먹은 주민들과 살림살이를 잔뜩 실은 마차가 보였다. 농장과 농장을 연결하는 구불구불한 길에도 이런 마차들이 부쩍 늘어나기 시작했다. 피난민들은 저마다 소중한 물건(가구와 서랍장, 액자에 든 초상화, 백랍접시 따위)들을 가득 싣고 있었다.

"저 사람들 왜 저러는 거죠? 그래봤자 도망갈 수도 없는데!" 그 모습을 본 프루가 의아해서 물었다.

백로는 날카롭게 하강해 대평원의 초원에 능숙하게 착륙했다. 프루는 백로 등에서 내리자마자 오랫동안 만나지 못했던 두 사람을 발견했다.

"스털링! 새뮤얼!" 프루가 소리쳐 불렀다.

잘못 본 게 아니었다. 여우 스털링은 가슴받이가 달린 청바지 차림으로 당당하게 프루를 맞이했다. 반면에 기다란 귀가 납작하게 눌리도록 소쿠리를 뒤집어쓴 명랑한 토끼 새뮤얼은 차렷 자세를 취했다. 그들은 이런 상황에서도 프루를 보며 환하게 웃었다.

"어서 와." 스털링이 인사했다. "제비한테서 소식 들었단다. 경보음 들었지? 꾸물거릴 시간이 없어. 하지만 아무리 해도 이곳에 무슨 문제가 생긴 건지 알 수가 있어야지. 담쟁이가 어떻다고?"

"그 여자요!" 프루가 설명했다. 스털링과 새뮤얼 모두 플린스 전투에 참전한 와일드우드 비정규군이었다. 그 여자라는 단어 외에 더 길게 설명할 필요도 없었다. "그 여자가 돌아왔어요! 담쟁이를 지배하게 됐어요."

여우의 얼굴에 충격이 번졌다. 그는 고개를 홱 돌려 아직 회합 나무에 둘러앉아 명상에 잠겨있는 신비주의자들을 바라보았다. "하지만 저 사람들은 우리에게 아무 말도 안 했어. 그런 일이 있으면 나무가 진작 경고해주었을 텐데."

새뮤얼은 엄지로 긴 옷 입은 사람들을 가리켰다. "지금 열두 시간째 저러고 있어. 어젯밤 늦게부터." 그가 말을 멈췄다가 덧붙였다. "정말이라니까."

프루는 넓은 초원을 가로질러 회합 나무 주위에 미동도 없이 앉아있는 신비주의자들을 바라보았다. 그때 회합 나무에 한 줄기 바람이 불어와 마치 갓 말린 담요에 정전기가 흐를 때처럼 각양각색의 모양이 공중으로 떠올랐다가 풀밭을 가로질러 날아다녔다. 그 중 하나가 프루와 토끼, 여우가 있는 곳으로 날아와 발밑에 떨어졌다. 그것은 마른 나뭇잎이었다.

프루는 무릎을 꿇고 나뭇잎을 주워 찬찬히 살펴보았다. 금방 부서질 듯 바짝 마른데다 황토색을 띠고 있었다. 손가락으로 툭 치자 잎이 산산이 부서져 바닥에 흩어졌다.

"이게 뭐죠?" 프루가 중얼거렸다.

스틸링이 뭔가 짐작되는 듯 고개를 끄덕였다. "몇 달 전부터 이래. 신비주의자 말이 병에 걸린 것 같다더군. 그런데 아무도 그 원인을 설명하지 못하고 있어. 신비주의자들도 몰라. 그들은 지금까지 입도 뻥끗하지 않았어."

"죽어가고 있어. 나무가 죽고 있어. 믿을 수 있겠니?" 새뮤얼이 거들었다.

"원로 신비주의자는 어디 있어요?" 프루가 절망적으로 물었다. 이 쭈글쭈글 시든 잎이 나무의 죽음을 알리는 전조라는 생각이 들자 프루는 두려워졌다. "내가 그에게 말해야겠어요."

프루는 자신에게 나무의 소원을 전해주던 그 신비한 소년이 기억났다. 그는 나무의 유언으로 이피게니아의 후계자가 되었다.

스틸링이 고개를 저었다. "내가 아는 한 여기에는 없어. 예전에는 있었지.

그 젊은 신비주의자 말이야. 그런데 얼마 전부터 보이지 않아."

"보이지 않는다고요?"

"응, 행방불명됐어. 와일드우드에서. 예를 표하기 위해 납골당 나무에 갔는데, 그 후로 보이지 않았어."

"그것 이상하군요." 방금 우아하게 착륙한 올빼미 렉스가 다가오며 말했다. "스털링, 새뮤얼!" 그가 반갑게 인사하자 두 동물은 아비앙 공국의 공작에게 정중히 목례를 했다. 올빼미가 말했다. "신비주의자들도 알아야 해요. 초록 여제, 그러니까 다시 태어난 알렉산드라 스빅이 지금 회합 나무를 뿌리째 파괴하려고 오고 있어요. 그녀는 변경지대마저 무효로 만들려고 해요."

"기도 중인 신비주의자들을 방해하지 않도록 돕는 게 우리 경찰의 임무인데요. 무슨 일이 있어도." 스털링이 설명했다.

하지만 프루는 나무 주위에 둘러앉은 신비주의자들에게 씩씩하게 걸어가고 있었다. 그녀는 거대한 나무의 울퉁불퉁한 몸통에서 나오는 듯한 탁한 소리에 대해 곰곰이 생각했다. 들리는 말에 의하면 회합 나무는 우드에 있는 여느 식물들과 달랐다. 조직적인 언어가 생기기 이전부터 동료 생명체와 소통하는 능력을 보였고, 따라서 상징과 소리로 말을 했다. 이런 수수께끼 같은 발성은 오직 원로 신비주의자만 해독할 수 있었다. 그는 회합 나무 앞에 엎드려 오랜 시간 기도하는 동안 그 기이한 언어에 대한 일종의 감각을 터득했다.

비록 그 언어는 투박하고 알아듣기 힘들었지만, 프루는 그곳으로 걸어가는 동안 나무가 전해주는 이미지를 크고 또렷하게 받았다. 그것은 다른 식물과 조금도 비슷하지 않았다. 여느 식물들한테서 나는 이상한 소리는 납득할 수 있는 문장으로 만들 수 있었다. 그런데 회합 나무의 언어는 흡사 중국어로 씌어진 소립자물리학에 관한 희귀본을 읽는 느낌이었다. 음성은 또렷이 전달되는데 이해가 되지 않았다.

프루는 둥글게 앉아있는 신비주의자들에게 도착했다. 모두 대마로 지은 긴 옷을 입고 눈을 뜬 채 회합 나무를 차분히 응시하고 있었다. 그때 다시 한바탕 돌풍이 불어와 갈색 나뭇잎이 눈보라처럼 흩날리다 떨어졌다. 프루는 이 상태가 지속되는 한 신비주의자들의 명상이 중단되지 않을 거라는 예감이 들었다. 프루는 계속해서 나무에게 걸어갔다.

회합 나무의 몸통은 병 옆면에 흘러서 굳어버린 끈적끈적한 시럽처럼 지붕 같은 우듬지에서 아래로 흘러내려 밑동에서부터 퍼져나갔다. 구불텅한 뿌리는 목초지 풀밭에 단단히 박혀있었다. 주름지고 늙은 나무의 몸뚱이에 조그맣게 나있는 무늬, 그 강인한 참나무의 주름투성이 껍질에 새겨진 수많은 옹이와 구멍을 찬찬히 들여다보면 누구나 신기해하며 몇 시간쯤 보낼 수 있었다. 우드에서 아무리 큰 나무도 이 회합 나무에 비하면 왜소했다. 이 나무야말로 거대한 나무 중에서도 가장 거대했다. 그런데 이 나무가 프루에게 말을 걸고 있었다. 아니 적어도 그러려고 애쓰고 있었다.

가까이 갈수록 나무가 말을 건다는 사실이 더욱 분명하게 느껴졌다. 프루에게 손을 뻗어 끌어당기고 있었다. 프루도 그대로 응했다. 하지만 머릿속에 꽉 들어찬 이미지와 소리는 여전히 이해할 수 있는 생각 따위로 부호화되지 않았다.

뭐라고요? 프루가 생각했다.

이전에 식물과 대화를 할 때는 마치 두 사람이 대화할 때 상대가 말하는 동안 다른 사람은 들어주듯 침묵 비슷한 게 있었다. 하지만 이 경우에는 소리가 줄줄 흘러나와서 이해하기 곤란했다.

나뭇잎이 더 많이 떨어졌다. 어깨 위로 색종이 조각이 쏟아지는 느낌이었다. 프루는 심호흡을 한 뒤 나무에게 다시 말을 걸기 시작했다.

좋아요, 프루가 생각했다. *난 당신이 하려는 말을 알아듣지 못하겠어요. 하지만 최선을 다할게요. 난 지금까지 당신이 하라는 대로 했어요. 당신을 믿었어요. 난 될 수 있으면 주위 사람들을 믿었어요. 그런데 이게 뭐예요, 당신은 지금 죽어가는 거예요?*

소음이 들렸다. 수다를 떠는 것처럼 쉬지 않고 말했다. 나뭇잎이 흩날렸다.

당신은 이럴 줄 알았어요? 내 말은, 결국 이렇게 될 줄 알았냐는 거예요! 실망할 수밖에 없어요. 속은 기분이 들어요. 이것도 계획의 일부인가요? 아니면 내가 빨리 처리하지 못해서 그런 건가요? 말해봐요!

여전히 쉿쉿 소리만 났다. 그때 한바탕 돌풍이 불더니 이내 조용해졌다. 마

치 폭풍우가 몰아칠 때 돌풍과 돌풍 사이에 잠잠해지는 것처럼. 그때 프루는 보았다.

프루가 본 것은 복잡하고 무질서했다. 하지만 낡은 흑백텔레비전의 잡음선 사이사이로 영상이 보이듯 무슨 모습인가 나타났다. 자신이었다. 그런데 지금처럼 짧은 검정머리에 점퍼를 입고 케즈 운동화를 신은 모습이 아니었다. 희끗희끗한 머리에 주름진 이마, 구부정한 허리로 하찮은 일을 하는, 노인이 된 자신의 모습이었다. 자세히 보니 뜨개질을 하고 있었다. 머릿속에서 지저분한 선이 사라지고 화면이 선명해졌을 때 바늘로 뜨고 있는 것이 목도리라는 것을 확인했다. 바늘을 부딪쳐가며 초록색 길처럼 보이는 것을 길게 늘여 뜨고 있었다.

그때 영상이 뒤집어졌다. 갑자기 방향을 홱 바꾼 것이다. 프루는 이제 빽빽한 숲 한가운데 나있는, 뜨개질한 길을 따라 걷고 있었다. 왠지 그 길이 영원히 이어질 거라는 확신이 들었다. 그런데 초록색 목도리가 갑자기 왼편으로 꺾이며 순환선이 시작되었다. 프루는 자신이 한 자리에서 빙빙 돌고 있음을 깨달았다. 그 목도리 길을 따라 걷다보니 한 바퀴 돌 때마다 점점 짧아졌고, 길이 미로의 중심으로 들어가고 있었다. 그 끝 지점에는 둥지에 든 알처럼 숲의 비옥한 흙 속에 반짝거리는 싹이 하나 돋아나 있었다. 자세히 들여다보니 싹이 벌어져있고 그 안에 아주 작은 묘목이 보였다. 이윽고 타임랩스 영화를 보는 것처럼 묘목에서 나뭇가지 세 개가 쑥쑥 자라났다. 가지 끝에는 저마다 초록색 이파리가 하나씩 달려있었다.

순간 그 모습이 눈앞에서 싹 사라졌다.

"프루! 내 말 들리니?" 여우 스털링이었다.

프루는 빠르게 눈을 깜빡인 뒤 돌아다보았다. "뭔가 보였어요. 나무예요. 나무가 보였어요."

"시간이 없어! 담쟁이야! 드디어 왔어!" 여우가 근심 어린 표정으로 알렸다.

🌿

"아무래도 망치로 몇 대 더 때려야겠어요." 시무스가 말했다.

곰은 갈고리로 턱을 문지르며 서있기만 했다.

산적이 새로운 시각을 얻으려는 듯 머리를 갸우뚱 기울이고 왼쪽 눈을 가늘게 떴다. "조금만 더 달구면 될 것 같은데요. 연료를 조금 더 넣죠."

여전히 곰은 말이 없었다.

"원석은 어때요? 광을 좀 내야 하지 않을까요? 좀더 멋지게 꾸며야죠. 살짝 빛이 나게."

이번에는 곰이 반응을 했다. "반짝거릴 필요는 없소. 꾸밀 필요도 없고. 이건 톱니바퀴니까."

"그래 보이지 않는데요." 산적이 투덜거렸다.

"그럴 거요. 그래 보이지 않을 거요, 그렇죠?" 곰이 바디를 들어올리며 말했다. 그는 모루에서 물건을 꺼내 갈고리 끝으로 쥔 다음 산적에게 보여주었다. "이건…, 뭐랄까…, 뭉개놓은 금속 곤충처럼 보이는군."

그건 그랬다. 산적은 옆에 서서 에스벤의 괴이한 논평에 고개만 끄덕일 뿐이었다. 하지만 그들의 목표는 뭉개진 금속 곤충이 아니었다. 급속도로 부패되는 세상에서 구할 수 있는 도구와 재료를 이용해, 인간 혹은 곰이 발명한 것

중에서 가장 불가사의한 기계 부품을 만들어야 했다. 톱니바퀴 세 개가 하나의 기어를 왔다갔다 하는 이른바 뫼비우스 톱니바퀴로, 기계로 만든 왕자가 산 사람처럼 움직이는 데 필수적인 핵심 부품이었다. 만약 톱니바퀴를 개발한 두 발명가가 눈이 멀지 않고 두 손을 쓸 수 있었다면, 그들은 틀림없이 사우스우드 기계부품협회가 선정하는 올해의 기업가 후보에 올랐으리라. (그러나 곰과 산적이 모르는 사실이 있었다. 그들이 만든 이 뭉개진 벌레는 정체불명의 수수께끼처럼 보였지만 나름대로 용도가 있었다. 제대로 장착하면 보통의 가정용 빨래건조기에, '주름방지' 기능까지 첨가해 양말 한 짝을 10분 안에 뽀송뽀송하게 말릴 수 있는 최첨단 미래형 부품이었다.)

"다시 만듭시다." 곰이 구리 잡동사니를 모닥불 옆 흙에 던지며 말했다.

시무스가 툴툴거리며 더 많은 연료를 찾아 주변 숲으로 터벅터벅 걸어갔다. 에스벤은 도가니를 다시 불 위에 올려놓은 다음 사우스우드의 붕괴된 집과 건물에서 주워온 한 서랍분의 보석을 자세히 살펴보았다. 결혼반지, 목걸이 줄, 하트 모양 펜던트, 하나같이 슬픈 운명을 겪은 것들이었다. 이 싸구려 장신구는, 주인들이 원대한 계획에 동참하기 위해 자발적으로 내놓은 것이거나 담쟁이덩굴에 파묻혀서 주인의 동의조차 필요없는 것들이었다. 어떤 이는 사랑하는 사람을 잃고 위안받았던 물건을 내놓으며 눈물 흘렸고, 할머니가 목에 걸었던 목걸이나 경찰 출신 아버지가 차고다니던 구리배지를 기부한 사람들도 있었다. 에스벤은 이런 기념품을 도가니에 넣으면서 마음이 무거웠다. 자신의 손으로 뫼비우스 톱니바퀴를 만드는 일이 헝겊이나 철사로 살아있는 나비를 만드는 것과 같은 꼴이 될 수도 있기 때문이었다.

그는 다른 물건을 골랐다. 목걸이 줄에 달린 동그란 펜던트였다. 반짝거리는 구리에 누군가의 이름이 사랑스럽게 새겨져 있었다. 곰은 한숨을 내쉬며 달랑거리는 목걸이 줄을 잿빛 도가니에 떨어뜨렸다.

그는 얼마나 실의에 빠져있었던지 새가 날아오는 소리도 듣지 못했다. 새는 장작더미 위에서 몇 번 선회한 다음 에스벤이 서있는 곳에서 5미터쯤 떨어진 지점에 착륙했다. 그 새에서 두 사람이 내려 다가왔지만 에스벤은 그때까지도 눈치채지 못했다. 걸음이 불편한 한 명을 다른 한 명이 부축해 담쟁이로 뒤덮인 땅을 걸어왔다.

"오랜만이네, 옛 친구." 어떤 목소리가 들렸다. 귀에 익은 목소리였다.

고개를 돌리니 옛 파트너이자 동료인 캐롤 그로드가 검정머리 소녀의 손을 잡고 꿈틀거리는 담쟁이덩굴 위에 서있었다. 에스벤은 말을 잇지 못하고 더듬거렸다. 아니 말을 할 수가 없었다. 무릎이 풀리며 바닥으로 주저앉았다.

"저 친구 뭐하고 있니?" 자신의 인사에 반응이 없자 노인이 당황해서 물었다.

"바닥에 주저앉아 입을 움직이는데 말이 나오지 않아요." 소녀가 설명했다.

"곰이 맞니? 손 대신 갈고리가 달린?" 캐롤이 물었다.

"틀림없어요." 소녀가 확인해주었다.

캐롤이 허공에 대고 말했다. "에스벤. 자네, 앞발이 없는 곰이 맞다면 왜 아무 말도 없는 건가?"

그제야 둑이 터지듯 에스벤의 말문이 터졌다. "캐롤! 캐롤 그로드! 살아있었군요. 무사하군요!" 그는 벌떡 일어나 노인의 목을 끌어안았다.

"이봐, 진정하게. 기억하겠지만 난 노인이야. 자네보다 훨씬 약하다고." 에스벤이 포옹을 풀자 캐롤이 손을 뻗어 곰의 손을 잡았다. 금속으로 된 인조 손을 확인한 캐롤이 말했다. "그 여자의 짓이군."

"그래요, 캐롤." 곰이 대답했다. "당신은요…, 당신의 눈은요?"

"나무로 된 눈도 적응이 되어 괜찮네." 캐롤이 눈을 보여주려는 듯 치켜뜨자 동공을 그려넣은 나무눈이 뼈 안에서 움직였다.

두 친구는 그렇게 갑작스럽고도 예상치 못한 재회의 기쁨을 나누었다. 그들은 서로 추방당했을 때 관저에서 어떤 무시무시한 벌을 내렸는지 묻고 그동안 지내온 이야기를 풀어놓았다. 서로 상대방이 처한 특별한 곤경을 슬퍼하고 동정을 표하면서도 자신들의 처지가 그렇게 나쁘지만은 않다고 주장했다. 그들은 예상했던 것만큼 잘 해내고 있었다. 그리고 마침내 자신들이 다시 만난 것은 우연한 행운이며 앞으로 맡게 될 새로운 과업이 얼마나 엄중한가에 대해 의견의 일치를 보았다.

곰의 얼굴이 상기되었다. "아주 적절한 때 잘 오셨어요. 그런데 이 아이는 누굽니까?" 그가 마서를 내려다보며 물었다.

"마서 송이에요, 에스벤 씨." 소녀는 전혀 위축되지 않고 대답했다.

"고글을 쓰고 있구나." 에스벤이 마서의 이마에 걸친 플라스틱 안경을 가리키며 말했다.

"이게 없으면 아무데도 가지 않아요." 마서가 대답했다.

"오늘 그게 대단히 유용할 것 같구나." 그가 캐롤과 마서를 활활 타는 불구덩이로 안내하며 말했다. "우리가 진행중인 작업이 있단다."

"이걸 어디에다 쓰시게요?" 마서는 담쟁이를 헤치고 조심스럽게 캐롤을 화덕으로 안내하며 물었다.

그곳에는 골칫거리 담쟁이덩굴에 의해 무너지고 있는 사우스우드의 건물에서 주워온 벽돌로 만든 일종의 가마가 있었다. 활활 타는 석탄불 위에 쇠로 된

핀을 얹고 그 위에 도가니를 걸었다.

"지금까지 두 번 시도해봤죠. 그런데 도무지 어떻게 만들었는지 기억이 안 나는 겁니다. 여기부터는 전혀 기억이 안 나요. 설계도가 어떻게 생겨먹었는지도 모르겠어요."

캐롤이 이마를 톡톡 쳤다. "이 속에 있지. 그 여자가 내 눈을 도려낸 후 난 설계도를 이 머릿속에 새겼다네. 그냥 며칠 동안 앉아서 설계도를 떠올리고 이런 저런 개선 방법도 연구했지. 머릿속으로 말일세. 그러면서 시간을 보냈지."

"그거 무엇보다 반가운 소식이군요. 그렇다면 손가락도 녹슬지 않도록 잘 관리하셨죠?" 곰이 물었다.

"그저 노인들한테 기대할 수 있는 정도지. 자네 눈은 어떻게 관리했나?"

에스벤은 시험이라도 해보려는 듯 눈을 빠르게 깜빡거렸다. "최상의 상태라고 말씀드릴 수 있습니다." 그러고는 손을 뻗어 자신들이 시도했던, 벌레처럼 생긴 이상한 물건을 집었다. "우리가 만들었던 것과 아주 비슷해요."

캐롤이 그 물건을 손에 쥐고 몇 번 돌려보더니 말했다. "이게 뭔가? 전화부스에 들어가는 장치인가, 아니면 일종의 개 껌인가?"

노인의 조롱에 당황한 에스벤이 설명을 바라는 듯 마서를 바라보았지만 소녀는 어깨만 으쓱할 뿐이었다.

"음, 그게 아니라……." 곰이 당혹스러워하며 머뭇거렸다.

"오, 에스벤, 내 친구. 역전의 용사가 힘이 다 빠졌군." 노인의 얼굴에 웃음이 번졌다. 그는 손에 쥔 물건을 조금 더 만져본 뒤 말했다. "설령 평범한 빨래 건조기에 제대로 장착한다고 해도……."

"네?" 마서가 물었다.

466

"음, 우리한테는 별로 도움이 되지 않을 걸세." 캐롤은 이렇게 말한 뒤 물건을 에스벤에게 돌려주었다. "도가니에 던져넣게."

곰은 시키는 대로 했고, 두 기술자는 진지하게 작업에 돌입했다.

마음을 다잡을 틈도 없이 담쟁이 물결이 밀려들었다. 거인들보다 수마일 앞서 밀어닥친 그 물결은 멀리 우드 남쪽에서부터 먼 거리를 오는 동안 엄청난 동력을 얻었다. 작은 오두막과 헛간을 닥치는 대로 삼키고 농장과 밭으로 들어와 아무것도 보이지 않게 뒤덮었다. 서둘러 가재도구를 실은 손수레와 밀차도 담쟁이 물결에 뒤뚱거렸고, 담쟁이에게 먹힌 주인들은 흔적도 없이 깊은 수면에 빠졌다. 담쟁이는 키 큰 나무도 뒤덮어 두 동강내버렸다. 경찰지구대와 대회당까지 몰려와 천장 기둥을 부러뜨리고 종이처럼 건물을 구겨 바닥에 내동댕이쳤다.

프루는 미동도 없이 둥글게 앉아있는 신비주의자들 옆에 서있었다. 그들은 심연을 알 수 없는 깊은 명상에 빠져있었다. 수백 미터 너머에서 담쟁이덩굴이 나무를 쓰러뜨리며 쳐들어오는 모습이 보였다. 회합 나무까지 오는 것은 시간 문제였다.

"무슨 일이 있어도 막아야 해요." 프루가 결연하게 말했다.

스털링은 경찰 수칙을 어기면서까지 신비주의자들을 일으키려고 애썼지만 소용없었다. 죽어가는 회합 나무를 두 눈으로 바라보는 그들의 표정은 바깥 일을 전혀 의식하지 않는 듯했다. 산적 몇 명이 농기구처럼 보이는 것들을 휘두르며 프루에게 달려왔다.

"이게 우리가 할 수 있는 최선이야." 산적 잭이 쇠스랑을 들고 담쟁이의 진로로 예상되는 쪽을 향해 위협적으로 휘둘렀다.

"자, 자, 정렬!" 스털링이 소리쳤다. 와일드우드 산적 군단과 사우스우드 자원병들이 대열을 정돈했다. 그들 외에 농부 몇 명과 담쟁이 물결을 피해 회합 나무로 피신한 농장 일꾼들도 합세했다. 모두 약 서른 명의 인간과 동물이, 소심한 깡패들이 쓰다 버린 말뚝처럼 생긴 것을 가지고 줄지어 섰다. "다시 말하는데, 지구상에 알려진 최정예 전사들은 못 되어도······." 여우가 옆에 서있는 프루를 의식하며 말했다.

그러나 프루는 딴 데 정신이 팔려있었다. 여우의 목소리는 흐릿하게 들릴 뿐이었다. 프루는 담쟁이가 오는 소리(소방호스를 최대한으로 틀어놓은 소리처럼 들렸다)뿐 아니라 *그녀가* 오는 것도 느끼고 있었다.

알렉산드라는 이제 식물세상의 일부였지만 그렇다고 그녀의 존재를 단순히 형체만으로 분류해서 생각할 수는 없었다. 그녀는 생물인 동시에 유령이었고, 그녀의 모든 생각은 숲에 전달되었다. 그 존재는 점점 강력해지고 있었다. 프루는 그녀가 자신을 덮치지 못하게 하려면, 무섭게 집중하지 않으면 안 된다고 생각했다.

"괜찮니, 프루?" 토끼가 물었다.

"네. 그냥···, 좀." 프루가 대답했다.

"오고 있다!" 하늘에서 어떤 목소리가 들렸다. 올빼미 렉스였다. 그는 방위군과 함께 하늘을 날고 있었다.

담쟁이가 초원 주변을 에워싼 나무들을 덮칠 때 프루의 귀에는 백색 소음이 들렸다. 꿈틀거리는 빽빽한 덩굴손으로 이 고목들을 순식간에 먹어치우려고 돌진해오던 담쟁이가 돌연 멈췄다. 그러고는 이미 실컷 먹어 물린 듯, 초원 한가운데 버티고 서있는 사람들에게로 방향을 돌렸다.

"우린 어떻게 해야 하지?" 당황한 농부가 호미를 휘두르며 물었다.

"그냥 막게." 스털링이 지시했다.

담쟁이가 맹렬하게 진군을 시작했다. 완만한 해변을 깔짝대는 파도처럼 초원의 풀들에게 밀려와서는 작은 애기괭이밥 다발을 만나면 물결과 소용돌이를 일으켜 이내 욕조에 담근 머리카락처럼 납작하게 짓눌러버렸다. 밀려드는 조수처럼 점점 가속이 붙어 길을 막고 서있는 방어자들을 닥치는대로 넘어뜨렸다. 프루는 무릎에 힘을 주고 손으로 바닥을 짚은 채 이 물결을 막으려고 안간힘을 썼다. 스털링이 밀려오는 담쟁이를 주시하며 프루를 바로 일으켜세우려고 했지만 소용없었다. 프루는 꼼짝도 하지 않았다.

여우는 그대로 식물이 자신의 빈약한 무기를 덮쳤을 때 받을 충돌과 충격, 어마어마한 분노로 인해 일으킬지도 모를 뇌진탕을 스스로 대비했다.

그러나 담쟁이는 오지 않았다.

보이지 않는 어떤 장벽에 부딪힌 듯 물결이 잠잠해졌다. 그 장벽에 보호를 받게 된 사람들의 눈에 담쟁이의 갈색 줄기가 보였다.

프루는 고개를 들었다. 자신이 *명령했다.* 프루는 자신에게, 화가 나서 씩씩대는 담쟁이를 막아낼 힘이 있음을 확인했다. 프루는 온 생각을 집중해 담쟁이를 밀어냈다. 그랬더니 허공에 어마어마한 벽이 세워지기라도 한듯 해일처럼 밀려오던 담쟁이가 보이지 않는 힘에 부딪쳤다. 지금껏 붙은 탄성을 주체하지 못해 벽에 세게 부딪히자마자 장벽 위로 튕겨 올라가기도 했다.

"어떻게 된 거니?" 산적 잭이 씩씩대며 물었다. 그는 꿈틀거리는 갈색 줄기를 쇠스랑으로 찌르다 줄기가 쇠스랑에 튕겨나오자 소스라치게 놀랐다.

"내가 막아냈어요!" 프루가 큰 소리로 말했다. 프루의 주먹은 여전히 땅을 짚고 있었다. 이마에 굵은 땀방울이 맺히고, 맹습하는 담쟁이를 향해 이를 부득부득 갈았다.

회합 나무와 기도하는 신비주의자들 주위에는 완벽한 장벽이 만들어졌다. 프루는 이 마법 같은 방패를 만든 것이 자신의 힘만은 아님을 알았다. 침묵하는 신비주의자들도 함께 도와주었다. 자신이 담쟁이 물결을 막아내고 소수의 사람들에게만 들리는 어마어마한 소음의 충격을 완화하려고 애쓸 때 신비주의자들의 힘이 자신에게 전달되는 것을 분명히 느꼈다.

"잘라버려!" 누군가 외쳤다.

낫으로 무장한 농부가 식물의 거대한 뿌리를 잘랐다. 그의 발밑에는 베어낸 잿빛 담쟁이덩굴이 떨어져있었다. 산적과 농부로 구성된 방위군이 농부를 따라 덩굴을 베어냈지만 담쟁이는 계속해서 밀려왔다. 그들이 한 차례 베어낼 때마다 그보다 더 많은 담쟁이가 몰려와 보이지 않는 벽에 부딪혔다.

그때 등 뒤에서 날갯짓 소리가 들렸다. 회합 나무 위 공중을 날던 새들이 오합지졸 방위군이 방어하고 있는 안전지대에 착륙했다. 회합 나무를 둘러싸고 담쟁이가 쳐들어오지 못하게 방어한 둥그런 공간이었다.

그 무리 중에서 올빼미 렉스가 외쳤다. "타요!"

방위군은 담쟁이 둑 근방에서 여전히 농기구로 위협을 가하면서 커다란 새들의 등에 올라타기 시작했다. 백로, 왜가리, 펠리컨, 올빼미들은 병사들이 오르기 쉽도록 몸을 낮췄다가 날개를 활짝 펼쳐 몇 발짝 빠르게 달려가다 하늘로 날아올랐다. 프루는 남아서 신비주의자들의 기도를 모아 담쟁이가 회합 나무에게 넘어오지 못하도록 막강한 장벽을 만들었다.

그때, 쿵하는 폭발음이 들렸다. 코끼리가 느릿느릿 땅에 발을 내려놓는 소리 같았다. 담쟁이덩굴 벽 뒤에 있는 프루는 어디에서 누가 내는 소리인지 알 수 없었지만 그 소리가 시시각각 커지고 있음을 눈치챘다.

프루는 '나무'가 여전히 등뒤에서 연결이 안 되는 이상한 이미지를 던지고 있음을 느꼈다. 무슨 말을 하는 걸까? 밀려오는 담쟁이를 막으면서 동시에 머릿속에 떠오르는 '나무'의 기이한 상징을 알아내려다보니 집중력이 분산되기 시작했다. 나무는 내가 담쟁이를 막아내기를 바라는 걸까? 프루는 자신이 어느새 나무와의 대화를 체념했음을 깨달았다. 회합 나무가 점령당해도, 갈기갈기 찢겨도 어쩔 수 없다는 심정이었다.

머리 위에서 무리지어 선회하던 새들이 담쟁이 장벽 너머로 착륙했다. 프루의 눈에는 보이지 않았지만 새들은, 무언가를 공격하기 시작했다. 새들의 비명과 새에 올라탄 사람들의 분노에 찬 고함이 대기에 진동했다. 충돌 소리도 들렸다. 담쟁이가 더 많이 밀려왔다. 프루는 눈에 띄게 힘이 빠지기 시작했다. 수마일 밖의 진흙탕으로 튕겨나갈 것만 같았고 폐도 포기하기를 원하는 듯 숨을 쉬기가 고통스러웠다. 돌아다보니 신비주의자들은 미동도 않고 앉아있었다. 저마다 가부좌를 틀고 회합 나무를 응시할 뿐이었다.

그때 문득 어떤 느낌이 왔다. 마치 줄다리기를 하고 있는데, 내 편이 한 명 두 명 떨어져나가는 느낌이었다. 그렇게 이쪽의 힘이 살짝 빠진 순간, 담쟁이가 밀고 들어왔다.

"안 돼! 도와주세요!" 프루가 어깨 너머 신비주의자들에게 소리쳤다.

하지만 둑이 무너지고 장벽도 허물어졌다. 담쟁이는 이내 초원의 마지막 저항선을 뚫고 쳐들어왔다. 프루는 무릎을 꿇고 팔을 앞으로 뻗어 물러가라고 명령했지만 바로 앞, 몇 미터 안 되는 땅만 지킬 뿐이었다. 프루가 만든 방어막을 뚫지 못한 일부 담쟁이는 그 자리에서 거대한 깔때기를 만들며 공중으로 소용돌이쳐 올라갔다. 담쟁이가 내는 쉭쉭, 소리 때문에 이제 다른 소리와 생각은 발붙일 틈이 없었다. 프루는 중력의 압력이 서서히 자신의 힘을 빼는 것을 느꼈다. 회오리는 점점 높이 올라가 이내 푸른 하늘까지, 도달할 수 없는 구멍이 생겼다. 프루 옆에 시커먼 담쟁이 소용돌이가 만들어졌다.

"꽉 잡아!" 어떤 목소리가 외쳤다.

밀려오는 담쟁이의 소음 속에서 그 소리가 들렸다. 옛 친구의 목소리였다.

고개를 든 프루는 놀라운 광경을 목격했다. 어두컴컴한 햇빛 사이로 황동 단추가 달린 코트와 자유 낙하하는 백로의 모습이 언뜻 보였다. 백로를 타고 담쟁이 태풍의 눈으로 내려오는 사람은 커티스 멜버그였다. 커티스의 손이 프루의 팔을 잡았다. 프루는 남아있던 마지막 힘을 다해 커티스 뒤에 간신이 올라탔다. 새가 하늘로 솟구쳐 올라갔다. 회오리에 딸려 올라가던 담쟁이덩굴이 뒤엉킨 푸른 잎사귀들을 흩뿌리며 아래로 떨어졌다.

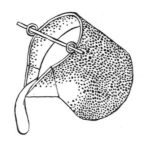

CHAPTER 29

왕자의 몸;
나무를 둘러싼 전투

거푸집은 쪼개진 호두껍질을 조각해서 만들었다. 캐롤의 무딘 손가락은 에스벤의 차분한 안내에 따라 호두 껍질 안을 세심하게 따라갔다. 시무스와 마서는 힘을 합쳐 계속해서 장작을 구해다 불가마에 넣었다. 그 바람에 열기는 대장간을 넘어 멀리멀리 퍼져갔다. 담쟁이덩굴이 어찌나 빽빽하고 집요한지 언제 대담하게 발목을 휘감을지 몰라 검을 휘두를 준비를 단단히 했지만 다행히 열기를 이기지 못하고 물러갔다. 덕분에 작업장 근처는 담쟁이가 얼씬하지 못해 말끔했다.

오랜 친구인 두 기술자는 무심히 정겨운 농담을 주고받으며 필생의 작업에 몰두했다.

"나쁘지 않군요. 뭐 '예술'이라고 말할 정도는 아니지만 그런대로 쓸 만하겠어요." 에스벤이 자신들이 만든 세 번째 거푸집을 칭찬했다.

"무슨 말인지 알겠어." 캐롤이 대꾸했다. "까딱하면 코를 잡다 뇌엽을 도려낼 수도 있는 사람치고 잘 만들었다는 뜻이겠지."

"좋습니다. 솔직히 털어놓죠." 곰이 웃으면서 대꾸했다. "거푸집은 사실 영감님이 만든 게 아닙니다. 제가 만들었죠. 영감님이 방금 만든 건 장식용 화장지걸이 시리즈 중 하나예요."

캐롤이 웃음을 터뜨렸다. "자, 이거 받게." 캐롤이 완성된 거푸집을 에스벤 쪽으로 던졌다. 곰이 그것을 잡으려고 갈고리를 시끄럽게 부딪치자 캐롤은 낄낄거렸다.

"이까짓 거야 쉽죠." 몇 번인가 애쓴 끝에 에스벤이 왼쪽 갈고리로 그 물건을 잡아 빙빙 돌리며 말했다. "영감님은 지금 잘 훈련받은 전문 서커스 단원을 상대하고 있는 거예요, 그거 아세요?"

"잘 어울리는군." 캐롤이 맞장구쳤다.

시무스와 마서는 두꺼운 장갑을 끼고(마서는 플라스틱 고글로 눈을 보호했다) 에스벤의 지휘 하에 불에서 도가니를 들어올렸다. 그리고 녹인 구리를 틀에 부었다. 그것을 물이 든 양동이에 담근 후 에스벤은 형판을 불 속에 넣고 거푸집이 타서 없어질 때까지 들고 있었다. 얼마 후 톱니바퀴가 모습을 드러냈다. 곰은 그것을 갈고리로 쥐고 불빛에 비춰보며 검사를 했다.

"이걸로 되겠어요." 그가 말했다.

"그야 당연하지." 캐롤이 핀잔을 주었다. "이제 팔짱을 끼고 여기 앉아있거나 업무에 복귀할 수 있겠군. 그나저나 내가 최종 확인한 바에 의하면 아직 두

가지 할 일이 더 남아있을 텐데."

시무스가 불 옆 장작더미에 장작을 계속 쌓으며 말참견을 했다. "재미난 대화에 참견하고 싶지는 않지만 제가 잘못 아는 게 아니라면 이걸 집어넣을 무언가가 있어야 하지 않을까요?"

캐롤이 그 쪽을 돌아다보며 놀란 시늉을 했다. 노인은 난생 처음 흥겨운 시간을 보내고 있음이 분명했다.

"자네 아직도 그 몸뚱이를 찾아오지 않은 건가?" 이어서 에스벤을 돌아다보며 덧붙였다. "대체 자네 서커스 동료는 어디 간 거야?"

"캐롤, 사실은 말이에요." 에스벤이 장난을 쳤다. "고리 던지기 하러 갔어요."

"하하, 진지하게 말씀해주세요." 시무스가 투덜거렸다.

"그러지! 좋아, 어서 가서 자동인형 가져오게." 캐롤이 큰 소리로 말했다.

산적은 재빨리 목례를 하고 나서 마서에게 따라오라는 손짓을 했다. 시무스가 모닥불을 지나가다 갑자기 걸음을 멈추고 돌아보며 물었다. "그런데, 그건 어디에서 찾아오죠?"

에스벤은 캐롤이 농담을 하기 전에 얼른 대답했다. "그야, 무덤이지. 왕자의 무덤."

"그렇군요." 시무스가 기억을 살려내며 대답했다.

"이빨 가져오는 거 잊지 말게." 에스벤이 덧붙였다.

"이빨이요?" 시무스와 마서가 어리둥절해서 쳐다보았다.

"이빨이 없으면 아무 짝에도 쓸모없네." 캐롤이 설명했다. "반드시 이빨이 있어야 해."

"알았습니다." 시무스가 대답했다.

"그나저나 아저씨 길은 알아요?" 마서가 시무스에게 물었다.

그들은 종아리까지 빠지는 담쟁이를 헤치고 터벅터벅 걸었다. 도가니의 열기와 불빛이 서서히 멀어졌다.

"음, 아마 알 거야. 내가 이래 봬도 여기 특사였거든. 몇 번인가 지나간 적이 있지. 대부분이 곁에서 보는 것과 다르지만 말이다." 산적이 더 말하려다 별안간 마서에게 소리를 질렀다. "조심해!"

마서는 뒤로 펄쩍 뛰려 했지만 이미 붙잡혔음을 알았다. 유난히 빽빽한 담쟁이 무더기가 마서의 발목을 잡아챈 다음 다리를 타고 올라왔다. 산적은 민첩하게 검을 빼들어 덩굴을 단칼에 베어버렸다.

"고마워요." 마서가 뒤로 물러나며 말했다.

"네가 갖고 있는 게 낫겠다." 시무스가 기다란 검을 허리춤에서 꺼내 마서에게 자루를 쥐어주었다.

그들은 길로 짐작되는 곳에 이르기 전까지 나무 사이를 빠져나가며 나무껍질에 흰 표식을 했다. 담쟁이가 시시각각 밀려와서 폭설 내리는 산길처럼 유령이 아닌 이상 길을 잃기 십상이었다. 산적의 기억이 흐릿한 탓에 그들은 몇 번이나 돌아서 간신히 담쟁이로 뒤덮인 철문에 이르렀다. 담쟁이덩굴을 걷어내자 길쭉한 고딕체로 **사우스우드 공동묘지**라고 새겨진 글자가 보였다.

죽은 로봇 왕자의 무덤은 찾기 어렵지 않았다. 공동묘지 한가운데 위치한데다 묘석이나 비석이 담쟁이 뒤덮인 다른 묘지들보다 훌쩍 커서 뒤덮고 있는 꿈틀거리는 담쟁이도 집채만했다. 게다가 다른 무덤들은 허물어진 데 반해 단단한 화강암으로 지어져서 영향을 별로 받지 않은 것 같았다. 그들은 담쟁이덩굴을 걷어낸 철문으로부터 얼마 떨어지지 않은 곳에서 알렉세이의 무덤으로

들어가는 문을 발견했다.

　이상하게도 문이 약간 열려있고 그 사이로 담쟁이 몇 가닥이 어두컴컴한 무덤으로 기어 들어간 흔적이 보였다. 시무스는 얼른 침입자를 검으로 베어낸 뒤 묘실로 몸을 밀어넣었다. 마서도 따라왔다. 사방이 컴컴했다. 마서는 가져온 성냥으로 초에 불을 붙였다. 작은 불빛이 그 안의 어둠을 몰아냈다.

　"무덤에 들어와 본 적 있니?" 시무스가 잔뜩 긴장한 목소리로 물었다.

　"아니요. 아저씨는요?"

　"아니. 나도 모든 게 처음이야."

　"저는 요즘 처음 경험하는 것투성이예요." 마서는 이렇게 대답한 뒤 재빨리 고개를 끄덕여 고글을 눈으로 떨어뜨렸다. "사실 물어보고 싶은 게 있어요."

"뭔데?" 산적이 물었다.

"여기 유령이 있어요? 여기 이 세상에요."

산적은 잠깐 생각하다 대답했다. "설마! 아이들 동화책에나 나오지. 난롯가에서 들려주는 옛날이야기나."

마서는 말을 멈추고 그의 대답을 곱씹었다. "하지만 이곳에는 마법 같은 게 있잖아요."

"그야 그렇지."

"말하는 동물도 있고요."

"그게 어때서?"

"그런데 유령이 없다고요?"

"애들 이야기야."

"알았어요." 마서는 마지못해 수긍했다.

그들은 계속해서 무덤 입구 전실의 먼지 잔뜩 쌓인 화강암 판석 위를 걸어갔다. 방 끝에 난 작은 구멍으로 들어가자 더 큰 방이 나왔다. 그곳에 알렉세이의 시신이 든 석관이 놓여있었다.

"우와!" 시무스가 탄성을 질렀다.

"역겨워요." 마서가 말했다.

"역겨울 거 없어. 그는 어차피 기계니까." 산적은 관으로 걸어가서 손가락으로 시신의 뺨을 톡톡 건드렸다. 예의에 어긋나게 누군가 관 뚜껑을 열어놓은 듯했다. 게다가 뚜껑은 조각난 채 바닥에 널브러져 있었다. 시무스 옆으로 다가온 마서는 기괴한 시신을 보고 섬뜩했다. 관절에 못을 박고 스프링을 장착한 정교한 손가락. 시신은 금색 양단에 구리 단추가 달리고 새 것이라 뻣뻣한 군복을 입고 있었다. 마서가 소년의 얼굴을 자세히 보려고 가까이 다가갔다. 잘생겼다는 생각이 드는 얼굴이었다. 눈은 평화롭게 감겨있었다. 시무스가 소년의 몸통 밑으로 팔을 넣어 시신을 들어올렸다. 기름칠이 필요한 녹슨 경첩 탓에 소년의 몸에서 삐그덕 신음이 흘러나왔다.

"그리 무겁지 않은걸." 산적이 말했다.

"참, 이빨이요!" 마서가 소리쳤다.

시무스가 관의 머리 쪽을 살펴보았다. 마서가 소년의 입을 벌렸지만 입 안은 텅 비어있었다.

"없어?" 산적이 물었다.

"없어요." 마서는 입 안을 자세히 들여다보기 위해 얼굴을 가까이 들이댔다.

"음, 그렇다면 별로 도움이 되지 않겠는걸."

"그분들이 뭐라고 그랬죠? 우린 이빨이 필요한 거 아닌가요?"

"이빨이 없으면 작동이 안 된다고 했지."

마서가 아랫입술을 깨물었다. "작동이 안 된다, 작동이 안 된다고요?"

"그렇게 말했어."

"그럼 우린 어떻게 해요?"

"이빨이 어떻게 됐는지 알아내야겠지." 산적이 좀 실망한 목소리로 대답했다.

담쟁이의 채찍을 맞아가며 묘를 찾는 것은 그렇다 쳐도 전혀 분간이 안 되는 풍경 속에서 죽은 소년의 몽땅 없어진 이빨을 찾는 것은 또 다른 문제였다.

그때 어린 여자아이의 것임이 분명한 울음소리가 어두운 방에 울려퍼졌다.

시무스는 사방이 어두운 그곳에서 귀에 거슬리게 우는 아이가 마서인 줄 알았다. "이봐, 괜찮아. 우린 찾아낼 거야. 울 필요까지는 없어."

"저 울지 않았는데요." 마서가 대답했다. "제가 우는 게 아니에요."

마서는 촛불을 들어 자신의 얼굴을 비추었다. 어슴프레한 불빛 사이로 겁에 질려 창백한 얼굴이 보였다.

"아니야?"

"네, 아니에요."

"그럼 누가 울었지?" 이렇게 말하는 시무스의 목소리가 심하게 떨렸다.

"모두 제 잘못이에요." 실체 없는 목소리가 흐느끼다 이렇게 말했다.

무덤 한쪽 구석에서 들려오는 것 같았다. 마서와 시무스는 고막이 찢어질 듯 비명을 지르며 반사적으로 서로를 향해 몸을 날렸다. 오래지 않아 시무스는 마서의 팔을 뿌리치고 소리를 지르며 전실을 지나 출입문으로 달려갔다. 마서는 그 자리에 얼어붙은 채 유령을 찾으려고 촛불을 빙빙 돌렸다.

"거기 누구야? 유령이라면, 정체를 밝혀라!" 마서는 언생크 고아원 시절 친구들이 들려준 유령 이야기에 나오는 그 구절이 기억났다. 유령 사냥꾼과 퇴마사는 죽은 자의 영혼과 마주하게 될 때 언제나 그렇게 말했다.

"난 유령이 아니야. 그냥 사람이야." 소녀의 목소리였다.

마서는 에멜무지로 다가가 저쪽 벽에 웅크리고 있는 어떤 물체에 불빛을 비추었다. 마서보다 조금 나이 많아 보이는 여자아이로, 긴 갈색 머리에 햇볕에 그을린 피부를 하고 있었다. 머리에는 시든 화관을 쓰고 뺨에는 땟국물이 흐르는 눈물자국이 나있었다.

"넌 누구니?" 마서가 물었다.

"내 이름은 지타야. 내가 이 모든 일을 저질렀어."

백로가 깃털을 단단히 움켜쥔 승객 둘을 태우고 나선형으로 날아오르는 바람에 프루는 머리가 핑핑 돌 지경이었다. 고도가 높아지자 차갑고도 상쾌한 바람이 외투와 머리카락을 때렸다. 프루는 방금 떠나온 풍경을 내려다보았다.

엄청났다. 소름끼치도록 무시무시했다.

담쟁이의 물결은 대초원을 철저히 뒤덮었다. 앉아있는 신비주의자들을 집어삼키고 지금은 회합 나무를 완전히 포위하고 있었다. 그 거대하고 뒤틀린 몸통을 습격해 나뭇가지 끝까지 뻗어나가고 잎사귀와 잔가지를 스멀스멀 기어오르며 거대한 띠를 만들고 있었다.

프루는 가만히 *귀를 기울여* 회합 나무가 죽어가는 소리를 들었다.

"안 돼! 커티스 나 좀 내려줘! 회합 나무한테 가봐야 해!" 프루가 울먹였다.

"말도 안 돼! 우린 이미 몇 명 잃었어. 너까지 잃을 순 없다고!" 커티스가 전투 함성 사이로 소리쳤다.

"우린 이미 패했어!" 프루가 화가 나서 소리를 질렀다.

"아니, 우리에겐 캐롤이 있어! 캐롤 그로드! 그가 지금 에스벤과 함께 있다고. 그들이 지금 톱니바퀴를 만들고 있어!"

이 말에 프루는 정신이 퍼뜩 들었다. 프루는 예전부터 이런 상황에 몰리면 마구 지껄이는 버릇이 있었다. "어떻게? 어디에서 그를 찾아냈어? 넌 지금까지 어디에 있었고?"

"나중에 말하면 안 돼?" 이렇게 물은 것은 커티스의 어깨에 앉아있는 쥐 셉티무스였다. 그가 가느다란 손가락 하나로 땅을 가리켰다.

더 이상 설명이 필요없었다. 프루는 회합 나무에게서 시선을 돌려 처음으로 담쟁이 거인을 보았다. 이제 일곱 명으로 불어난 그들은 회합 나무를 에워싸고 서있었다. 길고 헝클어진 담쟁이덩굴로 인해 머리는 구분이 안 가고(털깎기가 절실한 개처럼 말이다) 엄청나게 큰 다리가 발을 한 번 디딜 때마다 담쟁이 물결이 초원으로 밀려올 정도였다. 대기는 저마다 사람을 태운 거대한 새떼의 함성으로 가득했다. 그들은 곧장 담쟁이 거인들에게로 하강해서 팔과 머리를 집중 공격하기 시작했다. 군대를 소집하기 위해 뒤에 남았던 산적들도 이미 도착해 합류한 터였다. 그들은 검과 머스킷 총으로 담쟁이 거인들을 공격했다. 그럴 때마다 농기구로 무장한 농부들은 목청껏 응원의 함성을 질렀다. 한편 방위군이 낫과 가위로 거인의 몸뚱이를 이루는 담쟁이 뭉치를 잘라내면 새들이 발톱으로 낚아채 바닥으로 떨어뜨렸다.

초록 여제는 이 모든 과정을 냉정하고 침착하게 지켜보고 있었다. 프루는 그녀를 보자마자 알아보았다. 키는 알렉산드라보다 몇 미터나 훌쩍 크고, 피부는 담쟁이 그 자체였지만 몇 달 전 남동생을 납치해 플린스에 제물로 바치려 했던 그 여자가 틀림없었다. 와일드우드를 무자비하게 파괴하려고 코요테 군사를 일으켰던 바로 그녀였다. 아들의 죽음에 절망한 나머지 우드 전체를 흔적도 없이 파괴할 음모를 꾸몄던 장본인이 맞았다.

그리고 그녀의 계획은 성공을 거두고 있는 듯했다.

그녀는 전투 현장에서 몇 미터 떨어져 신비주의자들이 그랬던 것처럼 회합 나무에 일어나는 광경을 주시하고 있었다. 자신이 창조한 작품이 저지르는 야만적인 행위를 지켜보고 있었다.

"나 좀 아래로 내려줘요!" 커티스가 백로에게 소리쳐 말했다.

새는 민첩하게 담쟁이 거인의 목덜미를 스치며 하강을 했다. 그 순간 커티스는 한껏 고함을 지르며 검을 휘둘러 담쟁이 거인의 거대한 머리채를 동강냈다. 거인은 화를 내며 몸을 숙였다가 나무통만한 팔을 휘둘렀지만 백로의 민첩함은 느릿느릿한 거인의 움직임에 비할 게 아니었다. 그들은 곧 안전하게 하늘로 날아갔다.

"소용없어!" 프루가 알렉산드라에게서 눈을 떼지 않으며 소리쳤다. 비행전사들이 담쟁이 거인들의 거죽에서 살점을 베어낼 때마다 거인은 그저 팔을 쳐들었고, 그러면 초원에서 더 많은 담쟁이가 기어 올라와 상처에 이식되었다. "저건 담쟁이로 이루어져 있어! 계속해서 자라나."

"그럼 여왕을 직접 공격하자!" 커티스가 소리쳤다. 소년의 말을 새겨들은 백로가 곧장 왼쪽으로 비스듬히 날아 두 아이를 초록 여제에게 데려갔다.

초록 여제가 이들의 접근을 눈치챘다. 큰 키에 초록색으로 다시 태어난 알렉산드라는 검고 뻥 뚫린 눈을 가늘게 뜨고 그들을 바라보았다. 그녀는 팔을 들어 옛 친구들을 반갑게 맞는 시늉을 했다. 그때 손가락에서 발사된 담쟁이 덩굴이 백로의 발을 휘감았다. 새가 큰 소리로 울부짖으며 추락하기 시작했다. 프루는 재빨리 머릿속으로 '명령'을 내렸고, 담쟁이는 물러났다. 다시 자세를 되찾은 백로가 이번에는 초록 여제의 뒤에서 어지러울 정도로 빙글빙글 돌았다.

"여왕의 손가락을 조심해!" 커티스가 몸을 뒤로 젖혀 검을 뽑으며 말했다.

초록 여제가 갑자기 그들을 홱 돌아다보는 순간 커티스의 검이 그녀의 어깨를 내리쳤다. 그녀가 분통을 터뜨리는 것과 동시에 팔 하나가 뚝 떨어져 나갔다. 어깨 관절의 근육을 이루었던 담쟁이덩굴이 덩어리째 바닥으로 내던져질 때 죽은 줄기와 이파리가 비처럼 쏟아졌다.

그러나 그들은 성공의 여운을 맛볼 시간이 없었다. 프루가 커티스의 등을 툭툭 쳐 성난 담쟁이 여인을 가리켰다. 그녀가 허리를 굽혀 초원에서 다리를 타고 올라오는 덩굴을 한 움큼 잡아떼더니 어깨에 붙였다. 그러자 팔이 새로 돋아났다.

"이런. 이것 골탕 좀 먹겠는데, 그렇지 않아?" 셉티무스가 중얼거렸다.

그때 새로운 적이 투입되었다. 초록 여제가 새로 돋아난 팔을 초원의 담쟁이 위에서 흔들며 주문을 외우자 고사리밭에서 매끄러운 작은 덩어리들이 나타나기 시작했다. 계란처럼 생긴 그 덩어리는 담쟁이덩굴로 만들어진 듯했다. 이윽고 경악을 금치 못하게도 동그란 덩어리가 흔들흔들하더니 깨지면서 그 안에서 새처럼 생긴 것들이 기어나왔다. 그러고는 마치 둥지 속 아기새들처럼 넝쿨 날개를 펼치고 담쟁이로 된 부리를 하늘로 쳐들었다. 그 작은 몸들은 더 많은 식물을 끌어모아 쑥쑥 자랐고, 지금 담쟁이 거인들의 진격을 막아내고 있는 커다란 새들만큼 몸집이 커졌다. 이윽고 수십 마리쯤 되는 그것들이 무시무시한 소리를 내며 하늘로 날아올랐다. 그러고는 번뜩이는 발톱과 꽉 다문 부리로 산적과 농부들을 맹렬히 공격했다.

그 담쟁이 새들 중 한 마리가 프루와 커티스에게 날아와 백로의 목덜미를 물려고 했다. 백로는 재빨리 피해 옆으로 날다 신출내기보다 높이 솟아올랐다. 그런 다음 다시 초록 여제를 공격하기 위해 빙글빙글 선회했다.

"녀석들 정말 빨라!" 백로가 소리쳤다.

그때 아래쪽에서 비명이 들렸다. 왜가리를 탄 여우 스털링이 담쟁이 새 한 마리와 공중전을 벌이고 있었다. 왜가리는 위쪽에서 발톱으로 유령 새의 배를 찢고, 스털링은 왜가리 목에 필사적으로 매달린 채 전지가위를 무력하게 휘둘렀다.

"꽉 잡아!" 셉티무스는 이렇게 소리친 뒤 프루를 돌아보며 재빨리 윙크를 했다. 그러고 나서 커티스의 어깨에서 폴짝 뛰어내렸다.

셉티무스는 곧장 담쟁이 새한테로 몸을 날려 새의 뱃속에 손가락을 넣고 쑤시기 시작했다. 그리고 있는 힘을 다해 이빨로 새를 쥐어뜯었다. 담쟁이 새는 공허하고 둔탁한 울음을 내뱉으며 스털링의 왜가리에게서 떨어져나갔다. 셉티무스는 허물어지는 새로부터 재빨리 도망쳐 여우의 어깨로 올라갔다.

쥐의 영리한 행동을 본 커티스가 영웅을 맞듯 우우, 환호를 보냈다. 그리고 다시 둥글게 서있는 거인들 너머에서 분통을 터뜨리는 초록 여제에게 눈길을 돌렸다.

"우리를 저 여자한테 더 가까이 데려갈 수 있어요?" 커티스가 백로에게 소리쳐 물었다.

문득 프루는 날카로운 펜치 두 개가 자신의 어깨를 찌르는 듯한 통증을 느꼈다. 고개를 드니 담쟁이 새가 위에서 공격하며 발톱으로 자신의 등을 움켜쥐고 있었다. 프루는 비명을 지르며 허깨비를 물리치려고 했다. 초록 여제의 손가락에서 발사된 담쟁이덩굴을 명령으로 물리쳤던 것처럼 이번에도 그러려고 했지만 머릿속이 점점 혼란스러워졌다. 백로가 탑승자의 주문에 따라 적을 공격하기 위해 곧장 하강하는 통에 현기증까지 났다. 살아있는 담쟁이를 흐트러뜨리려고 했지만 집중할 수가 없었다. 그때 몸 왼쪽이 백로의 등에서 떨어지는 느낌이 들었다. 담쟁이 새가 자신을 떨어뜨리려 하고 있었다.

"단단히 잡아!" 어떤 목소리가 말했다.

그 말과 함께 프루의 어깨를 움켜쥐었던 발톱이 느슨해졌고 프루는 다시 백로의 등으로 내려왔다. 올려다보니 담쟁이 새가 커다란 독수리 발톱에 채여 하늘 높이 올라가고 있었다. 독수리 등에는 산적왕 브렌든이 타고 있었다. 또 커티스의 둘째 동생 엘시와 아주 비슷하게 생긴 소녀가 뒷자리에 앉아 한 팔로는 브렌든의 허리를 감고 단검을 휘두르는 모습도 보였다.

"옆구리 조심해." 산적왕이 다시 외쳤다. "훌륭한 산적의 기본 자세다!"

이윽고 브렌든과 독수리는 다른 거인을 상대하기 위해 다른 분열비행대로 날아갔다. 프루는 커티스에게 그 여자애가 동생이 맞는지 물어봐야겠다고 생각했지만 그런 질문을 할 여유조차 없을 만큼 상황이 혼란스러웠다.

믿기 힘들 정도로 격렬한 공중전이 벌어졌다. 담쟁이 새들은 용기와 결단력으로 무장한 아비앙 공국의 방어자들(이른바 재탄생한 와일드우드 비정규군이었다)을 저돌적으로 들이받았다. 돌진하고 거꾸러지는 것들로 공중이 어지러웠다. 병사들은 독수리 발톱으로 제대로 공격만 하면 이 담쟁이 생물을 갈기갈기 찢어 새해 첫날 자정에 휘날리는 색종이처럼 하늘을 장식할 수 있다는 사실을 깨달았다. 그러나 오래 지나지 않아 난공불락의 초록 여제는 손을 쳐들었고, 그때마다 갓 부화한 새들이 더 많이 태어났다.

프루의 관심은 여전히 회합 나무에게 가 있었다. 비정규군이 공중전에서 영리하고 용감하게 싸우고 있지만 죽어가는 고목에 달라붙은 담쟁이까지 떼어낼 여유는 없음을 프루는 잘 알고 있었다. 이제는 담쟁이가 더 많이 몰려와 가지마다 빈틈없이 뒤덮었다. 나무의 형태는 물론이거니와 거대한 나무 몸통과 지붕처럼 드리워진 우듬지까지 사라져버렸다. 그 모습은 알아볼 수도 없게 되었고 그저 치명적인 식물에 정복당한, 하고많은 담쟁이 덩어리의 하나일 뿐이었다.

그때 또다시 담쟁이 물결이 밀려와 나무를 산산이 쪼개기 시작했다.

쩍, 하고 금 가는 소리가 하늘까지 울렸다. 프루는 바늘로 가슴을 찔리는 것만 같았다. 핏발 선 눈을 게슴츠레하게 뜨고 구석기시대의 거목, 그 어떤 나무보다 나이 많고 현명하며 늠름했던 식물의 왕이 장엄하게 둘로 쪼개지는 광경을 지켜보았다. 굉음은 폭발적이었다. 계곡에서 전투를 벌이던 모든 새와 병사들이 일제히 같은 쪽을 바라보았다. 모두 그 광경을 보았고, 모두가 그 소리를 들었다. 하지만 쓰러져 죽는 나무의 소리를 **진정으로** 들은 사람은 오직 프루뿐이었다.

프루는 나무가 체념하며 길게 내쉬는 숨소리를 들었다. 나무는 한숨을 쉬고 나서 침묵으로 **빠져들었다**.

게다가 뭔지 모르지만 무언가 뚝, 끊기는 것도 느꼈다. 프루가 알기에는 회합 나무가 둘로 갈라져 쓰러졌을 때 그게 뚝 끊어졌다. 이 숲에서 가장 나이 많은 노인조차도 나무에 걸린 마법의 내막이라든지 우드와 바깥세상 사이에 변경지대를 만든 사실에 대해 잘 알지 못했다. 그러나, 담쟁이가 회합 나무를 쓰러뜨렸을 때 변경의 마법을 지탱하던 마지막 닻도 끊어졌다.

이제 담쟁이는 아무데나 마음껏 퍼져나갈 수 있게 되었다.

CHAPTER 30

마지못한 부활

이빨은 지타가 갖고 있었다. 초록 여제가 구해오라고 했던 물건들도 모두 갖고 있었다. 유령이 깨어났을 때 폐가의 마루에서 얼른 그 물건들을 주워서 소년의 무덤까지 무사히 가지고 왔다. 그곳만은 담쟁이의 복수로부터 안전할 것 같아서였다. 그 물건들은 지금 회색 옷 주머니에 들어있었다. 지타는 담쟁이로 뒤덮인 곳에 모여있는 사람들 앞에 그 물건을 꺼내놓았다. 독수리 날개와 흰 조약돌, 그리고 소년의 이빨이었다. 지타가 자초지종을 들려줄 때, 모두가 턱을 빼고 이야기에 귀를 기울였다. 아까의 충격에서 벗어난 시무스는 잘못한 학생 나무라듯 소녀의 행동을 비난하며 잠깐 화를 냈다. 아닌 게 아니라 지타에게도 어느 정도 잘못은 있었다. 하지만 캐롤과 에스벤은 소

488

녀가 이야기를 하는 동안 이상하게도 침묵을 지켰다. 지타의 행동이 자신들이 해결해야 할 복잡한 난제의 일부에 불과함을 알고 있었기 때문이었다. 마서는 지타 옆으로 가서 어깨에 손을 얹고 위로해주었다. 지타는 이야기를 하는 도중 몇 번이나 훌쩍거렸다.

"괜찮아. 이미 엎질러진 물이야." 마서가 위로했다.

"전 그저…," 지타가 바보같이 웃었다. "그저 잘 되길 바랐어요. 누군가가." 그녀가 눈물 글썽한 눈으로 그 자리에 모인 사람들을 차례차례 쳐다보았다. 장님 노인, 곰, 산적, 고글을 쓴 소녀. "그런데 아주 많이 잘못한 것 같아요, 제가 말이에요. 전 누군가의 문제를 해결해준 게 아니에요, 그렇죠? 전 누군가의 고통을 덜어주고 싶었어요. 제 바람은 그것뿐이었어요, 정말이에요."

지타가 설명을 끝냈을 때 사람들은 한동안 말이 없었다. 마침내 캐롤이 마서에게 손짓을 하자 마서가 그에게 다가갔다. 그는 마서의 어깨에 손을 얹은 채 지타에게 다가갔다.

"너의 고통을 이해한단다. 우리 모두 그런 상실을 겪었지. 우리 모두. 넌 네가 할 수 있는 일을 한 거야. 그리고 지금, 너는 진정으로 잘되게 할 수 있는 기회를 얻었단다." 그가 군살 박인 울퉁불퉁한 손을 내밀어 손바닥을 펼쳤다. "그 이빨을 주지 않겠니?" 노인은 지타가 건넨 소년의 이빨을 손으로 꼭 쥐었다. 그리고 마서에게 화덕으로 안내해달라고 한 다음, 거기 바위틈에서 반짝거리며 빙글빙글 돌아가는 무언가를 꺼냈다. 그가 마서를 돌아다보며 웃었다. "네 손 좀 펼쳐보겠니?"

마서가 시키는 대로 하자 노인은 그녀의 손바닥에 완성된 뫼비우스 톱니바퀴를 내려놓았다.

그것은 아름다웠다. 온통 반짝거리는 구리로 된 세 개의 동심원 링이 서로 다른 링을 감싸며 일종의 빛나는 핵심 주위를 부드럽게 회전했다. 두 사람이 어떻게 이런 신기한 물건을 만들었는지 믿을 수 없었지만 아름답다는 사실만은 인정했다.

"정말이지…," 마서는 마땅한 표현을 찾지 못했다. "훌륭해요."

"그러니?"

이윽고 두 사람 앞에 나타난 에스벤이 작품을 보며 미소지었다. "지난번 것보다 개선되었지. 특별히 더 아름답게 꾸몄거든."

"자, 마지막 테스트를 하지." 캐롤이 재촉했다.

모닥불 옆에는 빛나는 구리와 금속으로 만들어진 소년이 제복을 벗고 알몸으로 놓여있었다. 그들은 초원 가장자리 허물어진 오두막에서 주워온 널빤지로 임시 수술대를 만들었다. 소년은 그 위에 석관 뚜껑을 치장하는 조각상처럼 누워있었다. 마서가 소년의 몸이 있는 곳으로 캐롤을 안내했다. 에스벤은 반대편에 자리잡았다. 시무스와 지타는 말없이 소년의 발치에 섰다. 그들은 정적이 흐르는 몽롱한 공간에서 진행되는 수술을 지켜보았다.

"스크루 드라이버." 캐롤이 말했다.

에스벤이 갈고리로 작은 납작머리 드라이버를 다소 어렵사리 집어 수술대를 가로질러 건네주었다. 그런 다음 장님의 손을 잡고, 기계인형의 가슴팍에 있는 반짝이는 네모판 귀퉁이의 나사 네 개 중 첫 번째 나사로 이끌었다. 나사들은 구멍에서 매끄럽게 풀려나와 마서의 손에 놓였다.

"기름." 캐롤의 말이 떨어지자마자 작은 기름통을 들고 있던 마서가 기계인형의 가슴에 있는 경첩 두 개에 기름을 몇 방울 뿌렸다.

드디어 네모판이 열렸다. 소년의 내장이 드러났다. 온갖 종류의 톱니바퀴와 사슬톱니바퀴가 보였다. 상상할 수 있는 가장 복잡한 괘종시계의 기계판을 보는 듯했다. 작동이 멈춘 소년의 가슴 속 한가운데에 테니스 공만한 크기의 작고 둥근 공간이 보였다.

"톱니바퀴."

캐롤의 말을 들은 에스벤이 즉시 뫼비우스 톱니바퀴를 건넸다. 그것이 캐롤의 손에서 은은하게 빛나며 회전했다. 캐롤은 에스벤의 도움을 받아 가슴 속 텅 빈 곳에 톱니바퀴를 끼워넣었다.

톱니바퀴가 찰칵 소리를 내며 구멍에 쏙 들어갔다. 톱니바퀴의 빛은 멀리까지 퍼졌다. 주변의 차가운 금속 기어들도 따뜻한 빛을 뿜어냈다. 기적의 링이 큰 소리를 내며 씽씽 빠르게 회전하자 다른 기계도 천천히 움직이기 시작했다.

"뚜껑 닫게!" 기어의 작동음을 확인한 캐롤이 지시를 내렸다.

가슴 속 뚜껑이 닫히고 나사가 채워졌다. 씽씽 톱니바퀴 돌아가는 소리가 금속판 뒤로 희미해졌지만 제대로 작동되고 있는 것만은 확실했다. 캐롤과 에스벤은 뒤로 물러나서 기다렸다.

아무 일도 일어나지 않았다.

그때였다. 눈꺼풀이 파르르 떨리더니 소년이 눈을 떴다.

수술대 주위에 서있던 사람들은 살아나는 기계를 보며 헉, 숨을 삼켰다. 소년의 오팔처럼 푸른 눈동자가 좌우로 움직이며 시력을 얻었다. 거친 소리와 함께 소년의 입도 벌어졌다.

"기름 좀 쳐라! 말을 하려나보다!" 캐롤이 주문했다.

마서가 기계인형의 머리 쪽으로 가서 입 경첩에 기름을 몇 방울 떨어뜨렸다. 그런 마서를 소년의 눈이 쳐다보았다. 소년은 다시 입을 벌리려 했다. 턱이 몇 번 딸깍딸깍 부딪친 뒤 첫 단어가 흘러나왔다.

"왜죠?" 소년이 물었다.

🌿

정말로 이상한 광경이었다. 뭔가 투명한 힘의 장벽이 가로막고 있는 듯, 지날 수 없는 숲 가장자리로 담쟁이가 거대한 벽을 이루며 뻗어나고 있었지만 이걸 진지하게 생각하는 포틀랜드 시민은 없었다. 그들은 이 도시와 경계를 이루는, 사람이 살지 않는 그 땅을 무시하는 데 익숙해져서 이 광경을 눈여겨볼 이유가 별로 없었다. 그날 아침 일찌감치 위로 뻗어나가기 시작한 담쟁이는 이 투명한 벽을 할짝할짝 핥으며 점점 크게 번져갔다. 하지만 그것 말고 별다른 특이사항이 일어나지 않아서 비교적 경계심을 불러일으키지 않았다. 사실 오후까지만 해도 전혀 문제될 게 없었다. 대부분의 포틀랜드 시민들은 평상시와 다르지 않게 하루를 보냈다.

"아빠, 저게 뭐예요?" 유난히 조숙한 아이가 아빠의 차를 타고 유아원에서 집으로 돌아오는 길에 뒷좌석에서 이렇게 물었다. 그들은 이 금단의 땅에서 일어나는 기괴한 변화가 한눈에 들어오는 윌라메트 절벽을 지나고 있었다.

"뭐가?" 아빠가 되물었다.

아이는 강 건너 꿈틀거리고 들썩이는 담쟁이 벽을 가리켰다. 죽죽 뻗은 키 큰 나무들에 가려 '지날 수 없는 숲'의 풍경은 잘 보이지 않았다.

"온통 풀이에요." 아이는 90미터에 이르는 무시무시한 담쟁이 장벽을 이렇

492

게 몇 단어로밖에 설명하지 못했다.

품이라는 이름(여기에서 설명하기에는 너무도 기이하고 복잡한 이유가 있다)을 가진 아이의 아빠는 간단히 응수했다. "아무것도 없는데."

"저것 미친 게 아니에요?" 아이가 거듭 물었다.

아빠가 웃음을 터뜨렸다. "넌 가끔 아주 웃긴 말을 한단 말이야. 잊지 말고 페이스북에 올려야겠다."

"저게 우리한테도 와요?"

"코미디의 진수를 보여주는군." 아빠가 한 말은 그게 다였다.

그리고 천년 동안 바깥세상을 금단의 숲으로부터 안전하게 (관점에 따라 반대일 수도 있었다) 지켜주었던 변경지대, 그 마법의 띠가 딱, 하고 끊어졌을 때 문제의 아이는 자기 방에 앉아 용감무쌍한 티나 인형의 머리를 떼고 있었고, 아빠는 거실에서 딸아이의 기지 넘치는 농담을 아무 생각 없이 세계만방에 알리고 있었다. 막강한 힘을 비축한 담쟁이가 힘껏 밀던 장벽이 사라졌을 때, 그것은 수백 년 간 막아둔 중생대의 호수 둑이 터졌을 때와 같았다. 마침내 자유를 얻은 물은 세상을 물바다로 만들어 단번에 지형을, 앞으로 수백 년 지속될 모습으로 바꿔놓을 것이다.

바깥세상 시민들은 말 그대로 아닌 밤중에 홍두깨 격으로 낭패를 당했다.

변경지대가 무너지고 담쟁이 장벽이 터지자 가장 먼저 먹힌 것은 산업폐기물장이었다. 떼지어 돌아다니며 붕괴된 타이탄 타워의 잔해 속에서 뭔가를 줍던 하역인부들은 쥐도새도 모르게 잡아먹혔다. 그들은 그리운 보스 브래드 위그먼의 부분가발을 잔해더미에서 막 줍던 중이었다. 그들은 장차 자신들의 신흥종교를 만들고 그것을 성물로 떠받들 계획이었다. 그런데 담쟁이 물결이,

사금채취 상자에서 흙탕물 빠져나오듯 산업폐기장의 자갈길 도로와 샛길로 들어와 해일 같은 위력으로 그들을 덮쳤다. 그들은 그 자리에 그대로 얼어붙었다. 담쟁이에 실려온 마법이 그들을 깊은 잠에 빠뜨렸던 것이다. 곧이어 이 금단의 땅에 있는 화학약품 저장고와 어지럽게 뒤얽힌 파이프도 초록색 찻수 건처럼 생긴 것에 뒤덮였다. 담쟁이는 계속해서 물보라를 일으키며 윌라메트 강으로 진군했다.

광란의 식물은 우르릉거리며 쉽게 강을 건너 맞은편에 도착했다. 그러고는 부두에 한가롭게 서있는 트럭을 덮치고, 나무갑판에서 말없이 루어 낚시를 하는 농부를 집어삼켰다. 그뿐만이 아니었다. 종이 울릴 때만 보이는 윌라메트 강의 웅장한 유령 다리를 제대로 보여주었다. 마법의 담쟁이가, 사람들 눈에 보이지 않는다는 사실조차 아랑곳하지 않고 유령 다리를 덮치는 바람에 운좋게 특정한 방향에서 강을 구경하고 있던 사람들은 난데없이 담쟁이덩굴로 만들어진 아름다운 현수교를 감상하게 되었다. 그러나 그마저도 식물의 물결에 휩싸이기 전의 기억일 뿐이었다. 깊은 잠에 빠지면서 그 전의 기억은 깡그리 지워지고 말았다.

그 후로도 담쟁이는 쉬지 않고 전진해 멀리까지 나아갔다. 지날 수 없는 숲과의 경계선을 따라 조성된 조용한 거리를 휩쓸고 언덕을 올라간 뒤 환상 도로를 달리는 차들을 초록색 장막으로 뒤덮어 꼼짝 못하게 만들었다. 운 없는 사람들은 초록 여제의 위력과 노예 담쟁이에게 굴복하자마자 잠이 들었다. 반응이라고 해봤자 대부분의 포틀랜드 시민들이 담쟁이 물결이 닥치기 직전 이런 생각을 한 게 전부였다. '저녁에는 뭘 해먹지? 근데 저것 이상하네. 마치 커다란 초록색 카펫처럼 보이…….'

더 넓은 땅을 뒤덮으며 추진력을 얻은 담쟁이는 시내로 밀고 들어와 가장 높은 빌딩을 기어오르고 가장 낮은 지하실을 채웠다. 아무것도 모른 채 커피 잔을 앞에 두고 있던 시민들은 밀려오는 식물을 발견하고 재치 있는 문자 한 통 보낼 기회조차 없었다. 속수무책으로 잡아먹혀 정지상태가 된 채 이상한 꿈속으로 내던져졌다. 고양이와 개도 잡아먹혔다. 자전거를 타던 사람도 휩쓸려갔다. 자동건조세탁기도 소방서도 초록 담요에 뒤덮였다. 공원과 학교, 공공기관 그리고 이스트사이드의 바둑판 같은 거리에서 복원공사 중이던 옛 목조 주택도. 아무것도 남지 않았다.

담쟁이의 홍수는 모든 것을 집어삼켰다. 모든 것을 깊은 잠에 빠뜨렸다.

백로를 타고 날아가다 이런 엄청난 파괴를 목격한 프루는 울음을 터뜨렸다.

❧

"음, 그거 어려운 문제군." 다시 태어난 자동인형의 첫 질문에 에스벤이 이렇게 대답했다. "그러니까, 어떤 의미에서?"

자동인형 왕자 알렉세이, 피톡 관저의 틀림없는 총독 후계자는 수년 간 쓰지 않아 삐걱거리는 팔꿈치를 딛고 몸을 일으켰다. 마서는 친절하게 삐걱대는 관절에 기름방울을 떨어뜨렸다. 이윽고 알렉세이는 높이 조정이 가능한 금속 도관 목을 이리저리 돌려 새로운 주변 풍경을 살펴보았다. 그의 시선이 곰을 향했다. 소년은 아직 얼굴 표정으로 감정이나 이해 여부를 표현하지 못했다.

"왜 이렇게 했죠?" 소년이 재차 물었다.

"뭘?" 곰이 되물었다.

소년은 아직은 차가운 기계 눈으로, 지극한 배신감을 표현하기 위해 한동안 곰을 노려보았다. "왜 나한테 이렇게 했죠?"

곰은 자신의 힘으로는 대답하기 어려운 듯 당황하며 물러났다. 대신 캐롤이 앞으로 다가갔다. "우린 제작자란다, 알렉세이. 우리가 너를 만들었어."

그는 손으로 에스벤을 가리켰지만 텅 빈 공간이었다. 그러자 에스벤이 노인의 손이 가리키는 곳으로 움직였다.

"당신들이 이렇게 했나요?" 소년이 물었다. 차분하고 부드러운 목소리였다. 낮은 울림은 그 소리가 금속 몸통에서 나오고 있음을 암시했다. 그 점만 빼면 영락없는 소년의 목소리였다. 에스벤이 고개를 끄덕이자 알렉세이가 말했다. "그럼 날 되돌릴 수도 있겠네요."

"하지만……." 에스벤이 당황해서 더듬거렸다. "우린 너를 만드느라 무척 고생했단다. 우리뿐만 아니라…, 많은 사람이."

"아무도 나에게 물어보지 않았어요." 소년이 단도직입적으로 말했다.

"그건 그래. 하지만……."

에스벤이 머뭇거리자 캐롤이 설명했다. "넌 다시 살아난 거야, 알렉세이! 공기 냄새를 맡아보렴. 네 발 아래 땅도 느껴보고." 노인은 감정이 고조된 목소리로 말했다. 시범을 보이려고 부드러운 담쟁이 바닥을 발로 쿵쿵 차기도 했다.

소년은 변해버린 풍경을 눈치채고 궁금해했다. "어떻게 된 거예요?"

"네 엄마가. 네 엄마가 살짝 미쳤어." 에스벤이 대답했다.

"엄마가요?" 마치 지난 생에서의 사실을 조각조각 재구성하는 듯 알렉세이의 말이 느려졌다. "우리 엄마가."

"그녀는 담쟁이가 됐단다. 좀 골치 아프게 됐지." 캐롤이 덧붙였다.

"그뿐만이 아니고…, 일종의 예언도 결부되었단다. 너를 되살려서 모든 것을 정상으로 되돌려놓게 하라는……." 이 말을 하면서 에스벤은 재빨리 시무스, 마서에게 불안한 시선을 던졌다. 그는 생각나는 대로 떠들고 있는 게 분명했다. 아닌 게 아니라 누구도 소년이 자신의 부활을 이렇게 불만스러워 할 줄 예상하지 못했다. "모든 게 잘 풀릴 거야. 내 예감이 그래. 자세한 이야기는 프루한테 듣도록 해라."

수술대 위의 소년이 사람들을 한 명 한 명 바라보았다. 그가 쳐다볼 때마다 모두가 살짝 움찔했다.

"문제는," 시무스는 짐짓 조용하고 정중한 척 말을 꺼냈다. "우리가 그녀의 행동을 중단시키려면 지금 움직여야 한다는 거다. 그녀는 지금 제정신이 아니야. 우린 노스우드에서 나머지 일행과 만나기로 되어있다. 그래서 우린 아마도……." 그가 팔을 크게 휘둘러 초원의 북쪽을 손으로 가리켰다.

사람들 사이에 침묵이 흘렀다. 마침내 알렉세이가 입을 열었다. "저에게 잠깐만 시간을 주시겠어요?"

"물론." 에스벤이 대답했다.

"하지만 너무 길어지면 안 된다." 시무스가 끼어들었다.

일행은 일제히 산적을 노려보았다.

마서가 무릎과 발목 관절에 기름을 몇 방울 떨어뜨리자 그는 다리를 수술대 옆으로 내린 다음 일어서서 머뭇거리며 첫 발을 디뎠다.

그는 못과 금속판으로 이루어진 자신의 기계 몸을 내려다보며 말했다. "그전에 옷 좀 입어도 될까요?"

일동은 마서가 가지런히 개어 수술대 아래 놓아둔 그의 제복을 가지러 갔다. 이것은 엄연히 섭정 총독의 복장이기에 그 광경은 묘하게도 대관식을 떠올리게 했다. 왕자가 이내 의복을 갖추고 돌아왔다. 그는 의복 담당자에게 무뚝뚝하게 목례를 한 뒤 몇 미터쯤 떨어진, 담쟁이로 뒤덮인 바위로 걸어갔다. 그리고 바위에 걸터앉아 손으로 턱을 괴었다.

그는 그렇게 한참을 앉아있었다.

나머지 사람들은 사려 깊게 그와 떨어져서 서서히 사위어가는 모닥불가에 남아있었다. 그 사이 담쟁이가 꿈틀꿈틀 다가왔다. 그들은 서로 별 말을 하지 않았다. 이따금 그 중 한 명이 생각에 잠긴 왕자를 흘끔거릴 뿐이었다. 왕자는 꼼짝 않고 앉아 텅 빈 초원과 멀리 담쟁이에게 질식당한 나무들을 응시했다. 담쟁이가 그의 무릎에도 기어오르려고 했다. 그는 기계 손가락으로 담쟁이를 쳐서 떼어냈다.

시간이 흘렀다. 태양도 점점 내려오고 있었다. 기계 소년은 여전히 턱을 괸 채 바위에 앉아있었다.

"어쩌면 소년은 죽었을 때가 더 행복할지 몰라요." 시무스가 입을 열었다.

"문제가 아주 복잡해진 것 같아." 에스벤이 말했다.

산적이 낮게 내려온 태양을 관찰하며 중얼거렸다. "곧 우리가 필요할 텐데."

"이제 왕자는 어떻게 해야 하죠?" 마서가 물었다.

"낸들 알아. 프루가 지어낸 이야긴지." 산적이 체념한 듯 대답했다.

"그건 회합 나무의 명령이었소. 진정한 후계자를 다시 만들어내라는 것은." 에스벤이 이렇게 대꾸한 뒤 캐롤을 쳐다보았다. "우린 결코 쉽지 않은 상황에서 이만큼 해냈어요. 우리에겐 달리 방법이 없었어요."

"내가 말을 해볼게요." 시무스가 나섰다. "난 날뛰는 사춘기 애들의 발뒤꿈치를 붙들어놓은 경험이 많죠. 왕자가 정신을 번쩍 차리게 한 다음, 우리는 우리 길을 떠나는 겁니다." 산적은 사람들의 만류에도 불구하고 자리에서 일어났다.

그때 지금까지 입 다물고 앉아있던 지타가 일어났다. "제가 해볼게요."

"네가? 말도 안 돼. 이건 간단해. 내가 그냥……." 시무스가 나섰다.

"시무스, 앉게." 캐롤이 단호하게 말렸다.

산적은 장님을 흘끗 쳐다보더니 시키는 대로 따랐다. "이 아이를 보내지."

지타는 하얀 드레스 앞을 반듯이 편 다음 (아빠의 회색 시노드 복장은 오래 전에 벗어버렸다) 몸을 꼿꼿이 세웠다. 이어서 심호흡을 한 뒤 기계 소년이 앉아있는 곳으로 걸어갔다. 지타는 잠깐 소년 옆에 서있다 바위 옆 땅바닥에 앉았다.

"안녕." 지타가 말을 걸었다.

소년은 반응이 없었다.

"나는 지타야. 여기 근처에 살아." 근처의 어느 방향을 가리키려고 손을 들었지만 완전히 뒤바뀐 풍경 때문에 자신의 집이 어느 방향인지 통 알 수가 없었다. "아무튼 저기 어딘가에 살아."

소년은 여전히 반응이 없었다. 그의 눈은 멀리, 어떤 나무에 꽂혀있었다.

"난 5월의 여왕이야." 지타는 어떻게 말을 이어나가야 할지 몰라 화제를 돌렸다. "정말 멋졌지. 그때 이 화관을 썼어." 지타는 머리에서 화관을 벗어 바라보았다. "그땐 더 예뻤어."

소년이 소녀의 무릎에 놓인 화관을 흘끗 보았다. 소년의 주의를 끌었다는 첫 번째 신호였다. 지타는 그 기회를 놓치지 않고 싶었다.

"모두 내 잘못이야. 너희 엄마를 불러낸 것 말이야. 난 이런 계획이 진행되는 줄도 몰랐어. 톱니바퀴를 만들어 너를 살려내는 일 말이야. 심지어 이 일을 시작한 여자애도 만난 적이 없어. 이름이 프루라고 하던데, 괜찮은 애 같아. 바깥세상에서 왔대." 지타는 말을 멈추고 무슨 말을 더 해야 할지 잠시 고민했다. "네가 어떤 기분일지 잘은 모르지만 우리를 원망하는 거 알아. 사람들 말이, 지난번에는 너 스스로 톱니바퀴를 제거했다며? 사실 난 네가 어떤 일을 겪게 될지 잘 몰라. 지난번에도 되살아나는 것을 원치 않았는데 이번에 또 태어났으니 네 기분이 얼마나 참담할까, 그런 생각은 해. 하지만 그녀의 입장도 이해해야 해. 너의 엄마 말이야. 너의 엄마는 너를 잃었어. 그건 엄청난 충격이었을 거야. 그런데 우연히 너를 되살려낼 기회를 얻었어. 어떤 사람이 그렇게 하지 않겠어? 자신이 사랑하는 사람인데, 어느 누가 그렇게 하지 않겠느냐고?" 지타는 이 말을 하는 자신이 울먹이고 있음을 깨달았다. 그래도 눈물은 보이지 않으려고 애썼다. "우리 엄마도 돌아가셨어. 이 세상 어디에도 안 계셔. 늘 내 옆에 계셨는데, 갑자기 떠나셨어. 난 엄마를 되살리기 위해 아무것도 하지 않았어. 아무것도. 그런데 내가 유령을 만났을 때, 너희 엄마 말이야, 그녀는 몹시 비탄에 빠져있었지. 내가 경험했던 것과 비슷한 상실감을 겪었고, 난 곧

500

바로 동질감을 느꼈어. 그래서 그런 짓을 할 수밖에 없었어. 기괴한 방법이지만, 난 그렇게라도 우리 엄마를 불러내려고 했어." 갑자기 눈물이 터져나왔다. "그런데 만약 우리 엄마가 돌아오기 싫다고 하면, 살아나고 싶지 않다고 하면 난 어떤 기분일까. 너처럼 말이야. 너처럼 우리 엄마가 나한테 화를 낸다면. 그리고 감히 추측하는데, 너희 엄마는 지금쯤 자신에게 화가 나있을 거야. 자신이 저지른 짓 때문에. 그리고 너한테 용서받고 싶을 거야. 넌 엄마를 용서해야 해."

"왜?" 알렉세이가 처음에 했던 말을 메아리처럼 되풀이했다.

"왜냐하면 너희 엄마는 제정신이 아니었으니까. 아들을 잃었으니까. 그리고 인간이니까." 지타는 잠깐 말을 멈췄다 덧붙였다. "아니 인간이었으니까."

자동인형 왕자는 몇 분 더 침묵을 지켰다. 지타는 자신의 노력이 수포로 돌아갔다는 생각에 일어서서 돌아가려고 했다.

그때 소년이 입을 열었다. "내가 엄마한테 가면, 날 다시 돌려보내줄 거야?"

"톱니바퀴를 다시 떼어달라는 말이야?"

"응. 떼어서 부숴버려. 다시는 날 만들지 마."

"네가 원한다면." 지타는 자신의 권한 밖이라는 사실을 알았지만 이렇게 대답했다. 그게 옳은 것 같았다.

소년은 요란스럽게 한숨을 내쉰 뒤 다시 살게 된 낯선 세상을 찬찬히 둘러보았다.

CHAPTER 31

와일드우드 여왕

담 쟁이의 진격은 거침이 없었다. 회합 나무는 쓰러지고 변경지대는 무너졌다. 새에 올라탄 채로 공중에서 주시하던 그들은 초록 여제가 땅에 떨어진 회합 나무의 껍질 위에 올라서서 두 팔을 한껏 벌려 승리를 만끽하는 모습을 보며 좌절했다. 담쟁이덩굴로 만들어진데다, 나뭇가지처럼 생긴 팔로 인해 그 모습은 나무와 다르지 않았다. 그녀는 새 단상에 올라가 지휘자처럼 병사들의 작전 수행을 지휘했다. 담쟁이 거인들은 창조자의 성공에 의기양양해서 더욱 대담해진데다 점점 노련해지는 전술로 와일드우드 비정규군의 공습을 막아냈다. 프루는 눈물 때문에 흐릿해진 눈으로 알렉산드라의 손가락에서 발사되는 담쟁이덩굴의 세례를 받아 추락하거나 거인들의 주먹에 강타당하

502

고 담쟁이 새의 발톱에 차이는 비정규군 동료들을 바라보았다.

그때 브렌든의 날카로운 외침과 함께 뒤에 앉은 소녀의 비명 소리가 들렸다. 그들은 담쟁이에게 잡아채여 밑으로 떨어지고 있었다. 식물이 새의 날개를 휘감아 미늘 철사처럼 단단히 움켜쥐었던 것이다. 새는 균형을 잃었고 빙글빙글 돌아 담쟁이가 두껍게 깔린 바닥으로 추락하는 중이었다.

담쟁이로 포장한 짐짝이 되어 하늘에서 운석처럼 떨어지고 있었다.

"안 돼!" 추락하는 산적왕을 발견하고 커티스가 소리쳤다.

그때 입을 떡 벌린 담쟁이 새가 그들을 들이받으며 스스로 폭발했다. 백로는 부리부터 발톱까지 산산이 흩어지는 담쟁이덩굴에 뒤덮였고 이내 방향을 잃고 땅으로 떨어지기 시작했다. 프루는 심장이 덜컹 내려앉았다.

"꼭 잡아!" 커티스가 외쳤다. 프루는 그의 허리를 꽉 쥐었다.

땅바닥이 무섭게 돌진해왔다. 두 아이는 곧장 담쟁이 바다로 떨어졌다.

여기 낙하지점은 담쟁이가 어찌나 두툼하고 실하게 자랐는지 마치 바다의 파도가 출렁거리는 것 같았다. 프루는 추락 도중 커티스, 백로와 떨어져 식물 속으로 곤두박질쳤다. 한동안 시야가 보이지 않다가 정신을 추스르며 눈을 뜨니 자신이 초록빛 바다에서 잠수를 하고 있었다. 프루는 숨을 참고 팔을 저었다. 발이 바닥에 닿지 않았다. 미친 듯이 발길질을 하다 자신이 실제로 담쟁이 속에서 헤엄을 치고 있다는 걸 깨달았다. 숨을 쉬기 위해 머리를 밖으로 빼려고 했지만 어려웠다. 담쟁이덩굴은 발목을 휘감고 머리카락을 잡아당겼다. 프루는 소리치고 몸부림치며 깊은 담쟁이 속에서 발을 허우적거렸다. 담쟁이 표면 위로 얼굴을 내놓으려고 기를 썼다. 그때 자신이 거센 담쟁이 조류에 휩쓸리고 있음을 알았다. 회합 나무의 잔해가 쌓인 곳을 중심으로 일종의 소용돌이가 일며 산이 만들어지고 있었다. 초록 여제가 길게 땋은 머리를 바람에 날리며 두 개의 단단한 담쟁이 기둥인 두 발로 서있는 곳이었다.

몇 미터 떨어진 곳에서 수면 위로 올라가려 애쓰는 커티스가 보였다.

"커티스! 계속해서 움직여!" 프루가 소리쳤다.

"못 하겠어. 자꾸만 아래에서 끌어당겨." 그가 대답했다.

프루는 내면의 기를 총동원해 담쟁이에게 둘 사이에 일종의 통로를 만들어 달라고 *명령했다.* 회오리 운동이 점점 빠르고 강력해지면서 통로가 생기자 프루는 친구에게 헤엄쳐가서 그의 손을 잡았다. 하지만 이내 통로는 새 담쟁이덩굴의 차지가 되어 다시 프루의 어깨로 기어오르고 다리를 잡아당겼다. 프루는 산 한가운데, 알렉산드라가 서있는 곳을 보았다. 담쟁이가 점점 더 빠르게 소용돌이치자 그녀의 긴 초록색 팔이 자신을 마구 때렸다.

"얘들아!" 알렉산드라가 담쟁이 특유의 쉭쉭 소리를 내며 불렀다. 처음 듣는 유령의 말, 차갑고도 울림이 큰 목소리였다. "이리 와! 내게 와!"

그들은 소용돌이 가운데, 핵심으로 점점 끌려 들어갔다. 회오리치는 속도가 아찔할 정도였다. 프루는 손을 잡은 커티스를 돌아다보았다.

"그냥 내려가, 커티스! 그냥 잠들어 버리자!" 프루가 큰 소리로 말했다.

"잠?" 커티스가 물었다.

"우린 잠들게 될 거야. 아마도 영원히. 하지만 겁내지 마!"

"난 겁난단 말이야!"

"알아, 알아. 하지만…, 마음 편히 먹어. 이제 곧 끝날 거야."

프루는 잡았던 친구의 손을 놓았다. 커티스의 손이 미끄러지듯 빠져나갔다. 그리고 이내 머리가 담쟁이 바다 속으로 들어갔다. 프루는 커티스가 밑으로 가라앉는 것을 보았다. 프루는 고개를 돌려 초록 여제를 바라보았다. 발버둥을 치면서 줄곧 *명령을 내렸다.* 그러는 사이 조금이라도 더 오래 떠있기 위해 근육 하나하나를 세심하게 조율했다. 프루는 담쟁이의 물결이 빙글빙글 돌며 부러진 회합 나무쪽으로 빨려 들어가는 것을 느꼈다. 초록 여제가 자신을 더 가까이 끌어당기는 것 같았다.

이리 와, 이제는 알렉산드라가 식물의 언어로 프루의 머릿속에 말을 걸었다. *저항하지 말고. 내게 와.*

싫어요! 프루는 머릿속으로 대답했다. **나를 내버려두란 말이에요!**

그러나 프루는 여전히 앞으로 끌어당겨지고 있었다. 알렉산드라가 막대기 같은 팔을 뻗었다. 그녀의 긴 몸에서 인간의 모습과 거리가 먼 덩굴순이 뻗어나왔다. 그 손가락이 프루를 불렀다. 프루는 앞으로 끌려갔다. 더 이상 자신을 통제하기 힘들었다. 담쟁이가 자신을 휘감는 게 느껴졌다.

긴긴 잠이 자신을 덮치려는 것 같았다. 그런데 그때, 모든 것이 멈추었다.

자신이 담쟁이 속에서 얼마나 있었는지 알 수가 없었다. 5분쯤 되는 것 같았다. 어쩌면 15년이었는지도 모른다. 세상이 갑자기 발밑으로 떨어져나가는 느낌이 들고 빙글빙글 회오리치던 담쟁이들이 돌연 멈추었다. 팔과 다리를 휘감고 머리카락 속으로 파고들어 비비 꼬던 덩굴도 갑자기 느슨해지며 떨어져나갔다. 프루는 바닥으로 뚝 떨어졌다. 발이 보통 풀밭의 단단한 바닥에 닿는 느낌이 들었다. 발가락 아래 바닥이 푹꺼지며 몸에서 힘이 쭉 빠져나갔다. 프루는 두 눈으로 부러진 회합 나무와 초록 여제가 서있는 곳에서 담쟁이 모판(담쟁이 덩굴이 꿈틀꿈틀 끓어오르는 골짜기였다)까지 곧장 기나긴 길이 나있는 것을 보았다.

프루는 고개를 들었다. 가사상태에 빠진 듯 꼼짝 앉고 서서 프루의 어깨 너머 어딘가를 응시하는 알렉산드라가 보였다. 유령 여인의 시선을 따라가자 단정한 제복 차림에 제왕처럼 늠름한 소년이 보였다. 프루가 쓰러진 곳에서 몇 미터 떨어진 검독수리 등에서 내린 듯했다. 함께 온 소녀도 독수리 등에서 내렸다. 그녀의 흰색 드레스 자락이 담쟁이의 채찍에서 갓 풀려난 초원의 풀잎사귀에 닿았다. 소년이 이쪽으로 천천히 걸어왔다. 그의 피부가 이따금 거울처럼 빛에 반사되었다. 그는, 강철빛의 구리로 만들어진 기계 소년이었다.

"알렉세이." 프루가 놀란 표정으로 목례를 하고 속삭여 불렀다,

그 소리를 들은 소년이 다가와 손을 내밀었다. 그 손을 잡자 차가운 금속 감촉이 느껴졌다. 그가 프루를 일으켜주었다. 프루는 어렵사리 몸을 지탱했다. 무릎이 흔들리고 휘청거렸다. 프루는 소년을 바라보며 티 없이 하얀 눈과 완전무결하게 매끄러운 피부에 놀랐다. 하지만 소년은 프루 곁에 오래 머무르지 않았다. 그의 관심은 다시 긴 담쟁이 통로 끝에 서있는 유령에게로 향했다. 소년을 바라보던 담쟁이 유령은 가슴 깊은 곳에서 신음을 토해냈다.

알렉세이는 다가갔다. 오월의 여왕 지타도 함께 걸어갔다.

"안녕, 엄마." 소년이 인사했다. 그 목소리에 초록 여제의 몸이 움찔했다.

"그 자들이 무슨 짓을 했니?" 우뚝 솟은 물체 안에서 목소리가 흘러나왔다. 그녀 주위의 담쟁이 물결에서 흘러나오는 것 같았다.

"그들이 되살아나게 해줬어요." 알렉세이가 대답했다.

"나도 그랬었지," 엄마가 나지막이 속삭였다. "나도 너에게 생명을 주었어."

"알아요. 그래서 전 엄마를 용서해요." 소년이 말했다.

그 순간, 초록 여제의 분노는 사라졌다. 그녀의 긴 팔도 움츠러들었다. 기둥

같은 다리와 난공불락의 몸통을 만들었던 담쟁이들이 떨어져나가며 몸도 줄어들었다. 그녀는 더 이상 무시무시한 발걸음과 주문으로 주변을 파괴했던, 당당하고 분노에 찬 괴물이 아니었다. 이제는 거의 사람처럼 보였다.

알렉세이는 계속 다가갔다. 오월의 여왕 지타도 그의 손을 잡고 함께 걸었다. 흰색 드레스에 화관을 쓴 소녀와 무덤의 먼지를 뒤집어쓴 견장 달린 제복 차림의 소년, 동질감을 느끼는 두 영혼은 함께 걸었다. 담쟁이가 철수하며 생겨난 해자 같은 길은 그루터기에서 끝났다. 담쟁이가 거기 서있는 엄마의 발에서 나왔기 때문이다.

지타는 그곳에서 걸음을 멈추고 기계 소년의 손을 놓아주었다. 알렉세이는 담쟁이 언덕으로 불안한 첫 발을 내디뎠고, 이어서 다음 발을 디뎠다. 그는 알렉산드라가 서있는, 고목으로 만든 단상으로 올라가 정상에서 걸음을 멈추었다. 초록 여제로부터 얼마 떨어지지 않은 곳이었다.

알렉산드라가 두 팔을 내밀었다. 아들은 엄마의 품으로 다가가 가만히 머리를 기댔다. 작고 가늘어진 엄마의 담쟁이 팔이 아들을 감싸며 긴 포옹을 했다. 그녀는 고개 숙여 아들의 매끄러운 금속 이마에 부드럽게 입을 맞췄다.

아들의 이마에 키스하고 두 팔로 아들을 꼭 껴안는 그 순간(아기였을 때 처음 안아주었고, 아이가 싸구려 구슬을 잃어버렸다고 울던 때 안아주고, 아이의 몸이 불덩이 같았을 때 안아주고, 그 여름 말에서 떨어져 미동도 없이 바닥에 누워있을 때 안아본 후 실로 오랜만이었다) 담쟁이는 꿈틀거림을 멈추고 잠잠해졌다.

잠시 후 소년을 껴안았던 팔은 예전의 상태로 돌아가 한 뭉텅이의 담쟁이덩굴이 되었다. 그렇게 초록 여제의 형태는 흩어져서 다시 땅으로, 공기 속으로 돌아갔다.

프루는 폐로 공기가 다시 들어온 것처럼 느껴졌다. 회합 나무의 그루터기까지 훤히 뚫린 양쪽으로 생겨난 담쟁이 벽은 맹렬한 베개싸움을 하고 난 뒤의 솜깃털처럼 바닥에 납작하게 달라붙었다. 그 식물은 쪼그라들며 초록 여제가 만든 골짜기로 물러났는데 그 물살이 어찌나 거센지 쓸려 내려갈 것만 같았다.

"*멈춰!*" 프루가 반사적으로 외치자 담쟁이는 고분고분하게 따랐다. 풀들은 이제 초록 여제의 강력한 마법에서 풀려나 정상적인 상태로 돌아와 있었다. 사실 말이 나온 김에 하는 말이지만, 우드의 여느 신비주의자(아니 식물과 대화할 줄 아는 누구라도)에게 물어봐도, 정상적인 상태에서 가장 통제하기 쉬운 식물이 담쟁이였다. 아무튼 프루가 힘 빠진 담쟁이 덩굴을 몰아내자 아무것도 없는 텅 빈 땅이 생겼다. 그때 누군가 프루를 불렀다. 익숙한 소년의 목소리였다.

"커티스! 너 괜찮아?" 프루는 담쟁이를 몰아낸 후 불렀다.

"응! 어떻게 된 거야?" 그의 목소리는 몇 미터 떨어진 곳에서 들려왔다.

"그녀가 갔어!" 프루가 소리쳤다. 식물 장막이 걷히자 검으로 두툼한 담쟁이 덩굴을 베어내느라 바쁜 친구가 보였다.

"갔다고?"

"커티스, 알렉세이가 왔어. 시간에 딱 맞춰서 와주었어. 그가 자기 엄마에게 다가갔어. 그가 무슨 말을 했는지, 그 여자가 무슨 말을 했는지는 잘 몰라. 아무튼 그냥 사라졌어!" 이 말을 하는 프루의 눈에 눈물이 맺혔다. "나무 말이 옳았어. 우리도 옳았고! 모든 것을 구하려면 그를 되살릴 수밖에 없었어. 그렇더라도 이렇게 될 줄은 꿈에도 생각하지 못했어."

이윽고 몸에서 담쟁이덩굴을 떼어낸 커티스가 득의만면한 미소를 지으며 프루가 깨끗하게 비워놓은 빈터에 나타났다. 그들은 포옹을 하고 큰 소리로 웃었다.

"도대체 그 동안 어디에 있었어?" 프루가 웃다 말고 물었다.

"음, 여기저기 돌아다녔어." 커티스가 여전히 웃으면서 대답했다.

"참, 알렉세이! 그를 찾아야 해." 프루가 갑자기 생각난 듯 소리쳤다.

그들은 담쟁이덩굴을 빠져나갔고, 프루는 발 닿는 곳마다 담쟁이를 물러가게 한 뒤 빈터로 만들었다. 둘은 곧 회합 나무 그루터기에 도착했다. 거기에서 잔해 언덕으로 올라가며 발에 걸리는 담쟁이덩굴을 말끔히 치웠다. 그때, 조금 전까지 다시 태어난 엄마가 서있던 자리에 흩어져있는 담쟁이를 바라보는 알렉세이를 발견했다. 그 옆에는 흰색 드레스 차림의 소녀가 있었다.

커티스와 프루가 다가가자 소녀가 웃으면서 물었다. "네가 프루니?"

프루가 고개를 끄덕였다. "응, 맞아. 넌?"

"난 지타. 이 모든 일이 일어나게 만든 장본인이지." 그녀는 얼굴을 붉히며 조용히 발만 내려다보았다.

"네 탓이 아니야. 아주 오래 전부터 이런 일이 일어나게 되어있었어." 프루는 발바닥으로 회합 나무의 단단한 목질을 느꼈다. "나뭇잎도 떨어질 때가 되어 떨어지는 것처럼 너도 그럴 만하니까 그렇게 한 거야." 프루가 웃으면서 덧붙였다. "누군가 나에게 특별히 들려준 말이지."

두 아이는 언덕 위에 말없이 서있는 기계인형 소년을 올려다보았다. 프루는 지타에게 가볍게 고개를 끄덕인 다음 알렉세이 곁으로 다가섰다.

"안녕, 난 프루야." 프루가 인사를 했다.

"알고 있어." 알렉세이가 대답했다. 귀에 거슬리는 금속성 목소리에 슬픔이 묻어있었다.

"고마워. 돌아와줘서 고마워."

"내가 선택한 게 아니야. 타인에 의한 선택이지. 또다시."

"가끔은 스스로 선택하지 못할 때도 있어. 가끔은 타인의 선택에 끌려가는 것 같아." 프루가 조용히 말했다.

소년은 거슬리는 소리가 나도록 숨을 한껏 들이마신 뒤 주변의 깨끗한 공기를 향해 숨을 내뱉었다. "아, 상쾌하다. 공기가 정말 상쾌해. 그 동안 잊고 있었어." 그가 이렇게 말했다.

"나도 그 기분 알아." 프루가 대꾸했다.

한동안 말없이 서있던 알렉세이가 입을 열었다. "이 담쟁이를 어떻게든 처리해야 할 것 같은데."

프루는 지평선을 바라보았다. 눈에 보이는 곳은 온통 조용히 잠든 상태로, 담쟁이에 덮여있었다. 담쟁이의 해를 입지 않은 곳이 없었다.

"내가 할 수 있어." 프루가 대답했다. "그건 그렇고 알고 싶은 게 있어."

"뭔데?" 알렉세이가 물었다.

"너, 여기 계속 있을 거지? 그들에겐 누군가가 필요해. 우드 사람들 말이야. 모든 것을 재건해야 하고."

기계 소년은 너무 멀지도 가깝지도 않은 곳을 바라보았다. 그가 생각에 잠겨있는 동안 손가락이 벌어졌다 다물어지기를 반복했다. 지타는 그들 옆 나무 위에 기어 올라가 있었다. 지타 역시 소년의 대답을 기다렸다.

"모르겠어. 이런 운명을 원했던 것은 아니야. 난 이 세상을 떠난 사람이야.

지금은 돌아왔지만." 알렉세이는 이렇게 말한 다음 지타를 쳐다보았다. 그리고 다시 말을 이었다. "실은 지타에게 톱니바퀴를 빼달라고 부탁했어. 내가 할일을 끝내고 나면 말이야. 그런데 지금은 잘 모르겠어. 어떻게 해야 할지."

"좀더 생각해봐." 지타가 오래된 친구처럼 소년의 손을 꼭 잡았다. "생각해봐. 공기도 마시고. 그런 다음 결정해. 난 뭐든 네가 원하는 대로 해줄게. 하지만 프루 말이 옳아. 우리에게는 네가 필요해."

프루는 우드의 적통 후계자인 알렉세이에게 목례를 한 뒤 지타와 소년만 남겨둔 채 자리를 떠났다. 언덕 밑에서 커티스가 기다리고 있었다. 셉티무스는 담쟁이덩굴을 빠져나와 어느새 소년의 어깨 위에 올라가 있었다.

"이제 뭐하지" 커티스가 물었다.

"우리에겐 할 일이 남아있어." 프루가 오랜 친구에게 웃으며 대답했다. "그다음은……."

"그 다음 뭐?" 커티스가 어리둥절한 표정을 지었다.

"글쎄. 나무가 나에게 바라는 게 있었어. 그것도 이 일의 일부일 거야."

"그게 무슨 말이야?"

"곧 알게 될 거야, 커티스. 기다려봐." 프루가 대답했다.

프루는 친구의 어깨에 잠시 손을 얹은 뒤 돌아서서 담쟁이로 뒤덮인 회합 나무의 잔해 더미로 걸어갔다.

🌿

회합 나무에서 떨어진 껍질 위에 올라선 프루는 먼 바다에서 물보라를 일으키며 끝낚시 그물을 끌어당기는 억센 어부 같은 자세로 담쟁이를 향해 두 손을 뻗었다. 그런 다음 담쟁이를 한 움큼 움켜쥐고 온 힘과 마음을 다해 침대에서 담요를 걷어내듯, 또는 마술사가 유리상자 속 사라진 여인을 보여주기 위해 장막을 걷는 것처럼 담쟁이를 잡아당겼다.

그러자 아주 멀리 퍼져있는 담쟁이, 이를테면 포틀랜드 시 외곽 농장의 나무와 풀을 뒤덮었던 담쟁이부터 끌려왔다. 첫 파괴의 물결이 몰려왔던 땅 위에 뒤덮인 담쟁이를 걷어내는 일은 쉬웠다. 거리와 골목의 담쟁이도 끌려나갔다. 주간고속도로의 차들, 가장 높은 마천루나 가장 낮은 지하주차장을 뒤덮었던 담쟁이도 벗겨졌다. 공원 벤치에서 점심을 먹던 직장인들이 모습을 드러냈다. 번잡한 인도에서 손잡고 걷던 연인들도 베일이 벗겨졌다. 커피를 마시던 사람, 책을 고르던 사람, 요리사, 자전거 타던 사람, 짐꾼과 계산원 아가씨도 모습을 드러냈다. 그들은 하나같이 잠에서 깨어나 방금 전까지 꾼 이상한 꿈을 의아해하는 표정이었다.

프루는 계속, 죽은 거대한 나무의 껍질 위에 서서 담쟁이를 *끌어당겼다.*

담쟁이는 윌라메트 강 부두와 수문에서 철수했다. 강을 건너 미친 듯이 산업폐기물장을 뒤덮었던 담쟁이도 신속히 후퇴했다. 지날 수 없는 숲의 울창한 삼림을 떠받쳤던 담쟁이도 나무의 어둠속으로 후퇴했다. 이미 많은 나무들이 담쟁이의 강력한 힘에 쓰러졌지만, 키 큰 나무들을 뒤덮었던 담쟁이는 얌전히 끌려 내려왔다. 그렇게 바다를 빠져나가는 썰물처럼 담쟁이가 울창했던 풍경을 빠져나가자 어린 나무가 자라나는 세상과 새로 돋아나는 연두빛 순이 모습을 드러냈다. 한편 사우스우드에서 무슨 일이 벌어지는지도 모르고 잠들었던 사람들도 담쟁이가 물러나자 스스로 깊은 잠을 털고 일어났다. 담쟁이는 아

알렉산드라가 두 팔을 내밀었다.
아들은 엄마의 품으로 다가가 가만히 머리를 기댔다.

비앙 공국의 새둥지도 자유롭게 해방시켰다. 이 땅의 중심부에 위치한 야생의 황무지를 한바탕 휩쓸고, 캐시드럴 산맥의 높은 봉우리에서도 벗겨졌다. 그리고 마침내 노스우드의 밭과 마을을 지난 담쟁이 물결은 대초원의 가장자리에 도착했다.

프루는 공터 한가운데에서 쉬지 않고 담쟁이를 끌어당겼다. 발밑에 잔뜩 쌓인 쓸모없는 담쟁이는 다시 땅속으로 보낼 작정이었다.

담쟁이가 대초원을 쓸고 지나가자 와일드우드 비정규군들도 잠에서 풀려났다. 농부와 산적, 새들 할 것 없이 눈을 껌뻑거리며 깨어나 가늘게 뜬 눈으로 눈부신 햇빛을 쳐다보았다. 등을 대고 누운 채로 잠들었던 엘시는 용감무쌍한 티나와 티파티하는 즐거운 꿈을 꾸었다. 꿈에서 그들이 그냥 앉아있는데, 딱딱한 정글탐험용 흰색 모자를 쓴 여인이 엘시에게 정말 잘 해냈다고, 훌륭했다고 말하면서 엘시가 자기네 '용감무쌍한 걸스'의 귀감이 되는 사례라고 찬사를 보냈다. 이를테면 대담함, 친절, 용기…, 모든 면에서 자기네 단원들이 보고 배워야 할 본보기 같은 것 말이다.

언니 레이첼은 엘시로부터 멀지 않은 풀밭 한가운데 서서 자신의 손을 들여다보고 있었다. 레이첼은 고개를 들고 동생을 보며 *도대체 이게 무슨 난리람, 너는 아니…,*라고 말하는 듯 웃었다.

하지만 프루는 거기서 멈추지 않았다. 계속해서 당기고, 마침내 마지막 한 가닥이 공터 한가운데 잔해더미 속으로 들어와 회합 나무의 쪼개진 나무토막 틈새로 사라질 때까지 끌어당겼다. 프루는 손을 뻗어 휘청거리는 몸으로 마지막 이파리가 사라질 때까지 담쟁이한테 *말을 걸었다.* 그러고 나서 그 자리에 널브러졌다.

초원은 잠에서 깨어난 것들로 가득했다. 모두 몇백 년쯤 자고 방금 깨어난 것처럼 눈을 비벼댔다. 여우, 토끼, 사람, 새들도 있었다. 어떤 사람은 회색 긴 옷을 입고, 어떤 사람은 위아래가 달린 작업복 차림이었다. 많은 사람들이 무기를 들고 있었는데, 대부분 아주 단순한 농기구들이었다. 물론 아이들도 있었다. 아이들은 저마다 상대방보다 더 아슬아슬했던 무용담을 들려주며 이야기꽃을 피웠다. 공격하는 담쟁이 거인들과 맞서 싸웠다는 아이들도 있었다. 집중공습을 퍼붓는 새들을 피해 검과 창으로 수 차례 명중시켰다고 자랑했다.

알렉세이는 회합 나무로 만든 단상에서 내려와 몇 미터 걸어간 다음 과거에 살았고, 다시 돌아와 살고 있는 세상의 공기를 한껏 들이켰다. 지타가 그에게로 걸어왔다. 둘이 말없이 초원에 서있는 사이, 주변에서 와일드우드 비정규균들이 잠에서 깨어났다.

잠에서 깨어난 신비주의자들은 새로운 현실과 맞닥뜨렸다. 그들이 기도했던 회합 나무는 두 쪽으로 갈라져 초원 바닥에 쓰러져있었다. 거대하던 나뭇잎 지붕도 땅바닥에 흩어져있었다. 그들이 가부좌를 틀고 깊은 명상에 잠겨있을 때 담쟁이가 습격해왔고, 그들은 전투가 벌어지는 내내 그 자세로 있었다. 신비주의자들은 이제야 비틀거리며 천천히 일어나 앞에 펼쳐진 광경을 바라보았다.

프루는 부러진 회합 나무 위에 쓰러져서 꼼짝하지 않았다. 담쟁이를 완전히 땅속에 가둔 뒤 지쳐 쓰러진 친구를 발견한 커티스는 나무로 뛰어올라와 그 옆에 무릎을 꿇었다. 커티스는 프루의 이름을 불렀다. 반응이 없었다. 얼굴은 조용하고 잠잠했지만 아직 뺨에 핏기가 남아있었다. 귀를 가슴에 대보니 격렬히 뛰는 심장 소리가 들렸다.

"프루, 잠깐만 기다려." 그가 속삭였다.

커티스는 프루의 허리 밑으로 두 손을 밀어넣어 천천히 들어올렸다. 프루의 두 팔이 힘없이 늘어졌다. 그는 프루를 안고 거대한 나무뿌리가 만든 길을 따라 부러진 나무에서 내려왔다. 풀밭에 도착하자 커티스를 맞으려고 서있는 신비주의자들이 보였다.

"프루가 안 좋아요. 의식이 없어요." 그가 말했다.

신비주의자면서 나이든 여인이 말없이 커티스에게 두 팔을 내밀었다. 프루의 기진맥진한 몸은 여인의 팔로 옮겨졌다. 신비주의자는 소녀를 공터 바닥 부드러운 풀 위에 내려놓았다.

"우리는 어떻게 해야 하는지 알고 있단다." 신비주의자가 말했다.

신비주의자들은 소녀를 오래된 문명의 보루에서 멀리 떨어진 숲속 깊은 곳으로 옮겼다. 캐시드럴 산맥을 지나고 구불구불한 산길을 따라 우드의 한가운데 숲이 울창한 야생으로 데려갔다. 그들은 몇 날 며칠을 여행했다. 산적단이 말을 타고 뒤에 바짝 따라붙어 호위를 했다. 그들은 한사코 신비주의자들과 동행하겠다고 고집을 부렸다. 지형과 권력구조가 갑작스럽게 바뀌면서 새롭게 생겨난 약탈조직이 대담하게 무슨 짓을 저지를지 모르기 때문이었다. 사실 신비주의자들에겐 수행단이 필요하지 않았다. 그들은 매년 순례를 해왔고 처음부터 이런 여행의 위험을 각오하고 있었다. 그들은 자신에게 어떤 일이 일어나 계획이 어떻게 좌절되든 그것은 오래 전에 정해진 일이며, 숲의 구조가 의도한 일이기 때문에 우드의 자연스러운 계획으로 받아들였다.

박살난 납골당 나무에서 그리 멀지 않은 숲속 한가운데에 있는 길은 풀이

자라서 끊긴 상태였다. 신비주의자들은 이곳에 도착하자 한 줄로 서서 걷기 시작했다. 얼마쯤 길을 따라가자 나무 사이로 순환길이 나왔다. 원처럼 이어지는 길인데, 한 바퀴 돌 때마다 길은 점점 안쪽으로 들어가서 사람들은 스스로 나선형으로 된 길을 가고 있음을 직감했다. 나선형 중심에 어린 나무가 서 있었다. 그 작은 몸통에 가지 세 개가 뻗어있었다. 그 중 두 개의 가지에는 이파리가 하나씩 붙어있었지만 세 번째 가지에는 아직 아무것도 없었다.

행렬의 선두에 선 신비주의자들이 의식 없는 소녀를 운반했다. 담쟁이를 끌어당기고 기계 제작자들을 한자리에 모이도록 했으며, 우드를 통일하고 새로이 평화를 가져온 검은 머리의 소녀. 자전거 소녀, 와일드우드의 여왕.

신비주의자 여인이 프루를 어린 나무 아래 내려놓았다. 그녀는 소녀의 허리를 받쳤던 팔을 빼고 뒤로 물러나 기다렸다.

소녀의 몸 아래 땅이 잠깐 들썩거리더니 조용히 열렸다. 그리고 소녀의 몸을 비옥한 땅속으로 삼켰다.

신비주의자들을 따라 나선형의 미로를 빙글빙글 돌아온 산적 몇 명은 지금 몇 미터 떨어진 나무 뒤편에 드러나지 않게 앉아있었다. 천성이 무딘 그들이었지만 자연에 복종하는 소녀를 지켜보며 흐르는 눈물과 싸워야 했다. 한 소년은 오랜 친구이며 파트너였던 소녀가 사라지는 모습을 보며 목놓아 울었다.

그때 무언가 흔들렸다. 숲 자체가 긴 한숨을 토해내는 듯했다.

모두의 시선이 나선형 한가운데 새로 태어난 나무에게 향했다. 그들은 아무것도 없던 세 번째 나뭇가지에 연한 새 잎이 돋아나는 것을 보았다.

C H A P T E R 3 2

와일드우드 임페리움

국경은 사라지고 문명화된 거주지는 무너졌다. 수백 년간 존재했던 건물들은 돌무더기 잔해로 변했다. 나무의 위대한 예언은 사실로 드러났다. 새로운 시대가 도래한 것이다.

이제 어디나 와일드우드였다.

🌿

새들은 제 둥지를 버리고 숲의 새로운 곳에 집을 지었다. 이제는 국경에 대한 부담이 없었다. 옛 노스우드의 농부들은 무너진 집을 새로 짓고 담쟁이의

517

습격으로 엉망이 된 밭을 다시 일궜다. 지금은 여름, 씨뿌리기가 진작 끝났어야 할 계절이었다. 하지만 날씨가 적극 협조해준 덕에 신비주의자들은 풍년을 전망했다. 담쟁이의 폭주 속에서 무엇을 잃었든, 너무 늦지 않게 되찾아서 다행이라고 여겼다.

산적들은 젊은 단원 커티스와 셉티무스가 건설한 요새로 돌아가 새집에 걸맞게 건물과 계단을 다시 손보았다.

그런데 참 이상도 하지. 두 산적이 만든 가축우리를 뒤덮었던 담쟁이가 벗겨졌는데도 포로는 온데간데 없었다. 담쟁이가 나무를 뒤덮던 순간 나무창살이 벌어져 그 틈으로 도망친 게 틀림없었다. 그들은 칼리프로 전향한 악독한 관료 로저 스윈든을 수색했으나 끝내 발견하지 못했다. 다만 몇 달이 지났을 때 산적경비단이 거울처럼 반짝거리는 은색 마스크를 주웠다. 버려진 코요테 동굴 입구에 아무렇게나 내동댕이쳐져 있었다. 마스크의 주인은 어디에도 보이지 않았다. 한 가지는 분명했다. 그들은 늙은 악당의 최후를 보지 못했을 가능성이 크다는 점이었다.

와일드우드 산적단은 긴 겨울을 보내는 동안 쭉정이가 제법 가려졌다. 게다가 회합 나무 전투에서 훌륭한 단원을 여러 명 잃었다. 이는 일부 주민들에게 나쁠 것도 없음을 의미했다. 길을 가다 산적이 불러세우면 마차를 멈추고 굽실거려야 했던 마부들은 이제 그럴 필요가 없었다. 저명한 와일드우드 산적단에 들어가면 됐기 때문이다.

담쟁이가 땅속으로 녹아없어진 후 줄곧 오빠 곁을 떠나지 않았던 엘시와 레이첼은 산적왕을 찾아가 제안을 했다.

"혹시 신참 단원 구하지 않으세요?" 레이첼이 물었다.

브렌든은 소녀를 보며 한 쪽 눈썹을 치켜올렸다. "뭐, 그렇기는 하다만 우린 아무나 뽑지 않는다."

"아무나 뽑으라는 말이 아니에요."

"산적이라면 겁이 없어야 해. 용기도 필요하고." 산적왕이 짐짓 퉁명스럽게 대꾸했다.

"그 두 가지를 모두 가졌으면요." 레이첼이 확인했다.

"교활해야하지."

"아주 교활하거든요." 레이첼이 응수했다.

"지저분한 환경에서 몇 달간 견딜 수 있고. 사람들과 잘 지내야 하고."

"그건 됐어요." 레이첼이 말했다. "그건 됐어요. 가끔은 그렇지 않지만."

말을 멈춘 산적왕이 멜버그 가의 딸을 찬찬히 뜯어보았다. "이렇게 나무랄 데 없는 산적 지망생을 모집할 수 있는 곳을 아니?"

와일드우드 국경선 너머 산업폐기물장으로 정찰대가 급파되었다. 이 황폐한 땅의 4분의 1을 차지하는 그곳의 버려진 창고에는 나머지 입양부적격자들이 폐허 속에서 삶을 꾸려가고 있었다. 그들을 데려오기 위해서는 약간의 설득이 필요했다. 숲에서 사는 것이 지금처럼 사는 방식의 좋은 대안이 될 수 있다고 설득했다. 아이들이 지날 수 없는 숲의 국경선에 도착하자 두 혼혈 소녀 엘시와 레이첼 멜버그가 마중을 나갔다. 그들은 손에 손을 잡고 예전에 억류된 적 있는 변방을 지나 신비한 땅으로 동료들을 데려왔다.

시간이 좀더 흐르면 아이들은 옛 명성을 되찾은 와일드우드 산적단의 단원으로 자라날 것이다. 그들은 새로운 친구들과 더 많은 모험을 할 것이다. 심지어 입양부적격자들 중 누군가는 브렌든의 뒤를 이어 새로운 산적왕 호칭을 물려받을 수도 있겠지만, 그것은 한참 후의 일이었다. 아이들은 당장 자신들을 버린 세상으로부터 멀리 떨어져 함께 살 보금자리를 얻은 것만으로도 기뻤다.

변경지대에는 새로운 마법이 걸렸다. 아직 껍질이 여린 '통합의 나무'를 보호하고, 위험 가득한 금단의 숲으로부터 바깥세상을 보호하기 위해서(관점에 따라 반대였지만)였다. 하지만 바깥세상 사람들 눈에는 그 차이가 보이지 않았다. 담쟁이덩굴이 쳐들어와서 담요처럼 자신들을 뒤덮었다가 철수한 일 따위는 I.W의 국경선 너머 사람들에게 전혀 모르는 일이었다. 그들은 변함없이 조용하고 틀에 박힌 삶을 꾸려나갔다.

멜버그 집안의 어른, 리디아와 데이비드는 실종된 아들을 찾지 못한 채 좌절감만 안고 여행에서 돌아왔다. 택시를 타고 북포틀랜드의 집 현관 앞에 내린 그들은 주방에 불이 켜진 것을 보고 깜짝 놀랐다.

"우리가 집을 떠날 때 불을 켜놨었나?" 데이비드가 물었다.

그러나 아니었다. 집 안 식탁에 앉아 진러미 게임에 빠져있는 세 명은 다름 아닌 자신의 아이들이었다. 엘시와 레이첼, 그렇다, 커티스도 있었다. 실종된 줄 알았던 아들 커티스였다. 커티스는 기이하게도 《전쟁과 평화》에서 방금 튀어나온 것처럼 견장에 금박 입힌 소매가 달린 제복을 입고 있었다. 부부는 쿵, 소리가 나게 가방을 떨어뜨리고 탄성을 지르며 달려갔다. 그리고 중년의 부모가 할 수 있는 가장 다정한 포옹으로 아들을 맞았다.

멋진 아들을 만난 충격이 다소 가시고 흥분도 가라앉았을 때 세 아이가 부모에게 들려준 이야기는 말할 수 없이 환상적이었다. 리디아와 데이비드 멜버그는 아이들의 이야기를 믿을 뿐만 아니라 비밀로 하겠다고 약속했다. 그 점은 그들의 상상력이 얼마나 풍부한지 보여주는 증거였다. 커티스가 그 세상으로 돌아가야 한다는 이야기를 (어쨌든 그는 산적선서를 했으니까) 했을 때 부부는 매우 아쉬웠지만 산적 형제들에게 커티스가 얼마나 중요한 존재인지 알기에 승낙해주었다.

부부는 언제든지 아들을 방문할 수 있었다. 그들 역시 절반은 그 쪽 피가 흐르는 사람들이었으니까.

💉

알렉세이는 이 땅에 남아 사는 쪽을 선택했다.

예전의 모습을 본 뜬 기계인간으로 살아가는 게 여전히 불안했지만, 어머니가 자신의 모국을 어떻게 파괴했는지 목격한 알렉세이는 조국과 국민들에 대한 의무감을 느꼈다. 와일드우드 전체가 그의 귀환을 기뻐하며 열렬히 환영했다. 나아가 알렉세이가 권좌에 올라, 선조들이 군주에게 사용했던 칭호로 불리는 데 대해 암묵적으로 동의했다.

그는 와일드우드의 황제라고 불렸고, 고대인들이 그랬던 것처럼 살랄나무 화관을 머리에 썼다.

알렉세이의 대관식을 축하하기 위해 옛 회합 나무 터에서 대규모 파티가 열렸다. 담쟁이덩굴이 퇴각하고 얼마 안 지난 때였다. 파티 초대장은 참새와 매들이 아주 먼 지역까지 전달했다.

가장 먼저, 올빼미 렉스와 그의 수행원인 독수리들이 훈장을 잔뜩 달고 도착했다. 우드의 주민들 중에 지금껏 그 성격 고약한 맹금이 이렇듯 꾸밈없이 행복한 표정으로 마음껏 즐기는 모습을 본 사람들은 많지 않았다. 두 번째 양귀비 맥주통의 코르크 마개가 개봉되자 나이 지긋한 장군들은 아슬아슬했던 전투 이야기로 군중을 융숭하게 대접했고, 비행대에서 즐겨 불렀던 옛 군가를 합창했다.

와일드우드 산적들은 말을 타고 도착했다. 그들은 작은 별들과 종이등 불빛이 쏟아져 내리는 넓은 초원의 파티장에서 최고의 댄서로 뽑혔다. 다만 산적의 파트너로 선택받은 상대들은 톱밥을 뿌려놓은 플로어를 한 바퀴 돌 때마다 자신들의 지갑이 얇아지는 것을 눈치채지 못했다.

엘시와 레이첼도 댄스파티에 참석하기 위해 숲으로 돌아왔다. 많은 이들이 이 검은 머리 자매와 플로어를 누비는 영광을 누리고 싶어했다. 레이첼이 그 중에서도 유난히 끈질긴 농장 일꾼을 피해 코디얼이나 한잔 마시려고 도망쳐 왔을 때 누군가 그녀의 어깨를 툭 쳤다.

"춤 한 번 추실까요?" 그 목소리가 말했다.

정중하게 거절하려고 뒤를 돌아다본 레이첼은 목소리의 주인공이 파괴자 니코라는 것을 알고 깜짝 놀랐다. 니코는 산적들이 은신처인 디어스컬 드래곤 파이터로 돌아온 지 얼마 안 되어 주변의 잔해 속에서 발견되었다. 검정색 제복을 벗어던지고 짝이 맞지 않는 와일드우드 산적 옷으로 갈아입은 그는 제법 당당해보였다.

레이첼이 그의 어깨에 한 팔을 얹고서 살짝 꼬집었다. "우린 실종된 줄 알았어요!"

"므와_Moi_(내가)?" 그가 기분 나쁜 표정으로 되물었다. "_세땡포시블C'est impossible_(말도 안 되는 소리야)."

그는 뒤로 물러나 정중하게 인사한 뒤 한 손을 내밀었다. 레이첼은 그의 손을 받아쥐고 춤을 추며 댄스 플로어로 나아갔다. 밴드는 활기찬 곡으로 기분을 돋우고 있었다.

방 저편에 연단이 높이 세워져 있었다. 여러 명의 지역기술자가 돌아온 기계 소년 왕자, 새로 왕위에 오른 와일드우드 황제를 위해 힘을 합쳐 설계하고 만든 웅장한 권좌였다. 그곳에 알렉세이가 수줍게 앉아있었다. 황제의 지지자와 국민들은 나라를 구한 구세주에게 연신 꽃과 공물을 바치러왔다. 그는 쑥스러워하며 선물을 받고는 모두의 관심이 불편한 듯 얼굴을 붉히며 몸을 뒤척였다. 파티가 시작된 지 얼마 안 되었을 때 종이등 불빛을 받으며 지타가 들어왔다. 지타를 발견한 알렉세이가 자리에서 일어나 손짓을 했다. 지타는 연단으로 걸어와 목례를 했다.

"절은 하지 마. 제발" 알렉세이가 말렸다.

"미안해요, 폐하." 그녀가 말했다.

"그런 식으로 부르지도 말라니까. 그런 식으로 불러야 하는 쪽은 나라고. 오월의 여왕님." 그 말에 지타가 얼굴을 붉혔다. "나와 함께 앉을래?" 소년이 호화로운 옥좌 옆 작은 의자를 툭툭 치며 물었다. "혼자 앉아있으려니 외로워."

지타는 웃으면서 가볍게 목례를 했다. "폐하가 원하신다면."

지타는 소년이 흘겨보는 것도 무시하고 옥좌 앞을 가로질러 옆 의자에 앉았다. 그들은 앞에서 펼쳐지고 있는, 빙글빙글 돌아가고 씽씽 날아다니는 댄스 파티를 구경했다. 종이등 불빛이 드리워진 댄스 플로어는 춤추는 그림자가 한 가득이었다. 밴드는 별이 총총한 하늘 밑에서 즐겁게 연주를 했다.

그러나 이것이 이야기의 끝이 아니다.

아직 더 남았다.

세인트존스라고 부르는 포틀랜드의 녹음이 우거진 도시에는 한 남자와 여자, 그리고 어린 아들이 살고 있었다.

축복받은 가정이었지만 열두 해를 살고 올 봄에 실종된 딸을 잃은 슬픔을 안고 있었다. 하지만 그들은 씩씩하게 슬픔을 삼켰다. 자신의 딸이 멀고 위험한 땅에서 유력한 인사가 되어 아마도 그 땅을 지키다 죽었을 거라고 믿기 때문이었다. 그들은 딸이 거둔 공적에 대해서도 소식을 들었다. 말하는 새와 손 대신 갈고리를 가진 다정한 곰을 통해서였다. 그래서 딸에게 어떤 일이 일어났든 훌륭하게 살았고 탄압받는 사람들을 용감하게 수호했다는 사실을 알고 있었다.

그렇다고 해서 슬픔이 완전히 가신 것은 아니었다.

그들의 삶에는 항상 그림자가 드리워져 있었다. 부부는 하루 빨리 감정의 평화를 되찾고, 어린 아들 맥에게 사랑을 쏟아붓고, 맥이 자라는 모습을 행복하게 지켜보려고 애썼다. 맥이 처음으로 말을 하고 서툰 발걸음을 뗐을 때 얼마나 감격했던가. 그들은 몇 년 전 딸이 똑같은 행동을 했던 때를 기억했다. 물론 그런 기억은 이따금 상실감을 더욱 절절히 느끼게 했지만 말이다.

어느 날, 정원을 손질하던 아빠는 갓 베어낸 잔디 사이로 무언가 움트는 것을 발견했다. 땅에 생긴 조그만 원 속에서 어떤 나무의 싹이 자라고 있었다. 아빠는 땅바닥에 엎드린 채 그 풀을 살며시 캐내어 그 작고 푸른 싹을 위한 모

판을 만들어주었다. 이웃에 있는 어떤 나무의 씨가 날아와 싹을 틔웠음에 틀림없었다. 아빠는 왠지 이 작은 싹이 예사롭게 느껴지지 않았다. 그래서 나무의 든든한 관리인이 되었다.

그는 꼼꼼하게 물을 주고, 나무 주위로 동그랗게 잔디를 뽑아주고, 잡초가 침범하지 못하게 보살폈다. 퇴비도 주었다. 나무 둘레에 작은 울타리를 만들어 사슴이 여린 가지를 뜯어먹지 못하게 감시했다. 왜 이렇듯 정성껏 나무를 보살피는지 자신도 이유를 알 수 없었다. 설명하기 힘든 마법이 작용하는 것만 같았다. 나무는 놀라운 속도로 쑥쑥 자랐다.

아빠는 매일 집 뒤편의 소박한 포치를 서성이며 나무가 간밤에 몇 센티미터나 자랐는지 살펴보곤 했다. 아내와 아들도 이내 이 이상한 나무에 특별한 관심을 기울이기 시작했다. 그들은 함께 퇴비를 주고 뿌리에 물과 영양제를 주었다. 나무는 빠르게 자랐다. 금세 사춘기 나무 정도로 키가 자랐고, 줄기는 길고 튼튼한 팔뚝만해졌으며, 반들반들한 초록색 잎사귀가 가지런히 돋아났다.

어느 날 밤, 나란히 침대에 누워있던 부부는 누군가가 담요를 잡아당기는 느낌이 들었다. 눈을 뜬 아빠는 혹시 잠에서 깬 어린 아들이 건너온 건 아닌지 발치를 살펴보았다.

"아빠, 와보세요!" 아들이 불렀다.

아빠와 엄마는 아이를 따라 계단을 내려간 뒤 부엌을 지나 집 뒤편 포치로 나갔다. 그들은 요 몇 주일 동안 그곳에서 나무를 바라보고 꼼꼼하게 물도 주며 보살폈다. 그런데 나무가 보이지 않았다.

대신 나무가 서있던 그곳, 물과 퇴비를 주었던 그 흙의 작은 동그라미 안에 딸이 서있었다.

"프루우우우!" 맥은 이때 처음으로 누나의 이름을 제대로 불렀다.

그들은 딸에게 달려가 부둥켜안고 키스를 퍼부었다. 믿을 수 없을 정도로 이상한 여행을 하고 돌아온 프루는 희미하게 웃으며 그들의 품에 안겼다.

그들은 다시 만난 기쁨에 서로 부둥켜안은 채 은신처인 부엌으로 갔다. 식탁에 앉아있는 동안 프루는 몽상에서 깨어나 격변의 땅과 그 땅을 지배하는 이상한 숭배집단에 대해 믿기 힘든 이야기를 들려주었다. 또 배를 타고 바다 한가운데 바위섬으로 끌려가서 하마터면 거기에서 죽을 뻔한 일, 거대한 새 공작이 구출해서 그 땅으로 돌아간 일, 담쟁이로 다시 태어난 유령이 숲을 지배하고 초토화시키려 했지만 왕국의 후계자인 그녀의 아들을 되살려내어 재앙을 가까스로 막아낸 이야기도 들려주었다. 어머니와 아들, 두 모자의 가슴 아픈 재회와 천지를 뒤덮은 담쟁이를 걷어낸 과정을 설명해주었고, 결국 소년이 그 이상한 땅의 황제가 되었다는 이야기까지 빠뜨리지 않았다.

엄마는 주의 깊게 이야기를 들었고, 동생은 누나에게 질문을 퍼부었다.

딸의 믿을 수 없는 이야기에 고개를 끄덕이며 미소를 짓던 아빠는 딱 한 마디 말만 했다. "누구 코코아 마실 사람?"

정말로 그들은 모두 함께 있었다.

The End

옮긴이 이은정

숙명여대 영어영문학과를 졸업한 뒤 전문번역가로 일하고 있다. 옮긴 책으로 《대부》《성채》《허영의 불꽃》《위고 카브레》《크리스마스 캐럴》《보드워크 엠파이어》 등이 있다.

와일드우드 임페리움

첫판 1쇄 펴낸날 2014년 7월 30일

지은이 | 콜린 멜로이
그린이 | 카슨 엘리스
옮긴이 | 이은정
펴낸이 | 지평님
본문 조판 | 성인기획 (010)2569-9616
종이 공급 | 화인페이퍼 (031)955-0135
인쇄 | 중앙P&L (031)904-3600
제본 | 다인바인텍 (031)955-3735
후가공 | 이지앤비 (031)932-8755

펴낸곳 | 황소자리 출판사
출판등록 | 2003년 7월 4일 제2003-123호
주소 | 서울시 영등포구 양평로 21길 26 선유도역 1차 IS비즈타워 706호 (150-105)
대표전화 | (02)720-7542   팩시밀리 | (02)723-5467
E-mail | candide1968@hanmail.net

ⓒ 황소자리, 2014

ISBN 979-11-85093-08-6 03840

* 잘못된 책은 구입처에서 바꾸어드립니다.
* 이 도서의 국립중앙도서관 출판시도서목록(CIP)은 서지정보유통지원시스템 홈페이지(http://seoji.nl.go.kr)와 국가자료공동목록시스템(http://www.nl.go.kr/kolisnet)에서 이용하실 수 있습니다.(CIP 제어번호: CIP2014019995)

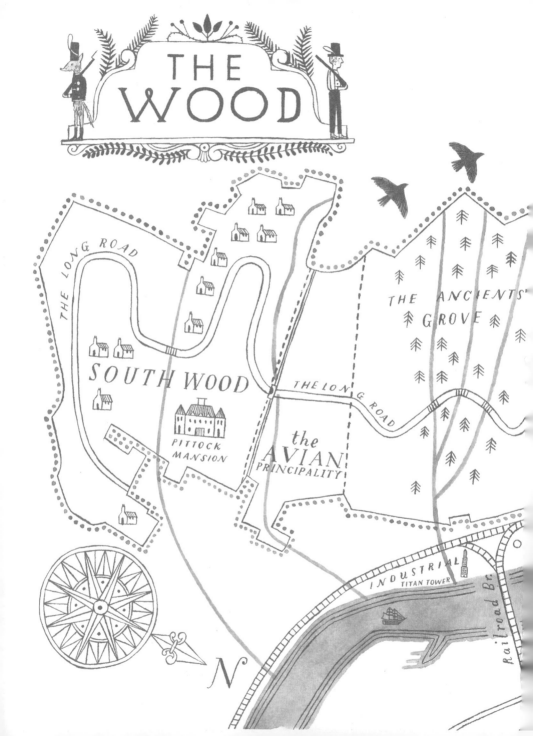